KB055377

충직한 검이 되려 했는데

충직한 검이 되려 했는데 4권

• 이 책은 2부 없이 1부 3권에 이어 4권과 5권으로 출판되었습니다.

초판 1쇄 발행 2023년 12월 15일
지은이 시이온

발행인 이재진 **단행본사업본부장** 신동해
기획총괄 석혜원 **책임편집** 강주연
제작 정석훈 **마케터** 박성훈
디자인 이호 디자인

브랜드 사막여우
주소 경기도 파주시 회동길 20
문의전화 02-6744-0056(편집) 02-6744-0036(마케팅)
블로그 blog.naver.com/wj_fennecfox
트위터 @wjt_fennecfox

발행처 ㈜웅진씽크빅
출판신고 1980년 3월 29일 제406-2007-000046호

ISBN 978-89-01-27723-3 (4권), 978-89-01-27725-7 (세트)

충직한 검이 되려 했는데

IV

시이온 로맨스 판타지 소설

I was going to be a loyal sword

Contents

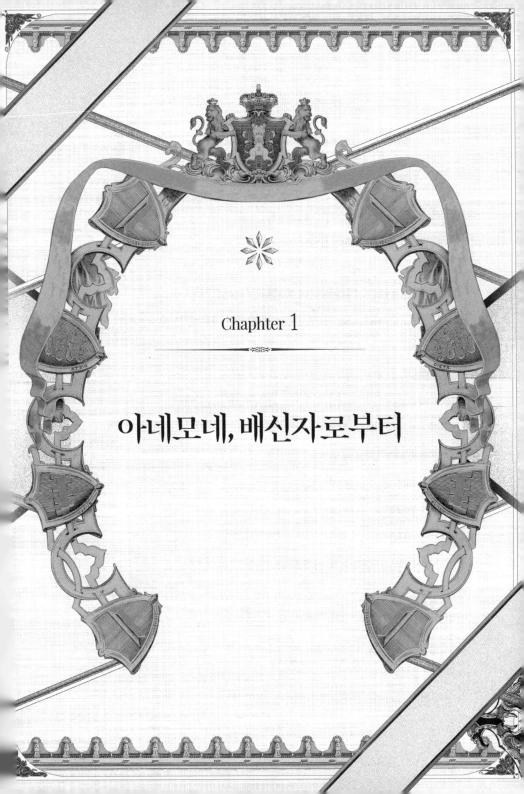

Chaphter 1

아네모네, 배신자로부터

호화로운 연회장. 감미로운 음악 소리는 끊이지 않고, 색색의 옷들은 눈이 아플 만큼 화려했다. 어느 지역에선 전쟁으로 인해 사람들이 죽어 가는데, 제국의 수도는 여전히 밝고 호사스러웠다.

"세상에, 이번에 출시하는 바디 체인이 그건가요? 너무 예뻐요!"

"별말씀을요. 사흘 뒤부터 정식으로 판매하니 마음에 드신다면 카트린느 부인의 의상실을 찾아오세요."

그 사교계의 중심, 각종 소문이 오가고 새로운 사업들이 활발하게 물꼬를 트는 태풍의 눈엔 어김없이 아리아 크리시스가 있었다.

열린 창문으로 들어온 미풍에 솜사탕을 닮은 연분홍색 머리칼이 어깨 위에서 살랑 흔들렸다. 그녀에게선 아침 햇빛을 받은 이슬 내음이 났다. 기다란 속눈썹이 팔랑일 때면 드러나는 하늘빛 눈동자는 만물을 꿰뚫어 본다는 지혜의 신의 눈동자처럼 총명했다.

제국의 사교계는 그녀를 중심으로 돌아가고 있었다. 물론 사교계의 중심이 아리아 크리시스인지, 르웰린 데카르도인지는 여전히 열띤 토론을 불러일으키는 대화 주제였다. 그러나 어린 귀족들 사이에서 승기를 잡은 건 아리아 크리시스임이 분명했다. 이미 데카르도 후작의 후계자로 내정된 르웰린은 대체로 경제권이 있는 청년들 사이에서 활발하게 활동했다. 아직 소년의 티를 벗지 못한 이들은 지위적 거리감이 드는 르웰린보단 아리아를 선택했다. 어린 귀족들은 생기 넘치고 열정적이었지만, 그만큼 자주 실수했다.

"그러고 보니 장녀 되는 크리시스 영애께서 전장에 나가셨죠?"

이번도 그런 경우였다.

아리아의 옆을 차지하고 있던 젊은 영식의 한마디에 북적거리던 주위가 한순간에 서늘해졌다. 나긋한 웃음을 띠던 아리아의 얼굴이 희미하게 꿈틀거렸다.

모두가 아리아의 눈치를 보기 시작했다.

얼마 전부터 아리아 크리시스의 최측근들을 통해 전해지는 이야기가 있었다. 아리아 크리시스와 가까워지고자 한다면 절대 해서는 안 되는 짓이 있다는 것. 그녀 앞에서 '카슈미르 크리시스의 이야기를 꺼내는 것'이었다.

"쯧. 젊은 영애께서 안된 일입니다. 영애와 연락은 되십니까?"

많은 이가 눈빛으로 더 이상 입을 열지 말라는 신호를 보냈으나, 귀족 영식은 안타깝게도 눈치가 없었다.

"……그럼요. 저흰 우애가 좋으니까. 요 근래엔 바쁜지 연락이 조금 뜸해졌지만 건강히 잘 있다고 전해 들었답니다."

들고 있던 부채를 활짝 편 아리아가 눈꼬리를 휘었다.

수도 사교계에서 연식이 있는 이들은 그것이 아리아가 고상한 방식으로 닥치라고 신호를 보내는 것임을 알았으나, 몹시 안타깝게도 그는 수도 사교계에 입성한 지 얼마 안 된 지방 귀족가의 영식이었다.

"그렇지만 전장은 언제 어떤 일이 일어날지 모르는 곳 아닙니까? 그걸로 안심할 수는 없을 텐데요."

"……."

부채 뒤 아리아의 입꼬리가 싸늘하게 가라앉았다. 외부로 드러나는 눈꼬리는 여전히 휜 상태였으나 눈은 웃지 않았다. 그녀 가까이에서 옆을 지키던 최측근들만이 그 기이한 표정을 확인하고 식은땀을 흘렸다.

"저는 북부 지방에서 올라온 사람이라 마수를 몇 번 상대해 본 적 있는데요, 그놈들이 어찌나 강한지 모릅니다. 놈들이 풍기는 마기 때문에 앞에 서 있는 것조차 버티지 못하고 픽픽 쓰러지는 이들이 많습니다. 살아남기 어려울 겁니다.”

“브윌링 영식.”

“크리시스 영애께서 소드 마스터라곤 하지만 과연 전장에서 살아남을 수 있을까요? 마수 토벌 경험이 있지 전장 경험은 없으신 거 아닙니까?”

이렇게 많은 이가 자신에게 주목하는 것이 처음인지라 흥분한 그는 주변 분위기를 읽지 못했다. 점점 관리하지 못하고 굳어 가는 아리아의 표정도.

“어쩌면 시체를 치울지도 모르겠습니다.”

그는 기어코 선을 넘었다.

“그만!”

비명 같은 아리아의 외침이 연회장을 갈랐다. 모두의 시선이 단번에 그녀에게로 쏠렸다. 제법 떨어진 거리에 있었으나 브윌링 영식이 내뱉는 말들을 모두 듣고 있던 르웰린 데카르도 또한 아리아를 물끄러미 바라보았다.

“지금 뭐 하자는 거죠? 저주하는 건가요? 얼마나 무례한 말을 하고 있는지 몰라요?”

“아, 아니, 저는……”

그제야 얼어붙은 주위를 알아차린 그가 더듬거렸다. 하지만 이미 때는 늦어, 아리아 크리시스가 격노한 뒤였다.

“입은 재앙을 여는 문이며 혀는 자신을 베는 칼이라 하건만, 브윌링 영식께선 통제를 못 하시는군요.”

보통 인간의 분노를 불에 빗대곤 하건만, 그녀의 분노는 얼음이었다. 설녀의 숨결처럼 모든 것을 얼렸다. 날 좋은 아침의 하늘 같던 아리아의 눈이 어디까지 차가워질 수 있는지 두 눈으로 확인한 브윌링 영식이 움찔 몸을 움츠렸다.

“제 언니는 살아 돌아올 거예요.”

그녀가 느리게 주위를 둘러보았다. 눈빛엔 흔들림이 없었다.

“반드시.”

그것은 그 자리에 있는 모두에게 하는 선포이자 자신을 향한 세뇌였다.

"몸이 좋지 않군요. 먼저 가 보도록 하죠."

일대가 고요해진 가운데, 그녀는 매몰차게 몸을 돌리고 출구를 향해 나갔다. 그녀는 뒤도 돌아보지 않았다.

"……망할."

수도 사교계에 무지해도 아리아 크리시스를 노하게 해선 안 된다는 것쯤은 알았던 브윌링 영식은 사색이 되었다.

⋅❖⋅

"망할! 빌어먹을! 젠장! 짜증 나!"

수도의 마탑. 맨 꼭대기 층 세 번째 방.

순간이동으로 순식간에 허공에서 나타난 아리아가 눈에 보이는 기물을 거칠게 걷어찼다.

쨍그랑!

복잡한 모양새의 유리 시험관이 힘없이 넘어져 산산조각 났다.

"왜 또 지랄이지, 아리아 크리시스? 광견병이라도 걸려 왔나?"

책에서 시선도 떼지 않은 칼 크리시스가 한숨을 쉬었다. 그는 은색 줄이 달린 동그란 안경까지 끼고 두꺼운 서적을 집중해서 읽고 있었다.

"이런 게 다 무슨 소용인데! 집어치워!"

와장창!

그의 말을 씹어 넘긴 아리아는 성큼성큼 다가가 그의 앞에 위치한 책상을 뒤엎어 버렸다. 온갖 복잡한 실험 도구들이 서로 맞부딪치며 개박살 났다. 그 난장판에도 여전히 책에 시선을 고정한 칼이 혀를 찼다. 흔히 있는 일이기에 그는 늘 진행 중인 실험이 박살 났을 때를 대비해 복사본을 준비해 두곤 했다.

"드디어 미쳤군."

"슈슈 언니가 살았을지 죽었을지도 모르는데! 사교계고 실험이고 다 무슨 소용이냐고!"

멈칫.

마탑을 통째로 불태워 버려도 불 속에서 책장이나 팔랑팔랑 넘길 듯하던 칼이 그제야 반응을 보였다. 슈슈는 그를 붙잡는 마법 같은 이름이었다.

"……갑작스럽군. 이미 얘기가 끝난 부분 아닌가? 나는 마법 연구 쪽에서, 너는 사교계에서 슈슈가 올 때까지 각자의 자리에서 전쟁을 준비하기로 했잖나."

칼이 살짝 고개를 들어 아리아를 마주했다. 새빨간 눈동자에 이채가 번들거렸다.

카슈미르는 크리시스 가문의 근간이었다. 가주는 카이사르 크리시스이고, -아직 결정되진 않았지만 대외적으로 소문난-후계자는 칼 크리시스이며, 활동가는 아리아 크리시스였으나 그들을 엮고 있는 뿌리는 '크리시스'라는 얄팍한 이름이 아닌 카슈미르였다. 나무는 가지가 잘려도 재생하지만 뿌리가 사라지면 생명을 잃는다. 카슈미르 크리시스가 전쟁에 출전한 이후 크리시스들은 거의 죽어 가다시피 했다. 처음부터 정상적으로 활동한 게 아니었다.

카이사르는 일에 미쳐 잠도 자지 않았고, 칼은 또다시 고문장과 도박장을 찾기 시작했다.

사실 놀라울 건 없었다. 그저 카슈미르가 없었던 때로 돌아간 것뿐이니까. 그것이 그들의 원래 삶이었다. 그러나 처음부터 구원을 경험해 보지 못했다면 몰라도, 이미 경험해 본 뒤엔 그 전으로 돌아갈 수 없었다. 그들은 공백 속에서 타는 갈증을 느끼고 있었다. 그중 아리아가 가장 심각했다.

'아리아 크리시스. 제발 문 열어라.'

'꺼져요.'

'……우습군. 슈슈에게 한 작별 인사는 다 허세였나?'

'아갈머리 찢어 버리기 전에 닥쳐.'

그녀는 식음을 전폐한 채 방에 칩거했다. 카이사르와 칼의 회유조차 듣지 않았다. 슈슈를 사지로 배웅하는 건 익숙하니 괜찮다고 스스로 되뇌어도 '전쟁'이라는 무거운 단어와 마주하면 해변의 모래성처럼 한순간에 무너져 내렸다.

떨어져 있는 순간을 어른스럽게 이겨 내겠다던 다짐도, 건강히 있겠다던 카슈미르와의 약속도 멀어져만 갔다.

'제발…… 내버려 둬.'

사교계의 황제이니 세기의 천재이니 해도 그녀는 10대의 어린아이일 뿐이었다.

'언니가, 슈슈가, 보고 싶어…….'

아리아 크리시스는 전혀 괜찮지 않았다.

영원히 괜찮지 않을 줄 알았지만, 시간은 잔인한 동시에 안온했다. 아리아는 서서히 상황을 받아들이고 원래의 페이스를 되찾아 갔다. 카슈미르를 잊은 게 아니었다. 카슈미르를 그리워하면서도 그녀 나름의 성장을 거친 것뿐이었다.

'정신 차려라, 멍청이. 난 돌아온 슈슈가 네 거지꼴을 보고 충격받는 모습은 못 본다. 현실로 돌아와.'

그 과정에선 칼의 도움이 가장 컸다. 아리아 본인은 혀를 깨물면 깨물지 절대 인정하지 않겠지만.

"전투가 시작된 지 10시간이 더 지났는데! 아직도 연락이 안 오잖아!"

히스테릭하게 외친 아리아가 거침없이 칼의 무릎 위에 앉았다.

평소 견원지간 같은 그들의 관계를 아는 이가 봤다면 충격을 받을 만한 장면이었다. 그러나 앉는 아리아도, 자연스럽게 그녀의 허리에 한 팔을 둘러 받쳐 주는 칼도 이 상황이 퍽 익숙했다. 이 기묘한 상황은 카슈미르가 전장으로 떠난 지 일주일이 지난 뒤부터 시작되었다.

'칼 크리시스.'

하늘이 뚫린 듯 비가 쏟아지던 날이었다. 칼 또한 잠 못 이루고 관심 없는 분야의 책까지 뒤적이던 늦은 밤.

'……칼.'

그는 비에 온몸이 젖은 채 자신의 방 창문을 열고 들어온 아리아를 거부하지 않았다.

'비에 젖은 생쥐 꼴이군.'

혀를 찬 칼은 아리아를 안아 들었다. 몇 번이고 있었던 일처럼, 아무 일도 아닌 듯 태연하게. 그가 침대에 걸터앉고, 아리아가 그의 무릎 위에 앉는 것까지 몇 번이나 연습이라도 한 것처럼 자연스러웠다.

'그만 울어.'

그의 무뚝뚝한 한마디를 시점으로 아리아는 세상이 떠나갈 듯 울었다.

칼은 그 뒤로 아무 말도 하지 않았다. 그녀의 분홍빛 머리칼을 눈에 담으며 끊임없이 손장난을 쳤을 뿐.

아리아는 칼의 짧막하고 검은 머리칼을 생명의 동아줄처럼 붙잡고 있었다. 그들은 피가 이어져 있지 않았다. 하지만 둘 다 카슈미르와 피가 이어져 있었다.

두 사람이 서로에게서 무엇을 보았는지는 분명했다. 자신에겐 없는 카슈미르의 파편. 카슈미르의 머리칼과 똑같은 검은빛이라든가, 카슈미르의 눈보다는 연하지만 명도가 같은 분홍빛 같은 것들.

카슈미르가 없는 지금 그들이 매달릴 것은 서로밖에 없었다.

"큰일이 난 거면 어떡해? 언니가, 언니가……."

"알았으니까 내 멱살은 놓는 게 어때?"

아리아의 거친 손길을 따라 앞뒤로 휘둘려 주던 칼이 결국 책을 덮었다. 그는 쓰고 있던 안경을 벗곤 안경 받침대에 눌려 있던 콧대를 꾹 눌렀다.

누구보다 태연해 보였으나, 사실 그의 두 눈엔 수심이 깊었다.

"새삼스럽게. 연락 끊기는 건 익숙하지 않나? 갑자기 왜 이러는 거지?"

"연회장에서 개자식이 언니 시체를 치울지도 모른다고 하잖아!"

아리아는 칼의 멱살을 잡아 올린 채 폭발하듯 소리쳤다. 잔잔하던 그의 표정 위로 처음으로 노기가 스쳤다.

"……어떤 개자식인지 이름이 궁금한데?"

"하버트 브윌링."

"기억했다."

칼은 머릿속 한구석에 그 이름을 박아 두었다. 크리시스는 은혜를 잊지 않았고, 원수는 더더욱 잊지 않았다.

"슈슈는…… 원래 연락을 안 하니 그렇다 치고."

칼은 아리아의 뒷머리를 눌러 그녀의 얼굴을 제 어깨 뒤로 넘기곤 바닥을 굴러다니던 통신 마도구를 주워 들었다. 10분에 한 번씩 확인했지만 역시 온 연락은 없었다. 카슈미르가 전장으로 떠난 후 가족들에게 연락한 건 딱 한 번이었다. 그것도 각자에게 연락을 돌린 게 아니라 저녁 시간에 크리시스 저택 공용 마도구로 연락해 왔다. 저녁이 지난 시간에 들어오던 칼은 뒤늦게야 카슈미르의 얼굴을 볼 수 있었다―칼은 그때 카슈미르에게 연락이 왔음을 개인 통신구로 언질해 주지 않은 카이사르에게 일생일대의 배신감을 느꼈다. 사흘간 카이사르와 얼굴도 보지 않았을 정도다―. 혹시 또 저녁에 집으로 연락이 오진 않을까 싶어 칼은 도박장에 발길을 끊고 오후 6시만 돼도 칼같이 귀가하는 건전한 삶을 살게 되었다.

그러나 카슈미르에게서 다시 연락이 오는 일은 없었다. 그녀가 가지고 있는 마도구는 수신을 허용하지 않는 보안용이라서 먼저 연락할 수도 없었다.

'너무 불친절해, 슈슈. 어장 속 물고기에게 밥을 안 주는 것도 아니고.'

칼은 심기가 뒤틀려 있었다. 그녀의 얼굴을 한 번만 봐도 풀리겠지만.

"그 대신관이란 놈이랑 2황자의 연락까지 끊긴 건가?"

한숨과 함께 마도구를 놓은 칼은 자신의 어깨에 고개를 파묻고 있는 아리아를 툭툭 쳤다. 아리아가 차마 입에 담기 힘든 욕설들을―칼 크리시스는 이럴 때마다 그녀가 크리시스에 입적되기 전엔 어떤 삶을 살았는지 궁금해지곤 했다. 아파서 침대에 누워만 있었다는데 아무리 생각해도 거짓말이었다. 적어도 뒷골목 양아치였음이 분명했다-지껄이더니 힘없이 고개를 끄덕였다.

"둘 다 연락을 안 받아. 죽었나?"

아리아가 담담하게 중얼거렸다. 죽든 말든 아무 상관도 없다는 투였지만 칼은 그녀의 표정에서 옅은 떫음이 묻어나는 걸 알아차렸다.

카슈미르는 연락을 하지 않고, 카이사르는 가장 빠르게 전장의 소식을 받는 이 중 하나였지만 너무 바빠 얘기해 줄 시간이 많지 않았다. 전장이 어떻게 돌아가는지 몰라 반쯤 미쳐 가던 아리아가 찾은 돌파구는 율리안과 세레논이었다.

그들은 아리아와 연락이 잘되는 이들이자 전장의 소식을 가장 빨리 알 수 있는 이들이었다. 아리아는 그들을 통해 전장의 소식을 받고 있었다.

"전투가 끝날 시간이니 바쁜 건지도 모르지. 기다려 보자고."

사실 초조한 것은 칼도 매한가지였으나 그는 알게 모르게, 자신이 아리아보다 연장자라는 것에 책임감을 느끼고 있었다. 둘 다 발을 동동 구르고 있어 봐야 되는 건 없다. 지금은 칼이 아리아를 잡아 줘야 할 때였다.

"……언니는 살아 돌아오겠지?"

히스테리란 히스테리는 다 부리던 아리아는 결국 제풀에 지친 듯 몸에 힘을 빼며 칼과 이마를 툭 맞대었다.

피가 이어지지 않은 남매라기엔 지나치게 가까운 거리였으나, 두 사람 다 조금도 신경 쓰지 않았다. 그들은 다른 곳에 생각이 집중되어 있었다.

"분명 그럴 거다."

붉은 눈동자를 느리게 깜빡인 칼이 한숨을 뱉었다.

"슈슈는 강하니까."

그는 카슈미르 크리시스를 믿었다. 태산을 가르는 검은 파장을, '미르'라는 재앙의 이름을, 그를 구원했던 단단한 팔을 믿었다. 하나 그는, 그녀가 인간을 너무

충직한 검이 되려 했는데 4

도 쉽게 믿고 만다는 것은 잊고 있었다.

지이잉-

칼의 마도구가 울렸다.

"설마 슈슈……?"

칼의 연락처를 가진 이들이라면 모두 그가 이 시간에 마탑에서 연구를 한다는 걸 잘 알고 있을 터. 괜히 그의 심기를 거스르지 않기 위해 함부로 연락하지 않을 테니 수신인으로 떠오르는 사람이라곤 그가 절대로 해코지하지 않을 유일한 사람, 슈슈뿐이었다.

파앗!

그의 중얼거림이 아직 끝나지도 않았음에도 아리아는 스프링처럼 튀어 나가 마도구로 몸을 던졌다. 미친 듯이 반짝이던 아리아의 눈은 수신인 창을 확인하곤 삽시간에 죽어 버렸다.

"……뭐야. 네 아버지잖아."

[카이사르 크리시스]

떠오른 이름을 보고 칼 또한 실망했으나, 의아함이 더 컸다.

카이사르 또한 칼이 이 시간에 마탑에 있다는 걸 잘 아는 사람이다. 이 시간엔 절대 연락하지 않을뿐더러, 애초에 얼굴을 보고 얘기하길 선호하는 이였기에 연락 자체를 잘 하지 않았다.

"이상하군. 네 아버지한테서 왜 연락이 오는 거지?"

"네 아버지니까 네가 알겠지."

"네 아버지가 연락할 일은 없는데."

"네 아버지 요즘 바쁘시잖아."

한 아버지를 두고 서로에게 소유격 대명사를 붙여 주려 안간힘을 쓰는 모습은 참으로 우애가 깊어 보였다. 카이사르를 서로에게 버리기 위해 이어지던 쓸데없는 대화는 신호가 끊어졌다가 다시 연락이 왔을 때에야 멈췄다.

"······아버지가 끊긴 연락을 다시 하실 분이 아닌데."

시원스럽다 못해 무심하기까지 한 그의 성격을 잘 아는 칼이 중얼거렸다. 무언가 심상치 않음을 감지한 그는 빠르게 연락을 받았다.

"네, 아버지."

-칼······ 칼 크리시스······.

갈라지고 잠긴 데다 덜덜 떨리기까지 하는 목소리가 이어졌다. 카이사르의 목소리임은 분명한데도 그의 목소리라는 게 믿기지 않았다.

"무슨 일이죠?"

마찬가지로 심상치 않음을 감지한 아리아가 굳은 얼굴로 물었다.

잠시 이어지는 침묵.

카이사르의 대답은 물기 젖은 목소리로 돌아왔다.

-카슈미르가 쓰러져 혼수상태다.

칼과 아리아의 얼굴이 새파랗게 질렸다.

"믿었던 부관에게 배신당해서······ 독화살을 맞고 강에 빠졌다고."

"······."

"하, 하······."

뚝뚝 끊기는 웃음을 뱉은 아리아가 거칠게 마른세수를 했다. 정갈하게 정돈되어 있던 분홍색 앞머리가 마구 흐트러져도 상관하지 않았다.

"사람을 믿지 말라고 그렇게 말했는데······."

혼잣말 같은 속삭임엔 울분이 담겨 있었다.

세상이 원망스러웠고, 멍청한 그녀가 미웠다. 믿을 것이 없어 사람을 믿는단 말인가. 이 세상에서 가장 간악하고 추악한 족속을.

'······내가 잘할 수 있을 거라고 생각해?'

'당연하지.'

하지만 어찌 불평하겠는가.

'너는 내가 신뢰하는 사람이야. 분명 누구보다 잘할 거야.'

아리아 크리시스 또한 그 믿음에 구원받았으니.

카슈미르는 그녀만의 태양이 아니었다. 실내에 감도는 무거운 침묵은 깨질 줄을 몰랐다. 언젠가는 일어날 일이라는 걸 모두 알고 있었으나, 그렇다고 해서 이런 소식을 들어도 괜찮은 건 아니었다.

천년같이 긴 침묵을 깨뜨린 것은 아리아였다.

"나, 갈래. 언니에게로."

"아리아 크리시스."

"공작가의 도움은 필요 없어. 나 혼자 다녀올 수 있어."

그녀의 태도는 냉랭하고 분명했다. 초점 없는 눈만 아니었다면 제정신 같았을지도 몰랐다. 칼은 혀끝에 맺힌 '애처럼 굴지 마라.'라는 말을 삼켜 냈다.

아리아는 애가 맞았다. 아이에게 아이처럼 굴지 말라고 할 순 없었다. 그 또한 표현하지 않았을 뿐 똑같은 심정이었기에 더욱 그랬다.

"진정해라."

"어떻게 진정해? 언니가 사경을 헤맨다는데?"

그녀가 세워 올린 얼음으로 된 견고한 이성의 성은 늘 카슈미르의 온기 한 번에 모래성처럼 무너졌다. 하늘빛 눈동자에 먹구름이 끼고 물기가 차올랐다.

"만약 지금이 언니의 마지막이면! 목숨이 아까워서, 체면이 중요해서, 규율을 유지해야 해서 그 끝을 지키지 못했다고 할 거야?"

그러므로 아리아 크리시스는 주저 없이 고백할 수 있었다.

그녀는 크리시스에 들어와 삶이 편해졌기에 카슈미르 크리시스를 사랑한 적은 단 한 번도 없었다. 황금으로 만든 탑은 그녀에게 무용했고, 세계 같은 건 원치도 않았다. 아침 하늘의 햇빛도, 밤하늘의 달빛도, 수많은 이의 동경 어린 눈빛도 그녀를 비출 빛으로 충분하지 않았다.

아리아는 카슈미르 크리시스가 필요했다. 자신을 마주할 때면 휘어지는 순한 눈매와 자신의 머리를 쓰다듬는 거친 손이 그 무엇보다 소중했다.

'아리아.'

저주받은 이름을 사랑스럽다는 듯 불러 주는 목소리를, 그녀의 본질을 꿰뚫고 가장 나약한 곳을 보듬어 주는 진분홍색 눈동자를 사랑했다.

투둑.

아리아가 목에 걸고 있던 목걸이를 거칠게 잡아당겼다. 줄이 끊어지며 에메랄드 파편들이 사방으로 튀었다. 장인이 세공한 고귀한 보석조차 이 순간엔 땅에 굴러다니는 돌 조각 같을 뿐이었다.

"언니가 없으면 이 모든 게 다 무슨 소용인데!"

그녀의 몸을 타고 매끄럽게 떨어지는 부드러운 실크 드레스와 온몸을 치장한 보석, '크리시스'라는 드높은 이름까지.

카슈미르 없이는 모든 것이 한 밤의 꿈이고, 해변의 모래알이었다. 덧없는 쓰레기일 뿐이었다.

"아리아 크리시스."

"넌 닥치고 있어."

"아니."

가만히 앉아 있던 칼이 자리에서 일어섰다. 그는 의자 뒤에 걸쳐 둔 재킷을 거침없이 꿰어 입었다.

"네 순간이동은 사정거리가 짧아. 나도 같이 가지."

붉은 눈은 동공이 풀린 채 번들거리고 있었다.

"이 새끼, 이제야 말이 통하네."

귀족 영애 입에서 나오기엔 사뭇 험한 말투로 중얼거린 아리아가 순간이동에 방해가 될 만한 것들을 냉정하게 몸에서 제거했다. 피는 한 방울도 이어지지 않았으나 그들은 이런 면에서 소름 끼치도록 닮아 있었다.

"둘 다 앉아라."

"공작님은 끝까지 품위 지키면서 여기 남아 계시든가."

"다녀오겠습니다, 아버지."

카이사르의 말을 귓등으로도 듣지 않는다는 것까지 똑같았다.

바닥에 마법진을 그리기 시작한 두 사람의 뒷모습을 지켜보던 카이사르는 눈을 꾹 감았다. 그라고 지금 당장 뛰쳐나가고 싶지 않겠는가.

만약 전해진 소식이 카슈미르가 혼수상태에 빠졌다는 것뿐이라면 그가 가장 먼저 파블로프 지역으로 달려갔을 것이다. 황제가 막아선다 해도 베고 갈 자신이 있었다. 그럼에도 그가 이를 악물고 자리를 지킬 수 있는 이유는 단 하나.

"……일급 기밀 정보다. 입단속 할 수 있겠느냐?"

칼과 아리아가 동시에 그를 돌아보았다.

"밖으로 새어 나가면 절 법정에 넘겨도 좋아요."

"마찬가지입니다."

애초에 비밀이 아닌 것도 웬만해선 타인과 공유하지 않는 두 사람이었다.

흔들림 없는 확답에 카이사르가 천천히 입을 열었다.

"최고의 치유사가 카슈미르에게로 갔다."

"최고? 요정의 치유력보다 확실해요?"

"적어도 제국 내에선 최고다. 그 누구도 부정할 수 없다."

카이사르가 확신했다. 그가 저렇게 말할 정도라면 어중이떠중이는 아닌 것이 확실했다.

"그게 누굽니까?"

칼의 떨떠름한 물음에 카이사르가 길게 한숨을 쉬었다.

"그건……."

"이미 내 신성력이란 신성력은 다 쏟아부은 상태야. 발바닥에 있는 것까지 긁어 썼어."

의자 위에 녹아내리듯 주저앉은 율리안이 미간을 꾹꾹 눌렀다. 그의 목소리는 가뭄이라도 닥친 듯 갈라졌고 얼굴은 피로에 찌들어 있었다.

"너도 그 이상 사용하면 몸에 무리가 와. 너라고 신성력이 무한대인 건 아니잖아."

"……"

"기운은 안정됐고, 열도 내렸어. 호흡도 정상적이야. 전쟁 내내 잠도 안 자고 무리하셨으니 회복할 시간이 필요한 거겠지. 더 이상 할 수 있는 건 없어."

평소의 촐싹거리는 태도를 벗어던진 율리안은 그를 아는 사람이라면 어색하게 느껴질 만큼 진지했다. 낮게 가라앉은 눈동자가 침상 옆을 고집스럽게 차지한 인영을 응시했다.

"그러니까 표정 풀어, 새끼야. 누구 죽었냐? 부정 타게……"

솔라티네 제국의 교황, 엘리오르 라가 그곳에 있었다.

까드득.

이를 느리게 간 그가 카슈미르의 손을 더 강하게 붙잡았다. 연결된 그 손으론 가공할 만한 신성력을 쏟아붓고 있었다. 사람이 죽음을 받아들이는 데엔 5가지 단계를 거친다고 한다. 부정과 분노, 협상과 우울, 그리고 수용.

엘리오르 라는 3단계인 협상을 건너뛰었다.

"조나단 에이머리라고 했나?"

"……그래."

"찢어 죽여 버릴 거다."

"그래라……"

"살과 뼈를 분리해 카슈미르를 위독하게 만든 독으로 그 가죽을 세척할 거야."

그는 분노와 우울이 섞인 2.5단계를 겪고 있었다.

누군가 보면 분노뿐이라고 하겠으나, 표출하는 분노의 기저엔 짙은 우울감이 깔려 있었다. 너무 은밀해 그 자신조차 모를 뿐이었다.

요 근래 교황이라서 좋았던 순간을 꼽으라면, 엘리오르는 주저 없이 카슈미르의 소식을 누구보다 빨리 들을 수 있었던 점을 꼽을 것이다. 그는 황제 헬리오스와 함께 제국에서 전장의 소식을 가장 빠르게 전달받는 사람이었다.

그리고 오늘. 여느 때와 같이 보고를 전해 들을 때.

'그, 크, 크리시스 경께서……'

'왜 망설이는 거지?'

'……'

'그래. 오늘 신께 한 명 더 올라가겠구나.'

'크리시스 경께서……! 독에 중독되어 위독하다고 하십니다!'

'……뭐?'

무언가 끊기는 소리와 함께 그는 이성을 잃었다. 그 이후로는 누군가 기억 사이사이에 먹물이라도 뿌려 둔 듯 선명하지 않았다.

'성하! 안 됩니다! 지금 파블로프 지역으로 가시는 건……!'

'비켜.'

'으악!'

'내, 내 손이……!'

제법 피가 낭자했던 것만 흐릿하게 떠올랐다.

유감은 없었다. 엘리오르는 그녀에게 갈 수 있다면 피로 뒤덮인 길이라도 좋았다.

'막는 이는 모두 벨 것이다.'

그는 세계와 카슈미르를 저울에 올렸을 때 망설임 없이 카슈미르를 고를 위인이었다. 그녀가 그의 세계였다.

흩날리는 핏방울에 얼어붙은 신관들은 더 이상 그를 붙잡지 못했다. 허세가 아님을 모르는 이는 없었다. 현재 재직 중인 신관들은 모두 엘리오르가 교황에 즉위하던 순간을 기억하고 있었다.

'대신관들을 끌고 와라.'

소년의 티도 채 벗지 못한 어린 낯으로 무감하게 명령한 엘리오르는 즉위한 그날부터 피의 숙청을 시작했다. 온갖 장부를 들춰 대신관들의 비리를 밝혀내고 자신보다 입지가 넓던 늙은 여우들을 서서히 무너뜨렸다.

그때 신전 벽에 배어든 피비린내는 아직도 가시지 않았다.

'마탑에서 마법사들을 끌고 와. 파블로프 지역까지 이동만 시켜 주면 돈은 얼마든지 준다고 전해.'

'네, 네!'

신전에 그에게 반기를 들 만큼 미친 사람은 율리안밖에 없었고, 안타깝게도 율리안은 그곳에 없었다. 모든 것은 엘리오르의 뜻대로 빠르게 진행되었고, 결국 그는 전장에 도착했다.

"알았으니까 나가서 아타라 사령부에 상황 전달 정도는 해 주는 게 어때? 아무런 준비도 안 된 상태에서 교황을 맞이하게 된 저쪽 입장도 생각하라고. 자꾸 나한테 어떻게 된 일인지 물어본단 말이야."

율리안이 짜증스러운 표정으로 꾸물꾸물 모포를 덮었다. 그는 피로로 인해 평소보다 예민했다.

엘리오르는 율리안에게 시선도 두지 않은 채 창백한 얼굴로 희미하게 호흡하는 카슈미르만 바라보았다.

"내가 그런 것까지 신경 써야 하나?"

"이거 보기 드문 쓰레기네."

"거울 봐. 드문가."

교황과 대신관 사이의 대화라곤 믿기지 않는 말들이 오갔다.

그 후 한참 뒤에야 엘리오르가 한숨과 함께 느지막이 일어났다.

"……아타라 국왕은 아직도 이곳에 있나?"

"어. 어디 사는 어떤 교황과는 다르게 바쁘더라. 지휘관님 대신 우리 진지 봐주느라."

금방이라도 잠들 듯 꾸벅거리던 율리안이 고개를 번쩍 들고 비죽 입꼬리를 비틀었다. 누가 봐도 약 올리는 얼굴이었다.

"국왕 전하 끝내주게 잘생겼더라."

"……."

"크으, 이목구비들이 아주 기막히게 자기주장을 하는데……."

"벌써 신에게로 돌아가고 싶은 모양이군. 신앙심이 그렇게 깊은 줄 몰랐는데."

은빛 신성력이 엘리오르 주위에서 위협적으로 일렁였다. 그에게서 분노를 읽은 율리안은 기쁜 낯으로 눈을 감았다.

"더 잘하라고, 새끼야. 나는 네 편이야."

"……하."

"이런 친구가 어디 있냐. 감사하면서 살아. 네 더러운 성격을 견뎌 줄 사람이 나 말고 어딨다고."

"이번엔 용암 위에 거꾸로 매달리고 싶나?"

성수의 샘 위에 거꾸로 매달려 대롱대롱 흔들렸던 과거를 떠올린 율리안이 빠르게 입을 닫았다. 그는 치고 빠질 때를 아는 사람이었다. 엘리오르가 짜증이 미세하게 묻어나는 낯으로 앞머리를 쓸어 넘겼다. 이러니저러니 해도 엘리오르는 율리안이 친구라는 사실을 부정하진 않았다.

"……나갔다 올 테니까 슈슈 잘 지키고 있어."

"늬에, 늬에. 자알 행차하고 오십쇼."

"아리아 크리시스와 사업하기 싫나 보군."

"옥체 강녕하게 조심히 다녀오시지요. 쥐새끼 하나도 들어오지 못하게 하겠습니다."

벌떡 일어난 율리안이 직각으로 허리를 굽혔다. 희미한 미소를 흘린 엘리오르는 발걸음을 옮겨 천막 밖으로 나갔다.

━━◈◆◈━━

전투는 분명 승리했으나, 연합군의 분위기는 처참한 패배를 겪은 것처럼 축 처져 있었다.

"지휘관님은 아직도 못 깨어나셨대?"

"제국에서 온 실력 좋은 신관이 치료하고 있다는 것까진 들었는데…… 깨어났다는 소식은 안 들어오는구먼."

"큰일이군……. 이런 상황에서 북부군이 습격하면 어찌해야 할지."

"지휘관님 없이는 마수 한 마리도 못 잡지 않겠나."

병사들 사이에서 카슈미르는 승리의 상징이었다.

'나는 전장에 가장 먼저 발을 디디고, 가장 늦게 나올 것이다. 낯선 이국땅에 어느 누구도 남겨 두고 오지 않겠다. 생존했든 전사했든, 우리는 모두 이곳으로 돌아온다.'

그녀는 지휘관으로서 첫 연설에서 했던 말들을 지켰다.

'가자.'

가장 먼저 얼어붙은 시딘강을 밟고, 강 속에 빠진 병사들을 구출하며 가장 늦게 그곳에서 나온 사람. 빠르고 유려한 움직임을 따라 푸른 망토가 휘날렸다. 하얀 빙판 위에 흥건한 붉은 피를 보고 죽음을 직감하며 절망하던 순간에도 푸른 망토가 눈앞을 스칠 때면 희미한 희망을 붙잡았다.

피신한 채 초조하게 전쟁을 지켜보던 파블로프 마을의 주민들은 그녀의 뒷모습을 보며 새로운 이명을 지었다.

그녀는 '시딘강의 푸른 기적'이라고.

"새로운 별명에 역시 부끄러워하시려나."

외딴 바위에 앉아 병사들의 대화를 듣던 세레논이 중얼거렸다. 이미 깨끗하게 닦이다 못해 번쩍거리는 검을 기계적으로 손질하던 카시아가 코웃음을 쳤다.

"부끄러워서 얼굴도 못 드셨으면 좋겠군요. 소드 마스터가 배신당해서 사경을 헤매다니. 코미디도 아니고."

조롱하듯 말하지만 쓰러진 카슈미르를 보고 가장 표정이 어두웠던 이가 카시아였다. 검을 닦는 천이 검날에 베이고 나서야 집착적으로 움직이던 손길이 멎었다.

"……악을 쓰고 주술사를 찾았습니다. 성공하면 지휘관님께 진심으로 인정받을 것 같아서."

"……."

"아직 치하도 제대로 못 받았습니다. 그 전엔 절대 못 보냅니다. 저승 문턱까지 가셔도 질질 끌고 올 거예요."

하, 허탈하게 뱉은 웃음이 입김이 되어 날아갔다. 세레논이 조금은 편안해진 낯으로 하늘을 올려다보았다.

"빨리 일어나셨으면 좋겠네."

그녀의 빈자리를 느끼는 사람이 너무 많았다.

푸른 기적이 없는 하루가 저물었다.

"결국 결론은 크리시스 지휘관이 독화살을 맞고 호수에 빠질 때까지 지켜보기만 하고 있었다는 거 아닌가요?"

엘리오르가 입꼬리를 비틀었다. 신성하다 칭송받던 아름다운 얼굴이 지금만큼은 사악해 보였다.

"그 자리에 있지도 않았던 사람이 말은 참 쉽게 하는군. 우리가 전장에서 죽어나갈 때 호화로운 신전에서 포도나 따 드셨을 텐데."

눈을 내리깐 채 손끝으로 자신의 제복에 달린 술을 빙글빙글 돌리던 알렉산드로가 코웃음을 쳤다.

제국의 교황 '엘리오르 라'와 아타라의 국왕 '알렉산드로 레안드로 레오네 드 아타라'. 대륙 회의 때나 마주쳤던 기묘한 조합이 전장에서 다시 성사되었다.

"하, 하하……."

그 사이에서 죽어나는 것은 카슈미르의 부재로 연합군의 총책임자를 맡게 된 아타라군의 사령관, 유니스 셜리였다. 마음의 준비도 없이 이 둘을 한자리에서 마주하게 된 그는 기가 빨린다는 것이 무슨 뜻인지 온몸으로 실감하고 있었다.

"그 자리에 있었던 국왕께선 강으로 빠지는 크리시스 지휘관 옆에서 한가롭게 사과나 드시고 계셨나 봐요?"

"적어도 성하보단 바쁘게 움직이고 있었지."

게다가 두 사람의 사이도 좋지 않았다.

유니스 셜리는 대체 무슨 일이 있었는지 몰랐지만 둘이 알아서 원만하게 합의를 보길 바랐다. 그는 믿지도 않던 신을 부르며 힘겹게 웃어 보였다.

"국왕 전하. 피곤하진 않으십니까? 어제부터 무리하셨습니다."

"그러게요. 온실 속 잡초에게 전장은 버거울 텐데요. 이만 돌아가 보는 게 어떤가요?"

턱을 괸 엘리오르가 사르르 눈을 휘었다. 걱정스럽다는 어투로 비아냥거리는 실력이 수준급이었다.

알렉산드로의 고운 미간이 꿈틀거렸다.

"그것보다, 정사를 내팽개치고 온 성하께선 그대로도 괜찮은가? 일개 신관이 온 거라고 소문은 내 두었지만 더 오래 있으면 들킬 텐데. 무책임하긴."

"방금 그 말, 신성 모독으로 이단 심문관에게 넘길 수 있는 발언이라는 거 아시나요? 정사를 내팽개친 건 국왕께서도 마찬가지일 텐데."

"여긴 우리나라라서 이게 내 정사거든. 허가도 없이 다른 나라로 이동해 온 누

충직한 검이 되려 했는데 4

구와는 다르지."

'죄송한데 저 빼고 싸워 주시면 안 되겠습니까?'

유니스는 혀끝을 간지럽히는 말을 꾹 삼키며 울고 싶은 것을 참았다. 그는 급기야 여태까지의 삶을 회개하고 있었다.

"우선…… 현 상황을 보고해 드려도 되겠습니까?"

유니스는 죽도록 눈치를 본 끝에 간신히 두 사람 사이에 끼어들어 조심스럽게 물었다. 갑작스러운 데다 두 사람 다 딱히 연합군의 안위를 위해 온 것 같진 않지만 어쨌든 보고는 해야 했다.

"……그래. 해 보도록."

"들어 보죠."

그래도 양심은 있는지 들으려는 시늉은 하는 두 사람을 보며 유니스는 속으로 안도의 한숨을 쉬었다.

"그럼 보고를 시작……."

"잠깐."

사락.

유니스의 말을 끊고 천막의 문이 열렸다.

엘리오르가 이곳에 있다는 것이 알려져선 안 될뿐더러, 중요 인물들이 모인 자리였기에 모두의 출입을 엄격히 금하고 있었다. 천막 밖은 국왕의 친위대와 교황의 성기사단이 지키고 있었다.

천막 문을 향해 향한 눈들이 일제히 커졌다.

"다들 이곳에 계셨군요."

목소리는 살짝 잠겼으나 여전히 온화했다. 흰 와이셔츠에 검은 바지 차림은 설원에서 입기엔 지나치게 얇을뿐더러 격식도 없었으나 이를 지적할 이는 없었다.

"보고, 저도 같이 들어도 되겠습니까?"

카슈미르가 열에 달아오른 얼굴로 가볍게 미소 지었다.

"으음……."

나는 인상을 왈칵 찌푸리며 눈을 떴다.

'얼마나 쓰러져 있었지?'

지끈거리는 머리를 부여잡았다. 몸에서 독의 기운은 더 이상 느껴지지 않았지만 독의 여파인지 미열이 있는 것 같았다.

"헉! 지휘관님!"

몸이 무거워 금방 일어나지 못하고 앓는 소리나 내며 뒤척이고 있었을까, 익숙한 목소리가 귀를 따갑게 울렸다. 나는 희미하게 웃으며 고개를 돌렸다.

"율리안."

여태껏 내 옆을 지켜 줬던 것인지, 내 침상 옆 의자에 앉아 있던 율리안이 벌떡 일어섰다. 그는 자다 깬 건지 몽롱한 낯이었다.

"아, 진짜……! 왜 이제 일어나냐고요!"

"억."

쿠당탕.

부스스 일어나 앉은 나를, 입술을 꾹 깨물고선 바라보던 율리안이 울컥한 얼굴로 덮치듯 뛰어들었다. 힘이 없었던 나는 그의 몸에 눌려 침대 위로 다시 쓰러졌다. 그가 훌쩍거리며 내 품에 얼굴을 묻었다. 나는 그의 등을 토닥여 주었다.

"걱정 끼쳤습니까? 죄송합니다."

"분명 몸은 다 치료됐는데 깨어나질 않아서 잘못된 줄 알았다고요! 잠깐 눈 뗐다고 어디 가서 뒤통수나 맞고 있고! 해독도 다 제가 한 건 알아요? 나 없었으면 어쩔 뻔했냐고, 진짜!"

"수고 많았습니다."

"내가, 어? 지휘관님 옆 지킨다고 잠도 못 자고!"

충직한 검이 되려 했는데 4

"입가에 묻은 침은 닦고 말씀하시죠."

쓱.

율리안이 머쓱하게 손등으로 입가를 닦았다.

'멍청한 대형견 같네……'

그의 머리를 대충 쓰다듬어 주고 자리에 앉았다.

"제가 쓰러진 지 얼마나 됐습니까?"

"오래되진 않았어요. 이제 사흘째니까요."

나는 이마를 짚었다.

'너무 많이 잤어.'

전시 상황에서 사흘은 절대 짧지 않았다. 다급하게 자리에서 일어섰다.

"아, 좀! 조심!"

찰나에 휘청거린 내 몸을 율리안이 붙잡아 주었다.

'와…… 갈대도 아니고 일어나다가 비틀거리다니.'

나는 경악한 채로 힘이 들어가지 않는 몸을 이리저리 움직여 보았다. 튼튼한 몸으로 살아온 시간이 너무 오래되어 현재의 몸 상태가 통 적응되지 않았다.

"환자는 절대 안정 몰라요? 아직 열도 안 내렸다고요!"

"예……. 알았으니 멱살은 놓아 보세요."

나는 율리안에게 멱살이 잡힌 채 앞뒤로 흔들렸다. 아무래도 나의 안정을 가장 해치는 건 율리안인 것 같았지만 마음이 갸륵해 지적하진 않기로 했다.

"그래도 더 이상 지휘관 자리를 비워 둘 수 없습니다. 유니스에게 가야 합니다."

살살 달래니 그가 눈을 부라렸다.

"만약 그러다 무리해서 쓰러지기라도 하시면 전 죽을지도 몰라요. 그 새끼가 절 가만두지 않을 거라고요!"

"그 새끼, 저보다 강합니까?"

율리안이 누굴 말하는지 몰라도 당당하게 물었다. 턱, 입을 닫은 그가 도르륵 눈을 굴렸다.

"……아뇨. 아마 절대 못 이길걸요."

"그럼 됐지 않습니까. 제가 가호하겠습니다."

나는 그의 어깨를 툭툭 두드려 주고 빠르게 밖으로 발걸음을 옮겼다.

"아니, 적어도 겉옷은 입고 가시지……!"

뒤에서 들리는 말은 못 들은 척하며 또 그가 붙잡기 전에 빠르게 막사 밖으로
나왔다.

"지휘관님! 깨어나셨습니까?"

"그래. 수고하는군. 유니스 사령관은 안에 계신가?"

무거운 몸을 옮겨 유니스의 막사 앞에 도착했다. 가는 길에 놀란 시선들이 따
갑게 쏟아졌으나 눈길을 주지는 않았다.

빠릿빠릿하게 인사하는 병사에게 고개를 까닥여 주곤 두리번거렸다.

'왜…… 성기사들이 여기 있지?'

국왕 친위대는 레오가 있으니 그렇다 쳐도 신전의 성기사들이 막사를 지키고
있는 상황은 도통 이해가 되지 않았다. 살포시 미간을 좁히니 병사가 눈을 도르
륵 굴렸다.

"계십니다만…… 지금 국왕 전하와 제국에서 오신 신관님과 얘기를 나누시는
중입니다."

"……신관이라고?"

성기사들의 얼굴을 가만히 확인하던 나는 헛웃음을 쳤다.

'미쳤나고요, 엘.'

그들은 내가 엘과 만날 때면 어김없이 엘을 지키던 엘의 전속 성기사들이었
다.

"네. 귀한 분들이 계시니 아무도 들이지 말라고 하셨습니다만……."

"나도 안 된다고 하던가?"

"네? 그, 그게……."

병사가 땀을 뻘뻘 흘렸다. 그는 아무도 들이지 말라는 명을 충실히 수행하는 것뿐인데 그보다 훨씬 직급이 높은 내가 들어가려 하니 당혹스러울 터였다.

갑자기 명령이 충돌하는 상황을 맞게 된 병사가 안쓰러웠지만, 나 나름대로 급했기에 강압을 담은 미소를 지으며 그의 어깨를 두드렸다.

"나오게. 내 이름을 걸고 그대에게 피해가 가지 않도록 할 테니."

그 확언에 병사는 결국 비켜섰다. 나는 망설임 없이 막사 안으로 들어갔다.

"보고, 저도 같이 들어도 되겠습니까?"

놀란 얼굴들은 꽤 볼 만했다.

⚜

"이렇게 얼굴 보니 기뻐서 어쩔 줄을 모르겠습니다, 성하. 놀랍군요. 정말 놀랍습니다."

자리에서 일어서 내게로 오려는 레오와 엘을 저지한 나는 유니스에게서 모든 보고를-보고를 하며 자꾸만 내 눈치를 보는 것이 안쓰러웠다- 전해 들은 뒤 엘을 향해 일부러 미소를 지어 보였다.

'여기까지 오다니 제정신입니까?'

그런 뜻을 내포한 말이었다.

내가 쓰러진 것은 사흘 남짓. 교황이 그 안에 정식 절차를 거쳐 이곳까지 올 수 있을 리 없었다. 애초에 가장 위험한 지역에 온다는 것 자체가 말이 안 됐다.

이를 악문 나를 봤을 텐데도 엘은 태연했다.

"나도 기뻐요. 걱정했거든요. 혹시라도 못 일어날까 염려돼서 죽을 것 같았는데……."

은빛 속눈썹을 파르르 떤 엘이 아릿한 미소를 지었다.

"……정말 다행이에요."

물기로 반짝이는 은빛 눈동자는 신의 보석 같았다.

"저 새끼 저거 구마해야 해."

"저, 전하?"

"내가 봤어. 방금 다른 영혼이 들어가는 거 봤다니까? 넌 저게 동일 인물이라는 게 믿어지냐? 저거 악마가 들렸거나 인격이 두 개거나 둘 중 하나야."

자리에서 벌떡 일어난 레오가 엘에게 삿대질했다. 기겁한 유니스가 덩달아 일어나 어쩔 줄 몰라 하는 얼굴로 엘과 레오를 번갈아 보았다.

나는 그 사이에서 조용히 눈을 감았다.

"다들 제가 다시 쓰러지는 꼴을 보고 싶은 모양이군요. 이번엔 내친김에 일주일쯤 기절해 보는 것도 좋겠습니다."

모두가 자리에 앉았다. 조용해진 막사 내에서 나는 의자에 등을 기댔다. 어깨엔 레오의 망토가, 무릎엔 엘의 로브가 덮여 있었다.

"남은 북부군들은 다 도망간 게 확실합니까?"

"……네. 순간이동으로 이동해 흔적도 찾지 못했습니다. 죄송합니다."

유니스는 얼굴을 들지 못했다. 나는 최대한 부드러운 미소를 지은 채 고개를 저었다.

"제가 깨어 있었어도 결과는 똑같았을 겁니다. 쓰러져 있는 동안 연합군을 잘 이끌어 주셔서 감사합니다."

유니스가 살짝 고개를 돌렸다. 코끝이 선명하게 붉은 것이 사흘간 꽤나 고생한 듯했다.

"힐다 베스토는 붙잡았고 지금 수감되어 있다는 거죠."

"네."

나는 느리게 숨을 뱉으며 자리에서 일어났다.

"그곳으로 가죠."

이 전투를 마무리 지어야 할 때였다.

••—§•❧•§—••

"사람을 죽여 본 적 있으십니까?"

엘이 내게로 고개를 돌렸다. 갑작스러운 질문에도 그는 놀란 기색이 아니었다. 곤란해하며 웃었을 뿐.

"거짓말해도 되나요?"

"솔직하게요."

"있죠. 직접 죽여 본 적도 있고, 죽이라고 명령한 적은 셀 수도 없고."

그의 대답은 담담했다. 표정에선 회의도, 가책도 보이지 않았다.

"지도자는 부덕 또한 행할 줄 알아야 해요."

선과 의로만 지어진 낙원은 이 땅에 존재하지 않았다. 자신이 걸어온 길에 조금의 의심도 없는 은빛 눈동자는 찬란했고, 냉정했다.

"전쟁에서 사람이 죽는 건 당연한 거야. 죽이지 않으면 죽는데, 우선 살고 봐야지. 별수 있냐."

레오가 주머니에 두 손을 꽂은 채 껄렁껄렁 걸어왔다. 장애물을 모두 베어 내고 피로 뒤덮인 왕좌에 앉은 이다웠다.

"그럼 전쟁이 끝나면 그땐 어떻게 돼?"

옆을 지나쳐서 앞을 보고 걸어 나가던 레오가 나를 돌아보았다. 새하얀 얼굴에 온기 없는 미소가 피어났다.

"그건 그때 생각하자고."

"이곳입니다."

레오의 대답 뒤로 유니스의 목소리가 잇따랐다.

펄럭.

나는 천막의 문을 열고 들어갔다.

"스승님! 깨어나셨습니까!"

천막 내에서 기다리고 있던 세레논이 날 발견하고 눈을 크게 떴다. 기뻐하는 그를 향해 웃어 주었다.

그와 짧은 인사를 마친 나는 막사를 가로질러, 의자에 묶인 여자 앞에 섰다.

"또 이렇게 만나는군, 힐다 베스토."

이글거리는 잿빛 눈동자가 나를 노려보았다. 목에 찬 목걸이 형식에 마나 구속구. 혀를 깨물지 못하게 만드는 입마개. 몇 달 전의 장면이 데자뷔로 머릿속을 스치고 지나갔다.

"저번엔 조나단 에이머리의 도움으로 도망쳤던 건가?"

그러고 보니 힐다가 도망치던 날에 조나단이 그녀 곁에 있었다.

칼과 아리아가 준, 사람을 감별하는 마도구는 고장이 난 것도, 애꿎은 빌헬름 변경백에게 울린 것도 아니라 조나단에게 울렸던 것이다.

'진짜…… 너무 멍청해.'

힐다 앞에 위치된 의자에 대충 걸터앉아 마른세수를 하며 자책했다. 몇 번이고 불길하다고 느꼈으면서도 결국은 믿고 정을 준 나 자신이 너무 싫었다.

'사람을 믿는 게 죄냐? 신뢰는 사회의 기반이 되는 소중한 자원이다. 그걸 망가뜨린 사람이 잘못한 거지 신뢰를 준 사람이 멍청한 게 아니다. 사람을 믿다 속은 사람을 바보 취급하면 안 돼.'

카라쇼의 한마디가 머릿속을 스치고 지나갔다. 그것이 나의 유일한 위안이었으나, 지금만큼은 위로가 되지 않았다.

"으읍!"

입마개 때문에 말을 할 수 없는 힐다가 몸부림쳤다. 그 필사적인 꼴을 가만히 지켜보던 나는 손을 들어 입마개를 벗겨 주었다.

"푸하! 나를 죽여라! 나는……! 커헉!"

퍽!

나는 망설임 없이 힐다의 얼굴에 주먹을 날렸다. 몸의 중심이 무너지다시피 휘청거리며 입에 고인 피를 뱉는 그녀를 보면서도 마음은 기이할 만큼 차가웠다.

"꼭 복수의 방법이 전쟁이어야 했나?"

"콜록……."

"다른 이성적인 방법을 모두 내치고 전쟁이어야만 했나?"

내 목소리가 고요한 막사 안을 공허하게 울렸다.

뺨이 부어오른 힐다가 눈을 희번덕거리며 광소를 터트렸다.

"내 아버지가 마수 토벌의 방패막이로 강제 징병되고 내 어머니가 제국군에게 맞아 죽었을 때부터 내겐 전쟁밖에 없었다."

"……."

"너희도 소중한 것을 빼앗겨야…… 그래야 이 세상이 공평한 거지. 그것이 정의 아닌가?"

나는 힐다의 쥐어짜는 듯한 신음을 들으며 카라쇼를 만나 다행이라고 생각했다. 카라쇼의 가르침은 내게 '직선'을 알려 주었다. 그 직선은 내 앞을 가로막는 벽이 되기도 했지만, 동시에 올바른 길을 향해 뻗어 지도가 되어 주기도 했다.

'카라쇼의 가르침이 없었다면 나는 힐다 같은 사람이 되지 않았을까.'

상처를 가지고 살아가는 데엔 여러 가지 방법이 있다. 나는 누군가를 잃는 아픔을 알기에 다른 이들은 이를 겪지 않게 하려고 했고, 힐다는 그 고통을 타인에게 전가하고자 했다.

'나는 운이 좋았던 거지.'

그 행운이 힐다 베스토에겐 베풀어지지 않았을 뿐이다.

"정보를 불 생각은 없겠지?"

"있을 리가……."

그녀는 끝까지 당당했다.

"그래."

스르릉.

나는 허리춤에서 검을 뽑았다.

"내가 할게."

레오가 나를 저지했다. 나는 고개를 저었다.

"괜찮아."

"꼭 네가 할 필요는 없잖아."

"아니."

고개를 돌려 그와 눈을 맞추었다. 딱딱하게 굳은 연두색 눈동자에 결연한 눈빛의 내가 비췄다.

"이번엔 내가 해야 해."

다른 일개 병사도 아닌 적장이고, 나는 그녀와 치열한 전선에서 다투었던 지휘관이다. 그녀의 처분을 다른 이에게 맡길 수는 없었다.

스르륵.

나는 힐다에게 검을 겨누었다.

"마지막으로 하고 싶은 말은 있나?"

힐다가 천천히 고개를 들었다.

그녀는 그 어느 때보다도 평안해 보였다.

"눈보라가 몰아닥칠 것이다."

그것이 그녀의 유언이었다.

푹.

힘을 줄 것도 없었다. 손놀림 한 번에 그녀의 심장이 꿰뚫렸다. 솟구친 피가 온몸에 튀었고, 고깃덩어리를 푹 찌르는 감각이 손끝에 맴돌았다.

'사람의, 숨통을, 끊을 땐…… 절대 그의 눈을……'

'알아요, 스승님.'

또다시 머릿속에 메아리치는 가르침을 뚝 끊고 힐다의 두 눈을 물끄러미 바라보았다. 잿빛 눈동자는 생기를 잃고 뒤집혀 있었다.

나는 손을 떨지 않았다. 눈물을 흘리거나 초점을 잃지도 않았다. 스스로 생각하기에도 지나치게 담담했다. 전쟁을 치르며 죽음에 익숙해진 건지, 무너지지 않기 위한 방어기제인지 알 길은 없었다.

"시체, 처리해 주겠나?"

"네, 네, 네!"

피 묻은 검을 뽑은 나는 뺨에 묻은 핏자국을 손등으로 닦아 냈다.

싸늘하다 못해 얼어붙어 버린 막사 안의 공기에 눈치를 보던 병사가 내 명령에 화들짝 놀라며 세차게 고개를 끄덕였다.

"그…… 어떤 방식으로 처리할까요? 땅에 묻을지…….'

나는 시신을 힐끗 바라보았다. 조금 전까지만 해도 나와 대화를 나눴는데, 지금은 그저 단백질 덩어리일 뿐이었다. 인간의 목숨은 그리도 덧없었다.

그래도 나는 그들의 가냘픈 호흡을 지키고 싶었다.

"태워라. 흔적도 남기지 말고."

"네!"

우렁차게 답하는 병사를 뒤로하고, 나는 피비린내가 진동하는 막사를 나왔다.

"익숙해져야 하는 일이에요."

한참을 말없이 걷기만 했을까, 조용히 뒤따르던 엘이 속삭였다. 나는 그를 돌아보지 않았다.

"나는 슈슈가 얼마나 괴로워하는지 몰라요. 사람을 죽이는 건 내게 늘 쉬웠거든요."

그래서 엘은 나를 위로할 수 없었다. 레오도, 세레논도, 카시아도, 율리안도, 아마 카이사르와 아리아, 칼 또한 내게 위로가 될 수 없을 것이다. 디에고까지도.

그들은 좋은 친구이고 동료이며 가족이었지만 목숨의 무거움을 몰랐다. 그들이 내 마음에 공감한다고 해 봤자 속이 빈 강정에 불과할 것이다.

'라이너라면 알아줄까.'

문득 그리운 얼굴이 떠올랐다. 내가 아는 가장 올곧은 이. 방향을 잃었을 때 어김없이 붙잡아 주던 북극성. 그러면 목숨의 무게를 알 것이다.

'보고 싶다.'

나는 사람들 사이에서도 외로워졌다. 나약하게 보일지라도 그에게 기대고 싶어졌다.

"전쟁에서 사람이 죽는 건 당연하다고 했지."

내 말에, 땅을 보며 걷던 레오가 고개를 들었다. 그의 눈은 복잡했으나, 고개를 끄덕이는 것엔 망설임이 없었다.

"전쟁은 많은 사람을 광기로 몰고 가니까."

"하지만 전쟁이 끝나도 삶은 계속되잖아. 전쟁이라서 어쩔 수 없다는 이유로 많은 사람을 죽이고 괴물이 되면…… 그다음엔? 전쟁이 끝나고 나면 어떻게 되는 거야?"

"……."

레오가 침묵했다. 알고 있다. 그의 탓이 아니라는 걸. 그가 제시하는 마음가짐이 최선임을 알고 있었다. 하지만 모든 것이 아는 것만으로 해결되진 않았다.

"우선 살고 보자는 말은 너무 무책임한 거 아닐까?"

나는 결코 살인에 익숙해질 수 없었다.

나는 전쟁이 너무 싫었다.

"……응. 무책임해. 내가 말실수를 했어."

손에 낀 장갑을 벗은 레오가 내 눈가를 닦아 주었다. 쉴 새 없이 흐르는 눈물이 그의 투박한 손길에 닦여 나갔다.

"나도 너 같은 사람이었다면 이런 일을 사소하게 넘길 수 있었을까?"

고개를 저어 그의 손길을 떨쳐 낸 나는 눈물을 벅벅 닦아 냈다. 피와 눈물이 섞

충직한 검이 되려 했는데 4

여 들어간 눈은 뜨기 힘들 정도로 따가웠지만 더는 울지 않았다. 병사들이 볼지도 몰랐다.

"그랬겠지. 하지만 나 같은 사람이었다면 나는 널 사랑하지 않았을 거야."

레오가 허리를 굽혀 나와 눈을 맞췄다.

그는 나를 온전히 이해하지도, 위로하지도 못했다.

"너는 사람으로 살아. 괴물은 내가 될 테니까. 내가 죽일게. 그러면 안 될까?"

그럼에도 내 곁에 있어 주고, 내게 손을 내밀었다.

"……그렇게 내버려 둘 리가 없잖아."

나는 헛웃음을 지었다. 그가 괴물이라면 그의 친구인 나도 괴물이어야 했다. 그에게 모든 짐을 떠넘길 순 없었다. 나는 뒤돌아 레오와 엘을 바라보았다. 친구를 대하는 게 아니라, 한 나라의 왕과 종교 전체의 지도자를 대하는 눈으로.

"또다시 전쟁이 일어나지 않게 도와주세요."

내 인생에 두 번은 못 할 짓이다. 전쟁은 그 무엇으로도, 어떻게도 미화될 수 없는 참극이었다. 하늘을 올려다보았다. 수많은 이가 죽었음에도 해는 지고, 달은 떠올랐다. 나는 그날 밤 잠들지 못했다.

아침부터 진영이 떠들썩했다. 병사들은 들뜬 표정으로 시끄럽게 대화를 나누었고, 높이 솟았던 천막들은 모두 걷혔다.

그 모습을 묵묵히 지켜보던 나는 오른쪽으로 고개를 돌렸다.

"채비는 언제…… 아."

텅 비어 있는 옆자리를 보며 허탈하게 숨을 내쉬었다.

조나단을 대하던 습관이 튀어나온 것이었다.

"지휘관님, 뭐 하고 계십니까?"

멍하니 허공만 바라보던 내게 카시아가 다가왔다. 나는 기계적으로 미소 지으며 고개를 저었다.

"아닙니다. 채비 끝났습니까?"

"네. 모두 준비됐습니다."

그녀의 안내에 따라 병사들에게로 발걸음을 옮겼다.

모두가 준비를 마치고 나만을 바라보며 명령을 기다리고 있었다.

"모두 준비되었는가?"

"네!"

"부상자와 사상자까지?"

"네!"

이송용 간이침대엔 중상을 입은 이들이 누워 있었고, 시체를 담은 상자들도 있었다.

"분명 말했지. 생존했든 전사했든, 우리는 모두 집으로 돌아간다."

나는 등을 돌렸다. 파란 망토가 등 뒤로 거세게 휘날렸다.

"돌아가자."

이 한마디에 이렇게 기뻐할 날이 올 줄 알았겠는가.

등 뒤에서 귀를 찢을 듯한 탄성이 터져 나왔다. 흐느끼는 소리도 간간이 들렸다. 드디어 집으로 돌아갈 시간이었다.

"정말 질린다…… 이게 인생이냐?"

"그대 인생의 종말을 지금 맞이하기 전에 조용히 할 수 없겠나?"

율리안이 얼굴을 질펀하게 적신 검은 피를 닦아 내며 푸념을 늘어놓았다. 더러워진 검을 닦던 세레논이 평소보다 더 날카롭게 반응했다.

카시아는 두 사람에게 시선조차 주지 않은 채 먼 산만 바라보고 있었다.

어둠이 드리운 제국 지원군 막사의 분위기는 뒤숭숭했다.

제국에 도착하기 바로 전날, 가장 마음 설레고 기뻐해야 할 순간에 북부군의

충직한 검이 되려 했는데 4

습격을 받았기 때문이다.

아타라의 국경을 넘어 이곳까지 오는 건 일사천리였다. 엘은 내가 멀쩡하게 검을 휘두르는 모습을 보자마자 급하게 온 만큼이나 급하게 돌아갔고-나는 그의 수정구에서 불이 나도록 연락이 오는 모습을 보았다-, 레오는 우리가 아타라 궁에 며칠 더 묵기를 바랐지만 한시라도 빨리 집에 돌아가고자 하는 병사가 많았던 탓에 아쉬운 낯으로나마 작별을 고했다. 그리고 솔라티네의 국경을 넘은 뒤 방심하고 있던 우리는 쓴맛을 보게 되었다.

사상자는 없었으나 모두가 만신창이였다. 몸은 물론이요, 마음까지.

모든 게 끝난 줄 알았다가 그렇지 않음을 자각하는 건 힘겨웠다.

"그래도 주위에 자연 온천이 있어서 다행입니다. 다들 몸은 씻고 돌아갈 수 있겠군요."

검은 피도 채 닦지 못한 채 귀환하는 꼴은 면할 수 있었다. 나는 안도의 한숨을 쉬고는 깨끗하게 닦은 검을 도로 검집에 넣고 자리에서 일어섰다.

"스승님, 어디 가십니까?"

"다른 기사들과 씻는 것이 불편하시다면 따로 물을 준비하라고 이르겠습니다."

세레논이 고개를 기울이고, 카시아가 무심한 투로 세심하게 날 살펴 주었다.

"잠시 순찰을 돌고 오려 합니다. 주위에 들짐승이 있는 것 같아서요."

"다른 병사를 시키죠. 계속 못 주무시고 계시잖아요."

율리안이 미간을 찡그렸다. 그의 표정에선 걱정이 희미하게 묻어났다. 나는 그를 향해 밝게 웃어 보였다.

"제가 가고 싶어서 그런걸요. 금방 다녀오겠습니다."

탁.

대답이 돌아오기 전에 자리를 박차고 나갔다. 눈 내린 설원엔 내 발자국만이 선명하게 남았다. 나는 쉬고 싶지 않았다.

"……들짐승들과 구르고 오셨습니까?"

내 꼴을 말없이 한참 바라보던 카시아가 헛웃음을 지었다. 나는 머쓱하게 머리를 긁적였다. 머리에 뒤집어쓴 흙먼지 때문에 손끝까지 더러워졌다.

날이 어두울 때 출발했건만, 벌써 동이 트고 있었다.

"근처에 어슬렁거리는 놈들만 잡으려고 했는데…… 한 놈 두 놈 잡다 보니 자꾸 신경 쓰여서 숲 깊숙이까지 다녀와 버렸네요."

"아주 사냥꾼으로 전직하지 그러십니까. 가죽도 벗겨 오지 그러셨어요."

"경이 원한다면 지금이라도 벗겨 올 수 있습니다."

"장난하십니까?"

카시아가 험악하게 얼굴을 구겼다. 나는 그녀의 논지가 무엇인지 알면서도 가볍게 넘기며 지시했다.

"병사들을 준비시키죠. 한 시간 뒤 출발하겠습니다."

조나단이 사라진 뒤 카시아가 내 부관 역할을 맡고 있었다.

그녀는 부관보단 호위 기사에 어울리는 인재였기에 조나단만큼 경이로운 일 처리 속도를 보여 주진 못했으나, 충성심과 열정만큼은 그 누구에게도 뒤처지지 않았다. 덕분에 나는 그의 빈자리를 크게 느끼지 않을 수 있었다.

"바로 출발하시겠다고요. 그 꼴로 씻지도 않으시고요."

"물수건으로 닦는 걸로 충분합니다."

"냄새납니다."

"……잊은 것 같아서 말해 주자면 나는 경의 상관입니다."

"제 상관이니 멍청한 짓을 할 때 바로잡아 주는 겁니다."

그녀는 지나치게 혁신적인 말투의 소유자였다. 중요할 땐 충성스러웠건만, 평소엔 하극상과 솔직함 사이에서 아슬아슬하게 줄타기했다.

"스스로를 채찍질해 봤자 달라지는 건 없습니다."

그녀의 푸른 눈은 숨 막히도록 또렷하고 진실했다.

"어차피 돌아가면 쉴 시간이야 넘칠 거고, 병사들은 1초라도 더 빨리 집으로 돌아가고자 합니다. 저 하나 때문에 일정을 늦출 수는 없습니다."

그래도 나는 뜻을 무를 생각이 없었다. 이번 여정에서 가장 크게 배운 건 지도자로서 선택한 것을 밀어붙이고 그에 대해 책임지는 방법이었다.

"그렇지만……."

"카시아 부관."

"……."

"두 번은 말하지 않겠습니다. 준비시키세요."

아무리 친근한 사이라도 위아래는 분명해야 했다. 오히려 친근한 사이이기에 더 확실히 해야 했다. 지금은 전시 상황이었고, 전시 상황 중 명령 불복종은 군사재판 없이 곧바로 처형이 가능한 중범죄였다. 그녀는 내 친구였지만 당장은 부관이라는 위치가 사적인 친분에 앞서야 했다.

"……죄송합니다."

크게 숨을 들이쉰 카시아가 한 손을 가슴에 얹은 채 고개를 숙였다. 이견의 여지 없는 복종의 표시였다.

나는 그제야 표정을 풀었다.

"카시아."

"……네."

"고마워요."

툭툭.

나는 그녀의 어깨를 두어 번 두드리고 지나쳤다. 그녀가 나를 걱정해서 하는 말임을 알고 있었다.

"……카슈미르. 스스로를 혹사시키지 마세요."

카시아의 속삭임이 귓가에 오래도록 남았다.

⊹⊱✦⊰⊹

"저 지금 막 가슴이 벅차올라요."

"그런가요?"

"국가를 열창하며 눈물 흘릴 수 있을 것 같아요."

율리안이 과장스럽게 눈가를 닦았다. 나는 이번만큼은 그의 마음을 이해하며 말의 고삐를 단단히 쥐었다.

"드디어 도착했군요."

제국 수도가 코앞에 있었다.

'가족들은 다 무사할까?'

카이사르, 칼, 아리아. 그리운 얼굴들이 빠르게 머리를 스쳤다. 조나단의 배신 이후 가족들에게 남긴 연락이라곤 '건강히 잘 있습니다. 모두 건강하세요.'라는 내용의 짧은 메시지뿐이었다. 일정이 빡빡해 차마 틈을 낼 수 없었다.

'그게 가족들에게 소홀해졌다는 뜻은 아닌데.'

맹세코, 전장에서 한순간도 가족들을 잊은 적이 없었다. 내가 돌아갈 곳은 그들의 옆이었다.

혹시라도 오해하게 했을까 걱정되어 머리를 벅벅 긁고 있을 때였다.

"지휘관님. 이제 곧 수도 거리에 들어설 겁니다."

내 부관이 된 이후 당당하게 말 한 마리를 차지하고, 내 옆에서 말을 몰아 따라오고 있던 카시아가 언질을 주었다.

나는 엄청난 인파가 가까워짐을 느끼며 숨을 들이쉬었다.

'많은 이가 기다리고 있겠지.'

지원군 병사들 중 가족이 있는 이들도 있을 것이고, 그저 승리하고 돌아온 지

충직한 검이 되려 했는데 4

원군의 모습이 궁금해서 나온 이들도 있을 것이다.

그 다양한 이들의 공통점은 싸워 지켰기에 살아남았다는 것이다.

'우습지만, 병사들이 그것에 자부심을 가지도록 할까?'

"다들 자랑스러워하도록 해라."

나는 고개를 돌려 등 뒤를 바라보았다. 뒤를 따르던 수많은 병사가 선두에 서 있는 내게 주목했다.

"그대들이 지킨 곳 아닌가."

자연스레 부드럽고 엷은 미소가 피어올랐다.

"지원군이 돌아왔습니다!"

성벽 위에서 쩌렁쩌렁하게 울리는 목소리.

끼이익.

그리고 성문이 열렸다.

와아아!

대지를 울리는 함성이 터져 나왔다.

영웅이라 불리며 칭송받아 본 적도 있고, 공작 영애로서 온갖 사탕발림을 들어 본 적도 있다. 하지만 단언컨대 이 정도의 환영은 살면서 처음 받아 보았다. 나는 얼얼한 귀를 반사적으로라도 막지 않으려 노력하며 태연하게 말을 몰았다.

"레민! 살았구나! 감사합니다, 라이시여!"

"엄마! 왜 이렇게 늦게 왔어!"

여기저기서 감격의 재회가 진행되었다.

간혹 감정에 북받친 몇몇 병사가 대오를 이탈해 자신의 소중한 사람을 으스러져라 껴안았으나, 이번만큼은 이탈을 암묵적으로 허용했다. 나조차 지휘관만 아니었다면 말에 박차를 가해 집으로 달려가고 싶은 마음이었으니까.

'나그네였다가 고향으로 돌아온 기분이야.'

잔뜩 긴장하고 있던 몸이 탁 풀리는 느낌이었다.

돌아왔다. 이곳이 나의 집이었다.

'이럴 줄 알았으면 씻고 상처를 치료할걸 그랬지.'

나는 뺨을 긁적거렸다. 뺨에만 해도 작은 상처가 가득해 긁을 때마다 따가웠다. 물수건으로 닦았기에 못 봐 줄 정도는 아니지만, 씻고 단장을 해 그나마 괜찮은 꼴인 병사들과 비교했을 때 내 상태는 걸레짝이었다.

눈에 잘 띄는 곳만 깨끗하지 자세히 보면 자잘한 상처부터 온몸과 옷 구석구석에 들러붙은 핏자국, 자르지 못한 손톱, 까슬까슬해진 피부 등 오랫동안 관리를 받지 못한 신체 부위들까지 총체적으로 처참했다.

'그래도 일찍 오길 잘했어.'

나는 하늘을 바라보았다.

이른 오후. 햇볕은 쨍쨍했고 하늘은 푸르렀다. 지원군의 귀환을 축하하는 새하얀 꽃잎이 하늘에서 살랑살랑 떨어지며 햇빛에 비쳐 투명하게 반짝였다. 조금만 늦었으면 이렇게 가슴 벅찰 정도로 황홀한 장면은 나오지 않았을 것이다.

"……아."

감성에 빠져 있던 찰나, 카시아가 탄식했다. 그녀는 흔치 않게 얼빠진 표정이었다.

"어머니? 제인?"

그녀의 시선이 향한 곳에서는 나에게도 낯익은 카시아의 어머니 에녹과 그녀의 동료 기사 제인이 손을 흔들고 있었다. 그들은 금방이라도 울 것 같은 얼굴이었으나 손을 흔들 뿐 무어라 말을 하지도, 다가오지도 않았다. 눈빛만으로도 통하는 짙은 유대가 엿보였다. 카시아의 눈빛이 물기로 일렁였다.

'그러게. 카시아도 젊었지.'

전장에서 냉정하고 단호한 그녀를 보다 보니 잊고 있었다. 그녀가 겨우 20대 청년에 불과하다는 걸.

오늘 새벽에 내게 무리하지 말라고 하던 어른스러운 카시아와 지금 당장 울 것 같은 카시아가 겹쳐져 쉬이 눈을 뗄 수 없었다.

"……왕성이 보이네요."

내 왼쪽에서 말을 몰고 있던 세레논이 중얼거렸다. 그는 무언가에 홀린 표정으로 왕성을 바라보고 있었다.

내겐 직장이자 수도의 랜드마크일 뿐이지만 그에겐 평생을 살아온 집일 터. 나는 그의 두 눈에서 뚝뚝 묻어나는 반가움을 기억해 두었다.

"뭐…… 다들 훈훈한데 저만 뭐가 없네요. 신전을 보면서 감개무량해하기엔 그냥 지긋지긋한 직장이라서. 잠잘 때도 직장 방향으론 머리를 두지 않는 게 원칙인데 그리웠다고 거짓부렁을 할 수도 없고."

내 뒤를 따르던 율리안이 퉁명스럽게 중얼거렸다.

처음 전장으로 향하는 길에 올랐을 땐 말 때문에 죽도록 멀미하던 그가 이젠 말을 몰 수 있었다. 여전히 승마 실력은 허접하고 말과는 사이가 안 좋으며, 가끔 울렁거리는지 헛구역질하기도 했지만.

"왜, 엘이라도 그리워해 보지 그러십니까."

"미쳤어요? 지휘관님이라면 고된 장기 출장을 다녀왔는데 출장 보낸 직장 상사를 먼저 떠올리겠냐고요! 그 낯짝에 침 안 뱉은 것만 해도 평화수호상을 줘야 한다니까!"

내 농담에 율리안이 발끈했다. 트라우마라도 건드린 듯한 끔찍한 표정이었다.

"차라리 떠올릴 거면…… 아……."

말하다 뚝 멈춘 율리안은 순식간에 귓불을 붉혔다. 나는 왠지 본능적으로 껄끄러워졌다.

"아?"

"……아, 아리……."

"지원군이 왕성으로 입장합니다!"

율리안이 그답지 않게 수줍은 더듬거림을 끝맺기 직전, 왕성의 대문이 우리를 향해 활짝 열렸다.

"병사들은 이쪽으로. 크리시스 경과 귀족분들, 간부분들께서는 저를 따라와 주십시오. 황제 폐하와 교황 성하, 그리고 수도의 귀족들께서 기다리고 계십니다."

황실의 시종이 내게 정중하게 인사했다.

나는 그를 따라 발걸음을 옮기면서도 티 나지 않게 당황했다.

"지금…… 말인가?"

정식 승전 축하식은 수도에 도착하고 조금 지나 열릴 거라고 전달받았기에 공식 행사는 이걸로 끝인 줄 알았다. 내 반응에 나를 쏘아본 카시아가 속닥거렸다.

"제가 분명 도착하자마자 모든 귀족과 황제 폐하, 교황 성하 앞에서 인사를 한다고 말씀드렸을 텐데요. 전장에서 돌아오자마자 하는 게 절차라고."

"……내가 미안합니다."

잘하다가 마지막에 이런 착오가 있을 줄 몰랐다. 나는 살짝 시종의 눈치를 보았다.

"혹시 5분만 시간을 줄 수 없나? 화장실 좀……."

"지금 당장 들어가셔야 합니다."

세수라도 한 번 더 제대로 할 작정이었건만. 시종은 단호했다.

탁.

어느새 홀 앞에 도착했다. 나는 거대한 문을 물끄러미 바라보았다.

'몇 달 만에 다시 만나는데 거지꼴을 보여 주는구나.'

예상치 못한 수치였다. 나는 문 너머에 있을 내 가족과 친구들을 떠올리다 반쯤 해탈했다.

"들어가지."

별수 있나. 불쌍한 꼴로 동정표라도 얻기로 마음먹었다.

끼이익-

시종의 손길에 천천히 문이 열렸다. 그리운 이들을 만날 시간이었다.

끼이익-

황궁 메인 홀의 문이 열리고 수많은 이의 그림자가 붉은 카펫 위에 드리웠다.

그곳에 자리한 귀족들은 하나같이 선두에 서 있는 작은 인영을 바라보았다.

'공인된 소드 마스터 셋 중 한 명인 용병왕 미르가 사실 카슈미르 크리시스였다.'

얼마 전까지만 해도 제국을 뜨겁게 달군 화젯거리였다. 그 소란이 채 가라앉기도 전, 그녀는 또 다른 태풍을 몰고 왔다.

'카슈미르 크리시스가 지원군의 지휘관을 맡는다.'

감탄과 반발을 함께 산 파격적인 결정이었다.

'검은 재앙' 미르만큼 이번 전쟁에 걸맞은 이가 어디 있느냐 말하는 이들이 있는 한편, 어린 여자에게 중책을 맡긴다며 혀를 차는 이들도 있었다. 그리고 전투가 대승으로 끝난 지금. 카슈미르 크리시스는 제국 내에서 명실상부 최고의 전쟁 영웅이었다. 혼자서 대재앙 다섯 마리를 해치웠다더라, 일격으로 강을 마르게 했다더라, 진위 여부를 알 수 없는 소문들은 제멋대로 몸을 부풀렸다.

이 소문의 주인공을 확인하기 위해 필수 참여도 아닌 자리에 온갖 귀족이 몰려들었다. 그리고 그들이 그 자리에서 확인한 것은 막강한 소드 마스터도, 철혈의 지휘관도 아니었다. 그저 170cm를 겨우 넘는, 18살의 소녀였다.

그녀는 곱게 치장한 귀족들과 상반되게 조촐한 약식 제복 차림이었다. 하필 흰색인지라 흙먼지와 핏자국이 더 선명하게 보였다. 길게 굽이치는 검은 머리카락은 향유를 바르긴커녕 빗질조차 제대로 되지 않았고, 추운 날씨에 오랫동안 노출되었던 피부는 거칠었다. 닦는다고 닦은 것 같지만 귀 뒤나 손톱 새에 묻어 있는 핏자국은 고된 전투를 말해 주었다.

탁, 탁.

그녀는 거침없이 붉은 카펫을 가로질러 나아갔다. 자신이 어떤 꼴인지 신경도 쓰지 않고. 새하얀 얼굴은 한 치의 부끄러움도 내비치지 않았다. 빛을 받지 않아도 반짝이는 진분홍색 눈동자는 또렷하게 정면만을 바라보았다.

"……지휘관은 고개를 들라."

그들이 붉은 길 끝에 다다라 황좌 앞에서 무릎을 굽혔을 때, 황제 헬리오스가 자리에서 일어섰다. 그의 표정은 담담했으나 기저에 숨길 수 없는 착잡함이 묻어났다.

카슈미르가 천천히 고개를 들었다.

"그대들의 앞길에 신의 축복이 있을지니."

교황의 축언이 거대한 홀을 울렸다.

이에 고개를 푹 숙인 카슈미르는 몸을 부들부들 떨기 시작했다.

'우는 건가?'

'……많이 힘들었던 모양이지.'

좌중이 술렁였다. 모진 전장을 버텨 내다 교황의 덕담에 북받치는 감정을 참지 못하고 무너지는 어린 지휘관의 뒷모습은 많은 이가 생각에 잠기게 하기에 충분했다.

"모든 상처와 아픔을 기억할 것입니다."

엘리오르 라의 음성이 잔잔히 울려 퍼졌다.

엘의 축복 시간, 나는 아닌 밤중에 홍두깨로 이를 악물고 있었다.

"긔듸듸릐 윕긔릐 쉰끼식 칙븍희싀릐릐(그대들의 앞길을 신께서 축복하시리라)-"

고아하게 허리를 굽혀 예를 갖춘 율리안은 고개를 숙인 덕분에 다른 이들에겐 보이지 않는 입으로 엘을 전력 조롱하고 있었다.

딱 나와 카시아, 세레논만 들릴 정도의 작은 목소리. 애들 장난으로 취급하기도 부끄러울 정도로 유치한 짓거리였다.

"흐윽……."

그럼에도 웃음이 터져 나오는 건 어찌할 방도가 없어 고개를 푹 숙인 채 몸을 덜덜 떨며 필사적으로 참았다.

"뭐? 모든 상처와 아픔을 기억해? 염병을 떨어요. 평생 네 뒤치다꺼리한 대신 관 생일이나 좀 기억해 봐라, 새끼야. 어떻게 된 게 한 번도 안 챙겨 주더라? 네가 금붕어냐?"

"크흡……."

눈을 질끈 감은 채 가까스로 참던 세레논마저 웃음의 방벽이 무너져 고개를 떨구었다. 카시아는 이미 두 손에 얼굴을 묻은 채로 웃고 있었다.

"그만……하세요."

"그만하긴 뭘 그만해요? 제가 저 자식의 실체를 수도 광장에서 음성 확대 마도구로 까발리지 않은 것만으로도 '인내의 천사' 같은 이명을 얻어야 한다니까요."

엄숙한 환영식에서 돌연 웃음을 터트리는 미친 지휘관이 되고 싶지 않건만, 율리안은 물러설 생각이 없어 보였다.

몇 달 동안 묵은 그의 분노는 불행하게도 환영식에서 폭발하고 있었다.

'고위 간부들이 다 이 모양이니 뒤에서 제법 볼 만하겠군.'

나는 간신히 웃음을 억누르며 주위를 살짝 둘러보았다.

우리 앞에 자리한 건 황제와 교황, 황후와 황태자, 제1, 제2 기사단장과 내 아버지 카이사르 정도였다. 나머지는 우리의 뒷모습밖에 볼 수 없었다.

'우는 거라고 착각하진 않았으면 좋겠는데.'

칼과 아리아, 르웰린의 위치는 붉은 카펫을 가로질러 걸을 때 전부 파악했다.

그들은 알아보지 못하는 게 더 힘들 정도로 나를 뚫어져라 바라보고 있었다. 뛰쳐나오려는 듯 몸을 달싹이는 아리아를 칼이 간신히 붙잡고 있는 모습까지 보았다.

'얼른 끝났으면 좋겠다.'

지금 당장이라도 뒤돌아 그들에게 달려가고 싶은 마음이 굴뚝같았다. 나는 근질거리는 몸을 간신히 참았다.

"……그러므로 그대들의 본항에 돌아온 것을 환영한다."

헬리오스의 한마디를 끝으로 기나긴 연설이 막을 내렸다.

"카슈미르 크리시스 지휘관은 앞으로 오라."

그의 엄숙한 선언에 나는 황좌로 향하는 계단을 올라가 지도자들 앞에서 무릎을 굽혔다.

깊은 푸른 눈으로 날 가만 응시하던 헬리오스는 아무 말 없이 자신의 검을 뽑고 칼등으로 내 어깨를 두드렸다.

'괜찮아요?'

곧이어 성수가 든 잔을 들고 자리에서 일어난 엘이 입술을 움직였다. 나는 눈꼬리를 휘며 입 모양을 만들어 보였다.

'멀쩡합니다.'

오늘 새벽까지만 해도 아무것도 괜찮은 게 아무것도 없었건만, 이곳에 돌아와 모두를 보니 모든 게 괜찮을 것만 같은 근거 없는 확신이 들었다.

"부정한 것을 물로써 정결케 하리라."

주르륵.

내 앞에 선 엘이 내 머리 위로 천천히 성수를 부었다. 머리칼을 타고 흐르는 냉수가 어쩐지 기분 좋았다.

"귀환을 축하해요, 슈슈."

스르륵.

젖은 내 머리칼을 부드럽게 쓸어 준 엘이 내게만 들릴 만큼 작은 목소리로 속삭였다.

"이상으로 의식을 마칩니다."

시종의 선포와 함께 나직한 나팔 소리가 울려 퍼졌다.

"제국의 태양과 하늘께 영광을."

나는 허리 굽혀 인사하고 뒷걸음질로 천천히 물러섰다.

'계단까지 뒷걸음질로 내려가야 하다니, 예법이란.'

나야 소드 마스터라서 내려가다 삐끗하는 일은 없겠으나, 보통 사람이라면 자칫 잘못했다간 미끄러져서 머리가 거하게 깨지기 십상이었다.

"조심하세요."

뒷걸음질로 제자리를 찾다 세레논과 살짝 부딪쳤다. 그가 내 어깨를 붙잡아주며 속삭였다. 그리고 그 모습을 지켜보던 율리안이 내 귓가에 나직하게 속삭였다.

"여기에서 뒷걸음질하다가 시원하게 굴러떨어지는 관리들이 일 년에 몇 명인지 모르죠? 이쯤 되면 예법을 뜯어고칠 만도 한데 황제 폐하나 엘 그 자식이나 보고만 있다니까요. 사실 둘 다 즐기는 건지도 몰라요. 황제 폐하와 교황 성하의 은밀한 취향……."

"제발 그런 말 좀 하지 마세요……."

나는 한 손에 얼굴을 묻은 채 키드득거렸다.

이 엄숙한 상황에서 웃음기 하나 없이 중상모략하는 율리안을 보고 있자면 금방이라도 웃음이 터져 나올 것 같았다.

"죽을 거면 혼자 죽지…… 왜 주위 사람들까지 다 끌고 가려는 겁니까?"

옆에 선 카시아가 입술을 짓씹었다. 그녀는 가까스로 웃음을 참으며 율리안을 향해 눈빛으로 쌍욕을 하고 있었다.

"절 여기서 웃겨서 어쩌겠다는 겁니까……."

힘이 풀린 나는 이제 반쯤 세레논에게 기대어 있었다. 날 붙잡아 주고 있는 세레논 또한 웃음을 참느라 정상은 아니었다.

나는 눈을 질끈 감았다.

"저…… 이제 나가셔도 괜찮습니다."

의식이 끝났음에도 움직이지 않는 우리를 초조하게 바라보던 시종이 속삭였다. 나는 크게 심호흡했다.

"셋 하면 모두 정색하고 뒤도는 겁니다. 제발 지원군의 자존심을 지킵시다."

머릿속에서 빙빙 맴도는 황제 폐하와 교황 성하의 은밀한 취향을 지우려 노력하며 몸을 세웠다.

"하나, 둘, 셋."

우리는 한 번도 웃은 적 없었던 것처럼 표정을 굳히고 일제히 몸을 돌렸다.

걸어가는 길에 따가운 시선들이 꽂혔다. 나는 그 모두를 스쳐 지나가다 한 자리에서 멈칫했다.

'칼, 아리아.'

드레스를 꽉 쥔 아리아의 손이 파들파들 떨리고 있었다.

"보고 싶었어."

공간이 겹쳐지는 찰나에 속삭였다. 순간 칼과 스친 손끝이 찌릿했다.

이제야 진정으로 행복했다. 그리고 지원군의 지휘관인 카슈미르 크리시스가 환영식 때 감격에 차 몸의 중심도 잡지 못하고 오열했으며, 다른 이들도 함께 눈물을 터트려 버렸다는 말도 안 되는 소문이 돈다는 사실을 알게 된 건 나중의 일이다.

남은 일들을 마무리하고 보니 벌써 저녁에 가까운 시간이었다. 너덜너덜해진 채로 해 질 녘의 노을을 바라보며 황궁의 마차장으로 발걸음을 옮겼다. 멀리서 한 인영이 빠르게 다가왔다. 인간이라기보단 한 마리의 고삐 풀린 명마와 같은 속도였다. 나는 조금 무서워졌으나, 그래도 발걸음을 더욱 빨리했다.

"이 멍청이!"

와락.

난데없이 욕을 얻어먹음과 동시에 내 품으로 무게가 실렸다. 나는 익숙하게 작은 몸을 받아 들었다.

"응. 멍청이 왔어?"

아리아의 새하얀 목덜미에 얼굴을 묻으며 푸시시 웃었다.

'집'이라는 개념을 인식할 수 있을 때부터 아리아는 나와 함께 있었다. 그러므로 나는 '집'을 '아리아'로 정의했다. 영원한 내 본향이었다.

"네가 그런 귀여운 욕도 할 줄 알았나? 쌍욕밖에 못 하는 줄 알았는데."

"아가리."

칼의 냉소에 아리아가 으르렁거렸다. 내가 없는 동안 사이가 조금은 좋아졌을까 했는데, 둘 다 여전했다.

"슈슈."

탁.

검은 구두가 내 앞에 멈춰 섰다. 새빨간 눈동자가 온화하게 날 응시했다.

내 허리에 한 팔을 두른 그가 내 목덜미에 얼굴을 묻었다. 뜨거운 숨결이 살갗을 간지럽혔다. 그리운 온기에 눈을 꾹 감았다.

"나도 보고 싶었다."

내 또 다른 집.

내겐 하늘빛 아침뿐만 아니라 붉은 노을도 필요했다. 시간이 흘러야 했다.

"너무 어리광들을 부리지는 마라. 가장 힘든 사람은 슈슈였지 않나."

어떤 이들은 그를 악마라고 불렀고, 살인귀라고도 했으나, 내게는 세상에서 가장 상냥한 사람이었다.

잘 묻어 두었던 나약한 감정을 한마디로 끌어올리는 이.

서늘한 저녁 바람에 흑암같이 검은 머리카락이 가볍게 나부꼈다.

내가 쉴 수 있는 안온한 밤. 내 하늘의 완성.

"이리 와라."

내 아버지, 카이사르가 날 향해 웃었다.

나는 망설임 없이 그에게 달려가 안겼다. 그의 품은 나를 덮을 만큼 컸다.

"……힘들었어요."

"안다."

"모든 선택의 결과를 책임진다는 게 무겁고 버거워서……."

"그래."

의지할 사람이 있다는 게 얼마나 다행인지 다시금 깨닫는 시간이었다. 아예 몰랐다면 몰라도, 알게 되었다면 알기 전으로 돌아갈 수 없다. 나는 내 아버지 없이는 살 수 없었다.

"수고했다."

그 담백한 한마디로 충분했다. 모든 것이 괜찮아지는 것만 같았다.

나는 아이처럼 그에게 안긴 채 눈을 질끈 감았다.

'그러니 반드시 당신을 지킬 겁니다.'

이젠 〈요정의 밤〉 속 카이사르가 죽었다는 문구를 떠올리는 것만으로도 숨이 턱 막히는 것 같았다. 세상의 평화며 정의의 실현이며 허울 좋게 말하지만, 사실 내가 이렇게까지 전쟁에 필사적인 이유는 이 때문이었다.

카이사르를 살리고 싶어서. 그를 내 곁에 붙잡아 두려고.

"집으로 가자."

카이사르가 단단한 손으로 나를 이끌었다.

나는 어렵게 찾은 완벽한 집을 빼앗기고 싶지 않았다.

충직한 검이 되려 했는데 4

"……지그문트 형님께는 안부 전해 드리겠습니다."

툭.

나직한 목소리가 귓가에 울리는 것과 동시에 커다란 손이 내 어깨를 가볍게 밀쳤다. 힘껏 몸부림쳤지만 마비 독에 중독된 몸은 내 의지대로 움직이지 않았다.

풍덩.

나는 그 끔찍한 순간을 그저 되풀이할 수밖에 없었다.

"이렇게 만나지 않았다면 좋았을 텐데."

조나단의 기묘한 한마디도, 뼛속까지 성에가 낄 듯 차가운 강물도 날 괴롭게 했지만, 가장 괴로운 것은 따로 있었다. 내 심장을 작살처럼 꿰뚫는 무력감. 지금처럼 중요한 순간에 아무것도 하지 못할까 봐 불안했다. 결국엔 무엇도 바꾸지 못할 것 같았다. 전쟁에 치유사로 출전해 피투성이가 된 아리아. 광기에 물들어 미쳐 버린 칼. 미동 없이 죽어 있는 카이사르. 끔찍한 장면들이 빠르게 스쳐 지나갔다.

강에 깊게 잠겨 들던 그 순간처럼 점점 더 숨이 막혀 올 때.

"허억!"

덜컹.

나는 숨을 몰아쉬며 벌떡 일어났다.

커다란 침대가 크게 출렁거렸다. 온몸이 식은땀으로 축축해 정말로 물속에 빠졌다가 나온 것 같았다.

한참 동안 힘없이 침대 헤드에 기대어 숨을 고르다, 찝찝하게 젖은 앞머리를 신경질적으로 털어내고 눈을 감았다. 초원이 꽉 차도록 양을 세어도 다시 잠들지 못할 거라는 것쯤은 이미 알고 있었다. 그저 잠깐이라도 현실에서 눈을 돌리고 싶었다.

난 침대 위에서 새벽을 꼴딱 새우는 대신 욕실로 향하는 것을 택했다. 더러운 기분을 목욕으로 풀며 피부가 벗겨지도록 씻은 뒤에야 동이 텄다.

아주 느릿느릿하게 옷을 갈아입고도 아침 식사까지는 시간이 남아 있었으나 일찍 눈이 떠졌다고 둘러댈 수 있는 시각이었기에 지체하지 않고 홀로 향했다.

"다소 이른 시간입니다, 카슈미르 아가씨."

텅 빈 탁자 앞 내 지정석에 힘없이 걸터앉았을까, 총괄 집사 테일러가 다가왔다. 빈틈없는 눈빛이 나를 엄하게 꾸짖는 듯해 슬쩍 시선을 피했다.

"눈이 일찍 떠지더군."

"이 늙은이를 속이려 하십니까."

그는 내가 밤을 새웠음을 진작에 눈치챈 것 같았다.

걱정 섞인 한숨을 쉰 테일러가 들고 있던 나무 트레이를 탁자 위에 내려놓았다. 향기로운 다즐링이 미약하게 출렁거렸다.

"식사를 준비할까요?"

"아니. 다들 나올 때까지 기다리도록 하지."

지금은 산해진미를 먹어도 모래를 씹는 기분일 것 같았다. 길게 내려온 옆머리를 귀 뒤로 넘기며 잔을 기울였을까, 테일러가 느지막이 입을 열었다.

"많이 수척해지셨습니다. 공작님도 걱정하시더군요."

미간이 꿈틀거렸다. 돌아온 뒤로 질리도록 들은 말. 신경이 한껏 벼린 칼날처럼 날카롭게 곤두섰다.

"어쩔 수 없잖나. 그럼 전장에서 삼시 세 끼를 챙겨 먹길 기대했나?"

탕, 신경질적으로 잔을 내려놓았다. 작은 파열음과 함께 찻잔 밑동에 금이 갔다. 내 반응에 놀란 테일러가 눈을 크게 떴다.

'요즘 왜 이러지.'

내뱉고 나서야 아차 싶었던 나는 좁아진 미간을 지그시 눌렀다.

아타라에서 돌아온 지 일주일이 지났다.

아타라에 가기 전엔 딱 맞던 바지가 지금은 입자마자 흘러내렸다. 셔츠고 재킷이고 하나같이 품이 커져서 입을 수 있는 옷이 얼마 없었다. 만나는 사람마다 너무 말랐다며 기겁하던 게 과민 반응이 아니었음을 그제야 깨달았다.

'아가씨. 혹시 기분이 좋지 않으십니까?'

'뭐? 갑자기 무슨 소리지?'

'아니, 아닙니다.'

돌아왔을 당시엔 모든 문제들을 망각하고 오랜만에 마주한 평화를 만끽하기 바빴으나, 시간이 지날수록 괴리감은 커져만 갔다.

'그냥, 예전에는 자주 웃으셨는데 한 번도 웃질 않으셔서요.'

이곳은 여전한데 나만 변해 버린 느낌이었다.

"……미안하군. 피곤해서 말이 날카롭게 나갔어."

이마를 짚고선 길게 한숨을 뱉었다. 지휘관의 위엄을 살리려 하다가 입에 붙어 버린 강압적이고 차가운 말투는 쉬이 고쳐지지 않았다.

빠르게 표정을 정돈한 테일러가 고개를 저었다.

"아닙니다. 이 늙은이가 걱정이 과했던 것 같습니다."

테일러는 여전히 정중했다. 주인에게 불만을 토로할 수도 없는 노릇이겠지만, 나는 유독 부드러운 말투가 그의 상냥함이라는 걸 알고 있었다.

마음 한구석에 깊게 박힌 미묘한 자괴감이 몸을 부풀렸다.

"……혼자 있고 싶으니 나가 주겠나."

깍지 낀 손을 입가에 가까이 한 채 그에게서 고개를 돌렸다. 잠시간 나를 응시하던 그는 군더더기 없는 동작으로 허리를 굽혀 인사했다.

"물론입니다. 부디 평안하시길."

나는 물러가는 테일러의 뒷모습을 힐끗 바라보다가 천천히 눈을 감았다.

이제는 '평안'이라는 단어가 다른 세계의 언어처럼 들렸다.

·──಼⟨Ｔ⟩಼──·

얼마나 긴 시간을 혼자 멍하니 지새우고 있었을까. 어느새 가족들이 하나둘씩 식탁에 모여 앉고, 자연스럽게 식사가 시작됐다. 하라바나 고기를 접시에 덜어 나이프로 쿡쿡 찌르던 나는 느리게 고개를 들었다. 홀 안은 쥐 죽은 듯 고요했다. 칼과 아리아의 티격태격도, 아주 간간히 울려 퍼지던 카이사르의 무뚝뚝한 한마디도 없었다. 내게 몰려 있던 시선들은 내가 고개를 들 때마다 재빨리 흩어졌다.

모두가 내 눈치를 보고 있었다.

"……아리아."

"응? 왜? 필요한 거 있어? 음식이 입맛에 안 맞아?"

머뭇거리다 입을 여니 눈을 동그랗게 뜬 아리아가 와다다 질문을 쏟아 냈다. 말을 걸어 주기만을 기다린 듯한 반응이었다. 아리아는 내가 없는 동안 쑥 자라 버렸다. 키가 조금 컸고, 이목구비는 더욱더 뚜렷해졌다. 짧던 머리는 조금 더 자라 날개뼈에 닿았다. 출정 기간이 그렇게 길지도 않았건만, 어려서 그런지 빨리 자랐다. 아리아는 시간이 지날수록 점점 더 반짝거렸다. 북부의 겨울에 물들어 버린 듯, 겨울 하늘처럼 칙칙해져만 가는 나와는 딴판이었다.

"네 아버지가 궁금하지 않아?"

간간이 울려 퍼지던 식기 부딪치는 소리가 일제히 멈췄다. 카이사르와 칼의 새빨간 눈동자가 내게로 쏠리고, 아리아가 숨을 멈췄다.

아리아의 친아버지. 요정들의 왕, 테세우스.

레이샤의 유품을 어머니의 방에서 발견하고, 은빛 늑대족의 문양이 새겨진 주머니에 들어 있던 요정 숲 출입패를 지그문트에게 빼앗긴 사건 이후.

나는 내 나름대로 열심히 머리를 굴려 이 미스터리의 진상을 유추했다.

'어머니가 요정 숲 출입패를 얻은 경로 중 가장 그럴듯한 건 모종의 이유로 테세우스에게 받았다는 가설이야. 테세우스 이외에 요정과 접촉한 흔적이 없기도 하고, 그만한 물건을 마음대로 줄 수 있을 만한 인물은 테세우스뿐이니까.'

대륙에서 가장 폐쇄적이라고 해도 과언이 아닌 요정족은 다른 종족이 자신들의 영역으로 들어오는 것을 철저히 금했다. 요정 숲의 출입패를 누군가에게 양도할 수 있는 인물이라면 그들의 왕인 테세우스쯤은 되어야 이치에 맞았다.

'그런데 그게 대체 왜 레이샤의 흔적이 남은 주머니에 들어 있었냐는 거지.'

레오의 유모이자 은빛 늑대족인 레이샤와 아리아의 아버지인 테세우스. 그냥 붙여 두면 생경하다 못해 생뚱맞은 이 두 사람의 교집합인 내 어머니 안테이아 헬라. 지금까지 나온 정보만으로 정황을 추측하는 것은 불가능했다.

'남은 방법은 당사자에게 직접 정황을 듣는 것뿐인데. 이미 사망한 레이샤와 어머니를 제외하면 남은 건 테세우스밖에 없어.'

배배 꼬이고 뒤엉킨 과거의 실타래를 풀기 위해선 테세우스를 찾아야 했다.

"늘 말했잖아. 내 가족은 언니로 충분하다고."

아리아의 침묵은 길지 않았다. 아무런 미련이 보이지 않는 담담한 목소리는 냉정하게까지 느껴졌다.

그녀는 손 안에서 나이프를 무료하게 굴리다가, 이내 나이프로 어딘가를 겨누었다.

"그리고 이미 있잖아. 아버지."

칼날 끝에 자리한 것은 식탁 끝에 위치한 카이사르였다.

카이사르의 눈동자가 크게 흔들렸다. 저택에 폭탄이 떨어져도 서류만 보고 있을 위인인 그가 저 정도의 반응이었으니 아리아의 한마디의 무게를 짐작할 만했다.

"……얼마 전까지만 해도 나한테 네 아버지 관리 잘 하라고 하지 않았나?"

칼은 들고 있던 포크조차 놓친 채 믿을 수 없다는 표정을 짓고 있었다.

틈만 나면 카이사르를 서로의 아버지로 떠넘기려고 하던 두 사람이었으니 당연했다.

'언제부터 카이사르를 진짜 아버지로 여기게 된 거지?'

어디까지나 형식적으로 받아들인 줄 알았건만.

나조차 새삼스러운 충격에 빠져 있을 때에도 아리아만은 태평했다. 그녀는 설탕에 재운 자몽을 그릇에 덜어 놓았다.

"언니는 예전부터 나한테 정상적인 삶을 선물해 주는 것에 필사적이었지만, 사실 나부터 정상이 아닌걸. 피가 이어진 번듯한 부모나 단란한 삶 같은 건 애초에 필요 없었어."

하늘색 눈동자가 나를 똑바로 응시했다.

"나는 지금이 좋아. 그러니까 나 때문에 무언가를 하려고 하지 마."

할 말을 잃고 입을 다물었다. 아리아를 위한다고 했던 것들이 어느새 아리아에게 마음의 짐이 되었다는 걸 이미 알고 있었으니까.

"……응. 그럴게."

목울대를 울렁이다 갈라진 목소리로 답했다. 그래. 언젠가 아리아가 말했던 대로 이젠 누군가를 위한 삶이 아닌 '카슈미르 크리시스'의 삶을 살아야 했다.

내 삶을 스스로 가눌 힘이 없어 누군가에게 내던지듯 맡기는 것도 무책임이었다. 이젠 한 걸음을 내디딜 때였다.

"……그래도 아리아, 나는 조만간 네 친아버지를 만나러 갈 거야."

부드럽게 올라가 있던 아리아의 입꼬리가 희미하게 일그러졌다.

이해할 수 없다는 시선이 몰리는 가운데, 접시 위의 고기를 느리게 썰었다. 붉은 핏물이 나이프 위로 배어났다.

"너 때문이 아니야. 따로 만나야 할 이유가 있어."

과거의 실타래를 풀기 위해서가 가장 큰 이유였으나 그뿐만은 아니었다.

'그들의 도움이 필요해.'

내 발로 직접 전장을 누비며 뼈저리게 깨달은 것은 치유 능력자의 필요성이었다. 나야 율리안이 주치의처럼 달라붙은 덕분에 중상을 입어도 언제든 치료받을 수 있었지만, 다른 병사들에게 그런 사치는 주어지지 않았다.

병사들은 분초를 다투는 중상으로 죽어 갔다.

신성력을 가진 사제들은 물론이요, 특별한 능력은 없지만 의료에 일가견이 있는 의원들까지 대동했음에도 의료진은 늘 모자랐다.

'앞으로 전쟁은 더 거칠어질 거야. 요정족의 도움이 필요해.'

나는 은빛 늑대족에게 그랬듯 요정족에게도 동맹을 요청할 생각이었다. 워낙 폐쇄적인 종족이니 크게 기대하긴 어려웠지만 시도조차 하지 않을 순 없었다.

"네가 원한다면 너와 함께 가려 해. 만약 마음이 바뀐다면 언제든 말해."

동맹 제안에 아리아를 앞에 내세우면 일이 훨씬 쉬워질지도 모른다. 요정족의 통치자인 테세우스는 아리아의 생물학적 아버지였으니까.

하지만 나는 아리아를 이용하고 싶지 않았다. 그녀의 의지를 존중해 주고 싶었다. 아리아가 주먹을 꽉 쥐었다. 흔들리는 표정에서 심란한 마음이 비쳐 보였다.

'생각할 시간이 필요하겠지.'

몰아붙이고 싶진 않았다. 나는 일부러 아리아의 얼굴을 보지 않은 채 자리에서 일어났다.

"많은 것이 달라졌고, 앞으로도 달라지겠지만, 이것만큼은 여전해."

드르륵.

의자를 밀어 넣었다. 등받이를 잡고 있는 손이 희미하게 떨렸다.

사실은 무서웠다. 더 이상 예측할 수 없는 미래도, 성장인지 변질인지 모를 궤도로 변해 가는 나도.

"나는 너와 칼과 아버지, 그리고 이곳을 사랑해. 그건 변하지 않아."

처음부터 사랑으로 시작된 이야기다. 눈송이가 우박처럼 쏟아지던 그 겨울날,

미친놈처럼 이 저택의 문을 두드렸던 건 오직 내 품에 안겨 있는 작은 아이를 위해서였다. 사랑이 무엇인지도 몰랐으나, 기이하게도 내 일생은 늘 누군가에게 바치는 사랑 고백이었다.

"그러니까…… 너무 어색하게 여기지 마."

속삭임에 가까운 목소리로 읊조렸다.

아리아뿐만이 아니라 이곳에 있는 모두에게 하는 말이었다.

돌아온 이후 달라져 버린 스스로를 알았지만, 적어도 내 가족만큼은 나를 낯설게 여기지 않길 바랐다. 여전한 태도로 날 대해 주었으면 했다.

저벅저벅.

침묵이 가라앉은 홀을 뒤로한 채 천천히 걸음을 옮겼다. 달라진 건 아무것도 없지만 어쩐지 처음 이 홀에 들어섰을 때보다 훨씬 몸이 가벼워진 것 같았다.

나는 고개를 곧게 든 채 정면을 응시했다.

해야 할 일이 많았다.

언제나 화려하고 사치스러운 솔라티네 제국의 황궁 연회장.

북부군이 제국의 목 밑까지 밀려들어 온 상황에서도 그 빛은 바래지 않았다. 안전 불감이라 느껴질 정도로. 수많은 화제가 사람들의 혀를 달구다 빠르게 사라지는 거대한 북새통에서 오늘의 이야깃거리는 단연 하나, '아타라 지원군'이었다.

지원군을 치하하기 위해 열린 승전 축하 연회답게 연회장 곳곳이 그들에 대한 이야기로 시끄러웠다.

아타라 지원군의 승전 소식이 전해지기 전까지만 해도 지원군에 대한 의견은 분분했다.

'북부 놈들은 온갖 강자가 득실거리는 검술 대회에서 황제 폐하를 암살하려

했을 만큼 대담한 놈들일세. 거의 성공할 뻔했지. 거기에 북부의 괴물들까지 부린다는데 무슨 수로 이기겠나? 지금이라도 다른 대륙으로 망명을 가는 편이 나을지도 모르네.'

'그 암살 사건을 실패로 만든 장본인이 지휘관으로 간다는데 무엇이 걱정인가! 게다가 미르는 마수만 전문으로 처리하던 황금 방패 용병이잖나. 마수를 어떻게 처리해야 할지 잘 알겠지. 분명 승리를 거두고 돌아올 걸세.'

지원군의 승패 예측을 두고 벌어진 도박판은 수많은 이의 참여를 이끌어 내며 역대 최고의 판돈까지 기록했다.

당시의 베팅 비율은 무려 5대 5.

이 도박에 전 재산을 건 이가 수두룩하다는 풍문까지 돌던 가운데, 승리의 여신은 지원군의 손을 들어 주었다. 그중 꿈에 나올까 두려운 흉흉한 얼굴로 지원군의 승리에 천문학적인 금액을 걸었던 칼 크리시스가 불어난 돈을 불쏘시개로 쓴다는 소문은 전설처럼 전해지고 있었다.

그러나 지원군의 승리가 확실해진 뒤에도 소란은 잠재워지지 않았다. 미르가 죽었다더라, 함께 갔던 대신관이 마수의 독에 중독되어 미쳤다더라, 2황자가 팔 하나를 잃었다더라 하는, 진위 여부가 명확하지 않은 소문들이 떠돌아다녔다. 남의 일에 입방아 찧기 좋아하는 귀족들에게 지원군의 주역들과 합법적으로 접촉할 수 있는 이번 연회는 하늘이 내린 기회였다. 가장 탐스러운 먹잇감은 당연히 지휘관이자 승리의 주인공인 카슈미르 크리시스였기에 모두가 그녀를 주목하고 있었다. 그러나 아무도 그녀에게 다가가지 못했다.

아리아 크리시스나 칼 크리시스 같은 인물들이 옆에서 눈에 불을 켜고 있기 때문은 아니었다. 그녀는 가족들과 함께 연회장에 들어선 이후 누구도 옆에 두지 않고 혼자 우두커니 서 있었다. 간간이 잔을 기울이는 것만이 움직임의 전부였다.

그럼에도 불구하고 다가갈 수 없는 건 그녀의 분위기 때문이었다.

카슈미르의 무미건조한 얼굴은 겨울날 살짝 열린 창틈을 비집고 들어오는 냉기처럼 스산했다. 그녀는 이전부터 소드 마스터다운 대단한 위압감을 자랑하긴 했지만 온몸에서 흘러넘치는 선함을 숨기지 못하는 사람이었다. 지금처럼 두렵게 느껴지는 사람이 아니었다.

그러나 이 순간 귀족들의 눈앞에 서 있는 카슈미르는, 잔을 쥔 창백한 손이 섬세하게 조각된 얼음 같았고 온색의 두 눈마저 어둠 속 짐승의 눈처럼 형형해 보였다. 이전에도 재앙에 가까운 강력하고 위험한 존재이기는 했으나, 지금은 그것과 확연히 달랐다. 이전엔 사람을 물지 않으려 부단히 노력하는 번견 같았다면, 지금은 건드리면 주저 없이 목덜미를 물어뜯을 맹수.

카슈미르를 이전부터 알고 있던 사람들은 그녀의 달라진 분위기를 눈치챌 수밖에 없었다.

'아무나 먼저 나서서 물어봐 줬으면.'

그녀를 힐끗거리는 모든 이가 그렇게 생각했다.

카슈미르의 변화는 오히려 사람들의 호기심을 더욱 자극했다. 다들 대체 무슨 일이 있었는지 궁금해 미칠 것 같았으나 먼저 말을 걸 용기가 있는 사람은 없었다.

기묘한 흐름이 이어지던 그때, 누군가 연회장을 가로질러 카슈미르에게 성큼성큼 다가갔다.

"……카슈미르."

고아한 목소리가 희미하게 떨리고 있었다.

'헬리오스랑 엘은 언제 오는 거지?'

나는 금빛으로 휘황찬란하게 빛나는 벽에 등을 기댄 채 긴 한숨을 뱉었다.

자리를 지키는 시간이 자유로운 다른 이들과 다르게, 나는 이번 연회에 끝까지 남아 있어야만 했다. 오늘은 지원군 승전 축하 연회인 동시에 내가 정식 기사

작위를 받는 날이었으니까. 이미 기사 작위 없이도 지휘관까지 역임한 마당이니, 허울에 불과했지만 책봉 자체에 불만은 없었다. 전쟁터를 자유롭게 누비기 위해서는 기사 작위가 필요했다. 지원군 일은 사안이 워낙 급했기에 황궁 제1 기사단장인 노아 아인하르트의 대리인 자격으로 어영부영 갈 수 있었지만, 앞으로도 그럴 수 있을 거라고 기대하긴 힘들었다.

'공로를 인정받아서 수습 기간 없이 기사가 될 수 있는 것만 해도 굉장히 운이 좋았지.'

전쟁이 일어난 통에 수습 기사나 하고 있었으면 속깨나 터졌을 것이다.

'지루해.'

무의미하게 샴페인 잔을 흔들었다. 이곳에 들어선 뒤부터 줄곧 혼자였으니 당연했다. 나와 함께 있어 봐야 화젯거리를 노리는 치들의 수군거림밖에 듣지 못할 테니, 칼과 아리아는 연회장에 들어서자마자 떼어 놓았다. 그렇다고 연회장에서 내 친구들을 찾아 먼저 말을 걸기엔 자신이 없었다.

잔 표면에 달라붙은 기포의 개수나 세고 있었을 때.

"……카슈미르."

떨리는 목소리와 함께 가까워진 익숙한 인기척에 멈칫했다.

흐드러지게 핀 장미꽃 향기가 후각을 잠식했다. 바닥에 떨구고 있던 시야로 굽이 높지 않은 검은 벨벳 구두가 들어왔다.

"데카르도 영애."

느릿하게 고개를 들었다.

머리카락부터 드레스까지, 화려한 붉은색이 온통 시선을 사로잡았다. 그런데도 촌스럽거나 산만하다 느껴지지 않는 게 놀라웠다.

"아니, 이제 데카르도 소후작이라고 불러 드려야 할까요?"

나는 웃었다. 상대의 얼굴은 내 표정과 상반되게 일그러져 갔다.

나는 그녀를 향해 잔을 들었다.

"오랜만입니다, 르웰린 데카르도. 차기 가주로 임명된 걸 축하드립니다."

나의 친구이자 '돈을 먹는 장미' 데카르도의 예비 수장인 르웰린이 부릅뜬 눈으로 나를 노려보았다.

도착하자마자 내게 달려온 건지, 그녀답지 않게 옷매무새가 흐트러져 있었다.

"……축하 인사가 너무 늦어요."

르웰린의 목소리엔 희미하게 날이 서 있었다. 나를 향한 원망 같기도 했고, 한편으로는 투정 같기도 했다. 나는 고개를 숙였다.

"알아요. 미안합니다. 같이 있어 주고 싶었는데."

데카르도의 차기 가주 임명식은 내가 아타라로 출정을 간 사이에 진행되었다. 아리아와 칼이 크리시스를 대표해 자리를 지켜 주었다고는 하지만 직접 참석하지 못한 미안함은 어쩔 수 없었다.

"임명식에 오지 못한 게 문제가 아니에요."

르웰린의 두 손에 힘이 들어갔다.

나는 잠시 그녀가 내게 주먹을 날리는 상상을 했다. 모든 동작이 뻔히 보이겠지만 나는 피하지 않을 것이다.

"전장에선 어쩔 수 없었다고 해도, 지금은 당신이 아타라에서 돌아온 지 일주일이 지났어요. 왜 연락하지 않은 거죠?"

한동안 잠을 못 잔 건지 핏발이 선 르웰린의 눈을 보고 있자니, 여러 대 맞아도 괜찮겠다는 생각이 들었다.

"……바빴습니다."

"살아서 돌아왔다, 나는 괜찮다, 그 몇 마디도 남기지 못할 만큼 바빴나요? 나보다 중요한 것이 그렇게 많았어요?"

르웰린의 원망 어린 눈을 피하지 않는 것만으로도 상당한 정신력이 필요했다. 울분이 차올랐는지 불규칙하게 숨을 쉰 그녀가 으르렁거렸다.

"나는 당신이 전장에 나간 후 혹여라도 당신이 잘못될까 봐 매일 밤 초조함에 이불 홑청의 실올을 뜯었어요. 생전 내 자의로는 가지도 않던 신전에 가서 그 무엇보다 무겁게 여기던 내 무릎을 꿇고 신에게 제발 당신이 살아 돌아오게 해 달라고 빌었는데, 당신은……."

아름다운 청록색 눈동자는 아침 이슬이 맺힌 나뭇잎처럼 옅은 물기로 차올랐다. 나는 황급히 주위를 둘러보았다.

'이런 모습을 보이면 쓸데없는 헛소문이 퍼질 거야. 르웰린한테 좋지 못해.'

다행히 구석진 곳인 데다 르웰린은 중앙에 등을 보이고 있는 상태라 누군가 그녀의 눈물을 볼 가능성은 낮았지만, 그래도 걱정되었기에 난 르웰린을 끌어당겨 그녀의 얼굴을 가렸다.

"당신이, 어떻게 그래요……?"

흐느낌 섞인 목소리가 애처로웠다. 나는 눈물이 번진 르웰린의 얼굴을 물끄러미 내려다보았다. 예전이라면 어쩔 줄 몰라 했을 텐데, 지금의 나는 놀라울 만큼 덤덤했다. 무엇이 원인인지는 정확히 알 수 없었다. 타인의 고통에 무뎌진 것인지도, 단순히 임기응변이 늘어난 것인지도 몰랐다.

"……괜찮지 않았어요. 그래서 연락하지 못한 겁니다."

하지만 예나 지금이나 변하지 않는 것.

"르웰린이 소중해서 그런 겁니다. 전장의 피비린내도 채 가시지 않은 모습을 보여 주고 싶지 않았습니다. 그래서 늦었어요."

나는 역시 그녀가 우는 게 싫었다.

르웰린이 고개를 들어 나를 바라보았다. 내 대답을 예상하지 못했는지 눈을 크게 뜬 채였다. 나는 거친 손을 뻗어 그녀의 붉은 머리칼 한 줌을 잡아 느리게 만지작거렸다.

"아직 자신이 없습니다. 그래서 오늘도 찾지 않았어요."

르웰린이 나를 친구라고 부른 건 내 변화까지도 받아 주겠다는 뜻이었을까. 조용히 그녀와 눈을 맞춘 채 건조하게 눈꼬리를 휘었다.

"르웰린. 나의 절대적인 조력자가 되어 주겠다는 약속은 여전합니까?"

그녀는 나의 마르지 않는 금고이자 지지자가 되고, 나는 그녀의 검이 되겠다고 했던 그때의 약속.

'태양의 맹세'와 같이 강제적인 제재조차 없는 한낱 언약이었다.

나는 그런 것이 영원할 수 있는지 궁금했다.

"그걸…… 지금 말이라고 하나요?"

눈을 두어 번 깜빡인 르웰린이 한순간에 분노한 낯으로 변했다. 그녀의 가늘고 고운 손이 망설임 없이 내 재킷의 칼라를 붙잡아 끌었다.

"고귀하고 천박한 데카르도는 결코 약속을 잊지 않아요."

대륙의 모든 돈을 쓸어 모으는 최고이자 최악의 장사꾼. 오직 최고만을 먹는, 입맛이 까탈스러운 장미들.

그들은 원한도, 은혜도 잊지 않았다. 약속은 더더욱 잊지 않았다.

"여름철에 장미가 피고 우리의 금고에 황금이 마르지 않는 한 그 약속은 변하지 않아요."

르웰린 데카르도는 여전했다. 한 토막 한 토막의 말에 묻어나는 오만함까지 사랑스러운 사람이었다.

"그럼 제 약속도 변하지 않습니다. 당신을 위해 싸우겠다고 했던 약속이요."

부동하는 것들의 곁을 지키다 보면 나도 부동할 것 같은 착각이 인다. 이것은 영원하고 나는 불멸할 것 같았다.

"오늘 먼저 와서 말 걸어 줘서 고마워요. 찾아갈 자신은 없는데 보고 싶었거든요."

그때 시종이 크게 외치는 소리가 들렸다.

"황제 폐하와 교황 성하께서 입장하십니다!"

나는 행진곡을 연주하기 시작한 악단을 힐끗 곁눈질하고 그녀의 머리카락에서 손을 뗐다. 가야 할 시간이었다.

"다음엔 내가 먼저 르웰린을 찾아갈게요."

그렇게 작별을 고하던 순간 그녀가 어떤 표정을 지었는지는 보지 않았다.

눈물을 그쳤을까, 아니면 더 울었을까.

"그러니까 조금만 기다려 주세요."

확실한 건 나는 전자를 바랐다는 것이다.

"지휘관 카슈미르 도레마 드 카이사르 크리시스는 앞으로 오라."

나는 홀의 중앙을 가로지른 붉은 카펫을 따라 발걸음을 옮겼다.

그리고 황제와 교황의 자리를 향해 오르는 계단 앞에서 멈춰 선 뒤 한쪽 무릎을 꿇고 허리를 숙였다.

"승전을 축하하네. 승리를 거둔 데엔 그대의 공이 크네."

"당치 않습니다."

형식적인 치하와 겸손이 오갔다.

오랜만에 대하는 헬리오스는 그간 고생이 많았는지 몇 년은 늙어 보였다. 자리가 자리인지라 그의 특징이던 장난스러움도 지워 낸 뒤였기에 더욱 그랬다.

"제국의 영광과 기사의 명예를 위해 치열하게 싸운 그대를 치하하며 정식 기사 작위를 수여한다."

내가 싸운 이유는 영광이나 명예 때문이 아니었지만, 누구보다 치열하게 싸웠음은 자신할 수 있었다.

나는 시종의 신호를 받자마자 일어나 망설임 없이 계단을 밟고 나아갔다.

'여기에서 뒷걸음질하다가 시원하게 굴러떨어지는 관리들이 일 년에 몇 명인지 모르죠? 이쯤 되면 뜯어고칠 만도 한데 황제 폐하나 엘 그 자식이나 보고만 있다니까요. 사실 둘 다 즐기는 건지도 몰라요. 황제 폐하와 교황 성하의 은밀한 취향……'

높고 높은 계단을 절반쯤 올랐을까. 언젠가 율리안이 한 말이 떠올랐다. 나는 순간 터져 나오려는 웃음을 간신히 참았다.

'율리안, 참 재밌는 사람이란 말이지.'

그 당시엔 중요한 자리에서까지 미친 소리를 하는 그가 우스웠는데, 다시 생각해 보면 그 말은 가장 긴장되고 우울한 시기를 부드럽게 풀어 주기 위한 배려였다.

웃음을 참다 몸을 들썩인 내가 오열했다고 와전된 탓에 제국에 도착하자마자 감정이 북받쳐 울어 버린 지휘관이 된 것은 어처구니가 없지만.

"황제 폐하와 교황 성하 앞에서 예를 갖추시오."

황제의 옥좌와 교황의 성좌 사이에 도달하자 행사를 주관하는 관리의 호령이 울렸다.

스르릉.

내가 자세를 갖춘 뒤 옥좌에서 일어난 헬리오스가 허리춤에서 자신의 검을 뽑았다. 예식용 검인지 지나치게 화려하고 검날이 무뎠다.

엄숙한 낯을 한 그가 내 앞에 섰다.

"잘 다녀왔나, 우리의 자랑스러운 꼬마 지휘관?"

그리고 내게만 들릴 작은 목소리로 장난스럽게 속삭였다.

나는 또다시 웃음을 참기 위해 입술을 잘근 깨물었다가 놓아야 했다.

언제 진지했냐는 듯 새파란 두 눈을 장난기로 빛내는 것이 헬리오스다웠다. 그는 여전했다.

"네."

"그런 것치곤 너무 수척해 보이는데."

"아."

"북부군이 자네 생기라도 빨아 갔나? 눈빛이 영…… 죽은 생선 눈 같군. 크리시스 공작이 요즘 지원군 얘기만 나오면 도끼눈을 뜨고 나를 노려보던데 왜인지 알겠어. 금이야 옥이야 하던 딸내미가 이렇게 됐으니 말이야. 그런데 조금 억울하긴 하네. 내가 자네를 억지로 보낸 것도 아니지 않나? 웃기는 놈이란 말이지."

헬리오스가 능청스럽게 투덜거렸다. 그는 불편한 안건을 자연스럽게 풀어내는 재주가 있었다. 다른 이들이 눈치를 살피며 어렵사리 이런 이야기를 시작할 때면 속부터 답답해졌건만, 이번엔 그가 너무 태평하기 때문인지 덩달아 나도 아무렇지 않았다.

"괜찮습니다."

"그거 말고 다른 대답을 듣고 싶은데."

단호한 목소리에 천천히 고개를 들었다.

연회장 내의 모두가 들리지도 않을 헬리오스와 나의 대화에 귀를 기울이는 가운데, 내 눈엔 전장에서 입던 파란 망토만큼이나 선명한 푸른색인 헬리오스의 두 눈만 보였다. 이미 괜찮지 않다는 건 알고 있다는 듯 또렷한 시선.

나는 그와 비슷한 눈을 한 다른 누군가를 떠올렸다.

"······지금은 괜찮지 않을지도 모릅니다."

오른쪽 사선 방향에서 뜨거운 시선이 느껴졌다.

별처럼 반짝거리는 엘리오르의 은빛 눈동자는 은하수보다 더 깊은 수심에 잠겨 있었다. 어쩌면 우리와 가장 가까이에 있는 그는 우리의 대화를 듣고 있는지도 몰랐다.

그래서 저렇게 슬퍼 보이는 건가.

"하지만 반드시 괜찮아질 겁니다. 시간이 얼마나 걸리든지요."

헬리오스가 실소를 터트렸다. 그의 동공에 비친 내 진분홍색 눈동자는 또렷해 보였다.

"역시 내 눈은 틀리지 않았다니까."

잔잔한 미소가 번진 표정으로 나를 바라보던 헬리오스는 흰 장갑을 낀 손을 들어 내 머리를 헝클어트렸다. 잘 자란 자식을 대하는 듯한 태도였다.

"황제······."

지켜보던 엘이 미간을 좁히며 조용히 뇌까렸다.

갑자기 예쁨을 받은 나는 당황했다.

이례적인 상황에 연회장은 이곳저곳에서 숨을 들이켜는 소리가 들릴 만큼 번잡스러웠다. 눈을 굴리던 나는 업무를 마치고 뒤늦게 연회에 합류한 카이사르가 헬리오스를 향해 조용히 목을 긋는 제스처를 취하는 것을 발견했다.

"하하! 미안하네. 대견해서 나도 모르게 손이 나갔군. 곧 내 목도 나가리가 될 것 같지만 말이야. 혹시 불쾌했나? 그렇다면 진심으로 사과하지."

"……아뇨. 괜찮습니다."

헬리오스는 그 상황에서 카이사르에게 윙크까지 하는 여유를 보이며 혼자 태평했다.

엄숙한 기사 서임식과 어울리지 않는 그의 행동에 당황했을 뿐 불쾌하진 않았던 나는 가볍게 고개를 저어 보였다.

"다들 기다리고 있어요. 얼른 끝내죠."

엘이 의자 팔걸이를 톡톡 두드리며 재촉했다. 그의 시선은 내게 단단히 고정되어 있었다.

헬리오스는 그제야 씨익 웃고선 뽑아 든 검을 내 어깨 위에 세웠다.

"적과 마주할 때에도 결코 두려워하지 말라. 용기 있게 선을 행하여 신의 사랑을 받을지어다. 그로 인해 죽게 될지라도 언제나 진실을 말하라. 충성은 신과 이 제국에 바치고 가장 연약한 자를 위해 일하라."

검술 대회에서 우승한 뒤 헬리오스에게 받았던 축복이 떠올랐다. 진행은 그때와 비슷했지만, 정식 기사 서임의 임명문은 그 무게가 훨씬 더했다.

"이것이 그대의 소명이다."

탁, 탁, 탁.

검이 내 오른쪽 어깨를 세 번 두드렸다. 칼날이 무뎌 아프진 않았지만, 칼이 어깨를 베었다고 생각하며 이 순간을 깊은 흉터처럼 새기고 잊지 말라는 뜻의 의식이었다. 안 그래도 늘 무겁던 어깨가 더욱 무거워지는 것을 느꼈다.

충직한 검이 되려 했는데 4

"이제 정말 기사님이네요."

헬리오스가 자리에 앉자 뒤이어 시종에게서 무언가를 받아 들고 나온 엘이 눈꼬리를 사르르 휘었다. 나는 그를 향해 작게 웃어 주다가 그의 손에 들린 것으로 시선을 돌렸다.

"그건……."

"성수와 기름을 섞은 것이에요. 저번에 부어 줬던 물과는 다르죠."

기사 서임식에 대해선 절차를 예습해 두었기에 알고 있었지만 새삼스럽게 신기했다. 구부러진 산양 뿔의 속을 파내 만든 잔에 담긴 뿌옇고 반짝거리는 액체를 얼마나 바라보고 있었을까. 엘이 내 머리에 손을 얹었다.

"나도 쓰다듬어도 돼요?"

그의 목소리에 헬리오스와 같은 장난기가 섞였다. 헬리오스가 장난을 칠 땐 말리는 듯하더니 자기 차례가 되자 똑같은 행동을 하려는 것이 짓궂었다.

나는 피식 웃었다.

"티 나지 않게 한다면요."

"자제가 될지 모르겠는데."

지배자 계층의 사람들에게 너스레는 필수 덕목인가 싶었다.

엘은 가까이에선 군데군데 거친 부분이 보이지만 언뜻 보면 섬세하고 아름답기 짝이 없는 기다란 손으로 산양의 뿔을 내 머리 위에 기울였다.

주르륵.

긴 머리카락을 타고 액체가 흘렀다. 불쾌하기보단 시원했다.

코끝에 옅은 향유 냄새가 스칠 때 잠시 눈을 감았다.

"당신의 검 끝이 밤의 장막을 거두고 새벽을 불러오기를."

엘의 축복을 끝으로 의식이 끝났다.

등 뒤로 열화와 같은 박수 소리가 들려왔으나 나는 뒤돌아보지 않은 채 엘을 응시했다.

"조만간 뵈러 가겠습니다."

내가 수도에 돌아온 뒤로 한 번도 연락하지 않은 것을 두고 그가 서운해한다는 걸 알았다. 직접 만나서 하루에 두 번씩 오는 편지에 도통 답장을 쓸 수 없었던 이유를 말해 주고 싶었다.

엘이 낮게 소리 내며 웃었다.

"나는 기다리는 거 잘해요. 신전에서 쓰레기처럼 구를 때도, 정체를 숨기고 용병인 당신과 만날 때도 늘 당신을 기다리고 있었죠."

"……."

"내 삶은 온통 당신을 만나기 전에 머무르는 대기실이었는데."

과거의 편린이 떠오름과 동시에 죄책감이 스쳤다.

한 번 더 찾아갈 것을, 뭐가 그렇게 상처였다고 매정하게 돌아섰을까 싶었다. 외로운 검은 머리 소년을 한 번 더 안아 줄 것을.

"기다리고 있을게요."

그의 손이 내 검은 머리칼을 느리게 쓸어 넘겼다. 다른 이들에겐 이제 막 정식 기사가 된 청년의 젖은 머리를 정리해 주는 자애로운 교황으로 보이겠지만 직접 그의 손길을 느끼는 나는 목덜미가 간지러웠다.

머리카락 사이를 누비는 물방울들이 끈적했다.

"이번엔 오래 기다리게 하지 말아요."

내 옆머리를 귀 뒤로 넘겨 주며 조금 거칠한 손끝으로 귓바퀴를 쓰다듬은 그가 속삭였다. 내가 고개를 끄덕이고 나서야 엘은 제자리로 돌아갔다.

"자, 그럼 새로운 기사의 탄생과 지원군의 승리를 축하하며 연회를 계속해 보지."

뒷걸음질로 계단을 내려가 홀에 도착하자 잔을 든 헬리오스가 한숨처럼 웃었다.

"전쟁의 종말을 위하여."

충직한 검이 되려 했는데 4

그의 말에 이어지는 유리잔 부딪치는 소리는 씁쓸했던 건배사와 어울리지 않게 청량했다.

⋯•჻⋯

"하……."

인적이 드문 정원에 도달한 나는 참았던 숨을 내쉬었다.

이전까진 가만히 있더니 기사 서임식 이후 약속이라도 한 것처럼 몰려드는 사람들 사이에서 급속도로 피로를 느끼다가 젖은 머리를 정리하러 간다는 핑계로 겨우 빠져나온 참이었다.

'어찌 된 게 마수 떼보다 사람 대여섯 명을 상대하는 게 더 피곤할까.'

역시 연회는 내 적성에 맞지 않았다. 사람들과 어울리는 일에 익숙해지긴 했지만 좋아졌다는 뜻은 아니었다.

'산책하면서 시간이나 때우다가 조용히 가야지.'

난 머릿속으로 계획을 세우고 미로처럼 복잡하고 큰 황궁의 정원을 거닐기 시작했다.

해는 떨어진 지 오래였고, 밤을 맞이한 정원은 단아했다. 마법을 이용해 계절에 맞지 않는 꽃들을 억지로 유지하는 것보단 자연스러운 계절 꽃들로 정원을 꾸미려 했는지, 주위엔 추운 날씨에도 피는 강인한 야생화들이 자리 잡고 있었다.

'지나치게 화려한 정원보단 이게 더 좋아.'

이런 게 내 취향이었다.

작은 들꽃들을 보며 심신의 안정을 찾던 나는 주위에 인기척이 없음을 한 번 더 확인하곤 풀썩 누워 버렸다.

'편안해.'

풀잎에 맺힌 밤이슬이 제복을 적시는 것조차 기분 좋게 느껴졌다. 숨을 들이

쉬고 내쉰 지 얼마나 되었을까. 익숙한 인기척이 내 감각을 사로잡았다.

"날이 춥습니다."

늘 자연과 잘 어울린다고 생각했다. 그의 성정도, 그의 체취도.

짙은 로즈우드는 안정감을 주는 동시에 기분을 묘하게 만들었다.

"……그렇네요. 그래서 제가 춥다고 하면요?"

느리게 눈을 뜨며 답했다. 어느새 내 앞까지 다가온 그는 입고 있던 하얀 재킷을 벗어 나를 조심스럽게 덮어 주며 답했다.

"기꺼이 옷을 빌려 드리겠죠."

바지에 흙이 묻는 것도 개의치 않은 채 한쪽 무릎을 굽힌 그와 눈이 마주쳤다.

황금색 두 눈은 스포트라이트라도 켜 둔 듯 한밤중에도 빛났다. 동쪽 하늘 샛별과 북쪽 하늘 북극성도 비할 수 없었다. 한참 아무 말 없이 그를 바라보고만 있을 때, 과묵한 얼굴로 오랫동안 생각에 빠져 있던 그가 천천히 입을 열었다.

"죄송합니다."

"……네?"

"다시 만났을 때 진부한 말을 하고 싶진 않아서 여러 인사말을 생각해 두었는데 카슈미르를 보고 다 잊어버렸습니다."

늘 그랬다. 기가 찰 정도로 솔직담백한 이였다.

자신도 모르게 살짝 웃음을 흘린 나와 눈을 똑바로 맞춘 그가 입을 열었다.

"보고 싶었습니다."

"……."

"고루하지만 다른 표현을 붙이면 진심이 퇴색될까 두렵군요."

그 한마디에도 감정이 절절히 흘러넘치는데 다른 표현을 붙여서야 될까.

무표정한 나를 보며 천천히 목울대를 울렁인 그가 다시 한 번 말했다.

"보고 싶었습니다, 카슈미르."

라이너 아인하르트는 자신의 진심을 전하는 데 주저한 적 없는 사람이었다.

정원은 한참 동안 고요했다. 라이너나 나나 침묵을 채우려 쓸데없는 말을 꺼내는 성격은 아니었으니까.

억지로 이끌어 낸 대화보다 이 정적이 더 편했다.

"누우시죠. 혼자 누워 있으려니 민망합니다."

방자하게 누워 있는 내 옆에서 여전히 한쪽 무릎을 굽히고 앉아 있는 라이너를 곁눈질하곤 느릿하게 입을 열었다.

그 반듯한 성격에 거절할 법도 하건만, 그는 잠깐의 망설임도 없이 내 옆에 드러누웠다. 그의 은회색 머리칼이 잔디 위에 흩어졌다.

"옛날 생각이 나는군요. 경과 이런 비슷한 상황을 겪은 적이 있는 것 같은데."

나는 두 손을 머리 뒤에 받친 채 밤하늘을 바라보다, 문득 과거의 편린을 떠올리고 중얼거렸다.

뺨에 라이너의 뜨거운 시선이 느껴졌다. 우리 둘 다 암묵적으로 묻어 두었던 기억을 파헤친 건 충동에 가까웠다.

"……'라이너 아인하르트'와 함께한 기억은 아닌 것 같습니다."

라이너가 마른침을 삼키며 말했다. 조금 전까지 여유롭고 잔잔하던 분위기였다고는 믿을 수 없을 만큼 우리 둘 사이에 기묘한 긴장감이 감돌았다.

아무래도 그는 여전히 그때의 기억을 마주하고 싶지 않은 것 같았다.

"그렇네요. 그건 '카르텔'과 함께한 기억이었으니까요."

뾰족하게 깨져서 반짝이는 유리 조각 같은 기억들이 살며시 모습을 드러내자 라이너가 숨을 멈췄다.

"그날 함께 봤던 별이 참 아름다웠는데요."

나는 여태까지 라이너가 원하는 대로 기억을 묻은 구덩이에서 못 본 척 눈을 돌린 채 기다려 주고 있었으나 오늘은 그러고 싶지 않았다.

"모른다고 하실 겁니까?"

이것은 약 5년 전 가을, 마수 토벌을 하러 간 숲에서 만난 소년과의 추억이었다.

"……저는."

희미한 불빛 아래서도 확실히 티가 날 만큼 창백한 얼굴의 라이너가 한 손으로 제 두 눈을 덮었다. 무엇이 그렇게 두려운 건지, 늘 강철처럼 단단하던 남자의 손끝이 희미하게 떨리고 있었다.

"아직, 당신만큼 강해지지 못했습니다."

"그것 때문에 경의 눈앞에 있는 나를 모르는 척할 겁니까? 다시 만났는데."

'우리 둘 다 컸을 때 말이야. 뱉은 말에 무게가 생기고 네가 나만큼 강해졌을 때, 그때도 네 마음이 여전하다면…… 그땐 확실히 답을 줄게. 다시 만날 수 있을지는 모르겠지만.'

어린 시절 내가 가볍게 내뱉은 말이 그에게 강령처럼 새겨졌다는 건 짐작하고 있었다. 라이너는 '나만큼 강해졌을 때'라는 말이 중점이라고 착각하며 무력에 집착하는 것 같았다.

'한순간의 치기가 아니라 다시 만나서도 마음이 여전할지 보자고 했던 건데.'

그가 나보다 강한지 약한지는 아무래도 상관없건만, 함께했던 과거를 묻어 두려 하는 그가 오늘따라 얄미웠다.

조금 냉한 내 두 눈과 마주한 라이너가 입술을 살짝 감쳐물더니 시선을 내리깔았다. 은빛 속눈썹에 달빛이 포근하게 내려앉았다.

"……그때가 싫거나 당신과의 기억을 잊고 싶은 건 아닙니다. 그냥…… 당신 앞에만 서면 겁이 많아져서 그렇습니다."

겁이라니. 라이너 아인하르트와 가장 어울리지 않는 단어였다.

그는 하늘이 무너지는 순간에도 아무런 동요 없이 맡은 바에 충실할 것 같은 사람이건만, 지금은 내 앞에서 주저하고 있었다.

"그때보다 훨씬 크고 강해졌다는 걸 보여 주고 싶은데 여전히 스스로가 마음에 들지 않습니다. 아직, 아직은……."

"제가 전장에서 가장 보고 싶었던 사람은 라이너였습니다."

나는 라이너가 자신에게 가혹하게 구는 것이 싫어 불쑥 말허리를 잘랐다. 검집을 만지작거리던 그는 예상치 못한 말을 들은 사람처럼 눈을 크게 떴다.

"목숨이 오가는 위급 상황에서 제 등 뒤를 맡길 사람으로 라이너가 떠올랐습니다. 사람의 생명을 이 두 손으로 직접 앗을 때, 그 무게에 유일하게 공감해 줄 수 있는 당신이 보고 싶었습니다."

아직도 눈을 감으면 얼음과 피의 지옥이 생생하다. 모두가 괜찮은데 나만 괴로워하는 느낌. 괴이한 외로움 속에서 가장 선명하게 떠오른 사람이 라이너였다.

"다른 사람이 아닌 당신의 위로를 받고 싶었습니다. 당신은 내가 아는 사람들 중 가장 강인하니까, 당신에게 잠시 의지하고 싶다고 생각했는데……."

나는 담담한 어조에 한숨 같은 웃음을 섞었다.

"어찌 된 게 라이너는 저보다도 라이너 자신을 믿지 못하는 것 같습니다. 제가 잘못 생각한 겁니까?"

일등성으로 태어난 것도 모르고 별이 되겠다며 달싹이는 그가 조금은 안쓰러웠다.

"……도와드리고 싶습니다. 어떻게든요. 하지만 저는 위로에 소질이 없는 사람입니다."

"라이너여야만 합니다."

나는 느리게 상체를 일으켰다. 그답지 않게 무기력한 모양새로 누워 있던 라이너가 내 움직임을 따라 고개를 돌렸다.

"라이너는 처음으로 사람을 죽였을 때를 기억합니까?"

과거를 회상하듯 그의 황금빛 눈동자가 위아래로 굴렀다.

"……기억하지 못할 리가요."

좋지 않은 기억을 떠올린 듯 그의 눈빛이 탁해졌다.

"기사 서임을 받은 지 얼마 되지 않아 순찰을 돌 때, 수도 빈민가 골목길에서 즉살 명령이 내려진 흉악범과 마주쳤습니다. 순간 당황해서 빠르게 대처하지 못

했죠."

자로 잰 듯 반듯하고 완벽해 보이는 라이너에게도 미숙했던 시절이 있다는 게 놀라웠다.

내가 생소해하고 있는 동안에도 이야기는 이어졌다.

"놈이 도망가는 바람에 추격전이 벌어졌습니다. 수단과 방법을 가리지 않고 잡았어야 했는데, 사람들 사이에 섞여 든 데다 처음 겪는 일이라 어쩔 줄 몰랐습니다. 간신히 놈을 궁지로 몰아넣으려는데……."

그가 거칠게 마른세수를 했다.

"놈이 인질을 잡더군요. 그곳을 지나가고 있었을 뿐인, 죄 없는 소년을요."

라이너는 괴로운 듯 미간을 좁혔다. 처음 보는 모습이었다.

그의 감정에 동화되어 나까지 속이 좋지 않아졌을까. 그가 말을 이었다.

"잠시 대치하던 중 갑자기 폭주한 놈이 소년을 다치게 했고…… 저는 빈틈이 생긴 즉시 놈을 죽였습니다."

라이너가 주먹을 쥐었다 펴기를 반복했다. 원작에 적히지도, 다른 이들을 통해 알려지지도 않았던 그의 내밀한 속사정이었다.

"죽어 마땅한 놈인데도 한동안 괴로워했습니다. 인간의 생살을 꿰뚫는 감각은 잊히질 않더군요. 내게 사람을 죽일 자격이 있었던 건지, 살인은 둘째치고 다치기 전에 소년을 구할 수는 없었는지, 여러 상념과 후회에 빠지기도 했습니다."

그의 과거는 지금의 내 모습과 놀랍도록 유사했다.

괜히 물었나 싶었을 때, 그가 숙이고 있던 고개를 들었다.

"하지만 결국 다다른 결론은, 저는 소년을 구했다는 겁니다. 비록 소년은 팔을 다쳤지만 저를 보고 기사의 꿈을 키웠고, 현재는 부상을 이겨 내며 수습 기사로서 일하고 있습니다. 꼴사나운 자기합리화라고 해도 저는 사람을 죽인 게 아니라 살렸다고 믿고 사명을 다하기로 했습니다."

잠시 자신감을 잃고 흔들리는 듯하던 북두칠성은 언제 그랬냐는 듯 다시 묵묵

충직한 검이 되려 했는데 4

하게 빛나고 있었다.

"카슈미르는 그 전장에서 수많은 우리 병사를 살린 겁니다. 사람들은 당신을 '시딘강의 푸른 기적'이라고 불러요. 당신은 처음부터 그랬습니다. '재앙'보다 '기적'에 어울리는 사람입니다."

위로에 소질이 없다더니, 순 거짓말이었다.

이전부터 말주변이 없다고 하고선 가슴이 덜컹일 만큼 아름다운 말들을 쏟아 내던 라이너였다. 그 성정이 어디 갈 리 없었다.

간지러움과 자기혐오가 동시에 올라와 발작적으로 엄지손톱 주위를 긁는 나를 물끄러미 바라보던 그는 조심스럽게 내 손을 자신의 손으로 덮었다.

"……겁이 많아서 이제야 말하는 걸 용서하시기 바랍니다. 5년 전, 날 구원해 줘서 고마웠습니다. 그때부터 당신은 내게 기적이었습니다."

그의 손이 너무 뜨거웠다. 아타라에 다녀온 뒤로 얼어붙었던 혈관이 녹아내리는 것만 같았다.

나는 한 손으로 그의 엄지손가락을 꽉 붙잡고 늘어졌다.

역시 틀리지 않았다. 지금 내게 가장 필요한 존재는 겨울밤에도 선명하게 빛나며 방향을 가리키는 북두칠성이었다. 라이너는 말없이 몸을 일으켜 나를 끌어안았다. 그의 뒤척임을 따라 밤이슬 머금은 잔디가 흔들거렸다.

"소리 없이 울지 않았으면 좋겠는데."

내 머리를 부드럽게 쓸어 넘기며 나를 물끄러미 내려다보던 라이너는 한숨을 쉬었다. 낮은 목소리가 걱정에 물들어 있었다.

"당신이 울음을 그치거나, 최소한 소리 내어 울면 좋겠습니다. 제가 어떻게 해 드리면 되겠습니까?"

그의 거친 손끝이 내 눈가를 훔쳤다. 이슬보다 탁한 물방울이 그의 손에 맺혔다.

"……라이너는 저보다 저를 더 잘 아는 것 같습니다."

"당신이 저보다 저를 더 믿어 주는 것과 같은 맥락이겠죠."

그가 물기 어린 내 눈두덩이를 조심스럽게 눌렀다. 나는 천천히 숨을 내쉬었다.

"더 이상 꼴사납게 울고 싶지 않습니다. 눈물을 그치고 싶은데 방법을 모르겠습니다. 라이너가 멈춰 주면 안 됩니까?"

울고 있다는 게 전혀 티 나지 않는 건조한 목소리로 내뱉은 건 억지에 가까운 부탁이었다. 난 고장 난 수도꼭지처럼 멈추지 않고 쏟아지는 눈물을 수습할 방법을 몰랐다.

"……무슨 방법을 쓰든 상관없습니까?"

한참 엉망일 내 얼굴을 내려다보던 라이너가 속삭였다. 그의 눈은 초점이 흐려져 있었다.

나는 고개를 주억거렸다.

"효과는 확실할 텐데. 후회하지 않았으면 좋겠군요."

나를 품에 안은 라이너의 팔에 힘이 더 들어갔다. 그의 손이 내 턱을 살짝 잡아당겼다. 입술이 저절로 벌어졌다.

"눈, 감아 주세요."

다정한 부탁에 반사적으로 눈을 감았을까.

꾹.

말캉한 입술이 내 입술 위에 포개어졌다. 다급하게 숨을 들이쉴 만큼 놀랐으나 눈은 여전히 감은 채였다. 내 뺨을 가볍게 쥔 라이너가 벌어진 내 입술 틈새를 파고들었다. 입 안에서는 톡톡 튀는 유성우로 만든 샴페인을 머금은 듯 반짝거리는 느낌이 일었다.

그답게 미숙하고 무거운 움직임일 줄 알았건만, 예상치 못하게 능숙하고 가벼웠다. 입 안을 깃털로 간지럽히듯 달래더니 집요하게 파고들기 시작했다. 간지러움이 온몸으로 퍼져 나갔다.

스르륵.

어느새 내 몸이 기울어지더니 잔디밭에 도로 누운 뒤였다.

내 뒷머리를 한 손으로 부드럽게 감싼 그가 다른 손으로 내 머리 옆을 짚은 채 몸을 겹치듯 가까이했다. 시끄러운 박동 소리의 출처는 알 수 없었다.

개가 주인을 핥듯 내 입술을 살짝 핥아 올린 그가 내 아랫입술을 잘근잘근 깨물었다. 아프진 않았으나 기분이 미치도록 이상해 움찔거리며 살짝 눈을 떴다.

섬세한 속눈썹 아래 번뜩이는 금빛 눈동자는 평소의 이성과 금욕을 모두 벗어던진 지 오래였다. 욕망에 잡아먹힌 맹수처럼 형형한 가운데 그의 목에 사납게 서 있는 핏대가 그가 무언가를 참고 있음을 말해 주었다.

나는 습관처럼 입술을 축이려 혀를 놀리다가 의도치 않게 그의 말캉한 피부를 훑었다.

"……아."

낮은 신음이 내 입술 앞에서 새어 나왔다. 지금의 라이너는 평소의 라이너와 달랐다.

나를 오랫동안 내려다보던 라이너는 느린 심호흡 후에 입을 열었다.

"눈물, 그치셨군요."

그답지 않게 갈라진 목소리가 자극적이었다. 무언가 끝났음을 느낄 수 있었다.

아주 천천히 몸을 일으킨 그는 앞머리를 거칠게 쓸어 넘겼다. 그리고 스스로 기가 찬다는 듯 헛웃음을 지었다.

"하. 미친놈. 황궁 정원에서……."

"……."

"이런 불충한 짓은 살아생전 상상조차 해 본 적이 없는데……."

어울리지 않는 비속어와 차가운 냉소는 라이너 스스로를 향한 것이었다.

그는 바닥에 내팽개쳐져 있던 자신의 재킷을 들어 내 어깨에 걸쳐 주었다.

"정말 죄송합니다. 끝까지 참을 수 있을 거라고 생각했는데, 제 오만이었습니다."

"……."

"당신을 그리워하다가 머릿속 회로 하나가 맛이 간 모양입니다."

꾹꾹 누르고 또 누른 뒤 짓씹듯 내뱉는 투가 낯설었다.

라이너의 그런 모습을 물끄러미 바라보고 있었을까. 내 옷매무새를 시종 못지않게 꼼꼼하게 정리해 준 그가 먼저 자리에서 일어났다.

"그래도 저 같은 무뢰한을 불쌍히 여기신다면……."

그가 조금 전 내 목덜미를 잡고 자신에게 강하게 끌어당겼던 커다란 손을 내 앞에 조심스럽게 내밀었다.

"부디 마차까지는 모셔다 드릴 수 있게 해 주시기를 바랍니다."

달빛 아래 그의 얼굴은 물기 어린 그의 입술만큼이나 붉게 달아올라 있었다.

"조금만 기다려 주세요. 길드장님께서 곧 도착하실 겁니다."

나를 복도 끝 방으로 안내한 여자가 목례를 하고 사라졌다.

닫히는 문을 가만히 바라보던 나는 방 안을 장식한 푸른 휘장으로 시선을 돌렸다. 좌우로 길게 뻗은 고급스러운 직물은 꼭 날개 같았다.

손에 쥐고 있던 청금색 배지를 무의식적으로 만지작거렸다.

'여기가 길드장의 사무실이라고 했지.'

이 건물에 온 것은 두 번째였지만 길드장실을 찾은 것은 처음이라 주변의 모든 게 생소했다. 나는 가볍게 주위를 둘러보았다.

차가운 푸른색과 회색으로 이루어진 방 안은 신기하게도 포근한 분위기를 풍겼다. 묘하게 어질러져 있어서인지, 원목 가구가 많아서인지, 방 주인의 성정 때문인지, 그 답은 정확히 알 수 없지만 나는 세 번째 가설에 손을 들어 주고 싶었다.

충직한 검이 되려 했는데 4

'참 야샤답네.'

이곳은 길드 '검푸른 까마귀'의 길드장실. '푸른 날개' 야샤의 방이었다.

'사실 물건 운반을 주 종목으로 삼는 이곳보단 'Hide & Ceek'에 가져가야 할 안건이지만…… 북부와 전쟁을 하고 있는 마당에 지그문트 자식에게 의뢰를 넣는 건 말도 안 되지.'

지그문트가 길드장을 맡고 있는 정보 길드이자 대륙 전체에 깊숙이 뿌리를 내린 'Hide & Ceek'는 북부군의 자금줄이었다. 실력만큼은 확실하지만 그곳을 이용하는 건 자금적인 면에서나 정보적인 면에서나 북부를 돕는 것이나 마찬가지였다.

'야샤가 이런 의뢰를 받을지는 모르겠지만 이곳 말고는 달리 믿을 만한 길드가 없어.'

실현 여부조차 확신할 수 없는 최고난도 임무인 데다 극비에 붙여야 하는 예민한 안건이다. 신뢰할 수 없는 어중이떠중이들에게 맡길 수는 없었다.

'만약 거절하면 어쩌지?'

내가 직접 하기엔 정보원으로 일해 본 적이 없어 방법을 모르는데, 야샤 말고는 떠오르는 사람이 없었다.

최악의 상황을 상상하며 초조하게 손톱 주변을 긁고 있을 때였을까, 문밖으로 거대한 인기척이 느껴졌다.

쾅!

"내 귀여운 설탕과자 어디 있느냐?"

나는 눈을 질끈 감고 두 손으로 얼굴을 가렸다. 그녀가 찾는 설탕과자가 나라는 것을 필사적으로 부정하고 싶었다.

"여기 있구나! 자랑스러운 녀석 같으니라고! 아주 지 엄마를 닮아서 똘똘하다니까!"

어떻게든 이 상황에서 벗어나고 싶어 한껏 몸을 웅크린 나를 발견한 그녀는 성큼성큼 다가와 무자비하게 내 양 뺨을 잡아 올렸다.

'첫 만남 때도 이랬던 것 같은데.'

마지막으로 보았을 때의 그녀는 단발이었건만, 그새 머리가 길었는지 어깨뼈를 넘은 새하얀 머리카락은 꽁지머리로 묶여 있었다. 등 뒤에 맨 대검도, 오른쪽 눈을 가린 검은 안대도, 생기 넘치게 반짝이는 푸른 왼쪽 눈도 여전했다.

"……오랜만에 뵈어, 반, 반갑습니다, 야샤."

나는 따뜻함과 부담스러움을 함께 느끼며 어색하게 인사를 건넸다.

"왜 이렇게 쪼그라든 게냐? 움츠리지 말고 어깨 펴라! 허리 세우고! 가슴 열고! 전쟁에서 대승을 거두고 왔으니 당당해야 하지 않겠느냐!"

호탕하게 웃음을 터트린 야샤가 내 어깨를 팡팡 쳤다. 나는 얻어맞다시피 한 어깨를 매만지다가 피식 웃어 버렸다.

시끄러운 것도, 주책맞은 것도 좋아하지 않는데 야샤는 싫어할 수가 없었다. 진심으로 나를 아껴 주고 있는 것이 느껴져서 그랬다.

"무심한 것. 아무리 바빠도 그렇지, 다녀온 뒤에 연락 한 통 정도는 해 줄 수 있지 않냐?"

한참 내 양 볼을 찰흙 가지고 놀듯 투박한 손길로 주물럭거리던 야샤가 맞은편 소파에 털썩 앉았다.

장난스러운 투정에 섞인 희미한 섭섭함을 읽은 나는 고개를 숙였다.

야샤가 내 어머니인 안테이아 헬라와 친분이 있었음을 알게 된 후, 나는 줄곧 그녀와 인연을 이어 왔다. 우리 둘 다 바빠 실제로 만나기는 힘들었지만 연락은 드문드문이나마 끊기지 않고 계속되었다.

'그래서 야샤도 나를 이렇게 친근하게 대하는 거겠지.'

"면목이 없습니다. 이렇게 갑작스럽게 찾아온 것을 용서해 주시기 바랍니다."

"떼잉, 쯧. 아직도 이 늙은이에게 그리 예의를 차리는 게냐? 허물없이 대해도 좋다고 말했거늘."

혀를 찬 야샤가 테이블에 놓인 양주를 들어 병째로 벌컥벌컥 들이켰다.

얼핏 보아도 도수가 상당한 술이건만, 그녀는 거의 절반을 한 번에 들이켜고서도 멀쩡했다.

"편하게 안부를 묻고 시답잖은 대화를 나누기엔 네 얼굴에 수심이 너무 깊구나."

"……."

"원하는 것이 있는 게지? 주저 말고 말해 보거라."

정말 내게 할머니가 있었다면 이런 느낌이었을까, 새삼스럽게 생각해 봤다. 그녀의 파란 눈 앞에서는 모든 것이 읽히는 듯했다.

나는 느리게 목울대를 울렁였다.

"의뢰를…… 드리고 싶습니다."

"호오."

"물건을 구해다 주실 수 있을까요?"

"무얼 원하는데?"

그녀의 시선 앞에서 잠시 심호흡했다.

그것은 한때 내 어머니의 물건이기도 했으나 빼앗긴 것.

"요정 숲의 출입패입니다."

협상도 일단 만나야 시도해 볼 수 있지 않겠는가. 요정 숲엔 출입패가 없는 이가 발을 들이면 입구조차 찾지 못하고 평생 헤매게 되는 마법이 걸려 있었다.

요정왕 테세우스에게 말이라도 한마디 붙여 보기 위해선 출입패가 필수였다.

'그러고 보면 내 어머니가 가지고 있던 출입패를 훔친 지그문트도…… 요정과 관련해 꿍꿍이가 있는 거겠지.'

이전엔 그 집에 살던 나조차도 몰랐던 출입패의 존재를 지그문트가 알아냈다는 사실에 경악했다. 하지만 그가 황제의 신발이 몇 켤레인지도 파악하고 있을 거라는 우스갯소리가 도는 'Hide & Ceek' 길드장이라는 걸 안 지금은 놀라울 것도 없었다. 하여간 그는 내 인생에 일말의 도움도 되지 않는 지긋지긋한 놈이었다.

"그게 이 땅에 남아 있긴 하더냐?"

잠시 상념에 빠져 있었을까, 한참 말없이 미간만 좁히고 있던 야샤가 턱을 매만지며 반문했다.

사실 그랬다. 요정족이 외부와 소통 없이 폐쇄되어 있던 시간이 긴 만큼, 출입패는 어머니가 가지고 있던 것을 제외하면 이 땅에 남은 게 더 있는지 확신하지도 못할 정도로 희귀한 물건이었다.

"하나가…… 확실히 남아 있긴 한데요."

"있긴 한데?"

"지금은 북부군 총사령관 손에 있습니다."

야샤가 헛웃음을 지었다. 나는 고개를 더욱 푹 숙였다. 불가능한 일을 요구하고 있다는 생각에 그녀를 마주하는 것이 양심에 찔렸다.

"차라리 별을 따 오라는 의뢰가 더 쉬울 것 같구먼."

그녀는 양팔을 소파 등받이에 걸친 채 늘어지게 몸을 뒤로 기댔다. 뱉는 말과는 달리 그녀의 태도는 여유롭기 짝이 없었다.

"저도 무리한 의뢰라는 것은 알고 있습니다. 검푸른 까마귀가 통상적으로 수행하는 종류의 임무가 아니라는 것도 알고요. 편하게 거절하셔도……."

"어허! 이 늙은이를 무시하느냐?"

제 발 저린 사람처럼 주절거리는 내 말허리가 뚝 끊겼다.

내가 시원하게 호통친 야샤를 바라보며 눈을 깜빡였을까. 그녀가 아이처럼 히죽 웃었다.

"오랜만에 내 열정을 자극하는 의뢰야. 이런 새로운 도전이 없다면 그저 늙어갈 뿐이지 않겠느냐."

푸른 눈이 바다의 윤슬처럼 반짝였다. 나는 그녀가 내 머리로 손을 뻗는 것을 바라보며 마른침을 삼켰다.

"그럼 의뢰비는……."

"아서라. 내가 코 묻은 돈 받아서 부귀영화를 누리겠느냐."

그녀의 손이 내 머리를 꾹 눌렀다. 그 손길이 나를 잔뜩 귀여워하는 듯해서 기분이 이상해졌다.

"애라면 애답게 어른의 도움을 가만히 받기도 해야지. 어른 앞에서 돈 계산하면 못쓰는 게다. 그리고 이번 일은 너 자신을 위한 일도 아니지 않느냐?"

"……아."

"전쟁을 위해서지? 요정족에게 도움을 요청하기 위해서."

야샤는 이미 내 계획을 간파하고 있었다.

내가 나지막이 탄식할 때, 그녀는 혀를 찼다.

"역시 너는 안테이아를 닮았어. 똑똑하고 제 앞가림 잘하는 듯 보이지만 자세히 들여다보면 늘 자신이 아닌 타인과 대의를 위한 일만 하고 있단 말이지. 그런 사람을 어찌 싫어하겠느냐."

야샤는 인자했다. 다정함을 자연스럽게 녹여 내는 것도 자연스럽고 능숙했다.

"내 힘이 닿는 데까지 노력해 보마. 온 대륙을 뒤져서 이 땅에 존재하고 있는한 찾아낼 거다. 그러니 너는 걱정하지 말고 기다려라."

금방 네 손에 쥐어 줄 테니까. 그녀의 마지막 속삭임은 꼭 아이를 어르는 듯해서, 나는 양손으로 내 무릎을 꽉 쥐었다. 야샤 앞에 설 때마다 내가 아직 어리다는 사실을 자각하게 되었다. 정말 어렸을 때조차 느끼지 못했는데 말이다.

전생에 오랜 시간을 살았으니 더 성숙하게 굴어야 한다고 스스로를 채찍질하지만, 사실 전생은 이제 기억도 잘 나지 않았다. 게다가 이 생에서 직접 겪은 것이 아니니 내 것이 아닌 연륜을 쥐어짜서 쓰고 있다는 느낌이 들기도 했다.

정신은 나이가 든 것 같으면서 영혼은 아직 어린 것 같았다. 그것을 자각하는 건 생소하고 낯간지러웠다.

"피부가 많이 거칠어졌구나."

나를 가만히 내려다보던 야샤가 손끝으로 내 뺨을 쓸었다. 나는 눈을 감았다.

"또 문제가 생기면 혼자 해결하려고만 하지 말고 도움을 청하러 오거라."

깃털이 목구멍을 간지럽히는 듯했다.

부들부들한 깃털을 간신히 삼킨 나는 힘겹게 고개를 끄덕였다.

"……네."

큰일이다. 전장에 나가서 수없이 사람을 베어야 하기에 사람을 덜 좋아해 보려고 했건만, 시간이 가면 갈수록 사람이 좋아졌다.

Chaphter 2

짓무른 흰 백합

"제국의 태양을 뵙습니다."

"아아. 우리 사이에 고리타분한 절차는 생략하자고, 꼬마 지휘관."

야샤에게 의뢰를 맡긴 지 사흘 뒤. 나는 황제 헬리오스의 호출을 받아 황궁 알현실에 서게 되었다. 헬리오스는 그런 건 질린다는 듯 손을 휘저으며 깍듯하게 허리를 굽히려는 나를 제지했다.

"전쟁 중에 있었던 재밌는 이야기나 좀 해 보게. 세레논이 말 위에서 떨어져 눈밭에 굴렀다든지, 뭐 그런 놀림거리 같은 건 없나?"

자리에 앉자 맞은편에 앉은 헬리오스가 허리를 굽히며 내게 몸을 내밀었다. 그의 두 눈엔 장난기가 가득했다.

'어쩐지……. 왜 부르나 했다.'

파견 중 일어난 일들을 토씨 하나 빠짐없이 서류로 작성해 전달했건만, 대면으로 지원군의 행보를 보고하라는 명령이 내려와서 의아해하던 참이었다.

나는 자신의 아들을 놀릴 생각으로 즐거워하는 헬리오스를 물끄러미 바라보다 피식 웃고 말았다.

"2황자 저하는 아니고 율리안 대신관이 그러긴 했습니다. 말과 친해지는 데시간이 오래 걸리더군요."

"대신관은 내가 놀릴 수 없다만…… 꽤 재밌는 광경이긴 했겠군. 또 다른 재밌는 일은 없었나?"

"즐거운 기억이 없어서 폐하를 만족시켜 드릴 수 없을 겁니다."

대화를 자연스럽게 풀어 가는 헬리오스의 장단을 맞추려 했으나 입은 무심코 진심을 내뱉었다.

'굳이 즐거운 기억이 없다는 소리를 할 필요는 없었는데.'

괜한 말을 했다 싶어 입에 손을 가져간 나를 물끄러미 바라보던 그는 말끔하게 눈꼬리를 휘었다.

"그래. 그렇겠지. 내가 세심하지 못했던 것 같군."

"……아닙니다."

나는 목덜미를 벅벅 긁은 뒤 알현실 안을 채우는 어색함을 참지 못하고 고개를 쳐들었다.

"보고, 지금 시작할까요?"

헬리오스가 나를 부른 건 다른 목적이었던 것 같지만 지금의 침묵을 메울 수 있다면 뭐든 좋았다.

잠시 눈을 깜빡이던 헬리오스가 이내 짓궂게 입꼬리를 올리며 제 품에서 회중시계를 꺼냈다.

"아니. 그대가 보고를 올려야 할 대상은 내가 아닐세."

"……네?"

"이제 슬슬 올 시간이 됐는데."

금으로 세공된 회중시계의 초침이 움직이는 것을 빤히 응시하던 헬리오스는 이내 문으로 시선을 돌렸다.

인기척이 가까워지는 것을 느낀 나도 덩달아 시선을 돌렸을 때였다.

쾅!

황제가 있는 알현실의 문이 노크도 없이 부서질 듯 열렸다.

'미친…….'

나는 문지방을 넘어 흉흉한 기세로 성큼성큼 다가오는 누군가를 보며 느리게 입을 벌렸다.

"이미 서로 잘 아는 사이이니 소개는 필요 없겠지? 보고는 이 녀석에게 올리면 되네."

악동처럼 히죽거린 헬리오스가 어느새 나와 자신 사이에 당도한 인물을 손가락질했다. 헬리오스의 손끝을 힐끗 보다가 내게 시선을 고정한 남자가 유려하게 입꼬리를 비틀었다.

"오랜만이군, 카슈미르 크리시스 경. 아무래도 내 이름을 잊은 것 같으니 소개해야 할 것 같은데."

푸른 눈이 불꽃처럼 넘실거렸다. 늘 침착하고 차갑도록 이성적이던 그에게서 이런 분위기는 처음 느끼는 것 같았다. 샹들리에 아래에서 찬란하게 빛나는 금빛 머리칼을 한 번 쓸어 넘긴 그가 내게 손을 내밀었다.

"디에고 일리아스 디 헬리오스 솔라티네. 이 제국의 황태자일세."

날카로운 눈매가 화려하게 휘어졌다.

"그리고 그대의 친구이기도 했지."

몇 달 만에 보는 디에고는 화를 억누르고 있는 얼굴이었다.

"하하!"

"웃으십니까?"

"아니."

나와 디에고의 대치를 즐겁게 바라보며 시원하게 웃던 헬리오스는 디에고와 눈이 마주치더니 언제 웃었냐는 듯 얼굴 위로 심각한 표정을 덮어씌웠다.

디에고의 기세는 황제가 한 수 접어 줄 정도로 흉흉했다.

"공사다망하신 황제 폐하께선 이만 가 보시는 게 좋겠습니다. 제가 이 자리에 온 건 폐하를 대신하기 위해서지 않습니까?"

디에고가 고개를 까닥이며 턱으로 문을 가리켰다. 그는 웃고 있었지만 차라리 무표정이 나을 것 같았다.

"아니…… 그다지 다망하진 않은데……."

소파에 깊게 몸을 파묻은 헬리오스가 뭉그적거리며 딴청을 피웠다.

이젠 이 상황을 즐기고 있다는 걸 숨길 생각도 없는지, 재미있는 장난감을 빼앗기기 싫은 어린아이 같은 태도였다.

"이러실 겁니까?"

디에고는 심해를 뚫고 내려갈 듯한 낮은 목소리로 중얼거렸다. 나는 디에고의 푸른 눈동자에 살기가 반짝 스치는 것을 보았다.

눈을 내리깐 헬리오스는 스르륵 자리에서 일어났다.

"……그러고 보니 대륙 연합 정상회의 준비를 해야 했지. 내가 깜빡 잊고 있었군."

나는 '그' 헬리오스가 기 싸움에서 패배하는 진귀한 광경을 멍하니 두 눈에 담았다. 자식 이기는 부모 없다는 말과 똑같은 상황인가 싶다가도, 저 기세의 디에고라면 강한 기세의 상징과도 같은 나의 아버지 카이사르 크리시스조차 한 수 접어야 할 것 같다는 생각이 들었다.

"그러실 줄 알았습니다. 어서 가 보시죠."

디에고가 사르르 눈꼬리를 휘었다. 그는 볼 때마다 새삼스럽게 감탄할 만큼 아름다웠다. 그의 목덜미 부근에서 풍기는 폭신한 바닐라 향까지 더해 동화 속 백마 탄 왕자가 따로 없는 가운데, 험악하게 선 목의 핏대가 이질적이었다.

"그래…… 혹시 다과는 필요 없나? 내가 가져다줄 수 있는데…….."

"필요하면 시종을 통해 받겠습니다."

"보고를 기록할 서기관이라도…….."

"폐하!"

시무룩해진 헬리오스가 고개를 숙이고 문으로 발걸음을 옮겼다.

"인사는 됐네. 즐거운 시간 갖게…….."

달칵.

나를 향해 힘없이 손을 휘적거린 그는 방을 나서 사라졌다.

"……."

"……."

그리고 침묵이었다. 나는 정말 오랜만에 손바닥에서 땀이 나는 걸 느꼈다.

"그래도 황태자에게 인사는 해야 하지 않겠나?"

금방이라도 두더지가 될 듯 땅을 향해 고개를 박고 있는 내 뒤통수에 디에고의 한숨이 꽂혔다.

그제야 정신을 차린 나는 자리에서 일어나 디에고를 향해 허리를 굽혔다.

"제국의 작은 태양을 뵙습니다. 아타라 지원군의 지휘관을 맡았던 기사 카슈미르 크리시스입니다."

단둘만 남은 상황.

그의 분노와 마주할 각오를 다지고 있었건만, 예상과 다르게 디에고는 기분이 상한 티조차 내지 않았다. 오히려 처음보다 훨씬 진정된 낯으로 나를 물끄러미 응시할 뿐이었다. 전장에 있을 때는 눈코 뜰 새 없어서, 수도에 돌아와서는 심란해서 연락하지 못했던 수도의 친구들.

르웰린은 나를 보자마자 분노를 터트렸고, 라이너는 담담하지만 진심 어린 그리움을 속삭였다.

두 사람의 반응은 어느 정도 예상했다. 자기주장이 강한 그들이었으니까.

하지만 디에고는? 그는 어떤 사람인가.

나는 갑작스러운 문제에 봉착했다.

대외적으론 완벽한 황태자. 황홀한 동화 속에서 막 튀어나와 온갖 달콤한 낭만을 뭉쳐 놓은 듯한 사람. 현명하고 사려 깊으며 다정한 사람.

하지만 내가 본 디에고는 어땠던가?

그는 다정하면서 냉정했다. 그 누구보다 이성적인 눈으로 현실을 파악했다. 제국을 위해선 끝까지 잔인해질 수 있는 사람이었다. 지도자답게 부덕 또한 행할 줄 알았다. 여태껏 지켜본 디에고는 모두에게 친절했으나 누구에게도 틈을 주지 않았다. 부드럽지만 절대 뚫리지 않는 그 무엇 같았다.

그는 약점이 없었다. 약점이 될 만한 걸 만들지를 않았다. 그는 아주 강인했고, 동시에 날카로운 장미의 가시처럼 예민했다. 암살 위협과 피 마르는 궁중 암투에서 살아남으며 힘과 상처를 함께 얻은 것 같았다.

'날 살려 준 이유가 뭐지? 뭘 원하나?'

나는 오래된 기억을 뒤져 그와의 첫 만남을 떠올렸다.

그는 사람도, 호의도 믿지 않는다. 과거형일 필요는 없었다. 여전히 믿지 않으니까.

디에고는 제 두 눈의 시린 푸른색처럼 차가운 사람이어서 따뜻한 것들은 모두 경계부터 하고 보았다.

그러나 내가 보기엔 온몸의 뾰족한 가시가 상대뿐만이 아니라 자신까지도 찌르는 것 같아 눈을 뗄 수 없었다. 그래서 도와주었던 것뿐인데.

'어쩌다, 이렇게까지 가까워졌더라?'

언제부터 모두가 입을 모아 평하는 황태자 '디에고 솔라티네'가 아니라 모순으로 가득한 '디디'를 보게 되었는지 기억이 나지 않는다. 그도 그럴 것이, 애초에 '언제부터'랄 게 없으니까. 어두운 골목길에 만신창이로 쓰러져 있던 디에고는 처음부터 내게 '디디'였다. 처음부터, 모든 껍데기가 벗겨진 채로 만났다.

나는 이미 그의 심연을 보았다.

그럼에도 나는 그가 어떻게 반응할지 전혀 예측할 수 없었다.

"자리에 좀 앉아도 되겠나?"

"……물론입니다."

털썩.

그는 헬리오스가 앉아 있던 소파에 앉았다. 그도 내가 없는 동안 만만치 않게 바빴던 건지 얼굴에 피곤이 배어 묘하게 다른 분위기를 풍겼다.

"그대도 바쁠 터이니 시간 끌지 않도록 하지."

두 손을 깍지 껴 모은 디에고가 고개를 들어 나를 마주했다. 나는 그의 눈을 똑바로 응시했다.

"보고, 시작하게."

그는 사적인 감정을 완전히 걷어 낸, 냉정한 황태자의 눈을 하고 있었다.

───※───

"……사상자는 없었으며, 부상자는 26명입니다. 중상자 4명을 제외하고 현재 전원 참전이 가능한 수준으로 회복되었다고 보고받았습니다. 이상입니다."

수도로 돌아오는 길, 북부군의 습격으로 벌어졌던 마지막 전투에 대한 보고를 끝으로 들고 있던 서류를 옆자리에 내려놓았다. 긴장 때문에 손끝이 살짝 저릿했다.

'역시 황태자는 다르네.'

이미 서면으로 제출한 정보들을 내 입으로 다시 나열하는 일에 불과하니 불필요한 절차라고 생각했건만, 디에고는 내가 놓친 부분들을 하나하나 예리하게 짚었다. 가끔은 허를 찌르기도 해 긴장이 되기까지 했다.

잠시 텁텁한 숨을 고르며 마법 깃펜이 허공에 둥둥 뜬 채 양피지 위에서 쉴 새 없이 글자를 적어 내려가는 것을 구경했다. 그것은 디에고의 생각을 읽어 내어 새로운 내용을 추가한, 완벽한 보고서를 완성시켰다.

"이 정도면 된 것 같군."

어느새 깃펜이 멈췄고, 양피지를 빠르게 읽어 내린 디에고가 고개를 끄덕였다.

"……끝난 겁니까?"

"그래. 수고했네."

또 어떤 질문이 날아올까 머리를 굴리던 나는 혀로 천천히 입술을 축이고 고개를 들었다.

"그럼 이제 안부를 물어도 됩니까?"

또렷하나 건조하던 푸른 눈이 나를 응시했다. 내내 일과 관련된 얘기를 하느라 어떻게 지냈는지조차 묻지 못했다. 디에고가 공과 사를 철저히 구분한다는 걸 알았기에 보고에만 집중했지만 다 끝난 지금은 물어도 괜찮지 않을까 싶었다.

"……."

말없이 앞머리를 쓸어 넘긴 디에고가 빈틈없이 갖춰 입은 제복 재킷의 단추를 풀고 겉옷을 벗었다. 한 폭의 그림처럼 완벽하던 모습이 한순간에 흐트러졌다.

소파 등받이에 깊게 기댄 자세는 살짝 삐뚜름했고, 한 올까지 신경 쓴 듯 잘 정리되어 있던 찬란한 금발은 자연스럽게 헝클어졌다.

화려한 재킷 아래 드러난 담백한 하얀 와이셔츠와 검은 서스펜더는 그를 앳된 소년처럼 보이게 만들었다. 그제야 그가 인간 같아 보였다.

"우리가 안부는 물을 수 있는 사이인가?"

"……네?"

나직한 그의 질문에 순간 심장이 철렁했다.

'나…… 이대로 절연당하는 건가?'

무신경한 내게 질린 나머지 친구를 그만두려는 건가 싶었다. 내 동공이 희미하게 떨릴 때, 디에고가 손으로 이마를 짚었다.

"어디까지 섭섭해해도 되는지 몰라서 묻는 거야."

그제야 그의 무미건조한 표정 아래 요동치는 감정을 읽을 수 있었다. 굳건해 보이는 방파제 아래엔 거대한 파도가 넘실거리고 있었다.

"……하고 싶은 말이 있다면 뭐든 하셔도 됩니다."

"감당하지 못할 거면서."

순순히 고개를 숙이는 나를 보며 디에고가 짧게 웃었다. 그가 자신의 손끝을 향해 시선을 내리깔았다.

"알고 있네. 전장에서 연락하길 바란다는 게 터무니없이 이기적이라는 거. 그래서 돌아온 후 내게 일언반구 없었던 것도, 이렇게 업무를 핑계로 내가 먼저 부르지 않는 이상 만나러 오지 않는 것도 이해하려 노력 중이네."

국가의 정세를 논하는 듯한 단조로운 목소리는 그가 공식 석상에 설 때 으레 그렇듯 인위적인 다정함을 담고 있었다.

나는 그 달콤함에 목이 턱 막히는 것 같았다.

"사과하지 말게. 그러라고 하는 말이 아니니."

내 행동을 읽은 듯 미리 저지한 디에고가 부드럽게 눈꼬리를 휘었다.

"내겐 화낼 자격이 없지 않나."

무언가 체념한 듯한 목소리에 도리어 내 속이 울렁거렸다. 내가 없는 동안 혼자 무슨 생각을 했을지 가늠할 수 없었다.

나는 내 두 무릎을 꽉 쥔 채 눈을 부릅떴다.

"왜 없습니까? 만약 저하가 그랬다면 저도 화가 났을 겁니다."

"그대는 내가 느낀 감정을 공감할 수 있다고 생각하나?"

"물론, 친구 사이이니……."

"아니. 아니야, 슈슈."

내 말을 뚝 끊은 디에고가 헛웃음을 지으며 수차례 마른세수했다. 손과의 거친 마찰 때문인지 그의 하얀 얼굴이 불긋하게 달아올랐다.

"이 며칠간 내가 느낀 감정을 그대가 안다면 결코 그럴 수 없었을 거야."

그는 물빛으로 반짝이는 두 눈으로 나를 바라보았다.

"정말 알고 있나? 그렇게 확신하나? 같은 상황이 벌어졌을 때 입장만 다를 뿐 내가 느꼈던 감정을 그대로 느낄 거라고 생각하나?"

같은 것을 보고도 서로 다른 것을 떠올리는 것이 인간이다. 생김새만큼이나 성향도 각기 다르니 감정의 차이야 말할 것도 없었다. 아무리 가까운 사이라 해도 디에고와 나도 서로를 향한 생각이 다르고, 감정이 다르리라는 건 나도 알고 있었다. 그래도 나와 비슷하리라고 짐작했건만.

"그럼…… 그렇게 하면 안 되지."

디에고는 내가 처음 보는 얼굴을 하고 있었다.

꼭 울 것 같은 표정을 한 그는 나의 안일한 오판을 지적하는 것 같았다.

그가 다시금 헛웃음을 지었다. 아니, 헛웃음보단 물속에서 숨이 막혀 헛숨을 내뱉는 것에 더 가까워 보였다.

온몸에 힘을 푼 그가 멍하고도 유순한 낯으로 고개를 기울였다. 금빛 머리칼이 사르륵 흐트러졌다.

"슈슈. 나에게 왜 그리 잔인해?"

철혈의 황태자가 길가의 장미꽃 한 송이보다도 유약해 보이는 순간이었다.

"……우셨습니까?"

그 순간 나는 내가 내뱉을 수 있는 가장 멍청한 말을 내뱉었다.

차라리 바닥에 머리를 박고 미안하다고 하는 편이 훨씬 나았을 것이다.

그냥, 제국이 무너지는 순간에도 절대 울지 않을 것 같던 디에고가 금방이라도 울 것처럼 보여서.

그래서 당황한 나머지 무의식적으로 내뱉은 말이었다.

"아니. 울지 않았네. 앞으로도 울지 않을 거고."

당황스러운 기색 하나 없이 웃음을 터트린 디에고가 다크서클이 옅게 내려온 제 눈가를 비볐다. 자극으로 인해 눈 밑이 붉게 달아올랐으나 물기는 결코 어리지 않았다.

"눈물은 진작에 말랐지. 내겐 울고 있을 시간이 없으니까. 그대가 전장을 누빌 때 나도 나의 전장에서 바빴네."

그의 푸른 눈이 차갑게 빛났다.

"키프로스 백작가가 북부와 결탁했다는 증거를 확보했네. 여태까지 'Hide & Ceek'의 방해로 어려웠지만, 이번 아타라 전투에서의 패배로 정신이 없어진 모양이야. 키프로스라는 꼬리를 자르려는 것 같기도 하더군. 덕분에 일이 쉬워졌지."

키프로스 백작가.

현 황후인 '티나 키프로스'의 친가이자, 황태자인 디에고를 죽이고 황위엔 관심도 없는 2황자 세레논을 황제로 올리려 하는 이들이었다.

황제의 외가라는 권력을 등에 업고 자신들이 저지른 모든 악행을 여태껏 간신히 덮어 왔지만, 북부와 결탁한 일은 권력으로 덮을 수 있는 수준이 아니었다. 증거만 있다면 키프로스를 한 번에 멸문시키는 것도 무리가 아니었다.

'그럼 티나랑 세레논은 어떻게 되는 거지?'

키프로스가 무너지면 더 이상 디에고가 위협을 받을 일도 없으니 다행이라고 생각하는 한편, 티나와 세레논이 걱정되었다. 겉으로 보기에는 키프로스의 주축이니 책임을 피하긴 어려울 터였다.

"황후 폐하와 세레논의 무고를 입증할 자료들은 이미 준비해 두었네. 두 사람이 피해를 입는 일은 없을 거야."

디에고는 그런 내 생각을 읽기라도 한 듯 자연스레 덧붙였다. 유독 피곤해 보인다 했더니 그것들을 다 처리하느라 그랬던 모양이었다.

"……무리하지 마세요."

나는 손을 뻗어 그의 눈가를 느리게 쓸었다. 가만히 손길을 받아들이듯 푸른 눈이 감기며 황금빛 속눈썹이 나풀거렸다.

디에고는 그 누구보다 이성적이었다.

감정에 휩쓸리는 듯했던 것은 찰나, 어느새 침착해져서는 공유해야 할 공적인 정황을 알려 주었다. 내가 궁금했던 건 그게 아닌데도.

"그런 사무적인 이야기 말고 개인적인 이야기부터 해 주시면 안 되겠습니까? 건강에 문제는 없는지, 힘들지는 않았는지 같은 것들이요."

내 주위에 있는 이들은 대부분 자신의 마음에 솔직한 이들이라, 감정 표현 자체가 어색한 나는 늘 그들이 이끌어 주었다. 덕분에 힘들 때 힘들다고 말하고 아플 때 앓고 넘어가는 법을 이제야 조금 알게 되었다. 하지만 디에고는 나만큼이나 자신에게 솔직하지 못한 사람이었다. 능수능란하게 사람을 다루고 무섭도록 빠르게 타인의 감정을 파악하면서도 늘 자신의 감정은 뒤편으로 미루어 두었다.

"시딘의 강물이 푸르러서 디디가 많이 생각났습니다. 디디의 이야기가 듣고 싶어요."

그래서 디에고가 좋은 건지도 몰랐다. 그도 나도 서툴러서, 서로가 서로를 이끌어 주며 같은 박자로 나아갈 수 있으니까.

지금은 내가 이끌어 줄 때였다.

"저는 살아남았습니다. 그런데 평안하진 못했습니다."

"……."

"사지 멀쩡히 붙어 있고 상처들도 흉 없이 나아 가고 있는데도 그렇습니다."

"……."

"그래서 오지 못했던 겁니다. 디디를 잊은 적은 없습니다."

그의 파란 눈이 나를 담았다.

그 지긋한 시선에 나는 시딘강에 빨려 들어가던 그때의 감각을 다시 느꼈다. 마수의 피로 검게 물들어 앞이 보이지 않던 그날의 강처럼, 그의 생각 또한 읽을 수 없었다.

"……나도 살아남았네."

그의 눈이 더욱 깊어지고, 붉은 혀가 갈라진 입술을 느리게 훑었다.

"키프로스도 분주한 모양이야. 암살자를 보내는 횟수가 줄었더군. 덕분에 페퍼 엘러바인 경에게는 내 호위를 맡은 이래 처음으로 휴가를 줄 수 있었지. 그는 가지 않겠다고 버텼지만 말이야."

나는 디에고를 향한 충성으로 빛나던 진녹색 머리칼의 기사를 떠올렸다. 늘 연갈색 눈을 부라리며 집착적으로 디에고를 쫓던 그가 오늘은 보이지 않는다 싶었는데, 디에고의 등쌀에 밀려 휴가를 간 모양이었다.

"어제는 시간을 쪼개 암행을 나갔네. 그대와 내가 처음 만났을 때처럼."

"……안 그래도 흉흉한 시기인데, 위험하진 않으셨습니까?"

"그대가 혼자 다니지 말라고 하지 않았던가. 엘러바인 경이 아닌 호위와 함께 다녀왔네."

이전에 궁에서 그를 해치러 온 암살자와 맞닥뜨렸을 때 했던 말을 지금까지도 기억하고 있는 모양이었다. 속눈썹을 간질거릴 만큼 길게 내려온 자신의 앞머리를 옆으로 털어 낸 디에고가 눈을 내리깔았다.

"나는 건강하고 무탈했네. 하지만 마찬가지로 평안하지 못했어."

디에고가 내 목덜미를 향해 손을 뻗었다.

급소를 향한 손길임에도 나는 피하지 않았다. 디에고가 날 해칠 리 없다는 걸 잘 알고 있었으니까.

스르륵.

내 목덜미를 쥐나 싶었던 그의 손은 혈맥이 뛰는 여린 피부를 살짝 스쳐 목에 걸려 있는 목걸이를 붙잡았다. 나는 느리게 숨을 뱉었다.

'검술 대회의 증표를 주겠다고 하지 않나. 디자인을 고민해 봤는데, 역시 그대가 보고 날 떠올려 줬으면 해서.'

디에고가 그의 손으로 걸어 준 이후 단 한 번도 벗은 적 없었다.

흠 하나 없는 손끝이 강하지 않은 힘으로 줄을 당겨 와이셔츠 아래에 숨겨져 있던 반지를 끌어냈다.

"아무래도 증표는 내게 필요한 것 같아. 자꾸 불안해져서. 그대가 내 곁에 있는 게 맞는지."

희고 고운 백금의 중심에 박힌 사파이어가 샹들리에의 빛을 받아 눈부시게 빛났다.

"다시 한 번 이 말을 하게 되는군."

고요한 낯으로 반지를 손에서 굴리던 디에고가 몸을 일으켜 내게로 다가왔다.

그의 다른 손이 내 옆 소파 팔걸이를 짚고, 상체가 기울어졌다. 벌어진 어깨가 내 몸 위로 그림자를 만들었다.

"그대가 없어 평안치 못했네, 나는."

"……."

"그리웠어, 슈슈."

낮은 속삭임이 귓가를 간지럽게 울렸다. 간지러운 느낌이 고막의 혈관을 통해 온몸으로 퍼져 나는 살짝 몸을 떨었다.

"푸른 시딘강을 보며 나를 떠올렸다고 했나? 나는 창문 틈새로 내리쬐는 햇빛과 어둑한 하늘을 보고 그대를 떠올렸네. 처리해야 하는 서류를 보다가 그대를 떠올리고, 암행에 나갔다가 그대와 처음 만났던 골목길을 지나치면서도 그대를 떠올렸네."

"……."

"그냥, 그랬어. 아침이라 그리웠고 밤이어서 그리웠어. 날이 화창해서, 또 우중충해서 그랬어."

반지를 더듬거리는 그의 손이 희미하게 떨리고 있었다. 나는 문득 늘 목에 걸고 다니느라 한 번도 자세히 보지 않았던 반지의 크기를 가늠했다.

디에고의 커다란 손안에선 어린아이의 물건처럼 작아 보이는 반지. 내게도 엄지나 검지, 중지에 끼긴 작아 보였다. 새끼손가락에는 약간 클 것 같은 크기.

약지에 끼어야 조금도 멈추지 않고 부드럽게 들어갈 것 같았다.

"그래서 그랬어. 내가 그대를 떠올린 만큼 그대는 나를 떠올리지 않은 것 같아서. 아주 유치하게, 그게 섭섭했어. 어렸을 때도 이렇게 애처럼 군 적이 없는데."

그가 자조하듯 중얼거렸다. 처연한 그의 얼굴에는 금방이라도 깨질 듯한 아름다움이 있어 시선을 뗄 수 없었다.

"그대가 나를 유치해지게 만들어."

그는 그런 스스로가 퍽 마음에 들지 않는 모양이었지만, 나는 투정하는 듯한 그의 솔직한 말이 기껍게만 느껴졌다.

"그럼 유치해지면 되지 않습니까."

"어떻게 그런 추한 모습을 보이라는 건가."

"차라리 그게 좋습니다. 공들여 꾸민 거짓보다 훨씬 더요."

그는 가면을 쓰는 것에 익숙한 사람이었다. 나와 있을 때조차 가끔은 선을 긋듯이 딱 딱 부러지게 굴었다.

"……그대가 질릴지도 몰라."

어쩌면 매사에 능숙하고 능청스러운 모습이 아니라 이런 미성숙한 모습이 그의 진짜 모습일지도 모르겠다는 생각이 들었다.

나는 빙긋 웃다가 고개를 저었다.

"그럴 리 없잖습니까."

나는 확신했다.

그제야 짧게나마 웃음을 흘린 디에고가 내 옆에 털썩 앉았다. 조금만 몸을 달싹거려도 허벅지가 맞닿을 정도로 가까운 거리였다.

"내가 얼마나 쪼잔한 인간인지 알면 철회하고 싶어질 걸세. 후회하지 말게."

"궁금해지는군요. 꽤 깜찍하실 것 같은데요."

"그럴 리가."

풀썩.

디에고가 내 어깨에 머리를 기대었다. 그 장난스러움이 마치 어린아이 같았다.

넓게 펼쳐진 금빛 머리칼에 시선을 빼앗기고 있을 때였을까, 나를 비스듬히 올려다보던 그가 느리게 입을 열었다.

"내 진심에선 썩은 냄새가 나. 그래서 지금은 차마 다 내뱉지 못하지만 언젠가 참지 못하고 말해 버릴지도 몰라."

"……"

"그래도 그대는 나를 버리면 안 돼."

그의 손이 내 뺨을 살며시 덮었다. 따뜻한 온기가 기분 좋았다.

"그대의 주군으로서 명령이네."

명령. 그 강압적인 단어를 발음하는 그의 표정은 내가 보기에도 불안해 보였다. 늘 이성적이고 여유롭던 황태자가 감정에 휩쓸려 초조해 보이는 순간이었다.

"명령이 아니라 부탁이었어도 들었을 겁니다."

나는 기꺼이 그가 원하는 답을 내놓았다. 그의 낯이 풀리고 웃음이 번지는 것을 지켜보며 나도 웃었다.

"우리 함께 평안해져 보죠."

이 순간, 나는 그 덕분에 평안했다.

·—·&⚜&—·

디에고와 긴 얘기를 끝내고 궁에서 나온 나는 마부를 마차와 함께 먼저 저택으로 보내고 혼자 거리를 걸었다.

날은 어느새 어둑했고, 공기는 차가웠다. 정처 없이 걷던 나는 어느 한 곳에서 잠시 멈추어 섰다. 신전은 오늘도 여전히 화려하고 신성했다. 주변이 모두 어두운 가운데 새하얀 기둥들이 우뚝 솟아 더욱 눈에 띄었다.

나는 문득 눈을 들어 근처의 시계탑을 바라보았다.

'6시 50분.'

그 순간 심장이 기묘하게 뒤틀리는 듯한 느낌이 일었다.

가야 할 곳이 있었다. 만나야 할 사람이 있었다.

나는 홀린 듯 신전으로 발걸음을 옮겼다.

신전은 여러 개의 건물로 이루어져 있었다. 교황이나 대신관이 머무는 건물은 철저한 검문을 거친 뒤에야 들어갈 수 있었지만, 평신도를 위한 예배당은 누구나 언제든지 기도할 수 있도록 늘 열려 있었다.

나는 흔한 경비조차 서 있지 않은 그 건물의 외곽을 돌다가 수풀에 가려진 샛길을 찾아냈다. 꽤 오랜만인데도 전혀 어색하지 않았다. 아주 많이 와 봤던 곳이니까. 난 이상하게 뛰는 심장을 무시한 채 빠르게 발걸음을 옮겼다.

샛길은 신전의 후면을 감싸고 있는 뒷산으로 이어졌다. 누구든지 오르는 데에 무리가 없을 완만한 경사였지만 입구도 가려져 있고 특별히 볼 만한 것도 없는 탓에 인적이 드물었다.

나는 달라진 게 하나도 없는 그 길을 망설임 없이 따라 걸었다.

탁.

오직 커다란 그루터기 하나만 덩그러니 남아 있는 정상에 도착해 발걸음을 멈췄다. 나무조차 없어 황량한 허허벌판처럼 느껴졌지만 그곳에 볼 만한 게 전무하진 않았다.

하늘.

그곳에서 보는 하늘만큼은 찬란했다. 거의 다 져 버린 해를 집요하게 응시했다. 그 시간이 다가올수록 기분이 묘해졌다.

'매일 이 시간에, 이곳에서 만나는 거야.'

빛바랜 약속이 머릿속에서 뭉게구름처럼 떠다니다 이내 녹아내렸다.

'너무 늦었나?'

울렁거리는 속과 함께 느리게 목울대를 울렁였을 때,

"……미르."

인기척이 나는가 싶더니 갈라진 목소리가 나를 불렀다.

이 작은 동산은 평신도들의 기도당과 평신관들의 숙소 사이에 위치했다. 두 집합이 서로 겹친 교집합 같은 공간이었다.

'분명 그때는 수습 신관이었는데.'

그때를 잠시 회상한 나는 소리가 난 쪽을 향해 천천히 고개를 돌렸다.

"……오랜만이다."

나는 길게 숨을 들이쉬고 긴 틈을 두어 가볍게 내뱉었다.

"검정아."

기이하게 일그러진 표정의 엘이 그곳에 서 있었다.

"……왜 온 거죠?"

서로 마주 본 채 얼마나 침묵이 이어졌을까. 달려온 건지 한참 동안 가쁜 숨을 고르던 엘의 눈매가 날카로워졌다. 그의 창백한 낯에서 서늘한 기운이 풍겼다.

나는 대답하지 않고 그를 바라보았다.

평소 길게 늘어뜨려져 있던 하늘색 머리카락은 포니테일로 깔끔하게 묶인 채 바람에 흔들렸고, 여느 때와 달리 교황의 의복 대신 흰 와이셔츠가 그의 균형 잡힌 상체를 감싸고 있었다. 천사처럼 맑고 아름다운 웃음은 온데간데없고, 그윽한 백합 향기는 찬바람과 섞여 희미하게 느껴졌다. 서로 마주 보면 낭창하게 휘어지던 눈의 은빛 눈동자는 나를 뚫어져라 응시하고 있었다.

내가 알던 엘과는 사뭇 다른 분위기였음에도 어색하게 느껴지지 않았다.

'정말 쓸데없는 참견이네요, 당신도. 인생 참 힘들게 살아요.'

그 대신 내가 알던 신전의 검은 소년과 거울처럼 닮아 있었으니까.

"……아니, 질문을 바꿔야겠네요."

짧게 실소한 엘이 제 앞머리를 거칠게 쓸어 넘겼다. 추운 날씨임에도 몇 방울의 땀이 맺힌 하얀 이마는 그가 이곳까지 얼마나 급하게 달려왔는지 짐작케 했다.

"왜 이제야 온 거야?"

은빛 눈동자에 소름 끼치는 섬광이 깃들었으나 다음 순간 죽은 듯 사라졌다. 나긋한 뇌까림에 나는 손을 옹송그렸다. 그늘을 누비던 이들에겐 지울 수 없는 흔적이 있다. 새하얀 안개꽃처럼 죽음을 재촉하는 향기가 났다. 아무리 백합 향이 진해도 감출 수 없었다.

나는 그제야 완전히 실감했다. 그는 역시 모든 것이 칠흑빛으로 검어 종국엔 어둠과 구분할 수 없을 것 같던 신전의 그 소년이었다.

"……역시 늦었을까?"

나는 혀를 굴려 자꾸만 건조해져 가는 입 안을 축이곤 최대한 담백하게 내뱉었다. 엘이 숨을 크게 들이쉬었다.

"더는 오지 않겠다고 했잖아요."

"……."

"약속은 꼭 천금같이 여겨서, 당신이 뱉은 말처럼 그 뒤로 정말 단 한 번도 오지 않았잖아요."

꽉 쥔 그의 양손에 거친 핏줄이 돋고, 굳어 있던 그의 얼굴에 커다란 요동이 일어났다.

"당신과 싸웠던 그날 밤, 앤이 죽었어요."

희미하게 떨리는 낮은 목소리에 나는 숨을 멈췄다.

앤.

그 옛날 엘과 내가 만나게 된 이유이자 유일한 교차점이었으나, 다시 만난 뒤엔 금지어라도 되는 양 우리 둘 다 암묵적으로 꺼내지 않은 이름이었다.

난 그 이름을 그 시절 이후 아주 깊은 곳에 묻어 두고 떠올리지 않았다. 처음 만난 순간부터 이별을 예상하고 있었기에 세워 둔 방어기제일지도 모른다.

'앤'. 그 짧고도 확실한 발음.

'제 이름은 앤이에요. 저희 오빠가 지어 줬어요. 예쁘죠? 언니라면 애니라고 불러도 돼요.'

내가 아리아를 겹쳐 보기도 했던, 엘의 여동생 이름이었다.

'엘. 여동생이 있습니까?'

'……네. 있었어요, 여동생이.'

'……'

'지금은 죽었지만요.'

그녀가 죽었다는 건 이미 알고 있었다. 엘이 교황이자 어린 시절 친구였던 '검정'임을 알게 된 이후 곧바로 물어 확인했으니까.

'당신은 나를 비참하게 해. 당신과 함께 있으면 나는 작아지고 스스로가 부끄러워져. 자꾸 속이 울렁거리고 역겨워.'

'……'

'더는 널 보고 싶지 않다고……'

그러나 여동생이 죽은 때가 사실상 우리 관계의 종말을 야기한 싸움이 있었던 그날 밤이었을 줄은 몰랐다.

"설마, 그다음 날 나오지 않은 건……."

순간 어떤 생각이 섬광처럼 스쳤다. 나는 헛숨을 들이쉬며 흔들리고 있을 게 분명한 두 눈으로 엘을 올려다보았다.

처음 보는, 온통 일그러진 표정의 엘이 한 손에 얼굴을 묻었다. 몸을 구기듯 웅크린 그는 무언가를 토해 내는 것처럼 보였다.

"……일부러 가지 않은 게 아니에요. 정말, 아니라고요."

느리게 뱉는 낱말 하나하나가 해묵은 감정들로 눅눅했다. 어울리지 않게 거친 손 틈새로 비치는 위태로운 은빛 눈동자가 내 시선을 붙잡고 놓아주지 않았다.

"조문객 없는 장례를 치르고 하루 종일 넋이 나가 있었어요. 그러다 개새끼들과 마찰이 생기는 바람에 시간을 빼앗겼는데, 약속 시간이 너무 지나 버려서……."

'정신 차리고 잘 들어. 나는 앞으로 오후 7시, 이 동산에 널 보러 올 거야. 네가 아무리 부정해도 너는 사람이 필요해 보이니까. 대답할 필요 없어. 어차피 네 성격에 좋은 대답을 내놓을 것 같진 않고, 그냥 날 보고 싶다면 와. 네가 오지 않는다면 날 보고 싶지 않은 걸로 알고 더는 오지 않을게.'

예민하던 그를 고려해 정했던 주먹구구식 약속의 허점이 나쁜 결과를 가져올 줄은 몰랐다.

약속 시간이 한참 지났는데도 엘이 오지 않는 데다, 전날의 다툼에서 그가 했던 이야기까지 떠올라 나는 그가 더 이상 나와의 만남을 원치 않는 줄 알았다.

날 보면 비참하고 역겹다고, 더는 보고 싶지 않다고 했으니까.

"약속을 어긴 건 나지만, 그래도 한 번쯤은 다시 찾아 줄 거라고 생각했어요. 내가 간절했던 만큼 당신도 조금은, 아주 조금은 나를 떠올리고 작은 미련이라도 가져 줄 거라고······."

"······."

"그래서 매일 이 시간에, 이곳에 올랐는데······."

순은처럼 빛나던 두 눈은 먹구름처럼 탁해져 있었다.

아무렇지 않게 불쑥 거리를 좁혀 오던 평소와 달리 애매한 거리에서 붙박인 듯 서 있던 엘이 자신의 눈가를 아프도록 강하게 눌렀다.

"왜 이제야 온 거예요."

붉게 물든 눈가 아래론 투명한 눈물이 반짝이고 있었다.

"······너무 어렸다고 변명한다면 들어 줄래?"

답답한 가슴을 지그시 누르며 마른 입술을 열었다. 가장 막강한 권력을 가진 이에게 자꾸만 힘도 능력도 없이 당하기만 하던 소년이 겹쳐 보였다.

"내가 보고 싶지 않다는 말을 듣고도 다시 찾아올 용기가 없었어. 그 말을 하던 네 마음을 헤아릴 여유도 없었고, 한 번 어긋난 약속을 실수라고 짐작할 융통성도 없었어."

"······."

"너도 나도 어렸잖아. 너는 겨우 16살이었고, 나는 14살이었으니까."

흐느낌 없이 눈물만 흘리는 엘에게 다가가 소매로 그의 눈가를 부드럽게 닦아 주었다.

"늦게 와서 미안해."

어느새 어둠이 내려앉아 엘의 하늘색 머리카락이며 은빛 눈동자며 모두가 다 검게 보였다. 그것이 내겐 더 자연스럽게 느껴졌다.

"검정아."

그 순간 그의 두 눈에서 섬뜩한 이채가 돌았다.

'검정'. 그렇게 불렀다.

자신의 여동생에겐 고심해서 이름을 지어 주곤 자신은 이름조차 없었던 소년은 '야', '너', '수습 신관', 혹은 '쓰레기'나 '시궁쥐'라고 불렸다.

앤에게 '오빠'라고 불리는 것으로 충분한 듯 희미하게 올라가는 입꼬리를 보고 있으면 어떻게든 이름으로 불러 주고 싶어 떠오르는 대로 지어 준 것이 검정이었다. 돈도 연줄도 없는 평민은 신관이 되어서도 배척당했다. 나이 많은 귀족 출신 신관들의 학대로 인해 소년의 몸은 늘 상처로 가득했다.

'……감사 인사는 하죠. 앤을 지켜 주셔서 감사합니다. 앤은 제 하나뿐인 가족이에요.'

그러면서도 동생을 위해 어떻게든 버티며 성직자 지원금을 꼬박꼬박 받아 내는 것이 악착스러웠다.

누구를 닮은 것 같아 차마 두고 볼 수가 없었다.

'도와주지 말라고요. 모르는 척하라고! 왜 자꾸 나를 비참하게 해요!'

어쩌면 동정이었을지도 모른다. 눈치가 빠른 소년은 그것을 기민하게 알아차려 내 도움에 치를 떨며 거부했던 게 분명했다.

어리고 서툴렀던 나는 그를 향해 배려 없이 뻗었던 도움의 손길이 무엇에서 기인한 것이었는지도 알지 못했다.

"이제는 손을 놓고 가지 않을게."

그 때문일까. 우리는 너무 먼 길을 돌아 만나야 했다.

"……이전에 말했죠? 이제 더 이상 그 누구도 나를 괴롭힐 수 없다고."

훅 허리를 굽혀 나와 시선을 맞춘 엘이 낮은 목소리로 긁듯 속삭였다.

나는 용병 미르와 정체불명의 의뢰인으로서 그가 기묘한 거래를 이어가던 과거의 어느 만남을 떠올렸다.

"내가 교황이 된 뒤 가장 먼저 한 일이 뭔지 아나요? 당신과의 약속에 늦게 만들었던 쓰레기 새끼들을 폐기 처분하는 거였어요. 살려 달라고 머리를 조아리는 것들이 제발 죽여 달라고 빌 때까지 고문과 치유를 번갈아 하며 괴롭히고, 사지를 찢어 들개와 승냥이들의 먹이로 던져 주었죠."

"……."

"나는 그렇게 한 것을 후회하지 않아요. 그때로 돌아간다 해도 똑같이 할 거예요. 아니, 더 무참히 괴롭히겠지. 그 이후엔 신전을 뒤집었어요. 구석구석까지 꼼꼼하게도 차 있는 더러운 때들을 모두 벗겨 냈죠. 물 대신 피로 씻어서요."

"……."

"수많은 신관이 죽고 처벌당했어요. 지금에야 개혁이라고 칭송받지만, 사실 그때 그랬던 이유는 그냥 분풀이였어요. 당신을 잃었다는 분풀이."

나와 똑바로 눈을 맞춘 그가 조곤조곤 피의 역사를 이야기했다.

부드러운 말씨와 다르게 그의 두 눈에선 광기를 닮은 무언가가 넘실거렸다.

나사 하나가 아니라 부품 여러 개가 잘못 끼워진 듯한 기이한 분위기. 그것은 놀라울 만큼 그와 가장 잘 어울렸다.

"나는 그런 사람이에요. 이전에도 말했듯 당신만큼 선한 사람도 아니고, 당신의 기대를 충족할 만큼 상냥하지 못해요. 당신이 모르는 나의 모습은 여전히 많아요."

엘은 묵묵히 자신의 눈물을 닦아 주는 나의 손에 살포시 이마를 기대었다.

"한 번 더 약속해 주세요. 내가 오늘 하루라도 불안에 떨지 않도록 그때의 약속을 다시 해 주세요."

내 손끝에 맺힌 눈물방울은 분명 맑았음에도 진득한 핏방울처럼 느껴졌다.

그의 눈에선 여전히 눈물이 흐르지만, 그것이 슬픔 때문인지는 알 수 없다. 그가 어떤 인간인지도 다 헤아릴 수 없다.

"내가 너를 제외한 모두에게 세상에 다시 없을 개새끼라 해도, 날 버리지 않겠다고."

엘은 그 고운 얼굴로 잘도 욕을 내뱉었다. 제법 익숙하고 어울리기까지 했다.

그가 희미하게 끌어 올린 입꼬리에서 진동이 느껴졌다.

"지금 당장."

엘이 내 목에 얼굴을 묻었다. 그가 내 목덜미에 자국을 남기던 순간이 떠올라 잠시 긴장했으나 그는 그저 숨만 들이쉴 뿐이었다.

"불신쟁이."

"당신이 날 이렇게 만들어요."

나는 큰 몸을 구기고 아이처럼 안겨 오는 그를 밀어내지 않았다.

"미리 말했잖아. 불안하다면 몇 번이고 다시 약속해 주겠다고. 이번엔 어긋났던 지난번과 달라. 너도 나도 자랐잖아."

나는 그의 턱을 살짝 쥐고 들어 올렸다. 그와 비스듬하게 시선이 맞추어졌다.

"이번엔 가지 않아. 약속이 어그러진대도 내가 널 붙잡을게. 네가 그 어떤 사람이라고 해도 널 버리지 않아."

잔잔히 불어오는 바람에 하늘색 포니테일이 밤하늘을 배경으로 나부꼈다.

이곳에서 그와 만난 적은 수없이 많았고 그때마다 늘 편했건만, 이렇게 둘 다 자라서 이곳에 서니 묘한 긴장감이 느껴졌다.

"왜?"

알 수 없는 눈으로 나를 응시하던 그가 나직하게 물었다. 나는 숨을 들이쉬었다.

"왜냐하면, 너는……."

호기롭게 시작했으나 말문이 턱 막혔다.

너는, 뭐지?

살갗이 간지러웠다.

뱉어야 할 게 있는데 그러면 안 될 것 같고, 맞는데 틀린 것 같았다.

소용돌이치는 감정 속에서 초조하게 입술을 달싹일 때, 나를 가만히 지켜보던 엘이 낮은 소리로 웃었다.

"쉬잇, 말하지 않아도 괜찮아."

다 안다는 듯 어르고선, 밤바람에 미지근해진 손으로 내 턱을 가볍게 쥐었다. 그리고 허리를 굽혀 천천히 내게로 다가왔다.

"그냥 나를 따라와."

속삭임은 달콤했다.

거리가 점점 더 좁혀지고, 어느새 맞물릴 때까지, 나는 그를 피하지 않았다.

그날 밤 입 안엔 눈물과 피가 섞인 오묘한 맛이 가득했다.

"요정족과의 동맹이라……."

노아 아인하르트가 깊은 고민에 빠진 표정으로 제 턱에 난 수염을 매만졌다. 못 본 사이 그의 수염은 부쩍 더 자란 것 같았다.

"말해 뭐 하겠는가? 실현된다면 더할 나위 없이 좋겠지. 우리가 승기를 반쯤 붙잡았다고 해도 과언이 아닐 게야. 수많은 마수에 대항해 우리 병사들도 끊임없이 회복할 수 있을 테니까."

긍정적인 의견을 말하면서도 그의 금빛 눈동자는 어둡게 가라앉아 있었다.

"하지만 성사시킬 가능성이 있기는 한가? 요정 숲의 출입패도 아직 찾지 못한 상태이고, 요정들과의 연고도 없지 않나. 만약 어떻게든 요정 숲에 들어가 그들과 대화할 기회를 얻는다고 해도, 아주 오랫동안 인간과 아무 교류도 하지 않던 요정들이 갑작스러운 동맹을 승낙할 리가 있겠는가?"

노아는 나와 똑같은 고민을 하고 있었다.

충직한 검이 되려 했는데 4

나는 복잡한 마음을 담아 한숨을 쉬었다.

그래도 지금의 정세를 고려할 때, 요정족과의 동맹은 반드시 해내야만 하는 일이었다.

전장에서 돌아온 지도 어언 한 달.

슬슬 수도에서의 생활이 익숙해지는 가운데, 나는 노아의 보좌관으로서 다시 황궁으로 출근하기 시작했다.

첫 전쟁의 지휘관을 맡은 터라 군사 훈련과 중요한 회의에 모두 참석해 경험을 공유해야 했기에 숨 쉴 틈 없이 바쁜 나날이었다.

나는 그중에서도 가장 중요한 일정이었던 대륙 연합 회의를 떠올렸다.

'제국의 지원에 무한한 감사를 표한다. 아타라 왕국은 솔라티네 제국의 도움을 영원히 잊지 않을 것이다.'

'동맹국으로서 당연한 일을 했을 뿐이네.'

'다만 앞으로 교황이라든지, 신의 사자라든지, 태양신교의 앞잡이라든지 하는 대단하신 거물이 우리 왕국을 방문할 땐 미리 언질 좀 해 줬으면 좋겠군. 대접을 해 드리지 못한 게 못내 마음에 걸려서.'

'……'

레오는 북부를 제외한 대부분의 국가가 참여한 회의에서, 모두가 암묵적으로 취급했던 엘의 예고 없는 아타라 방문을 저격하는 폭탄을 터트렸다.

'미친 망아지 새끼가……'

카이사르가 질린 듯 중얼거리고 헬리오스조차 헛숨을 들이쉬었다. 교황을 꾸짖는 듯한 발언을 하고서 태평한 낯으로 해바라기씨 한 주먹을 입에 털어 넣고 무심하게 씹어 먹는 레오의 모습은 가히 미친놈을 방불케 했다.

'마수들로 인해 오염된 아타라를 한시라도 빨리 정화해야 한다는 생각에 마음이 급했어요. 신의 사자로서, 어찌 그런 일을 보고만 있겠습니까. 신께서 나를 그곳으로 인도하셨습니다.'

하지만 엘이 밀릴 사람이던가.

갑작스러운 안건에도 당황한 기색 하나 없던 엘은 은빛 속눈썹을 파르르 떨더니 기다란 교황 정복의 소매로 자신의 눈가를 닦았다. 물론 소매에 묻어나는 건 아무것도 없었다.

거짓말은 아니다. 엘은 아타라에 온 김에 시딘강 정화에 손을 보탰으니까.

하지만 그가 정화 작업을 귀찮아하는 걸 본 사람으로선 그의 태도가 어처구니없었다.

'가증스러운 뱀 새끼······.'

나는 옆자리에 앉은 카이사르의 입 모양이 만들어 낸 말을 똑똑히 알 수 있었다.

외교적 문제로 번질까 염려했는지 심각한 표정이던 헬리오스는 그냥 또라이들의 광기 겨루기일 뿐임을 깨달은 듯 썩은 눈으로 허공을 바라보았고, 디에고는 서류에 시선을 고정한 채 두 사람에게 시선도 주지 않았다.

회의가 시작되고부터 그때까지 미동 없는 낯으로 문 앞을 지키고 있는 라이너는 레오와 엘이 당장 서로에게 침을 뱉어도 관심을 주지 않을 것 같았다.

'하하하!'

레오가 크게 웃음을 터트렸다. 그의 압생트빛 눈동자가 진하게 번들거렸다.

'교황의 호의에 다시 한 번 감사를 표한다. 다음에 또 아타라를 방문한다면 잊지 못할 추억을 선사하겠다고 약속하지. 평생 지니고 갈 흉터 같은 기억을······.'

······저건 다시 오면 가만두지 않겠다는 뜻이다. 어쩌면 엘은 솔라티네가 아니라 아타라에 묻히게 될지도 몰랐다. 그것도 아타라 왕궁 뒷산에······.

'감사는 신께 하시지요. 신의 뜻이 아니었다면 제가 앙증맞고 소박한 아타라에 방문할 일은 없었을 테니까요. 약속은 되었으니 마음만 받겠습니다.'

아타라를 약소국이라고 돌려 까면서 다시 올 일 없다고 일축하는 것까지 완벽했다. 강대한 군사력과 높은 수준의 마도공학 기술을 가진 아타라를 앙증맞고 소박하다고 표현할 수 있는 사람은 아마 엘이 유일할 터였다.

'그래. 두고 보자고. 교황의 만수무강을 비네.'

'나도 악타라의 태평성대를 위해 기도하죠.'

레오가 '깊은 숲속의 고요한 폭군' 하라바나라면 엘은 '뱀들의 왕' 바실리스크였다. 용호상박을 넘어 대재앙들의 기 싸움처럼 느껴질 지경이었다.

개싸움을 할 거라면 둘만 있을 때 해 주면 좋을 텐데. 나는 그 모습을 지켜보며 당사자들도 아닌데 피로를 느껴야 했다. 이후 교황과 악타라 국왕의 불화에 대한 소문이 일파만파로 퍼진 것은 당연지사였다.

'……자. 친목은 나중에 하는 것이 좋을 듯하고, 북부군의 이후 행보에 대해 논의해 봅세.'

헬리오스도 나처럼 피곤해졌는지 한층 늙은 얼굴로 개판이 되어 버린 회의를 정리하던 것이 떠올랐다.

그다음 나온 이야기들을 정리하자면 간단했다. 북부가 언제 움직임을 재개할지 모르니 경계를 늦추지 말고 모두 대비하고 있어야 한다는 것.

"그대는 우리 군의 중요한 전력 중 하나일세. 그대가 자리를 비우는 일은 최대한 없어야 해."

노아가 차분하게 가라앉은 눈으로 나를 바라보았다.

"은빛 늑대족과의 동맹을 체결해 낸 것이 그대임을 모르지 않네. 그대를 불신해서 이러는 게 아니야. 알고 있지?"

"물론입니다."

"언제 북부군이 쳐들어올지 모르는 상황에서 불확실한 도박에 귀한 인력과 시간을 낭비하는 일이 없었으면 하네. 무슨 뜻인지 이해했을 거라고 믿네."

노아는 냉정했다. 그는 이상보단 눈앞의 현실에 최대한 초점을 맞췄다.

나는 고개를 숙였다.

'하긴 요정왕 테세우스가 내 어머니 안테이아의 과거를 풀 열쇠를 가지고 있지 않다면 나도 요정족과의 동맹에 목을 매지는 않았을지도 모르지. 내 사적인

감정이 섞여 있는 건가.'

이미 한 번 지휘관으로서 활약한 이상 나의 시간과 의견은 온전히 나의 것이 아니었다. 아마 북부군의 다음 동태가 파악되는 대로 또 다른 직위를 받게 될 터.

바라던 바였음에도 새삼 행동의 무게가 실감되어 어깨가 무거워졌을 때였다.

"도박이 아니에요. 요정족은 동맹을 수락할 거예요. 반드시."

달칵.

낭랑한 목소리와 함께 집무실 문이 열렸다.

노아와 나의 고개가 빠르게 돌아갔다.

'……어?'

나는 예상치 못한 인물의 등장에 눈을 크게 떴다.

"무례를 용서하세요. 대화가 끝날 때까지 밖에서 기다리려 했는데 아무래도 제가 말을 보태야 할 것 같아서요."

문밖의 인기척은 느꼈으나 대화에 집중하느라 신경을 기울이지 않았건만,

갑작스럽게 대화에 끼어든 데다 노크 없이 문을 열고도 당돌하게 말하는 이는 내가 아주 잘 아는 사람이었다.

"인사드립니다, 아인하르트 후작님. 카슈미르 경의 동생, 아리아 크리시스입니다."

짧은 분홍색 머리칼을 꽉 동여맨 아리아가 자신만만하게 웃었다.

"허어. 반갑네, 크리시스 공녀. 대외적인 자리에서는 몇 번 마주쳤지만 이렇게 만나는 건 또 처음이군."

감탄 어린 웃음을 뱉은 노아가 놀란 기색 없이 아리아를 반겼다. 그는 방심했던 나와 달리 아리아가 문밖에서 우리의 대화를 듣고 있다는 걸 진작에 파악한 듯했다.

"차 한잔하겠나?"

"거절하지 않을게요."

"허허."

초대받지 않은 손님임에도 태연한 아리아를 보며 노아가 너털웃음을 터트렸다. 그의 고즈넉한 금빛 눈동자가 재미있는 걸 본 것처럼 반짝이고 있었다.

아리아는 '크리시스'라는 무소불위의 권력을 등에 업기 전부터, 죽을 날을 받아 놓고 하루하루 죽어 가고 있을 때조차 그랬다.

강강약강. 그 누구에게도 굽히지 않고, 물러서지도 않았다. 항간에 떠도는 얘기처럼 카이사르가 피에 굶주린 살인귀로만 알고 있던 시절에도 주저 없이 그의 멱살을 잡았던 아이다. 아리아는 두려움을 몰랐다. 나에게는 그것이 거만이나 만용으로 보일 법도 한데, 그저 맹랑하고 사랑스럽게만 느껴지고 밉지 않으니 이상한 일이었다. 아리아를 사랑하는 건 불가항력적이었다. 그러니 그녀가 단숨에 사교계의 정점을 차지한 것은 당연한 일인지도 몰랐다.

"편히 앉게. 홍차로 괜찮겠나?"

"부탁드릴게요."

털썩.

아리아가 당연하다는 듯 내 옆자리에 앉았다. 그 반동으로 그녀가 어깨에 걸치고 있는 하늘색 반망토가 가볍게 너울거렸다.

나는 멍하니 그 모습을 바라보았다. 아리아는 간혹 저녁쯤 되어서 퇴근하는 나를 데리러 마차를 타고 황궁으로 오곤 했으나 오늘은 분위기가 달랐다.

편한 차림이었던 그때와 다르게, 오늘은 빳빳하게 다림질한 흰색 셔츠 위에 에메랄드빛 벨벳 베스트를 입고 그 위에 금색 체인으로 장식된 하얀색 하네스까지 차고 있었다.

아리아는 오늘따라 눈부시게 빛났고, 믿음직스러워 보였다.

'언니. 오늘은 출근하면 뭐 해?'

'아인하르트 후작님과 요정족과의 동맹에 대해서 논의해 보려고 해. 그분께 허락을 받아야 하니까.'

'……그래?'

마치 이 순간을 위해 준비해 온 것만 같았다.

"그래. 엿듣는 것은 그리 좋은 취미가 아닌데. 알 만한 귀족 영애가 왜 이렇게 난데없이 등장했나?"

능숙하게 홍차를 우려 아리아에게 건네준 노아가 주름진 눈매를 휘어 보였다.

아무리 나이가 지긋하고 천성이 인자한 노아라 해도 소드 마스터는 소드 마스터다. 그의 기세는 웃을 때조차 위압적이었다.

"용서하세요. 엿들으려 한 것이 아니라 문밖으로 대화가 들려 우연히 듣게 되었어요."

"그건 그렇다 치고."

그건 중요치 않다는 듯 가볍게 넘긴 노아가 제 턱을 쥐었다. 그의 금빛 눈동자가 맹금류의 눈처럼 빛났다.

"요정족과의 동맹을 성사시킬 기발한 방법이라도 있는 건가?"

아리아가 자신만만하게 입꼬리를 끌어 올렸다. 그녀가 중요한 일을 앞에 두었을 때 으레 짓는 미소였다.

"저와 카슈미르 경을 요정족에게 사신으로 보내 주세요. 제 이름을 걸고 동맹을 성사시켜 올게요."

"자신만만하군. 어떻게 확신하는 거지?"

스르륵.

노아의 물음에 아리아는 제 앞머리를 천천히 쓸어 넘겼다. 신비롭게 반짝이는 분홍색 머리칼이 허공에 흩날렸다.

"아인하르트 후작께선 요정족의 외견적 특징을 아시나요?"

"……외견적 특징?"

"워낙 폐쇄적인 종족이라 잘 알려지진 않았지만, 믿을 만한 학자들의 오래된 저서들을 찾아보면 공통적인 특징이 두 가지 있죠."

아리아가 검지와 중지를 자신의 눈앞에 펼쳤다.

"뾰족한 귀."

중지가 접혔다.

"그리고 분홍색 머리카락."

검지까지 마저 접히고, 그 뒤로 드러난 그녀의 하늘빛 눈동자는 굳은 심지로 타오르고 있었다.

그래. 그녀가 저렇게 웃을 땐 결코 실패하는 법이 없었다.

"······뭐?"

"뾰족한 귀는 타 종족과 피가 섞였을 때는 유전되지 않을 수도 있는 특징이지만, 분홍색 머리카락만큼은 절대적이라고 하죠. 요정의 피를 이은 이는 무조건 요정 가루의 색을 타고나요."

노아의 눈동자가 크게 흔들렸다. 이는 크리시스 가족 세 사람과 크리시스의 최측근들을 제외하곤 누구도 모르던, 모두가 궁금해하던 크리시스 가문 두 번째 수양딸의 태생에 대한 이야기였다.

"설마, 공녀는······."

노아가 믿을 수 없다는 듯 중얼거릴 때 아리아가 뜨겁게 눈을 빛냈다.

"생물학적으로 제 씨가 되는 남자가 요정족의 왕이에요."

요정왕의 직계가 세상으로 나온 순간이었다.

탁.

"······어쩌자고 그런 거야?"

노아의 집무실 문이 닫히자마자 내 입에서 걱정 섞인 말이 툭 튀어나왔다.

아리아는 폭탄을 던지고 온 주제에 여전히 여유롭게 웃는 낯이었다.

'가능성이…… 전무할 거라 생각했거늘. 이러면 상황이 달라지는군. 시간을 주게. 황제 폐하와 얘기를 나눠 봐야 할 것 같으니. 아, 크리시스 공작과는 합의가 된 사항이 맞겠지? 나는 그의 분노를 마주하고 싶지 않네.'

한 대 맞은 듯 얼떨떨하게 앉아 있던 노아는 잠시 뒤 이렇게 말했다.

내가 요정족과의 동맹을 제시할 때는 아무런 기대가 없어 보였던 그는 그제야 가능성을 본 듯 종이에 무언가를 빠르게 적기 시작했다. 은빛 늑대족과의 동맹은 상황이 상황이니만큼 급하게 이루어지고 통보식으로 제국에 알렸지만, 원래 동맹은 복잡한 절차를 걸쳐 이루어지는 것이 정상적이었다. 당연히 처리해야 할 서류 역시 많을 터. 이만 가 봐도 좋다는 노아의 말과 함께 자리에서 일어난 나와 아리아는 자연스럽게 마차를 향해 걸음을 옮겼다.

"어쩌긴 뭘 어쩌겠어. 주사위는 던져졌으니 될 대로 되겠지."

"아버지한테는 말한 거야? 네가 요정 혈통이라는 걸 밝히고 사신으로 참여하고 싶다는 거 말이야."

"으응. 오늘 저녁에 말하려고."

'나도 참 대책 없이 살지만 내 사랑스러운 동생도 만만치 않네…….'

웃을 수밖에 없었다. 하나부터 열까지 다 정반대에 닮은 점을 찾아보기 힘든 우리 자매였으나 이럴 때는 피가 섞인 것이 느껴졌다.

그전에 아리아의 아버지를 만나러 가겠다고 선포한 나는 대체 어쩔 셈인지 궁금해하는 아리아에게 짧게나마 내가 아는 것과 계획을 말해 주었다. 너의 아버지는 요정족의 왕이고, 나는 그에게 동맹을 요청하러 갈 거라고. 널 이용할 생각은 없으니 네가 가고 싶어지면 말하라고.

'꼴에 왕이래. 우습네. 언니는 또 어떻게 알았대?'

자신의 생물학적 아버지가 그냥 요정도 아닌 요정왕이라는 것을 알고도 아리아는 놀라지 않았다. 그저 가볍게 비웃다가 생각에 빠져 자신의 방으로 돌아갔을 뿐. 그 후 아리아가 요정에 관한 이야기를 한마디도 꺼내지 않아 생각이 없는 줄 알았는데, 이런 돌발 상황을 일으킬 줄이야.

"이렇게 밝혀져도 괜찮아?"

"애초에 딱히 숨기던 것도 아니잖아. 그냥 밝힐 필요가 없으니 묻어 둔 것뿐이지. 아무래도 좋아."

그렇게 말하는 아리아는 어떤 짐을 벗은 듯 후련해 보였다.

나는 어느새 훌쩍 자라 버린 듯한 그녀를 물끄러미 바라보다, 그녀의 분홍빛 머리칼을 천천히 쓸어내렸다.

"아버지를 만나 보기로 결심한 거야?"

아리아가 느리게 눈을 깜빡였다. 그러고 고개를 저었다.

"아니. 그를 만나 보려는 게 아니야. 나는 예나 지금이나 나를 버린 아버지 따위 궁금하지도, 원하지도 않아."

"……."

"나는 그냥, 내가 할 수 있는 일을 하려는 거야. 머리든 몸이든 핏줄이든 사용할 수 있는 모든 것을 동원해서……. 내가 누군가에게 도움이 되는 존재고, 여기 온전히 살아 있다는 걸 증명하고 싶으니까."

작은 손이 내 손을 강하게 붙잡았다. 훅 끼쳐 오는 온기는 예나 지금이나 내가 돌아올 곳이 되어 주었다. 아리아가 나와 똑바로 눈을 맞추었다.

"사실 언니가 내게 도와 달라고 하길 바랐어. 네 혈통을 명목 삼아 요정들에게 동맹을 요청하고자 하니 함께 가 달라고. 부탁한다고. 그 말을 기다리고 있었어."

"……아리아."

"하지만 언니가 그럴 리가 없잖아?"

"……."

"처음엔 그게 내가 믿음직스럽지 않아서 그런 줄 알았는데……."

"……."

"이젠 그게 언니의 서툰 강함이라는 걸 알아."

산홋빛 입술에서 사르르 피어나는 미소가 숨 막히도록 사랑스러웠다.

"그래서 이제는 언니가 도와 달라고 말하기 전에 내가 먼저 나서서 도와주려고. 언니를 가장 잘 아는 건 나니까. 도와 달라는 말이 채 혀끝에 걸리기 전에 언니를 도우러 갈게. 언니가 끝까지 강한 사람으로 남을 수 있도록."

아리아는 늘 나를 꿰뚫어 보았다. 나는 그녀 앞에서 속절없이 무너질 수밖에 없었다.

내가 목이 메어 숨조차 쉬지 못할 때, 아리아가 눈을 번뜩였다.

"반드시 동맹을 체결시킬 거야. 내 생물학적 아비가 어떻게 나올지 모르지만, 혈연을 명목으로 구질구질하게 구는 게 먹히지 않으면 쿠데타라도 일으킬 거라고. 반쪽짜리긴 하지만 나도 왕족 혈통인 거잖아."

아리아는 농담이라기엔 상당히 진심 어리고 지나치게 높은 수위의 말을 중얼거렸다.

여느 때처럼 태연한 얼굴로 내게 쿠데타에 성공해 요정족의 왕이 되었다고 말하는 아리아가 너무 쉽게 상상되어 오싹하던 찰나,

그녀가 언제 그랬냐는 듯 축 처진 눈매를 낭창하게 휘었다.

"그건 그렇고, 만약 우리 둘이 사신이 된다면 처음으로 함께 여행을 가게 되는 거야. 너무 좋지 않아?"

여행.

나는 짧게 탄식했다.

어려서는 아리아가 아파서 여행을 갈 엄두도 내지 못했고 최근에는 우리 둘 다 바빠 생각도 못 했다. 한 번도 여행을 보내 주지 못한 것이 왜 이렇게 미안한지. 가슴께를 꾹 문지른 나는 고개를 끄덕였다.

"……응. 이번 기회가 아니더라도, 전쟁이 끝나면 꼭 같이 여행을 가자. 네가 가고 싶은 곳으로."

어디든 좋았다. 한 번쯤은 아리아와 함께 새로운 장소에 가서 새로운 것을 즐

기며 세상이 얼마나 넓은지, 이 넓은 세상에서 우리 둘이 이렇게 이어졌다는 게 얼마나 큰 행운인지 실감하고 싶었다.

내 말에 반색한 아리아는 고개를 몇 번이고 끄덕였다.

"응! 우리 둘이서! 약속이야."

꽉.

서로의 새끼손가락이 단단히 얽혔다. 나는 아리아와 눈을 맞춘 채 부드럽게 웃었다.

전쟁을 빨리 끝내야 할 이유가 하나 더 생긴 순간이었다.

·──◦§◦❦◦§◦──·

"그래. 이렇게나 중요한 사항을 퍽이나 일찍 알려 주다니 감읍할 지경이군."

탕.

칼이 쥐고 있던 나이프를 큰 소리 나게 내려놓았다. 부릅뜬 그의 눈에 핏빛 눈동자가 고스란히 드러났다.

"다음에도 꼭 이렇게 일을 저질러 놓고 배 째라는 식으로 통보해 주길 바란다."

그의 말엔 그냥 뼈도 아니고 통뼈가 있었다. 면목이 없어진 내가 고개를 푹 숙일 때, 아리아는 더 꼿꼿하게 고개를 쳐들었다.

"지금이라도 알려 준 걸 고맙게 여겨. 너한텐 사절단으로 출발하는 당일에도 알려 주고 싶지 않아."

"그래. 꼭 유병장수해라."

"어. 고마워. 너는 꼭 빠른 시일 내로 비명횡사해."

드드드득.

두 마법사의 기 싸움에 식탁 위 식기들이 모두 사시나무처럼 진동했다.

내 앞접시 위 기다란 아스파라거스가 진동에 맞춰 신나게 춤을 추는 것을 넋 놓고 바라보고 있었을까.

쾅!

"밥상머리에서 싸우지 마라."

무미건조한 표정의 카이사르가 가볍게 식탁을 내리쳤다. 그의 입장에선 툭 건 드린 거겠지만, 불과 이틀 전에 새로 산-이전에 사용하던 마호가니 식탁은 칼과 아리아의 싸움에 휘말려 톱밥만 남긴 채 생을 마감했다- 대리석 식탁은 비명을 질렀다. 지진 난 땅처럼 갈라진 식탁을 보고 한숨을 쉴 총괄집사 테일러의 얼굴 이 떠올라 괜히 미안해졌다.

"아리아 크리시스."

"……네."

"앞으로 이런 중요한 일을 행하기 전에는 미리 보고해라."

"……."

"이건 명령이 아니라…… 부탁이다."

카이사르가 천천히 눈을 들어 아리아를 바라보았다. 그녀의 어깨가 아주 미세 하게 움찔했다. 두 사람의 시선이 허공에서 교차했다.

'피는 물보다 진하다'. 그것은 나도 부정하지 않는 진리이지만, 나는 거기에 한 마디를 덧붙이고 싶었다.

"중요한 일을 행하기 전엔 부디 내게도 언질해 주거라."

"……."

"나는 네 아비이지 않으냐."

'하지만 가끔은 피보다 진한 것도 있다'라고.

피는 한 방울도 섞이지 않았지만 카이사르와 아리아 두 사람은 가족이었다. 처음엔 나를 주축으로 이어진 연합에 가까웠으나, 지금은 겉으론 티 내지 않아도 서로를 진심으로 아끼고 있다는 걸 모를 수 없었다.

입술을 꾹 깨문 아리아는 고개를 숙이고 있다가 한참 뒤에야 자세히 보지 않으면 알아차리지 못할 만큼 작게 고개를 끄덕였다. 그녀의 둥근 귓불이 붉었다.

나는 가슴이 뭉클해졌다.

'아리아가 카이사르의 멱살을 잡았을 때가 엊그제 같은데……'

그들의 첫 만남을 생각하면 이것은 장족의 발전을 넘어 진화였다.

주책스러운 모습을 보이지 않기 위해 감탄이 흘러나오려는 입을 손등으로 가릴 때, 아리아가 입을 열었다.

"정말 요정 숲에 가서 내 생물학적 아비를 만나면 무슨 일을 겪게 될지 모르겠지만……"

"……"

"무슨 일이 있어도 내 아버지는 당신 하나예요."

카이사르의 눈이 크게 떠졌다. 아리아는 자신의 얼굴을 머리칼만큼이나 분홍빛으로 물들인 채 카이사르를 노려보았다.

"내가 그렇게 정했어요."

날카롭지도 않으면서 괜스레 날을 세운 시선부터 서툰 고백까지, 그녀는 자신이 여전히 어리다는 것을 드러냈다. 도망치듯 자리를 벗어나는 작은 체구도 마찬가지였다. 하지만 저런 말을 내가 아닌 다른 사람에게 뱉을 수 있게 된 것은 대단한 성장이었다.

"……뭐 하는 거야? 바보같이."

아리아가 떠난 식탁 위에 오랫동안 맴돌던 침묵을 걷어 낸 건 칼이었다. 뛰쳐나간 아리아의 뒷모습을 멍하니 바라보던 칼은 서서히 평소의 무심한 낯을 되찾았다. 그러나 그의 눈시울은 희미하게 붉어진 상태였다.

"아리아는 여전히 애 같군. 우리는 밥이나……"

태연한 척 식탁으로 고개를 돌린 칼은 나를 보더니 크게 멈칫했다.

"……슈슈?"

"……."

"너…… 울어?"

"안 울…… 흑…… 컥…… 흐흑…….”

나는 이마를 짚었다. 벅차오르는 감정을 숨길 수 없었다.

어깨를 부들부들 떨고 있는 나를 보며 안절부절못하던 칼은 도움을 청하려고 카이사르에게 시선을 돌렸다가 눈알이 굴러떨어질 듯 눈을 크게 떴다. 칼이 그렇게까지 경악하는 건 처음 보았다.

"뭐, 뭡니까? 방금?"

"……뭘 말하는 거지?"

"방, 방금…… 눈에서 떨어진 거…….”

그답지 않게 더듬더듬하던 칼이 카이사르를 향해 격하게 삿대질했다.

"울었, 울었습니까? 당신이?"

스르륵 눈을 감은 카이사르가 천장을 향해 고개를 젖혔다.

"아니면, 눈으로 침을 뱉은 겁니까? 역시 그런 겁니까?"

칼은 카이사르가 눈물을 흘린 걸 도저히 믿을 수 없다는 표정이었다. 그는 그 터무니없는 가설이 카이사르가 우는 것보다 훨씬 신빙성 있다고 굳게 믿는 듯했다.

"……비가, 내리나 보군."

칼의 물음에 침묵하던 카이사르가 혼잣말로 중얼거렸다. 그리고 정말 빗방울이 얼굴에 떨어지기라도 하는 듯 눈 위로 손을 덮은 채 의자에 깊이 몸을 기댔다.

물론 공작저의 지붕은 바늘구멍만 한 틈도 없이 튼튼해서 절대 비가 샐 리 없었고, 바깥의 날씨는 먹구름 한 점 없이 맑았다.

"빗방울일 뿐이야…….”

나는 카이사르의 손가락 틈새로 눈물이 흘러내리는 것을 보았다.

처음 보는 카이사르의 모습에 내가 가슴 벅차하던 것을 멈추고 혼돈의 도가니에 빠져 있을 때, 카이사르를 향한 감정이 경악에서 경멸로 바뀐 칼이 짓씹듯 중얼거렸다.

"지랄……."

지나치게 불손한 표현이었다.

···•·ᢒᠻᢒ·•···

거대한 홀은 제법 많은 인원이 착석해 있음에도 쥐 죽은 듯 조용했다.

숨 막히도록 무거운 공기. 요 근래에 집처럼 들락거렸던 황궁 회의장이 새삼 낯설게 느껴졌다.

"모두들 바쁠 텐데 대귀족 회의에 참석해 주어 고맙네."

헬리오스의 목소리가 오랫동안 이어지던 침묵을 깼다.

전쟁 전 북부의 심상치 않은 움직임을 논의하기 위해 개최된 이래 처음으로 열린 대귀족 회의였다.

그로부터 오래되지 않았는데도 참석자들은 그때와 사뭇 달랐다. 빈 의자들이 이번엔 전부 차 있었다.

"데카르도 후작가 참석하였는가?"

"가주 체슬러 데카르도, 출석했습니다."

"소가주 르웰린 데카르도, 출석했습니다."

첫 번째로 르웰린이 데카르도의 후계자로서 당당하게 한자리를 차지했다.

탐스러운 붉은 머리를 높게 틀어 올린 그녀는 처음으로 대귀족 회의에 참석했을 텐데도 표정에서 긴장감을 찾을 수 없었다.

"아인하르트 후작가 참석하였는가?"

"가주 노아 아인하르트, 출석했습니다."

"소가주 라이너 아인하르트, 또한 출석했습니다."

두 번째로 수도 테러 사건에 휘말려 근신을 받는 바람에 이전 회의에 참석하지 못했던 라이너가 이번 회의에선 당연하게 자리를 채웠다.

평소 단정하게 이마를 덮던 앞머리를 깔끔하게 뒤로 넘긴 라이너는 처음으로 기사보다 귀족에 더 가까워 보였다.

"크리시스 공작가 참석하였는가?"

"가주, 카이사르 크리시스 출석했습니다."

"가문의 일원 아리아 크리시스 출석했습니다."

"가문의 일원 카슈미르 크리시스 출석했습니다."

나는 양옆에 앉은 카이사르와 아리아를 뒤따라 자연스럽게 답했다. 나와 눈이 마주친 아리아가 찡긋 눈을 휘었다.

세 번째로 아리아가 한자리를 차지했다.

원래는 가문의 가주와 소가주 한 명만 참석하는 것이 원칙이지만, 크리시스는 아직 후계자가 정해지지 않은 데다 나는 이번 회의에 안건을 상정한 사람이고, 아리아는 이 안건의 열쇠라고 할 수 있는 중요 인물이므로 특례가 인정되었다.

"솔라티네 황가 참석하였는가?"

"황태자 디에고 솔라티네 출석했습니다."

"2황자 세레논 솔라티네 출석했습니다."

그리고 마지막. 아타라전에 참전한 경험을 높이 사서 세레논 또한 이번 회의 참관을 허락받았다.

이름 모를 늙은 대신관이 엘의 보좌관으로 참여했던 저번 회의 때와는 다르게, 이번 회의에선 내가 익히 아는 율리안이 엘의 옆자리를 지키고 있는 것 또한 눈에 띄었다.

나는 회의장 곳곳에 자리한 젊은 얼굴들을 보며 새로운 시대가 움트고 있음을 실감했다.

짝, 양손을 소리 나게 부딪친 헬리오스가 씨익 웃었다.

"그럼 지금부터 회의를 시작하지. 요정족과의 동맹에 관해 의견을 모아 보자고."

내가 참여한 것으로는 두 번째인 대귀족 회의가 막을 열었다.

"아리아 공녀가 요정왕의 혈통이라는 건 알겠습니다. 그런데 그렇다고 해서 요정족이 동맹에 응할 거라는 확증은 없지 않습니까? 요정족이 동맹을 명목으로 뭘 요구할지도 모르는 일이고요."

성급하게 의견을 낸 것은 황후 티나의 아버지, 하비스트 키프로스 백작이었다.

눈 밑에 다크서클이 짙게 드리운 그의 낯은 초췌했고, 그는 무언가에 쫓기는 사람처럼 불안하고 초조해 보였다.

한낱 백작가임에도 황후의 외가라는 명목으로 꾸준히 대귀족 회의에 참가해 온 키프로스 백작가는 북부와 결탁한 배신자 가문이었다.

가주인 하비스트와 소가주인 파울로는 멍청했으나―그 핏줄에서 어떻게 세레논처럼 걸출한 인물이 나왔는지 궁금했다― 아직은 북부와 결탁하고 있는 만큼 그들의 행동과 태도 하나하나를 유심히 지켜볼 필요가 있었다.

곧 북부로부터 토사구팽당하겠지만 말이다.

'요정족과의 동맹을 저렇게 다급하게 막는 이유가 뭘까?'

나는 눈을 가늘게 떴다. 하비스트 백작은 티를 내지 않으려 했겠지만 소드 마스터인 내가 산만하게 꼼지락거리는, 탁자 아래 그의 손을 보지 못할 리 없었다.

"그걸 알아보기 위해 아리아, 카슈미르 공녀가 사신으로 간다는 거 아닌가요? 요정족과 따로 연락할 방도가 없으니 직접 가서 부딪쳐 봐야 하는 문제인 것 같네요."

한층 여유로운 목소리가 하비스트의 의견에 반박했다. 자존심이 상한 건지 하비스트의 표정이 마구 일그러졌다.

"저는 다른 게 궁금해요. '직접 간다'라는 전제 자체가요."

싱그러운 장미 잎사귀처럼 진한 녹색의 눈동자가 나를 똑바로 응시했다.

정답을 구하는 탐구자의 눈. 이런 눈빛을 오랜만에 마주한 나는 묘한 고양감을 느꼈다.

"요정 숲은 출입패 없이 들어가면 죽을 때까지 입구도 출구도 찾지 못하고 헤매게 된다는데, 어떻게 그들을 만나러 갈 생각인가요? 출입패를 준비했나요?"

서늘한 눈매를 한 르웰린이 고개를 모로 기울이며 말했다. 그녀는 친구인 내가 낸 의견이라고 해도 합리적이지 않다면 동의할 생각이 없어 보였다.

"사실은 실력 있는 길드에게 출입패를 찾아 달라는 의뢰를 했습니다. 그런데 출입패 대신…… 심각한 소식을 전해 들었습니다."

"그게 뭐지?"

장내의 모든 시선이 내게로 쏠렸다. 턱을 괸 헬리오스가 눈썹을 까닥였다.

"요정 숲 주변을 탐색하던 이의 보고에 따르면, 요정 숲의 결계가 외부의 공격으로 인해 반 이상 붕괴된 것으로 추정된다고 합니다."

"……외부의 공격입니까?"

라이너가 단정하던 미간을 좁혔다. 회의장 안이 크게 술렁였다.

요정 숲은 대륙의 성역과도 같은 곳이었다. 여태껏 한 번도 침입당한 적이 없었다. 요정들이 세상일에 일절 관여하지 않으니 공격할 이유가 없기도 했고, 요정 숲은 그 존재만으로도 대륙 전체의 불순물들을 정화하는 역할을 하고 있었기 때문이다. 그래서 지금까지는 공익을 위해 그 숲을 건드리지 않는 것이 암묵적인 규칙으로 지켜져 왔다.

'그런 요정 숲이 침범당했다는 건 의미하는 바가 크지. 대륙 전체를 향한 선전 포고로까지 해석할 수 있어.'

철옹성에 가까운 요정 숲의 결계를 혼자 깰 수 있을 리는 없다. 적어도 민족이나 나라 단위의 단체가 자행했다는 것인데.

그런 짓을 했다간 다른 나라들에게 비난받는 걸 피할 수 없는 데다 그저 그런 기술로는 결계를 깨긴커녕 흠집도 내지 못할 터.

그런 짓을 할 수 있는 조직은 하나뿐이었다.

"모든 정황을 살펴볼 때 북부의 습격으로 보는 것이 가장 신빙성 있습니다."

북부 또한 요정족에게 볼일이 있을 것이라는 결론밖에 나오지 않았다.

'그럼 지그문트가 내 어머니 방에서 출입패를 훔쳐 간 것도, 키프로스 측이 요정족과의 동맹이라는 안건에 부정적으로 반응하는 것도 이해가 돼.'

나는 북부가 요정족과 접선을 시도한 이유를 어렵지 않게 추정할 수 있었다. 아마 우리와 같을 터. 북부는 요정들의 위대한 '치유력'을 노리고 그들에게 동맹을 요청했다. 우리에겐 태양신전의 신성력이라도 있지만 그들은 아무것도 없으니 치유력이 더 간절했을 터.

그러나 요정들이 동맹 요청을 받아 주지 않자 가질 수 없으면 부수겠다는 심보로 요정 숲을 공격했다고 보는 것이 가장 그럴듯했다.

"현재 요정 숲은 결계가 많이 훼손되어 소드 익스퍼트급의 마나 운용자가 충격만 주어도 틈을 비집고 들어갈 수 있는 상태라고 합니다. 제가 함께 간다면 출입엔 문제가 없을 겁니다."

끝내 들어갈 방법을 찾지 못한다면 요정 숲 결계 앞에서 깽판을 쳐 요정들의 관심을 구하는 것도 염두에 두었던 참인데, 그나마 신사적인 방식으로 들어갈 수 있어서 다행이었다.

"제게 기회를 주신다면 요정족에게 동맹을 제안할 뿐 아니라 북부가 무슨 짓을 했는지도 확실히 조사해 오겠습니다."

내 말을 가만히 듣고 있던 엘이 고개를 끄덕였다.

"출입 문제로 헛수고를 할 일이 없다면 나는 요정족과의 동맹에 찬성하고 싶은데요."

모두가 그의 나직한 음성에 귀를 기울였다.

엘은 태양신전의 수장으로서, 대귀족 회의에서 찬반 투표가 있을 때 황제와 동일하게 혼자서 세 표를 행사할 수 있었다. 게다가 신성력을 가진 사제들은 치유력을 가진 요정족과 기운이 유사하기에 동맹이 성사되면 그들과의 교류는 신전에서 주도할 가능성이 높았다. 그는 이 안건에 대해 사실상 발언권이 가장 강한 사람이었다. 나는 하비스트 키프로스와 파울로 키프로스의 얼굴에 절망이 묻어나는 것을 스치듯 확인했다.

"내가 논하고 싶은 문제는 우리 쪽 사절단이에요."

엘의 말에 나와 아리아는 누가 먼저랄 것도 없이 서로를 돌아보았다. 그녀의 눈빛에 긴장이 스쳤다.

내가 사절단으로 제시한 것은 나와 아리아 두 명이었다. 사절단이 보통은 수십 명, 적어도 열 명으로 구성된다는 걸 생각하면 터무니없이 적었지만, 인원수가 많으면 오히려 요정족 측에서 경계할 확률이 높기에 최소화하는 게 낫다고 생각했다.

'역시 인원을 문제 삼으려는 건가, 아니면 나랑 아리아가 가길 원치 않는 건가?'

"저와 아리아 공녀가 함께 가는 것이 적절치 않다고 생각하십니까?"

"아뇨. 두 사람이 함께 가는 건 동의해요. 다만 저는 두 명으로는 인원이 부족하지 않을까 싶어서요."

엘의 순한 눈꼬리가 활짝 휘었다. 역시나 인원 문제였다.

나는 담담히 고개를 끄덕였다.

"혹시 모를 위험 사태를 대비해 신성력 사용자가 한 명 동행하는 건 어떨까요?"

"음……."

"예를 들면 나라든지."

"……?"

타당한 의견에 침음하며 턱을 매만지던 나는 이어진 말에 고개를 들어 엘을 바라보았다. 내가 잘못 들었나 싶었다.

"이 제국에서 신성력으로 가장 뛰어난 건 나니까요. 내가 함께 가는 건 어때요?"

손등을 턱에 대고 꽃받침을 한 엘이 고개를 기울였다. 어찌나 당당한지 목소리만 들으면 헛소리하고 있다는 걸 알아채지 못할 정도였다.

'예쁘게 방긋방긋 웃는다고 다 되는 게 아닐 텐데.'

나는 어이가 없어 차게 식은 눈으로 엘을 바라보았다.

국가 최고 권력자가 사신으로 다른 나라에 간다니, 말도 안 되는 소리였다. 물론 그런 짓을 정말 저지른 녹안의 미친놈이 실존하긴 했지만, 그게 실례가 될 수는 없었다.

"……으음. 신성력 능력자가 동행하는 것은 좋은 의견인 듯합니다."

"인원을 조금 늘리는 것도 괜찮겠네요."

다들 차마 교황의 의견에 정면으로 반박할 순 없는지 말을 아꼈지만, 모두가 엘에게 너 지금 개소리한다는 눈빛을 쏘아 보내고 있었다.

하지만 제국 제일가는 미친 반골이 바로 이 자리에 있지 않은가.

"교황 성하께서 자리를 비우시다니 안 될 일이죠."

"……."

"게다가 평범한 시기도 아니고 전시인걸요. 더욱 굳건히 자리를 지켜 주셔야 해요. 교황 성하께서 다치기라도 하신다면 저는 실의에 빠져 헤어날 수 없을 겁니다."

신성모독이 취미인 대신관 율리안이 생글생글 웃으며 말했다. 어울리지 않게 옳은 말 잔치였다.

"……그렇게 나의 안위를 걱정해 주는지 몰랐네요. 감동이에요, 율리안 대신관."

나는 율리안을 향한 엘의 은빛 눈동자가 날카로운 칼처럼 벼려져 있는 것을 못 본 척하곤 뿌듯하게 고개를 끄덕였다.

'평소엔 조금, 아니, 조금 많이 촐랑거리지만. 그래도 율리안은 공익을 위해 용감하게 옳은 말을 할 수 있는 사람이지.'

"그러니 대신관인 저 율리안이 함께 가겠습니다."

내 생각을 정정한다. 율리안은 사심 덩어리였다.

나는 그가 수줍게 뺨을 붉히는 모습을 보고 미간을 찌푸렸다. 연보랏빛 눈동자가 아리아 주위를 더듬다가 떨구어졌다. 율리안과 아리아를 붙여 두면 안 될 것 같은 직감이 자꾸만 강하게 들었다.

"사려 깊은 제안들은 감사하지만, 저는 요정족과의 혼혈로서 치유력을 사용할 수 있어서요. 신성력 사용자는 필요 없는 것 같네요."

엘과 율리안을 번갈아 본 아리아가 싸늘하게 표정을 굳힌 채로 딱 잘라 냈다.

기대한 듯 두근두근한 표정이던 율리안이 단숨에 구둣발에 짓밟혀 빠그라진 제비꽃처럼 쪼그라들었다. 나라가 망한 듯 처연한 얼굴로 입술을 꾹 깨물고 있는 엘도 별반 다르진 않았다.

"크흠. 그럼 제가 함께 가는 건 어떻겠습니까?"

냉랭해진 현장에서 용감한 청년 한 명이 출사표를 던졌다. 나는 당당하게 올라가는 손의 주인을 확인했다.

"2황자가 동행하면 제국이 이 동맹이 체결되기를 진심으로 바란다는 걸 보여 줄 수 있지 않겠습니까?"

세레논이 뿌연 푸른빛 눈동자를 빛냈다.

'2황자 정도면 적당하지.'

잠시 아리아에게 머물다가 떨어지는 세레논의 시선이 신경 쓰이긴 했지만, 의견 자체는 타당했다. 2황자는 너무 가볍지도, 너무 부담스럽지도 않은 존재다. 사절단에 적절한 무게감을 줄 수 있을 터였다.

"그렇다면 차라리 내가 동행하는 게 나을 텐데."

세레논 정도면 나도 동의한다고 말하려는 순간, 달콤한 바닐라향이 밴 것 같

충직한 검이 되려 했는데 4

은 다정한 목소리가 먼저 공기를 갈랐다.

"정말 요정족과의 동맹을 원한다는 강렬한 의사를 표현하기 위해선 황태자 정도는 동행해야지. 내가 요정족과의 대화에 도움이 될 수 있을 걸세."

디에고가 푸른 눈을 휘었다. 나는 조금 아리송하게 고개를 끄덕였다. 디에고는 적이 많은 인물인 만큼 외부 활동은 위험하지만, 그건 내가 지켜 주면 된다. 황태자가 사절단에 참여하는 일은 드물었지만 이례적이지도 않았다.

만약 요정족과 회담을 갖게 된다면 사교 기술이 풍부한 디에고만큼 도움이 되는 사람은 없을 터였다.

"아뇨. 제가 동행할게요. 요정족은 폐쇄적인 만큼 동맹 조건으로 무역을 원할 가능성이 높아요. 그리고 무역은 데카르도의 전공이죠."

황태자와 2황자 중 어느 한 명과 동행하는 게 낫겠다고 말하려는 찰나, 르웰린이 불쑥 끼어들었다. 나는 도르륵 눈알을 굴렸다.

'확실히 르웰린이라면…… 도움이 될…….'

"무엇보다 안전이 제일이지 않습니까? 소드 익스퍼트 정도의 검사가 동행하는 것이 좋을 듯합니다. 마침 제가 시간이 비니 동행할 수 있습니다."

생각을 정리하기도 전에 과묵한 라이너까지 출사표를 던졌다.

'틀린…… 말은 아니고…… 맞지. 안전이 제일이지. 하지만 황가 쪽 인물과 함께 가서 사절단의 무게를 챙기는 것도……. 아니, 무역에 관련된 얘기가 나올 확률도 높은데……. 만약 전투가 벌어진다면 선봉에 선 나 대신 아리아를 챙겨 줄 사람이 있어야 할 것 같기도 하고…….'

선택지가 많으니 머리가 아팠다. 나는 손으로 이마를 짚었다.

"위후……."

헬리오스가 질린 듯 감탄했다. 카이사르, 노아, 체슬러 같은 연장자들은 탱탱볼처럼 이리 뛰고 저리 뛰는 대화를 따라오다 지친 듯 피곤한 낯을 하고 있었다.

"……어떻게 하지?"

내 옆구리를 조심스럽게 찌른 아리아가 떫은 표정으로 물었다.

나는 내 대답을 기다리는 이들의 따가운 시선을 받아 내다가 조용히 삼백안을 떴다.

"그냥 저와 아리아 공녀 단둘이서 다녀오겠습니다."

난 이것이 가장 현명한 선택이라 믿어 의심치 않았다.

'자, 자, 사절단은 카슈미르와 아리아 공녀 둘인 걸로. 요정족은 얼마 전에 습격을 받았으니 예민한 상태일 걸세. 공연히 그들을 자극하지 않는 게 가장 중요하네. 인원은 적을수록 좋아. 교황 성하, 이견 있으십니까?'

'……아뇨.'

'그럼 이것으로 우리 측 사절단 구성에 대한 논의는 마치도록 하지. 불만이 있는 사람은 손을 들게.'

'…….'

'하나, 둘, 셋, 넷……. 음, 많군. 이제 그 손으로 엄지를 치켜세우도록.'

'…….'

'꼬우면 그대들이 황제 하든가.'

헬리오스는 역사의 길이 남을 파격적인 발언과 함께 논란을 종결시켰다. 그는 장내 모두가 쿠데타를 일으키고 싶다는 표정을 짓고 있음에도 호탕하게 웃어 넘기는 대인배적인 면모까지 보여 주었다. 이후 세부적인 논의를 마친 뒤, 마지막으로 요정족과의 동맹에 대한 찬반 투표가 이루어졌다. 투표 결과는 찬성이 압도적이었다. 반대 2표, 그리고 나머지가 모두 찬성이었다. 반대 2표의 주인은 볼 것도 없이 하비스트 키프로스 백작과 파울로 키프로스 소백작일 터. 비밀 투표인 것이 무색해지는 결과였다.

그날 이후부터 나와 아리아는 사신으로서의 교양을 속성으로 교육받느라 바빴다. 그 외에도 신경 써야 할 것이 머리 빠개질 정도로 많았고, 외교가 쉽지 않은 일이라는 걸 몸으로 배워야 했다. 그것으로 문제가 끝났느냐 하면, 아니었다. 예상치 못한 복병이 아주 가까이에 있었다.

"그래서…… 나를 두고 아리아 크리시스만 데리고 가겠다는 건가?"

"그게 아니라……."

"나도 같이 갈 거다."

바로 나의 이복형제, 칼 크리시스였다.

"여행이 아니라 사절단으로서의 여정입니다……. 전쟁이 끝나면 또 다 함께 여행을 가면 되지 않습니까."

"그래. 언니 말이 다 맞아. 그러니까 눈치 없이 끼어들지 말고 빠져."

나의 달램과 아리아의 권고-의 탈을 쓴 악담-에도 칼은 죽상이었다. 그가 내 손을 살며시 잡았다.

"말, 잘 듣겠다. 뭐든 하라는 대로 하마. 너만을 위한 마법 기계가 되겠다."

"……."

"나도…… 데려가라, 슈슈……."

칼이 눈을 깜빡거리며 나를 바라보았다. 투명하게 반짝거리는 붉은 눈은 상처 받은 짐승의 것 같았다.

"저도 함께 가고 싶습니다. 하지만 공식적인 임무라서…… 제 마음대로 결정할 수가 없습니다. 알잖습니까."

"몰래 가면 되지 않나. 혹시라도 발각되면 목격자를 붙잡아서……."

"칼……."

"……붙잡아서 말로 상냥하게 타이르고 잘 살라고 풀어 주면 된다고, 말하려 했다."

칼은 금방이라도 내 바짓가랑이를 붙잡고 매달릴 기세로 매달렸다.

이런 것만 보면 누구든 칼이 공과 사를 구분하지 못하는 사람이라고 생각하겠으나, 나는 그게 아니라는 걸 알았다.

사실, 칼은 내가 전장에서 돌아온 뒤부터 내가 자신의 시야 밖으로 사라지는 걸 불안해했다. 자기 딴에는 티를 내지 않으려 노력하지만 내가 그걸 모를 리 없었다.

그는 내가 집을 나가려 하면 어디에 가고 언제 돌아오는지를 꼭 확인했다. 그러고도 계속 초조해하다가, 내가 돌아온 뒤에야 눈에 띄게 안심하며 내 상태를 꼼꼼히 살피곤 했다. 한 번은 황궁에서 기사들과의 대화가 길어지며 귀가가 늦어졌다. 그렇다고 몇 시간이 늦어진 것도 아니었기에 괜찮을 거라 속단하고 대화에 몰두하고 있을 때였다.

'여긴 들어가시면 안 됩니다, 공자님!'

'슈슈, 카슈미르!'

문이 벌컥 열리고, 식은땀에 젖은 칼이 자신을 막아서는 기사들을 거칠게 내치며 훈련장에 있던 내게 달려왔다.

'……칼? 왜 여기에…… 어떻게 된 겁니까? 집에 무슨 일이라도 생겼습니까?'

'너, 살아, 꽤, 괜찮은 건가?'

'……'

'화살, 같은 거, 마, 맞지 않았지?'

'……네. 전 당연히 괜찮습니다. 멀쩡해요.'

'하……'

'칼. 안색이 좋지 않습니다.'

'나는, 아, 미안, 미안해. 나는 그냥, 네가 늦으니까, 걱정돼서……. 미안하다……'

나는 창백하게 질려서 미안하다는 말만 도돌이표처럼 반복하는 칼을 보며 심장이 떨어지는 감각을 느껴야 했다.

'또, 그때 같은 일이 일어났을까 봐……'

조나단에게 배신을 당해 독화살을 맞았던 사건 때문에 칼이 충격을 받았다는 건 전해 들어 알고 있었다. 하지만 그게 이 정도의 트라우마로 남았을 거라곤 상상도 하지 못했다.

'……저는 괜찮습니다. 정말로요.'

그 당시 나는 나를 와락 끌어안는 칼을 마주 안고, 안일했던 과거의 나를 끊임없이 질책했다.

"제발. 이번엔 같이 가게 해 줘, 슈슈."

칼은 그때부터 지금까지 쭉 두려워하고 있었다. 아타라 파견 이후 처음으로 잡힌 여정이기에 더욱 불안할 터였다.

최대한 가볍게 굴며 철없는 투정으로 위장했지만, 그의 진심은 전혀 가볍지 않았다. 그런 칼에게 매정하게 굴 수가 없었다.

"칼. 마탑에서 아직 마치지 못한 연구가 있다고 하지 않았나."

내가 어쩔 줄 몰라 하자, 웬만해선 지켜보기만 하는 카이사르까지 끼어들어 권고했다. 눈꼬리를 축 늘어뜨리며 보기만 해도 안쓰러운 표정을 짓고 있던 칼이 얼굴을 와그작 구겼다.

"끼어들지 마십시오! 하루라도 아버지와 단둘이 이 저택에 남고 싶지 않습니다! 19년을 그렇게 살았는데, 그동안 너무 징그럽고 칙칙했습니다! 여기 있을 거면 아버지나 있으세요!"

나한테 뺨 맞고 카이사르에게 눈 흘기는 격이었다.

칼의 충격적 패륜 발언에 가족들의 반응은 제각각이었다.

"커흡."

별생각 없이 듣던 아리아는 머금고 있던 레몬버베나 차를 허공에 뿜을 뻔했다. 입 안에 든 것을 간신히 삼킨 뒤에도 진정이 되지 않았는지 사레가 들린 척 끅끅거리며 숨이 차도록 웃었다. 잘못한 것도 없는데 억울하게 타박을 들은 카이사르가 손가락을 움찔거렸다. 찰나, 나는 그의 손끝에서 붉은 오러가 전류처럼 튀어 오르다 사라지는 것을 보았다.

"……그렇군."

잠시간의 침묵 끝에 카이사르가 느리게 고개를 끄덕였다.

평소와 다를 바 없는 덤덤한 무표정. 하지만 차갑게 식은 붉은 눈동자엔 '피차일반이다, 패륜아야.'라는 생각이 적혀 있었다. 너무 선명하게 읽혀서 누군가 그의 눈에 손수 음각했다고 해도 믿을 수 있을 지경이었다.

그럼에도 그걸 입 밖에 내뱉지 않는다는 점에서 카이사르가 칼보다 훨씬 의젓하다는 것을 알 수 있었다.

"그럼 어디 한번 집 나가서 살아 보거라. 복에 겨운 놈."

카이사르는 칼보다 의젓했지 객관적으로 의젓한 것은 아니었지만.

"……제가 잘못했습니다. 잘못했다니까요. 잘못했다고."

그날 칼은 카이사르의 붉은 마나에 온몸이 구속되어 공작가 뒷마당에 머리를 박은 채 하룻밤을 보내야 했다.

＊＊＊

그다음부터 칼이 카이사르에게 화풀이하는 일은 없었지만, 여전히 함께 가는 것에 미련은 버리지 못한 건지 틈만 나면 내게 자신의 유능함을 어필했다.

"내가 그린 마법진이다. 어떻게 생각하나?"

"와, 굉장히 섬세하네요. 응축된 마나의 기운도 순수하고요."

"그렇지? 이 정도 마법진을 그릴 수 있는 마법사라면 사절단에 동참해도 될 것 같지 않나?"

"오……."

"이건…… 석탄인가요? 왜 석탄을 그릇에 올려둔 겁니까?"

충직한 검이 되려 했는데 4

"내가 구운 쿠키다."

"……어쩐지 시선이 막 가더라고요. 아시잖습니까, 제가 검은색 좋아하는 거. 그래서 석탄도 좋아하고, 이런…… 음…… 쿠키와 유사한…… 무언가도, 되게 좋아합니다."

"그렇지? 요즘 요리를 배우고 있다. 혹시라도 함께 사절단으로 떠나게 된다면 야영하지 않겠나. 그때 네게 요리를 해 주고 싶다."

"……."

이런 일이 계속되니 그를 두고 가야 하는 내 가슴은 점점 더 미어졌다.

칼과 앙숙인 아리아조차 그의 기행을 보며 혀만 찰 뿐, 평소처럼 화를 내진 않았다. 아리아도 한 수 접어 줄 정도였으니 칼의 간절함은 말로 형용할 수 없을 지경이었다. 나라고 가만히 있기만 했던 건 아니었다. 칼과 함께 갈 수는 없는지 이곳저곳에 알아보았지만, 모두 대귀족 회의에서 결정된 안건은 바꿀 수 없다는 답변만 들려줄 뿐이었다. 그래도 포기할 수 없었던 나는 카이사르의 도움을 받아 황제 헬리오스에게 수정구를 통해 연락까지 했다. 직접 사정을 설명하고 허락을 받고 싶었다. 하지만 헬리오스가 눈코 뜰 새 없이 바빴기에, 잠시간의 통화조차 밀리고 또 밀리다가 결국 단 10분 동안 통화할 것을 허락받았다. 그것조차 헬리오스가 가족들과 차를 마시기 위해 낸 시간에 간신히 끼어든 것이었다.

나는 헬리오스에게 미안한 마음으로 전화를 걸었다.

-아, 카슈미르. 자네, 내게 연락하고 싶다 했다면서? 무슨 일인가?

"황제 폐하. 제대로 예를 갖추지 못하는 걸 용서해 주시기 바랍니다. 다름이 아니라, 제 형제인 칼 크리시스가 사절단으로 동행하는 것을 허락받고 싶어 연락을 드렸습니다."

-음? 칼 공자가? 별문제는 없을 것 같은데, 갑자기 왜…….

-칼 공자가 사절단으로 함께 간단 말입니까? 그럼 저도 보내 주세요, 폐하!

"……여보세요?"

-아니, 억! 세레논, 너 미쳤…… 아니, 이 자식이 왜 이래? 공녀, 미안하네! 조금 뒤에 다시 연락 주겠네!

무슨 일인지 우당탕거리는 소리가 나더니 제대로 된 대화를 나누기도 전에 일방적으로 전화가 뚝 끊겼다. 간신히 얻은 기회치곤 지나치게 허무했다.

나는 어이가 없어서 한참 동안 수정구만 멍하니 바라보고 있어야 했다.

[미안하네, 카슈미르. 우리 사절단의 인원은 단둘로 합세. 아무래도 나는 달려드는 젊은이들을 모두 감당해 내기엔 너무 나이가 든 것 같네.]

그리고 다음 날. 왠지 짙은 회한이 묻어나는 헬리오스의 서신을 받은 나는 차마 그에게 이 안건에 대해 다시 물을 수 없었다. 바쁜 가운데 시간이 빠르게 흘러갔다. 대귀족 회의 이후 2주 만에 모든 준비를 마치고 출발해야 했으니 당연했다.

거의 시간에 쫓기듯 하루하루를 보냈을까. 어느새 사절단으로 출발하는 날이 밝았다.

"아리아. 단검 챙겼지?"

"응. 여기 허리춤에."

"장갑이랑 순간이동 아티팩트도?"

"걱정은…… 내가 애야? 다 챙겼어."

짐을 한 번 더 확인하고 현관문 앞에 섰다. 우리를 배웅하기 위해 칼과 카이사르도 함께 나와 있었다.

"칼. 정말 황궁까지 함께 가지 않을 겁니까?"

"응. 역시 여기서 인사하는 게 좋겠군."

조금 멀찍이 선 칼이 씁쓸하게 웃었다. 나는 입술을 꾹 깨물며 가죽 트렁크를 든 손에 힘을 주었다.

우리의 짐들을 전부 담고 있는 이 캐주얼한 크기의 트렁크는 칼이 만들어 준 아공간 가방이었다. 가방을 볼 때마다 괜히 그가 생각날 듯했다.

"……몸 건강히 계세요. 저도 무사히 돌아오겠습니다."

충직한 검이 되려 했는데 4

"응. 크게 걱정하지 않기로 했다. 어차피 우린 곧 다시 만날 거니까."

성큼 다가온 칼이 나를 한 번 강하게 끌어안았다. 그의 품은 여전히 크고 따뜻했다.

후련하게 날 놓아준 그가 힐끗 아리아를 돌아보았다.

"아리아 크리시스."

"왜?"

"숨은 붙여서 와라."

피식. 아리아의 입가에 미소가 번졌다.

"너나 잘해."

꼭 달콤하고 절절해야만 사랑인 건 아니었다. 두 사람의 담백함은 어쩌면 가장 오래갈 사랑 방식인지도 몰랐다.

"시간 남으면 기념품 사 온다."

미련 없이 몸을 돌린 아리아가 집을 나서며 손을 휘적휘적 흔들었다.

가볍게 웃음을 흘린 나는 우리를 황궁까지 배웅해 줄 카이사르의 팔을 살짝 붙잡고 칼을 포함한 모든 이들에게 손을 흔들어 인사했다.

"다녀오겠습니다."

또 다른 여정의 시작이었다.

"으…… 이 느낌은 아무리 자주 겪어도 도저히 익숙해지지 않는다니까."

많은 이들의 배웅을 받으며 황궁에 위치한 거대한 포탈 너머로 발걸음을 내딛자마자 공간이 뒤집혔다.

울창한 숲이 펼쳐지는 것과 함께 내 뒤에 선 아리아가 질린 듯 구역질하는 시늉을 했다.

"많이 어지러워? 조금 쉬었다가 갈까?"

"그 정도는 아니야. 괜찮아."

"다행이다. 속이 안 좋아지면 꼭 말해야 해. 오늘은 계획했던 대로 빠르게 갈 거니까."

안도한 나는 아리아를 향해 팔을 벌렸다. 아리아는 퍽 자연스럽게 내 목에 팔을 둘렀다. 들고 있던 짐 가방을 아리아에게 넘겨주고 두 팔로 그녀를 안아 들었다. 아리아는 무겁지 않냐며 걱정했지만, 내겐 무게감조차 느껴지지 않았다.

양발에 마나를 두르며 도약을 준비하자 아리아는 쥐고 있던 아티팩트의 스위치를 눌러 방어막을 전개했다. 내 속도를 감당하지 못했을 때 일어날 사고를 대비하기 위해서였다.

"꽉 잡아."

쾅!

나는 속삭이는 동시에 있는 힘껏 바닥을 박찼다. 높은 나무들을 단번에 뛰어넘자, 그늘진 숲속의 풍경이 사라지고 푸른 하늘이 펼쳐졌다.

자신의 두 눈과 똑같은 색인 아침 하늘에서 눈을 떼지 못한 아리아가 내 목에 두른 팔에 힘을 주었다. 반짝이는 두 눈이 사랑스러웠다.

"마음에 들어?"

"……응."

"보고 싶을 때마다 보여 줄게."

내게 하늘을 가로지르는 건 어렵지 않은 일이니까.

긴 머리카락이 등 뒤로 휘날리고, 나는 속도를 높였다.

요정 숲까지 갈 길이 멀었다.

"여기가 적당한 것 같네."

탁.

나무에서 뛰어내려 땅을 디뎠다.

꼬박 6시간을 달리자 어느새 해가 저물고 있었다. 내 품이 자신의 침대인 양 아늑하게 안겨 지도를 살피던 아리아는 제국과 요정 숲 사이에 위치한 나라 '브랑'의 국경을 넘기 전 이 숲에서 하루 쉴 것을 제안했다. 나는 순순히 수긍했다.

"내가 불 피울게. 텐트 좀 펴 줄래?"

아리아가 엄지와 검지를 비비며 불꽃 스파크를 만들어 냈다. 고개를 끄덕인 나는 땅에 가방을 내려놓고 잠금을 풀었다.

'이 가방은 현재 마법 기술로 가능한 최대 크기의 아공간과 연결되어 있다. 내 임의로 필요해 보이는 것은 모두 담았으니 유용하게 사용해 주면 좋겠군. 가방 안에 그려진 마법진으로 무언가를 소환할 수도 있다.'

이 가방을 건네며 유독 설명이 많던 칼을 떠올렸다.

그러고 보면 그답지 않은 태도였는데, 같이 못 가 아쉬운 마음에 그랬을까.

아리송해 고개를 갸웃하며 가방을 열어젖히는 찰나, 머릿속에서 그의 말 한마디가 스쳐 지나갔다.

'그리고 그 가방에 깜짝 선물을 준비했다. 처음 열 때 놀랄 수 있으니 마음의 준비를 하는 게 좋겠군.'

번쩍-

"뭐, 뭐야?"

가방 안에 새겨진 마법진에서 폭발적인 붉은빛이 터져 나왔다. 조금 떨어진 곳에서 마른 나뭇가지를 줍던 아리아의 놀란 목소리가 들려왔다.

나는 그 순간 직감으로 알아차렸다.

펑!

어째서, 칼이 나와 아리아를 그리 의연하게 보냈는지.

"콜록. 역시 보통 순간이동보다 훨씬 속이 뒤집어지는군."

가방에서 나온 뿌연 연기가 순식간에 주변을 감싸고, 그 속에서 익숙한 목소리가 들려왔다. 나는 정말 오랜만에 완전히 얼이 빠져서 멍하니 그곳을 바라보았다.

칼은 애초에 우리 둘만 보낼 생각이 없었던 거다.

"자. 선물이다."

머리 위에 붉은 리본을 묶은 채 가방에서 튀어나온 칼이 이를 증명했다.

한참 동안의 침묵.

"이게 뭐지?"

아리아는 품에 안고 있던 마른 나뭇가지들을 후드득 땅에 떨어뜨리며 중얼거렸다.

어둠이 내린 숲속의 밤.

푹.

"대화로 하지."

푹, 푹.

"대화로 하자고 나 칼 크리시스가 제안한다."

빛이라곤 은은한 달빛과 작은 모닥불밖에 없는 숲 언덕에서 아리아는 삽으로 땅을 파고 있었다.

"이상하네……. 땅에 묻히면 축축하고 숨 막힐 텐데 왜 아직까지 이렇게 당당하지?"

"당신의 형제로서 정중하게 제안합니다. 제발……."

푹.

이마에 맺힌 땀방울을 닦아 내며 고운 흙에 뾰족한 삽의 끝을 박아 넣는 아리아의 두 눈은 어딘가 맛이 가 있었다. 칼도 그걸 느낀 건지 밧줄에 묶인 채 얌전히 앉아 순종적인 자세를 취했다.

그러니까 일이 이렇게 된 건 조금 전으로 거슬러 올라간다.

'……왜 그렇게 가방 연구에 목을 매나 싶었는데, 이러려고 한 거야?'

'물론이다.'

'나랑 언니의 첫 여행을 방해하겠다고?'

'방해라니. 날 섭섭하게 하는군. 행복은 함께할수록 커진다고 하지 않던가? 나는 네 행복에 1을 더해 주려는 것뿐이다.'

'저, 아리아. 칼, 우린 지금 여행이 아니라 사신으로서 파견을…….'

'1을 더해? 0을 곱한 게 아니라?'

튀어나온 칼을 보고 아리아의 얼굴이 무서울 만큼 딱딱하게 굳어졌다. 두 사람은 내 말이 들리지도 않는지 서로를 죽일 듯이 노려보고 있었다.

'너무 좋아하는군. 감사 인사는 사양한다.'

칼이 뻔뻔하게 웃으며 비아냥거리는 순간, 뚝, 무언가 끊기는 소리가 들렸다. 본능적으로 목덜미에 소름이 돋았다.

'언니. 칼 크리시스를 꼭 집으로 돌려보내야 할 필요는 없지 않아?'

'어, 어?'

'이왕 이렇게 된 거 태어난 곳으로 돌려보내 주는 게 어떨까?'

팟.

아리아의 빠른 손동작과 함께 무언가가 허공을 찢고 나타났다. 소환 마법은 난도가 상당해서 보통은 무언가를 소환하는 데 시간이 제법 걸린다는 것을 감안하면 굉장히 빠른 속도였다.

그 뛰어난 마법 실력으로 소환한 것이 겨우 삽이라는 게 문제였지만.

'인간은 흙에서 왔으니 흙으로 돌아가야지.'

그때 끊어진 것이 아리아의 이성이었다고, 나는 확신했다.

"대화로 이 일을 끝낼 수 있었던 건 네가 이곳에 등장했을 때뿐이야. 네가 입을 연 순간부터 대화라는 선택지는 존재하지 않았어."

푹.

마침내 사람 하나는 거뜬히 '들어갈 구덩이를 판 아리아가 천천히 고개를 들었다. 달빛을 받은 그녀의 얼굴은 아름다운 동시에 공포스러웠다. 이러다 정말 칼이 이 숲에 거꾸로 묻힐지도 모르겠다는 생각이 머릿속을 스쳤다.

"아리아. 거기까지."

"……언니."

"그렇게 감정적으로 굴면 안 돼."

아리아의 손에서 자연스럽게 삽을 빼앗고 아리아의 손에 묻은 흙을 털어 주었다. 아리아는 하고 싶은 말이 많은 표정으로 숨을 들이쉬다, 이내 감정을 꾹 누르는 낯으로 한숨을 내쉬었다.

칼과 아리아는 서로에 한해선 한없이 유치해지는 경향이 있었다. 나는 그게 좋은 모습이라고 생각해 왔지만, 지금 같은 상황에선 중재할 필요가 있었다.

"칼."

"……."

"이렇게 대책 없는 사람은 아니라고 생각했는데요."

사실 칼과 함께 올 방법이 없었던 건 아니다. 다른 이들의 눈을 속여 출발을 달리 한 뒤 중간에서 합류하는 방식으로라도 함께할 수 있었다.

"전 공적인 일에 사적인 감정을 섞는 걸 싫어합니다. 그래서 편법이 있다는 걸 알면서도 하지 않은 거고요."

하지만 그렇게 하지 않았다. 파견이 애들 장난은 아니니까.

나와 떨어지는 것을 불안해하는 칼에게 잔인한 짓이라는 생각이 나를 괴롭혔지만, 곧 죽어도 동행하는 것만이 그를 위한 일은 아니라는 생각이 동시에 들었다. 우리는 피가 튀는 전쟁을 벌이는 중이었고, 모두가 이별을 각오해야 했다. 온건책만이 방도는 아니었다. 오히려 거리를 두는 편이 분리불안 증상을 완화시키는 데 유익할 것 같았다. 높낮이 없는 건조한 내 말에 칼이 눈을 꾹 감았다 떴다. 그의 두 눈에 상념이 너울거렸다. 크리스털 잔 속에서 찰랑이는 적포도주를 닮은 눈동자가 나를 올려다보았다.

"허락은 받았다, 아버지께. 아버지는 군 통솔자이지 않나. 적은 인원의 사신단이 염려되어 당신이 직접 붙인 수행원으로 보고를 올리기로 했다. 뒷일은 알아서 처리하시겠다더군."

일리가 없지는 않았다. 칼의 마법 실력은 천재인 아리아조차 따라잡지 못할 만큼 독보적이었고, 공격 마법뿐만 아니라 보호 마법, 순간이동과 실생활에 도움이 되는 부가적인 마법들까지 모두 원활하게 부릴 수 있었다. '올라운더'라는 단어에 어울리는 그는, 이번 작전에 동행인으로 가장 적합한 사람이었다.

"감정적이지 않았다고는 할 수 없지만, 감정에만 휘말려 저지른 일은 아니다. 네가 아타라전에서 지휘관으로 활동하고, 아리아가 전쟁에 출전하기 위해 준비하는 모습을 보며 가만히 있고 싶지 않았다."

"……."

"나는 여전히 제국이 망하든 세계가 멸망하든 알 바 아니지만, 네가 슬퍼하는 모습은 보고 싶지 않아."

자신의 몸을 묶고 있던 밧줄을 손동작조차 없이 가루로 만든 칼은 앉은 몸을 뒤척이더니 바지 주머니에서 무언가를 꺼냈다.

"이건……."

"요정 숲의 결계가 무너졌다고 했지?"

주먹만 한 금색 장치엔 수많은 톱니바퀴와 기계 부품들이 뒤엉켜 있었다. 무엇인지는 알 수 없었지만, 그것에 엄청난 양의 마력이 응축되어 있는 건 분명했다. 고개를 갸웃하는 나와 달리 아리아는 이 장치가 무엇에 사용하는 건지 단번에 알아본 듯 놀란 표정이었다.

"……결국 완성한 거야?"

"그래. 조금만 더 빨리 완성했다면 황제에게 정식으로 제의했을 텐데, 어제저녁에 겨우 완성했다. 시간 마법을 접목시켜야 해서 까다로웠어. 오래전부터 연구해 온 내용의 응용이라 다행이었지."

칼의 표정은 자신만만했다. 그가 내 손에 조심스럽게 장치를 건네주었다.

"파훼된 마법을 복구하는 장치다. 아직은 일회용이지만. 이걸로 부서진 요정 숲의 결계를 단번에 고칠 수 있을 거다. 요정들에게 동맹을 제안할 때 결계 복구를 조건으로 걸면 그쪽이 수락할 확률은 급격히 높아지겠지. 아버지가 이것도 함께 보고하실 거다."

파훼된 마법을 복구하는 건, 특히나 요정 숲의 결계처럼 고대 마법이 섞여 있을 게 분명한 오래된 결계를 복구하는 건 '어렵다' 정도로 표현할 난도가 아니었다. 자세한 내부 사정은 모르지만, 아마 그래서 요정들도 결계를 복구시키지 못하고 부서진 상태로 내버려 두는 듯했다.

"제멋대로 굴어서 미안하다. 하지만 이번만큼은 나도 도움이 될 거란 확신이 있었다."

지잉-

그 순간 마침 주머니에 넣어 둔 수신구에서 진동이 울렸다. 잠시 칼을 응시하던 나는 천천히 수신구를 꺼내 들었다.

[칼 공자가 동행하게 되었다며? 자네 오빠는 확실히 천재군그래. 그런 기계를 발명해 제국에 이바지해 줘서 고맙다고 전해 주고, 잘 다녀오게.]

발신인은 헬리오스 솔라티네였다. 나는 헛웃음을 지을 수밖에 없었다.

"어때? 이 정도면 동행해도 될까?"

의외의 모습을 많이 보며 잊고 있었지만, 그는 원래 이런 사람이었다. 영악하고 철두철미하며 할 말을 잃게 만드는 사람.

나는 힘없이 비어져 나오는 웃음을 굳이 참지 않으며 그에게 손을 뻗었다.

"합류를 환영합니다."

아무래도 그의 분리불안 증상은 다음 기회에 고쳐야 할 것 같았다. 내 손을 잡은 칼을 힘껏 당겨 일으켜 세운 나는 허리춤의 검을 매끄럽게 발도했다.

"합류 축하 파티는 조금 뒤에 하죠."

크르릉.

어느새 훌쩍 가까워진 기척과 함께 짐승의 으르렁대는 소리가 귀를 간지럽혔다. 모닥불을 보고 몰려온 들짐승들이 우리를 에워싸고 있었다.

"……개자식. 결국 나를 방해해……."

아리아가 투덜거리며 공격 마법을 위한 수인을 맺었다.

전보다 훨씬 진정한 낯의 그녀는 여전히 칼이 기껍지 않은 것 같았지만, 그렇게 싫어하는 것 같지도 않았다.

"그래. 나도 잘 부탁한다."

검은 머리칼에 튄 흙을 가볍게 털어 낸 칼이 양손에 마법진을 전개했다. 잠시 우리 셋의 시선이 교차했다.

쾅!

그것을 신호로, 숲속 들짐승들을 향해 검은 오러와 어지러운 불덩이, 그리고 새빨간 전기가 쏟아졌다.

오랜만에 셋이서 합을 맞춰 보는 순간이었다.

"벌써 요정 숲이 코앞이군."

고개를 숙이고 지도를 훑어보던 칼이 한숨을 내쉬었다. 그는 오랜 등산 끝에 정상을 눈앞에 둔 산악인처럼 지쳤지만 흡족해 보였다.

길을 떠난 지 어언 일주일.

칼의 합류로 인원이 늘며 아리아를 안고 전속력으로 달려가는 계획은 무산되었지만-칼과 아리아를 내 양어깨에 얹고 뛰어가는 방법도 생각해 봤지만, 내 어깨가 그리 넓지 않아 실패했다- 대신 뛰어난 순간이동 능력자가 늘었다.

'칼. 정말 좀 더 쉬지 않아도 괜찮은 겁니까? 현기증은 없습니까?'

'걱정할 사람을 걱정해라. 나는 15살 때부터 순간이동을 사용했다.'

칼과 아리아가 순간이동을 사용한 뒤 그 두 사람의 마력이 충전되는 동안은 도보로 이동했다. 칼은 한 번에 아주 먼 거리를 이동하면서도 아리아보다 짧게 휴식을 취했다. 그 덕분에 계획했던 것보다 빠르게 이동할 수 있었지만, 대신 그는 내내 피곤해 보였다.

'15살…… 잠깐. 그럼 데베라의 습격을 받았던, 우리가 처음 만났을 때도 순간이동을 사용할 수 있었던 겁니까?'

'아.'

'그때 순간이동 못 한다고 했잖아요.'

'……'

'저기요.'

칼이 허공으로 시선을 피했다. 검은 머리칼을 긁적이는 것으로 보아 매우 머쓱한 듯했다.

나는 위급 상황에서 거짓말을 한 그의 행동에 어처구니없었지만, 이미 지난 일이니 캐묻지 않기로 했다.

"한 번만 더 가면 도착하겠네."

칼 옆에서 지도를 힐끗 본 아리아가 손등으로 목덜미를 닦았다. 날씨가 추운데도 그녀의 목덜미엔 땀방울이 맺혀 있었다.

"여기서 하룻밤 쉬고 요정 숲에는 내일 가는 게 좋겠어. 어때?"

"나는 괜찮다만……."

아리아의 제안에 수긍한 칼이 날 힐끗 보고는 말끝을 흐렸다. 덩달아 나를 돌아본 아리아가 미미하게 동공의 크기를 키웠다.

"……언니? 무슨 일이야?"

"어디 아픈 건가?"

두 사람의 걱정 어린 물음에도 나는 대답 없이 눈앞의 키 큰 나무만을 뚫어져라 노려보았다.

'그래. 북부가 가만히 있을 리 없지.'

콰직!

나무를 짚고 있던 손에 저절로 힘이 들어가며 고동빛 줄기의 일부분이 으스러졌다. 손바닥에 거칠한 나무껍질과 흙이 묻어나는 가운데, 내 신경을 가장 거슬리게 하는 건 나무에 묻어 있던 진녹색 진액이었다.

"……두 사람. 대재앙에 대해 얼마나 알고 있습니까?"

나는 표정이 굳은 채 더러워진 손을 쥐었다 펴길 반복했다.

끈적거리는 그것에선 새까맣게 탄 초콜릿 냄새가 났고, 진액이 닿은 부위에선 찌릿한 느낌이 퍼졌다.

"실제로 만나 본 적은 없다만…… 그 지옥에서 기어 나온 사냥개들보다 더 끔찍한 놈들이겠지?"

"몇 배는 더요."

갑작스러운 질문에도 반문하지 않고 신중하게 고민하던 칼은 데베라와 마주했던 때가 떠올랐는지 얼굴을 구기며 내게 물었다. 나는 고개를 끄덕이며 대답했다.

"대재앙에 대한 정보는 고대 서적에서도 찾아보기 힘들어서 자세히 공부하진 못했는데, 기본적인 정보는 알아. 적어도 언니가 싸운 대재앙들에 대해서는. 전투 보고서를 뒤져 봤거든."

"그거…… 극비 아니야?"

"땡깡 좀 부리니까 바로 보여 주던데. 언니 아버지가."

아리아가 땡깡이라 한 것은, 하늘에서 메테오가 쏟아지고 발아래 가시덩굴 마법진이 발동되는 산지옥을 뜻했다. 얼마 전 카이사르 사무실의 나무 책장이 불에 타 버려졌던 것을 기억해 낸 나는 잠시 카이사르에게 애석함을 표했다.

"대재앙은 천재지변에 필적하는 피해를 불러일으키는 다섯 마수를 일컫는 말이지. 그 다섯 마수의 이름은 '깊은 숲속의 고요한 폭군' 하라바나, '뱀들의 왕' 바실리스크, '뇌우의 군주' 파천새, 그리고……."

"'불멸의 암군' 암브로."

스스슥.

저 멀리서 무언가 빠르게 기어다니는 소리가 들렸다. 손가락을 접으며 배운 것을 복습하듯 마수들의 이름을 외우던 아리아도 그 소리를 들었는지 번쩍 고개를 들었다.

교차되는 시선. 잠시간의 침묵.

"전투 준비해."

노을이 진 고요한 숲속.

아리아의 침 넘기는 소리와 칼의 목덜미에서 땀방울 흐르는 소리까지 또렷이 들리는 가운데, 내 작은 속삭임이 유독 크게 들렸음은 놀랄 일이 아니었다.

아리아가 제 허벅지에 찬 가터벨트에서 단검을 천천히 뽑는 가운데, 나는 숨소리처럼 작은 목소리로 말을 이었다.

"암브로가 다녀간 자리엔 진녹색 진액이 남아. 이 진액엔 각성 효과가 있지. 잘 중화시키면 각성제를 포함한 각종 약품을 만들 수 있기 때문에 아주 비싼 값에 팔리지만…… 나는 이 마수가 싫었어."

마수의 부산물을 팔아서 먹고 살던 시절에 이 진액은 가장 좋은 수입원 중 하나였음에도, 암브로는 내가 가장 만나고 싶지 않은 마수였다.

스스슥. 스스슥.

소름 끼치는 소리가 점점 가까워졌다. 나는 과거의 끔찍한 기억에 얼굴을 구기며 망설임 없이 검을 뽑았다.

"절대, 놈의 줄이 몸에 닿으면 안 돼. 만약 닿았다면 최대한 빨리 몸에서 떼어내. 오래 닿으면 살이 녹아내리니까."

나는 수풀 사이 어느 한곳을 뚫어지게 응시했다.

샥, 샤샥, 소리가 점점 커지고, 검 위에 검은 오러를 두껍게 일으켰을 때.

깜빡.

나는 붉게 빛나는 거대한 눈알의 암브로와 눈이 마주쳤다.

"숙여!"

끼에엑-!

모두가 재빨리 몸을 숙임과 동시에 수풀에서 검은 거미줄이 솟구쳤다. 오른 발목에서 환부의 고통 같은 시큰함이 올라왔다.

"뭔 놈의 기운이 저렇게 끔찍해……."

"암브로의 거미줄엔 저주가 걸려 있습니다. 닿기만 해도 통각이 계속돼요! 제대로 피해요!"

숲을 잠식하는 놈의 마기에 칼이 미간을 좁혔다. 나는 아무것도 모르던 시절 암브로의 거미줄을 피하지 않고 달려들었다가 발목에 거미줄이 뒤엉켜 사흘간 끔찍한 통각에 시달렸던 것을 떠올리며 다시금 날아오는 거미줄을 거침없이 잘랐다. 내 오른 발목엔 여전히 살이 녹아내린 흉터가 남아 있었다.

스슥.

곧이어 거대한 암브로가 수풀을 젖히며 모습을 드러냈다. 고개를 빳빳이 들어야만 놈의 몸을 한눈에 확인할 수 있었다.

아리아가 헛웃음을 지었다.

"싫어할 만하네."

거칠한 털이 숭숭 난 검은 몸체에선 진녹색 진액이 질척하게 흐르고, 몸체의 크기에 비해 가느다란 여덟 개의 다리가 사뿐히 땅을 디뎠다. 갈고리처럼 길게 나온 흉측한 송곳니가 딱, 딱, 일정한 소리를 내며 부딪쳤다.

거대한 거미의 형태를 한 암브로가 붉은 눈으로 우리를 내려다보고 있었다.

"……내가 벌레 싫어한다고 말해 줬던가?"

질겁한 표정의 칼이 미친 듯한 속도로 수인을 맺었다. 붉은 마법진들이 허공을 뒤덮을 듯 떠올랐다.

"벌레 무서워하나 봐? 겁쟁이."

"말은 똑바로 하지. 무서워하는 게 아니라 싫어하는 거다."

한 손엔 단검을, 한 손엔 마법진을 발동한 아리아가 이죽거렸다. 칼이 짜증스럽게 그녀를 흘겨보았다. 나는 대재앙을 마주한 순간에도 태평한 두 사람을 보며 안도해야 할지 꾸짖어야 할지 고민하다가, 손가락을 튕겨 이목을 집중시켰다.

"집중해요. 저놈은 지금 탐색 중이니까. 곧 덤벼들 겁니다."

타원형의 머리가 갸웃거렸다. 강아지가 했다면 제법 귀여웠을 테지만 집채만 한 거미가 그러고 있으니 좋게 보기는 어려웠다. 칼은 옆에서 헛구역질 중이었다.

"거미줄뿐만 아니라 진액도 몸에 닿지 않게 해. 무슨 일이 있어도 저 진액이 몸 속에 들어가는 일은 없도록 하고."

"각성 효과가 있다고 하지 않았어? 닿으면 오히려 좋은 거 아닌가?"

"암브로의 진액을 한 방울 사용하려면 10리터의 물을 섞어야 해. 그래야 일반인이 섭취해도 문제가 없는 각성제가 만들어져."

"……."

"뭐든지 과유불급이야. 과다 노출되면 흥분해서 이성을 잃고, 심각한 경우엔 미쳐."

이것이 암브로 사냥을 어렵게 만드는 주요 요소 중 하나였다.

나는 소드 익스퍼트 시절에 수십 명이 넘는 용병단과 함께 암브로 토벌에 나섰던 것을 떠올렸다.

암브로가 죽었는데도 흥분을 삭이지 못해 그 죽어 늘어진 거미의 몸에 몇 번이고 검을 쑤시던 사람. 아예 미쳐 버려 자신이 누군지도 잊어버린 사람. 분명 승리를 거두었으나 승리가 아니었다. 분위기가 심각해진 가운데, 암브로와 나의 시선이 교차했다. 마수에겐 이지가 없지만 본능은 있다. 놈은 북부에게서 조종당해 우리를 죽이기 위해 왔음에도 본능적으로 섣불리 덤비지 못하고 있었다.

"칼. 아리아. 방어막."

검은 살기를 내뿜는 것을 멈추지 않으며 두 사람에게 고갯짓했다. 두 사람은 빠르게 자신들의 몸에 방어막을 둘렀다. 나는 마나를 몸에 덧씌우고 검을 세우며 속삭였다.

"놈이 달려드는 순간, 아리아는 왼쪽 다리를, 칼은 오른쪽 다리를 공격하는 겁니다. 저는 심장을 노리겠습니다. 놈이 중심을 잃으면 올라타 머리를 꿰뚫는 것으로 마무리합니다."

칼과 아리아가 고개를 끄덕였다.

정적 속에 시간이 느리게 흘렀다.

키에에엑-!

암브로의 날카로운 울음소리와 함께 우리는 동시에 세 갈래로 뛰어나갔다.

화르륵!

가장 먼저 공격에 성공한 건 아리아였다. 아리아가 마력을 씌워 던진 불타는 단검이 암브로의 다리 하나를 잘라 냈다.

"……역겹군."

방어막 위로 달라붙는 진녹색 진액에 표정을 구긴 칼이 수많은 마법진을 띄워 올리더니 암브로의 다리를 향해 쏟아부었다.

파지직. 폭발적인 붉은 전류가 다리 네 개를 한 번에 태워 버렸다.

키악, 키아악!

날카로운 비명이 숲을 쩌렁쩌렁하게 울리는 가운데, 나는 휘청거리는 암브로의 몸통 밑으로 파고들었다. 머리 위로 진녹색 진액이 쏟아졌지만 그건 몸에 덧씌운 마나를 뚫지 못했다.

푹.

새까만 오러로 타오르는 검. 그 끝으로, 나는 암브로의 심장을 꿰뚫었다.

피슉!

암브로가 고통에 발버둥 쳤다. 몇십 갈래의 검은 거미줄이 사방으로 튀어 올랐다.

"피해! 암브로의 거미줄은 방어막으로도 막지 못하니까!"

저주가 스민 놈의 실은 그 무엇으로도 막지 못하기에 물리적으로 피하는 수밖에 없었다. 방어막을 믿고 크게 위기감을 못 느끼던 칼과 아리아는 내 말에 다급하게 몸을 움직였다.

"……허억."

아슬아슬하게 어깨에 스칠 뻔한 거미줄을 피한 칼이 숨을 들이쉬었다. 허리를 뒤로 젖혀 얼굴로 날아오는 거미줄을 피한 나는 몇 개 남지 않은 암브로의 다리를 타고 올라가 놈의 몸 위에 자리 잡았다.

키아악!

미친 듯이 몸부림치는 몸을 등굽잇길 삼아 암브로의 머리를 향해 달려갔다.

놈의 온몸에서 각성의 진액이 튀어 올랐다. 내 몸에 닿진 못 했지만, 초콜릿이 타는 냄새를 오래 맡는 것만으로도 정신이 번쩍 깨며 머릿속에 전기가 튀는 듯한 자극이 일었다. 안 그래도 감각이 예민한 소드 마스터에겐 고문이나 마찬가지였다.

'이래서 내가 암브로랑 싸우는 걸 싫어했는데.'

과도한 각성은 사람의 이성을 흐리게 한다. 정신이 너무 또렷해 오히려 눈이 핑 돌고 어지러워지는 것을 느낀 나는 혀를 깨물어 가며 놈의 머리 위에서 중심을 잡았다.

충직한 검이 되려 했는데 4

"망할 놈. 다시는 만나고 싶지 않아."

난 낮게 중얼거리며 암브로의 뇌가 위치할 자리에 검을 꽂아 넣었다.

콰직!

무언가 딱딱한 것이 부러지는 소리와 함께 암브로가 발광을 멈췄다. 두꺼운 머리 껍질이 뚫리며 단번에 뇌가 관통당했으니 살아남을 턱이 없었다.

쾅!

굉음과 함께 암브로의 거대한 몸이 줄 끊긴 마리오네트처럼 맥없이 쓰러졌다.

"언니! 괜찮아?"

"응. 잘했어, 아리아."

내게 달려오는 아리아를 빠르게 살폈다. 방어막을 꼼꼼히 둘렀기 때문인지 몸엔 생채기 하나 없었다. 숨을 크게 들이쉬었다가 내쉰 칼이 눈가를 파르르 떨었다.

"몸이 내 뜻대로 안 되는 느낌이 싫어서 끊은 지 오래됐는데…… 처음 마약을 했을 때 그 느낌이 나는군. 온몸의 감각이 강제로 깨어나는 느낌이야."

칼은 특히나 각성 성분에 예민한 것 같았다. 그의 핏줄 속에 흐르는 마나가 들쭉날쭉 들끓기 시작한 게 눈에 보였다.

'향을 맡은 것만으로도 이 정돈데, 계속 버틸 수 있으려나.'

나는 내심 걱정하며 그를 바라보았다.

"그런데 대재앙치고는 되게 쉽네? 대재앙 중 최약체 같은 거야?"

"안 돼! 방어막 풀지 마!"

아리아가 고개를 갸웃하며 몸에 두른 방어막을 해제하려 했다. 나는 다급하게 그녀를 제지했다. 칼과 아리아가 놀란 눈으로 나를 돌아보았다.

"암브로의 이명에…… '불멸'이 붙는 이유가 있어."

'벌써 시작됐군.'

나는 뒤틀리기 시작한 암브로의 시체를 질린 눈으로 바라보았다.

"다들 경계 태세 늦추지 말고 전투 준비해."

끼긱, 끼긱.

무언가 찢어지는 듯한 소름 끼치는 소리와 함께 암브로의 몸통이 천천히 반으로 갈라지기 시작했다. 시체를 불로 태우고 오러로 지져도 막을 수 없는 일이기에 그저 감당해 낼 수밖에 없었다.

"저게, 뭐지?"

칼이 경악스러운 눈으로 갈라진 암브로의 몸통 속을 바라보았다. 그는 그것이 무엇인지 짐작했으나, 거짓이길 바라는 것 같았다.

그곳에는 알처럼 보이는 새하얀 것이 두 개나 자리 잡고 있었으니까.

"……원래 벌레에게 별 악감정이 없었는데, 오늘 이후로 생길 것 같아."

토하고 싶다는 표정의 아리아가 다시금 두 손에 마법진을 발동시켰다. 나는 기나긴 전투를 예상하며 한숨을 쉬었다.

"암브로는 죽으면 그 속에 있던 알에서 새로운 암브로가 태어납니다."

콰직.

얇은 표피가 깨지는 소리와 함께 털이 숭숭한 검은 다리가 하얀 알껍데기를 뚫고 나왔다. 몇 번을 봐도 역겨운 장면이었다. 아리아는 시선을 돌려 버렸고, 칼은 다시 헛구역질을 시작했다.

"……그 알은 무엇으로도 깨뜨릴 수 없고, 태어날 때마다 한 마리가 늘어요. 처음 한 마리를 죽이면 두 마리가 되고, 두 마리를 죽이면 그중 숙주가 되는 한 놈의 몸에서 세 개의 알이 번식해 세 마리가 되는 식입니다."

타닥타닥.

긴 다리가 미친 듯이 꼼지락거린다. 이번에는 나도 참지 못하고 눈을 감아 버렸다. 마음속으로는 보내도 하필 심리적으로 큰 타격을 주는 암브로를 보낸 북부와 지그문트를 저주했다.

"그걸…… 아홉 번 반복하고 나면 암브로는 완전히 죽습니다."

"아, 아홉 번?"

능수능란한 언변의 아리아조차 말을 더듬으며 믿기지 않는다는 듯 되물었다. 나는 암담한 마음으로 고개를 끄덕였다.

"그 정도는 돼야 대재앙이니까."

스스슥. 스스슥.

나는 어느새 앞으로 걸어 나오기 시작한 두 마리의 암브로를 향해 검을 세웠다. 눈을 질끈 감은 채 나무를 짚고 있던 칼이 천천히 고개를 들었다.

"여기에 드래곤이라도 소환해서 한 번에 끝내면 안 되겠나? 내가 영혼 한번 헐값에 팔아 볼 테니까."

그는 온 마음과 정성을 다해 암브로를 경멸하고 있었다.

"누가 네 영혼 같은 폐기물을 사 주겠냐? 악마도 네 영혼은 안 살걸."

그 와중에 매끄럽게 건 아리아의 딴지는 일품이었다.

"이 망할 놈들은, 대체, 끝나지를 않아!"

콰앙!

핏발 선 눈을 부릅뜬 칼이 구둣발로 땅을 강하게 내리찍었다. 그의 발아래에서 생겨난 마법진이 숲을 뒤흔들었다.

가까이에 있던 거대한 거미 세 마리가 중심을 잃고 휘청거렸다.

"……언성 높이지 마. 머리 깨질 것 같아."

다 갈라진 목소리로 힘없이 중얼거린 아리아가 간신히 나무를 잡고 버티며 다시금 마법진을 전개했다. 피가 쭉 빠진 듯 창백해진 그녀의 얼굴엔 암브로의 거미줄에 긁힌 상처가 남아 있었다.

저주가 걸린 놈의 거미줄은 스치기만 해도 살이 타는 통각을 선사했다. 통증은 거미줄에 닿아 있던 시간에 따라 짧으면 반나절, 길면 사흘까지 지속되었다.

몸 이곳저곳에 거미줄이 스친 상처를 달고서도 꿋꿋이 버티고 서 있는-비록 다리가 덜덜 떨리고 있었지만- 아리아의 정신력은 칭찬할 만했다.

'진짜 개 같네.'

나는 긴 머리카락에 뒤엉킨 진녹색 진액을 거칠게 털어 냈다. 두 사람을 저 꼴로 만든 암브로에게 분노가 치밀어 올랐다.

암브로의 여덟 번째 부활이 진행된 지금, 우리는 진액을 피하려던 초반의 노력이 무색하게 하나같이 끈적끈적한 액체를 온몸에 뒤집어쓰고 있었다.

그 와중에 진액을 직접 먹지는 않았다는 게 다행이라면 다행이었다.

"거의 끝나 가니까 조금만 힘내요! 아리아, 그 나무 베어!"

"응!"

감정은 북받치고, 진액의 각성 효과 때문에 이제는 정신까지 지끈거릴 지경이었으나 그럴수록 침착해야 했다.

나는 갈고리처럼 날카롭게 굽은 암브로의 다리를 빠르게 피했다. 그리고 내 뒤를 노리던 다른 놈의 몸을 도약대 삼아 허공으로 솟구쳤다.

서걱.

아리아의 망설임 없는 손속에 거대한 나무가 느리게 기울어졌다. 나무의 그림자가 진 곳에 위치해 있던 두 마리의 암브로는 도망치려 했지만, 내 검은 오러에 묶여 옴짝달싹 못 했다.

콰앙!

굉음과 함께 나무가 넘어지고, 한 놈의 머리가 그 아래에 깔려 터졌다. 다른 한 놈은 몸통이 반쯤 짓눌려 버둥거리다가 내 검에 심장이 뚫려 비명도 지르지 못하고 죽었다.

"이제 두 마리……."

화르륵!

얼굴에 튄 피를 닦으며 한숨 돌리던 찰나, 시야 구석에서 거대한 불기둥이 솟아올랐다. 나는 놀라서 고개를 돌렸다.

타닥타닥.

충직한 검이 되려 했는데 4

초점 없는 붉은 눈의 칼이 새까맣게 불타 재가 되어 버린 두 마리의 암브로를 멍하니 바라보고 있었다.

"칼!"

불길함을 느낀 나는 땅을 박차고 그에게로 달려갔다. 불똥이 튀어 주변 풀숲을 태우고 나무에 번져 불길이 치솟아도 칼은 그 자리에 멍하니 서 있었다.

'각성제에 너무 오래 노출되어 있었어.'

이번 전투로 알게 된 건 각성제 성분이 칼에게 양날의 검이라는 사실이었다.

그는 각성제를 아주 예민하게 받아들였고, 전투가 길어질수록 그가 사용하는 마력의 규모가 커지는 데 반해 명중률은 떨어져 갔다.

"젠장. 당신 얼굴이 너무 붉어요."

나는 욕을 짓씹으며 칼의 이마에 손을 얹었다. 온통 붉게 달아오른 그는 비정상적으로 뜨거웠다.

암브로의 다음 부활이자 마지막 부활이 시작되기 전에 물이라도 먹일까 싶어 주머니를 뒤적거리던 찰나, 큰 손이 내 손목을 붙잡았다.

"괜찮아."

"지금 당장 쓰러질 것 같은 얼굴인데 무슨 소리를 하는 겁니까! 잠깐, 허브 계열 약초라도……."

"슈슈, 그냥……."

내 손목을 잡은 손에 강한 힘이 들어갔다. 그가 나를 이렇게까지 조심성 없이 잡는 건 처음이었다.

나는 멈칫하고 칼을 바라보았다.

"제발 가만히 있어. 네 기운이 너무 강해 움직이기만 해도 토할 것 같아……."

내 손에 툭 뺨을 기댄 칼이 중얼거렸다.

칼의 상태는 누가 봐도 정상이 아니었다.

"느낌이 이상해. 살면서 억누르던 것들이 자꾸 떠올라."

암브로의 진액은 이해하기 편하도록 '각성제'로 통칭하곤 하지만, 사실 평범한 각성제와는 차원이 달랐다. 어쩌면 '자각제'나 '충동제'라는 이름이 걸맞을지도 몰랐다.

"사람의 살을 가르고 비명을 듣고 싶다고 하면 네가 싫어하겠지?"

그것은 감각을 일깨우다 못해 인간의 가장 깊은 곳에 내재된 욕망과 본능까지 일으켜 세웠으니까.

그래. 이것이 칼의 본모습이었다. 원작 소설 〈요정의 밤〉에서 서술하던 칼 크리시스. 피와 사슬로 이루어진, 잔인한 정신술사.

나는 제정신이 아닌 게 분명한 그의 두 눈과 마주하며 카이사르와 저택 사용인들을 통해 간접적으로 알게 된 과거의 칼을 떠올렸다.

'크리시스 가문엔 유전처럼 내려오는 정신병 증세가 있다. 수많은 생명을 살육한 검은 용의 저주받은 피를 물려받았기 때문인지도 모르지. 공허와 무료, 권태. 우울증과 비슷하지만 달라. 무얼 해도 즐겁지 않은 거지. 너는 다행히 물려받지 않은 모양이지만 칼은 심각했지. 네가 오기 전까진 말이다.'

'으, 지하실은 정말 내려가기 싫었어요. 가끔 칼 도련님이 잡아 온 범죄자들을 온갖 도구로 괴롭⋯⋯. 아. 이, 이 말까지 할 생각은 없었는데⋯⋯.'

그는 아주 권태로웠다. 그 권태를 풀 길이 없어 방황하다가 종국에 찾은 해결책이 폭력과 가학이었다.

"머리가 아파⋯⋯."

칼은 그때를 떠올리고 있음이 분명했다. 어둡게 잠긴 붉은 눈동자는 몽롱하게 풀렸다.

쩌저적.

무언가 갈라지는 소리와 함께 얇은 것끼리 빈틈없이 맞닿아 비벼지는 소리가 들렸다. 암브로가 아홉 번째 부활을 준비하고 있는 것이 분명했다.

나는 마지막 전투를 위해 마나를 가다듬으면서도 칼에게서 눈을 떼지 못했다.

감각이 예민해진 그에게 내 움직임 하나하나가 어떻게 느껴지는지 알았기에 함부로 움직이기도 미안했다.

"암브로의 살을 가르고 검은 피를 보는 것만으로는 안 되겠습니까?"

"……모르겠어."

"마음껏 날뛰어 보세요. 그래도 여전히 욕구가 채워지지 않는다면……."

"……."

"그땐 제 살이라도 가르게 해 드리겠습니다."

일순간 칼의 두 눈이 번뜩였다. 그것이 어떻게 나한테 그런 말을 할 수 있냐는 뜻의 원망인지, 아니면 기대감인지는 알 수 없었다. 어쩌면 둘 다인지도 몰랐다.

"기어 나오고 있어."

칼이 일으킨 거대한 불길로 인해 불이 옮겨붙은 주변을 정리하던 아리아가 긴장한 표정으로 한곳을 노려보았다. 사방에 널린 여덟 구의 사체. 그중 하나에서 까드득 하고 알이 부서지는 소리가 났다.

"마지막 놈들은 가장 끈질깁니다."

나는 손을 들어 칼의 흰 뺨을 타고 흐르는 진녹색 진액을 닦아 주었다. 투박한 손길 때문인지, 예민해진 오감 때문인지 그가 흠칫하며 몸을 부르르 떨었다.

"조금만 참아요. 이놈만 처리하고 놀아 줄 테니까."

저 미친 거미 새끼들만 처리한 뒤라면, 각성제의 효과가 끝날 때까지 칼과 밤새도록 뛰어놀아 줄 의향도 있었다.

피슉-!

숙주가 되는 사체에서 시꺼먼 줄이 솟아올랐다.

더는 지시할 필요도 없었다. 약속이나 한 것처럼 우리 세 사람은 각자 다른 방향으로 빠르게 흩어졌다.

키에에에엑-!

여러 개가 겹친 시끄러운 울음소리와 함께, 한 사체 안에 틀어박혀 있던 아홉 마리의 거대한 거미가 쏟아져 나왔다. 놈들에게서는 이전 놈들보다 훨씬 더 지독한 마기가 느껴졌다.

"……아."

내게로 달려드는 두 마리의 거미를 향해 오러를 날리고 덤벼들려는 순간, 나는 아홉 마리의 암브로가 난잡하게 뿌려 대는 수백 줄기의 거미줄 중 하나에 아리아의 발목이 스치는 것을 발견했다. 아리아가 통각을 느꼈는지 순간적으로 멈칫하자, 때를 놓치지 않고 암브로 한 마리가 그녀를 향해 달려들었다.

퍽! 데구르르-

고민할 필요도 없었다. 그것은 차라리 본능이었다. 나는 아리아를 향해 힘껏 몸을 던졌고, 우린 흙바닥에 굴렀다.

"으윽."

저절로 신음이 흘러나왔다. 구르는 과정에서 내 목을 한 바퀴 빙 둘러 감은 검은 거미줄이 인간이 가장 고통스러워하는 작열통을 자아냈다. 각성제로 어지럽던 머릿속에 빨간불이 들어왔다.

나는 오히려 좋다고 생각했다.

"언니, 목……!"

"괜찮아."

아리아가 내 아래에 깔린 채 눈을 크게 떴다. 나는 이번엔 신음을 꾹 참고 목에서 거미줄을 빠르게 벗겨 냈다. 보통 거미줄처럼 질기고 끈적하면서도 보통보다 훨씬 뻣뻣한 암브로의 거미줄은 아주 얇은 쇠줄처럼 떨어져 나갔다.

"조심해! 뒤!"

내 등 뒤를 본 아리아가 다급하게 소리치며 나를 확 끌어당겼다. 땅에 누워 있던 그녀의 품에 안긴 나는 온몸에 마나로 된 보호막이 둘러지는 것을 느꼈다.

콰쾅-!

그러나 칼이 더 빨랐다. 암브로의 송곳니가 보호막에 닿기도 전, 칼의 붉은 전류가 암브로를 산 채로 태웠으니까.

끽, 끼익.

털썩.

암브로는 죽어 가는 신음을 내다 내 옆에 쓰러졌다. 완전히 새까맣게 타 버린 탓에 피조차 튀지 않았다. 나는 헛숨을 들이쉬었다.

'출력이 너무 강해. 칼은 무리하고 있어.'

조금 전 불기둥도 그렇고, 강해도 너무 강했다. 그는 반쯤 폭주 중이었다. 뒤틀린 그의 마나 회로 상태가 그것을 입증했다.

나는 입술을 꽉 깨문 채 칼을 바라보았다.

"이 느낌이 아닌데……."

어느새 우리에게서 시선을 돌린 채 달려드는 한 놈의 다리를 잘라 낸 칼이 중얼거렸다. 그의 얼굴이 묘하게 뒤틀려 있었다.

"아리아, 네가 저놈을 맡아 줘!"

칼이 더 무리를 하게 해서는 안 됐다. 아리아에게 멀리 있는 암브로 한 마리를 가리켜 보이고 그를 돕기 위해 자리를 박차려는데, 땅에 엎어진 아리아가 일어나질 못했다.

"미안, 나 조금 어지러워서……."

유독 칼에게 강하게 적용된 각성제는 아리아에게 효과가 없는 것은 아니었다. 머리가 지끈지끈한지 인상을 쓴 아리아가 일어나려 몇 번이고 땅을 짚었으나 헛손질이었다.

슥.

"여기 뒤에서 잠깐 기다려. 금방 끝나니까."

아리아를 번쩍 안아 든 나는 나무 뒤에 그녀를 조심스럽게 내려놓았다. 아리아는 같이 싸우고 싶다는 눈빛이었으나, 스스로도 무리라는 걸 느꼈는지 천천히 고개를 끄덕였다. 살짝 웃어 준 나는 대여섯 마리의 거미를 한꺼번에 상대하고 있는 칼을 향해 다급하게 달려갔다.

번쩍!

칼은 양손에 붉은 전류를 두른 채 자유자재로 움직이며 괴물들을 공격했다.

그의 타고난 전투 감각도 돋보였지만, 그의 움직임은 선천적 재능만으로 얻을 수 있는 게 아니었다. 늘 마탑에서 연구만 하는 줄 알았는데, 내가 모르는 사이에 전투 훈련도 병행한 모양이었다. 괴물들을 공격하는 가운데 칼은 웃고 있었다. 약에 취한 듯한 낯으로 자신의 몸에 거미줄이 휘감기는 것도 신경 쓰지 않고 거대한 거미들을 두들겨 패는 모습은 가히 섬뜩했다. 내가 그에게로 손을 뻗을 때였다.

순간 등골을 훑고 지나가는 불길한 예감.

암브로를 마주했을 때보다 더 지독한 위기감이 내 머릿속을 파도처럼 덮쳤다. 나는 헛숨을 들이쉬었다.

쓱.

"뭐, 읍!"

허공에서 튀어나온 손이 거칠게 칼의 입을 막았다.

칼의 몸이 정체불명의 손에 이끌려 갔다. 손 이후엔 손목, 그리고 팔, 어깨까지 허공에서 천천히 모양을 갖추고 있었다. 내가 본능적으로 그 존재를 향해 검을 세울 때였다.

"쉬이. 그러지는 마시죠? 지휘관님."

익숙한 목소리가 귓가를 울렸다. 늘 무미건조하던 그 목소리에 웃음기가 담길 수 있다는 걸 처음 알았다.

형태를 갖춘 또 다른 손은 날이 선 단도를 들고 있었고, 검날은 정확히 칼의 목을 향하고 있었다. 얕지 않게 찔린 그의 목이 울컥 피를 뱉어 냈다.

'지휘관님'. 전장에서 돌아온 뒤 나를 그 호칭으로 부르는 사람은 없었다.

그렇다면 전장에 아직도 머물러 있는 이는 누구일까.

충직한 검이 되려 했는데 4

"당신이 사랑하는 칼 크리시스가 눈앞에서 죽는 걸 보고 싶진 않으실 테니."

서서히 얼굴이 형태를 갖추었다. 부드럽게 솟은 얇은 입술, 정갈한 코, 그리고 여전히 속을 내비치지 않는 검은 눈. 금방이라도 달려들려고 하던 암브로들이 일제히 멈췄다. 꼭 도둑을 향해 미친 듯이 짖다가 주인을 발견한 개새끼들 같았다.

"……이게 누구야."

아플 정도로 얼굴 근육을 굳히고 있던 나는 서서히 입꼬리를 비틀었다. 분노가 머리끝까지 솟아 두피가 찌릿할 지경이었다.

나는 맹렬하게 들끓기 시작한 기운을 숨기지 않으며 검 손잡이를 으스러지도록 쥐었다.

"내 뒤통수치고 도망간 쥐새끼 아니야."

화아악-!

소드 마스터는 자연과 교감하는 자. 내가 느끼는 강렬한 감정을 따라 주위의 공기가 거칠어지기 시작했다. 사나운 바람이 남자의 검은 앞머리를 마구 헤집어 놓았다.

"이전에 뵈었을 때보다 더 거칠어지신 것 같습니다. 역시 형님 말씀대로 순한 분은 아니군요."

낮은 소리로 웃은 남자가 발버둥 치는 칼의 목에 더 깊게 칼을 박아 넣으며 고개를 들었다.

"전 부관 조나단 에이머리. 지휘관님께 인사드립니다."

그는 내게 시딘 강물의 차가움을 알려 주고 잊지 못할 악몽을 선물해 준 배신자, 조나단이었다.

"읍! 으읍!"

"조나단만 보내면 섭섭해할까 봐."

아리아의 입 막힌 신음과 함께 느긋하게 걷는 소리가 등 뒤에서 들렸다. 나는 피가 차갑게 식는 것을 느꼈다.

발자국 소리만으로 알 수 있었다. 아니, 풍겨 오는 향기만으로도, 모든 감각을 봉쇄당해도 사방의 공기만으로도 알 수 있었다.

그렇잖은가. 아무리 봄이 좋다 한들, 겨울이 오는 것을 모를 수 있냐는 말이다.

"오랜만이다, 슈슈."

그 뼈에 사무친 목소리에 천천히 몸을 돌렸다. 오랜 미련의 대상이자, 다시는 보고 싶지 않았던 얼굴이 그곳에 있었다.

"내가 그리웠나?"

북부의 수장, 지그문트 하이드가 아리아를 제 품에 제압한 채 죽어 버린 보랏빛 눈동자를 휘며 웃고 있었다.

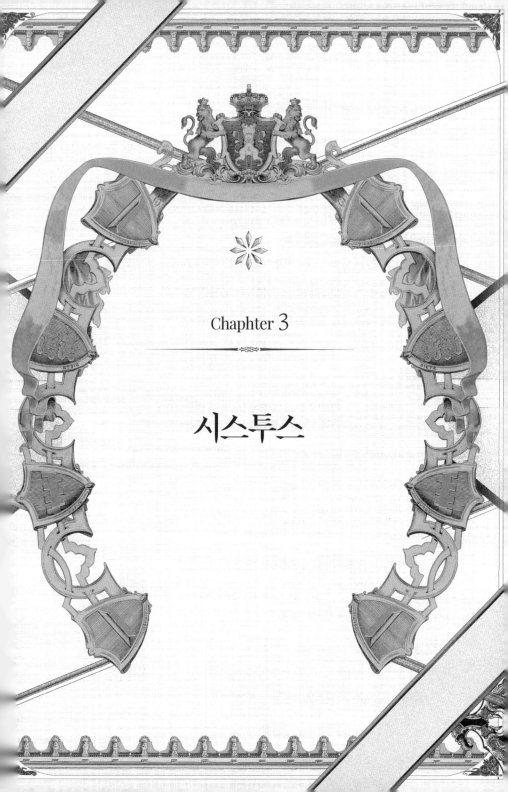

Chaphter 3

시스투스

"이건 뭐…… 나를 위한 종합 액운 모음인가? 배신자에, 절연한 옛 친구에……
구성도 참 실하네."

나는 입꼬리를 비튼 채 검 손잡이를 꽉 쥐었다. 심장이 마구 뛰고, 불안감이 엄
습하는 가운데에서도 말이다. 협상-사실 이 상황은 위협에 가깝지만-의 기본은
내 감정을 드러내지 않는 것이었다.

"곧 네 생일이잖나. 12월 31일. 그래서 준비했지. 마음에 들어 하는 모습을 보
니 기쁘군."

이젠 두꺼운 털외투로 덮인 그의 팔을 손톱으로 긁기 시작한 아리아에게 무언
가의 주문을 건 지그문트가 아리아의 목을 검지로 눌렀다.

검은 가죽 장갑을 낀 그의 손끝에서 위협적인 스파크가 튀었다.

아리아가 몸을 파드득 떨었다.

의식은 있는 상태에서 그대로 굳은 것을 보아하니 지그문트가 건 것은 단순한
마비 주문인 것 같았다.

"이 개자식이……!"

"악당다운 소리를 해 볼까? 네 동생이 죽는 꼴을 보고 싶지 않다면 검을 넘겨
라."

내 눈이 반쯤 돌 때 지그문트가 태평히 말했다. 아리아는 지그문트에게 목숨
을 위협당하는 와중에도 검을 넘기지 말라는 강렬한 눈빛을 보내고 있었다.

'생각해, 카슈미르 크리시스 생각하라고!'

숨을 크게 들이쉬어 폐부에 차가운 공기를 잔뜩 머금으며 굳어 가는 두뇌를 힘껏 굴렸다. 칼과 아리아 모두 제압당한 상황. 감정대로라면 당장이라도 검을 던져 두 사람의 안전을 확보하고 싶었지만, 지그문트가 원하는 게 무엇인지도 모르는 상황에서 무기를 넘길 수는 없었다.

'덤벼 볼까?'

지그문트와 조나단, 둘 모두 인질을 안고 있으니 제대로 싸우지는 못할 것이다. 천운이 따라 준다면, 두 사람을 제압하고 칼과 아리아를 구해 낸다는 최고의 시나리오가 실현될 수도 있었다.

'하지만 칼과 아리아의 목숨을 담보로 도박할 수는 없어.'

그러나 그건 내 희망 사항일 뿐 실현 가능성은 매우 낮았다. 한 사람이라면 해 볼 만해도, 둘이 잡혀 있는 상태라면 한 놈을 상대하고 있을 때 다른 한 놈이 붙잡고 있는 인질을 죽여 버리겠다고 겁박할 테니까. 게다가 그들은-지금은 석상처럼 멈춰 있긴 하지만- 아직 남은 여섯 마리의 암브로를 거느리고 있었다. 지그문트와의 1대 1도 승리를 확신할 수 없는 상황에서 8대 1이라니, 도박을 넘어 자살 행위였다.

'암브로를 조종하는 술사는 지그문트 하이드인가.'

나는 지그문트의 손을 힐끗 살폈다. 주위에서 다른 이의 기척은 아예 느껴지지 않는 데다 그에게선 지독한 흑마법의 기운이 감돌았다.

'조나단의 전력은 제대로 파악하지도 못했고.'

몇 달간 지휘관과 부관으로서 붙어 지냈으나 나는 아직 조나단이 싸우는 모습을 본 적이 없었다. 북부군의 스파이인 그가 자기편을 진심으로 공격할 리는 없으니 당연했다.

'공식 서류엔 소드 익스퍼트를 앞둔 검사라고 기입되어 있었는데. 겨우 그게 다일까?'

나는 이제야 조나단에게서 무언가 불길한 기운이 풍기는 것을 느낄 수 있었다. 흑마법사와 비슷한 듯하면서도 다른, 언젠가 느껴 본 적 있지만 확실히 기억이 나지 않을 만큼 희귀한 기운이었다. 소드 마스터인 내 옆에서 저런 기운을 완벽하게 숨겨 왔다니, 약품과 마도구로 떡칠을 하고 있었던 것이 분명했다.

"검, 안 넘기십니까?"

내가 붙박인 듯 서 있기만 하자 조나단이 재촉했다. 칼의 목을 찌른 서늘한 검에서 붉은 피가 묻어났다.

나는 정신이 나갈 것 같은 불안감을 느끼면서도 침착히 고개를 기울였다.

"뭘 원하는 거지? 내 앞에서 이렇게 인질을 잡고 있는 이유가 있을 텐데."

단순히 우리가 요정 숲으로 가는 걸 방해하는 게 목적이었다면 이러진 않았을 것이다.

지그문트가 눈매를 부드럽게 휘었다.

"내가 원하는 건 너다."

"……으읍, 푸하! 이 또라이 같은 놈! 언니! 이런 새끼 절대 만나지……! 윽!"

조롱기 다분한 지그문트의 말에 반응한 것은 내가 아니라 아리아였다. 어찌 된 일인지 광분하며 몸부림치더니 기어코 입을 막은 지그문트의 손을 떨쳐 낸 그녀는 곧이어 다시 지그문트의 마비 마법에 걸려 딱딱하게 굳었다. 그러나 하늘빛 눈동자만은 여전히 지그문트를 향해 극렬한 혐오를 보내고 있었다.

잠시 침묵.

"……그게 무슨 소리지?"

나는 표정이 극히 떨떠름해진 조나단과 누가 남매 아니랄까 봐 아리아와 표정이 똑같아진 칼, 여전히 요동 없이 웃고 있는 지그문트 사이에서 조금 전 외침을 듣지 못한 척 진지하게 물었다.

"크리시스의 공자와 작은 공녀를 해칠 생각은 없다. 요정 숲으로 가는 건 거슬리지만, 우리의 근본적인 목적은 이들이 아니야."

한 팔로 아리아를 휘감은 지그문트가 주머니에서 작은 주사기를 꺼냈다. 날카로운 주삿바늘이 차갑게 빛났다. 투명한 주사기 안에 든 검은색 액체를 찡그린 눈으로 확인한 나는 이내 본능적으로 알아차렸다.

"나는 너만 데려가면 돼. 순순히 투항한다면 이들은 놔주지."

저것은 나를 시딘강으로 빠뜨린 화살에 묻어 있던 독이 분명했다. 등과 척추 마디가 쓰려 왔다. 그곳엔 화살이 박혔던 흉터가 여전히 남아 있었다.

이를 으득 간 나는 눈꼬리를 치켜세우고 그를 노려보았다.

"……나라는 위험 요소를 제거하고 싶다면 이곳에서 바로 죽이는 게 훨씬 나을 텐데."

다른 것보다 나를 '생포'하려는 그의 의중이 이해되지 않았다.

아무리 그들이 개발한 독의 효과가 대단하다고 해도 소드 마스터를 지속적으로 제압하고 있는 것은 위험 부담이 컸다. 내가 가만히 있을 리도 없고 말이다.

"그럴 수는 없지. 내가 어떻게 너를 죽이겠나."

지그문트의 목소리는 이 지경에 이르러서도 유려했다. 독이 담긴 아름다운 주문 같았다.

"소드 마스터처럼 희귀한 실험 대상을 쉽게 버릴 수는 없으니까. 우리가 조종하는 마수들처럼 이성을 잃은 네가 북부군의 선두에 서서 제국을 쓸어 버리면 어떨 것 같아?"

그 말이 끝남과 동시에 칼과 아리아가 작살에 꿰인 물고기처럼 발작적으로 발버둥을 쳤다. 물론 그것은 칼의 목에 더 깊은 상처를 내고 아리아가 한 번 더 마비 마법에 걸리는 결과만 냈지만.

나는 상상만으로도 치밀어 오르는 불쾌함을 억누르며 시리게 웃었다.

"그러기 전에 혀 깨물고 죽고 만다, 미친놈아."

지그문트라면 정말 실현해 낼지도 모르지만, 그런 계획을 여기서 밝혔다는 것부터가 도발의 의도가 다분했다.

흥분하면 안 돼, 그 말을 몇 번이고 되뇌다가 조나단에게로 고개를 돌렸다.

"조나단 에이머리. 그대는 이미 제국에서 인정받는 인재가 아니었나? 왜 배신을 한 거지? 보수가 모자랐나 봐?"

도발의 화살은 그에게로 향했다. 단정하던 그의 눈썹이 희미하게 꿈틀거렸다. 칠흑 같은 검은 눈동자가 나를 응시했다.

"저는 북부의 설원에서 태어나고 자랐습니다. 북부를 위해 일하는 건 당연합니다."

"전부터 생각했는데, 북부에서는 세뇌 교육을 받나? 집요하다 못해 기괴하군."

다들 북부군의 가장 큰 전력은 마수라고 했지만, 나는 동의하는 동시에 동의하지 않았다. 물리적으로는 옳으나, 더 깊이 들어갔을 때 그들을 진정으로 무섭게 만드는 것은 북부군들 사이의 끈끈한 결속력과 무서운 충성심이었기 때문이다.

세상에서 제일 이성적일 것 같던 조나단 역시 북부인은 북부인이었다. 그의 두 눈에선 종교심에 가까운 열망이 보였으니까. 그가 건조하게 웃었다.

"내 아버지는 제국군을 모욕했다는 이유로 다리가 잘렸고, 첫째 동생은 제국의 마수 토벌에 징병되어 끌려간 뒤 다시는 돌아오지 못했습니다."

"……"

"동생의 시체조차 돌려받지 못하고 죽었다는 소식만 간신히 전해 들었을 때, 저는 요르하의 이름을 걸고 복수를 맹세했습니다."

그들의 불행은 자꾸만 할 말을 잃게 만들었다. 도발하고 싶던 마음이 비틀린 닭 모가지처럼 뒤틀려 사라졌다.

피를 피로 갚아선 안 된다는 말은 감히 내가 해선 안 되는 것이었다.

"죽은 전사들은 낙원인 요르하에 간다는 말, 허황한 건 알고 있습니다. 하지만 그거라도 믿지 않으면 우리는 대체 무엇에 기대어 살아가야 합니까? 새하얀 설원은 공허할 뿐인데."

"……."

"북부에선 그 누구도 요르하의 전설을 믿을 것을 강요하지 않습니다. 그러지 않아도 사리를 분별할 수 있는 나이만 되면, 아이들은 저절로 매달릴 것을 찾아 전설에 대해 묻습니다."

창백하게 죽은 검은 눈동자가 하늘을 향했다. 새하얀 구름도 그의 눈에 담기면 빛을 반사하지 못하고 잡아먹혀 버린다.

"당신이 싫어서 배신한 건 아닙니다. 그냥, 저는 둘째 동생에게만큼은 이 삶을 물려주지 않아야 할 의무가 있는 것뿐입니다."

사연이 없는 사람은 없다. 그럼 누가 악역인가.

나는 도저히 알 수 없었다.

"……내가 투항하면 두 사람은 확실히 보내 주는 건가?"

눈을 감았다가 뜬 나는 두 손을 들었다. 조나단의 이야기를 담담히 들으면서 이 상황을 타개할 방법을 끊임없이 생각해 보았지만, 역시 이게 최선이었다.

'나는 잡혀가고 나서도 어떻게든 도망치면 돼. 어떻게든.'

두 사람의 안전을 확보하는 게 최우선이었다.

눈을 부릅뜬 아리아에게 애써 시선을 주지 않은 채 지그문트를 똑바로 바라보았다.

"물론이다."

"내가 널 어떻게 믿지?"

"이미 알고 있을 텐데. 나는 네게 거짓말을 하지 않는다는 거."

나른하게 깜빡인 보랏빛 눈동자의 눈이 내 두 눈을 정면으로 마주했다.

"그리고 너는 이미 나를 믿고 있지 않나."

"개소리를……."

"아니라면 어째서 유터스나 타티노가 아니라 파블로프로 지원군을 이끌고 온 거지?"

나는 헛숨을 들이쉬었다가 허망하게 내뱉었다. 아타라의 지원군으로 갔을 때 가장 큰 안건은 북부군의 다음 침입을 예상하는 것이었다. 대부분은 유터스와 타티노를 예상했고, 둘 중 한 곳으로 향하는 것이 확정된 상황이었다.

전세를 바꾼 건 내 의견이었다. 더 정확히는 지그문트가 알려 준 정보였다.

'우리가 침공할 곳은 파블로프 지역이다.'

그는 자신을 믿을 수 있냐는 질문과 함께 다음 공격 예정지를 알려 주었고, 그 것이 실제로도 합리적이었건 어쨌건 나는 그 말을 믿었다. 그리고 그 선택은 옳았다.

"뱉은 말은 지킨다. 검, 던져라."

그가 손을 내밀며 긴 검지를 까닥였다. 나는 짜증이 치밀어 오르는 것을 느끼면서도 검 손잡이를 으스러져라 쥐고 있던 손에서 서서히 힘을 풀었다.

'너무 싫다. 진짜 짜증 나.'

나는 불신하면서도 신뢰한다. 격렬히 증오하면서도 동정을 느낀다.

나는 만약 검을 넘겼는데도 아리아와 칼을 풀어 주지 않는다면 대처할 방법을 머릿속에서 끊임없이 구상하면서도 반쯤은 그를 믿고 있었다.

"망할 놈……."

욕설을 짓씹듯 뱉은 내가 검을 건네려 할 때였다.

서걱!

빠르게 날아온 단도가 지그문트의 코트 깃 부근을 자르고 지나갔다. 그가 본능적으로 피하지 않았다면 단도 끝은 그의 목을 꿰뚫었을 것이 분명했다.

나는 놀란 눈으로 뒤를 돌아보았다.

경악스럽게도 단도를 던진 사람은 눈에 초점을 잃은 채 멍한 표정을 짓고 있는 조나단이었다.

"으, 죄, 송……."

"오랜만에 하려니 좀 늦었군. 감이 죽었나 보지?"

무언가에 방해를 받기라도 하는 것처럼 뚝뚝 끊어지던 조나단의 말은 태평한 목소리에 의해 완전히 끊겼다. 나는 넋을 놓고 두 사람을 바라보았다.

푹.

허리춤에 꽂혀 있던 또 다른 단도를 뽑아 든 조나단이 이내 바들바들 떨리는 손으로 자신의 목을 겨누었다. 하얀 목덜미에서 피가 흘렀다.

그 모습을 무미건조하게 바라보던 남자는 자신의 목에서 흐르는 피를 손바닥으로 무신경하게 지혈했다. 다른 손엔 보기만 해도 머리가 아플 정도로 복잡한 마법진이 전개되어 있었다.

"내가 정신 조종술사라는 건 몰랐나 보지?"

눈을 희번덕거린 그가 조나단의 머리채를 거칠게 움켜쥐었다.

"입장을 바꿔 볼까? 내 멍청한 동생 놔줘. 네 뜰마니 죽는 꼴 보기 싫으면."

칼의 온 얼굴에 퍼지는 소름 끼치는 광소가 그렇게나 반가울 수 없었다.

상황은 역전되었다.

"……끅. 작은, 공녀를…… 놔, 주지 마십시오."

눈동자의 초점이 풀린 조나단이 곧 숨이 넘어갈 것 같은 신음을 뱉으면서도 중얼거렸다. 정신 조종 마법이라면 타의 추종을 불허하는 칼에게 사로잡히고도 자아를 완전히 잃지 않은 것은 대단한 정신력이었다.

"이렇게 지독한 놈은 오랜만이군."

칼이 쯧, 혀를 차곤, 조나단의 목에 겨눠진 단도의 손잡이 끝을 잡아 눌러 그의 목에 더욱 쑤셔 넣었다.

"으윽……."

"빨리 네 수장한테 살려 달라고 애원해, 개자식아."

암브로를 상대하느라 무리한 칼은 기분도, 상태도 좋지 않아 보였다.

길게 끌어 좋을 건 없었다.

"지그문트 하이드. 조나단 에이머리가 죽는 꼴을 보고 싶지 않으면 아리아를 봐."

나는 칼의 기세를 이어받아 위협적으로 쏘아붙였다.

"과연. 카이사르 크리시스의 또 다른 핏줄답게 나약하진 않군. 정신 조종술사라는 건 철저히 입막음했던 모양이지. 'Hide & Ceek'의 정보력으로도 알아내지 못한 것을 보면."

이런 상황이 닥치면 당황하는 시늉이라도 할 줄 알았건만, 지그문트는 여전히 태평했다. 설원의 눈송이처럼 새하얀 그의 얼굴은 그 자체로 아주 두꺼운 가면 같았다.

"아가리 나불거리지 말고 아리아를 이리 보내!"

그의 태도에 되레 발끈한 칼이 으르렁거렸다. 무섭게 이글거리는 붉은 눈 앞에서도 미소 지은 지그문트가 긴 팔로 아리아를 더 강하게 옭아매며 조나단을 응시했다.

"조나단의 진짜 이름이 뭔지 아나?"

"갑자기 무슨 소리를……."

"조나단 하이드."

"……."

"북부는 모계 사회고, 조나단은 내 어머니 여동생의 아들. 즉 내 사촌이지."

여상하게 말한 지그문트가 날 향해 새까맣게 죽은 눈을 휘었다.

"나는 이 전쟁을 위해 내 생명의 은인인 스승을 버렸고, 사제를 배신했다. 내 사촌이라고 희생시키지 못할까."

검은 장갑을 끼고 있는 지그문트의 손이 부드럽게 아리아의 분홍색 머리를 쥐었다.

"윽, 아윽……!"

아리아의 고통에 찬 신음이 숲속을 날카롭게 울렸다. 발버둥에 다시금 마비 주문이 흔들리자, 흑마법으로 추정되는 강력한 마비 주문이 다시금 그녀를 옭아

매었다. 그녀의 머리 위로 폭발 마법과 부식 마법으로 추정되는 검은 마법진이 떠올랐다.

"내가 내건 조건은 여전하다. 검을 넘기고 투항해라, 슈슈. 네 동생의 뇌가 터져서 죽는 걸 보고 싶지 않다면."

그는 정말 지독했다.

나는 빠르게 칼과 시선을 교환했다.

'우선 이 조나단인지 뭔지 하는 놈부터 기절시키고, 우리 둘 다 저 자식에게 덤벼들면 승산이⋯⋯.'

"허튼 생각은 하지 않는 게 좋을 거다."

칼이 전언으로 채 말을 마치기도 전에 지그문트가 엄지에 중지를 맞댔다. 금방이라도 핑거 스냅을 할 것 같은 손동작.

"달려드는 순간 너희 동생의 뇌는 가루가 될 테니까."

나는 그가 손가락을 튕기는 순간 아리아가 죽으리라는 걸 직감했다.

'조나단을 기절시키면 바로 지그문트가 움직일 겁니다. 지그문트가 눈치 못 채게, 조나단의 행동을 억누르면서 지그문트의 정신을 조종할 수 있겠습니까?'

'⋯⋯이 자식 저항이 너무 심해. 자존심 상하지만 이 자식을 억누르고 있는 것만으로도 버겁다.'

당연하다. 칼은 이미 한계에 가까워진 것처럼 보였다. 그의 검은 머리는 식은 땀으로 축축했다.

'젠장, 어떻게 해야⋯⋯!'

진퇴양난에 처해 이를 악물 때였다.

푹.

'⋯⋯어?'

날카로운 무언가가 고깃덩어리를 파고드는 소리가 들렸다. 이 첩첩산중의 숲속에서 자연스럽게 들릴 리는 없는 소리였다.

"……윽. 어떻게……."

지그문트가 낮게 신음하며 자신의 왼손을 들었다. 그곳에서 맞닥뜨린 이래 처음으로 그의 낯에서 동요가 보였다.

그의 손을 꿰뚫은 것은 내가 익히 잘 아는 것으로, 얼마 전에 아리아에게 선물한 단도였다.

"비운의 여주인공은, 질린다고, 염병할 놈아……."

투둑.

아리아의 산홋빛 입술을 타고 핏줄기가 떨어져 지면을 적셨다. 벌어진 입술 사이로 보이는 입안은 온통 피투성이였다.

훅, 작은 손이 거침없이 칼을 뽑아냈다. 지그문트의 손에서 솟구친 피가 사방으로 튀었다. 얼마나 스스로를 괴롭힌 건지, 단도를 쥔 그녀의 손엔 자신의 손톱에 의해 난 상처가 낭자했다.

"마수, 조, 종술에서 가장, 중요한 건…… 술사의 손이라더라?"

혀를 너덜거릴 만큼 깨물어 지그문트의 강력한 마비 주문에서 벗어난 아리아가 땅에 피 섞인 침을 뱉으며 씨익 웃었다.

"요정족이, 흑마법의 천적이라는 걸 몰랐나 봐."

강력한 마비 주문을 사용한다고 흑마법을 사용했던 것이 그의 실수이자 아리아에게는 기회였다.

키에에엑-!

아타라전에서 바실리스크를 통해 확인한 대로였다. 마수를 조종하는 흑마법은 술사와 마수의 연결고리가 되는 술사의 손에 타격이 가는 즉시 금이 갔다. 여태껏 조각상처럼 굳어 있던 여섯 마리의 암브로는 지그문트가 칼에 찔린 순간부터 몸을 미친 듯이 뒤틀고 있었다.

"아리아!"

암브로가 우리에게 달려들며 위태롭던 대치가 깨졌다. 칼은 다급하게 방어막을 펼쳤고, 지그문트는 거미줄을 피하기 위해 몸을 틀었다. 나는 그 기회를 놓치지 않고 지그문트에게 검을 휘두르며 아리아를 향해 몸을 던졌다.

서걱.

아리아를 붙잡고 있던 팔이 깊게 베이며 지그문트가 순간 아리아를 놓쳤다.

와락.

아리아를 낚아채듯이 안은 내가 지그문트를 향해 흉포한 검은 오러를 날릴 때였다.

딱.

지그문트가 피에 젖어 떨리는 손가락을 강하게 튕겼다.

"아악-!"

허공을 떠다니던 마법진이 산산조각 나는 것과 동시에 두 손으로 머리를 감싸 쥔 아리아가 숲이 뒤흔들릴 만큼 날카로운 비명을 질렀다. 듣는 것만으로도 숨이 턱 막힐 만큼 고통에 찬 신음이었다.

"……주문이 좀 흔들리긴 했는데, 반은 성공한 모양이군."

손의 피를 태평하게 망토에 닦은 지그문트가 날아오는 거미줄을 피하며 허리춤에서 검을 뽑았다. 나의 스승 카라쇼가 그에게 선물한 그 검이었다.

"젠장, 토막 나서 빙하 아래에 묻힐 새끼가……!"

무섭게 욕을 짓씹은 칼이 형형한 기세로 한달음에 달려와 내 품에 안긴 아리아의 이마를 짚었다. 단말마 끝에 의식을 잃은 그녀의 얼굴은 순식간에 핏기가 사라져 얼핏 봐도 심각해 보였다.

몇 개의 마법진을 만들어 띄운 칼이 새파랗게 질렸다.

"왜, 왜 그러는 겁니까? 아리아에게, 무슨 일이……."

"……저 미친놈이 뇌에 부식 마법을 걸었다."

우리는 동시에 서로를 바라보았다. 늘 차분하던 붉은 눈이 절망으로 물들어 있었다.

"이대로 두면…… 아리아는 죽는다."

그는 곧 울 것 같은 표정이었다.

쉬이익!

나를 향한 사형 판결과도 같은 말에 멍해질 새도 없었다. 곧이어 날아온 오러를 다급히 피해야 했으니까. 검은색과 분홍색이 섞인 지그문트의 오러는 나와 칼을 지나쳐 등 뒤의 나무들을 박살 냈다. 그것은 섭리에 어긋난 인공적인 피조물처럼 모독적인 기운을 풍겼다.

"지그문트 하이드-!"

격노로 눈이 뒤집어진 나는 아리아를 끌어안은 채 지그문트를 죽일 듯이 노려보았다. 내 스승의 무덤 앞에 나타나지 않았을 때조차 이렇게까지 격렬한 증오를 느끼진 않았다.

내 옆에서 칼이 암브로들을 막고 있는 게 느껴졌지만 난 시선을 돌리지 않았다. 피를 많이 흘렸는지 조금 창백해진 얼굴로 다친 손을 품 안에 숨기던 지그문트가 천천히 눈꼬리를 휘었다.

"응, 슈슈."

무언가 부서지는 소리가 들렸다.

결코 이전으로 돌아갈 수 없었다.

쾅!

누가 먼저랄 것도 없이 서로를 향해 날린 오러가 허공에서 강하게 맞부딪쳤다. 모든 공기와 흐름이 파르르 공명했다.

쉬이익!

두 색이 오묘하게 섞인 불길한 오러를 깨뜨린 나의 검은색 오러가 지그문트를 향해 빠르게 날아갔다.

"실력이 더 늘었군."

몸을 숙여 내 공격을 피한 그는 자신을 향해 아가리를 벌리는 암브로에게 검을 휘둘렀다. 우리와 마찬가지로 진녹색 진액을 뒤집어쓰게 된 그가 미미하게 미간을 좁혔다. 그는 나만큼이나 감각이 예민한 사람이니 암브로의 지독한 각성제가 악영향을 끼칠 게 분명했다.

"죽여 버리겠어."

분노라는 세찬 불에 이성이 완전히 휘발되었다. 나는 내 살갗을 파고드는 암브로의 거미줄을 맞으며 지그문트에게 덤벼들었다.

씨익 웃은 그가 검을 휘둘렀다.

쾅! 쾅! 쾅!

두 검이 부딪칠 때마다 대지가 흔들렸다. 온몸이 저릿하도록 감각이 곤두섰다.

나는 품 안의 아리아를 보호하며 싸워야 했고, 지그문트는 다친 손 때문에 마법을 함께 사용하기 어려워 보였다. 둘 다 페널티를 가지고 있는 상황이었지만, 지그문트는 검과 검의 대결에선 결코 나를 이길 수 없었기에 내가 우세했다.

나는 머릿속이 뜨거워지도록 생각에 시동을 걸었다.

'어떡, 어떡하지? 어떻게 해야 아리아를 살릴 수 있지? 마법을 건 당사자인 지그문트라면 살릴 수 있을까?'

"으윽!"

생각이 길게 이어지기도 전, 칼의 신음이 들려왔다. 나는 다급하게 시선을 돌렸다.

"이 개새끼, 어디서 느껴 본 기운이다 했는데……."

"허억…… 헉……."

혼자서 여섯 마리의 암브로를 상대하고 있던 칼이 헛웃음을 뱉으며 크게 휘청거렸다. 그 앞엔 가쁘게 숨을 고르는 조나단이 칼을 향해 생전 처음 보는 언어로 이루어진 기이한 마법진을 전개하고 있었다. 전투 중 칼의 집중이 흐려지며 정신 조종술이 깨진 것 같았다.

"역겨운 저주술사였구나."

칼의 오른손을 뒤덮은 저주의 낱말들이 그의 살갗을 파고들며 불타고 있었다.

그래. 맞다. 저 기운은 분명 저주술사였다.

저주술은 흑마법의 일종으로, 언령의 힘을 지닌 저주받은 고대 언어를 사용해 마법을 쓰는 이들을 통상적으로 저주술사라고 일컬었다. 제국에선 공식적으로 사용이 금지된 데다 선천적인 재능이 있어야만 그 언어를 습득할 수 있었기에 그 수는 극히 적었다. 산전수전을 겪은 나조차 딱 한 번 만나 본 존재였다.

"어딜 봐. 내게 집중해야지."

서걱.

칼 쪽에 정신이 팔려 뒤돌아 있던 내 뒷머리를 지그문트의 검 끝이 크게 잘랐다. 허벅지까지 내려오던 긴 머리칼이 허리 중간쯤에서 사선으로 잘려 나갔다.

나는 이를 악물고 다시 검을 휘둘렀다.

콰쾅! 챙! 캉!

다친 칼에게 괜찮냐고 묻지도 못한 채, 온몸이 불타는 느낌을 견디며 싸움을 이어 나갔다.

사람이 간절하면 기적을 일으킬 수 있는 걸까. 나는 빠르게 지그문트를 몰아붙이기 시작했다.

"……윽."

검을 잡은 손목을 크게 베자, 지그문트는 낮은 신음과 함께 주춤했다. 나는 그때를 놓치지 않았다.

챙그랑!

강하게 쳐 내니 그가 속절없이 검을 놓쳤다. 내 스승의 애정이 그득히 묻어난 검이 바닥을 굴러갔다.

"너는 저 검을 가질 자격이 없어."

나는 곧바로 그의 목에 검을 찔러 넣었다.

지잉—

경이로운 속도로 전개된 방어 마법이 내 검 끝을 막았으나, 나는 오러를 최대한으로 출력하며 억지로 방어막을 뚫기 시작했다.

"아리아를 살려 내. 살릴 방법이라도 알려 준다면 지금이라도 네게 투항할게."

"유감이지만 이미 발동된 부식 마법은 취소할 수 없다."

두려움과 불안함에 온몸이 떨렸지만, 나는 금방이라도 차오를 것 같은 눈물을 삼키고 검을 더욱 강하게 밀어 넣었다.

드디어 그의 하얀 목덜미에서 피가 흐르기 시작했다.

"그럼 죽어."

"그래. 하지만 오늘은 아니다."

피가 흥건한 손으로 빠르게 순간이동 아티팩트를 꺼낸 지그문트가 웃었다. 그 웃음은 기쁘고 후련한 동시에 어쩐지 우는 것 같았다.

"내 모든 사명을 마친 뒤로 하자. 그때는 기꺼이 네 손에 죽어 주지."

그 말을 끝으로 나직한 시동어를 외운 지그문트의 몸이 투명해지기 시작했다. 나는 그의 목이 사라지기 직전, 온 힘을 다해 검 끝을 깊숙이 밀어 넣었다. 조금이라도 더 그가 고통스럽도록.

"다음에 보지."

처음 만났을 때와 같이 여상스럽게 작별을 고한 지그문트가 완전히 사라졌다.

"빌어먹을!"

분노를 이기지 못한 나는 땅이 뚫릴 만큼 강한 힘으로 검을 내던졌다.

"허억, 하, 슈슈, 이리로!"

마찬가지로 대치하고 있던 조나단이 사라졌는지, 칼이 암브로들을 간신히 따돌리며 내 쪽으로 달려왔다. 나는 입술을 짓씹어 눈물을 참으며 그에게로 달려갔다.

지잉-

"우선, 우선 부식을 늦췄다. 한 시간 정도는 버틸 수 있지만 그 이상은 무리다. 조치를 취해야 해."

아리아의 머리를 피 묻은 손으로 감싸 쥔 칼이 수십 개의 마법을 중첩시켰다.

그의 손에 새겨진 저주는 점점 팔을 타고 올라가며 부위가 넓어지고 있었다. 부러질 듯 악물린 그의 어금니가 칼이 끔찍한 통증을 감내하고 있음을 알려 주었다.

"칼! 당신 팔이……!"

"지금 당장 아리아를 데리고 요정 숲으로 가. 어쩌면, 요정들이라면 고칠 수 있을지도 몰라."

화르륵!

땅에서 솟구친 불기둥이 우리를 덮치려던 암브로를 불태웠다. 이 대륙의 어떤 종족보다 치유술이 발달되었다는 요정족에 희망을 걸 수밖에 없었다.

"내가 암브로들을 붙잡고 있을 테니까."

눈가에 눈물 자국이 희미하게 남은 칼이 곧 쓰러질 것 같은 얼굴을 하고서 결연하게 눈을 빛냈다.

칼을 이대로 두고 가고 싶지 않았다. 그는 이미 한계를 넘어서 생명력까지 끌어 쓰고 있는 상태인 데다 검게 변해 가는 손의 피부가 심상치 않았다.

저 상태로 암브로들을 모두 해치운다는 게 가능할지 의문이었다.

하지만 선택의 여지는 없었다. 나는 실랑이를 할 시간도 없었고, 다른 의견을 낸다고 해서 그가 들을 리도 없음을 깨달았다.

그의 두 눈은 이미 결심을 마친 듯 흔들림이 없었다.

"가, 당장!"

덜덜 떨리는 손으로 다시금 마법진을 전개해 물밀듯 밀려오는 암브로들을 막아 낸 칼이 기침과 함께 검은 피를 땅에 뱉고 언성을 높였다.

그 순간 결심을 마친 나는 눈물이 아롱진 눈으로 그를 똑바로 바라보았다.

"곧 구하러 오겠습니다. 조금만 버텨요."

"……"

"이따 봐요, 칼."

당연한 듯이 다음을 기약해야지. 이것이 우리의 끝처럼 느껴지지 않게.

탁!

그에게 고개를 꾸벅인 나는 요정 숲 방향을 향해 뛰어올랐다.

"……응. 이따 보자. 보고 싶을 거야."

등 뒤로 아주 희미하게 들려오는 나직한 목소리에 차오르는 눈물을 벅벅 닦았다.

우리 셋 모두 살아서 다시 만날 것이다.

다시 만나면, 꼭 버텨 줘서 고맙다고 해야지.

탁, 탁탁!

어떻게 그곳까지 왔는지 기억이 나지 않았다.

나무들이 꼭 춤을 추는 것처럼 구불구불하고, 검게 물들어 가는 잿빛 하늘은 오색 빛깔로 보였다. 제국의 오래된 민요인 〈챔버러의 정표〉와 아타라의 국가가 기이하게 뒤섞인 채 귓가에 맴돌았다.

챔버러에겐 정표가 있네, 그의 사랑을 받은 정표가.

승리를 가져다준다는 그 반지는, 전쟁을 가져와, 욕심껏 피를 마시리라.

나는 발을 움직이면서 지도 끝에 박힌 나침반을 확인하고 방향을 살짝 틀었다. 지도를 쥔 손에 자꾸만 힘이 풀렸으나, 암브로의 진녹색 진액이 손과 지도 사이에서 접착제 역할을 해 주었다. 지독한 각성 성분은 나를 점점 미쳐 가게 만들기도 했지만.

새액, 새액.

아리아의 굳게 닫힌 두 눈과 파르르 떨리는 분홍색 속눈썹을 불안하게 지켜보던 나는 더 올릴 수도 없는 속도를 올리기 위해 온몸의 마나를 쥐어짰다. 인간의 신체가 감당할 수 없는 속도에 피부가 찢기고 발바닥에 타는 듯한 감각이 일었다.

'제발, 신이시여······.'

신에게 울면서 빌던 이들의 마음을 이해하게 되었다. 기도하기를 멈춘 지 오래인데 다시 손을 모으게 될 줄은 몰랐다.

내 기도의 주인공은 늘 같았다.

"거의 다 왔어······. 조금만, 조금만 더 참아······."

숨넘어갈 듯한 신음을 뱉기 시작한 아리아를 더 강하게 안으며 정면을 노려보았다. 생생하게 느낄 수 있었다. 점점 더 짙어져 가는 요정들의 생명력과 그와 상반된 폐허의 악취를.

가까워질수록 나무는 더 빽빽해지고 수풀은 짙어졌다. 사람 한 명 지나가기도 버거울 만큼 길이 좁아진 뒤, 나는 드디어 숲을 가로지르는 강줄기를 발견했다.

'생명의 강줄기. 요정 숲에 진입했다는 소리야.'

이 강줄기를 타고 흐르는 것이 바로 내가 반평생 동안 얻기 위해 발악했던 '요정 숲의 약수'였다. 마수들과 뒹굴며 개처럼 돈을 벌어서야 한 병 살 수 있었는데, 여기에선 물처럼 흔하게 흐른다는 게 조금 허탈했다.

'하지만 원래대로라면 이곳에 들어서는 순간 영영 길을 잃었겠지.'

나는 강줄기를 따라 끝없이 달렸다. 내가 끊임없이 형태를 바꾸는 요정 숲에서 출입패 없이도 길을 헤매지 않고 똑바로 주파할 수 있는 이유는 간단했다.

'요정 숲의 결계가 제 역할을 다하지 못하고 있는 거야.'

그것은 요정들에겐 불행이겠으나, 내겐 행운이었다.

숲은 점점 더 가까워질수록 망가져 있었다. 풀이 썩고, 나무가 쓰러졌다. 마수들의 피로 보이는 검은 액체가 사방에 흩뿌려져 있었다. 재앙들은 꼭 다녀간 곳에 흔적을 남겼다.

탁.

"여기가······."

나는 얼얼한 다리의 움직임을 멈추고 그 자리에 서서 눈앞에 펼쳐진 광경을 올려다보았다.

그것은 흡사 세상의 끝처럼 느껴지는 공간의 단절. 나무 넝쿨들로만 이루어져 가로와 세로의 끝이 보이지 않는 거대한 벽이었다. 이렇게까지 압도당하는 느낌은 오랜만이었다. 그리 빽빽하지 않게 얽힌 넝쿨들의 틈새로 빛이 새어 들어왔다. 나는 넝쿨의 벽이 만든 그림자 속에서 틈새 너머를 응시하며 벽을 짚었다.

둥-

침입자를 밀어내는 거대한 진동이 손끝을 타고 내 몸을 흔들었다. 몸속 장기까지 울리는 느낌이었으나 버티지 못할 정도는 아니었다.

'그리고 부수지 못할 정도도 아니야.'

넝쿨 벽을 감싼 결계는 부서진 도자기를 물풀로 겨우 이어 붙여 놓은 것처럼 위태로운 모양새였다.

스르릉-

나는 아리아를 안지 않은 손으로 망설임 없이 검을 뽑아 들었다.

또르륵.

눈앞의 잎사귀에 맺힌 이슬이 반짝인다. 물방울 표면엔 텅 빈 눈을 한 내가 있다.

"방법은, 없어도 만들어야 할 거다."

이곳에서 아리아를 살리지 못하면, 나는 미쳐 버릴 것 같았으니까.

콰앙-!

제자리에서 힘껏 박차 올라 검은 오러를 가득 머금은 검을 벽에 처박았다. 오러와 결계가 부딪친 반동으로 인해 온몸이 찌릿했다.

아리아에게 몇 겹의 마나 보호벽을 다시금 두르며 오러 출력을 최대한으로 올렸다.

드득, 드드득-

결계에 우후죽순으로 균열이 가기 시작했다. 나는 결계를 밟고 뛰어오르며 검을 세웠다.

휘이익!

공기가 갈라지는 소리와 함께, 만물이 블랙홀에 빨려 들어가듯 검 끝에서 시작된 작고 검은 사념으로 사방의 마나가 모두 빨려 들어갔다. 검은 오러는 하늘을 찢기 위해 만들어진 무기처럼 길고 위협적이었다.

'만약 네가 죽는다면, 나는…… 하늘이라도 꿰뚫어 그곳에 있는 너를 데려오겠지.'

두렵지 않다.

그렇게 스스로에게 되뇌었다.

그녀의 숨결이 점점 옅어지는 이 순간이, 나는…….

'두려워.'

대재앙조차 두렵지 않은데, 너를 잃는 것은 미칠 듯이 두려워, 아리아.

콰앙-!

초승달 형태의 오러가 거대한 벽에 부딪치며 행성의 충돌과도 같은 광경을 자아냈다. 천지를 울리는 굉음과 함께 벽에는 오러의 형태 그대로 길쭉한 구멍이 났다.

탁.

"……아예 다른 세계군."

가볍게 착지한 나는 헛웃음을 지었다.

이곳은 분명 어두워진 저녁이건만, 구멍 너머는 온화한 아침이었다. 겨울을 모르는 봄처럼 산뜻한 풀밭이 한없이 드넓게 펼쳐져 있었다.

가히 지상 낙원, 신의 정원 같은 아름다운 표현이 어울리는 공간 앞에서 나는 두 발에 마나를 두르며 준비 자세를 취했다.

'찾을 거다, 테세우스를.'

한눈팔 여유는 없었다.

파앙-!

파공음과 함께 총알처럼 구멍을 비집고 들어갔다.

인간에겐 불가침인 성역. 그곳은 구멍 너머로 보았을 때만큼 아름답진 않았다. 아니, 오히려 처참했다. 거대한 온실과도 같은 내부는 마수들의 침범 때문인지 대부분의 식물들이 시들어 있었고, 유리와 대리석으로 만들어진 건물들은 보이는 족족 파괴되어 있었다. 참 자근자근하게도 밟아 놓았다는 감상이 저절로 드는 광경이었다.

'그런데 왜 요정들은 코빼기도 안 보이는 거지?'

자기 집 문을 개박살 내며 들어왔는데 누구도 막아서지 않는 것이 기묘했다. 이런 상황에서 이유는 딱 두 가지였다.

'집이 비었거나……'

쉬이익-!

세찬 바람 소리와 함께 수십 개의 창이 나를 향해 날아왔다.

'함정이 준비되어 있거나 둘 중 하나겠지.'

이번엔 후자인 모양이었다.

서걱!

나는 그 자리에서 검날을 세우고 빠르게 휘둘렀다. 날아오던 창들이 검은 오러에 모두 갈라졌다. 나는 주위에 느껴지는 기척과 웅성거림을 모두 무시한 채 아리아를 고쳐 안고 전속력으로 달리는 것에만 집중했다.

'저기, 분명 저기에 테세우스가 있을 거야.'

폐허가 된 봄의 나라 중심에 위치한 큰 건물 하나를 응시했다. 그는 왕이니까 왕성에 있을 것이 분명했고, 왕성으로 보이는 곳은 저곳뿐이었다.

"목표물이 도망친다. 잡아라!"

날카로운 목소리와 함께 날갯짓 소리가 들려왔다. 무심코 고개를 돌린 나는 미미하게 눈의 크기를 키웠다.

'저건 요정이 아니라 천사 아닌가?'

하나같이 분홍빛이 도는 머리칼을 가진 이들은 등 뒤 어깻죽지에 새하얀 날개가 나 있었다. 깃털을 펄럭이며 날아오는 모습들은 가히 악마를 뒤쫓는 천사들처럼 성스러워 보였다.

'정말 요정에 대해 아무것도 모르고 살아왔군.'

이렇게 독특한 외양조차 인간 세상엔 알려지지 않았다. 그저 전설이나 구전으로 나비 날개가 달렸다거나 더듬이가 있다는 등 잡다한 소문이 돌 뿐이었다.

나는 이따금 날아오는 창과 화살들을 가뿐히 피하며 달렸다. 왕성으로 보이는 그곳에 가까워질수록 좋지 않은 상태가 선명히 보였다. 벽은 반파되어 바닥에 떨어진 대리석 조각들이 햇살을 받아 희게 빛났고, 유리 돔으로 이루어진 천장은 잔뜩 깨진 채 프리즘처럼 오색 빛깔로 반짝였다. 멀쩡했을 땐 태양 신전만큼이나 장대하고 아름다웠겠지만, 망가진 지금도 하나의 예술 작품 같았다.

"멈춰라. 이곳은 들어가지 못한다!"

그곳을 지키는 병사로 보이는 요정들이 우르르 몰려와 내 앞을 가로막았다. 제법 대열은 갖추었지만 왕실 친위대라고 하기에도 초라한 병력이었다.

'강자들은 북부와 싸우다가 죽거나 다친 모양인데.'

전력을 쓱 훑은 나는 미간을 좁혔다.

하나같이 내게 상대가 되지 않는 이들이었다. 아무리 치유술에 특화된 종족이라고 해도 겨우 그 정도 전력으로 독립적이고 독보적인 세계를 오랫동안 지켜 올수 있을 리 없었다.

"해를 가하러 온 건 아니다."

"하! 우리의 결계를 박살 내 놓고 그런 소리를 하면 믿을 것 같으냐!"

"부서져 가던 거 아닌가? 그리고 망가진 결계, 우리가 고쳐 줄 수 있다."

"……뭐? 그게 정말……. 아니, 네놈은 누구냐?"

충직한 검이 되려 했는데 4

대장으로 보이는 이가 앞으로 나와 내게 창을 겨누었다. 경계가 가득 서린 낯은 쉽게 풀릴 기미가 보이지 않았지만 안타깝게도 내겐 상황을 차근차근 설명할 여유가 없었다.

퍼억.

"으윽!"

"할몬!"

내 등 뒤로 살금살금 다가오던 요정 병사의 복부를 몸을 돌려 차 병사들에게 날렸다. 나는 병사들이 날아가는 요정을 받아 내느라 대열이 흐트러진 순간을 놓치지 않았다.

퍽.

"크윽!"

대장에게 빛의 속도로 달려들어 그의 목뒤를 강하게 쳤다. 머리가 핑 돈 그가 비틀거리는 사이, 나는 문 앞을 필사적으로 막아서는 병사들 앞에 섰다.

"당신들의 왕, 테세우스가 이곳에 있나?"

"……어떻게 인간이 테세우스 은하를 아는 거지?"

"갑작스럽게 미안하지만 나를 당신들의 왕에게 인도해 줘야겠다."

화르륵–

마른 나뭇가지에 불이 붙듯 흉흉한 기세의 검은 오러가 검날을 감싸며 일었다. 아리아가 고통스러운 신음을 내 품에서 뱉었다. 얼마 남지도 않은 이성이 발화되어 사라지는 듯했다.

"막아서면, 벨 거다."

이번엔 정말로, 모두를 베고 나아갈 자신이 있었다.

"이, 이런 무엄한 놈이……!"

"됐다. 들여보내라."

다급한 마음에 그들이 대답하기도 전에 오러를 날리려던 순간, 건물 안에서 청아한 목소리가 울려 퍼졌다. 나는 눈을 부릅떴다. 오페라의 독창처럼 감미로운 목소리는 옥타브가 사뭇 달랐음에도 내가 아는 누군가의 목소리와 완벽하게 겹쳐 들렸다.

"하지만 은하, 이런 망아지 같은 놈을…… 으악!"

휘익-!

거센 오러의 폭풍과 함께 문을 막아서던 병사들이 크게 밀려났다. 나는 그들 사이를 지나 커다란 문을 거칠게 걸어찼다.

쾅!

문짝이 뜯기듯 열렸고, 그 너머로 펼쳐진 성안의 풍경은 이루 말할 수 없을 만큼 엉망이었다. 이미 주변 기물은 다 박살이 났고 사방의 벽이 무너져 밖이 그대로 보였다. 처참하게 아름다운 폐허의 중앙, 유리 돔 바로 아래엔 한 남자가 서 있었다. 그의 투명한 얼굴은 오색 빛을 받아 신비롭게 반짝였다. 목뒤를 모두 덮는 길이의 분홍색 머리칼은 곱게 웨이브 졌고, 두 눈의 눈꼬리는 부드럽게 내려가 있었다. 입고 있는 하얀색 실크 옷은 등이 드러났고, 어깻죽지에는 이리저리 상처가 난 새하얀 날개가 연결되어 있었다.

신성하면서도 위태로워 보이는 존재,

빛을 받으며 눈을 감고 있던 남자가 천천히 눈을 떴다.

"간절해 보이는구나."

나른한 두 눈이 황금빛으로 빛났다. 순금보다 더 반짝이고, 백금보다 더 귀해 보이는 그것이 천천히 나를 훑더니 이내 건조해졌다. 무엇보다 빛나는 색을 머금고도 새까맣게 죽어 있다는 인상을 지울 수 없었다.

"무엇이 그대처럼 막강한 존재를 울게 만드는 거지?"

사뿐사뿐, 맨발의 남자가 천천히 내게로 걸어왔다. 그는 나보다 약한 것이 분명한데, 시선만으로도 묘하게 압도당한 나는 미약하게 움츠러들며 손등으로 눈가를 벅벅 닦았다. 물기가 흥건했다.

　　　　　　　　　　　　　　충직한 검이 되려 했는데 4

탁.

마침내 그가 내 앞에 섰다.

나는 미세하게 떨리는 다리에 힘을 주었다. 호리호리한 그는 키가 카이사르만큼이나 컸다. 그러나 풍기는 분위기는 카이사르와 정반대라고 해도 무리가 아니었다.

그래. 이 느낌. 하늘하늘한 덫에 걸려 옴짝달싹할 수 없는 것 같은.

태양처럼 번쩍이는 황금빛 눈동자가 나를 내려다볼 때면 숨이 멎는다. 나는 결코 이 사람을 미워하지 못할 거라는 예감이 든다.

내가 익히 잘 아는 느낌. 나의 동생, 아리아 크리시스에게서 으레 느끼던 것들.

"왜 날 찾았지? 어린 인간."

나는 마침내 아리아의 생물학적 아버지, '요정왕' 테세우스를 만났다.

"……요정왕 테세우스."

"그래. 그게 나다."

살랑.

가벼운 바람이 불어와 그와 나의 머리카락을 흐트러뜨려 놓았다.

"인간이 내 이름을 어떻게 안 건지는 모르겠지만."

나는 대답 없이 테세우스를 노려보았다.

'어떻게 알긴. 당신 딸이 내 동생이니까.'

형용할 수 없는 감정이 울컥 치솟았다. 분노라기엔 차갑고 원망이라기엔 담담했다. 하지만 악의임은 분명했다.

내 감정의 응어리를 느낀 것인지 테세우스의 황금빛 눈동자가 가늘어졌다.

이럴 상황이 아니라는 걸 알면서도 혀끝에서 질문 하나가 맴돌았다.

'어째서 아리아를 버렸어?'

아리아만이라도 이곳에 데려와 기를 수는 없었던 건가.

어떤 속사정이 있었는지는 모르지만 아리아를 이런 지상 낙원이 아닌 시궁창에서 살게 만든 그에게 악의를 숨기기 어려웠다.

"……저희는 제국에서 온 사신단입니다. 요정족에게 동맹을 요청하러 왔습니다. 요정족도 이미 북부군으로 인해 많은 피해를 입었다는 걸 알고 있습니다. 전쟁 중에 요정족을 보호해 주고 결계의 복구를 도울 테니……."

"닮았구나."

스윽.

길고 새하얀 손이 내 뺨을 감쌌다. 놀란 나는 커진 눈으로 그를 올려다보았으나, 테세우스는 아랑곳하지 않고 내 눈을 부드럽게 쓸었다.

"이 능선을 수백 수천 번 곱씹었는데."

그의 엄지손가락 끝이 천천히 내 입꼬리를 더듬었다. 그윽한 테세우스의 시선은 내 두 눈에 고정되어 있었다. 당황하려던 찰나, 아샤와의 첫 만남에서 들었던 말을 떠올린 나는 얼굴이 굳어졌다.

'그러고 보니 이 순한 눈매…… 직선형 입매……! 애늙은이 같은 눈빛……! 완전 안테이아잖아!'

그가 내게서 뭘 보고 있는 것인지는 묻지 않아도 알 수 있었다.

탁.

"……복구를 도울 테니 우리를 도와."

부서지도록 이를 악문 나는 거칠게 테세우스의 손을 내쳤다.

"……"

그 바람에 붉어진 자신의 손등을 감흥 없이 만지작거린 테세우스는 황금의 샘처럼 깊은 눈으로 나를 응시할 뿐이었다. 나는 눈물로 따가운 눈을 힘주어 떴다.

여태껏 묻어 두었던 유년기의 악몽들이 그의 시선 아래 하나둘 부활했다. 속에선 비이성적인 불길이 일었다.

왜 나를 그런 눈으로 바라보는 거야?

내 어머니를 사랑하기라도 했어?

그랬다면, 왜 버린 거지?

당신의 피가 섞인 요정 혼혈이라는 이유 하나만으로 쇠약해져 죽어 갔던 아리아의 유년 시절을 보상해 줄 수 있나? 그 아이가 겪어 왔던 고통과 고뇌를 감히 헤아릴 수 있나?

그 무엇도 해 줄 수 없으면서. 왜 당신이 사무치도록 외로운 눈을 하고 있는 거야. 이번엔 확실히 알 수 있었다. 내가 느끼고 있는 감정은 분노였다.

"아리아를 살려."

스릉.

그의 목에 검을 들이밀었다.

"은하! 어디 인간이 감히-!"

"가만히……."

문가에 서서 나를 경계하던 친위대가 눈을 부라리며 내게 달려들려 할 때 테세우스가 손을 들어 제지했다. 그의 시선이 천천히 내 품으로 떨어졌다.

"이 아이가 아리아인가?"

목에 겨누어진 검이 보이지도 않는지 테세우스는 식은땀으로 축축한 아리아의 분홍색 머리칼을 태평하게 만지작거렸다.

"……요정족의 피가 섞였군."

테세우스가 미묘한 표정으로 중얼거렸다. 그가 부드러운 손길로 아리아의 이마를 짚었다.

"뇌가 썩어 가고 있구나. 이대로 두면 곧 죽어."

"……고칠 수 있나?"

"어렵진 않다."

나는 급하게 숨을 들이쉬었다. 막혔던 숨통이 이제야 조금 트이는 기분이었다.

쨍그랑.

검을 놓아 바닥에 떨어뜨려 버린 나는 빈손으로 테세우스의 목을 조르듯 콱

잡았다.

"그럼 살려."

"……."

"감히 대가를 요구할 생각은 하지 마. 원래부터 당신이 해야 했던 일이니까."

"……왜?"

"당신의 빌어먹을 생이 끝나기 전에 아주 조금은 잘못을 만회할 기회가 생긴 것에 감사해."

"……."

"이, 사랑스러운 아이를, 살릴 기회를……."

무려 당신 같은 쓰레기한테 주는 거니까.

참고 있던 눈물이 다시 터져 버릴 것 같아 입술을 짓씹었다.

나는 나를 버렸던 카이사르를 용서했다. 운명의 장난 같기도 한 공교로운 상황이 겹쳐져 어쩔 수 없었음을 감안하기도 했지만, 애초에 그를 크게 미워한 적도 없었다. 나는 내가 사랑받을 자격이 있는 인간이라는 걸 인정한 지도 얼마 되지 않았으니까.

하지만 아리아를 버린 테세우스는 도저히 용서할 수 없었다. 내가 지금 당장 칼부림하며 분노를 터트리지 않는 것은 그걸 가장 먼저 할 권한이 아리아에게 있기 때문이었다. 줄곧 죽은 듯 잠잠하던 테세우스의 금빛 눈동자가 아리아를 담으며 서서히 흔들리기 시작했다. 설마, 하는 기색이 숨김없이 드러났다.

모를 수 있을까? 거짓말처럼 아름답게 물결치는 벚꽃색 머리칼을 보고도. 숨을 뱉는 간격과 목덜미에서 나는 향취까지 자신과 똑같은 아이를 눈앞에 두고 감히 부정할 수 있느냐 말이다.

"……이 아이는 누구지?"

유리처럼 투명한 테세우스의 피부가 창백하게 질렸다. 귀신이라도 본 것 같은 얼굴이었다. 아리아의 이마를 짚고 있는 큰 손이 덜덜 떨리기 시작했다.

스르륵, 힘없이 그의 목에서 손을 뗀 나는 허리를 굽혀 아리아의 이마에 내 이마를 맞대었다. 식어 가는 온기가 나를 또다시 울게 했다.

왜 너는 늘 아플까. 우리는 왜 우리를 버린 이들에게 간원해야 할까.

"내 동생, 아리아 포스텔 드 카이사르 크리시스."

천천히 고개를 들자 물기로 아롱진 시아에 정처 없이 흔들리고 있는 테세우스가 담겼다. 무엇이 고요하던 당신의 바다에 풍랑을 일으켰을까.

"당신이 버렸음에도 누구보다 완벽하게 자란……."

"……말도 안 돼."

"당신의 딸."

왜 아무것도 몰랐다는 표정을 짓고 있어. 마음 놓고 경멸하지도 못하게.

"빨리 도와줘……. 이 정도는 요구해도 되잖아……."

흐느낌 어린 내 목소리는 자존심 상하게도 애원처럼 들렸다.

'아버지가 자식을 위하는 건 당연한 거라며?'

그렇게 배웠는데. 이제야 그걸 인정했는데.

그에게 치료를 거절당할까 봐 두려워해야 하는 지금이 싫었다.

또다시 내 세상이 무채색으로 변하기 전에, 색깔을 돌려주었으면 했다.

"……탈리아를 호출해라. 그리고 저장고에 있는 약초들을 모두 긁어 와. 당장!"

고함과 같은 명령에 마찬가지로 경악에 빠져 있던 다른 요정들이 빠르게 움직이기 시작했다. 금방이라도 깨질 것 같은 낯으로 변한 테세우스가 내게 팔을 뻗었다. 그의 시선은 아리아에게 고정되어 있었다.

"그 아이를, 내게……."

꽈악.

나도 모르게 아리아를 더 강하게 안으며 몸을 돌려 그의 손길을 어깨로 막았다. 경계심이 가득한 표정으로 그를 노려보고 있으리라는 건 거울을 보지 않아도 알 수 있었다. 테세우스의 표정이 무너져 내렸다.

내 딸이라고 무조건 도와줘야 하냐는 둥의 개소리를 하면 죽여 버리려고 했는데, 다행히 그는 아리아에게 책임감 정도는 느끼고 있는 것 같았다. 금방이라도 쓰러질 것 같은 테세우스의 저 얼굴은 책임감 이상의 감정을 품고 있을지도 모르지만.

"아리아한테 손대지 마."

나는 테세우스를 믿지 못했다. 치료를 받게 하기 위해선 어차피 넘겨줘야 한다는 걸 알면서도 발작적인 불안감이 치밀어 올랐다.

아리아와 내 어머니를 버린 남자를 어떻게 믿지?

애초에 그런 남자에게 아리아의 목숨을 맡겨야 하는 이 상황이 너무 잔인했다.

치료를 빙자해 이상한 짓을 하면 어쩌지?

지금의 나는 지나치게 히스테리적이었다. 그걸 나 스스로도 알고 있었지만 암브로의 진액으로 인해 날카로워진 신경은 도저히 진정이 되질 않았다. 심지어 아리아와 관련한 일이니 더 예민했다.

"……알겠다. 내 그 아이에게 함부로 손대지 않으마."

"……."

"진정해. 응?"

테세우스는 나만큼이나 위태로워 보였음에도 침착했다. 섬세한 속눈썹을 팔랑인 그가 다시금 손을 뻗었다.

"손대지 말라고 했……!"

아리아를 품에 숨긴 채 으르렁거리던 나는 아리아가 아니라 내 이마에 닿는 미지근한 손에 크게 움찔했다.

화악.

그의 손끝에서 황금색 빛무리가 터져 나왔다.

아리아의 치유력으로 몇 번 치료를 받으며 치유력엔 익숙해졌다고 생각했으나, 내 오산이었음을 깨달았다.

테세우스의 치유력은 압도적이었다. 몸속 모든 장기가 그 기운에 굴복하는 느낌이었다. 그 강도는 엘의 신성력과 비슷했으나, 기운은 신성력과 사뭇 달랐다. 신성력이 제사장의 머리 위에 부어지는 성수처럼 신성하다면 치유력은 황폐한 땅에 새싹이 돋는 듯한 경이로움이었다.

황금색 빛은 내 온몸에 난 상처를 치유하고, 암브로의 진액으로 극한까지 예민해져 있던 신경을 부드럽게 눌렀다.

"내게 그 아이를 안겨 주기 싫다면, 저기 내 침실이 있다. 침대에 아이를 눕혀 줘. 네가 보는 앞에서 치료해 주마. 치료 외엔 아무 짓도 하지 않는다고 맹세하지."

"……당신의 이름을 걸어."

"요정왕의 이름과 내 두 날개를 걸고."

"……."

"네 동생을, 내 딸을 살릴 거다."

내 속눈썹에 엉겨 붙은 진녹색 진액을 닦아 주는 손길이 숨 막히도록 온유했다. 눈을 질끈 감았다 뜬 나는 그가 가리킨 방향으로 발을 움직였다.

"아직은 내 동생일 뿐이야."

"……."

"아버지라고 불릴 자격이 있는지는 이 아이가 깨어났을 때 직접 들어."

모든 것은 아리아의 몫이었다.

테세우스 방에 도착해 아리아를 그의 침대에 내려놓자 눈짓으로 내게 허락을 구한 그가 아리아의 이마에 손을 얹고 상처들을 치료하기 시작했다. 요정들이 물수건과 약초 등을 가지고 황급하게 오가던 가운데, 테세우스에게 '탈리아'라고 불린 중년의 여성이 내게 양해를 구하곤 아리아의 몸에 복잡한 마법진들을 띄웠다.

"상당한 실력의 마법사가 건 부식 마법이군요. 마법을 강제로 해체하는 건 불가능해 보이지만…… 마법의 효과가 끝날 때까지 재생하도록 치료하며 버티면 됩니다. 마법은 두어 시간 뒤면 저절로 해제될 거고, 이후 제대로 치료를 하고 나면 금방 깨어나실 겁니다."

정확한 진단을 듣고서야 나는 쓰러지듯 근처 의자에 걸터앉았다. 여러 가닥으로 팽팽하게 뻗어 있던 신경 한 줄이 뚝 끊기며 미친 듯이 뛰던 심장이 조금은 원래의 박자를 찾았다.

"너를…… 뭐라고 부르면 되지?"

털썩.

나만큼이나 초조해 보이던 테세우스가 맞은편 팔걸이의자에 앉았다. 그의 황금빛 눈동자가 샹들리에 빛을 받아 애처롭게 빛났다.

"날 그런 눈으로 보지 마."

관자놀이를 꾹 누른 나는 건조하게 말을 뱉었다.

무언가 사연이 있는 건 분명해 보이고 여태껏 그 사연을 궁금해하긴 했지만, 지금은 아니었다. 그저 금방이라도 눈물을 떨굴 것 같은, 내게서 내가 아닌 다른 누군가를 비춰 보고 있는 저 눈이 마음에 들지 않았다.

"카슈미르 도레마 드 카이사르 크리시스. 솔라티네 제국 크리시스 공작가의 첫째 공녀이자 동맹 요청을 하러 온 사절단의 일원이다."

"카슈미르……."

그가 내 이름을 곱씹어 중얼거렸다. 머리카락을 거칠게 털어 낸 나는 자리에서 일어났다.

"자세한 상황 설명은 조금 뒤에 해도 되나?"

"……아직도 일이 남았나?"

잠시 풀어 두었던 허리띠를 다시 강하게 매며 검집을 챙겼다. 감히 쉬고 있을 시간이 없었다.

"당신 생물학적 딸이 인정한 진짜 아버지의 아들을 구하러 가야 해서."

"……."

"당신이 버렸어도 그 아이에겐 가족이 있거든."

테세우스의 표정이 툭 건드려진 긴 도미노처럼 와르르 무너졌다. 나는 그가 얼굴이 쓰라리게 붉어지도록 마른세수를 하는 모습에서 저열한 승리감도, 스톡홀름 신드롬과 같을 안쓰러움도 느낄 수 없었다. 단지 마음이 더 무거워질 뿐이었다.

"그 아이도 많이 다쳤을 거야."

"……."

"도와줘. 아리아에게 든든한 요새가 되어 줬던 사람이니까."

내가 출전했던 시기에 아리아가 기댈 구석은 칼밖에 없었음을 잘 알았다. 그들이 어떻게 서로를 인정하고 서로에게 애정을 배웠는지, 나는 전장에 다녀온 뒤 두 사람이 서로를 바라보는 눈만 보고도 알 수 있었다.

"……그래. 내 친위대와 함께 가라."

테세우스가 무언가로 꽉 막힌 듯한 목소리로 속삭였다. 두 손에 얼굴을 묻은 그는 나 못지않게 시간이 필요해 보였다.

평온하게 눈을 감고 있는 아리아를 잠시 눈에 담은 나는 뒤돌아보지 않고 방을 나섰다.

이따 보자는 약속을 지키러 가야 했다.

"반갑습니다. 친위대원 샤바트입니다."

부서진 왕궁 벽 앞에서 얼굴에 묻어 있는 암브로의 진액을 물수건으로 벅벅 닦고 있을 때였다. 제복을 갖춰 입은 두 남자가 내게로 다가왔다.

둘 다 머리칼이 분홍색이었고 등 뒤에는 새하얀 날개가 펼쳐져 있었다. 그중 긴 머리를 하나로 땋아 내린 남자가 정중하게 고개를 숙였다.

'잠깐. 곧 친위대를 준비시킬 테니 조금만 기다려라.'

'됐어. 혼자 가는 게 빨라.'

'요정들은 날 수 있으니 이동 속도는 비슷할 거다. 우리는 숲의 지름길을 알고 있으니 더 빨리 갈 수도 있겠지. 만약 그 아이가 심각한 상태라면 그 자리에서 한 시라도 빨리 치료해야 할 거 아닌가. 싸움에 능한 이 하나와 치유력에 능한 이 하나를 붙여 주지.'

'……후. 그럼 부탁한다.'

친위대와 같이 가라는 말을 무시하려 했으나, 칼의 안전과 관련되어 있다면 말이 달라졌다. 결국 나는 테세우스가 붙여 준 이들과 동행하게 되었다.

"누아. 은하의 손님이다. 인사해."

"……친위대원 누아입니다."

샤바트의 재촉에 또 다른 남자가 마지못해 고개를 까닥였다. 눈썹을 덮는 앞머리에 짧은 뒷머리를 한 남자는 나를 향한 못마땅함을 숨기지 않았다.

아리아와 비슷한 나이대로 보이는 어린 소년인 데다 도토리를 뒤집어쓴 다람쥐처럼 생겨서는 날 경계하는 연갈색 눈이 제법 매서웠다.

빠악!

"윽……!"

"무례한 태도를 용서하시죠. 성격은 나쁘지만 치유 능력 하나만큼은 원로 장로님들과 맞먹는 녀석입니다."

손바닥이 아니라 방망이로 내리친 것 같은 소리가 날 정도로 누아의 뒤통수를 한 대 휘갈긴 샤바트가 정중하게 목례했다. 무너지듯 비틀거리는 누아를 옆에 두고서도 표정 변화 없는 것이 만만치 않은 인물이라는 느낌이 들었다.

"······됐다. 빨리 출발하지."

"네. 마수의 기운은 추적할 수 있으니 저희가 앞장서서 지름길로 안내하겠습니다. 따라오시죠."

펄럭.

샤바트의 하얀 망토 틈새로 커다란 날개가 펄럭거렸다. 불퉁한 표정의 누아 또한 날갯짓을 준비하기 시작했다.

나는 허공을 날아다니는 새하얀 깃털들을 바라보았다. 수인도 존재하는 세상에 뭔들 불가능하겠느냐마는 이 성스러운 광경에 익숙해지기까지는 조금 시간이 걸릴 것 같았다.

"아리아도······ 날개를 펼 수 있으려나."

"혼혈이 날개를 가지고 태어날 가능성은 딱 절반입니다. 여태껏 날개를 편 모습을 보지 못하셨다면 정말 없는 것일 수도 있고, 있는데 펴는 방법을 모르는 것일 수도 있습니다. 날개를 펼치는 건 연습이 필요하거든요."

혼잣말에 가까운 중얼거림에도 샤바트는 친절하게 답해 주었다. 작게 고개를 끄덕인 나는 두 발에 마나를 둘렀다.

"가자."

쌔애액-

그 말을 신호로 강한 날갯짓과 함께 지상에서 박차 올라 날아가는 두 사람을 따라 달렸다.

"아주 대문짝만하게도 부숴 놓으셨군요."

결계 가까이에 다다랐을 때 누아가 미간을 좁혔다.

누가 봐도 나 들으라고 하는 소리라 저절로 시선을 피하게 되었다. 곧 칼의 마도구를 이용해 수리해 줄 예정이니 빚진 마음은 갖지 않기로 했다.

탁.

들어왔을 때와 같이 결계의 틈을 통해 나온 바깥은 따스한 햇살이 내리쬐는 요정들의 땅과 다르게 한밤중이었다.

'벌써 시간이 이렇게 흘렀나?'

표면상으로는 시간이 흐르지 않는 곳에 있다가 나와서인가, 시간의 흐름 자체에 이질감이 느껴졌다. 나는 이유 모를 찝찝함을 느끼면서도 요정족의 날갯짓을 따라 힘껏 달렸다.

"이쪽입니다."

그들은 놀랍게도 조금 전에 반쯤 미친 내가 전속력으로 달린 것과 비슷한 속도로 나를 이끌었다. 마수의 피가 찌들어 지독한 악취를 풍기는 곳에 가까워져 갈 때, 나는 숨을 참았다.

"인간이란…… 늘 숲을 더럽힐 뿐이군요."

누아가 경멸 어린 어조로 중얼거렸다. 그의 회색빛 두 눈에는 숨길 수 없는 악의가 도사리고 있었다. 틀린 말이 아니기에 모르는 척했다. 샤바트가 누아에게 눈총을 주는 것도.

"이곳……인 것 같군요."

탁.

오래 지나지 않아 비행 속도를 낮춘 그들이 천천히 지상에 착륙했다.

복잡한 표정의 샤바트가 침음했다. 힘들지 않음에도 조금 불규칙하게 숨을 고른 나는 주위를 둘러보았다. 내가 불과 몇십 분 전 북부군과 대치하던 숲속 공터는 어느새 황폐한 지옥의 한구석으로 변해 있었다. 암브로의 시체가 이곳저곳에 널브러져 있는 가운데, 시체에서 뿜어져 나오는 마기로 반경 100m 이내의 식물들은 죄다 검게 썩어 있었다.

'암브로는 확실히 다 죽인 것 같은데.'

가장 큰 문제는 따로 있었다. 샤바트가 곤란한 낯으로 나를 돌아보았다.

"형제분께서 보이지 않습니다. 주위에서는 인간의 기척도 느껴지지 않는 것 같습니다만."

이곳엔 칼이 없었다.

나는 불안함으로 또 금이 가려는 정신을 애써 부여잡았다.

'멀리 도망쳤나? 그런 거겠지? 아니면 설마 내가 없는 사이에 북부군이 돌아와 칼을 납치하기라도 한 건가?'

시체를 발견한 것보다는 훨씬 낫지만 곧바로 보이지 않으니 별의별 생각이 다 들었다.

"칼! 칼 크리시스!"

초조해진 마음에 그의 기운을 추격하려 다급하게 신경을 곤두세울 때였다.

"슈슈……."

범인의 귀엔 들리지 않을 아주 가느다란 목소리가 내 귀를 간지럽혔다.

나는 퍼뜩 고개를 들고 빠르게 두리번거렸다.

'위다.'

탁.

나는 그대로 주위 나무를 타고 올라가 나무 사이를 뛰어넘으며 그를 찾아 헤매기 시작했다.

"무언가 찾으신 겁니까?"

"칼은 이 주위에 있다. 확실해."

칼의 목소리를 듣지 못한 건지, 뛰어다니기 시작한 나를 의아하게 지켜보던 요정들이 날아올라 나를 쫓아왔다. 도망간 연인을 쫓는 미친 권력자처럼 눈에 불을 켜고 찾던 나는 이내 숨을 크게 들이쉬었다.

탁.

공터에서 얼마 떨어지지 않은 나무 위. 검게 썩어 언제 부러질지 모르는 가지는 한 사람의 무게를 지탱하는 것도 힘겨워 보였기에, 가지 위가 아닌 그 아래 땅에 착지한 나는 그곳을 올려다보았다. 가지와 나무줄기의 틈새에 기대고 앉아 있는 인영은 습격을 대비해 최대한 기척을 죽이고 숨어 있는 듯했으나 그마저도 한계인 것 같았다. 투명화 마법은 금방이라도 깨질 듯 불안하게 일렁이며 상처투성이 몸을 반투명하게 드러내 보이고 있었다.

"칼⋯⋯."

다시 만나면 아무렇지 않게 인사하려 한 것이 무색하게도, 곧 울 것 같은 목소리가 기도를 타고 울려 퍼졌다. 나무줄기에 머리를 기대고 힘없이 늘어져 있던 그가 낮은 소리로 웃더니 투명화 마법을 완전히 해제했다. 그의 처참한 몰골이 선명히 보였다.

"기다리고 있었다."

지쳐서 풀린 붉은 눈이 영원히 감기지 않고 나를 향한다는 게 얼마나 감사한지 몰랐다.

"⋯⋯당장, 치료부터 받도록 해요. 샤바트, 누아. 그를 부탁해도 되겠나?"

"물론입니다."

"⋯⋯."

감격의 재회를 하기엔 칼의 상태가 너무 심각했다.

조나단이 칼의 오른손에 걸었던 저주는 마지막으로 봤을 땐 겨우 손목을 덮는 정도였건만, 지금은 오른팔을 완전히 집어삼키고 찢어진 와이셔츠 틈새로 보이는 어깨까지 장악하고 있었다. 샤바트는 충직하게 고개를 숙였고, 누아는 여전히 뚱한 표정이었으나 눈빛으로 동의했다.

"⋯⋯뭐냐?"

나를 보고 속도 없이 헤실거리던 칼이 내 뒤에 서 있는 요정들을 발견하곤 천천히 입을 벌렸다. 멍해 보이던 그는 그들의 날개를 보더니 나직하게 탄식했다.

"이런 미친…… 천사?"

요정을 처음 본 이들의 감상은 다 비슷한 듯싶었다. 칼이 얼떨떨한 표정으로 자신의 얼굴을 손으로 더듬거렸다.

"천국……인가? 지옥 아랫목 예약해 둔 줄 알았는데……."

"……."

"빌어먹을…… 어쩐지 하루 종일 기다려도 안 오더라니……."

"……."

"슈슈, 나는 네가 천사라는 걸 진작에 알고 있었다."

"상태가 심각하군. 당장 올라가서 치료해 주게."

생각보다 괜찮은가 싶었는데 시간 감각을 상실한 데다 헛소리까지 하는 걸 보니 역시 정상이 아니었다.

고개를 끄덕인 그들은 칼이 앉아 있는 나뭇가지를 향해 날아올랐다.

"저희는 요정족입니다. 공자를 치료해 드리러 왔습니다. 잠시만 이리로……."

"싫어."

"……."

자신의 양옆으로 다가온 샤바트와 누아를 생기 없이 번갈아 본 칼이 딱 잘라 말했다. 그가 힘없이 고개를 돌려 나를 내려다보았다.

"칼. 엉뚱한 고집 부리지 말고 얼른 치료부터……."

"처음 함께 숲속에 고립되었을 때가 떠오르네."

자신의 온몸에서 떨어지는 피가 신경 쓰이지도 않는지 그는 치료보다 이 순간의 감상에 집중했다. 확실히 우리에겐 이 순간 저절로 떠오를 수밖에 없는 추억이 있었다.

'……살았군.'

'우리 둘 다 살았습니다.'

한밤중 단둘이 첩첩산중에 남아 데베라와 처절하게 싸웠던 그때였다.

'좋은 꿈 꿔요, 내 친애하는 칼.'

아무래도 좋았던 또 다른 혈육이 내 행복을 위한 필수 불가결이 되어 버릴 거라는 기묘한 예감이 들었던 그때.

"받아 줘, 슈슈."

"……."

"안아 줘. 그때처럼."

"떨어지시죠. 받아 드리겠습니다."

"슈슈는 왼팔을 물리지 않았었나?"

"칼 정도는 충분히 들 수 있습니다."

어리광 부리듯 말한 칼이 나를 향해 눈꼬리를 휘었다.

심각한 상황에 어울리지 않게 웃음이 나왔다. 헛웃음이었는지 기쁨에 찬 웃음이었는지 알 수 없다. 확실한 건, 나는 기꺼이 두 팔을 벌렸다는 것.

"떨어지세요."

"……."

"언제든 받아 드릴 준비가 되어 있습니다."

칼의 창백한 얼굴에 예쁜 웃음이 만개했다.

쉬이익.

작은 바람 소리와 함께 청년이 된 소년이 추락했다.

탁.

나는 나보다 머리 하나 반쯤 큰 몸을 가뿐히 받아 들었다.

"쉬어요, 사랑하는 칼."

달빛을 받아 은은히 빛나는 칼을 내려다보던 나는 그의 상처 난 이마 위에 입술을 맞췄다.

내 무채색 세상의 또 다른 색채가 내 품에 안착하며, 이젠 정말 모든 것이 괜찮다는 확신이 들었다.

충직한 검이 되려 했는데 4

칼은 내 품에 안기자마자 잠들어 버렸다.

잠든 그를 누아가 나서서 치료한 뒤-성격 나쁘고 시건방진 꼬맹이 같은 태도와 별개로 그의 실력은 확실했다- 빠르게 성으로 복귀했다.

"저주의 진척은 억눌렀습니다. 여기서 더 번지진 않을 겁니다만…… 지금까지 진행된 저주를 고칠 수는 없습니다."

칼의 팔을 유심히 살펴본 탈리아가 몇 가지 마법진을 띄우며 저주를 잠재우더니 곧이어 진단을 내렸다.

그럴 거라 예상은 했지만 혹시 요정족이라면 고칠 수 있을지도 모른다는 기대를 걸고 있었기에 입이 썼다.

"저주술사가 건 저주는 그보다 강한 저주술사만이 풀 수 있으니까."

나는 머리카락을 쥐어뜯듯 잡았다. 어떤 강력한 마법이든 파훼법은 있고, 강력한 마법사가 건 주문일지라도 더 강력한 마법사라면 풀 수 있다. 저주술 또한 마법의 일종이니 이 원리는 일맥상통한다.

그러나 문제는 저주술사가 한없이 희귀하다는 데에 있었다.

저주술사에게 저주를 받으면 그걸 파훼시켜 줄 다른 저주술사를 찾는 것이 불가능에 가깝다. 그렇기 때문에 저주술의 위력은 거의 절대적이었다.

'이 원리 덕분에 돈을 갈퀴로 긁어모으던 놈이 있었지.'

나는 이젠 가물가물해져 가는 누구의 얼굴을 떠올리다 하얀 이불 사이로 삐죽 튀어나온 칼의 오른손을 살며시 붙잡았다. 읽을 수 없는 흉측한 언어들이 그의 팔을 흉터처럼 새까맣게 뒤덮고 있었다.

"이대로 두면 어떻게 되는 거지?"

"생명엔 지장이 없습니다. 다만 평생토록 오른팔이 타는 듯한 통증을 간헐적으로 느끼게 되며, 앞으로 오른팔을 제대로 사용할 수 없을 겁니다. 저주 자체의 마기 때문에 정신 건강에도 악영향이 미칠 가능성이 높습니다."

"……."

"어쩌면 절단하는 편이 나을지도 모릅니다. 환자가 견디다 못해 먼저 절단해 달라고 애원할 수도 있고요."

탈리아는 끔찍한 말들을 단호하게 내뱉었다. 피도 눈물도 없어 보였으나, 칼을 바라보는 그녀의 주름진 눈엔 묘한 안쓰러움이 서려 있었다.

나는 두 눈을 질끈 감았다.

'그 자식을…… 부르는 수밖에 없나?'

솔직히 다시 보고 싶진 않은 사람이다. 하지만 지금은 물불 가릴 처지가 아니었다.

나는 천천히 고개를 들었다.

"테세우스."

얼마 떨어지지 않은 팔걸이의자에 걸터앉아 칼과 아리아를 번갈아 보던 그의 시선이 나를 향했다. 그는 내게 상황 설명을 재촉하지 않고 묵묵히 기다리고 있었으나, 심경이 복잡하고 멍해 보였다.

"은하의 이름을 함부로……."

"이곳은 인간 불가침의 영역이라지만, 어차피 세 명이나 들이게 됐으니 말이다."

테세우스의 곁에 서 있던 누아가 도토리 같은 얼굴을 찡그리며 중얼거리는 것은 무시하고 말을 이었다.

나는 용병 시절 셀 수 없이 많은 이를 구했다. 그로 인해 내게 후일 빚을 갚겠다며 도움이 필요하면 언제든지 연락하라고 한 사람 또한 셀 수 없이 많았다.

"한 명만 더 들여도 괜찮지 않을까?"

"……."

"제발. 당신 생물학적 딸 언니의 소원이다."

조금 어이없어 보이는 테세우스 앞에서 나는 뻔뻔해지기로 했다

"……누굴 들이려는 거지?"

테세우스는 낮게 한숨을 쉬었다. 그는 반쯤 체념한 태도로 무척이나 순순하게 굴었다. 나를 못 말리는 사고뭉치쯤으로 보고 있는 것 같았다.

"뮤'라는 이름의 용병이다. 황금 방패 용병 중 하나고, 이곳에서 멀지 않은 히아스 지방의 용병 길드 소속이야. 성격이 좀…… 이상하지만, 위험한 사람은 아니다. 내가 보증하지."

"너는 여기 있어라. 친위대를 보내 데려오게 하지."

"아니, 역시 내가 직접 가는 편이……."

"내 말대로 해."

이견은 용납하지 않겠다는 듯 말허리를 뚝 자른 테세우스가 나를 응시했다.

"너는 쉬어야 한다."

고귀한 순금을 부어 놓은 그의 두 눈은 그의 말을 거역할 수 없게 만드는 마력이 있었다. 그것까지 아리아와 똑같았다.

"……용병 미르가 빚을 청산받으려 한다고 하면 순순히 따라올 거야. 장기 출장을 가지만 않았다면 어렵지 않게 만날 수 있겠지."

나는 묘한 기분으로 고개를 끄덕이며 대답했다. 그제야 표정을 조금 푼 테세우스가 자리에서 일어났다.

"샤바트에게 명해 곧바로 출발시키도록 하지."

"그런데 바깥으로 나가도 괜찮은 건가? 지금까지 모습을 숨기고 이 숲에서만 살아가던 거 아닌가?"

"요정들이라고 한 번도 바깥에 나가지 않는 건 아니다. 모든 요정은 성년이 되면 적어도 한 달은 인간 세계에서 생활하고 돌아와야 하는 전통이 있다. 간혹 필요한 것이 생기면 몇몇이 평범한 인간으로 위장하고 바깥에 다녀오기도 한다. 사람 하나 잡아 오는 건 어렵지 않지."

나는 짧게 감탄했다. 은빛 늑대족만큼이나 폐쇄적이라고 알려진 요정족이기에 외부와의 교류가 전혀 없을 거라고 생각했기 때문이다.

그런 전통을 가지고도 여태껏 인간들에게 들키지 않은 것이 대단했다.

"혹시 모르니 추격대에게 이걸 줘. 뮤, 그 녀석이 용병 미르가 호출했다는 증거를 요구할지도 모르니까."

나는 주머니에서 황금 방패 용병패를 꺼내 테세우스에게 휙 던졌다. 절대 위조할 수 없는 이 용병패를 보여 준다면 쓸데없는 싸움이 발생할 일은 없을 터였다.

허공에서 그것을 낚아챈 테세우스가 고개를 끄덕였다.

"필요한 게 있다면 누아나 다른 시종들을 통해 언질해라. 뭐든지 제공하라고 미리 말해 두었다."

"으음. 이 방에 계속 있어도 되는 건가?"

그곳은 테세우스의 방이었다. 아리아 때야 급하니 그곳으로 왔다고 쳐도, 칼까지 이곳에 보조 침대를 펴 눕혀 두고 있으려니 그의 공간을 함부로 침범한 기분이었다.

어색해하는 나를 바라보는 그의 눈이 깊어졌다.

"너는 너와 네 동생이 내게 어떤 의미인지 모른다."

"……."

"동맹에 대해 자세히 말할 준비가 되면 나와라. 방은 마음대로 쓰고."

테세우스는 그 무엇도 급하게 묻지 않았다. 기꺼이 자신의 방을 내주고 도리어 내가 불편할까 봐 자리를 피해 주려 하는 것 같았다.

'어떤 의미길래?'

탁.

궁금증만 쌓여 가는 가운데 방문이 열렸다 닫혔다. 그는 가고 이상한 기분만이 남았다.

그제야 한숨을 돌린 나는 주위를 둘러보았다. 정신이 없어 보지 못했던 방 안

충직한 검이 되려 했는데 4

의 풍경이 비로소 눈에 들어왔다. 테세우스의 방은 왕의 거처답게 넓었음에도 수수하다는 느낌이 들었다. 원목과 대리석, 크리스털로 이루어져 자연 친화적이고 깔끔했다. 딱 있을 것만 있어 황량하다는 느낌까지 드는 가운데, 유일하게 존재하는 장식품에 시선이 멈췄다.

아리아가 잠들어 누워 있는 침대 옆 협탁. 그 위엔 작은 나무 액자가 엎어져 있었다. 누군가 쓰러뜨린 것이 아니라 일부러 엎어 놓은 듯한 모양새였다.

스윽.

나는 홀린 듯 다가가 엎어져 있는 액자를 뒤집어 확인했다. 그리고 숨을 멈췄다. 빛이 바랜 사진엔 젊은 여성이 담겨 있었다.

진갈색 머리칼은 하나로 높게 묶여 있었고, 옷차림은 단정했다. 깔끔하게 정돈된 직선형 눈썹과 둥그런 귀, 은은한 산홋빛 입술. 정적인 인상의 그녀는 화려한 장미보단 은방울꽃을 닮았다. 오랜 명화 속에서 볼 법한 고상한 미인이었다.

그녀는 품 안에 붉은 튤립을 한 아름 안은 채 환하게 웃고 있었다. 은회색 눈동자가 휘황하게 휘도록 웃음 지은 얼굴은 입을 대고 빨면 달게 녹을 것만 같았다.

나는 침을 삼켰다. 본능적으로 알 수 있었다. 이 사람이 바로 나의 어머니, 한때는 '오드리'라고도 불렸던 안테이아 헬라였다.

내겐 7살까지의 기억이 없다. 어떻게 살아왔는지 대략적인 줄기는 기억하지만, 떠오르는 것을 자세히 말하려고 하면 무언가에 의해 꽉 막힌 듯한 감각과 함께 두통이 밀려왔다. 그나마 가장 선명하게 기억하는 것은 3살 무렵 나의 어머니가 갓 태어난 아리아를 품에 안던 순간이었다.

자세한 전후 사정은 기억이 나지 않는다. 아마 병원에 갈 사정이 되지 않아 산파를 불러 집에서 출산했으리라고 추측만 하고 있었다. 작고 좁은 집, 그녀는 자신의 방 침대에서 우는 아리아를 안아 든 채 한참을 바라보고 있었다.

'……아리아. 아리아라고 하자. 네 인생이 험난하더라도 독창할 수 있도록……'

그때 그녀의 표정이 어땠던가. 무표정이었던 것 같기도, 곧 울 것 같은 표정이었던 것 같기도 하다. 웃고 있었을지도 모른다. 셋 다였을 수도 있고.

어리고 철이 없었던 나는 그 모습을 문 틈새로 훔쳐보았다. 그것이 아리아를 처음 본 순간이었다. 목소리도, 얼굴도 노이즈가 낀 것처럼 불분명하지만, 확실한 건 사진 속 어머니는 그 순간의 그녀보다 훨씬 행복해 보인다는 것이었다.

스윽.

희미하게 떨리는 손으로 그녀의 입가에 핀 미소를 더듬을 때였다.

"은하의 물건에 함부로 손대지 마시죠."

날카로운 목소리가 끼어들었다.

나는 퍼뜩 고개를 들었다. 칼과 아리아 중간에 의자를 두고 앉은 누아가 아니꼬운 눈으로 나를 노려보고 있었다.

화악.

그는 칼의 오른팔 위에 손을 올린 채 계속해서 치유력을 퍼붓고 있었다. 저주는 치료할 수 없다는 탈리아의 진단을 함께 들었을 텐데도 고집스러웠다.

"헛수고일 텐데."

검게 물든 칼의 팔을 짜증스럽게 쿡 찌른 누아가 입술을 꽉 깨물었다.

"자존심 상하나 보군."

그는 자신이 치료하지 못하는 게 있다는 사실을 받아들이기 싫은 것 같았다.

"……여태껏 제 치유력이 듣지 않았던 적은 없었습니다."

"여태껏이라고 해 봤자 평생 요정 숲에서만 살아왔던 거 아닌가?"

그는 도통 성년으로 보이지 않았으니 말이다. 어린아이의 치기에서 자존심 타는 냄새가 났다. 그는 심각해 보였지만 내겐 우물 속 개구리의 투정처럼 들렸다. 내가 아리아가 누운 침대에 걸터앉으며 그렇게 말을 내뱉자 그는 울컥해 대꾸했다.

"당신은 모릅니다! 제 치유력은 절대적입니다. 테세우스 은하 다음가는 실력이란 말입니다!"

치유력에 대해 자세히 알지는 못하지만, 아리아의 또래로 보이는데 그 정도라면 천재라는 소리를 들어 왔을 것이 분명했다.

"내 검술도 절대적이다. 제국에 셋뿐인 소드 마스터 중 하나지. 그런데도 소중한 사람들조차 못 지켜서 이렇게 병상이나 지키고 있잖나."

그런 나 자신에 회의감이 드는 건 사실이다. 지금도 혼자만 지나치게 멀쩡해 죄악감이 밀려오지만, 부정적인 감정에 빠지지 않기 위해 부단히 노력 중이었다.

"세상은 넓고 사건은 많으며, 어쩔 수 없는 것들이 있어."

"……."

"받아들여야 해."

나 자신에게 하는 말이었다. 나는 그를 가르칠 만큼 잘난 사람이 아니었으니까. 뺨 부근에 진득하게 닿는 시선이 느껴졌으나 돌아보진 않았다.

"그래. 받아들여야지. 그건 누군가의 잘못이 아니니까."

하지만 뒤이은 목소리엔 눈을 크게 뜰 수밖에 없었다. 나는 황급히 고개를 돌렸다.

"칼!"

어느새 의식을 되찾은 칼이 상체를 일으키고 있었다.

"내 팔은 그만 놔 주지 그래."

침대머리에 기대앉은 그가 검게 변한 오른팔을 흔들었다. 그의 오른팔에 손을 올려놓고 있던 누아가 극도로 껄끄러운 표정을 지으며 빠르게 손을 물렸다.

"괜찮은 겁니까? 더 쉬어야 하는 거 아닙니까?"

"충분하다. 이제 멀쩡해."

목을 소리가 나도록 꺾어 보인 칼이 씨익 웃었다. 그 심각하던 상태로 겨우 30분쯤 자고 깨어난 것이 대단했다.

"여기는…… 요정 숲인가? 이 꼬맹이는 요정이고?"

"누가 꼬맹이입니까!"

누아가 발끈하든 말든 주위를 살피던 칼은 잠든 아리아를 발견하고 멈칫했다. 붉은 눈이 일렁였다.

"아리아는……."

"괜찮습니다. 부식도 멈췄고, 제대로 치료받았습니다. 곧 깨어날 겁니다."

순간 긴장으로 경직되었던 칼의 낯이 풀렸다. 길게 한숨을 쉬며 아리아를 응시하던 그는 이내 나를 돌아보았다.

"그래서, 어떻게 된 거지?"

사실 설명할 건 많지 않았다. 테세우스는 아리아가 자신의 딸이라는 걸 알자마자-어쩌면 안테이아 헬라가 우리의 어머니라는 걸 알고 나서일지도 모른다-협조적으로 나왔으니까.

그의 허락과 도움으로 두 사람을 구할 수 있었다는 것이 전말이었다.

"요정에게 날개가 있다니…… 신기하군. 해부해 보고 싶네."

모든 설명을 들은 칼은 책상다리로 앉은 채 턱을 괴었다. 은은한 미소에서 광기가 느껴졌다. 차갑게 식은 눈으로 칼을 본 누아가 혀를 찼다.

"인간들이란……."

"아, 넌 이름이 누드라고 했나?"

"누아입니다. 귓구멍에도 암브로의 진액이 들어간 겁니까?"

"비슷하네. 하여간 그때 봤던 천사가 너라는 거지? 치료해 준 건 고맙다, 꼬맹이."

"꼬맹이 아니라고 했을 텐데……!"

그는 씩씩거리는 누아를 보며 히죽 웃었다. 역시 칼은 사람을 약 올리는 데에 재능이 있었다. 누아가 타격감 있는 요정이라는 것도 한몫했지만 말이다.

"팔은 괜찮습니까?"

"응. 조금 뻐근한 것 빼면."

나는 마른 입술을 혀로 축였다.

칼은 정말 아무렇지 않다는 표정으로 괜찮다는 걸 증명하려는 듯 이상한 문자가 새겨진 오른팔을 휙휙 휘둘러 보였지만, 팔의 움직임이 부자연스럽게 뚝뚝 끊겼다. 그러니 그의 말이 거짓말이라는 건 쉽게 눈치챌 수 있었다.

"공짜로 문신했군. 마음에 들어."

칼은 평생 동안 끔찍한 통증을 비정기적으로 겪을 거라는 소리를 듣고서도 그런 소리나 했다. 그래서 더 속상했다.

"곧 칼의 팔을 고쳐 줄 사람이 올 겁니다."

'그 사람을 부르길 잘했지.'

나는 결코 그를 이대로 내버려 둘 수 없었다.

아무래도 좋다는 듯 살짝 웃어 보인 그가 천천히 눈을 바로 떴다.

"테세우스라고 했나. 아리아의 아버지라는 사람."

그의 관심은 다른 데 있는 듯했다. 침대에서 일어난 그가 내게 고갯짓했다.

"지금 보러 가 보자고. 얼굴이 궁금하네."

칼의 두 눈이 형형하게 빛났다.

"얼마나 잘났기에 아리아 크리시스를 버린 건지."

평소에 죽도록 싸워도 남매는 남매인 모양이었다.

"벌써 깨어났나?"

처음 만났을 때와 같이 깨진 유리 돔 아래에서 하늘을 바라보던 테세우스는 방에서 나오는 나와 칼을 보곤 눈을 크게 떴다. 그와 눈이 마주친 칼의 표정이 미묘해졌다.

"……빌어먹게도 닮았군."

낮게 중얼거린 그가 테세우스에게로 성큼성큼 다가갔다.

"사절단의 일원이자 크리시스 공작가의 첫째 공자인 칼 하이마 드 카이사르 크리시스다."

척.

칼이 테세우스에게 손을 내밀었다. 검게 변한 칼의 손을 잠시 내려다본 테세우스는 순순히 손을 맞잡고 흔들었다.

"요정족의 왕 테세우스다."

그의 황금빛 눈동자가 칼을 천천히 훑었다.

"너는…… 아리아와 피가 섞이지 않았군."

"카슈미르의 이복 오빠라서. 우리 집안이 좀 콩가루다."

아무렇지 않게 그런 소리를 한 칼이 차갑게 웃었다.

"그래도 피만 섞이고 여태껏 아무것도 안 해 준 당신보다는 낫지. 안 그래?"

혀로 칼을 쥐고 신나게 칼춤을 추는 것이 취미인 칼다운 발언이었다.

테세우스의 안색이 빠르게 질렸다. 그가 입술을 꾹 다물었다. 나는 칼의 말에 속이 시원했지만 외교 문제가 걱정되어 그의 팔을 살짝 잡아당겼다.

"개인적인 이야기는 나중에 하고. 사절단으로서 임무부터 완수하죠."

나는 주머니를 뒤적여 요정족의 결계를 복구해 줄, 칼이 만든 회심의 마도구를 꺼냈다.

"할 얘기가 많습니다. 자리를 만들어 주시죠."

사절단 크리시스 공녀로 돌아가야 할 때였다.

테세우스는 곧바로 장로들을 소집했다. 은빛 늑대족도 원로 회의를 소집했을 때 열 명이 넘는 이들이 모였건만, 요정족은 네 명이 전부였다. 요정족의 규모가 원체 적은 건지, 장로를 선정하는 절차가 까다로운 건지, 북부의 침입으로 인해 부상당하거나 사망한 장로들이 있는 건지, 셋 다인지 알 수 없었다.

"그 작은 도구 하나로 결계를 복구할 수 있단 말인가?"

요정족의 장로 중 하나가 미심쩍다는 듯 칼이 만든 금색의 장치, 마법을 복구

충직한 검이 되려 했는데 4

하는 아티팩트를 바라보았다. 결계 앞에 서서 아티팩트를 손에서 굴리던 칼이 씨익 웃었다.

"5년을 연구해 온 분야의 결과물이야. 오차는 없어."

고개를 치켜들고 좌중을 내려다보는 붉은 눈은 오만했고, 그에게는 그게 어울렸다.

"그 오만함이 전쟁을 일으키고 멸망을 불러왔다는 걸 인간들은 아직도 깨닫지 못했나?"

30살 초반을 넘지 않은 것 같은 젊은 여성이 미간을 꿈틀거렸다. 바짝 짧게 잘린 분홍색 머리칼에 연갈색 눈동자, 까칠한 인상까지 그녀는 누구와 닮아 보였다.

"어머니."

그래. 바로 누아와 말이다.

옆에 서 있던 누아가 안절부절못하며 그녀의 옷자락을 잡아끌었다. 누아도 한수 접어야 할 만큼 그녀의 눈빛은 적의로 날카롭게 벼려 있었다.

"지금의 우리는 결계를 복구할 재간이 없어. 이용할 수 있는 것은 뭐든 이용해야 한다는 걸 모르지 않을 텐데, 샤마임."

여자와 비슷한 나이 또래로 보이는 젊은 남자가 아티팩트를 유심히 바라보며 땋아 내린 자신의 옆머리를 만지작거렸다.

하얀 가운 차림의 그는 장로보다는 연구원 같았다.

남자는 오른쪽 알이 유리 대신 망원경으로 된 독특한 금테 안경을 끼고 있었는데, 투명한 왼쪽 안경알 너머에서 반짝이는 남색 눈동자는 약간 돌아 있는 것처럼 보였다.

"아무리 목이 마르다 한들 흙탕물을 마실 수는 없는 법이야. 인간들과 동맹이라니. 말이 된다고 생각하나, 제라?"

샤마임이 남자를 무섭게 노려보았다. 보는 내가 간담이 서늘할 지경의 시선이었다.

"뭐, 안 될 것도 없지."

폭탄이라도 맞은 듯 엉망으로 헝클어진 분홍색 머리칼을 긁적거린 제라가 뱀눈을 하고 샤마임을 바라보았다.

"당장 너만 해도 인간과 사랑에 빠져서 자식까지 낳았잖아? 이중적이기는……."

쌔애액!

허공을 가르는 날카로운 소리와 함께 제라의 왼뺨에 얕게 상처가 났다. 피하지 않았다면 안면에 처박혔을 단도는 붉은 피를 머금은 채 제라의 등 뒤에 떨어졌다.

푹.

눈을 끔뻑이며 땅 깊숙이 박힌 단도를 돌아본 제라가 뺨의 피를 손등으로 닦았다. 그리고 히죽 웃었다.

"우와. 난폭해."

"닥치지 않으면 죽여 버리겠다."

"죽여 보든가. 네 아들 앞에서 살해 한번 저질러 보든가."

제라는 으르렁거리는 샤마임 앞에서 약 올리듯 능글맞게 눈썹을 들었다. 평생 곰팡이 핀 연구실에서 연구만 하느라 사회성도 죽고 정신도 돌아 버린 매드 사이언티스트 같았다.

'반응을 보니 진짜인 것 같은데.'

나는 의아한 심정으로 샤마임을 바라보았다. 붉으락푸르락하는 샤마임의 얼굴이 제라의 발언에 신빙성을 더해 주었다. 나는 새파랗게 질려 버린 누아를 힐끗 보았다.

'누아는 아리아처럼 인간과 요정의 혼혈인 모양인데.'

그런데도 샤마임과 누아가 인간을 혐오하는 것으로 보아 예민한 사연이 있는 모양이었다.

펄럭.

"아니면, 오랜만에 붙어 볼래?"

제라가 전투 자세를 취하며 새하얀 날개를 펼쳤다.

스윽.

하얀 가운 안에 넣었다 뺀 그의 양손 모든 손가락 틈새엔 메스가 껴 있었다.

의료용 칼을 무기로 쓰다니 상당히 독특했으나, 살갗을 찢기 위해 만들어진 만큼 충분히 날카로운 데다 휴대하기도 편해 생각보다 괜찮아 보였다. 겉으론 연구광처럼 보였는데, 사실 전투광인 모양이었다.

'죄송한데 우리 빼고 싸워 주시면 안 될까요?'

나는 미쳐 돌아가는 상황을 멍하니 바라보다가 칼을 돌아보았다. 우리라도 나서서 말려야 하는 것 아닌가 싶어서였다.

"저 안경, 탐나는군. 돌아가면 내 연구용 안경에도 망원경을 껴야겠어."

하지만 칼은 금방이라도 싸움이 터질 것 같은 이 상황보다 제라의 안경에 더 관심을 보였다. 나의 형제는 저들 못지않은 미친놈이었다.

"오늘에야말로 네 날개를 회 쳐 주지."

목에 핏대까지 섰음에도 옆에서 불안하게 눈을 굴리는 누아 때문에 화를 삭이는 것 같던 샤마임이 결국 폭발했다. 그녀가 초점 없는 눈으로 날개를 펼치며 제라에게 달려들 때였다.

"……윽."

"악!"

"쯧. 장로란 놈들이 혈기도 주체 못 해서야."

가장 나이 든 장로가 샤마임과 제라의 날개 한쪽을 양손으로 잡아당겼다. 쥐어뜯는 것에 가까운 강한 손길에 두 사람 다 머리채가 잡힌 것처럼 고통스러워하며 멈춰 섰다.

"은하 앞에서 뭐 하는 짓거리인가? 둘 다 제정신인가?"

"스승님……."

"아무리 장로 자리가 공석이래도 이런 망아지들을 앉히는 게 아니었거늘."

나이 든 장로 둘을 번갈아 보았다. 내 스승 카라쇼가 나를 혼낼 때 으레 보여 주던 엄격한 표정이었다. 샤마임은 입술을 꾹 깨물며 고개를 숙였고, 제라는 그다지 반성하는 기색은 아니었지만 날개를 넣었다.

"그래. 손님들 앞에서 요정족의 위상을 욕보이는 것은 그걸로 충분한가?"

탁.

감흥 없는 무표정으로 상황을 지켜만 보던 테세우스가 한 걸음 앞으로 나왔다. 부드러운 목소리와 어울리지 않게 뼈 있는 내용은 산만하던 분위기를 긴장으로 굳히기 충분했다.

"공자. 부탁하네."

칼을 돌아본 테세우스가 고개를 까닥였다. 싸움이 멈춰 아쉬워하는 것 같던 칼은 순순히 넝쿨의 벽에 아티팩트를 붙였다.

지잉-

아티팩트에서 기계음과 함께 폭발적인 마력이 터져 나오기 시작했다. 나는 퍼지는 빛에 얼굴을 찡그리면서도 그 모습을 끈질기게 지켜보았다.

스르륵-

육안으로 보아도 불안정하게 일렁거리던 결계가 단단해지고, 서서히 틈새가 메워지는 모습은 경이로웠으니까.

"사실 복구 마법엔 관심이 없었는데 말이야. 모든 것을 파괴하기 위해선 형성되기 이전으로 돌아가게 만드는 것이 가장 효율적이라는 생각을 했거든. 그래서 시간 역행 마법을 연구하다가 이런 게 얻어 걸린 거지."

마찬가지로 그 모습을 바라보던 칼이 태평하게 말했다.

별도의 연구조차 없이 곧바로 마법을 복구할 수 있는, 도깨비방망이 같은 도구를 발명해 놓고선 한다는 말이 그거였다. 떨어지는 사과에 얻어맞고 지구의 근본적 원리를 깨달은 천재를 보는 기분이었다.

화아악!

폭발과도 같던 마력의 향연 끝에 빛이 잦아들었다.

나는 결계에 손을 대 보았다.

통─

처음과는 비교도 안 되는 강력한 결계였다. 내 오로로도 깰 수 있다는 확신이 들지 않았다. 결계가 제대로 발동하게 된 시점부터 출입패 없이는 영원히 숲속을 헤매게 될 것이기에 이 앞까지 오는 것 자체가 불가능하겠지만.

"이럴 수가……."

마찬가지로 결계를 더듬어 본 샤마임이 중얼거렸다. 그녀의 두 눈은 충격에 휩싸여 있었다. 누아도 그답지 않게 커진 눈으로 복구된 결계를 이리저리 살펴보고 있었다.

"이야. 이건, 정말 대단하네. 나도 이런 건 못 만드는데."

눈빛으로 아티팩트를 해부할 듯 노려보던 제라가 히죽 웃었다. 광기 어린 남색 눈동자가 승부욕으로 번들거렸다. 나는 칼이 요정족을 해부해 보기 전에 칼이 제라에게 먼저 해부당하지 않을까 하는 쓸데없는 걱정을 했다.

"결계를 복구해 준 것에 모든 요정을 대표해 감사의 마음을 표하지."

끝도 보이지 않는 거대한 결계를 한참 동안 올려다보던 테세우스가 칼과 내게로 고개를 돌렸다.

"이 은혜는 잊지 않는다. 요정들은 반드시 제국에 은혜를 갚을 것이다."

그의 표정은 굳건했다. 동맹을 극히 반대하는 샤마임조차도 그 말엔 반발하지 않았다.

"하지만 은혜와 동맹은 다른 일이지. 동맹처럼 막중한 일을 쉽게 결정할 순 없는 노릇."

눈을 느리게 감았다 뜬 테세우스가 장로들을 돌아보았다.

"그대들의 생각은 어떤가?"

내가 돌아올 대답에 긴장하기도 전에 깍지 낀 두 손으로 머리 뒤를 받친 제라가 답했다.

"저는 찬성이요."

"그렇게 쉽게 정할 문제가 아니다!"

"어어, 나도 별생각 없이 하는 말은 아니라고. 침입까지 당했는데 가만히 있긴 너무 분하잖습니까? 복수해야죠."

"……."

"게다가 우리는 폐쇄된 기간이 너무 길었습니다. 우리가 죄지은 것도 아니고……. 왜 인간들 눈치를 보면서 숲에만 처박혀 있어야 합니까? 나가서 놀기도 해야죠."

발끈한 샤마임의 일침에도 귀나 후비적거리던 제라가 어깨를 으쓱였다. 자리의 무게가 막중한 장로답지 않은 가벼운 태도였으나, 나는 그의 말 기저에 깔린 차가운 분노와 이성을 읽었다.

"인간들에게 이용당할 것이라고 지레 겁먹을 필요는 없습니다. 폭발 무서워서 연구 못 하는 거랑 다를 게 없다고."

"……."

"취할 것은 취하고, 버릴 것은 버리면 되는 겁니다."

기묘하게도 그 말을 할 때 제라의 시선은 샤마임에게 고정되어 있었다. 입술을 짓씹은 샤마임이 시선을 피했다.

그의 두 눈이 천천히 우리를 향했다. 순간 냉랭한 빛이 돌던 남색 눈동자는 이내 칼을 향해 매끄럽게 휘었다.

"대신, 네 아티팩트 해부해 보는 거 허락해 줘라."

"허."

"오……."

칼은 헛웃음을 뱉고, 나는 탄식했다. 나는 조금 웃음기 서린 시선으로 칼을 곁눈질하며 전언을 보냈다.

'이참에 저 사람과 동업이나 해 보는 게 어떻습니까?'

'하아? 딱 봐도 괴짜 같아 보이는 저 남자랑? 질색이다.'

둘은 꽤 잘 맞을 것 같건만, 칼은 기겁했다. 아무리 봐도 동족 혐오였다.

"……빚을 진 것은 확실하지만 그걸 동맹으로 갚아야 한다는 법은 없습니다. 이번 일은 차후 다른 방식으로 갚죠. 우리 요정들이 인간 세상에 깊이 관여되는 일은 없어야 합니다."

작게 심호흡한 샤마임이 침착하게 주장했다.

"인간들이 할 짓은 너무 뻔합니다. 우리를 치유력 기계로 쓸 겁니다."

"그렇지 않아. 물론 전쟁 중에는 자주 치유력을 요하겠지만 도움을 받는 만큼 요정 숲의 재건을 도울 거다."

"하! 애초에 인간만 없었다면 요정 숲이 이렇게 망가지는 일도 없었다! 너희는 스스로를 북부 놈들과 다르다고 하겠지만 우리에겐 똑같이 빌어먹을 인간들일 뿐이야!"

"……."

"병 주고 약 주는 것과 뭐가 다르지? 자연의 해충들 같으니……."

내 반박에 샤마임은 더 화가 난 듯 버럭 언성을 높였다. 그녀는 인간들을 모조리 벌레 보듯 하고 있었다.

인상을 구기며 나서려는 칼을 팔로 막은 나는 남은 장로들을 돌아보았다.

"저도…… 반대하고 싶습니다. 인간들과 연을 맺지 않아 온 것은 선조들의 지혜일 터인데 그걸 우리 대에서 함부로 바꾸어도 될지……."

가장 조용하던 장로가 조심스럽게 말했다. 그의 두 눈은 껄끄러움으로 가득 차 있었다.

'이거…… 잘되려나?'

슬슬 불안해진 나는 마지막 장로를 빤히 응시했다. 샤마임과 제라의 싸움을 막아섰던 가장 나이 든 장로였다. 자신의 턱을 더듬으며 생각에 빠져 있던 그는 천천히 입을 열었다.

"저는 동맹보단 다른 것을 중점에 두고 싶습니다."

예상치 못한 발언에 모두의 의문 어린 시선이 쏠릴 때, 그가 테세우스를 똑바로 바라보았다.

"은하께서 즉위하신 지가 오래인데, 아직도 왕위를 이을 후계가 없습니다."

"……."

"결혼을 하라고 해도 싫다, 누구에게든 후사라도 얻으라고 해도 싫다, 수양딸이나 아들이라도 들이라고 해도 싫다…… 뭐든 싫다 하시니 우리 요정족의 미래가 어찌 되겠습니까?"

테세우스가 티 나게 시선을 피했다. 나는 처음으로 그가 진심으로 불편해하는 것을 보았다. 분위기가 숙연해진 가운데 장로가 느리게 눈을 빛냈다.

"아리아 양이라고 했습니까? 이들과 함께 온 은하의 혈육이."

테세우스의 눈이 깊어지고, 칼의 눈매가 매서워졌다. 그의 다음 말을 반쯤 예상한 나는 얼굴이 굳어졌다.

"아리아 양이 이곳에 남는 것을 조건으로……."

"치사하게 이럴 건가요? 조금 늦잠을 잤기로서니."

장로의 말이 끝나기 전에 청아한 목소리가 허공에 울려 퍼졌다. 모두의 눈이 커지고, 시선이 한곳으로 쏠렸다.

"……아."

특히 테세우스, 그는 순식간에 질려서는 못 박힌 몽둥이로 머리라도 맞은 것처럼 고개를 들지 못했다.

"아, 아직 움직이시면 안 됩니다! 몸 상태가……!"

"비켜. 내 몸은 내가 제일 잘 알아."

쩔쩔매며 쫓아오는 시종들을 거칠게 내친 그녀는 결계 앞에 모인 모두를 훑어보았다. 하늘색 눈동자가 찬란하게 반짝거렸다.

"여기 다 모여 있었네."

그녀는 어깨뼈까지 내려오는 분홍색 단발이 찰랑이도록 앞머리를 시원스럽게 쓸어 넘기며 씨익 웃었다. 여전히 안색이 안 좋았지만, 그것을 가릴 만큼 생기 넘치는 웃음이었다.

"당사자 없는 데서 함부로 말해서야 쓰나. 처음부터 다시 해요. 나도 듣게."

아리아 크리시스가 깨어났다.

아리아의 등장은 이곳에 침묵을 가져오기에 충분했다. 아리아를 처음 본 샤마임과 제라를 포함한 장로들은 놀람을 감추지 못한 채 그녀를 응시했다.

'확실히, 유전자가 무섭네.'

나는 속으로 혀를 내둘렀다.

인간 세상에서 아리아의 분홍색 머리칼은 어딜 가든 눈에 튀었다. 요정족과 피가 섞이지 않는 이상 나올 수 없는 머리색이었으니, 그 희귀함이야 군이 설명할 필요도 없었다. 하지만 요정 숲에 온 지금 모두가 머리 색이 같아-하나같이 개성을 지녀 그들을 구분하는 데는 어려움이 없어도- 얼추 비슷해 보이건만.

테세우스와 아리아는 유독 같은 화가가 같은 그림체로 그린 듯 똑같은 분위기를 풍겼다. 숨길 수 없을 만큼 짙은 피였다.

"너……."

침묵을 깬 건 칼이었다. 아리아를 뚫어져라 응시하던 칼은 이내 눈을 부릅떴다.

"잠을 그렇게 퍼질러 자니 먼저 대화를 시작했지! 빨리빨리 안 일어나나!"

잠들어 있을 때 걱정하다가 깨어나니 유치하게 화를 내는 것이 영락없는 남매 사이였다.

"왜 일어나자마자 지랄이야? 내가 일어나기 싫어서 안 일어났겠어? 못 일어난 거지!"

이마에 교차로가 새겨진 아리아가 칼을 노려보았다. 확실히 그녀는 아직 제대로 움직일 수 있는 상태가 아니었다.

"근성으로 버텼어야 할 거 아닌가! 혹시 잘못됐을 줄 알고 얼마나 신경 쓰였는지 알긴 하나?"

"지금 일어났으니까 됐잖아, 머저리야!"

두 사람은 삿대질까지 하며 인간 망신의 역사를 썼다.

둘 다 나와는 애틋하면서 서로에게는 진짜 남매보다 더 진짜처럼 구니, 사실 내가 아니라 저 둘이 피가 이어진 게 아닌가 싶었다.

"그만, 그만합시다. 자리가 자리이지 않습니까."

이젠 급기야 서로를 향해 가운뎃손가락을 세우고 거칠게 들이미는 두 사람을 보다 못한 내가 칼의 손가락을 손수 접어 주며 뒤에서 그를 안다시피 하고 질질 끌어 떨어뜨려 놓았다.

"당신이…… 은하의 딸?"

가장 나이 든 장로가 혼란스러운 표정으로 아리아를 바라보았다. 처음엔 너무 닮아서 경이롭다는 듯한 표정으로 보더니 이젠 고상하기 짝이 없는 테세우스에게서 저런 성격의 딸이 나왔다는 것이 믿기지 않는다는 기색이었다.

헹 하며 약 올리는 미소를 띤 채 칼을 바라보던 아리아가 그 말에 정색했다.

"누가 누구 딸이래?"

이곳에 그 말뜻을 모르는 사람은 없었다. 공기가 경직되는 것을 느낀 나는 아리아에게 격렬한 눈빛을 보냈다.

'이 상황에서 거칠게 나가면 될 동맹도 안 된다.'

아리아를 조건으로 내걸어 거래할 생각은 추호도 없었지만, 살살 구슬릴 필요는 있었다. 나와 눈이 마주친 아리아는 우선 순순하게 나가자는 내 신호를 읽은 건지, 확실히 알아들었다는 듯 고개를 끄덕였다.

"나는 카이사르 칼라 드 케니스 크리시스의 딸이자 크리시스의 적법한 둘째 공녀예요. 내 혈통을 멋대로 논하지 마시죠."

'그거 아니야!'

나는 경악했다. 온건책으로 가자는 의미였건만, 초장부터 테세우스와 손절해 버린 것으로 보아 뭐라고 알아들었는지는 몰라도 완벽한 수신 오류였다.

"그거지."

오직 칼만이 만족스럽게 웃으며 고개를 끄덕였다. 나는 환장할 것 같은 기분 으로 테세우스를 슬쩍 곁눈질했다.

"아……."

말을 잃은 듯 탄식한 테세우스가 목울대를 울렁였다. 이젠 안색이 창백한 것 을 넘어 흙빛이 된 그는 정말 어떻게 해야 할지 모르겠다는 표정이었다. 아리아 를 제대로 쳐다보지도 못한다는 점에서 그가 가진 죄악감이 절절히 느껴졌다.

그가 관계를 회복하고 싶다는 마음이 일말이라도 있다면 내가 봐도 답이 없는 상황이었다.

"……결계는 복구되었으니 자세한 얘기는 들어가서 천천히 하는 것이 어떻겠 습니까?"

고양이가 툭 치기만 해도 와장창 깨질 것 같이 분위기가 얼어붙은 가운데, 한 숨을 푹 쉰 나는 자리를 정리했다.

찻잔에서 김이 모락모락 피어올랐다.

"으음. 처음 마셔 보는 차인데 향이 굉장히 좋아요."

"그럴 만하지. 그거 요정 숲에서만 나는 풀잎으로 우린 차거든."

"나쁘진 않군."

상황을 모르는 아리아에게 짧게 설명한 뒤 모두가 굳은 표정으로 찻잔에 손도 안 대는 지금, 여유롭게 티타임을 즐기는 건 아리아와 제라, 그리고 칼, 셋뿐이었다. 나는 죽이 잘 맞는-마이웨이인- 셋이서 스터디 그룹이라도 만들라고 제안하고 싶었다.

"……제 의견은 이렇습니다."

심란한 눈빛으로-요정족의 미래를 걱정한 것이 아닐까 싶다- 아리아를 바라보던 가장 나이 든 장로가 입을 열었다. 그가 주름진 손을 깍지 꼈다.

"동맹을 수락하는 조건으로 아리아 양께서 왕의 후계자로서 요정 숲에 남을 것. 이 정도는 요구할 수 있지 않나 싶군요."

"하! 웃기지도 않는군. 여태껏 요정들이 이 녀석에게 해 준 게 뭐가 있, 읍……."

"칼. 제가 얘기하겠습니다."

붉은 눈을 차갑게 번뜩이며 폭언을 장전하는 칼의 입을 빠르게 막은 나는 고개를 삐딱하게 기울인 채 장로를 마주했다.

"결계를 복구해 준 것으로 요정족에게 보인 호의는 충분하다고 본다만."

"그것은 그대들의 생각일 뿐이지. 우리가 외부와 관계를 맺는다는 건 그리 가벼운 결정이 아니네. 요정족의 역사를 바꾸는 게야. 이 정도 이득이 없는 이상 동의할 마음은 없네."

최대한 사람 좋게 웃으며 말했건만, 이어진 장로의 말은 내 입꼬리를 떨리게 하기에 충분했다. 나는 치솟는 화를 억누르며 더욱 웃었다.

"아리아 크리시스는 물건이 아니다."

"……."

"조건이니 이득이니, 마치 물건이라도 거래하는 것처럼 말하는군."

"그게 아니라……."

"아리아는 자의를 가진 인간이고, 가장 중요한 것은 그녀의 의지다. 설마 요정족은 싫다는 이를 억지로 후계자에 앉히는 야만적인 종족인 건 아니겠지."

미처 통제하지 못한 살기가 나에게서 나와 방 안을 가득 채웠다. 내 기운은 감정을 따라 요동쳤고, 나는 지금 불쾌했다.

"……그 부분은 사과하지. 악의는 없었다."

침음한 장로가 눈에 띄도록 소름이 돋은 자신의 목을 쓸며 답했다. 나직하게 한숨을 뱉은 나는 아리아를 돌아보았다.

"어떻게 생각해?"

나는 당연하게도, 곧바로 거절이 돌아올 거라고 생각했다.

하지만 예상과 다르게 아리아는 고민에 빠진 얼굴이었다.

"당신이…… 내 생물학적 아버지인가요?"

깊게 잠긴 하늘빛 눈동자가 테세우스를 지긋이 응시했다. 테세우스의 손이 의자의 팔걸이를 으스러져라 붙잡았다. 아리아가 등장한 이래 단 한 번도 그녀를 제대로 바라보지 못하던 그는 그제야 천천히 고개를 들었다.

"……그래."

애수에 젖은 황금색 눈동자는 그 자체로 예술품 같았다. 그 안에 담긴 감정이 어스름하게 들어오는 햇빛을 받은 스테인드글라스처럼 여러 갈래로 찢어져 수많은 빛깔로 산란했다.

그는 꼭 비극적인 슬픔을 마주한 비련의 주인공 같은 표정을 짓고 있었다. 피해자는 아리아인데도 그가 저런 표정인 것이 어처구니없으면서도 그 이유가 궁금해졌다.

아리아가 눈썹을 꿈틀거렸다.

"나를 그런 눈으로 보지 마요."

피가 이어지긴 한 모양이다. 말해 주지 않았는데도 내 생각과 똑같은 말을 했다.

테세우스가 황급히 시선을 내렸다. 아리아가 자신을 보기만 해도 안절부절못하는 것이, 아리아가 그를 죽도록 팬 적 있다고 해도 믿어질 지경이었다.

"내가 후계자가 되겠다고 하면 받아 주긴 할 건가요?"

"아리아 크리시스!"

"가만히 있어 봐."

쾅, 탁자를 내리치며 반발하는 칼에게 시선도 주지 않은 아리아는 테세우스만을 집요하게 눈에 담았다. 테세우스에게서 멀지 않은 곳에 앉은 내 눈에 그의 목덜미를 타고 흐르는 식은땀이 보였다.

"왕의 후계가 없다, 그런 소리는 얼핏 들은 것 같은데."

"……."

"그래도 그렇지. 나는 사생아잖아요? 누구 말마따나 목마르다고 흙탕물을 마실 순 없지."

내뱉는 말들 모두가 테세우스에겐 비수가 되어 꽂히는 것 같았으나 아리아의 목소리에선 악의가 느껴지지 않았다.

'내겐 부모가 없어. 나는 과거 이야기에 휘말리고 싶지 않고, 그 사람들의 이야기를 듣고 싶지 않아. 이건 원망이나 치기 어린 고집 같은 게 아니야. 그냥 궁금하지 않은 거야.'

이전에 말했던 대로 그녀는 자신의 생물학적 아버지라는 인물에 아예 관심이 없었다. 일이 이렇게 되어 어쩔 수 없이 마주했을 뿐, 그에게 자그마한 기대조차 품지 않은 것 같았다.

"태어난 이래 한 번도 얼굴을 비치지 않은 걸 보면 나를 달가워하지도 않는 것 같은데, 나를 후계자로 삼아도 괜찮은 건가요?"

가장 무서운 것은 적의가 아니라 무관심이다. 그 말을 뒷받침하듯 아리아가 무심하게 내뱉는 말들에 테세우스는 바스라지고 있었다.

숨조차 제대로 고르지 못하던 그는 한참이 지나서야 입을 열었다.

"무엇이든, 네 뜻대로 될 것이다."

몸이고 눈이고 모든 것이 속절없이 떨리는 와중에 목소리만큼은 확고했다. 아리아의 선택이 무엇이든 지지해 주겠다는 선명한 의지가 담겨 있었다.

"나는 네게 아비가 아닐지라도, 너는 나의 딸이니까."

그러나 이어진 말은 자신조차도 뱉어도 될지 확신하지 못한 듯 바람 앞에 등불처럼 떨렸다. 속삭임에 가까운 목소리였으나 듣지 못한 사람은 없었을 터.

"……그럼, 뭐. 결정했어요."

조금 미묘해졌던 표정을 금방 정리한 아리아가 당당하게 웃었다.

"제가 이곳에 남을 테니 동맹을 체결해 주세요."

아리아의 파격적인 결정은 이 공간에 파란을 일으켰다.

"미친 건가? 네가 왜 여기에 남아? 네가 왜 희생하느냔 말이야!"

좌중에 가장 큰 반응을 보인 건 칼이었다. 눈이 돌아간 그는 자리에서 벌떡 일어났다. 지나치게 호전적인 말투였으나, 나는 그것이 그의 걱정에서 비롯된 것임을 모르지 않았다.

"아, 다들 오해하지 말아 주었으면 하는데. 후계자가 되겠다는 소리는 아니에요."

"그게 무슨……."

폭탄을 터트려 놓고도 태연하게 차를 한 모금 들이켠 아리아가 눈을 휘었다. 만족스럽게 웃던 나이 든 장로가 미간을 좁혔다.

"마침 치유력을 제대로 연마하고 싶다는 생각을 하고 있었거든요. 그런데 가르쳐 줄 사람이 없으니 답답했는데 잘됐죠."

"……."

"당신들을 이용하려 해요. 이곳에 열흘 정도 머물러 볼 테니 내게 능력을 활용하는 법을 가르쳐 주세요."

"……."

"그동안 내 마음이 동하게 해 보든가요. 그럼 후계자가 되는 것을 고려는 해 보죠."

분명 조금 전까지만 해도 동맹을 제안하는 측인 우리가 을이었건만, 아리아는 참으로 여유롭고 능숙하게도 방향키를 우리에게로 가져왔다. 그것이 그녀의 능력이었다.

"참 뻔뻔한 아가씨네. 마음에 들어."

늘어지게 턱을 괴고 있던 제라가 히죽 웃었다. 그는 착용한 금테 안경의 오른쪽에 유리알 대신 박힌 망원경으로 아리아의 머리카락을 해부하듯 들여다보는, 의미를 알 수 없는 행동을 계속하는 중이었다.

"그 당돌함을 보니 왕의 재목이군요."

가장 크게 반발할 거라고 생각했던 나이 든 장로는 오히려 흡족해하는 표정이었다. 그는 이미 아리아를 후계자로 마음속에 내정해 둔 듯했다.

"저는 동의합니다. 폐하께서는 어떠십니까?"

그가 테세우스를 돌아보았다. 멍하니 아리아를 바라보던 테세우스는 아주 희미한 목소리로 중얼거렸다.

"안테이아……."

숨소리와 같은 크기였기에 이번만큼은 나만 들었으리라고 확신할 수 있었다.

깊이를 측량할 수 없는 두 눈을 느리게 감았다 뜬 테세우스가 입을 열었다.

"내 적법한 후계는 지금으로도 이후로도 저 아이뿐이다."

그 순간 나는 처음으로 그의 두 눈에 생기가 스쳐 지나가는 것을 보았다.

이후 제라는 당연하게도 찬성했다. 또 다른 장로 또한 분위기에 휘말린 듯 찬성하고, 샤마임은 동맹을 해야 한다는 부분이 걸리는 것 같았으나 후계를 위해 정말 마지못한 얼굴로 찬성했다.

나는 주머니에서 동맹 약조 서류를 꺼냈다.

서류에 적힌 내용은 별거 없었다. 전쟁 중에 요정족은 제국에게 치유력을 제공하고 제국은 요정 숲의 재건을 원조하며, 만일 또다시 북부가 침입한다면 병력 또한 지원한다. 전쟁이 끝난 뒤에도 원만한 관계로 지낸다.

긴 토의를 거치지 않고도 모두가 불만 없이 동의했다.

화아악-

테세우스가 허공에 손짓하자 빛과 함께 왕의 인장으로 보이는 손바닥만 한 도장과 인주가 등장했다. 도장의 표면에 붉은 인주를 묻힌 그는 망설임 없이 이미 헬리오스의 도장이 찍혀 있는 곳 옆에 도장을 찍었다.

"이로써 솔라티네 제국과의 동맹을 체결한다."

'됐다.'

가장 큰 과제를 해결한 나는 한시름 놓으며 푹 한숨을 쉬었다. 이젠 당당하게 제국에 돌아갈 수 있었다.

"그 외에 후계자 교육 건으로 논의할 필요가 있으니 장로들은 이곳에 남고 그대들은……."

"아니, 다른 거 논하기 전에 말이에요."

테세우스가 능숙하게 자리를 파하려 할 때 아리아가 끼어들었다. 테세우스의 어깨가 흠칫하며 떨렸다.

"테세우스 은하라고 했나……."

"……."

"은하께서는 잠시 저 좀 보셔야죠."

곱게 휘어지는 하늘빛 눈동자는 어쩐지 소악마 같았다.

"……그래야지. 다들 나가 보게."

얼어붙어 있던 테세우스가 신음과도 같은 목소리로 간신히 대답했다. 그의 얼굴이 어찌나 창백했던지, 나는 아리아가 원격 조종이 가능한 투명한 손으로 테세우스의 목을 조르고 있다고 해도 믿을 것 같았다.

"언니는 남아. 아. 너도."

단둘이서 얘기하려는 건가 싶어 나도 주섬주섬 자리를 정리할 때 아리아가 고개를 까닥였다. 어정쩡한 자세로 멈춘 나는 얼떨떨하게 다시 앉았고, 같이 지목당한 칼은 애초에 자리를 뜰 생각이 없었던 것처럼 당당하게 다리를 꼬고 앉은 채로 고개를 끄덕였다.

탁.

다른 장로들이 모두 나가고, 잠시 침묵이 방 안을 감돌았다.

'아리아와 아리아의 생물학적 아버지, 아리아의 동복 언니인 나, 아리아와 피가 섞이진 않았지만 법적으로 남매인 칼⋯⋯.'

객관적으로 정리해 보면 미친 콩가루 같은 조합이었다. 침묵이 길어진다 싶을 때 아리아가 입을 열었다.

"나한테 할 말 없어요?"

깊게 턱을 괸 채 삐딱하게 고개를 기울인 아리아의 모습은 깡패를 방불케 할 정도로 불량했다. 허공을 바라보던 테세우스가 손끝을 꾹꾹 눌렀다.

"무슨, 말이든⋯⋯."

"⋯⋯."

"변명처럼 느껴질 것 같아서⋯⋯."

그 순간의 테세우스는 칼조차 조금 안쓰럽게 바라보았을 정도로 얼굴이 하얗게 질려 있었다.

'이 부분은⋯⋯ 아리아랑 반대인가?'

아리아는 청초하고 연약하게 생겨서는 엑스칼리버로 미친 듯이 망치질해도 깨지지 않을 단단한 정신의 소유자이건만, 테세우스는 자기 팔이 잘려 나갈 때도 초연하게 차나 마실 것같이 생긴 주제에 쉽게 깨지는 유리로 만들어진 마음을 가진 것 같았다.

'어쩌면 이 안건에서만 그런 건지도 모르지.'

"알긴 아는군요."

작게 코웃음 친 아리아가 가만히 눈을 감았다.

충직한 검이 되려 했는데 4

"당신이 나를 버렸다면, 나도 당신을 버려요. 나는 나를 버린 이에게 허황된 애정을 갈구할 생각도, 당연한 보호를 요구할 생각도 없었어요. 애초에 만나고 싶지도 않았고."

"……"

"하지만 일이 이렇게 된 이상 사정 정도는 들어도 되지 않나 싶어서요."

기다란 속눈썹이 팔랑거리고, 아침 하늘을 담은 두 눈이 선명하게 빛났다.

"말해 주세요. 어째서 나를 버렸고, 왜 지금은 후계자로 인정하는지."

"……"

"그리고 왜 나와 언니를 그런 눈으로 바라보는지."

아리아의 질문은 핵심을 꿰뚫는 질문이었다.

"아……."

테세우스는 날카로운 무언가에 심장이 찔린 사람처럼 고통스러워하는 표정이었다. 온갖 아름다운 비극을 모아 빚은 듯한 그의 얼굴은 보는 이로 하여금 감정이 전이되게 만들었다.

"자리를…… 좀 옮겨도 되겠나?"

파르르 떨리는 속눈썹을 손끝으로 꾹 눌렀다 뗀 그가 금방이라도 바스러질 듯 흐릿하게 미소 지었다.

━•⟞❦⟝•━

앞장선 테세우스가 우리를 이끈 곳은 왕궁의 긴 복도 끝에 위치한 문 앞이었다. 요정족 특유의 건축 기술로 지어진 것으로 보이는 내부에 눈이 팔려 있던 나는 뒤늦게 발걸음을 멈췄다.

"북부의 침략으로 인해 왕궁이 반파되었을 때 가장 먼저 수리한 곳이다. 내 방보다 더 먼저."

원목으로 된 방문을 짚은 테세우스가 한숨처럼 속삭였다. 조금 망설이던 그는 이내 신성한 의식을 치르는 신전의 사제처럼 비장한 얼굴로 문을 열었다.

기름칠이 잘된 건지 문이 작은 소음조차 내지 않고 열리며 펼쳐진 방 안은 정갈했다. 갈색과 녹색의 조화를 통해 온화한 분위기를 풍겼고, 둥근 창이 삼면에 배치되어 햇살이 담뿍 들어왔다. 통상적으로 '작은 요정들이 사는 곳'을 상상했을 때 딱 떠오를 만한 공간이었다.

얼마 전까지만 해도 들어와서 관리한 건지 내가 탁자 위 꽃병에 꽂힌 싱싱한 은방울꽃을 살펴볼 때, 테세우스가 멀지 않은 곳에서 멈춰 섰다.

"조금 전 만났던 제라 장로를 기억하나?"

"아, 그 머리카락에 폭탄 맞은 미치광이?"

탁자에 놓인 마도구를 신기한 듯 툭툭 건드리던 칼이 신랄하게 대답했다. 국가적 문제를 일으켜도 수백 번은 일으킬 말솜씨였다. 그의 직업이 외교관이 아니어서 다행이었다.

"그래. 그 사람. 아주 오랜 세월을 사는 요정들 사이에선 굉장히 젊은데도 '대현자'라는 명예로운 존칭을 수여받은 이지."

"음."

"그가 요정족을 위해 한 일은 아주 많지만…… 내가 그에게 그 존칭을 선사한 이유는 단 하나다."

서랍장 앞에 선 그가 그 위에 놓여 있던 손거울을 집어 들었다.

"기억을 다시 볼 수 있는 마도구를 발명해 냈기 때문이지."

깨끗한 거울 속에 비친 테세우스의 얼굴은 회한에 물들어 있었다.

"그거 분해해 보면…… 안 되겠지. 역시."

눈이 빙글 돌아서는 신기한 거울에 달려들려던 칼조차 테세우스의 표정을 보고 물러섰다.

팔짱을 낀 채 의미를 알 수 없는 눈빛으로 테세우스를 지켜보던 아리아가 마

　　　　　　　　　　　　　　　　　　충직한 검이 되려 했는데 4

른 입술을 혀로 축였다.

"직접 보여 주려는 거군요. 우리가 모르는 과거를."

테세우스가 묵묵하게 고개를 끄덕였다. 자신의 얼굴을 거울 속에 똑바로 비춘 그가 순은으로 만들어진 거울 손잡이 중앙의 붉은 보석을 꾹 눌렀다.

화악-

하얀 빛이 거울에서 퍼져 나왔다 이내 사그라들었다. 그곳엔 마치 이계로 들어가는 문처럼 기묘한 빛깔을 발하며 둥글게 돌아가는 무언가가 형성되어 있었다.

"보는 것을 넘어, 경험하게 하지. 돌아갈 수도, 돌이킬 수도 없는 순간을."

희미하게 떨리는 목소리로 중얼거린 그가 우리에게로 몸을 돌렸다.

"경험해 보겠느냐, 내 삶에서 가장 아름다웠던 순간을?"

지는 태양의 황량한 황금빛을 담은 두 눈이 물기로 일렁였다. 그는 이 순간을 정말 간신히 버티고 있는 것처럼 보였다.

잠시간의 침묵.

서로를 돌아본 칼과 아리아, 그리고 나는 약속이라도 한 것처럼 동시에 고개를 끄덕였다.

"여기까지 온 이상 봐야죠."

"나야 두 다리쯤 건넌 사람이긴 한데, 내 여동생들과 관련된 것이니 확인해야지."

"궁금했다. 줄곧."

비극이 두려워 물러설 사람은 이곳에 없었다.

떨리는 웃음을 낮게 뱉은 테세우스가 가운데에 선 내게 거울을 내밀었다.

"이곳에 손을 얹어라."

손잡이를 잡아 든 나는 금방이라도 모든 것을 빨아들일 블랙홀처럼 신비롭게 일렁이는 거울 속을 들여다보다가 그 위에 손을 얹었다.

툭, 툭.

내 손보다 조금 작고 고운 손과 반 마디 정도 더 크고 뼈마디가 굵은 손이 잇따
라 얹어졌다.

화아악-!

이내 밝은 빛이 터져 나왔고, 몸이 빨려 들어가는 듯한 기묘한 감각과 함께 나
는 의식을 잃었다.

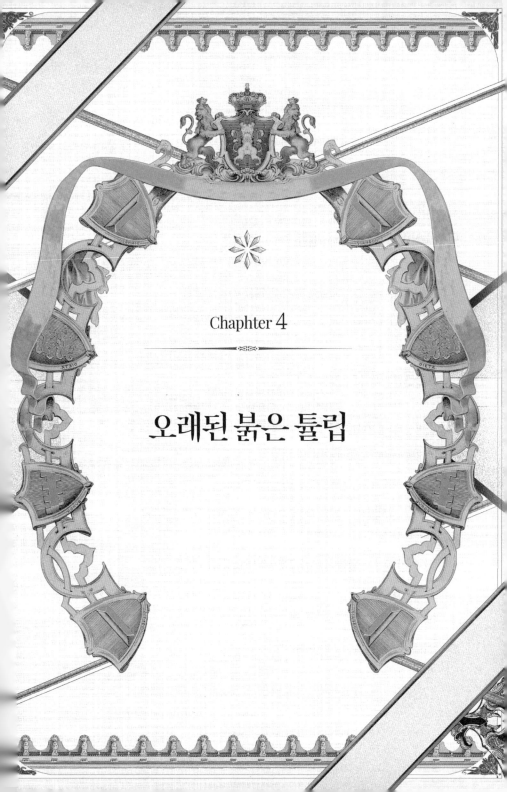

Chaphter 4

오래된 붉은 튤립

"아!"

짧은 탄식과 함께 눈을 떴다. 졸았다가 번쩍 깼을 때의 벙벙하고 몽롱한 감각이 몸을 지배했다. 고개를 휘저어 정신을 차린 나는 빠르게 자리에서 일어났다.

"여긴……."

놀랄 수밖에 없었다.

이곳은 내가 익히 잘 아는 곳.

"어렸을 때 살던 사창가 골목이잖아……."

나의 근원인 시궁창이었다. 나는 내 손을 내려다보았다. 눈을 뜬 순간 지나치게 가벼운 몸에 예상했던 것처럼 나는 영혼만 남은 상태였다.

'기억을 담은 거울에 손을 댄 대상의 영혼을 그 순간으로 이동시키는 건가. 이건…… 정말 대현자라는 존칭을 받을 만하군.'

이걸 발명했다는 제라는 칼에 필적할 만한 천재임이 확실했다.

나는 주변을 두리번거렸다.

'칼과 아리아는 없는 것으로 보아 참여한 인원수에 관계없이 각자 떨어져 경험하는 모양이고.'

시간은 노을이 질 무렵, 해 질 녘과 저녁 사이였다. 골목을 나가 보려는 그때 골목 반대편 끝에서 소음이 들렸다.

퍽.

"……윽."

충직한 검이 되려 했는데 4

"야, 이 새끼 도련님이라고 신음 참는 거 봐. 웃기지 않냐?"

낄낄. 저열한 웃음이 거리를 가득 메웠다. 미간을 좁힌 채 그곳을 응시하던 나는 이내 눈을 커다랗게 떴다.

"테세……우스?"

얼핏 봐도 불량한 깡패에게 둘러싸여 밟히고 있는 건 요정왕 테세우스였다.

물론 현재의 그와는 거리가 있었다. 이곳의 그는 훨씬 젊어 보이는 데다 머리색이 분홍색이 아니라 나 같은 칠흑빛이었다. 고귀한 황금빛 눈동자만이 동일했으나, 빛을 잃은 지금과는 다르게 분노에 찬 중에도 찬란하게 반짝였다.

"가지고 있는 보석은, 윽, 다 주었지 않나! 왜, 계속 때리는 건가!"

"하. 귀하게 자라서 그런가 순진하네."

'요정들은 성인이 되면 필수적으로 인간 세상을 체험해야 한다고 했지. 테세우스도 그 시기가 있었던 건가?'

그럼 머리를 검게 물들인 것도 이해가 됐다. 분홍색 머리카락은 너무 튀었을 테니까. 천천히 상황을 이해하던 나는 테세우스의 하얀 이마를 무참하게 짓밟는 무뢰배의 구둣발에 얼굴을 찡그렸다.

"재수 없다고. 너같이 험한 꼴 본 적 없는 것 같은 새끼가 이 근방을 들락거리는 게. 이참에 세상 물정 배운다고 생각해."

쉬익!

나는 망설임 없이 허리춤에서 단도를 뽑아 무뢰배의 어깨에 던졌다.

파스스-

'역시 안 되네……'

내 몸처럼 반투명하던 단도는 무뢰배의 어깨에 닿자마자 가루처럼 부서져 사라져 버렸다. 현실이 아니라 기억 속이었으니 당연했다.

저벅저벅.

아쉬운 마음에 입맛을 다시다가 등 뒤에 인기척을 느끼고 빠르게 고개를 돌리던 찰나였다.

스윽.

누군가가 내 몸을 관통해서 앞질러 갔다.

내 몸이 뚫리는 것을 생생히 지켜보는 건 정말 묘한 기분이었다. 나는 멍하니 그 사람의 뒷모습을 바라보았다.

살랑.

높게 묶인 갈색 포니테일이 말 꼬리처럼 흔들렸다. 수수한 원피스 아래로 뻗은 다리는 나아가는 데 망설임이 없었다.

"바빠 보이는 와중에 미안한데."

탁.

폭행의 현장 앞에 멈춰 선 젊은 여성이 고개를 모로 기울였다.

"잠시 비켜 주겠어?"

더러운 뒷골목에 어울리지 않는 차분한 미성. 반듯하게 갖추어진 말투와 몸가짐에선 지울 수 없는 고귀함이 느껴졌다.

보이는 것은 뒤통수뿐인데도 분명히 알 수 있었다.

"안테이아 헬라……."

저 사람이 내 어머니였다.

"하! 죽고 싶나 보지?"

"영웅 짓 좀 하고 싶은 모양인데, 참견하지 말고 꺼져."

험악하게 인상을 구긴 무뢰배가 허세에 찌든 목소리로 껄렁거렸다. 그러거나 말거나, 안테이아는 태평하게 턱으로 그들 너머를 가리켰다.

"이곳에서 뭘 하든 관심 없다만, 그 뒤가 숲으로 가는 길이라서."

꾸욱.

"윽……."

"맞고 있는 와중에 미안하지만 비켜 주렴."

그녀가 굽이 높지 않은 단화를 신은 발로 바닥에 널브러진 테세우스의 뺨을 밟듯이 눌러 그의 몸을 밀었다. 몸에서 성한 곳을 찾기 힘든 테세우스가 힘없이 밀려났다. 그의 황금빛 눈동자가 혼란스러운 기색을 담고 안테이아를 올려다보았다.

'아리아 성격이 어머니 쪽이었군……'

벽에 반쯤 기댄 채 연극을 감상하는 기분으로 상황을 지켜보던 나는 탄식했다. 저 미친 마이웨이 기질과 질식할 듯 강한 기. 같은 피가 분명했다.

"웬 미친 새끼가……. 여자라고 봐줄 것 같냐? 안 꺼져?"

무뢰배 중 한 놈이 안테이아를 향해 거친 손을 뻗을 때였다.

파앗.

"크악!"

경이로운 속도로 수인을 맺어 왼손에 마법진을 펼친 안테이아가 검지와 중지를 아래로 까딱였다. 그 손놀림에 따라 무뢰한이 무형의 힘에 눌린 것처럼 엎어졌다.

"……마법사?"

"뭔…… 윽!"

휙, 휙.

당황한 그들이 상황을 파악하기도 전에 또 다른 마법진을 만든 그녀가 무뢰배를 단숨에 제압했다.

'제국 아카데미 마법부의 수석이었다고 했지.'

과연 그에 걸맞은 실력이었다. 내가 아리아의 마법 실력 또한 안테이아에게서 온 것을 다시금 깨달으며 감탄할 때였다. 그녀가 은빛 마법진으로 감싸인 주먹을 꽉 쥐었다.

"커헉!"

"허윽!"

무뢰배가 일제히 자기 목을 두 손으로 잡고 꺽꺽거렸다. 마치 보이지 않는 손에 숨통이 졸리고 있는 것 같았다. 그녀는 아주 당연하다는 듯 그들을 죽이려 하고 있었다.

'은빛 늑대족의 처우를 개선해 달라고 상소문을 올리던 그 안테이아 헬라가…… 이럴 리 없는데.'

무언가 완전히 뒤틀려 버린 듯한 안테이아를 보며 미간을 좁히던 나는 무언가 깨닫고 숨을 크게 들이쉬었다.

'테세우스를 만날 시기면 아리아가 태어날 시기고, 그땐 내 어머니의 동생인 심포니가 죽은 지 오래일 때겠구나.'

카이사르에게 들었던 안테이아의 과거가 떠올랐다. 안테이아는 자신의 동생 심포니를 살리기 위해 카이사르에게 함께 밤을 보내 줄 것까지 애원했으나 결국 동생을 지키지 못했다. 심포니는, 안테이아의 무채색 세상 속 색깔은, 그녀의 빌어먹을 아비와 함께 빚쟁이들이 지른 불에 타 한 줌의 재로 사라져 버렸다.

'만약 아리아를 지키지 못했다면…… 나도 저렇게 되어 버렸을까.'

안테이아는 눈을 뒤집은 채 죽어 가는 무뢰배를 아무런 느낌 없이 지켜보았다. 그 모습에 내가 속이 꽉 막힌 기분을 느끼며 목울대를 울렁였을까.

꾹.

"죽이진 마세요……."

피와 흙으로 더러워진 손이 안테이아의 가느다란 발목을 붙잡았다.

"……."

"그러지, 마세요. 그렇게 쉽게, 누군가를 죽이면 안 됩니다."

안테이아를 간절하게 올려다보는 테세우스의 금안은 올곧았고, 빛났다. 사람을 굳게 믿는 충직한 대형견 같은 이만 그곳에 있었다.

'무엇이 그런 당신을 지금처럼 만들어 버린 거지?'

처연한 비극을 머금은 채 죽어 가는 현재의 테세우스와는 딴판이었다.

나는 그런 테세우스를 내려다보고 있는 안테이아가 어떤 표정일지 궁금했다.

충직한 검이 되려 했는데 4

스르륵.

안테이아의 주먹 쥔 손이 풀리고, 겨우 숨을 쉬기 시작한 무뢰배는 하나같이 정신을 잃고 쓰러졌다.

"······바보 같네."

나직하게 중얼거린 그녀가 어깨에 걸치고 있던 어두운 붉은색 망토를 머리에 뒤집어썼다.

"이 근방은 질이 나빠. 함부로 돌아다니지 말고 빨리 다른 동네로 가."

터벅터벅.

무심하게 말을 흘린 안테이아는 미련 없이 숲으로 걸어갔다.

"저기, 잠깐······!"

테세우스가 황급히 그녀를 붙잡았다. 그녀의 발걸음이 잠시 멈췄다.

"이 동네를······ 나가는 길을 알아요?"

"웃기네······."

맥이 탁 풀리는 바보 같은 질문에 지켜보던 내가 헛웃음을 지었다. 테세우스 본인 또한 민망한지 안테이아의 시선을 피한 채였다.

"······진짜 바보 같아."

웃음기 섞인 중얼거림을 뱉은 안테이아가 뒤를 돌아보았다.

"뭐 해?"

"어······."

"널브러져 있지 말고 일어나."

황혼과 밤의 경계. 손톱만 한 초승달이 희미하게 보이기 시작한 마법의 시간에 두 남녀가 시선을 마주했다.

가로등 빛을 받아 별빛으로 반짝이는 안테이아의 회색 눈동자가 희미하게 휘었다.

그 순간 테세우스가 느낀 강렬한 감정이 전이되어 내게 전해졌다. 기묘한 느낌에 가슴을 움켜쥔 나는 탄식을 내뱉었다.

"가자."

그렇구나. 당신은 이때 지상에도 별이 있다는 것을 처음 알았구나. 그리고 빙글빙글 도는 놀이기구에 탑승한 듯한 느낌과 함께 장면이 전환되었다.

'어우……'

기억 속에서의 이동은 순간이동보다 더 끔찍한 느낌이었다. 속이 좋지 않아 명치를 꾹꾹 누르던 나는 들려오는 대화 소리에 귀를 기울였다.

"왜 하필 한밤중에 약초를 캐는 거예요?"

"초승초는 초승달 뜬 밤에만 얻을 수 있어."

테세우스와 안테이아의 목소리였다. 그제야 주위 풍경이 눈에 들어왔다.

달빛이 어스름하게 들어오는 깊은 숲속, 안테이아와 테세우스는 등불을 조명 삼아 풀밭에서 약초를 캐고 있었다.

'아는 곳이네.'

나는 추억에 젖어 주위를 둘러보았다.

숲은 나의 영역이다. 그동안 숲이란 숲은 다 들쑤시고 다녔기에 사창가 골목을 통해 이어진 이 숲 또한 내겐 익숙했다.

쓸 만한 약초가 꽤 자라는 곳이라 아리아의 병을 약초로 고쳐 보겠다고 난리를 치던 시절에는 약초를 캐러 집처럼 들락거리던 곳이기도 했다.

"초승초는 왜요?"

"보통은 팔기 위해서지만, 오늘은 내 아이를 위해서야. 피부가 여려서 뺨에 포진이 생겼거든."

테세우스가 호기심 많은 강아지처럼 기웃거렸다. 안테이아는 덤덤한 투로 답하며 그가 들고 있는 바구니에 갓 캔 초승초를 넣었다. 테세우스의 얼굴에 놀라움이 깃들었다.

"아이가 있으세요?"

하기야 놀랄 만도 했다. 안테이아는 굉장히 젊어 보였으니까. 저 얼굴로 엄마라니, 미래를 몰랐다면 나 또한 믿기 어려웠으리라.

천천히 눈을 깜빡인 그녀가 고개를 끄덕였다.

"응. 두 살 된 아이."

'나구나.'

벌써 아리아가 있을 리는 없으니 나뿐이다.

안테이아는 원피스 끝자락을 툭툭 털고 일어나며 희미하게 웃었다.

"아주 사랑스러워."

그렇게 말하는 회색 눈동자는 따스해서, 나는 정말로 기분이 이상해졌다.

"묵을 곳, 없다고 했지?"

"아, 네."

"오늘 밤은 우리 집에서 묵어. 시간이 늦었으니까."

안테이아가 무심한 표정으로 마지막 초승초를 바구니에 넣었다.

"짐꾼이 되어 준 보답으로 하자."

무심한 그녀는 의외로 상냥했다. 그래서 기묘하고도 매력적이었다.

"……왜 저를 구해 주셨어요?"

바구니를 품에 안은 테세우스가 생각이 많아 보이는 낯으로 안테이아를 바라보았다.

"길을 막고 있던 장애물들을 치운 것뿐이야."

"아뇨."

건조한 답변에 곧바로 반박한 테세우스가 안테이아를 똑바로 쳐다보았다.

"그 순간, 당신은 분명 저를 구했어요."

황금빛 두 눈은 너무 맑아서 숨겨진 그 너머까지 읽어 버린 것만 같았다. 그의 얼굴엔 확신이 서려 있었다.

"……그럼 나도 물을까?"

잠시 침묵하던 안테이아가 조용히 그와 눈을 맞추었다.

"왜 너는 불량배에게 가만히 당해 주었어?"

"네?"

"빠져나올 수 있었잖아."

그녀의 손끝이 테세우스의 흰 와이셔츠 소매를 사뿐히 걸었다. 당황한 테세우스가 뿌리치기 전에 그의 팔뚝이 드러났다.

'싸움을 배운 사람이네.'

처음 테세우스의 손을 봤을 때부터 예상했지만, 무기를 잡으며 다듬어진 것이 분명한 그의 단단한 팔을 보니 확신할 수 있었다. 그는 조금 전 허접한 무뢰배쯤은 단번에 제압할 수 있는 실력의 소유자였다.

"죽일 수 있으면서 왜 그러고 있었던 거야?"

안테이아는 정말 이해되지 않는다는 표정으로 테세우스를 올려다보았다.

"그게……."

"……."

"인간은 회복력이 부족하니까요. 어느 정도로 해야 뼈가 부러지지 않을지 감이 안 와서……."

그가 머리를 긁적였다. 정말 미련한 대답이었다. 자신을 괴롭히는 이가 다칠까 봐 저항하지 못했다니.

"넌 정말 바보로구나."

하지만 그런 미련함은 따사롭지 않던가. 메말라 있던 안테이아가 웃음을 터트릴 만큼.

"게다가 꼭 너 자신은 인간이 아닌 것처럼 말하네."

"헉. 그게 아니라……!"

"됐어."

안테이아는 당황한 테세우스가 변명할 틈도 주지 않고 발걸음을 옮겼다. 테세

충직한 검이 되려 했는데 4

우스가 급히 뒤따랐다.

"허접해……."

나는 헛웃음을 지으며 중얼거렸다. 이때의 테세우스는 꽤나 맹했던 모양이었다.

"그래서 구해 준 거야. 빠져나올 수 있는데도 당하고 있는 것이 우스워서."

안테이아가 밤하늘을 올려다보았다.

"이름이 뭐야?"

"테세우스……입니다."

"나는 오드리. 갈 곳 없지?"

"……어떻게 아셨죠?"

도련님같이 생기긴 했지만, 여기까지 따라온 것만 봐도 방황하는 중임을 쉽게 유추할 수 있었다.

안테이아가 테세우스를 돌아보았다.

"원하는 만큼 우리 집에 묵어도 좋지만, 집 안에선 조용히 해야 해. 아이가 자고 있으니까."

정말 갈 곳이 없었나 보다. 그 말에 눈을 빛낸 테세우스가 크게 고개를 끄덕였다.

"네, 오드리 씨!"

동화 같은 사랑 이야기의 첫 장면을 장식하기에 알맞은 순간이었다.

또다시 장면이 전환되었다. 장기가 뒤틀리는 감각에 눈을 질끈 감다가 시간이 조금 지난 뒤에야 정신을 차리고 주위를 둘러볼 수 있었다.

"아리아 방이네."

바뀐 공간은 6살에 이사를 하기 전까지 지냈던 옛날 집, 그중에서도 아리아의 방이었다. 하지만 침대에 걸터앉아 있는 건 아리아가 아니라 테세우스였다. 안테이아가 그에게 내준 방이 이곳인 모양이었다. 금방 씻었는지 축축한 그의 머리카락은 조금 전 보았던 흑색이 아닌 원래의 분홍색이었다.

"아니, 뭔……!"

나는 시야가 흐려 테세우스가 뭘 하고 있는지 알기 위해 뚫어져라 응시하다가, 시야가 선명해지는 동시에 기겁하며 뒤로 돌았다.

"윽……."

테세우스는 상의를 탈의하고 날개까지 펼친 채 상처에 연고를 바르고 있었다.

'몸 참 좋은데…….'

아무리 환영이라고 해도 테세우스의 맨몸을 보고 싶은 마음은 추호도 없었다. 나는 조금 전 보았던 그의 벗은 상체를 잊으려 노력하며 벽에 머리를 박았다.

"아윽…… 아주 구석구석 때렸군……."

"아오, 문 열라고!"

퉁퉁.

고통에 찬 신음까지 듣고 있으려니 정말 죄를 짓는 기분이라 방을 나가려고 시도해 봤으나, 문손잡이는 잡히지도 않을뿐더러 그냥 문을 통과해 보려 해도 자꾸 튕겨져 나왔다. 테세우스의 기억이어서 그런지 그가 경험했던 순간과 공간에만 존재할 수 있는 것 같았다.

'이거 언제 끝나나?'

문 앞에 서서 이 순간이 끝나기만을 기다리고 있었을까.

벌컥.

"깜빡하고 붕대를 안 줬구나. 여기……."

"헉!"

문을 벌컥 연 안테이아가 또다시 내 몸을 뚫고 들어오다가 눈이 커져서는 우뚝 멈춰 섰다. 놀란 테세우스가 기겁하며 연고를 던지듯 떨어뜨렸다.

툭, 데구르르—

연고가 바닥을 구르는 소리를 끝으로 숨 막히는 침묵이 방 안을 지배했다.

"진짜 허접한데."

입을 벌리고 상황을 지켜보던 나는 작게 중얼거렸다.

젊은 테세우스는 믿기지 않을 만큼 어리바리했다. 아무리 방에 혼자 있다고 해도 머리카락 색을 원래대로 되돌려 놓고 날개까지 펼치고 있었던 건 명백한 실수였다.

"아니, 이게, 이건……."

테세우스가 패닉에 가까운 표정으로 더듬거리거나 말거나, 테세우스의 화려한 분홍색 머리칼과 새하얀 날개를 번갈아 보던 안테이아가 중얼거렸다.

"굉장하네……."

날개 달린 사람을 본 뒤의 반응이라고는 믿기지 않을 만큼 무미건조했다.

"노크 없이 들어와서 미안하구나. 다른 사람을 들이지 않은 지 오래라 실수했어."

"그, 제가, 이걸 숨기고 싶어서 숨긴 건 아니고, 이게, 함부로 밝히면 안 되는 거라서……."

"음. 사실 예상했어."

크고 긴 날개로 자신의 드러난 상체를 숨기다시피 감싼 채 횡설수설하던 테세우스가 뻣뻣하게 굳었다.

"……네? 대체 어떻게……."

"분위기도 그렇고, 상황도 되게 고전적이었잖아. 너는 모르겠지만 인간 세상엔 이런 내용의 소설이 많거든."

어느새 평소와 같은 낯으로 돌아온 안테이아가 테세우스 옆에 붕대를 내려놓았다. 멍한 표정의 테세우스와 완전히 침착함을 되찾은 안테이아가 동시에 입을 열었다.

"하늘에서 떨어진 천사인 거지? 이런 이야기는 구전으로 꽤…… 뭐?"

"겨우 그것만으로 제가 요정왕의 후계자라는 걸 알아…… 네?"

동시에 나왔으나 내용은 사뭇 다른 두 사람의 말이 흐려진 뒤 또다시 지옥 같은 침묵이 이곳을 감쌌다. 안테이아와 테세우스가 서로를 믿지 않는다는 시선으로 바라보았다.

"어이가 없네……."

몇 번째인지 모를 내 헛웃음을 끝으로 또다시 장면이 전환되었다.

"이것 좀 그만하고 싶다, 진짜……."

나는 치밀어 오르는 신물을 삼키며 앞머리를 거칠게 쓸어 넘겼다.

이곳은 집의 거실이었고, 창문을 통해 햇살이 들어오는 걸로 보아 아침이었다.

"정말이네요. 너무 사랑스러워요."

등 뒤에서 테세우스의 목소리가 들렸다. 목소리만 들어도 그가 들떠 있다는 것을 알아차릴 수 있었다. 나는 빠르게 몸을 돌렸다.

'아.'

그리고 둔기로 머리를 얻어맞은 듯한 충격을 받았다. 안테이아는 무릎에 아이를 앉히고 있었다. 갓난아이의 태를 벗고, 이젠 그녀의 작은 품에 다 안기에는 조금 벅차 보이는 두 살배기의 여자아이였다. 작은 머리통에 덮인 검은 머리칼은 도토리 껍데기 같았다. 커다란 진분홍색 눈이 안테이아를 향해 순진하게 끔뻑였다.

"엄, 마."

충직한 검이 되려 했는데 4

온전치 못한 발음으로 그녀를 부른 아이가 무해하게 두 팔을 벌렸다.

"안아, 줘."

그 아이는 나였다.

"우욱."

황급히 시선을 돌린 나는 입을 틀어막았다. 만약 육체가 있었다면 정말로 토사물을 보았을 것이다. 영혼 상태이므로 구토할 수 있을 리가 없는데도 끊임없이 헛구역질을 했다.

소드 마스터가 아니고, 강하지도 않으며, 누군가를 지키긴커녕 도움 없이는 살 수 없는 나.

어쩌면 7살 이전 유년기 시절의 기억이 없는 것은 내게 축복일지도 모르겠다.

'……역겹다.'

지금의 나를 사랑하는 것도 이제야 배우는 중이건만, 저렇게 약했을 때의 나를 나 자신이 감당할 수 있을 리 없었다.

나는 두 눈 뜨고 지켜보기도 어려운데 안테이아는 비위 좋게도 자신에게 팔을 벌린 아이를 기꺼이 안아 들었다. 그러곤 고요한 눈으로 내려다보더니 탁자에 놓여 있던 빻은 초승초를 붉게 부어오른 아이의 뺨에 살살 발라 주었다.

"으응."

아이는 상처에 닿는 손길이 따가운지 눈을 꾹 감았다. 그러나 그 나이 때의 아이답게 울지도, 징징거리지도 않았다. 아이의 머리를 살살 쓰다듬어 주던 안테이아가 천천히 입을 열었다.

"있지."

"네, 오드리 씨."

"아이 키우는 법을 알아?"

"으음, 잘 안다고는 하기 어렵지만…… 요정족은 기본적으로 공동육아를 해요. 새로운 아이가 태어나면 요정 숲의 모든 요정이 그 아이의 선생님이 되어 줘야 하죠. 저도 요정족의 일원으로서 아이들을 가르쳤고, 양육법은 요정으로서의 기본 소양이니 조금은 안다고 할 수 있겠네요."

아이에게서 반짝이는 두 눈을 떼지 못하던 테세우스가 답했다. 그는 아이를 좋아하는 것 같았다. 그는 끔찍하게 연약한 아이를 벅차도록 사랑스럽다는 눈빛으로 바라보았다. 나는 다시 한 번 아무것도 토하지 않는 구역질을 해야 했다.

"아이가 울지를 않아. 갓난아기였을 적에도 소리 없이 울더니, 돌이 지난 후엔 그것조차 안 해."

"……정말요?"

"응. 이 나이 때의 아이들은 보통 많이 울지 않나?"

"보통은 그렇죠. 인간보다 발육이 빠른 요정족의 아이들도 두 살 때라면 시끄럽게 우는걸요."

살짝 미간을 좁힌 테세우스가 자신의 턱을 만지작거렸다. 덤덤하게 아이의 상태를 말하던 안테이아는 테세우스의 확답에 조금 안색이 어두워졌다.

"그럼 내 아이는 왜 그러는 걸까?"

안테이아가 조심스럽게 아이의 뺨을 간지럽혔다. 젖살이 빠지지 않아 통통한 뺨에 약초를 덕지덕지 올린 아이는 간지러운 듯 배시시 웃었다.

"말을 빨리 시작했는데 징징거리지 않아. 가끔 안아 달라고는 하지만, 바빠서 바로 안아 주지 못할 때면 두 번 조르지도 않고 조용히 방 안으로 들어가 버려."

말이 이어질수록 안테이아의 표정이 무너졌다.

"내가…… 의지할 수 없는 엄마라서 그런가."

그녀의 얼굴엔 처연한 슬픔이 녹아 있었다.

"……자, 아가야. 아저씨한테 와 볼래?"

그 모습을 지켜보던 테세우스는 이내 사람 좋게 미소 지으며 아이에게 팔을 벌렸다. 안테이아의 품에 안겨 눈을 끔뻑이던 아이는 안테이아의 어두운 안색을 힐끗 살피더니 시무룩해진 채로 순순히 테세우스에게 안겼다.

"아이가 정말 순하네요."

아이를 능숙하게 안은 채 함박웃음을 짓던 테세우스의 눈이 깊어졌다.

"아이들은 우리 생각보다 훨씬 똑똑해요. 어른들의 사정이나 감정 같은 것들을 쉽게 알아차려 버리죠."

"……."

"이 아이는 보통 아이들보다 똑똑한 것 같네요."

테세우스는 아이를 느린 박자로 토닥였다. 얼마 지나지 않아서 아이는 금방이라도 잠들 듯 졸기 시작했다.

"슬퍼 보였나 봐요."

테세우스의 중얼거림에 안테이아가 흠칫했다. 고개를 든 그녀는 정곡이 찔린 표정이었다.

"아이에게 불안해하는 모습을 자주 보이셨나요?"

"……어쩔 수 없잖아."

안테이아가 고개를 떨구었다.

"이 아이에겐 아버지가 없어. 내 사사로운 목적과 욕심 때문에 태어나 축복도 받지 못했어."

"……."

"내가 어떻게 감히 고개를 들어."

가슴이 아팠다. 왜인지는 몰랐다. 무언가가 쿡쿡 찌르는 것 같았다.

"나는 이 아이를 제대로 키울 자신이 없어. 나 때문에 불행해질 거야."

아무런 감흥도 없을 거라고 생각했건만.

이래서 핏줄이 무서운 건지 슬퍼하는 어머니를 보고 있으니 나도 괴로워졌다.

"다른 사람은 몰라도 오드리 씨는 자신 있어야죠. 아이를 위해서요."

테세우스가 단호하게 말했다. 그의 눈은 흔들림이 없었다.

"어쩌면 그래서 울지 않는 건지도 몰라요. 자신이 울면 엄마는 더 괴로워할 거라는 걸 알아서요."

그랬나? 저때의 나는 그녀가 슬플까 봐 울지 않았을까?

나는 모른다. 내겐 기억이 없으니까.

"아이 앞에서 안정된 모습을 보여 주세요."

"……."

"행복해지셔야 해요. 아이를 위해서."

그 순간 안테이아는 세상에서 가장 어려운 문제를 마주한 이의 낯을 했다.

"아이의 이름이 뭐예요?"

테세우스도 그걸 느낀 건지 나직하게 한숨을 쉬었다. 안테이아가 머뭇거렸다.

"……없어."

"……네?"

'와. 나, 이름도 없었어?'

자꾸만 속이 울렁거려 벽에 기대어 있던 나는 놀랐다.

"사람은 이름대로 사는데, 나는 잘못된 이름을 지어 줄 것 같아서 지어 주지 않
았어."

안테이아의 뭐든 상관없다는 듯한 무심함 뒤엔 위태롭고 섬세한 신중함이 자
리 잡고 있었다. 골똘한 낯으로 어느새 잠들어 버린 아이의 뺨을 만지작거리던
테세우스가 천천히 입을 열었다.

"제가 도와 드릴게요."

"뭐?"

"백지장도 맞들면 낫다니까 둘이서 머리를 맞대면 그나마 괜찮겠죠."

"……."

"오드리 씨 집에 머무는 동안, 제가 아이의 이름을 짓는 걸 도와 드릴게요."

테세우스가 자신만만하게 엄지로 자신을 가리켰다. 안테이아의 얼굴에 망설
임이 스쳐 지나갔다.

충직한 검이 되려 했는데 4

"……예쁜 운명을 점지해 줄 수 있을까?"

그녀는 어울리지 않게 자신감 없는 목소리였다.

테세우스가 밝게 웃었다.

"당연하죠. 아이도 마음에 들어 할 거예요."

비록 감정이 전이되어 오진 않았지만, 안테이아의 깊어지는 회색 눈동자에서 느낄 수 있었다. 그게 그녀의 삶에 '테세우스'라는 자가 짓쳐들어오던 순간이었음을.

"……성공하셨네요, 어머니."

나는 나직하게 중얼거렸다. 나는 '카슈미르'라는 이름을 좋아했으니까.

왠지 눈물이 멈추지 않았다.

열 번도 넘게 장면이 전환되었다. 테세우스와 안테이아의 일상은 평화롭게 흘러갔다. 어린 내가 나올 때는 보기 힘들었지만, 그때를 제외하면 잔잔한 연극을 보는 기분으로 즐겁게 감상했다.

두 사람의 일상을 지켜보며 세 가지 사실을 알게 되었다.

첫째, 두 사람은 가랑비에 옷 젖듯 아주 서서히 사랑에 빠졌다는 것.

둘째, 안테이아는 미숙하지만 최선을 다했고, 테세우스는 안테이아의 육아 선생님이자 나의 아버지 역할을 해 주었으며, 나는 충분히 사랑을 받고 자란 아이였다는 것.

그리고 셋째.

"오드리 씨! 제가 고심해 봤는데요, 아이 이름 '볼드모트' 어때요? 죽음으로부터 달아난다는 의미가 있대요! 오래 살라는 뜻인 거죠."

"저 정말 좋은 이름이 떠올랐어요. 듣고 놀라지 마세요. '까망베르'로 하는 거예요. 제가 제일 좋아하는 치즈거든요. 맛있는 것만 먹고 살라는 의미예요."

"이번엔 진짜 마음에 드실 거예요. 너무 귀여우니까요. '슈크림', 괜찮죠? 인생이 내내 달콤하길 바라며 축복하는 거죠."

테세우스의 작명 실력이 미치도록 괴랄하다는 것.

처음엔 테세우스가 나를 엿 먹이려는 건가 싶었다. 하지만 밤새도록 고민해 떠올렸다는 얼굴이 너무도 해맑았기에 차마 뭐라고 할 수 없었다.

"……굉장하네. 조금 더 고민해 보자꾸나."

테세우스가 새로운 이름을 가져올 때마다 믿을 수 없다는 듯 차갑게 식은 눈빛으로 그를 바라보던 안테이아는, 몇 달이 지난 지금은 적응했는지 감정 없이 감탄하곤 넘겨 버렸다.

"부디 살면서 개 한 마리 이름도 짓지 않았길 바랍니다, 테세우스."

나는 내 이름이 '블랙 드래곤'이어야 하는 이유를 아주 열정적으로 설파 중인 테세우스를 차갑게 바라보며 중얼거렸다. 그러면 아주 날카롭게 생긴 검은 셰퍼드의 이름을 '밥 빙기' 정도로 지어 버렸을 것 같았다.

"조용히 하고 찬장에서 접시 좀 가져다줄래?"

나는 내 어머니가 테세우스의 제안을 모조리 씹는 것에 압도적인 감사를 느꼈다. 만약 내 이름이 '테레사 브릴리언트 스트로베리 마카롱 오드리 2세'-믿기지 않겠지만 실제로 테세우스가 여섯 번째로 추천한 이름이다-였다면 성인이 되기 전에 개명했을지도 모른다.

"오드리 씨. 오늘 아이랑 목욕한다고 하셨잖아요. 저한테 맡기고 씻고 오세요."

내 이름을 '블랙 드래곤'으로 만들지 못해 시무룩해져 있던 테세우스는 부엌에서 저녁을 준비하던 안테이아를 저지했다. 야채를 썰던 손을 붙잡힌 안테이아가 눈을 느리게 깜빡였다.

"오늘 점심도 네가 준비했잖니."

"숙소를 제공받고 있는데 이 정도는 당연하죠. 숙박비를 받지도 않으시잖아요."

"이런 작은 집에 머물게 해 주는 대가로 금덩이는 과해."

"현금도 받지 않으시면서. 제가 하고 싶어서 하는 거니까 부담 갖지 마세요."

테세우스는 모든 집안일은 물론이고, 안테이아가 약초를 판매하려고 외출할 때면 나를 돌보는 것까지 도맡아 하고 있었다. 저 정도면 숙박 제공은 기본이고 월급까지 줘야 하는 거 아닌가 싶을 정도였다.

"자꾸 다치니 그러지."

살짝 눈꼬리를 내린 안테이아는 반창고가 덕지덕지 붙은 테세우스의 손을 잡았다. 그의 어깨가 흠칫 떨렸다.

'으음…… 아기야. 세면대에서 거품이 넘치기 시작했는데 오드리 씨가 오기 전에 무사히 수습할 수 있을까?'

'피 묻은 양파는 다 버려야겠지? 닦아서 쓰면…… 음, 역시 더러울 것 같네.'

테세우스는 왕자님답게 집안일을 잘하진 못했다. 처음이라는 게 티 날 정도로 모든 부분에서 미숙했다. 한 번 빨래를 하면 온몸에 거품을 뒤집어쓰고, 요리를 하면 자기 손을 아작 내 놓는 수준이었다. 하지만 사고를 쳐도 어떻게든 수습하긴 해서 결과물은 나쁘지 않게 나왔다. 그래서 안테이아 또한 믿고 맡겼으나, 자기 손으로 쾌검난무를 찍는 요리만큼은 만류하곤 했다.

"괜……찮아요. 요정들은 회복력이 좋으니까, 이런 건 하루 만에 낫고……."

"도련님이 생전 하지 않던 것들을 하니 이렇게 됐지."

눈을 내리간 안테이아는 손을 내준 채 긴장한 테세우스가 주섬주섬하며 변명을 채 마치기도 전에 몇 달 새에 많이 거칠어진 그의 손을 만지작거렸다. 테세우스의 귀가 새빨갛게 달아올랐다.

"……얼른 가서 씻고 오세요. 얼른!"

그가 황급히 손을 물리고 근처 아기 의자에 앉아 졸고 있던 어린 나를 번쩍 들어 안테이아에게 안겨 줬다.

테세우스에게 밀려서 욕실 앞에 서게 된 안테이아는 조금 어리둥절한 얼굴로 고개를 기울이다가 짧게 한숨을 쉬었다.

"미안해서 어쩌지? 뭐라도 해 주고 싶구나."

그녀의 가느다란 속삭임에 다시금 괜찮다고 말하려는 것 같던 테세우스가 멈칫했다. 황금빛 눈동자가 느리게 굴렀다.

"그러면……."

"응?"

"씻고 나오셔서……."

손등으로 입가를 가린 테세우스의 얼굴은 살짝 베어 물면 달콤한 과즙이 흐를 듯 풋풋한 분홍빛으로 물들어 있었다.

"머리…… 쓰다듬어 주세요."

"……."

"잘한다 하고 칭찬도 해 주셔야 해요."

그는 꼭 첫사랑을 마주한 소년 같았다.

"그거면 돼?"

"네……."

"너도 참……. 나 같은 사람한테 칭찬받아 뭐가 좋다고."

낮은 소리로 웃은 안테이아가 빙글 뒤로 돌았다.

"기다리고 있으렴."

탁. 욕실의 문이 닫혔다.

잠시 문을 바라보며 서 있던 테세우스가 터벅터벅 주방으로 돌아왔다. 그 짧은 거리를 걷는데 손과 발이 함께 나갔다.

탁, 탁, 탁.

테세우스는 안테이아가 썰던 당근을 마저 썰기 시작했다. 그러는 사이 얼마나 정신이 나갔던지 당근 반 개를 써는 데 손을 세 번이나 베였다. 그런데도 헤벌쭉하게 웃고 있었다.

"……헤헤."

식탁 위에 책상다리로 앉아 턱을 괴고 그 광경을 지켜보던 나는 생각했다.

'그냥 키스했으면 좋겠군.'

자꾸 나를 자기 아들들과 엮던 헬리오스의 마음을 이해해 버렸다. 상황이고 사정이고 그런 건 모르겠고, 과년한 남녀가 붙어 있으니 엮어 버리고 싶은 것이다.

'안테이아는 어떤지 모르겠지만.'

포커페이스가 상당해 기분이 어떤지 알아차리기 힘든 안테이아에 비해 테세우스는 투명했다. 미래를 알면서도 그를 응원하고 싶은 마음이 살짝 들어 기분이 묘했다.

'테세우스의 입장에서 기억들을 지켜보다가 감화되어 버린 건가?'

이곳에 오기 전까지만 해도 테세우스를 그리 좋아하지 않았는데, 자꾸 보다 보니 정이 들었다. 젊은 그는 티 없이 맑고 순박했으니까.

'정신 차려야지.'

스스로 강하게 뺨을 쳤다. 왜 저렇게 사랑에 빠진 눈을 하고 있으면서 아리아를 버렸는지 그 이유를 알기 전까지 그를 용서할 생각은 없었다.

'……그런데 테세우스는 왜 아이를 아껴 주는 걸까? 피가 이어진 것도 아닌데.'

울렁거리는 기분으로 욕실을 힐끗 보았다. 안테이아와 함께 목욕을 하고 있을 아이는 테세우스와 함께하는 시간이 길어질수록 밝아지는 것 같았다.

'크리시스 가에 입적되기 전까지 제대로 된 사랑 같은 건 받아 본 적 없다고 생각했는데. 사실 나는 꽤 사랑받고 자랐구나.'

기분이 이상했다.

7살 이전의 기억이 없는 것이 축복인지 저주인지 이젠 헷갈리기 시작했다.

달칵.

생각에 빠져 있던 그때, 현관에서 문 열리는 소리가 작게 들렸다. 나는 놀란 눈으로 뒤를 돌아보았다.

'침입자? 하지만 어떻게?'

안테이아는 보안을 무섭도록 철저히 했다. 집 주위로 고위 결계를 몇 겹씩이나 두른 탓에 허락받지 못한 이는 문을 부숴도 침입할 수 없었다.

테세우스는 요리에 정신이 팔린 탓에 기척을 듣지 못한 것 같았다. 그는 싸움을 좀 할 수 있을 뿐 예민한 기척까지 느끼는 마나 사용자가 아니니 당연했다.

탁.

미간을 좁힌 채 현관을 뚫어져라 응시하던 나는 그림자 속에서 모습을 드러낸 인영에 눈을 휘둥그레 떴다.

'저 사람은……'

짧은 단발로 깎은 휘황한 은발에 콧대 위로 길고 비스듬하게 남은 흉터, 차분하게 가라앉은 보랏빛 눈동자와 서늘하고 강직한 인상까지…….

"레이샤……."

아타라 왕궁에 세워져 있는 대리석 조각상과 똑같다. 레오의 유모이자 은빛 늑대족인 레이샤임이 분명했다.

"뭐야?"

자기 집처럼 익숙하게 들어서서는 입고 있던 로브를 벗어 거실 행거에 걸던 레이샤는 주방에서 테세우스의 뒷모습을 발견하곤 멈칫했다.

느리게 깜빡이던 보랏빛 눈동자가 이내 경악으로 물들었다.

"……요정?"

그녀의 멍한 중얼거림에 콧노래를 흥얼거리며 양파를 썰던 테세우스가 손을 멈췄다. 안테이아가 나왔다고 생각한 건지 그가 함박웃음을 지으며 빙그르르 뒤로 돌았다.

충직한 검이 되려 했는데 4

"오드리 씨! 식사 준비 거의 다······!"

테세우스가 레이샤와 눈을 마주쳤다. 그의 얼굴이 죽은 생선을 낚은 어부처럼 딱딱하게 굳었다.

"늑대? 왜 여기에 있는 거지?"

"내가 하고 싶은 말이다."

"침입인가."

스윽.

눈매를 날카롭게 세운 테세우스가 식칼을 단도처럼 다잡았다. 동시에 세로로 뾰족한 동공을 번뜩인 레이샤가 재빠르게 두 손에 마법진을 전개했다. 제국 아카데미 마법부 차석답게 빠른 속도였다.

"네놈, 테이를 어떻게 한 거지? 용서하지 않겠다."

"어떻게 결계를 뚫고 들어온 건지 몰라도 여기까지다."

분명 같은 언어로 말하는 중인데 둘 사이에 단단한 벽이라도 있는 것처럼 동문서답이었다. 나는 레이샤의 머리 위로 늑대 귀가 솟아나고 테세우스의 등 뒤로 새하얀 날개가 펼쳐지는 것을 멍하니 바라보았다.

"무턱대고 싸움부터 하지 말고 대화를 하라고······."

쾅!

내 말이 그들에게 들릴 리 없었다. 좁은 집의 거실에서 늑대 수인과 요정족의 왕위 후계자가 부딪쳤다. 전투력 자체는 마법 실력이 뛰어난 레이샤가 우위였으나, 테세우스가 한발 빠르게 달려들며 몸싸움으로 번졌다. 막상막하의 두 사람이 푹신한 양털 카펫 위를 굴렀다.

'아무나 이겨라.'

나는 늑대로 변해 테세우스의 목을 물어뜯으려 드는 레이샤와 양 날개로 레이샤를 압박한 채 레이샤의 목에 식칼을 겨누는 테세우스를 강 건너 불구경하듯 바라보았다. 역시 남의 싸움이 제일 재미있었다.

달칵.

집안 기물이 다 박살 나던 그때 욕실 문이 열렸다. 물에 젖어 축 늘어진 갈색 머리 위에 수건을 얹은 채 뽀송해진 아이를 안고 나오던 안테이아가 멈칫했다. 그리고 바닥에서 한데 뒤엉켜 싸우고 있는 두 사람과 난장판이 된 거실을 번갈아 보았다.

"……이게 뭐지?"

그녀의 목소리는 담담한 건지 영혼이 나간 건지 구분이 되지 않을 정도로 맥이 없었다.

"레이!"

안테이아의 품에서 꼼지락거리던 아이가 빼꼼 고개를 내밀었다. 친분이 있는 것인지 늑대 상태의 레이샤를 바라보는 아이의 진분홍색 눈동자가 보석처럼 반짝거렸다.

그제야 두 사람이 싸움을 멈추고 퍼뜩 고개를 들었다.

"테이!"

"오드리 씨!"

얼굴에 사이좋게 상처가 생긴 테세우스와 레이샤가 동시에 서로를 삿대질했다.

"이 망할 비둘기는 왜 네 집에 있는 거냐?"

"이 더러운 주둥이랑 아는 사이예요?"

안테이아가 두 눈을 질끈 감았다.

"헤헤. 처, 언사. 강아지."

개판이 된 집에서 웃고 있는 건 어린 나뿐이었다.

톡, 톡.

"무턱대고 싸우면 어떡하니? 아해들도 아니고."

안테이아가 소독약을 묻힌 솜으로 레이샤의 뺨에 난 상처를 톡톡 두드렸다.

어느새 사람으로 돌아와, 달려드는 어린 나를 무릎에 앉혀 둔 레이샤는 아픈지 낮은 신음을 뱉었다. 이미 얼굴에 밴드를 덕지덕지 붙인 테세우스는 안테이아가 레이샤를 치료해 주는 것이 마음에 들지 않는 듯 눈을 흘겼다.

상황 설명을 들은 뒤에도 테세우스와 레이샤는 보는 사람이 어색하게 멀찍이 떨어져 앉아 있었다.

"요정족이나 은빛 늑대족이나 상황이 비슷하지 않니? 사이가 좋을 줄 알았는데."

안테이아가 이해할 수 없다는 듯 미간을 살포시 찡그렸다. 소파에 걸터앉아 상황을 지켜보던 나도 의문을 품은 채 고개를 기울였다.

'그러니까 동족 혐오인 건가?'

요정족과 은빛 늑대족. 거주 지방은 대륙 동쪽과 북서쪽으로 정반대에 가깝지만 공통점이 아주 많았다.

'인간한테는 적대적이지만 서로는 친할 줄 알았는데.'

내가 아리송해하며 턱을 매만지고 있을 때, 안고 있던 아이를 옆자리에 조심히 앉혀 둔 레이샤가 세로로 길쭉한 동공을 첨예하게 빛냈다.

"늑대들은 결코 원한을 잊지 않는다. 수인 대학살 당시 동쪽 숲으로 피신했다가 요정들에게 문전박대를 당했던 역사는 생생히 전승되고 있다."

"피신? 그건 침입이라고 말하는 거다. 일언반구도 없이 나타나서 결계를 부수려 하지 않았나!"

금빛 눈동자를 번뜩인 테세우스가 불쑥 끼어들며 언성을 높였다. 얼굴을 일그러뜨린 레이샤가 자리에서 벌떡 일어났다.

"처음엔 대화로 설득하지 않았나! 숨겨 달라는 간청을 무시하지만 않았어도 그렇게 거칠게 나가진 않았을 거다! 우리는 동맹 중이었다. 도왔어야 하는 거 아닌가! 너희를 믿었는데!"

"너희 바로 뒤에 칼 든 인간들이 있는데 어떻게 문을 열어 주나! 전투가 끝난 뒤엔 열어 줬잖아! 그런데 망할 늑대 자식들은 도리어 우리를 공격했지!"

덩달아 자리에서 일어난 테세우스가 흥분한 낯으로 레이샤에게 삿대질했다. 분위기는 걷잡을 수 없이 파국으로 치닫고 있었다.

"하! 그 전투로 인한 사상자가 몇 명이었는지 아나? 너희는 친구였던 우리를 위해 잠시의 위험조차 감수하지 못했어! 비겁한 겁쟁이들 같으니!"

"오직 의리만을 이유로 전투에 참가할 수 없는 건 당연하잖아! 너희 종족의 지도자 페이샤의 화풀이 때문에 내 아버지 선왕께서는 날개 한쪽을 잃으셨다! 그 사람, 지도자인 주제에 비이성적으로……!"

"페이샤 님을 모독하지 마라!"

크앙!

분명 인간의 입인데도 살 떨리는 늑대의 울음소리가 우레처럼 터져 나왔다. 레이샤의 송곳니가 짐승의 이빨처럼 날카롭게 자라기 시작했다.

"헤헤. 늑대. 이빠알."

심각한 분위기에서 유일하게 신이 난 건 어린 나였다. 어린애라면 울음을 터트릴 만한데 아이는 해맑게 웃으며 바둥거렸다. 레이샤가 아차 하며 황급히 이빨을 숨겼다.

'골이…… 깊을 만하군. 양쪽 모두 입장이 이해가 가긴 하는데…….'

나는 금방이라도 서로에게 달려들 듯 대치 중인 두 사람을 바라보다 작게 한숨을 쉬었다. 전쟁 중 은빛 늑대족과 요정족이 불가피하게 마주쳤을 때 벌어질 일들이 벌써부터 걱정되기 시작했다.

은빛 늑대족은 의리를 중시하고, 요정족은 합리를 중시한다. 은빛 늑대족은 내가 그들의 은인인 안테이아의 딸임을 알고 동맹을 수락했고, 요정족은 아리아를 후계자로 세우기 위해 수락했다는 점에서도 그러한 가치관 차이를 알 수 있었

　　　　　　　　　　　　　　충직한 검이 되려 했는데 4

다. 그 간극 사이에서 생긴 골은 둘 중 어느 쪽의 잘못도 아니었다.

'인간이…… 잘못했네……'

수인 대학살 같은 천인공노할 짓을 벌인 인간 탓이었다.

나는 묘하게 밀려오는 죄책감에 손가락으로 관자놀이를 꾹꾹 눌렀다.

"둘 다 진정해."

탁.

두 사람이 싸우든 말든 부엌에서 차를 우리던 안테이아가 거실 탁자 위에 쟁반을 올려놓았다. 다즐링이 담긴 세 개의 찻잔에서 하얀 김이 피어올랐다.

"테세우스. 이 집의 보안이 얼마나 철저한지 알잖아."

"……"

"아무런 제약 없이 들어온 사람은 당연히 손님인데 무턱대고 공격하면 어떡해."

테세우스 옆에 앉은 안테이아가 이가 깨진 찻잔을 우아하게 들어 올렸다. 분한지 입술을 꾹 깨물고 있던 테세우스의 두 눈에 핑 눈물이 돌았다.

"왜 저한테만 뭐라고 하세요?"

"응?"

"저 혼자 때린 것도 아니고 같이 싸웠는데 제가 잘못한 거예요?"

안테이아가 눈을 끔뻑일 때 거즈가 붙은 자신의 목을 짚은 테세우스가 끅 하고 숨을 들이켰다. 세상의 모든 억울함은 다 끌어안고 있는 것 같았다.

"그렇게 저 늑대가 좋으면 저 말고 저 늑대랑 사세요!"

쾅!

곧 울 것 같은 얼굴로 테세우스가 집을 뛰쳐나갔다.

"저 사람 호적 까 봐야 하는 거 아니야?"

나는 어이가 없어 벌어진 입을 다물지 못했다.

수인 대학살은 백여 년 전 사건이다. 그 당시의 왕이 테세우스의 아버지라면 테세우스도 나이가 적지 않을 터인데, 5살 애도 안 할 법한 말을 하고 있다니.

"……나 방금 딱 두 마디 했는데."

차를 마시다 봉변을 당한 안테이아는 테세우스가 박차고 나간 문을 멍하니 바라보며 중얼거렸다.

'그런데 나는 어떻게 이곳에 계속 있을 수 있는 거지?'

나는 테세우스의 빈자리를 보다가 문득 의문을 품었다.

이곳은 테세우스의 기억 속. 어마어마한 현실감으로 미루어 보았을 때 그저 기억을 불러오는 수준이 아니라 아예 그 순간을 재현해 버리는 것 같지만, 아무리 그래도 테세우스가 보고 들은 적도 없는 현장에 이렇게 남아 있을 수는 없다. 예를 들어 테세우스는 장을 보러 나가고 안테이아가 집에 있다면, 내가 안테이아와 함께 집에 남아 있으려 해도 집에서 튕겨져 나가 억지로라도 테세우스를 따라가게 된다는 거였다. 장을 보러 나간 테세우스는 집에 남은 안테이아에 대한 기억이 없으니 말이다. 기억 여행을 하는 동안 실제로 그런 경험이 몇 번 있었다.

'테세우스가 이 순간을 보거나 듣고 있다는 소린데.'

궁금증이 생긴 나는 주위를 두리번거리다 무언가를 발견하고 실소를 터트렸다.

'기세 좋게 나가 봤자 갈 곳이 없구나.'

테세우스는 안절부절못하는 얼굴로 살짝 열린 창문 틈을 통해 이곳을 보고 듣고 있었다.

"그냥 요정도 아니고 요정왕의 후계자? 그런 놈이 왜 네 집에 있는 거냐? 갓 성년인 걸 보면 인간 세상을 경험하러 나온 것 같은데."

재롱부리는 바퀴벌레를 보는 눈으로 테세우스가 하는 모습을 지켜보던 레이샤는 그가 나간 뒤에야 입을 열었다. 햇빛을 받은 포도의 색을 담은 그녀의 두 눈은 경계심으로 가득했다.

"우연한 기회에 만났어. 지낼 곳이 없는 아이라 잠시 함께 지내고 있는 것뿐이야."

　　　　　　　　　　　　　　　충직한 검이 되려 했는데 4

"허. 왕자가 돈이 없겠나? 지낼 곳이라면 돈으로 얼마든지 구할 수 있을 텐데 무슨 소리야?"

눈꼬리를 세운 레이샤가 날카롭게 쏘아붙였다. 멀지 않은 곳에서 대화를 엿듣던 테세우스가 움찔했다.

확실히 맞는 말이었다. 테세우스는 제국에선 나지도 않는 진귀한 보석들을 보따리로 가지고 있었으니까. 그가 원한다면 몇 달 동안 이 좁은 집에서 두 모녀에게 끼여 살 게 아니라 수도에서 가장 좋은 여관을 매입할 수 있을 터였다.

'테세우스야 안테이아랑 같이 있고 싶은 걸 텐데.'

내가 궁금한 것은 그거다.

어째서 안테이아는 테세우스가 머무는 것을 계속 허락해 주는지.

나는 턱을 괸 채 여전히 감정을 읽을 수 없는 얼굴을 하고 있는 안테이아를 바라보았다.

"안테이아 헬라. 너는 선한 사람이지만 곁을 쉽게 내주는 사람은 아니지. 이런 일은 너답지 않아."

레이샤는 안테이아를 아주 잘 알았고, 안테이아 자신조차 채 정리하지 못한 무언가를 읽어 버린 것 같았다. 레이샤가 앞머리를 거칠게 쓸어 넘겼다.

"요정은 안 돼."

"……."

"개인적인 악감정은 빼고 말하는 거다. 그들의 시간은 인간의 시간과 달라. 그들과 엮이면 분명 불행해질 거다."

기묘한 말을 하는 레이샤의 단호한 목소리엔 걱정이 서려 있었다.

테세우스가 고개를 떨구었다. 금방이라도 화를 낼 줄 알았건만, 반박할 수 없는 것처럼 입술을 꾹 다문 채였다.

"……있지."

천천히 눈을 내리깐 안테이아가 한 손으로 다른 손의 손톱을 매만졌다. 그녀의 손톱은 뭇 귀족들처럼 곱게 관리되긴커녕 짧고 투박하게 잘려 있었다.

"요즘 나 자신이 너무 역겨워."

"……뭐?"

그녀는 '오늘 아침엔 비가 왔어.' 따위의 일상적인 말과 어울리는 담담한 어투
로 자학적인 말을 했다. 그래서 오히려 더 숨 막힐 만큼 짙게 다가왔다. 과장 없는
진심이어서.

"엄마……."

테세우스의 말대로 아이들은 눈치가 빨랐다. 어미의 동요를 기민하게 알아차
린 아이는 조느라 기웃거리던 동그란 머리통을 번쩍 들고 안테이아의 옷자락을
살짝 잡아끌었다. 짧은 두 팔을 벌리며 반짝이는 진분홍색 눈으로 안아 줄 것을
재촉했다.

"응."

희미하게 미소 지은 안테이아는 아이를 기꺼이 안아 들었다. 처음 같은 역함
은 많이 사라졌지만, 난 여전히 그 아이를 볼 때면 속이 답답했다.

"이기적이잖아. 이런 상황에서 감히 누군가를…… 마음에 품는다는 게."

"……."

"아이에게도, 상대에게도 못 할 짓이지."

가느다란 손이 아이의 머리를 살살 쓰다듬었다. 검은 머리칼이 사르르 흩어지
고, 아이는 편안한 미소를 짓는다.

무슨 말이 오가고 있는지도 모르면서, 그저 그 손길에 안심이 되어서.

"걱정 마렴, 레이. 네가 걱정하는 일은 일어나지 않을 거야."

안테이아의 회색 눈이 곱게 휘었다. 나는 그제야 안테이아의 포커페이스 너머
를 읽을 수 있었다.

그녀는 이미 사랑에 빠져 있었다. 하지만 고려하지 않을 뿐이다. 그녀에게 고려
의 대상은 자신의 아이와 상대일 뿐이고, 자신의 감정은 천천히 마모 중이었다.

"······그 요정 놈을 죽여서라도 말리려고 했는데."

복잡해진 표정의 레이샤가 한 손으로 거칠게 마른세수를 했다. 나는 느리게 눈을 내리깔았다.

안테이아는 내게 잘못을 했다. 자신의 동생을 살리기 위한 도구로 나를 낳았다니, 내게 너무 잔인하지 않은가. 그 사실은 더 이상 나를 괴롭게 하지 못한다 해도, 영원히 잊지 못할 것이다. 하지만 그렇기 때문에 안테이아는 평생 나를 위해 희생하며 자신의 감정은 고려치도 않고 살아야 하는가. 난제다. 피해자는 나이니, 내 생각에 따라 답은 달라질 것이다. 어린 저것은 어떻게 생각했을지 지금의 나는 모른다. 하지만 지금의 내가 하는 생각은 분명하다.

"너는 늘 다른 사람을 위해 살려고만 해. 아카데미 시절엔 네 동생 심포니, 내가 내 민족을 도와 달라고 한 뒤로는 은빛 늑대족, 이제는 이 아이와······ 그 요정 놈인가."

레이샤가 말하며 손을 뻗어 아이의 하얀 뺨을 검지로 간지럽혔다. 그것이 까르륵 웃음을 터트렸다.

"늑대로서 그 숭고함에 존경을 표한다. 네 덕분에 우리 늑대들은 한층 편하게 살고 있지. 하지만 네 친구로서도 해 주고 싶은 말이 있다."

포도색 두 눈이 안테이아를 똑바로 담았다.

"행복해지는 건 죄가 아니다."

"······."

"잊지 마라, 안테이아 헬라."

내 생각 또한 같았다. 이제 와서 안테이아가 나와 아리아를 제대로 돌봐 주지 않은 죗값을 치르길 원치는 않았다.

그냥, 좀 행복하길 바랐다.

"레안드로가 나를 보자더군. 아타라에 다녀오려 한다. 그 길에 안부를 물으러 들린 거다."

"……하룻밤 묵고 가지."

"됐다. 한시가 급하기도 하고. 요정 놈이랑 한집에 머물고 싶진 않다."

자리에서 일어난 레이샤가 벗어 둔 로브를 집어 들었다. 나는 짧게 탄식했다.

'레안드로 로마노프. 아타라의 왕비이자 레오의 어머니.'

안테이아와 레이샤의 친구로 함께 학창 시절을 보낸 인물이자, 레오가 5살이 되던 해에 독살당한 비운의 인물이기도 했다. 그 뒤 레이샤는 레오의 유모가 될 터였다.

"내 경고도, 충고도 잊지 마라."

"……."

"그럼에도 부정할 수 없는 마음의 끌림이 있다면 그걸 따라가."

레이샤는 참 좋은 친구였겠구나 싶다.

로브를 휙 걸친 그녀가 또 졸고 있는 아이의 머리를 꾹 눌렀다.

"너도 행복해라. 엄마 속 썩이지 말고."

그녀는 콧대 위 긴 흉터를 찡긋하며 씨익 웃었다. 저 웃음 덕분에 내가 행복해진 게 아닐까 싶을 정도로 반짝이는 웃음이었다.

"간다."

탁.

질질 끄는 작별 인사 없이 레이샤가 떠났다.

레이샤가 사라진 문을 한참 동안 바라보던 안테이아는 아이를 꼭 안았다.

"……곤란하네."

그녀가 중얼거렸다. 모든 것을 지켜본 테세우스는 새빨간 건지 새파란 건지 분간이 되지 않는 기묘한 얼굴로 그 자리에 멍하니 굳어 있었다.

그리고 또 장면이 전환되었다.

"오드리 씨!"

벌컥.

활기찬 테세우스의 목소리와 함께 현관문이 열렸다. 저절로 그쪽으로 내 고개가 돌아갔다.

"쉬이. 아이가 잠들었어."

아이를 품에 안은 채 흔들의자에 앉아 앞뒤로 느리게 움직이던 안테이아가 입가에 검지를 세웠다. 빠르게 입을 다문 테세우스가 살금살금 기척을 죽여 다가갔다.

"웬 꽃이야?"

테세우스의 품에 안긴 한 아름의 꽃다발을 발견한 안테이아가 고개를 기울였다. 싱싱한 붉은 튤립엔 투명한 이슬이 맺혀 있었다.

'아.'

내 입에서 짧은 탄성이 나왔다. 나는 이 장면을 알고 있었다.

"시장에 장을 보러 갔다가 꽃이 보이길래 오드리 씨 생각이 났어요."

장바구니를 툭 내려놓은 테세우스가 안테이아 앞에서 한쪽 무릎을 굽혔다. 그의 양 뺨은 꽃물을 들인 듯 은은한 붉은빛을 띠고 있었다.

"물론 꽃이 보이지 않을 때도 오드리 씨 생각만 하고 있어요."

그는 자신의 마음처럼 수줍게 봉오리 진 튤립을 안테이아에게 건네며, 활짝 핀 꽃처럼 화사하게 웃었다.

'좀 하는데?'

기억 여행에 익숙해질 대로 익숙해진 나는 아예 식탁 위에 옆으로 누워 한 손으로 머리를 괸 채 상황을 관전 중이었다. 저런 고단수 같은 대사의 장인 격인 몇몇의—엘이라든지, 디에고라든지— 얼굴이 떠오르다 사라졌다.

"……낯간지러운 소리가 점점 느는구나."

한참 꽃을 내려다보던 안테이아가 아이를 조심스럽게 테세우스의 품으로 넘기고 꽃을 안아 들었다. 테세우스는 깊이 잠든 아이를 받아 안테이아 방 아기 침대에 눕히고 거실로 나왔다.

"솔직해진 것뿐이죠. 이 순간을 헛되이 보내고 싶지 않으니까요. 어떻게든 담아내고 싶어서……."

테세우스가 내일 피난을 갈 작정인가 싶을 정도로 식재료를 구입해 빵빵하게 부풀어 오른 장바구니를 뒤적거렸다. 사과며 감자며 별별 것들을 다 쏟아 놓던 테세우스는 이내 즐거운 얼굴로 무언가를 꺼냈다.

"짠! 사진기를 사 왔어요."

그의 손에 들린 건 적당한 크기의 사진기였다.

"비쌀 텐데. 얼마에 샀어?"

눈을 조금 크게 뜬 안테이아가 사진기를 유심히 살폈다.

저렇게 크지 않은 사진기는 현재에도 귀족들의 전유물로 여겨질 만큼 고가였다. 테세우스야 보석을 한 보따리 가졌으니 구매하는 데 문제는 없었겠지만.

"오백 골드요! 원래 오백오십 골드인데 저렴하게 준다고 해서 얼른 샀어요!"

그의 해맑은 대답에 안테이아와 나는 동시에 입이 벌어졌다.

'바가지 썼군.'

백 골드는 다섯 달 생활비와 맞먹는다. 아무리 사진기가 비싸도 그 정도는 아니었다.

안테이아가 멍청하도록 순한 얼굴로 웃는 테세우스를 착잡하게 바라보았다.

"……그래. 잘했구나. 다음엔 나도 데려가렴."

그녀는 꾸중을 늘어놓기보단 다음에는 장 보러 같이 가자 말하며 둥근 테세우스의 머리를 쓰다듬어 주었다.

"제가 사진 찍어 드릴게요. 꽃 들고서 보세요."

테세우스는 칭찬받은 강아지처럼 뿌듯한 표정으로 보이지 않는 꼬리를 흔들며 손짓했다. 얼떨결에 일어난 안테이아는 그녀답지 않게 어색한 표정으로 굳어버렸다.

"사진…… 아카데미 졸업한 뒤로 찍어 본 적 없는데…… 어떻게 해야 하지?"

"어려울 게 뭐가 있어요. 편하게 서 보세요. 어깨에 힘 빼시고요."

신난 표정으로 사진기를 이리저리 만지작거리던 테세우스가 안테이아의 어깨를 가볍게 두드렸다. 심호흡 끝에 천천히 힘을 푼 안테이아는 튤립 꽃잎을 매만지다가 사진기 렌즈에 시선을 고정했다.

"으음. 표정이 너무 딱딱한데요."

그녀의 얼굴은 웃음기가 전혀 없어 증명사진 같을 정도였다. 안테이아가 머뭇거렸다.

"어떤 표정을 지어야 할지 모르겠네."

그녀는 일상적이고 평화로운 순간에 익숙하지 않은 듯한 모습을 자주 보였다. 그녀의 어린 시절은 미친 아버지와 아픈 여동생으로 얼룩졌고, 여동생 심포니가 죽은 뒤엔 절망에 잠긴 채 나를 제대로 키우는 데에만 집중한 듯하니 당연했다.

"자, 저를 보세요."

그걸 다 안다는 듯 테세우스가 딱, 딱, 손가락을 튕기며 주의를 끌었다. 그는 자신을 바라보는 안테이아를 향해 환하게 웃음을 지었다.

"웃어 보세요. 이렇게요."

나는 사랑을 알지 못하지만 짐작할 수 있었다. 저게 바로 사랑에 빠진 사람의 얼굴이라는 걸.

"……바보 같은 얼굴이네."

"네? 너무해요!"

테세우스를 멍하니 바라보던 안테이아는 이내 손등으로 입가를 가리며 웃음을 터트렸다. 고개를 살짝 기울인 그녀는 은회색 눈동자를 휘황하도록 휘었다.

"이렇게 말이니?"

창문 너머로 들어온 햇빛이 튤립에 맺힌 이슬을 빛나게 하고, 입을 대고 빨면 달게 녹을 듯한 그녀의 얼굴을 환하게 했다. 반짝이는 두 눈, 아름다운 미소, 다시는 붙잡을 수 없는 완벽한 순간.

찰칵.

숨을 멈춘 테세우스가 재빨리 셔터를 눌렀다. 그 순간, 그녀의 얼굴은 영락없이 사랑에 빠진 사람의 얼굴이었다.

"잘 나왔는지 모르겠구나."

금세 평소의 담담한 표정으로 돌아온 안테이아는 고개를 기울였다. 멍하니 서 있던 테세우스가 황급히 사진기를 탁자에 내려놓고 갓 나온 사진을 안테이아에게 보여 주었다.

"마음에 드세요? 사진을 잘 찍진 못하는데……."

현재 그의 침대맡 협탁을 차지하고 있는, 내가 본 적 있는 그 사진이었다. 테세우스의 자신 없는 물음에 사진을 물끄러미 들여다보던 안테이아가 피식 웃었다.

"잘 찍었네. 피사체가 마음에 들진 않지만."

그녀가 길게 내려온 옆머리를 귀 뒤로 넘겼다.

"나도 널 찍어 주마. 괜찮다면 아이 사진도 하나만 남기면 좋겠는데……."

"오, 오드리 씨!"

테세우스가 태평스럽게 말을 이어 가는 안테이아를 살짝 잡았다. 무언가 하고 싶은 말이 있는 얼굴로 우물쭈물하던 그가 입을 열었다.

"튤립의 꽃말을 아세요?"

그렇게 말하는 테세우스의 얼굴은 금방이라도 불타오를 듯 붉었다.

"아니, 꽃말은 몰라."

눈을 끔뻑인 안테이아가 고개를 저었다.

테세우스가 목울대를 울렁였다. 보고 있는 내 귀에도 심장 소리가 들리는 것

충직한 검이 되려 했는데 4

같은 착각이 일 정도로 그는 긴장하고 있었다.

"튤립의, 꽃말은……."

"얼굴이 붉구나."

테세우스가 힘겹게 입을 뗄 때, 안테이아가 그의 뺨에 가볍게 손을 얹었다. 테세우스의 어깨가 흠칫 튀었다.

"꽃보다 더 붉네."

장난스럽게 속삭인 그녀가 사르르 웃었다. 긴장으로 경직되어 있던 테세우스의 금빛 눈동자가 무언가에 사로잡힌 듯 스르륵 풀렸다.

"……튤립의 꽃말은 사랑의 고백이에요."

안테이아의 양 뺨을 손으로 감싼 테세우스가 몸을 굽혀 그녀의 눈을 들여다보았다. 안테이아의 눈이 커졌다.

'델피니움의 꽃말을 아나?'

언젠가 백합 화원에서 들었던 디에고의 말이 떠올랐다. 심해를 닮은 그의 푸른 눈과 내 귀 뒤에 푸른 델피니움을 꽂아 주던 조심스러운 손길, 간지럽던 꽃잎의 감촉까지.

'델피니움의 꽃말은, 내 마음을 알아주세요.'

그가 알아 달라고 하던 마음은 무엇이었을지.

"사랑해요, 오드리 씨."

테세우스의 달뜬 목소리가 그때의 디에고의 목소리와 비슷하단 생각을 하며, 두 사람의 거리가 천천히 가까워지는 것을 지켜보았다.

우뚝.

그리고 입술이 맞닿기 직전, 테세우스가 정신을 차린 듯 멈췄다.

"아."

금빛 눈동자의 눈이 빠르게 깜빡거렸다. 멍하게 풀려 있던 눈이 급하게 초점을 찾았다.

"죄송, 죄송해요, 제가, 함부로……."

"안테이아……."

"네?"

삽시간에 창백하게 질려서는 뒷걸음질하던 테세우스가 눈을 끔뻑였다. 속을 알 수 없는 얼굴로 눈을 내리깔았던 안테이아가 고개를 들었다.

"내 이름, 오드리가 아니라 안테이아 헬라야."

"어……."

확.

안테이아가 그의 멱살을 가볍게 잡아끌었다. 테세우스는 저항하지 못하고 끌려갔다. 그의 얼빠진 얼굴을 목전에 둔 안테이아는 은회색 눈동자를 사랑스럽게 빛냈다.

"기억해 둬."

그녀는 설탕을 입힌 듯 달콤한 목소리로 속삭이고, 멱살을 더욱 끌며 눈을 감았다. 둘의 입술이 맞닿고, 크게 떠지던 테세우스의 두 눈이 이내 몽롱하게 풀렸다. 그가 다급하게 안테이아의 목덜미를 붙잡으며 깊게 파고드는 것을 끝으로 나는 천장으로 시선을 돌렸다.

'해피엔딩이었으면 좋았을 텐데.'

아름다움이 신에게 물었다. 왜 나는 허무하게 멸망할 운명이냐고.

'나는 다만 허무하게 멸망할 것만을 아름답게 만들었던 것이다.'

사랑의 꽃과 이슬과 청춘이 이 말을 듣고 울면서 신의 옥좌 앞에서 물러났다.

이렇게나 아름답던 순간이 어째서 비극이 되었는지 계속 볼 자신이 점점 사라져 갔다. 눈을 질끈 감을 때 장면이 전환되었다.

그 뒤로 여러 에피소드가 지나갔다. 대부분 테세우스와 안테이아의 일상이었는데, 그들은 행복해 보였지만 관계의 변화는 특별히 눈에 보이지 않았다.

'뭐, 나도 키스는 했지만 관계가 변하지 않는 사람들이……'

태평하게 생각하다가 멈칫했다. 그런 사람이 한 명도 아니고 무려 세 명이었다.

'내가…… 인생을 잘못 살았나?'

친구 사이에 그런 짓은 웬만하면 하지 않는다는 건 인식하고 있다. 하지만 싫었던 것도 아니고, 그 행위로 전해져 오는 애정과 다정함이 좋았다.

'키스를 한 뒤엔…… 뭔가 꼭 바뀌어야 하는 건가……'

어쩐지 복잡한 마음이 되어서 머리를 긁적이던 나는 함께 요리하는 두 사람의 뒷모습을 끝으로 또다시 장면 전환의 어지러움을 느꼈다.

"야샤 씨께서 평범한 분도 아니니 저희까지 위험해질 거예요."

얼굴을 찡그리며 머리를 짚을 때 안테이아의 목소리가 들려왔다. 나는 주위를 둘러보았다. 집 안은 어두웠다. 오직 안테이아의 방문 틈새에서 희미하게 새어 나오는 빛만이 사물을 분간할 수 있게 해 주었다.

"……."

가장 먼저 눈에 들어온 건 테세우스였다. 방문 옆 벽에 기댄 그는 팔짱을 긴 채 심각한 표정으로 입술을 짓씹고 있었다. 그것만으로도 좋은 상황은 아니라는 걸 알 수 있었다.

"그래도 여태껏 꽤 도움이 됐다고 생각했는데 말이야."

쓸쓸한 웃음 섞인 여성의 목소리가 잇따라 들려왔다.

'익숙한 목소리.'

나는 빠르게 문 틈새를 통해 방 안을 확인했다.

그곳엔 안테이아와 실제로 봤을 때보다 젊은 야샤가 마주 앉아 있었다.

"그 부분은 감사하지만, 이제는 그만 오셨으면 해요."

차가운 무표정의 안테이아가 천천히 고개를 젖혔다.

'뭐야? 뭔 일인데?'

심각해진 상황에 나는 눈을 끔뻑였다. 테세우스의 기억 속에서, 야샤는 꽤 자주 모습을 드러냈다. 양손에 이것저것 싸 들고 와서는 선물을 폭격하기 일쑤였고, 어린 나를 상당히 귀여워해 주었다. 내가 안테이아의 딸임을 밝히자마자 알아본 것이 이해가 되었다.

'안테이아랑도 굉장히 친하던데.'

이렇게 갑자기 이별을 고하는 안테이아가 이해되지 않았다.

"……자네 마음이 그렇다면야 별수 없지."

자리에서 일어난 야샤가 모자를 푹 눌러썼다. 얼굴이 보이지 않음에도 씁쓸한 분위기가 또렷이 느껴졌다.

"앞으로 이곳에 올 일은 없을 걸세. 행복하시게나."

탁.

담백한 인사와 함께 그녀는 방을 나왔다.

"아, 거, 청년은 이름이 켄타우로스? 그런 이름이었지?"

"……테세우스입니다."

"비슷하군. 하여간……."

벽에 기대어 있던 테세우스와 눈이 마주친 야샤가 시원하게 웃었다.

"안테이아를 잘 부탁하네."

"……."

"알고 있어. 모두 진심이 아니라는 걸. 솔직하지 못한 아이야. 그러니 자네도 어떤 말을 듣든 상처받지 말게."

툭.

그녀는 테세우스의 어깨를 두드려 주고 그를 지나쳐 사라졌다. 테세우스의 얼굴에 수많은 감정이 스쳤다.

"……기다리고 있었구나."

탁.

꽤 시간이 지난 뒤에야 방에서 나온 안테이아가 테세우스와 마주치고 느리게 눈을 깜빡였다.

"어르신께 너무하셨어요, 안테이아 씨."

테세우스가 얼굴을 슬프게 일그러뜨렸다. 안테이아가 그의 시선을 피했다.

'둘이 싸우나?'

나도 덩달아 심각해져선 두 사람을 바라보았다.

"좀 더 상냥하게 말할 수도 있었잖아요."

테세우스가 낮게 중얼거렸다. 정작 당사자인 야샤는 담담한 낯으로 떠났건만, 되레 그가 상처받은 얼굴이었다.

"해야 하는 말을 했을 뿐이야. 더 이상 야샤 씨가 이곳에 오는 걸 원치 않으니까."

두 팔로 제 몸을 감싼 안테이아가 고개를 돌려 창밖을 바라보았다. 자기 몸만 한 대검을 멘 야샤의 뒷모습이 점점 멀어지고 있었다.

"야샤 씨 때문에 우리가 위험해질까 봐요?"

"……그래."

"그 말은 어르신도, 저도 믿지 않아요."

확실히 야샤 같은 거물과 가깝게 지내는 것은 위험했다. 그녀를 노리는 이들의 표적이 될 테니까. 그렇기에 야샤 또한 별다른 말 없이 수긍한 것일 터였다.

하지만 이번 일은 안테이아답지 않았다.

"어르신이 우리 안전에 얼마나 철저히 신경 써 주셨는지 알잖아요. 안테이아 씨가 그런 것 때문에 지레 겁먹고 이별을 고할 사람도 아니고요."

"……"

"제게는 솔직하게 말해 주세요. 왜 그런 거예요?"

위험을 두려워하는 사람이라면 애초에 은빛 늑대족을 돕지도 않았을 것이다. 그녀는 자기 자신과 어린 나 하나쯤은 거뜬히 지킬 수 있는 사람이었다.

테세우스도 그걸 아는지 진의를 묻는 목소리에 확신이 담겨 있었다.

"야샤 씨에게 도움을 받는 건 지금까지로 충분해."

테세우스를 만난 뒤로 반짝이기 시작한 그녀의 눈은 참 아름다웠는데, 지금은 살아 있는 것다운 온기가 없었다. 그 사실을 알아차린 건지 테세우스의 눈썹이 꿈틀거렸다.

"안 그래도 바쁜 분이 우릴 돌본다고 무리한 지 오래야. 더 이상은 원치 않아. 그리고 무엇보다……."

처음 보았을 때보다 훨씬 길어진 갈색 머리칼을 귀 뒤로 넘긴 안테이아가 건조하게 눈꼬리를 휘었다.

"너무 좋은 분이라서 기대고 싶어지잖니."

"……."

"한번 기대기 시작하면 어리광 부리고 싶어지고, 결국은 무너져 버리고 말 거야. 자립할 수 없는 몸이 되어 버릴 테지. 그건 장기적으로 보았을 때 좋지 않단다."

나는 털이 쭈뼛 선 목덜미를 쓸어내렸다.

'카라쇼를 만나기 전의 나와 똑같잖아.'

피는 속일 수 없다. 눈앞의 안테이아에게선 세상을 향한 경계와 어머니를 향한 원망으로 살아가던 어린 내가 보였다.

"너는 이해할 수 없겠지. 기댈 곳이 넘쳐 나고, 세상의 험한 꼴을 본 적 없는 왕자님이니까."

"……안테이아 씨."

안테이아의 목소리는 아름답고 달콤했다. 독을 가진 것들이 으레 그렇듯.

충직한 검이 되려 했는데 4

불안한 얼굴의 테세우스가 저지하듯 그녀를 불렀으나, 그녀는 멈추지 않았다.

"나 같은 사람들은 말이야, 처음 만난 순간부터 이별을 준비해. 거리를 조절하다가 '이 이상은 위험하겠다.' 싶을 땐 아예 관계의 실을 끊어 버려. 끊을 수 없는 관계는 애초에 만들지 않아. 그편이 안전하거든. 내가 무너지지 않는 방법이기도 하고……."

"안테이아 헬라!"

감정 없는 미소를 띤 채 주문을 외우듯 숨조차 쉬지 않고 내뱉던 안테이아가 테세우스의 날카로운 외침에 눈을 깜빡였다.

"왜 그렇게 못된 말만 하세요?"

테세우스가 상처받은 듯 얼굴을 찡그렸다.

"그럼 안테이아 씨는 저와의 관계도 언제든 끊어 버릴 수 있어요?"

안테이아의 동공이 희미하게 흔들렸다. 그녀가 자신의 치맛자락을 꽉 잡았다.

둘 중 어른스러운 건 안테이아였지만, 용감한 건 테세우스였다.

테세우스는 두려워하지 않았다. 사랑하는 사람에게 상처받게 될지라도.

"……예외는 없단다, 아가."

그러나 안테이아는 겁쟁이였다.

"안 그래도 물어볼 생각이었어."

"……."

"언제까지 여기 있을 셈이니? 서민 체험은 슬슬 그만둘 때야, 왕자님."

사근사근하게 휜 눈꺼풀이 눈빛을 감추고, 붉은 혀가 칼을 쥐었다.

나는 치맛자락을 붙잡은 그녀의 손이 희미하게 떨리는 것을 보았다. 마찬가지로 그것을 보았는지 테세우스가 입술을 짓씹었다.

'솔직하지 못한 사람.'

보기만 해도 숨이 턱 막히는 답답한 상황. 하지만 나는 안테이아를 욕할 수 없었다. 만약 내가 아리아를 잃었다면 다시 무언가를 사랑할 수 있었을까? 나를 향한 호의를 순수하게 받아들이고, 행복해져도 된다는 확신을 가질 수 있었을까?

상상도 가지 않았다. 이미 소중한 것을 잃어 본 그녀는 다시 그 끔찍한 경험을 하고 싶지 않을 뿐이다. 그래서 잃어버리기 전에 먼저 끊어 내고 있었다.

"……겁쟁이."

테세우스의 눈시울이 붉어졌다. 황금빛 눈동자에 눈물이 고였다.

"이별을 고할 거라면 적어도 제 눈을 보고 하세요."

테세우스가 안테이아를 똑바로 바라보았다. 눈물이 이슬비처럼 흐르는 순간에도 그의 시선은 흔들림이 없었다.

"그렇지 않으면 받아들이지 않을 거예요."

그 순간까지도 안테이아는 테세우스와 눈을 마주 보지 못했다.

"……우리 둘 다 생각을 정리할 시간이 필요한 것 같네요."

눈물을 거칠게 닦아 낸 테세우스가 획 몸을 돌렸다. 현관으로 향하는 발걸음엔 힘이 없었다.

내가 마지막으로 본 안테이아의 얼굴은 곧 울 것만 같았다.

'이 정도면 생각 정리가 아니라 생각을 만들고 있는 거 아닌가?'

오랜 시간 여행 끝에 공중 부양을 터득한 나는 벤치에 앉아 궁상을 떠는 테세우스의 옆에서 둥둥 떠다니며 생각했다.

테세우스가 집에 들어가지 않은 지 며칠이 지났다. 근처 여관에 방을 잡은 그는 잠도 거의 자지 않고 주인에게 버림받은 떠돌이 개처럼 하루 종일 거리만 떠돌아다녔다. 집에서 조금 떨어진 곳이라 안테이아와 마주치는 일은 없었지만, 그는 내심 마주치길 바라고 있는 것 같기도 했다.

지이잉-

"또 오네."

그런 한편, 테세우스의 연락 마도구는 하루에도 몇십 번씩 울리고 있었다. 지켜보는 나까지 지겨워지는 기분에 혀를 찼다.

혹시나 하는 얼굴로 급하게 발신인을 확인한 테세우스는 차갑게 식은 표정으로 마도구를 주머니에 쑤셔 넣었다. 그는 연락이 올 때마다 그 행동을 반복하고 있었다.

[테세우스 님. 이제 정말 돌아오셔야 합니다. 인간 세상을 체험하는 건 이제 충분······.]

스치듯 마도구에 떠오른 문자 내용을 확인한 나는 미간을 손끝으로 꾹 눌렀다. 요정족에게선 돌아오라는 연락이 질리도록 오고 있었지만, 안테이아는 단 한 번도 연락하지 않았다.

'내가 남의 사랑을 진심으로 응원하게 될 줄은 몰랐는데.'

사람들이 사랑 이야기에 과하게 몰입하는 것을 조금은 이해했다. 내가 이곳에 실존했다면 테세우스의 목덜미를 쳐 기절시키고 질질 끌어 안테이아 앞에 갖다 놨을지도 몰랐다.

'빨리 화해하라고.'

실체하지도 않는 손톱을 잘근잘근 씹으며 지켜보고 있을 때였다.

툭, 투둑.

악재가 겹치듯 세차게 비가 내리기 시작했다. 테세우스가 먹구름 낀 하늘을 멍하니 바라보았다. 안 그래도 처량해 보이던 그는 비까지 맞은 지금, 세상에 버림받은 사람 같았다.

터덜터덜.

그는 미간을 찌푸리며, 남들의 눈을 피하기 위해 검은색으로 바꾼 머리카락을 탈탈 털었다. 하지만 오래 지나지 않아 털어 내는 것도 포기한 듯 비를 고스란히 맞으며 정처 없이 거리를 걷기 시작했다.

'이러니까 진짜 실연당한 남자 같잖아.'

금방이라도 비참한 가사의 발라드가 울려 퍼질 것만 같은 모습을 어이없이 바라보던 나는 한숨을 쉬곤 그를 따라갔다.

테세우스의 발걸음은 무거웠다. 그가 갈 곳이 없는 건 당연했다. 이곳은 그의 세계가 아니니까. 그에겐 그를 간절히 기다리는 요정들이 있었다.

그럼에도 그가 이곳에 남아 있는 이유는 뻔했다.

'사랑을 하면 다 이렇게 바보가 되나?'

테세우스가 꽤 오랫동안 빗속을 헤매며, 나도 덩달아 생각이 많아졌을 때였다.

멈칫.

테세우스의 발걸음이 우뚝 멈췄다. 그의 두 눈이 흔들리고 있었다.

"안테이아 씨……?"

그의 시선이 닿은 곳엔 비를 맞으며 다급하게 거리를 헤매는 안테이아가 있었다.

탁, 탁, 탁!

반쯤 정신을 놓은 듯한 테세우스가 빗속을 헤치고 달려갔다. 두리번거리던 안테이아는 달려오는 테세우스를 발견하고 눈을 크게 떴다.

"……테세우스."

탁.

테세우스가 숨을 몰아쉬며 그녀 앞에 섰다.

쏴아아.

빗소리만이 정적을 채우며 한참 동안 이어졌다.

"왜, 우산을 들고서도 안 쓰고 있어요?"

일그러진 표정을 간신히 정리한 그가 안테이아의 손을 가리켰다. 비 맞은 생쥐 꼴이 무색하게 그녀의 손엔 우산이 들려 있었다. 안테이아가 비로 축축하게 젖은 몸을 살짝 떨더니 창백한 입술을 달싹거렸다. 그 며칠간 죽어 가던 건 테세

충직한 검이 되려 했는데 4

우스뿐만이 아니었는지 그녀 또한 안색이 확연히 나빠져 있었다.

"너, 우산 안 들고 나갔으니까······."

"······."

"너 주려고······."

그녀는 비가 내리는 걸 보자마자 본능적으로 뛰어나온 것 같았다.

형언할 수 없는 표정으로 안테이아를 응시하던 테세우스는 그녀의 떨리는 손을 보곤 얼굴을 구겼다.

"······진짜 바보 같아."

테세우스가 그녀의 손에서 우산을 낚아챘다.

팡.

"우선 들어가요. 감기 걸려요."

활짝 펴진 검은 우산은 한 사람이 쓰기에 적당해 보였다.

안테이아의 머리 위에 우산을 씌워 준 테세우스는 그녀의 젖은 어깨를 감싸고 제 쪽으로 끌어당겼다. 그리고 집으로 발걸음을 옮겼다. 더 이상 비를 맞지 않는 안테이아와 다르게 우산 밖으로 툭 튀어나와 여전히 비를 맞는 테세우스의 어깨를 물끄러미 바라보고 있었을까, 장면이 전환되었다.

탁.

현관문이 닫혔다. 똑, 똑, 두 사람에게서 떨어지는 빗물이 바닥을 적셨다.

"우산은 쓰고 오지 왜 바보같이 그걸 그냥 들고 와요?"

욕실에서 수건을 가져온 테세우스는 잔소리를 늘어놓으며 안테이아의 젖은 몸을 닦아 주었다.

스윽.

그녀의 목덜미를 타고 흐르는 물방울을 조심스레 닦던 테세우스가 헛웃음을 지었다.

"이래도 저를 끊어 낼 수 있다고 할 거예요?"

그의 목소리는 자신만만했다. 안테이아가 시선을 떨구었다.

차가운 이성으로만 사고할 것 같았던 그녀가 이렇게 바보 같고 충동적인 행동을 할 수 있을 줄 몰랐다.

안테이아가 천천히 고개를 들었다. 감기 기운이 있는 건지, 아니면 다른 이유인지, 그녀의 뺨은 선홍빛으로 물들어 있었다.

"넌 아직 세상을 몰라서 착각하는 거야."

"……"

"내게 느낀 고마움을, 사랑이라고……."

"하."

안테이아가 현실 부정과도 같은 말을 주절주절 내뱉을 때 테세우스가 차갑게 헛웃음을 쳤다. 그는 어느새 염색이 풀린 분홍색 머리칼을 거칠게 쓸어 넘겼다.

"늘 내게 바보라고 하지만, 진짜 바보 같은 건 당신이에요."

안테이아의 손을 잡은 그가 자신의 목덜미에 그녀의 손을 얹었다.

두근, 두근, 두근.

미친 듯이 뛰는 그의 심장 박동이 내게까지 전이되어 왔다.

"이게 어떻게 사랑이 아닐 수 있어요?"

한 사람의 세상을 무너뜨릴 것 같은 진동은 다른 이름으로 명명된 역사가 없었다.

"……뇌는 거짓을 고하고, 심장은 장난을 치지."

"제 마음을 부정하지 말고 이제 안테이아 씨의 마음을 말해 주세요."

테세우스의 금빛 눈동자가 번뜩였다. 그의 눈빛은 소나기를 맞고 고열이 오른 것처럼 뜨거웠다.

"저, 이제 곧 요정 숲으로 돌아가야 해요."

테세우스는 담담하게 이별을 예고했다.

지금까지 봐 왔던 그라면 이별하기 싫다며 울고불고 난리를 칠 줄 알았건만. 순진함이 유약함을 뜻하진 않는다는 걸 증명하듯 그는 이 순간 흔들림이 없었다.

"그래서 더욱더 이 순간에 충실하고 싶어요. 저는 사랑하지 못한 걸 후회하느니, 차라리 사랑한 걸 후회하고 싶거든요."

테세우스가 한 팔로 안테이아의 허리를 둘러 안았다.

"이제 저 좀 사랑해 주시면 안 될까요?"

"……."

"제가 훨씬 더 사랑하니까 안테이아 씨가 손해 볼 일은 없어요."

그가 안테이아의 어깨에 얼굴을 묻었다. 가장 솔직한 마음을 투박하게 포장해 건네는 고백은 절절하고도 사랑스러웠다.

나는 그 순간 안테이아의 표정을 보고 싶었으나, 그녀의 얼굴은 안개가 낀 듯 희미했다. 이것은 테세우스의 기억으로서, 안테이아를 끌어안고 있던 테세우스는 그녀의 얼굴을 보지 못했을 테니까.

"……안아 줘."

그녀가 안아 달라고 말하는 그 순간까지도, 나는 안테이아가 어떤 표정을 짓고 있는지 볼 수 없었다.

"안테이아 씨."

퍼뜩 고개를 든 테세우스의 두 눈이 놀람으로 커지다가 이내 정처 없이 흔들렸다. 안아 달라는 말이 그저 포옹을 뜻하지 않는다는 것쯤은 애가 아닌 이상 모를 수 없었다.

"준비가, 준비가 하나도 안 되어 있잖아요. 그리고 제가 요정 숲으로 돌아가야 한다는 건……."

텁.

안테아이아의 손이 테세우스의 입을 틀어막았다. 자신을 안은 테세우스를 살짝 밀어낸 그녀가 고개를 들었다.

"아무 말 하지 말고 그냥 안아 주면 안 돼?"

안테아이아는 울고 있었다.

"요정 숲의 시간은 인간 세상과 아주 다르게 흘러서, 네가 돌아간 뒤 적어도 몇 년은 못 볼 각오를 해야 한다는 건 알고 있어."

'그런 거였어?'

나도 몰래 입이 벌어졌다.

한 시간도 채 지나지 않아 구하러 갔음에도 하루 종일 기다렸다고 말하던 칼. 수인 대학살이라는 백여 년 전 사건을 경험했음에도 지나치게 젊은 테세우스.

그제야 기묘하게만 느껴지던 부분들이 이해가 되었다.

요정 숲의 결계 내에서의 시간은 인간 세상에서의 시간보다 훨씬 느리게 흘러가는 것이 분명했다.

"안아 줘. 내가 이 순간을 붙잡고 살아갈 수 있도록."

안테아이아의 은회색 눈이 느리게 깜빡였다. 이미 빗물로 젖은 얼굴에 사뭇 다른 종류의 물방울이 떨어졌다. 눈은 눈물을 떨구는데 표정은 변함이 없다. 그녀는 조금의 흔들림도, 망설임도 없었다.

"그리고 오늘 밤 내가 잠든 사이에 이 집을 떠나."

나는 그 순간 그녀가 느꼈을 감정을 도저히 짐작할 수 없었다.

"안테이아 씨, 이건, 이렇게는……."

무어라 형용할 수 없는 표정의 테세우스가 더듬거렸다. 그는 진심으로 어떻게 해야 할지 모르는 것 같았다. 그는 떠나가고 싶지 않았지만 떠나야만 한다는 걸 알았고, 이런 것은 원치 않았지만 거부하기엔 안테이아를 너무 사랑했다.

'어떡해.'

나는 두 손에 얼굴을 묻었다.

나는 그제야 이 비극의 전말을 완전히 눈치챌 수 있었다. 내가 지금 느끼고 있는 감정도 짐작할 수 없는 가운데, 끔찍한 기분이 들었다. 상자를 열고 후회하던 판도라처럼 차라리 모르는 편이 나았을 거라는 생각이 스쳤다.

"테이. 오늘 밤은 테이라고 불러."

안테이아가 테세우스의 목에 두 팔을 두르는 것을 끝으로 내 시야는 완전히 어두워졌다.

흐릿해진 의식 속에 사랑한다고 속삭이는 테세우스의 울 것 같은 목소리만 간간이 들려왔다. 그러나 안테이아는 끝까지 사랑한다고 말해 주지 않았다.

"헉."

난 물속에 고개를 처박고 있다가 겨우 빠져나온 사람처럼 다급하게 숨을 몰아쉬었다. 시야가 일렁이다 이내 또렷해졌다.

본능적으로 내 몸을 더듬었다. 나는 영혼과 사념만 둥둥 떠다니는 것 같던 직전과 다르게 뼈와 살로 이루어진 몸이었으며, 폭신한 의자에 눕듯 앉아 있는 상태였다.

과거 여행은 끝났다. 현실이었다.

"하……."

"미친……."

가까이에서 아리아와 칼의 탄식이 들려왔다.

아리아와 칼은 각각 침대와 소파에 누워 있었다. 기억을 보는 동안 현실에서 의식을 잃은 우리를 테세우스가 옮겨 준 것 같았다.

"일어났구나."

아름답고 건조한 목소리가 귓가를 간지럽혔다. 나는 다급하게 고개를 돌렸다.

테세우스는 창가에 서서 우리를 바라보고 있었다. 따뜻한 햇살을 등진 그의 얼굴은 사무치도록 쓸쓸해 보였다. 처음엔 기억 속의 그가 훨씬 젊다고 생각했는데, 이제 보니 현재의 그와 기억 속의 그는 나이 차이가 크지 않아 보였다.

그런데도 완전히 다른 사람처럼 보였던 건 오직 분위기 때문이었다.

"나는 아직도 모른다. 그날 밤 떠난 것이 옳은 선택이었는지."

테세우스가 창가에 걸터앉았다. 허공을 바라보는 그의 두 눈은 산산조각 난 보석 같았다.

"나는 요정족을 이끌어야 하는 사명이 있었다. 언젠가는 떠나야 했고, 이별을 해야만 한다면 그 순간을 정할 권리는 전적으로 그녀에게 있다고 생각했다. 그래서……."

말을 끝마치지 못한 테세우스가 한 손에 얼굴을 묻었다.

눈물은 흐르지 않았다. 울면서 사랑을 말하던 테세우스는 더 이상 없었다.

"그날 밤, 떠난 건가요?"

아리아가 앞머리를 거칠게 쓸어 넘기며 그가 차마 끝맺지 못한 문장의 마침표를 찍었다. 그녀는 심경이 복잡해 보였다. 아무런 기대도, 감흥도 없어 보이던 전과는 다르게 어떠한 감정이 움터 있었다.

"그래."

테세우스가 힘겹게 고개를 끄덕였다.

"연락할 수 있는 마도구와 요정 숲의 출입패를 남겨 두었다. 하지만 연락은 오지 않았지. 그녀는 마음을 정리하는 데 시간이 오래 걸리는 사람이니까 그럴 수 있다고 생각했어. 나는 그녀를 기다리면서 이 방을 준비했지."

그의 큰 손이 근처에 자리한 화장대를 천천히 쓸었다.

이 방은 그 집과 비슷한 분위기를 풍겼다. 테세우스가 안테이아를 위해 준비했던 공간임이 틀림없었다.

"내가 이 요정 숲에서 지낸 시간은 겨우 세 달 남짓이었다."

그의 손이 덜덜 떨리기 시작했다.

"그러나 인간 세상에선 이미 6년이 지나 있었고, 반지를 들고 그곳에 갔을 땐……."

안테이아는 이미 죽은 뒤였을 것이다. 그녀는 내가 7살이었을 때 유명을 달리했으니까. 어째서 레이샤가 요정은 안 된다고 그리 단호하게 말했는지 이해가 되는 순간이었다.

요정의 시간과 인간의 시간은 은하수 하나를 횡단하는 거리만큼 멀었다. 한 명이 자신의 세계를 포기하지 않는 한 불행해질 수밖에 없는 구조였다.

"어디서부터 어디까지를 후회해야 하는지도 감이 잡히지 않았다. 시간이 필요했어. 현실을 받아들이는 것도 버거웠다. 사실 아직도 믿기지가 않는다. 아직도 나는 받아들이는 중이다. 그때로부터 지금까지 이곳에선 1년도 채 지나지 않았으니까."

시간이 약이라는데, 테세우스에겐 약이 될 만큼의 시간이 없었다.

시간은 그에게 잔인했다. 느리길 바랄 땐 빨랐고, 빠르길 바랄 땐 늦었다.

'요정들의 시간과 인간들의 시간이 다르지만 않았다면, 테세우스가 마음을 정리할 시간만 있었다면……. 그랬다면 테세우스는 나와 아리아를 발견하고 거두었겠구나.'

나는 확신했다. 안간힘을 다해 괴로움을 목구멍으로 삼킨 테세우스가 천천히 고개를 들었다. 그의 두 눈은 나를 향하고 있었다.

"나는, 내 감정을 추스르기에도 버거워서, 안테이아와 함께 죽었으리라 지레짐작하고 너를 찾지 않았다."

"……."

"안테이아를 사랑한 만큼 너도 아꼈는데…… 나는 나약했어. 너까지 죽었다는 걸 굳이 확인하고 싶지 않았다."

"……."

"……카슈미르. 정말 미안하다."

테세우스가 토해 내듯 내 이름을 말했다. 갈라진 목소리엔 깊은 죄책감과 책임감이 서려 있었다.

'너를…… 뭐라고 부르면 되지?'

나는 그가 내 이름을 묻던 순간, 금방이라도 눈물을 떨굴 것 같던 황금빛 눈동자를 기억했다. 내 이름을 주문처럼 낮게 곱씹던 목소리도.

테세우스는 끝끝내 아이의 이름을 알지 못하고 요정 숲으로 떠났다. 아이에게 예쁜 운명을 점지해 주기 위해 누구보다 작명에 열을 올렸던 그였는데.

"제 이름이 마음에 드세요?"

물어봐야만 했다. 더 이상 반항기와 증오 섞인 반말은 나오지 않았다.

테세우스가 눈을 감았다.

"카슈미르. '적의 영광을 부수는 자'."

"……."

"안테이아는 스스로의 연약함에 치를 떨었으니, 너는 누구보다 강하게 살길 원했던 거겠지."

"……."

"하지만 그 이름엔 '평화를 세우는 자'라는 뜻도 있어서 말이다."

내 탄생은 저주받았다고 생각했다. 하지만 내 이름에는 애정이 담긴 의미가 있었고, 나는 기억나지 않는 어린 날이지만 분명 사랑을 받으며 자랐다.

"네게 잘 어울린다."

이 기억 여행은 다른 누구도 아닌 나를 위한 것이 아니었을까.

기분이 이상했다.

그때 테세우스가 아리아를 돌아보았다.

"네 존재를 몰랐다. 그 말밖에 해 줄 수 없어서 미안하다. 네가 태어났을 거라곤 상상도 하지 못했다."

두 사람의 시선이 허공에서 마주했다.

"결코 너를 버렸던 것이 아니다."

"……."

"내 모든 것은 너의 것이다. 그건 책임감 때문도, 네게서 안테이아를 비춰 보고 있기 때문도 아니라, 내가 너를…… 사랑할 수밖에 없기 때문이야."

사랑을 말하는 테세우스의 얼굴은 더 이상 반짝이지 않았다. 그날의 용감함도, 열정도, 모두 그날의 빗물과 함께 쓸려 내려갔다.

"너는 웃지 않을 때 안테이아를 닮았다. 그럼에도 너와 처음 눈이 마주친 순간 생각했어. 네 웃는 얼굴을 보고 싶다고."

그럼에도 그는 도망치지 않았다. 보기 안쓰러울 정도로 떨고 있으면서도 아리아를 똑바로 마주했다.

"여전히 혼란스럽다. 내게 시간은 늘 지나치게 빨라. 받아들일 시간이 주어지지 않지. 하지만 하나는 확신한다. 나는 네 아버지가 아닐지라도, 너는 내 딸일 거라고. 왜 운명은 나를 안테이아와 같은 날 같은 시간에 죽지 못하게 했는지, 왜 나 혼자 살아 있는지 고민해 왔는데 이제야 알았어. 나는 너를 만나기 위해 살아 있었던 거야."

"……."

"감히 용서를 바라지도 않으니…… 나를 이용해라. 그것만이 내 남은 생의 유일한 가치다."

나는 확신했다. 우리는 더 이상 테세우스를 미워할 수 없으리라는 걸.

"……빌어먹을."

수많은 감정이 일렁이는 푸른 눈을 부릅뜨고 있던 아리아가 입술을 짓씹었다.

자신을 버린 부모의 사정 따위 알고 싶지 않다던 그녀가 세우고 있던 두꺼운 벽에 금이 가는 소리가 들렸다. 세상을 증오하고, 우리를 버린 부모를 증오했다. 썩어 악취가 나는 감정들은 사람을 죽고 싶게 만드는 동시에 세상을 살아가게 하는 원동력이 되었다. 아리아 또한 나보다 더하면 더했지 덜하진 않을 것이다. 아리아는 현명한 만큼 세상을 비관적으로 바라보았고, 냉철한 만큼 사람을 믿지 않았다.

"당신이 그렇게 말하면, 나는……"

테세우스를 만난 이래 줄곧 칼로 자른 듯 절제되어 있던 아리아의 감정들이 폭풍을 만난 듯 넘실거렸다. 한 세계와의 단절과도 같던 거대한 댐 너머로 온갖 해묵은 마음들이 생생히 보였다.

아리아가 그 모든 것을 토해 내려는 순간이었다.

"정말…… 미안한데 말이다."

차라리 신음에 가까운, 처참하게 갈라진 목소리가 희미하게 귓가에 울렸다. 심장이 덜컹한 나는 소리가 들린 쪽으로 황급히 고개를 돌렸다.

"이 이상은 한계인 것 같군."

칼이 소파에 기대 앉은 채 가쁜 숨을 몰아쉬었다. 머리카락부터 몸까지 식은 땀 범벅인 그는 왼손으로 오른팔을 으스러져라 붙잡고 있었다.

지잉—

오른팔에 빼곡히 새겨져 있던 저주의 낱말들이 불길한 보랏빛을 내며 칼의 살갗을 옥죄고 있었다.

'평생토록 오른팔이 타는 듯한 통증을 간헐적으로 느끼게 될 겁니다.'

탈리아의 진단이 머릿속에 스쳐 지나갔다.

"조금만, 조금만 쉴게……"

툭.

간신히 들려 있던 칼의 고개가 떨구어지고, 탁하고 붉은 눈동자가 눈꺼풀 사이로 모습을 감췄다.

"빌어먹을, 칼!"

"미친! 야! 칼 크리시스!"

충직한 검이 되려 했는데 4

나와 아리아는 다급하게 달려가 펄펄 끓는 그의 몸을 붙잡았다.

"뮤리엘! 당장 뮤리엘 데려와요!"

나는 놀라서 굳은 테세우스에게 비명을 지르듯 소리쳤다.

테세우스는 저주술사 '뮤'를 찾으러 떠난 특파원들에게 진척 사항을 확인하기 위해 사라졌다. 나는 기절한 칼을 안아 테세우스 방의 침대로 옮겼다. 다급하게 나를 따라온 아리아가 양손으로 입을 틀어막았다.

"어떡해……."

칼에게 늘 퉁명스럽게 굴던 아리아조차 울 것 같은 표정을 지을 만큼 상태가 심각했다. 그는 고통에 겨운 신음을 흘리며 자신의 오른팔을 뜯어내고 싶은 사람처럼 왼손으로 오른팔을 할퀴고 찢어 댔다. 정신을 잃은 상태에서도 그렇게 행동할 정도라니. 얼마나 고통스러운 건지 짐작도 가지 않았다.

"……괜찮아. 괜찮을 거야."

칼의 자해를 두고 볼 수 없었던 나는 양손으로 그의 두 손을 포박하듯 강하게 깍지 껴 잡았다.

그가 발작하듯 몸을 뒤틀고 손톱으로 내 손등을 할퀴며 손을 빼내려 했으나 놓아주지 않았다. 찢겨 나가는 피부가 그의 것이 아니라 나의 것이라는 것에 감사할 지경이었다.

"아리아. 탈리아에게서 진통제를 가져와. 없다면 부작용이 심하지 않은 마비독이라도 달라고 해."

나는 칼의 양손을 침대에 강제로 찍어 누르며 아리아에게 지시했다.

실제로 필요하다기보단-애초에 쓸 만한 게 있었다면 진작에 줬을 거다- 안 그래도 테세우스와의 관계로 마음이 복잡할 아리아가 이런 광경을 보는 것이 좋지 않다고 판단해서였다.

"응……!"

탁.

자신이 할 수 있는 일이 없음에 절망하던 아리아는 푸르죽죽하던 안색이 조금
나아져선 빠르게 방을 뛰어나갔다.

"윽, 아윽……!"

"착하죠, 칼. 제발……."

손을 맞잡은 것만으로도 후끈해질 만큼 칼의 몸은 뜨거웠다. 열이 40도 언저
리까지 오른 것 같았다.

나는 피가 나도록 입술을 짓씹으며 깍지 껴 잡은 그의 손등에 입을 맞췄다. 오
러로 포박하는 것이 훨씬 쉬울 테지만, 나는 그에게 오러를 사용하고 싶지 않았
다. 차라리 고통을 공유하고 싶어 얼굴을 일그러뜨릴 때였다.

'인기척.'

문 너머에서 느껴지는 인기척에 빠르게 고개를 돌렸다. 예민하게 곤두선 직감
이 내게 한 가지 사실을 속삭였다.

내가 찾던 그 사람이 이곳에 당도했다고.

벌컥.

"내가 요정 숲에 오다니, 인생 오래 살고 볼 일이야."

노크도 없이 문을 열어젖히는 방정치 못한 태도하며, 발랄하게 톡톡 튀는 어
조, 높은 톤의 목소리까지. 과거 언젠가는 껄끄러워했지만, 지금만큼은 무엇보다
반가웠다.

"우와아. 환자를 폭력으로 제압 중인 거예요? 당신 같은 영웅도 저주에 걸려
날뛰는 저금통들을 상냥하게 대해 주긴 힘들죠? 이제 내 마음을 좀 알겠나요, 미
르? 아니, 이제 카슈미르 아가씨라고 해야 하나?"

그녀는 저주받은 의뢰인들을 하나같이 '저금통'이라고 불렀다. 자신의 도움을

필요로 하는 이들을 돈벌이로만 보았기 때문이었다.

애교스럽게 늘어지는 목소리는 사랑스러운 동시에 사람의 신경을 쿡쿡 건드렸다.

살랑.

백금색과 연하늘색이 뒤섞인 투톤의 트윈테일이 허공에서 흔들렸다.

"소식은 들었어요. 사실 크리시스 가의 공녀님이었다면서요? 소드 마스터이자 용병왕이었던 내가 사실은 무소불위 공작가의 공녀님? 대애박. 나였으면 바로 저잣거리 소설 느낌으로 쓴 자서전 출판해서 돈을 갈퀴로 긁어모았을 거야. 그런 재밌는 책을 누가 안 사겠냐고."

"하아……."

푸른 소다에 우유 한 방울을 섞은 듯 푸른색과 하얀색이 묘하게 섞인 두 눈이 짓궂게 반짝였다.

순한 눈매에 눈처럼 새하얀 긴 로브, 쉴 새 없이 재잘거리는 예쁜 입술.

그녀의 외모는 천사와 닮았지만 본체는 소악마에 가까웠다. 나는 폐부에서 올라오는 탄식을 금치 못했다.

보드카를 섞은 소다처럼 미치도록 자극적인 사람.

달라진 게 하나도 없다. 벌써부터 피곤했다.

"어어? 은혜 갚으러 온 사람 앞에서 그렇게 지겹다는 듯 한숨 쉬면 쓰나. 나, 가 버린다?"

쿵.

그녀가 자신의 몸보다 큰 나무 완드로 땅을 가볍게 내리찍었다. 내 앞에 선 그녀가 눈꼬리를 활짝 휘었다. 대륙에서 공인된 최고의 저주술사이자 최악의 황금만능주의자이며, 이름만 들어도 모두가 질겁하는 희대의 또라이.

"그땐 내 도움받을 일은 없다더니. 역시 인생은 모르죠, 달링?"

황금 방패 용병, 뮤리엘. 통칭 '뮤'.

칼의 저주를 풀 수 있는 유일한 열쇠만 아니었다면 다시는 보지 않았을 인물이었다.

"……오랜만이군, 뮤리엘. 잘 지냈나?"

나는 터져 나오려는 한숨을 참고 최대한 덤덤하게 인사했다.

뮤리엘이 어깨를 으쓱였다.

"나야 뭐……. 미르의 표현을 빌리자면, '저승 갈 때도 주머니란 주머니에 금화 채워 넣고 가다가 무거워서 저승 강에 빠져 버릴 토악질 나는 돈의 노예'처럼 살았죠."

"……."

"이전과 다를 바 없이 살았다는 뜻이에요."

"내가…… 그렇게까지…… 말했었나……?"

"물론. 토씨 하나 틀림 없이."

뮤리엘이 생긋 눈을 휘었다. 말에 가시가 있는 것 같기도 하고, 그냥 나를 놀리고 싶은 것 같기도 했다.

나는 슬쩍 그녀의 눈을 피했다. 변명하자면, 뮤리엘과 만났을 때는 카라쇼를 잃은 지 얼마 안 되었을 때여서 그랬다. 그 시기의 나는 꼬리에 불붙은 미친개와 다름없었다. 말과 행동 모두 거칠었다.

"그때와는 분위기가 많이 달라지셨네요."

뮤리엘이 중얼거렸다.

그녀가 침대에 반쯤 올라타서 칼을 제압하고 있는 나와 여전히 고통으로 발악 중인 칼을 번갈아 보았다. 푸른색과 흰색이 뒤섞인 신비한 눈동자가 악동처럼 반짝였다.

"이번 저금통은 우리 칼 공자님이시네요?"

칼을 부르는 어조가 미묘하게 친근했다. 나는 미간을 좁혔다.

"칼과 아는 사이인가?"

"그럼요."

쓱.

뮤리엘이 땀으로 젖은 칼의 앞머리를 거리낌 없이 쓸어 넘겼다. 그녀의 새하얀 장갑 끝이 그의 땀방울로 젖어 들었다. 그녀는 분명 평민임에도 귀족을 대할 때 조심성 따윈 없었다. 언제, 어디서, 누구에게든 공평하게 싸가지 없는 그녀다웠다.

"제게 저주술을 가르쳐 달라고 의뢰하신 적이 있거든요. 육신을 갈기갈기 찢거나 정신을 무너뜨리는 고문 방식은 질렸다고, 새로운 맛이 필요하다고 말이에요. 며칠 지나지 않아 자신이 절대 저주술을 구사할 수 없다는 걸 알고 흥미가 뚝 떨어지셨지만, 보수는 만족스럽게 주셨답니다. 암브로시오 왕국에 있는 제 별장을 세워 주신 분이죠."

그녀는 칼이 꽤 마음에 든 듯 만족스러운 미소를 띠고 있었다.

'이전에 칼이 고문에 미쳐 살았다는 건 알고 있었지만 저주술까지 배우려고 했다니.'

칼과 뮤리엘 사이에 친분이 있었을 거라곤 상상도 못 했다.

'이 개새끼, 어디서 느껴 본 기운이다 했는데…… 역겨운 저주술사였구나.'

무척 희귀해 그 존재조차 모르는 이가 많은 저주술사를 칼이 본 적 있다는 투로 말하는 것이 의아했는데, 뮤리엘과의 만남 덕인 듯했다.

"너는 솔라티네 제국의 출입이 금지되지 않았던가?"

저주술은 제국에서 금지된 마법이었기에 자동적으로 저주술사는 제국에 출입하지 못했다. 나와 뮤리엘과의 첫 만남도 용건이 있어 타국의 용병 길드를 방문했다가 겸사겸사 받은 다인원 의뢰에서 이루어진 것이었다.

"크리시스 공작가의 권력은 과연 하늘을 나는 새도 떨어뜨리더군요."

그러나 그녀의 대답에 나는 곧바로 납득했다. 저주술사 하나쯤 제국에 밀입국시키는 것은 크리시스 공작가에게 일도 아니었다.

"과거 얘기는 그만하면 됐으니까 칼을 도와줘."

칼과 뮤리엘이라는 신기한 조합에 정신이 빠져 있던 나는 칼이 다시금 발버둥
치기 시작한 것을 느끼고 그녀를 재촉했다. 한가롭게 수다나 떨 시간이 없었다.

"좀 더 공손하게 부탁하지 않겠어요? 내가 이럴 때 아니면 언제 달링의 애원을
들어 보겠어요."

침대 옆 의자에 걸터앉은 뮤리엘이 오만하게 다리를 꼬았다.

그녀는 고통에 겨워하는 칼을 앞에 두고서도 끄떡하지 않았다. 그저 이 기회
에 나를 골리고 싶은 마음만 가득해 보였다. 그녀는 간절한 의뢰인에게 애원을
요구하는 악취미가 있었다.

나는 한숨을 참고 푸른 소다에 우유가 섞인 그녀의 눈을 똑바로 바라보았다.

"부탁해, 뮤리엘. 제발. 네가 필요해."

칼을 구할 수 있다면, 나는 그녀의 악취미에 몇 번이고 어울려 줄 수 있었다.

"흐응. 당신이 크리시스의 공녀이니 칼 공자가 그대의 오라버니가 되는 거죠?
그가 가족이라서 소중히 여기는 건가요?"

"글쎄, 그럴 수도 있고."

나는 강하게 깍지 껴 잡은 왼손을 뻗어 저주가 번진 칼의 오른팔을 뮤리엘에
게 보여 주었다. 그의 발악으로 인해 내 두 손에 잔뜩 상처가 났음에도 아픔을 느
끼기보단 걱정이 앞섰다.

"어느 쪽이든 상관없지. 소중하다는 건 변하지 않으니까."

뺨 언저리에 뮤리엘의 진득한 시선이 느껴졌다. 그녀의 두 눈은 신기한 무언
가를 보는 듯했다.

"당신이 진심으로 사랑을 할 수 있을 줄 몰랐어요. 당신이 이전에 품고 있었던
인류애는 과도한 의무감이지 사랑이 아니라고 생각했으니까."

자장가처럼 나긋하게 중얼거린 그녀가 칼의 오른팔을 붙잡았다. 내게는 꼬불
꼬불한 그림처럼 보였으나 그녀는 글자를 읽듯 중얼거리며 살펴 내려갔다.

"허어."

충직한 검이 되려 했는데 4

"왜? 문제 있나?"

"이 정도 실력을 가진 저주술사가 대륙에 존재할 줄 몰랐는데……. 대체 누구한테 당한 거죠?"

날 휙 돌아보는 뮤리엘의 얼굴엔 호기심과 불쾌함이 한데 뒤섞여 있었다. 묘하게 자존심이 상한 것 같기도 했다.

"말해 주세요. 어떤 새끼예요? 이 정도 실력자가 움직이기 시작하면 내 비즈니스에 방해가 된단 말이에요. 처리해 둬야지……."

"그 새끼는 네가 나서지 않아도 내 손으로 반드시 죽여 버릴 거니까 대답이나 해. 고칠 수 있어, 없어?"

설마 조나단이 뮤리엘보다 더 강력한 저주술사라서 칼의 팔을 고치지 못하는 건가?

나는 마음이 급해져 뮤리엘의 어깨를 단단히 붙잡았다. 순간 놀란 듯 나를 올려다보던 그녀가 이내 맑게 웃음을 터뜨렸다.

"우와. 조급해진 미르라니. 사진을 찍어 둬야 하는데."

"뮤리엘 카네이션."

"알았어요. 장난 그만 칠게요."

그녀가 손끝으로 툭툭, 저주받은 언어의 첫 시작을 두드렸다.

"결론만 말하자면, 풀 수는 있어요. 이 저주술사는 나와 실력 자체는 비슷한 것 같지만, 나는 저주보다 해주를 더 많이 다뤘잖아요? 아슬아슬하지만 이 정도는 세이프. 앞으로 고통을 겪는 일은 없을 거예요. 다만 오른팔의 감각이 예전 같지 않을 수 있고, 흉터는 좀 남겠네요."

칼이 더는 고통스러워하지 않아도 된다는 것만으로 감지덕지였다.

내가 안도의 한숨을 내쉴 때, 그녀가 벽에 세워 둔 커다란 완드를 집어 들었다.

"대상에게 의식이 있는 편이 해주하기 쉬우니, 잠깐 공자님을 깨우도록 할게요."

나는 뮤리엘이 칼을 대충 흔들거나, 해 봐야 따귀 정도로 깨울 줄 알았다.

빠악-!

그러나 그녀는 내 예상을 깨고 완드를 있는 힘껏 휘둘러 칼의 머리를 내리쳤다.

"허억!"

수박 깨지는 소리와 함께 칼이 번쩍 눈을 떴다. 아닌 밤중에 얻어맞은 머리를 부여잡은 그가 영문을 모르겠다는 얼굴로 숨을 헐떡거렸다.

나는 깜짝 놀라 뮤리엘을 돌아보았다.

"혹시…… 이전 칼과의 거래에서 트러블이 있었나……? 칼이 네 돈을 소매치기했다거나……."

"으응. 그럴 리가요. 공자님이 더럽게 말을 안 듣는 학생이긴 했지만. 악의는 없어요. 원래 저주에 당한 사람은 이 정도 충격은 있어야 일어나거든요."

마법사도 아닌 그녀가 거추장스러울 정도로 큰 완드를 들고 다니는 이유를 이렇게 알게 될 줄은 몰랐다. 나는 이제 거대한 몽둥이처럼 보이는 완드를 쥔 그녀에게서 반걸음쯤 떨어져 칼의 상태를 살폈다.

"칼, 괜찮습니까?"

"윽, 머, 리가……."

"원래 아픈 곳이 있을 땐 더 아픈 곳을 만들면 돼요. 앞선 통증은 더 큰 통증으로 잊게 되니 문제가 해결되는 거죠."

불을 끄려면 맞불을 질러서 싹 다 불태워 버리면 불꽃이 사그라든다는 참신한 이론을 펼치며, 뮤리엘이 두 손으로 칼의 오른팔을 붙잡았다.

뜨겁게 달아오른 피부에 누군가의 손이 닿아 놀랐는지 움찔하던 칼은 그제야 뮤리엘을 발견한 듯 눈을 크게 떴다.

"너는, 그, 더럽게 돈 밝히는 저주술사……."

"싸가지 없는 건 여전하군요. 내 이름은 뮤예요. 마음 같아선 한 대 더 갈기고 싶어요."

뮤리엘이 눈을 활짝 휘었다. 과거의 나에 이어 칼에게도 수전노로 평가된 그녀는 어쩐지 짜증이 난 것 같았다.

그녀가 무언가 말하려 입을 열 때였다.

벌컥-

"언니! 여기 약초……!"

급박하게 뛰어 들어오던 아리아가 뮤리엘을 발견하고 멈칫했다. 처음 보는 얼굴에 눈을 가늘게 뜨던 그녀는 이내 상황을 파악한 듯했다.

"언니가 찾아 달라 했다던 용병?"

"맞아요. 뮤리엘이라고 해요, 아리아 아가씨."

뮤리엘 또한 곧바로 상황을 파악한 것 같았다. 연분홍색 단발머리에 순한 하늘빛 눈동자. 아리아의 외모는 제국 내에서 유명했으니까.

뮤리엘이 입가에 손가락을 올리며 간살맞게 웃었다.

"지금부터 아가씨의 오라버니를 치료할 거예요. 재밌는 구경이 될 테니 어서 들어오세요."

나는 눈을 꾹 감았다 떴다. 그녀가 해주하는 모습을 전에 본 적 있는 나로서는 아리아에게 나가 있으라고 하고 싶었지만, 걱정 가득한 얼굴로 뛰어 들어온 아리아가 내 말을 들을 리 없다는 걸 알았다. 아리아가 원치 않는데 지켜 주겠답시고 싸고돌 수도 없는 노릇이고.

나는 악랄한 명랑함이 가득한 뮤리엘의 얼굴을 힐끗 보다가 한숨을 쉬었다.

"……빨리 시작하지."

매도 먼저 맞는 것이 낫다.

아리아가 쪼르르 달려와 내 옆에 자리 잡자, 뮤리엘은 해주 마법진을 발동하기 시작했다.

"네가, 해주를……."

"쉿. 입은 닫는 걸 추천해 드릴게요. 혀를 깨물 가능성이 아주 높거든요. 미르, 공자님이 혀를 깨물려고 하면 입에 손이든 발이든 쑤셔 넣어 줘야 해요. 할 수 있지요?"

"그래……."

"이 여자…… 미친 여자…… 못, 미더운……."

"……어머. 아파서 헛소리까지 하시네요. 지금 당장 입 막아 둬요. 안 그러면 해주 안 할 거예요."

돈 밝힌다는 소리에 짜증은 내도 화는 안 냈던 뮤리엘은 못 미덥다는 소리에 정말로 빡친 것 같았다. 그녀의 심기가 뒤틀리면 어떤 일이 일어나는지 아는 나는 순순히 침대 시트 자락을 끌어다가 칼의 입에 구겨 넣었다.

칼이 배신감에 찬 눈으로 나를 바라보았지만 지금 이 순간은 뮤리엘이 갑이었으니 별수 없었다.

"좋아요. 그럼 준비됐나요~ 시작할까요~"

가볍게 흥얼거린 그녀가 화사하게 웃었다. 그녀의 두 손에서 환한 빛이 터져 나왔다.

"자, 따끔~"

화아악-

주사 놓는 간호사 같은 소리를 기점으로 팔의 손을 뒤덮은 알 수 없는 문자들이 느린 속도로 한 획씩 지워지기 시작했다.

"으읍! 윽! 므, 으으읍!"

"미르 보조. 저금통 제대로 제압하세요~"

눈을 부릅뜬 칼은 미친 듯이 발버둥 치기 시작했다.

저주로 인한 고통보다 해주로 인한 고통이 두 배는 아프다고 들었으니 당연한 반응이다. 나는 칼을 힘으로 제압하며 찜찜한 기분으로 뮤리엘을 힐끗거렸다.

그녀의 실력은 의심하지 않았지만, 성격은 좀 의심이 되었다. 뮤리엘은 해주의 고통으로 발악하는 이들을 보며 무척 즐거워했으니까. 지금도 그녀는 전에 없던 함박웃음을 짓고 있었다. 그녀의 취향은 괴랄한 만큼 안 아프게 할 수 있는데도 저러는 게 아닐까 싶었다.

"벌레처럼 꿈틀거리는 모습이 꽤 귀엽네요. 자, 또 따끔~"

문자가 하나 지워지고 또다시 빛이 터져 나왔다.

"으윽, 이, 미친 여자! 지금 복수하는 거지?"

목에 핏대까지 세우고 이를 악물던 칼은 입에 물려 준 시트를 퉤, 뱉더니 뮤리엘을 무시무시하게 노려보았다.

"꺄아, 더럽게! 물고 있던 걸 뱉고 난리람. 미르 보조, 다시 쑤셔 넣으세요~"

금방이라도 피가 흐를 듯 섬뜩한 칼의 적안과 마주하고도 까르륵 웃음을 터트린 뮤리엘이 손을 까닥였다. 놀라울 만큼 마이페이스인 여자였다.

나는 칼에게 죄스러움을 지극히 느끼면서도 그의 입에 시트를 꾹꾹 밀어 넣었다. 그가 혀 절단으로 인해 세상을 떠나는 것을 보고 싶지는 않았기 때문이었다.

"언니."

"으음……?"

괴로워하는 칼과 그런 칼을 보며 즐거워하는 뮤리엘 사이에서 칼의 사지를 누른 채 멍하니 허공이나 보고 있었을까, 아리아가 내 어깨를 톡톡 두드렸다. 나는 그녀를 돌아보았다.

"나, 저 사람 마음에 들어."

칼이 이제는 안전하다는 걸 확신했는지 다시 원래의 페이스로 돌아온 아리아가 뮤리엘을 가리키며 웃었다.

칼을 괴롭히는 모습이 마음에 든 건지, 저 악질적인 성격이 마음에 든 건지는 알 수 없지만, 아리아에게 악영향을 끼쳤음은 확실했다.

나는 한숨을 쉬며 이마를 짚었다.

"저런 거 보고 배우면 못써……."

"므, 르을, 크느, 으슨……!"

"원래도 개새끼 같다고는 생각했지만, 드디어 광견병에 걸려 버리신 걸까나~ 날뛰는 것도 적당히!"

여러모로 개판이었다.

해주는 한 시간쯤 소요되었다. 칼의 팔엔 저주받은 언어가 적혔던 흔적이 흉터가 되어 희미하게 남아 있었지만, 불길한 보랏빛은 사라진 뒤였다.

"휴! 이번 저금통은 정말 난리도 아니었네요. 그래도 임무 완수!"

뮤리엘이 이마의 땀을 손등으로 닦으며 침대에서 폴짝 뛰어 내려왔다.

"뮤리엘 카네이션…… 널 저주하겠다……."

저주보다 두 배 더 끔찍한 고통을 한 시간 동안이나 감내해야 했던 칼은 온통 식은땀으로 젖어서는 금방 혼절해도 이상하지 않을 만큼 녹초가 된 상태였다.

그는 코앞에서 살랑거리는 뮤리엘의 백금색과 연하늘색 투톤 트윈테일을 금방이라도 태워 버릴 듯 노려보았다.

"물에 빠진 사람 건져 줬더니 보따리 내놓으라는 격이네요. 배은망덕해라."

사르르 웃은 뮤리엘이 주머니에서 흰 손수건을 꺼내 칼의 얼굴에 고이 얹어 주었다. 꼭 죽은 사람의 얼굴을 가리는 듯했다.

나는 스치듯 보였던 칼의 울컥하는 얼굴에서 눈을 돌려 버렸다. 편을 들어주고 싶긴 하지만 뮤리엘이 칼을 구해 주었다는 건 너무 자명한 사실이었다.

"의식은 끝난 건가?"

달칵.

문이 열리고 해주가 끝날 때까지 밖에서 기다리고 있던 테세우스가 방으로 들어섰다.

그는 상당히 지쳤지만 더는 고통스러워하지 않는 칼을 보곤 나직하게 한숨을 뱉었다. 그의 한숨엔 안도가 섞여 있었다.

"우와아. 이분이 요정왕이라고 했죠? 당신도 날 데려온 그 요정들처럼 날개가 있나요?"

뮤리엘이 호기심 가득한 얼굴로 테세우스에게 폴폴 다가갔다. 조금 당황한 듯 움찔한 테세우스는 이내 대답 없이 새하얀 날개를 펼쳐 보였다.

"와! 신기해라! 사람 몇 명까지 태우고 날 수 있나요? 날개는 왜 다친 건가요?"

신비로운 두 눈을 초롱초롱하게 반짝인 뮤리엘이 날개 근처를 기웃거렸다. 뮤리엘의 거침없는 행동에 부담스럽다는 기색을 숨기지 않고 드러낸 테세우스는 나를 힐끗 곁눈질했다. 도와 달라는 의미 같았다.

"……테세우스 묻고 싶은 것이 있습니다."

나는 그의 도움 요청을 거절하지 않기로 했다. 꼭 물어봐야 하는 것도 있으니.

진지해진 내 태도에 다들 나를 돌아보았다. 눈을 느릿하게 깜빡인 테세우스가 말해 보라는 듯 고개를 까닥였다.

"이곳과 인간 세계의 정확한 시차는 어떻게 됩니까? 우리가 이곳에 있는 동안 인간 세계에선 얼마만큼의 시간이 흐른 거죠?"

이곳에서의 석 달이 인간 세계에선 6년. 계산엔 영 젬병이라 빠릿빠릿하게 결과가 나오진 않았지만 굉장한 격차임은 확실했다.

급박하게 돌아가는 상황에 잠시 잊고 있었던 불안감이 새삼스레 엄습했다.

"……이곳에서의 한 달은 인간 세계에서 900일. 보름은 450일. 48분이 바로 저 너머의 하루……."

생각보다 더 크고 생생하게 다가오는 격차에 점점 더 입이 벌어졌다. 계산을 하는 듯 고개를 숙인 채 턱을 매만지던 테세우스가 천천히 고개를 들었다.

"너희가 이곳에 머문 건 하루하고도 반나절이니, 인간 세상에선 한 달 반쯤 지났겠구나."

놀라 크게 벌어진 입 때문에 턱이 아플 지경이었다.

나와 아리아, 칼은 빠르게 시선을 교환했다.

요정 숲에선 인간 세계 통신구의 전파가 통하지 않는다. 아직 도착조차 보고하지 못했건만. 상황을 모르는 바깥 사람들의 시점에서 보았을 때, 우리는 사절단으로 나와서 한 달 반 동안 연락이 두절된 것이었다. 납치 내지는 사망으로까지 여겨질 수 있는 상황이었다.

머릿속에 인간 세계에 두고 온 소중한 이들의 얼굴이 빠르게 스쳐 지나갔다. 가장 마지막으로 떠올린 것은 격노한 카이사르의 얼굴이었다. 생각은 하나로 종결되었다. 망했다.

"……돌아가야 합니다. 지금 당장!"

나는 비명처럼 소리치며 자리에서 벌떡 일어났다.

"뭐야, 나 여기 한 시간 있었다고 하루가 지나 버린 거예요? 시간 가성비 최악이네……."

뮤리엘의 떨떠름한 불평은 배경음이었다.

···⸱⸱⸱⸱ ❦ ⸱⸱⸱⸱···

체면치레를 갖출 시간조차 없었다. 짐은 지그문트, 조나단과의 접전에서 다 버리고 왔으니 동맹 약조 서류만 제대로 챙기면 그만이었다.

다급하게 떠나는 우리를 테세우스와 장로들이 배웅했다.

"아리아……. 공녀의 훈련은 결계 바깥에 있는 오두막에서 진행될 예정이니 시간은 인간 세계 기준으로 흐를 거다. 치유력을 포함해 많은 것을 배울 수 있도록 선생들을 붙여 주마."

아리아가 열흘 동안 남기로 했지만, 그건 인간 세상과 요정 숲의 시차를 몰랐을 때 약속한 것이었다. 요정 숲 기준으로 열흘 남아 있으면 인간 세상에선 열 달가량이 지난다는 소리였다.

이 미친 시차를 어떻게 해결해야 하는지 골머리를 앓을 때, 테세우스가 명쾌하게 해답을 내렸다. 아리아를 이름만으로 부르려다가 망설이더니, 결국 '공녀'라는 딱딱한 존칭을 붙이는 그는 조금 안쓰러워 보였다. 겨우 열흘이지만 그동안 약간이라도 둘의 사이가 회복되기를 바랄 뿐이었다.

"출입패를 가지고 있으니 직진만 하면 곧바로 숲을 나갈 수 있을 거다. 요정 숲의 경계가 끝났을 때 통신구를 사용하도록 해라. 그럼……."

탁.

어느새 결계 앞에 다다른 것을 확인한 나는 발걸음을 멈췄다. 테세우스가 희미하게 미소 지었다.

"잘 가, 카슈미르. 다시 만나 기뻤다. 또 보자."

나는 아직도 짐작할 수 없었다. 그가 안테이아의 딸인 나와 아리아를 볼 때 어떤 기분일지. 그저 실패한 사랑의 흔적들 앞에서 웃어 줄 수 있는 그가 대단하다고 생각할 따름이었다.

"그리고 칼 크리시스 공자. 그대도……."

그가 내 등에 업힌 칼을 힐끗 보았다.

조금 전 지옥 같은 해주를 겪은 그는 도저히 걸을 수 있는 상태가 아니었다. 그는 내게 짐이 되느니 기어가겠다고 했지만, 말도 안 되는 소리였다. 결국 그는 반강제로 내 등에 업혔다.

"카슈미르와 아리아의 형제가 되어 주어 고맙다. 다시 볼 수 있으면 좋겠군."

내 목에 두 팔을 꼬옥 두르고 있던 칼이 피식 웃었다.

"그래. 그때는 차 한 잔 앞에 두고 좀 더 깊이 대화해 보자고. 그때까지 요정족의 평안을 빌겠다."

남과 다름없는 테세우스와 칼이지만 서로에게서 느끼는 동질감이 있는 모양이었다. 나는 결계 쪽에 서 있는 우리와 다르게, 장로들과 함께 서 있는 아리아를 바라보았다.

"더 성장해서 만나, 언니."

미련 없이 깔끔한 아리아의 인사에 도리어 내가 미련이 남았다. 아리아를 이곳에 두고 가고 싶지 않았다.

"……응. 사랑해."

하지만 내가 아리아를 사랑한다는 건, 나를 섭섭하게 만드는 결정까지 사랑하겠다는 뜻이니까.

아리아를 강하게 끌어안았다. 칼을 업은 채 아리아를 안는 모습은 꽤나 우스꽝스러워 보였겠지만.

"나도……. 언니를 사랑하지 않았다면 하지 않았을 선택이야. 내가 치유력을 연마하려는 건 언니를 치료해 주기 위해서니까."

마주 안는 그녀의 가녀린 두 팔과 귓가를 간지럽히는 속삭임에 섭섭함은 눈 녹듯 사라졌다.

나는 그녀를 향해 환하게 웃었다.

"곧 다시 봐."

"응. 집에서 기다리고 있어."

작별 인사는 길지 않게 해야 한다. 길어질수록 미련도 짙어지고, 길어지는 시간만큼 오랫동안 다시 보지 못할 것 같으니까.

잠시간의 시선 교환 끝에 몸을 돌릴 때, 칼이 내 어깨를 툭툭 쳤다.

"둘이 우애가 너무 좋아서 나를 병풍으로 착각한 것 같은데. 아리아 크리시스. 나도 네 형제다."

"있었냐? 번데기인 줄."

"이 자식이?"

내 등 뒤에 업힌 채 칼이 헛웃음을 쳤다. 그가 대충 목을 뒤로 꺾어 아리아와 마주했다.

"뒤지지 마라."

"너나……."

두 사람의 인사는 그것으로 충분했다.

"감동적인 우애네요. 이거, 형제 없는 사람은 섭섭해서 살겠어요?"

감흥 없는 얼굴로 흐르지도 않은 눈물을 닦아 낸 뮤리엘이 턱짓했다. 빨리 가자는 뜻이었다.

"좋아. 결계 연다."

결계 위에 복잡한 마법진을 띄우고 있던 제라가 안경을 치켜올린 뒤 빠르게 손을 움직였다.

우우웅-

희미한 진동과 함께 결계에 한 사람이 지나갈 수 있는 크기의 구멍이 생겼다. 나는 망설임 없이 그곳을 향해 나아갔다.

뒤는 돌아보지 않았다.

"직진만 하면 된다고 했죠?"

나를 따라 결계 밖으로 나온 뮤리엘이 앞머리를 쓱 쓸어 넘겼다.

요정 숲의 출입패를 아무에게나 줄 수 없는 만큼, 출입패를 가진 건 나 하나였다. 이 숲에서 길을 잃지 않으려면 나와 함께 다녀야 했기에 완전히 빠져나갈 때까진 동행하기로 했다.

"그래. 달릴 수 있겠나?"

"미르가 내 속도에 맞춰만 준다면요."

내 등 뒤의 칼을 힐끗 본 뮤리엘이 사르르 웃었다.

"저는 해주 한 번에 녹아 흘러내리는 아이스크림이 되어 버린 칼 공자님과 다르니까요."

"백 골드 줄 테니까 네가 날 업어라, 미친 여자."

"어머. 싫은데?"

"지금 반말했나? 잘됐군. 이참에 귀족 모독죄로 감옥에 처넣어 버려야지."

"'설레는 반존대'도 몰라요? 싫은데? 편찮은 공자님 같은 건 업기 싫어요. 더러워."

"슈슈. 역시 나를 업는 건 힘들지? 내가 뮤리엘 카네이션의 정신을 조종할 테

327

니 저 여자를 지게꾼으로 쓰는 게 어떤가."

"이제부터 입을 여는 사람은 이곳에 버려져서 영원히 숲속을 헤매고 싶은 걸로 이해하겠습니다."

두 사람이 동시에 입을 다물었다.

나는 칼을 단단히 고쳐 업고 달리기 시작했다.

'카이사르가…… 황궁에 불을 지르진 않았겠지? 제발, 돌아갔더니 크리시스 공작가가 역적 가문이 되어 있는 상황만큼은…….'

충분히 가망성 있다는 사실이 절망적이었다.

나는 눈을 질끈 감았다 뜨며 걸음을 재촉했다. 빨리 이곳을 나가 연락을 취해야 했다. 뮤리엘은 내게 뒤처지지 않고 달렸다. 여려 보이는 겉모습과는 달리, 그녀는 산전수전을 다 겪은 황금 방패 용병인 만큼 저주술뿐만 아니라 체술에도 일가견이 있었다.

그렇게 얼마나 달렸을까.

탁.

예고 없이 발걸음을 멈춘 나는 내 옆에서 달리던 뮤리엘의 어깨를 붙잡았다.

"왜 그래요, 미……."

빠르게 그녀의 입을 막았다. 푸른색과 흰색이 뒤섞인 말간 눈동자가 놀란 듯 커지다 이내 상황을 파악한 듯 날카로워졌다. 칼 또한 아무 말 없이 내 어깨 위에서 마법진을 전개했다.

"누군가 다가오고 있습니다. 하나 이상. 아마도 둘입니다."

나는 정보를 빠르게 속삭인 뒤 눈을 치켜뜬 채 인기척이 느껴지는 방향을 노려보았다.

'북부군인가? 그럴지도 몰라. 지그문트는 우리가 요정 숲에 온 것을 알 테니까. 우리를 죽이기 위해 암살자를 보낸 건가? 그런데 겨우 둘? 내게 상대가 되지 않을 거라는 걸 알 텐데 무슨 생각인 거지?'

빠르게 머리를 굴리며 소리 없이 검을 뽑고 전투태세를 갖췄을까, 인기척이 가까워질수록 느낌이 미묘해졌다. 위험한 존재가 다가오면 어김없이 발동하는 내 직감이 잠잠할뿐더러…….

'뭔가 익숙한 기운인데.'

선제공격해야 할지 말아야 할지 감을 못 잡고 검만 겨누고 있었을 때였다.

부스럭-

"빌어먹을……. 이 숲을 헤맨 것만 일주일입니다. 그냥 나무를 싹 다 베어 버리면 안 됩니까? 그럼 요정들도 기어 나오겠죠."

"……그럴까?"

"날숨처럼 습관적으로 한 말에 동조하면 어쩌자는 겁니까?"

"카슈미르가 실종되었다."

"배 누르면 사랑 고백하는 곰 인형처럼 그 말만 반복하고 있다는 건 아십니까? 제2기사단장님."

"내가 이 앞으로 최대 출력한 오러를 날리지."

"드디어 미치셨군요."

"그대가 뒤쪽 나무들을 잘라."

"이 자식 눈에 초점이 나갔어."

수풀을 헤치고 모습을 드러낸 건 거지꼴을 한 라이너 아인하르트와 카시아였다.

'당신들이 거기서 왜 나와……?'

나는 어이가 없었다.

"라이너? 카시아?"

"내가 카슈미르와 함께 갔다면…… 적어도 이 초조함의 지옥에 빠지진 않았을 텐데."

"정확히 26번째 그 말을 하셨습니다. 이제 다 내 탓이라고 자책하면서 버림받고비 맞은 개새끼 얼굴을 하시겠지요."

"저기……."

"다 내 탓이다. 내가 조금만 더 강하게 주장했다면……."

"이거 봐. 아주 돌림노래로 만들지 그러십니까? 제목은 〈카슈미르를 놓친 한심한 나〉. 음유 시인한테 음률도 붙여 달라고 하십시오."

"미안한데 나 여기 있습니다."

"상관 모독죄로 군사 재판을 받아 보고 싶은 모양이군."

"아, 죄송합니다. 듣고 계셨습니까? 영혼은 나가고 사념만 남은 껍데기인 줄 알았는데."

라이너와 카시아는 수풀을 헤치고 나오는 데에 정신이 팔려 내 목소리를 듣지 못한 모양이었다.

숲속을 헤매며 고생했는지 둘 다 상태가 좋지 않았지만, 라이너는 특히 심각했다. 늘 곧게 빛나던 금빛 눈동자가 죽은 생선의 눈처럼 텅 비어 있었다. 그는 살아 있는 인간이라기보단 차라리 흑마법사에게 조종당하고 있는 시체 같았다.

"아는 사이예요?"

경계 태세를 취하고 있던 뮤리엘이 미간을 좁혔다. 나는 고개를 끄덕였다.

"연락도 없이 복귀가 늦어지니 제국에서 수색대를 보낸 것 같군."

사절단은 한 나라의 대표이며, 사절단을 죽이는 것은 전쟁 선포와 다름없다.

우리가 한 달 동안 실종된 지금, 제국군이 요정 숲에 쳐들어가지 않은 것만으로도 다행이었다. 카이사르 성격에 분명 절대 전쟁을 외치며 탁자를 엎었을 텐데. 제국의 이성들이 필사적으로 일을 한 모양이다.

나는 한층 핼쑥해졌을 게 분명한 헬리오스와 노아를 상상하다, 그들에게 애도를 보냈다.

"라이너 아인하르트…… 왜 하필 저 망할 놈이 온 거지?"

내 등에 업혀 있다가 전투를 준비하며 잠시 땅에 내려온 칼이 중얼거렸다. 그는 라이너와 카시아가 아군이라는 걸 알면서도 한 손에 띄운 공격 마법진을 지우지 않았다. 힐끗 돌아본 칼의 얼굴은 썩은 양배추를 먹은 사람처럼 일그러져 있었다.

그 후에도 몇 번이고 두 사람을 신사적인 태도로 불렀으나 철저히 무시당한 나는, 이젠 아예 우리의 시야에서 벗어나려는 그들을 향해 쩌렁쩌렁하게 소리치고 말았다.

"라이너 아인하르트! 카시아!"

숲속에 메아리가 칠 만큼 커다란 목소리였다.

터벅터벅 걸어가던 그들이 황급히 뒤를 돌아보았다.

"저 여기 있습니다!"

체감상으로는 며칠밖에 지나지 않았지만, 인간 세계에선 한 달 반이 넘게 지났다고 하니 괜히 오랜만에 보는 기분이었다. 나는 활짝 웃으며 그들에게 손을 흔들었다.

"카슈미르 경……? 어떻게……."

파앗!

카시아가 깜짝 놀라 눈을 크게 뜰 때, 그녀의 옆으로 재규어 한 마리가 지나가는 듯 세찬 바람이 쌩 일어났다. 눈 깜짝할 새였다.

와락.

라이너가 달려와 내 품에 안겨 들었다.

나는 순간 휘청거렸으나 간신히 자리를 잡고 섰다. 덩치가 산만 한 대형견의 몸통 박치기를 받아 낸 느낌이었다. 그답지 않은 행동에 놀랐던 나는 그의 몸이 미세하게 떨리고 있음을 깨닫고 침묵했다.

'많이 놀랐겠구나.'

나라도 그가 한 달 동안 연락 없이 잠적해 버리면 죽었나 싶었을 것이다. 걱정과 불안으로 초조하게 밤을 새우다가, 모든 걸 내려놓고 그를 찾기 위한 길을 떠났을지도 몰랐다. 나는 한숨을 내쉬며 은회색 머리칼을 조심스럽게 쓰다듬었다.

솜털같이 부드럽던 그의 머리칼이 한 달 사이에 조금 거칠어진 것 같았다.

"늦어서 미안합니다."

내 속삭임에 라이너의 어깨가 희미하게 떨렸다. 그가 천천히 고개를 들었다.

신화 속 여신들에게 사랑받던 소년들을 닮은 섬세한 얼굴에는 희미한 피폐함이 깃들었다. 그 누구보다 단단해 보였던 그가 금방이라도 깨질 듯 아슬아슬해 보였다.

나는 숨을 멈췄다.

"라이너, 우, 울어요?"

그의 금빛 눈동자는 금방이라도 눈물을 터트릴 듯 물기를 머금고 있었다.

"우와. 남자 울리고 다니는 사람인 줄 몰랐어요, 미르."

"아니, 나는, 그게……."

나는 뮤리엘의 장난기 섞인 핀잔에 제대로 반박하지 못할 만큼 당황했다.

우는 라이너라니. 그는 태어났을 때조차 울지 않고 '어머니, 고생 많으셨습니다.' 하면서 제 발로 뚜벅뚜벅 어머니 품에 들어갔을 것 같았건만!

상상도 못 했던 상황에 정신을 차리기 힘들었다.

라이너 아인하르트는 제국에서 '조각상'으로 유명했다. 그것은 인간 같지 않은 그의 외모를 향한 찬사인 동시에 그의 목석같은 성정에 대한 비아냥거림이었다. 그를 선망하는 이는 많았지만, 그는 오직 검술에만 미쳐 있었다. 라이너와 처음 만났을 때 그가 나 자체가 아닌 소드 마스터 미르에게 관심을 가지고 다가왔다고 생각했던 건 그런 이유에서였다.

사람과의 관계를 단절하며 수행한 만큼, 그는 젊은 나이에 소드 익스퍼트 경지에 이르고 황궁 제2기사단장 자리에 올랐다. 그러나 얻는 것이 있으면 포기해야 하는 것도 있는 법. 그는 무미건조한 사람이었다. 원래 성정 자체도 그랬지만, 삶의 방식이 더욱 그를 딱딱한 사람으로 만들었다.

'필요 없습니다.'

충직한 검이 되려 했는데 4

'아뇨. 사양하겠습니다.'

나는 그의 감정적인 모습을 자주 보아서 잘 몰랐는데, 그가 다른 사람을 대하는 태도를 제대로 보았을 때는 조각상이라는 별명도 약하다 싶었다. 그는 철벽 그 자체였다. 사회성 없는 것으로는 둘째가라면 서러운 나조차도 가끔은 그의 인간관계가 걱정될 정도였다.

'초대는 감사하지만, 제가 영애의 생일 파티에 갈 이유는 없는 것 같습니다.'

'그날 훈련이 있습니다. 훈련이 끝난 뒤에요? 그땐 씻고 자야 합니다.'

자신은 그 어느 공격에도 뚫리지 않으면서 타인의 속은 잘 뚫었다. 지나치게 솔직하고 직설적이라 말 한 마디 한 마디가 은 탄환 같았고, 그는 더할 나위 없는 명사수였다.

그 어느 때에도 악의가 없다는 점이 가장 환장할 부분이었다.

라이너의 추종자들은 그가 한 번이라도 웃거나 우는 모습을 보고 싶다고 매달렸고, 반대 세력은 그의 선한 성정까지도 미친 듯이 깎아내리고 왜곡시켰다. 그에겐 추종자도, 반대 세력도 많았지만…… 친구는 없었다. 정말 나뿐이었다.

언젠가는 그런 그가 걱정된다고 진심으로 말해 본 적도 있었다.

'지금은 곧잘 웃으면서 연회만 나가면 뻣뻣해지시는군요. 어쩌면 라이너의 인상이 차가워서 사람들이 어려워하는 걸지도 모릅니다. 가까워지면 이렇게나 상냥한 분인데요. 만나는 사람들에게 조금씩 웃어 보이는 건 어떻습니까?'

그 물음에, 라이너는 지구가 정말 둥그냐는 당연한 질문을 들은 사람처럼 의아한 얼굴로 고개를 갸웃했다.

'제가 왜 당신이 아닌 사람한테 웃어야 합니까?'

말간 눈동자가 순진한 아이 같아 나도 모르게 웃었던 기억이 생생했다.

'알아서 잘하시겠지만, 가끔은 걱정됩니다. 외로우실 것 같아서요. 친구라고 부를 만한 사람도 저밖에 없다고 하지 않으셨습니까?'

그 말에 라이너는 한 달의 끝자락에서 떠오르는 그믐달처럼 깊게 웃었다.

'제게 사람은 당신 하나로 넘칩니다.'

그 웃음을 본 사람은 나 하나뿐이겠구나, 본능적으로 알아차리며 기분이 이상해지기도 했는데.

"저는, 당신이, 죽은 줄 알고……."

나는 지금 헐떡거리면서 눈물을 흘리는 라이너를 눈앞에서 직관하고 있었다. 그의 아버지 노아조차 라이너가 세 살 생일이 지난 뒤로 우는 것을 본 적이 한 번도 없다고 했는데 말이다. 나는 아찔해졌다.

"카슈미르 경을 보자마자 심장마비로 죽을 거라고 생각했는데, 용케도 명줄을 붙잡고 계시군요."

한발 늦게 도착한 카시아가 혀를 차며 내 앞에 섰다. 나를 응시하는 그녀의 푸른 눈이 울렁거렸다.

"대체 무슨 일이 있었던 겁니까?"

"설명하자면 긴데……. 우선 이 숲을 나가면서 말씀드리겠습니다. 우리를 찾으러 온 거죠? 걱정 끼쳐 정말 미안합니다."

그녀가 앞머리를 훅 쓸어 넘겼다. 짧은 검은 머리가 나부꼈다.

"……살아 계신 걸 보았으니 됐습니다."

까칠한 카시아의 성정에 저 정도면 굉장히 노력한 표현이었다.

나는 그녀에게 희미하게 웃어 보이곤 들썩거리는 라이너의 어깨를 토닥였다.

"라이너. 얼굴 좀 보여 주세요. 네?"

대체 얼마나 마음고생을 한 건지 상상이 안 갔다. 아직도 그가 내 품에서 울고 있다는 사실이 믿기지 않아서 그의 우는 얼굴을 들어 올린 채 빤히 바라보고 싶기까지 하지만, 그를 천천히 달래기로 했다. 결계를 나온 순간부터 인간 세계를 기준으로 시간이 흘러가니 조금은 여유를 가져도 괜찮을 터였다.

"그리고 마법진은 좀 치워 주세요, 칼……."

나는 차갑게 식은 눈으로 라이너의 머리 위에서 흉흉하게 번뜩이는 붉은 마법진을 바라보았다.

"조금만 떨어져라. 그 자식 머리카락 싹 다 태워 버리게."

"그 불 위에 육포 구워 먹어도 됩니까? 주머니에 한 봉지 있습니다."

"둘 다 미친 소리 그만해요."

칼은 두 발로 서 있기도 힘들어 나무에 기대어 있으면서도 꿋꿋하게 마법진을 전개 중이었다. 붉은 눈동자가 라이너를 죽일 듯이 노려보았다. 그는 금방이라도 두 눈에서 칼을 뽑아 라이너를 찔러 버릴 것 같았다. 내가 알기로 라이너와 카시아는 이름만 아는 사이였건만, 이번 수색대 일을 하며 라이너가 카시아에게 원한을 사기라도 한 건지 카시아는 라이너를 싫어하는 눈치였다.

'둘이 잘 맞을 줄 알았는데.'

의외였다. 검에 미쳐 있다는 점과 무심하다는 점, 무리에서 자발적으로 겉돈다는 점까지 공통점이 많은 둘이건만, 동족 혐오라도 하는 모양이었다.

"야. 안 떨어져?"

내 눈총에 정말 마지못해 따른다는 얼굴로 마법진을 거두어들인 칼이 라이너를 독촉했다. 천천히 호흡을 갈무리한 라이너가 내 품에서 느리게 벗어나며 두 눈을 따갑도록 벅벅 비볐다.

"……놀라셨겠죠? 죄송합니다."

"아닙니다."

나는 손을 들어 붉게 무른 그의 눈가를 부드럽게 쓸었다. 은회색 속눈썹이 파르르 떨렸다.

"모두 설명하겠습니다. 어째서 이렇게 늦은 건지. 저는 멀쩡하고 모든 것이 잘 되었습니다. 그러니 울지 마세요."

"슈슈, 네가 너무 착하니 별 미친 진드기들이 너한테 다 달라붙는 거다. 그 자식 명치에 주먹을 꽂아 버려라."

"우와. 시스터 콤플렉스?"

"무례하군, 뮤리엘 카네이션. 지극한 가족애다."

라이너를 달래는 것에 칼이 끼어들고, 거기에 뮤리엘이 또 끼어들었다.

라이너야 지금은 상태가 안 좋지만 원래는 묵묵하고 곧은 사람이니 괜찮아도 칼과 뮤리엘, 그리고 카시아라니. 상상치도 못한 '환장'의 조합에 머리가 아파졌다. 그나마 뮤리엘이 이 숲을 나갈 때까지만 동행하는 것은 다행이었다.

"당신은 자꾸…… 저를 어린아이처럼 만듭니다."

"……"

"보고 싶었습니다."

벅찬 표정으로 나를 내려다보던 라이너가 나직하게 속삭였다. 짧은 두 마디에 담긴 복합적인 감정이 선명하게 내게 닿았다.

내가 그를 향해 웃을 때였다.

"잠깐만. 뮤리엘 카네이션? 당신이 그 저주술사 '뮤'입니까?"

초면인 뮤리엘을 보고 고개를 갸우뚱하던 카시아가 눈을 크게 떴다. 그녀가 다급하게 뮤리엘의 어깨를 붙잡았다.

"응? 나를 알아요?"

갑작스레 붙잡힌 뮤리엘이 어리둥절한 표정을 지었다. 카시아가 자신의 이마를 짚었다.

"종적을 감춘 당신을 찾겠다고 크리시스가의 검은 용 기사단까지 나섰는데 이곳에 있었을 줄이야……"

"어? 나를? 제국에서요? 뭐야, 전에 돼지 같은 귀족 하나 저주했던 게 걸렸나?"

"당신, 우리랑 같이 좀 가 줘야겠습니다."

"……어디를?"

"솔라티네 제국의 황궁으로요."

"나…… 제국 입국 금지령 내려진 사람인데요. 같이 가자는 곳이 황궁이 아니라 감옥인가요?"

심각한 카시아와 상황을 파악하지 못한 뮤리엘의 묘한 동문서답이 이어졌다.

"뮤리엘 카네이션. 설마 여기 있었을 줄은……."

감정을 추스르는 데 바빠 보였던 라이너도 놀란 표정으로 뮤리엘을 돌아보았다. 내가 영문을 몰라 하며 라이너를 올려다보자, 침착함을 되찾은 그가 나와 칼을 번갈아 보았다.

"설명을 듣기 전에 저희가 먼저 설명을 해 드려야 할 것 같군요. 그동안 제국엔 정말 많은 일이 있었습니다. 하나하나 설명해 드리기엔 시간이 없으니…… 가장 큰 사건 세 가지만 말씀드리겠습니다."

그가 오른손의 검지를 폈다.

"첫 번째. 헬리오스 황제 폐하께서 북부 저주술사에게 저주를 당해 위급한 상태입니다."

북부의 저주술사라면 필시 조나단이다. 평생 동안 지워지지 않을 흉터가 남은 오른팔을 쓸어내린 칼이 으득 이를 갈았다. 나는 헛숨을 들이쉬었다. 그들이 어째서 뮤리엘을 찾고 있었는지 분명해졌다.

꾸물거릴 때가 아니었다. 빨리 헬리오스를…….

"두 번째. 데카르도 후작가가 북부와 접촉했던 것이 발각되어 반역 혐의로 조사를 받는 중입니다. 현재 체슬러 데카르도 후작과 르웰린 데카르도 소후작, 메르헨 영식 모두 구속되었습니다."

"뭐?"

이번엔 칼이 헛숨을 들이쉬었다. 짜증과 분노로 가득 차 있던 그의 얼굴이 희미하게 창백해졌다. 나는 얼굴을 일그러뜨렸다.

"그게 말이 됩니까?"

"저도 데카르도 후작가를 와해하려는 누군가의 음모라고 생각했습니다만…… 조작이라고 생각할 수 없을 만큼 분명한 증거가 발견되었습니다."

르웰린이 북부에 가담했다니, 말도 안 된다. 차라리 지그문트가 갱생했다는 말을 믿을 것이다. 내가 혼란에 빠져 있을 때, 라이너의 세 번째 손가락이 펼쳐졌다. 이젠 공포스러울 지경이었다.

"세 번째……."

라이너가 침통한 낯으로 한숨을 쉬었다.

"티나 키프로스 황후께서 납치당하셨습니다."

내게 제국을 지켜 달라고 하던 티나의 간절한 목소리와, 세레논이 살 수만 있다면 그가 황제가 되지 않아도 좋다고 고백하던 목소리가 겹쳐 들렸다.

황제가 쓰러지고, 제국의 부를 담당하던 장미가 꺾였으며, 황후가 납치되었다.

"대체…… 우리가 없는 사이에 무슨 일이 있었던 겁니까?"

나는 벌어진 입을 다물지 못한 채 중얼거렸다. 차라리 세계가 멸망했다는 소리를 듣는 게 덜 충격적일 것 같았다. 그동안 제국에 있었던 일을 들은 뒤엔 길게 대화를 나눌 여유도 없었다. 우리는 이 숲을 나가기 위해 미친 듯이 달리기 시작했다. 카시아, 라이너와 합류하고부터 칼은 나 대신 라이너에게 업히기로 했다.

그는 나를 힘들게 하느니 원수의 등에라도 업히겠다고 말했다. 라이너도 동의했다. 나야 칼을 업고 대륙을 횡단해도 문제없었지만, 그의 의견을 존중해 주기로 했다.

"라이너 아인하르트…… 더러운 금 쪼가리……. 나는 오늘의 수치를 잊지 않을 것이다……."

"잊지 않으면 어쩌실 겁니까?"

"죽여 버릴 거다."

"그냥 좀 가죠……."

달리는 내내 두 사람은 미친 듯이 투덕거렸다. 엄밀히 말하자면 칼의 일방적인 히스테리였지만.

칼은 만민에게 아름답다고 찬사받는 라이너의 금빛 눈동자에 '더러운 금 쪼가

　　　　　　　　　　　　충직한 검이 되려 했는데 4

리'라는 획기적인 애칭을 지어 주었다. 나는 칼이 라이너의 은회색 머리칼을 힘껏 잡아당기는 모습까지 보다가 고개를 돌려 버렸다.

"싫어요. 제국에 들어가는 것도 걸리는데, 황제를 해주해야 한다고요? 실패하면 어떻게 되는 건데요? 내 목을 성벽에 걸 거 아닌가요?"

동행을 거부하는 뮤리엘과도 잠시 대치가 있었다.

그녀는 아무리 황제가 불렀다고 해도 공식적으로 입국이 금지된 저주술사로서 제국에 가는 것이 껄끄러운 것 같았다. 뮤리엘 외에도 저주술사들이 있기는 하지만 극소수라 당장 찾기 어려운 데다, 실력도 확실하지 않았기에 우리는 반드시 그녀와 함께 가야 했다. 이리저리 구슬려 봐도 끄떡없어서 난감했는데, 그 상황을 타파해 준 것은 의외로 카시아였다.

"뮤리엘 카네이션. 잠시 이리 귀 좀 대 보시겠습니까?"

"……뭔가요?"

"현재 황제 폐하 해주에 걸린 현상금이……."

쓸데없이 뛰어난 청각으로 우연히 듣게 된 금액은 상상을 초월했다.

입이 쩍 벌어진 뮤리엘이 나무에 기대어 세워 둔 완드를 빠르게 쥐었다.

"믿을 수가 없군요. 황제 폐하의 목숨이 위험한 상황에 어째서 다들 시간을 끌며 꾸물거리고 있나요? 당장 출발하죠."

지금까지 시간을 끈 건 너라는 말은 모두가 눈치껏 삼켰다. 기껏 얻은 귀한 저주술사의 기분을 상하게 할 순 없었다.

"보름 전 북부가 암브로시오 왕국을 침공했고, 동맹 회담을 위해 나선 길에서 마법사 한 명과 함께 순간이동으로 나타난 저주술사가 황제 폐하께 저주를 걸고 사라져 버렸습니다. 추적하려 했으나 주위에 마수들이 나타나 붙잡지 못했습니다. 저도 그 자리에 있었는데…… 부끄럽습니다."

쉴 새 없이 달리면서도 제국의 상황을 설명하는 라이너의 얼굴엔 무거운 책임감과 죄책감이 서려 있었다.

"데카르도의 반역은 키프로스 백작가의 고발로 수면 위에 올라왔습니다."

"뭔…… 그 자식들, 자기 소개하려다가 이름 잘못 말한 거 아닌가? 글자 수가 같아서 헷갈렸나 보지?"

"죄송하지만 제 귓가에 입바람을 불지 말아 주셨으면 합니다."

"미친놈. 내가 너한테 업혀 있다는 걸 자각하게 만들다니 죽여 버리겠다."

나는 이어지는 라이너와 칼의 쓸데없는 만담은 귓등으로 흘리며 골머리를 앓았다. 현 황후의 친가인 키프로스 백작가가 북부와 내통했다는 것을 알 만한 사람은 모두 알았다. 디에고는 그 증거들을 모아 키프로스 백작가를 무너뜨리려고 하고 있었다. 그 비밀이 암묵적인 진실로 불거지고 있는 현재, 키프로스 백작가의 입지는 갈수록 좁아지고 있었다.

'쉽게 무너뜨릴 수 있을 거라고 생각했는데…… 역시 키프로스는 키프로스인가.'

늙은 여우 같은 하비스트 키프로스 백작의 얼굴을 떠올리자니 구역질이 치밀어 올랐다. 그는 티나 키프로스를 최악의 악녀로 만들고 세레논을 인형처럼 조종해 온 더러운 작자였다. 이번 사건 또한 북부와의 더러운 작당 후에 저지른 짓일 터.

제국을 받치는 단단한 기둥 중 하나인 데카르도 후작가를 공격함으로써 자신에게 쏠린 시선을 분산시키고 도망치려는 수작이 너무 뻔하게 보였다.

"아무리 키프로스라고 해도 증거 없이 데카르도를 몰 수는 없을 텐데요."

"데카르도의 장남인 메르헨 데카르도가 북부와 금전 거래를 했다는 정황이 드러났습니다."

그 말에 몇 달 전 사건이 내 머릿속에서 빠르게 스쳐 지나갔다. 뒷골목에서 메르헨 데카르도를 겁박하던 지그문트. 지그문트의 길드에서 어마어마한 돈을 빌린 것이 분명해 보이던 메르헨. 메르헨의 파멸은 오로지 르웰린의 손에서 이루어져야 했기에 싫은 것을 억지로 참고 그를 구해 주었던 것까지 떠올리자 그제야 이 상황이 이해되었다.

'메르헨 데카르도, 그 자식은 끝까지 민폐네.'

메르헨 데카르도를 놔주는 대가로 무엇을 해 줄 거냐 묻던 지그문트의 목소리가 귓가를 맴돌았다. 그때는 그가 북부의 지도자라는 것을 몰랐다. 카라쇼와 나를 외면한 옛 악우를 향한 해묵은 원망만 있었을 뿐. 그래서 아무렇지 않게 대화할 수 있었다.

'대가를 요구하는 건 나중으로 미루어 두도록 하지. 얼마 뒤 요구할 게 있어서 말이다. 거창한 건 아니다만, 주제넘을 수도 있겠군. 그때 듣고, 곤란하다면 거절해도 좋다.'

원하는 게 뭐냐는 내 말에 그는 알 수 없는 표정으로 그렇게 말했다. 그의 정체를 몰랐기에 수락할 수 있었던 제안이었다. 어차피 구두로 한 약속. 무엇을 요구하든, 지키지 않아도 문제 될 건 없었다. 하지만 의문이 생긴다.

지그문트는 우리 사이가 이렇게 될 것을 알았을 텐데. 대체 내게 무얼 요구하려 했던 걸까. 그의 '얼마 뒤'는 언제일까.

나는 무심코 주머니에 든 보라색 검 장식을 만지작거렸다.

'그해에 전해 주지 못했던 네 생일 선물이다. 버리든 태우든 네 마음대로 해라.'

그 말과 함께 그가 주었던 투박한 선물을, 상황이 이 지경에 이른 지금까지도 나는 버리지 못했다.

생각이 복잡해지다가 이내 사그라들었다. 지금 중요한 건 이게 아니었다.

"르웰린 데카르도는…… 괜찮나?"

칼이 조금 머뭇거리며 물었다. 그는 르웰린에게 나 대신 사격을 가르쳐 주며 그녀와 제법 친분을 쌓았다. 가끔 개인적인 연락을 나누는 모습도 보였다. 좁디좁은 칼의 인간관계에서 유일하다시피 한 친구였으니 마음이 쓰일 법도 했다.

"현재 감옥에 수감 중인데, 보초를 선다는 핑계로 확인한 바로는 안색이 좋지 않아 보이더군요. 데카르도는 현명하니 어떻게든 빠져나오겠지만……. 그는 카슈미르의 친구 아닙니까. 도와줄 수 없어 미안했습니다."

'그러고 보면 원작에서 르웰린은 라이너를 사랑했고, 라이너는 르웰린 때문에 힘들어했는데.'

그것이 무색하게, 지금의 라이너는 르웰린을 '카슈미르의 친구' 정도로만 인식하고 있는 듯했다. 사교계와는 담을 쌓은 채 검술 수련과 기사단장으로서의 직무에만 집중하는 라이너, 사교계에서 활발히 활동하며 사업에 시간을 쏟는 르웰린. 애초에 라이너가 곤경에 빠진 르웰린을 구해 주는 그 사건이 없었다면 접점조차 없었을 두 사람이다. 이상할 것은 없었고, 원작은 이미 물 건너 산 건너 바다 건너 사라져 버린 지 오래지만 이럴 때는 기분이 묘해졌다.

"……황후 폐하께서는 어떻게 되신 겁니까?"

나는 한숨을 참으며 말머리를 돌렸다. 감옥에 갇힌 르웰린을 상상할수록 기분이 가라앉았으니까.

라이너가 손가락으로 미간을 짚었다.

"황제 폐하께서 저주술사에게 당하신 그날, 황후궁에서 돌연 사라지셨다고 합니다. 전투의 흔적도, 강제 침입의 흔적도 없어서 정신 조종술사에게 당했거나 협박 등의 이유로 제 발로 나가셨다는 추론이 나오고 있습니다. 황후 폐하의 흔적이 북부 한가운데에서 사라졌다는 보고까지 들었는데…… 지금은 수사가 어디까지 진행되었는지 모르겠습니다."

바람처럼 사라진 황후. 전투도, 침입도 없었다. 머릿속을 가득 채우는 이름은 키프로스 하나였다.

"키프로스가 연관되었을 가능성은?"

키프로스 백작가에게 황후 티나는 이용하기 가장 좋은 체스 말이다.

말 그대로 퀸. 체스 판의 승부수. 이 판에서 많은 것을 좌우할 수 있는 인물이지만, 세레논이 약점으로 잡혀 있는 이상 티나는 키프로스에게 반기를 들 수 없다.

'키프로스가 제국에 파문을 일으키기 위해 티나를 이용한 건가? 순순히 따라

오지 않는다면 세레논을 죽여 버리겠다고 협박했고, 티나는 어쩔 수 없이 그들을 따랐다면?'

충분히 가능성 있는 이야기다. 옆에서 달리는 뮤리엘을 힐끗 본 라이너가 나와 칼에게만 들릴 만큼 작은 목소리로 속삭였다.

"아주 높습니다. 키프로스의 권세 때문에 정식으로 그들의 행적을 묻지는 못하지만 비밀리에 조사 중입니다."

그 망할 놈들은 아주 사사건건 난리였다.

나는 하비스트 백작과 파울로 소백작의 얼굴에 주먹을 갈기는 상상을 했다.

"드디어 숲의 끝입니다."

말없이 달리던 카시아가 얼굴에 화색을 띠었다. 그녀는 일주일간 이 숲속을 헤매면서 많이 지친 것 같았다.

나는 생명의 강 끝자락을 향해 더더욱 속도를 올렸다.

파앗.

강이 끝나는 경계에 도달한 순간, 그 어떤 물리적 표식도 없지만 넘어서자마자 기운이 달라졌다. 여기에서부터 통신이 가능했다.

나는 재빨리 주머니에서 통신구를 꺼냈다.

[아버지 : 부재중 999+]

[디디 : 부재중 36통]

[엘 : 부재중 522통]

[라이너 : 부재중 72통]

[레오 : 부재중 999+]

[르웰린 : 부재중 24통]

  ·

  ·

  ·

벌써부터 어지러웠다. 이 정도인데 통신구가 과부하로 망가지지 않은 게 용했다.

'반역이 일어나기 전에 연락을 해야 한다.'

가장 먼저 연락할 인물은 당연히 카이사르였다.

지이잉-

그러나 내가 미처 연락을 취하기도 전, 수정구가 진동했다.

[아버지]

꿀걱.

저절로 침이 넘어갔다. 이런 공포를 느끼는 것도 오랜만이었다. 통신구 위에 떠오른 이름을 잠시 응시하던 나는 혹시라도 끊어질세라 재빨리 연락을 받았다.

"아버……"

-고, 공작님! 이러시면 안 됩니다……!

-이 이상은 반역 행위로 간주하겠습니다. 당장 검을 내려놓으십시오!

아, 제발.

받은 지 5초 만에 기절하고 싶어졌다. 통신구 너머는 전쟁 통보다 더 시끄러웠다. 한 달 반 동안 얼마나 많은 연락을 취하고 얼마나 많은 침묵을 맛보았을까. 카이사르는 내가 받을 것이라고는 상상도 못한 건지 통신구에 얼굴도 비추지 않고 있었다. 통신구를 손에 든 채 어딘가로 걸어가고 있는지 흔들리는 화면에 얼핏 황궁 내부의 윤곽이 보였다. 그의 다른 손에 들린 날카로운 검이 달랑달랑 흔들리고…….

……그 너머로 사방을 화마처럼 집어삼킨 붉은 오러가 보였다.

피보다 붉은 지옥불. 카이사르의 오러였다.

"언젠가 이런 날이 올 줄 알았다. 드디어 나는 반역자의 자식이 되었나?"

통신구를 물끄러미 바라보던 칼이 중얼거렸다. 이 상황에서 태평한 건지, 해탈한 건지 알 수 없었다. 어느새 모두가 멈춰 서서 내 통신구에 집중하고 있었다.

"아버지! 접니다, 카슈미르! 아버지!"

나는 난리가 난 황궁의 정경 사이에서 그에게 닿기 위해 목에서 피 맛이 날 정도로 빽빽 소리를 질렀다.

우뚝.

흔들리던 시점이 멈췄다. 그가 멈추자 시끄럽던 통신구 너머도 조금은 잠잠해졌다.

스르륵.

시점이 천천히 위로 올라갔다. 통신구를 다잡는 그의 손끝이 스쳐 지나갔다.

마침내 카이사르의 얼굴과 마주했을 때, 나는 숨을 멈췄다.

──……카슈미르 크리시스.

마지막으로 봤을 때보다 훨씬 더 마르고 거칠어진 낯. 짙은 다크서클은 그의 얼굴에 내린 어둠 같았다. 아름답던 얼굴에 생기 없는 피폐함이 조각되어 피그말리온의 저주받은 유작을 연상케 했다. 그 가운데 형형하게 빛나는 단 하나. 움푹하게 파인 눈 속에 번뜩이는 붉은 눈동자. 오랜 가뭄으로 죽은 대지에서 유일하게 생동하는 활화산처럼 그의 두 눈은 뜨거운 분노로 끓어 넘치고 있었다.

"……설명할 수 있습니다."

가장 먼저 느낀 것은 본능적인 공포였다. 그의 기운은 이렇게 보는 것만으로도 온몸이 섬찟할 만큼 폭발적이었다.

그가 지금까지 내게 숨겨 왔던 그 얼굴은 이상하리만치 낯설었다. 난 그 모습을 마주하는 순간, 여태껏 인정하지 않던 사실을 인정할 수밖에 없었다.

'붉은 검귀'라는 이명은 카이사르에게 본명처럼 잘 어울렸다.

──……지금 당장…….

그 자리에 붙박인 듯 멈춰 서서 한참이고 내 얼굴을 응시하던 그가 제 앞머리를 쓸어 넘겼다. 그의 머리카락은 우리가 떠난 뒤 한 번도 다듬지 않은 듯 덥수룩했다. 검은 갈기처럼 흐트러진 머리칼이 그를 길들여지지 않고, 길들일 수 없는 야생 맹수처럼 보이게 만들었다.

-내 앞에 나타나.

낮은 목소리로 뇌까리는 말은 명백한 명령조였다. 그 어투와 목소리, 모두 처음 경험하는 것이었다.

나와 함께 이 장면을 지켜보는 라이너, 카시아, 뮤리엘 모두 현장에 있는 것이 아님에도 긴장한 기색이 역력했다. 심지어 칼까지도 진지한 얼굴이었다.

나는 현장에 있는 인파의 대부분이 카이사르가 내뿜는 살기에 기절한 상태일 것이라고 어렵지 않게 예상할 수 있었다.

-내가 이 대륙을 반으로 가르기 전에.

저 말은 허풍이 아니다.

저주에 걸린 헬리오스, 감옥에 투옥된 르웰린, 납치된 티나는 지금 당장 중요하지 않았다. 지금은 오히려 티나가 가장 안전할 것이다. 저 황궁에 없으니까.

준비되지 않은 우리 앞에 성큼 다가온 세계 멸망.

"……라이너. 순간이동 가능한 마법사들 호출해요. 당장!"

내게는 그걸 막을 책임이 있었다.

황궁 소속 마법사 스무 명이 속속들이 도착했다.

솔라티네 황궁부터 대륙 동쪽 끝자락에 위치한 이 숲까지 몇 분 만에 횡단해 오다니, 수십 명의 마법사를 갈아 넣었으리라는 건 안 봐도 뻔했다.

"바로 텔레포트하겠습니다."

마법사들은 도착하자마자 형식적인 인사조차 없이 마법진을 그리기 시작했다. 그들의 손은 신들린 듯 빠른 속도로 움직이고 있었다. 기세만 보면 전설의 대마법사들이 따로 없었다.

나는 그들이 카이사르가 날뛰는 모습을 본 것이라고 확신했다. 공포가 인간을 각성하게 만든다는 건 유구한 역사 속에서 익히 증명된 이론이었다. 폭주를 멈춘 카이사르는 병사들에 의해 응접실로 이끌려 가면서도-이런 소란을 일으켰다면 감옥으로 직행해야 마땅했지만, 공작을 재판도 없이 감옥에 수감할 수는 없었다. 위에서도 그렇게 명령이 내려온 모양이고- 나와의 연락을 끊지 않았다.

나는 이 연락이 가느다랗게 남은 그의 정신 줄이라는 것을 직감했다. 이 연락이 끊어지는 순간, 우리는 모두 지옥도를 보게 될 것이 분명했다.

"……."

카이사르는 아무 말도 하지 않았다. 언성을 높이지도, 무언가를 묻지도 않았다. 그저 피가 고인 웅덩이 같은 눈으로 수정구 너머의 나를 바라볼 뿐이었다.

소리 지르며 화내는 것? 그건 삼류다. 무섭지도 않다. 털을 세워 몸집을 부풀리는 소형견 같을 뿐이다. 화낼 상황에서 고요함을 유지하는 것이 진정한 일류다. 그 순간의 침묵이 진정으로 사람을 미치게 만든다. 시한폭탄은 차라리 낫다. 언제 터질지 알려 주기라도 하니까.

지금의 그는 극도로 예민한 지뢰였다. 나도 모르는 사이 툭 건드리는 순간 터져서 사방을 쑥대밭으로 만들 것 같았다.

"……식사는 하셨습니까?"

"……."

"여기는…… 날씨가 좋네요……."

그의 시선을 감당하다 못한 나는 급기야 세상에서 가장 어색한 사이일 때 나누는 식사 여부와 날씨 얘기를 입 밖에 꺼내고 말았다. 분위기가 더 굳어졌다는 건 말할 필요도 없었다.

"슈슈. 가끔은 침묵이 더 유익할 때도 있는 법이다."

벌레에게서 떨어지듯 황급히 라이너의 등에서 내려와 마법사 중 하나의 부축을 받고 있던 칼이 다가와 내 어깨를 두드려 주며 말했다. 목울대를 울렁인 나는 고개를 끄덕였다.

"마법진 준비되었습니다."

인원이 많을수록 더 막대한 마력이 필요했기에, 당장 급한 나와 칼, 그리고 뮤리엘부터 이동하기로 했다. 라이너와 카시아, 그리고 나머지 마법사들은 그들의 마력이 회복된 뒤에 천천히 이동해 올 예정이었다. 우리 세 사람만 이동하는 데도 이렇게나 많은 마법사가 쓰러지다시피 해야 하니, 이곳을 올 때는 시간이 걸리더라도 아리아와 칼이 교대로 순간이동을 사용하고 야영을 겸하며 이동한 것이다.

그런데 돌아갈 때가 되니 그새 한 달 반이 지나 있었고 내 아버지가 반역을 저지르고 있을 줄은 몰랐지……. 귀한 인력인 마법사들을 갈아 가며 초장거리 순간이동을 발동하는 건 국가 위기 상황에나 허락되는 일이었다. 나는 갑작스럽게 숲속에서 야영하게 된 그들을 안타까워하며 마법진 위에 섰다.

"다들 수고 많았고……."

"……."

"멀쩡한 황궁에서…… 살아서 보지."

처음 보았을 때보다 몇 년은 더 늙어 보이는 황궁 마법사들을 보고 있자니 건네는 말에 감정이 들어가 버렸다.

돌연 분위기가 숙연해졌다. 모두가 내 두 손에 조심스럽게 들려 있는 수정구를 힐끗거렸다. 그곳엔 카이사르가 깍지 껴 모은 두 손에 턱을 괸 채 앉아 있었다. 수정구를 낮은 탁자에 올려놓은 건지, 그는 땅에 생매장된 인간을 보듯 우리를 내려다보고 있었다. 화려한 응접실과 푹신한 응접실 의자에 불지옥과 마왕의 피 묻은 왕좌가 겹쳐 보였다.

"나, 그냥 안 가면 안 돼요?"

정신머리도, 겁대가리도 없는 뮤리엘조차 조금 질린 눈으로 수정구를 바라보았을 정도였다.

"되겠나?"

나는 한 팔로 칼을 부축한 채 다른 손으로 뮤리엘의 어깨를 단단히 붙잡았다. 도망가려 하면 기절시키기 위해서였다.

"그럼…… 텔레포트!"

마법사의 쩌렁쩌렁한 외침과 함께 마법진에서 눈부신 빛이 터져 나왔다. 익숙한 울렁거림이 시작됨과 동시에 눈을 감았다. 그리고 눈을 떴을 때, 나는 카이사르가 개박살 낸 황궁의 홀에 서 있었다.

'아버지…….'

저절로 탄식이 나왔다. 오러를 사방으로 난사한 건지 벽부터 바닥까지 성한 곳이 없었고, 심지어 천장의 샹들리에까지 산산조각 나 '빛이 바래지 않는 황금의 궁'이라는 이명이 무색하게도 주위가 어둑했다. 그가 내뿜는 살기로 인해 기절해서 들것에 실려 나가는 이들은 열 손가락을 거뜬히 넘었고, 황궁 마법사란 마법사는 다 나와서 홀을 복구하는 데 동원되고 있었다.

'공작이…… 좋긴 좋다.'

나는 이마를 짚었다. 이 짓을 벌였는데 곧바로 효수당하지 않은 것만으로도 크리시스 공작가의 권세를 알 수 있었다.

"이런 발언은 실례일 수 있지만, 혹시 두 분 아버님께서 미친놈이신가요?"

주위를 천천히 돌아본 뮤리엘이 어이없다는 얼굴로 물었다. 나와 칼은 대답하지 못했다. 인정하면 패륜아가 되건만, 이 꼴을 보고 인정을 안 할 수도 없었다. 수정구 너머에서 카이사르 본인도 듣고 있을 텐데 아무 말 안 하는 걸 보면 스스로도 인정하긴 하는 모양이었다.

"저희 공작님의 성정이 놀랍도록 급진적이긴 하십니다."

성격이 개 같다는 걸 퍽 우아하게 표현하는 중후한 목소리는 내게 익숙했다. 나는 빠르게 고개를 돌렸다.

"테일러. 잘 지냈…… 못 지냈군."

안부 인사를 건네려다 침음했다.

크리시스 공작가의 유능한 총괄집사는 못 본 사이 수많은 고난을 넘기며 인간 세계의 모든 도를 깨우친 대현자가 되어 있었다. 그의 주름 하나하나에 피로와 회한이 새겨진 듯한 착각이 일었다.

"죄송합니다. 끝까지 말리려 했지만, 오늘까지가 제 한계였습니다."

"아니. 얼굴만 봐도 자네는 자네의 할 일을 다했던 것 같군……."

"제가 반역 가문의 사용인으로서 처형당하기 전에 돌아와 주셔서 감사합니다."

얼핏 들어서는 비아냥 같지만, 테일러는 진심으로 감읍하고 있었다. 나는 한숨을 참았다.

"사사로운 얘기는 나중에 하고, 아버지께 인도해 줄 수 있겠나?"

"물론입니다."

고개를 숙여 보인 테일러가 빠른 걸음으로 앞장섰다. 뮤리엘은 황궁 시종을 따라가고, 나와 칼은 카이사르에게로 발걸음을 재촉했다.

탁.

"저는 이곳에서 기다리고 있겠습니다."

테일러가 응접실 문 앞에서 멈춰 섰다.

나는 침을 꿀꺽 삼켰다. 미처 갈무리되지 않은 흉포한 기운이 문을 뚫고 새어 나오고 있었다.

"그럼…… 엽니다."

미간을 좁히며 손으로 코와 입을 막은 칼이 고개를 끄덕였다.

끼이익—

천천히 문이 열리고, 수정구를 통해 보던 응접실의 내부가 눈앞에 펼쳐졌다. 들어서자마자 살기로 숨이 막혔다. 조각상처럼 미동 없이 앉아 있던 카이사르의 고개가 천천히 문 쪽을 향했다. 텅 빈 동공이 나와 칼을 차례대로 스쳐 지나갔다.

두 눈이 아주 느릿한 속도로 깜빡였다.

"······아리아 크리시스."

그 두 음절에 담긴 의미가 설명 없이도 머릿속에 들어박혔다.

그는 묻고 있었다. 어째서 아리아는 이곳에 없는지.

스윽.

내가 미처 답하기도 전, 카이사르가 검으로 바닥을 짚으며 자리에서 일어났다. 그는 이미 생각을 마친 듯, 대답을 들을 생각도 없어 보였다.

"그놈이 아리아의 양육권을 주장하기라도 하더냐?"

"아니, 잠깐, 아버지······."

"그럼 진짜 아비인 내가 직접 상대해 주어야지."

스르륵, 정돈되지 않은 앞머리가 길게 늘어지며 그의 눈가를 베일처럼 가렸다. 섬세한 검은 머리카락 사이로 붉은 눈이 음울하게 번뜩거렸다.

"요정족을 멸족시키면 되겠느냐?"

화르륵-

그의 긴 검에 붉은 오러가 솟구쳤다. 고대에 신의 권능을 의미하던 불의 검 같았다.

나와 칼은 잠시 시선을 교환했다.

'말이 안 통할 것 같지?'

'네.'

칼은 마법진을 전개하고, 나는 검을 뽑았다.

"벽으로 몰아붙여라!"

"칼, 묶어요!"

카이사르에겐 정말 미안한 일이지만, 대륙의 평화를 위해 패륜은 불가피했다.

당장이라도 테세우스를 족치러 갈 기세인 카이사르를 포박하고 의자에 앉히는 데에만 오랜 시간이 걸렸다. 칼이 정신 조종 마법까지 사용해 진정시킨 뒤에야-카이사르의 정신을 들여다본 칼은 그의 정신이 망가지기 직전의 상태라며 침음했다- 우리는 그에게 제대로 된 설명을 할 수 있었다. 물론 칼이 저주에 걸렸었다는 걸 듣고, 지그문트에 의해 사선으로 잘린 내 뒷머리를 보았을 땐 다시금 검을 들고 일어나려 했지만, 전보다는 수월하게 진정시킬 수 있었다.

"……요정 숲과 이곳의 시간이 달라 늦었을 뿐, 모든 것이 순조롭고 무탈하게 끝났다는 건가?"

"바로 그겁니다."

"정확합니다."

나와 칼은 똑같은 박자로 고개를 끄덕이며 강하게 동의했다.

우리는 또다시 카이사르를 자극할까 봐 험난했던 부분은 최대한 간추리고 잘된 것은 한껏 부풀려 전했다. 카이사르는 전말을 알고 나서야 굳게 쥐고 있던 자신의 칼을 힘없이 놓았다. 그가 두 손에 얼굴을 묻었다.

"……너희가 죽은 줄 알았다."

"……"

"시간은 가는데 너희는 연락을 받지도, 돌아오지도 않지. 하루하루가 지옥 같은데, 내가 직접 구하러 간다고 해도 안 된다, 검은 용 기사단이라도 보내게 해 달라고 해도 안 된다, 황궁 측에서 꾸린 수사단이라도 당장 보내라 해도 기다려라……"

카이사르는 자신의 연약함을 겉으로 내보이는 사람이 아니었다. 애초에 여린 부분이라곤 찾아볼 수 없는 단단한 사람이기도 했다. 그는 우리에게 든든한 방호벽이 되어 주기 위해 더더욱 어른스러운 모습을 보여 주었건만.

충직한 검이 되려 했는데 4

"정말…… 다 죽여 버리고 싶었다."

금방이라도 무너질 듯 위태로운 얼굴로 갈라진 목소리를 토해 내는 카이사르는 낯선 동시에 속이 울렁거릴 정도로 나를 요동치게 만들었다.

"카슈미르 도레마 드 카이사르 크리시스."

"……네."

"칼 하이마 드 카이사르 크리시스."

"네."

오랜만에 불리는 풀네임에 기분이 묘했다. 다정한 두 음절의 애칭과는 무게부터가 달랐다.

앞머리를 천천히 쓸어 넘긴 카이사르가 우리에게 손짓했다.

"이리 와."

나와 칼은 조심스럽게 그에게 다가갔다. 카이사르가 두 팔로 우리를 강하게 끌어안았다. 칼은 그에게 안긴 것이 어색한 듯 몸을 뒤척이면서도 벗어나진 않았다. 나는 익숙하게 코에 감기는 그의 체향에 편안히 눈을 감았다.

카이사르가 긴 숨을 뱉었다.

"나는 말이다."

그의 목소리는 처음보다 많이 안정되어 있었다. 평소의 나른하고 상냥한 투를 조금은 되찾은 것 같아 안도했다.

"절대 너희를 외롭게 죽게 하지 않을 거다."

번쩍 눈을 뜨자, 숨 막힐 정도로 애정을 그러모은 카이사르가 보였다.

"이 대륙 전체가 너희의 묘지가 되게 할 거야."

'당신은 무슨 그런 끔찍한 말을 이렇게 감동적인 순간에 해요.'

"산을 비석 삼고, 바다를 조애의 눈물 삼으며, 수천수만 구의 하얗게 썩어 가는 시체들을 무덤가의 국화 삼을 것이다. 나의 세계를 멸망시켰다면 이 세계 또한 멸망되어야 마땅하지."

"……."

"베고, 또 베다가, 종국엔 나 스스로를 베어 낼 것이다. 그리고 너희 옆에 누워 긴 잠을 자겠지."

너희가 죽으면 다 죽이고, 나도 죽어 버리겠다는 소리를 왜 그렇게 사랑 시처럼 포장해서 하시냐고요. 내가 아찔함에 이마를 짚었을 때였을까, 카이사르가 우리를 더 강하게 안았다.

"죽지 마라."

나직하게 내뱉는 말은 사람을 옭아매는 주문 같았다.

악마의 눈은 붉다고 했던가. 인간의 사랑이라기엔 너무 무거워서, 차라리 악마의 사랑을 닮았다고 해야 할 그의 마음을 증명하듯, 그의 두 눈은 붉게 번들거렸다.

"이건 경고다."

나와 칼은 동시에 서로를 돌아보았다.

'우리…… 죽지 말자.'

'네…… 죽어도 죽지 맙시다.'

우리는 세차게 고개를 끄덕였다.

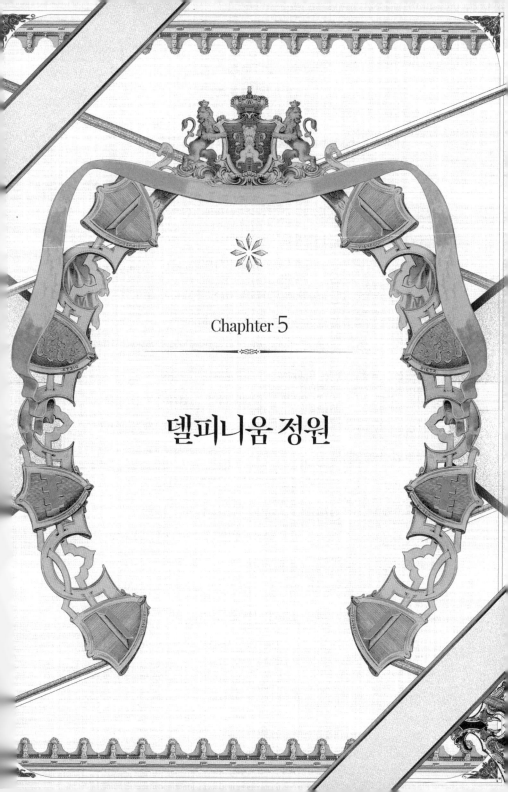

Chaphter 5

델피니움 정원

간신히 카이사르와의 재회를 해결한 우리는 사절단으로서 보고를 하기 위해 알현실로 향했다. 헬리오스의 상태가 좋지 않으니 뮤리엘이 해주를 마친 뒤에 알현하는 편이 낫지 않나 싶었지만, 그는 당장 우리를 만나고자 했다.

황명을 어길 수는 없는 노릇. 헬리오스의 상태가 염려되기도 했기에 나는 순순히 칼과 함께 발걸음을 옮겼다.

"폐하께서 거동이 불편하신 상태라 원래는 폐하의 궁에서 알현을 받습니다만, 폐하께서 한사코 두 분만은 알현실에서 보고 싶다고 하셔서……."

우리를 안내하는 시종이 나직하게 한숨을 뱉었다. 황제가 자신의 궁에서 알현을 받는다는 건 보통 사람들이 자신의 침실에서 손님을 맞이하는 것과 다름없다. 아주 사적인 곳을 개방한다는 의미인 동시에, 상태가 상당히 좋지 않음을 뜻했다. 궁에서 만나도 상관없는데 왜 알현실까지 나오는 걸까.

헬리오스에 대한 걱정이 깊어지는 가운데 어느새 알현실 앞에 다다랐다. 나는 알현실 문에 기대고 선 익숙한 인영을 발견하고 마른침을 삼켰다.

스르륵.

팔짱을 긴 채 고개를 푹 숙이고 있던 디에고 황태자가 기척을 느낀 듯 천천히 고개를 들었다. 진주처럼 곱고 환하던 피부는 시체처럼 창백하게 변해 있었다.

사람의 손이 닿은 적 없는 깊디깊은 심해처럼 푸른 눈이 내게 고정되었다.

'황제 폐하가 저주에 걸리신 이후엔 대부분의 집무를 디에고 황태자 저하께서 맡고 계십니다.'

라이너의 설명이 머릿속을 스치고 지나갔다. 황태자로서의 업무도 빡빡할 텐데 황제로서의 결정까지 맡고 있다니. 지금까지 쓰러지지 않은 게 용하다. 아니, 어쩌면 이미 몇 번 쓰러졌을지도 모른다. 그는 병적으로 약점을 드러내는 것을 꺼려하니 철저히 숨겨서 아무도 모르는 것뿐일지도.

"공녀님과 공자님을 뵙습니다."

디에고 옆을 그림자처럼 지키고 있던 그의 호위기사 페퍼 엘러바인이 군더더기 없는 인사를 건넸다.

감자처럼 짧고 투박하게 잘린 진녹색 머리칼은 붕 떴고, 연갈색 눈동자 밑은 거무죽죽했다. 디에고의 업무량은 페퍼의 몰골만 봐도 알 수 있었다.

"……제국의 작은 태양을 뵙습니다."

나는 디에고의 무거운 시선을 피하지 않은 채 허리를 굽혔다.

흔들리는 눈의 디에고가 무심결에 내게 손을 뻗다, 허공에서 멈췄다. 그는 내 뒤의 인파를 확인하더니 주먹을 꽉 쥐었다.

하루가 멀다 하고 살해 협박을 받는 황태자. 그는 권력의 정점에 있으면서도 누구보다 아슬아슬한 인물이었다. 타인의 시선을 신경 쓸 수밖에 없을 것이다. 약점을 드러내지 않기 위해서. 그래서 자꾸 마음이 갔다. 지쳤음을 털어놓지도 못하고 나아가야만 하는 그의 뒷모습이 안쓰러웠다. 조금 갈라진 붉은 입술은 달싹거릴 뿐 소리를 내지 않고 있건만, 내게 하고 싶은 말들이 둥둥 떠올라 보이는 것만 같았다. 하지만 뱉지 못할 것이다. 내게 다가오지 않을 것이다. 그는 사람들 앞에서 약한 모습을 보일 수 없으니까. 그렇게 생각했다.

툭.

디에고는 내게 한 걸음 다가와 내 어깨에 머리를 기댔다. 그를 잘 알고 있다고 생각하던 내 오만을 깨뜨리듯 힘없이 몸을 굽히면서 말이다.

"모두 직접 들을 걸세. 그대 입으로"

흐트러진 금빛 머리카락 사이에서 푸른 눈이 날카롭게 빛났다.

"나를 외롭게 만든 책임을 져."

그 순간 디에고의 얼굴은 생명을 갈구하는 기도를 하는 것처럼 간절했다. 초췌한 얼굴까지 더해져 그에게선 건드리면 안 될 것 같은 분위기가 풍겼다.

그래서 칼조차도 퍽 불만스러운 낯을 하면서도 말을 얹지 않은 것이리라.

"……물론입니다."

나는 그의 어깨를 단단히 붙잡았다. 마주치는 시선에 흔들림은 없었다.

"공백은 제가 직접 채우겠습니다. 기다려 주세요."

의도한 것이 아닐지라도 나는 한 달 반의 무책임한 침묵을 책임질 의무가 있었다. 내가 부드럽게 미소 짓자, 그제야 디에고도 희미하게 웃음 지으며 천천히 얼굴을 들었다.

"다녀오게."

애정이 담긴 속삭임이 간지러웠다. 결코 약점을 드러내지 않는 그가 사람들 앞에서 내게 약한 모습을 보이는 건 어떤 의미일까.

누군가의 예외가 된다는 것은 경이로운 일인 동시에 무거운 책임감을 동반하는 일이었다.

탁.

시종이 문을 엶과 동시에 나는 알현실로 발을 들였다.

헬리오스는 소파에 눕듯 앉아 있었다. 평소 생각 없이 팔랑거리는 듯해도 자기 관리만큼은 철저히 하던 그답지 않게 흐트러진 모습이었다.

숨을 쉴 때마다 검은 와이셔츠로 덮인 흉부가 크게 오르락내리락했다. 그는 알현실에도 간신히 온 듯 제대로 차려입지도 못한 상태였다.

"아, 왔나, 크리시스들."

눈을 꾹 감은 채 숨만 고르던 헬리오스가 우리의 기척을 들은 듯 느리게 고개를 돌렸다. 디에고를 닮은 얼굴이 아무 일 없다는 듯 여상스럽게도 웃었다. 그런다고 얼굴에 만연한 지친 기색이 숨겨지진 않는데 말이다. 반짝거리는 금발 틈새

충직한 검이 되려 했는데 4

로 식은땀이 줄줄 흘렀다.

한 달 반 만에 본 헬리오스에 대한 내 감상은 분명했다.

'이건 너무하잖아, 조나단 하이드 개자식아.'

칼은 그나마 옷으로라도 가릴 수 있지, 헬리오스는 가릴 수도 없는 얼굴에 떡하니 저주가 새겨져 있었다.

저주받은 문자는 헬리오스 얼굴의 왼쪽 면을 완전히 도배하고 있었다. 눈꺼풀까지 잠식당해 왼쪽 눈은 뜨지도 못하는 상태 같았다. 검은 문자가 징그럽도록 빽빽해 얼핏 보면 검은 반가면을 쓴 것처럼 보이기까지 했다.

헬리오스는 오른쪽 눈만 간신히 뜬 상태에서도 눈을 찡긋거렸다.

"잘 지냈다고 해 주고 싶다만, 꼴이 이 지경이라 허세처럼 들릴 테니 자제하겠네. 이 나이에 몸의 절반이 문신으로 뒤덮이게 될 줄은 몰랐지."

자세히 보니 저주는 그의 얼굴뿐만 아니라 목을 타고 온몸으로 전이되어 있었다. 정신을 잃지 않고 있는 게 용할 정도이건만, 그는 이런 상황에서조차 장난스러웠다.

칼이 자기가 더 아픈 듯 얼굴을 찡그렸다.

"여태껏 버틴 게 대단하군요."

"황제 자리를 포커 쳐서 땄다고 생각하면 곤란하네, 공자."

정신력이 뛰어난 칼조차도 저주가 오른팔에 뒤덮였을 때는 반쯤 정신을 잃고 날뛰었건만. 저주가 온몸에 전이된 상태에서도 웃고 있는 헬리오스는 인간을 넘어선 초인처럼 보였다.

"이야……. 앤 나보다 더 악질이네요. 저주를 구석구석도 흩뿌려 놨어요."

헬리오스의 몸을 진단하던 뮤리엘이 혀를 찼다. 황제 앞에서 신랄한 악평을 뱉는 그녀도 참 대단한 배포의 소유자였다. 우리와 갈라지고 바로 이곳으로 인도받았을 뮤리엘은 그새 이곳에 적응했는지, 헬리오스 옆 의자에 편한 자세로 앉아 있었다. 헬리오스는 자신의 왼팔을 조심성 없이 돌려 보는 뮤리엘을 보며 피식 웃었다.

"비교급 강조를 사용한다는 건 그대도 제법 악질이라는 뜻 아닌가?"

"종특이죠. 그걸 알기 때문에 저주술사 입국 금지법 같은 걸 만들었을 거라고 생각했는데요."

"그 법은 내 전전 대 황제가 만든 거야. 나한테 책임을 전가하면 곤란하지. 나는 저주술에 꽤 흥미를 가지고 있거든."

미친 사람들끼리는 통하는 게 있는지, 그들은 오늘 처음 만났을 텐데도 오랜 세월 알고 지낸 사이처럼 대화를 나눴다. 크게 왕래는 없지만 막상 만나면 또 잘 노는 삼촌과 조카 같았다.

"뮤리엘. 황제 폐하의 상태는 어떻지?"

원래 또라이들은 이해하려 들면 안 된다. 나는 한차례 생각을 비우고 본론으로 들어갔다. 그녀는 난제를 만난 사람처럼 오묘한 표정으로 미간을 꿈틀거렸다.

"일주일 전에 진단했다면 달랐을 텐데…… 지금은 저주가 너무 많이 진행됐어요. 고통만 주는 보통의 저주뿐만 아니라 사람의 생기를 빨아들이는 고급 저주까지 섞여 있고요. 목적이 두 가지 이상 섞인 저주는 해주가 두 배로 까다로워요. 이대로 두면 일주일, 아니, 닷새 안에 생기가 다 빨려서 뼈다귀가 되겠죠."

"그럼……."

가슴이 철렁했다. 헬리오스조차 긴장한 듯 혀로 입술을 축이는 가운데 짐짓 심각한 표정을 짓던 뮤리엘이 제 오른쪽 눈 옆에 브이를 만들며 잔망스럽게 웃었다.

"하지만 내가 누군가요? 황금 방패 용병 뮤! 천재 저주술사! 놀랍게도 해주할 수 있습니다!"

고약하다. 정말 고약해.

신은 그녀에게 사랑스러운 얼굴과 뛰어난 실력을 주고 그에 반비례하는 인성을 주었다. 맥이 탁 풀리며 헛웃음이 절로 나왔다.

"저거 그냥 황제 모독죄로 집어넣으면 안 됩니까?"

"조금만 더 뜸을 들였으면 그럴 뻔했네."

칼이 질린 듯 얼굴을 일그러뜨렸다. 평소답지 않게 떨리는 숨을 뱉은 헬리오스가 미운 5살 조카 보듯 그녀를 흘겼다.

나는 뮤리엘에게 물었다.

"그럼 완치가 가능한 건가?"

"목숨을 붙여 드릴 수 있어요. 하지만 그 이상은 확신 못 해요. 해주라는 게 수학 문제처럼 답이 딱딱 나오는 건 아니라고요. 100%는 없어요."

뮤리엘의 가벼운 손길을 따라 헬리오스의 얼굴에 다닥다닥 새겨진 저주의 문자들이 달싹거렸다.

"해주 기간은 적어도 일주일 이상 잡아야 해요. 그보다 더 빨리 진행하면 정신이 감당 못 할 거예요. 성공적으로 해주를 마쳐도 간헐적인 고통이라든지, 생기가 빨리는 것으로 인해 오는 피로라든지 하는 부작용은 남아 있을 가능성이 높아요."

푸른색과 흰색이 뒤섞인 뮤리엘의 신비로운 두 눈이 헬리오스를 바라보았다.

"그래도 괜찮으신가요, 황제 폐하? 완치 못 했다고 약속한 금액에서 얼마 빼는 건 용납 못 하는데."

끔찍한 말을 듣고도 헬리오스는 웃었다. 아주 시원스럽게도.

"척박한 인생을 짜릿하게 만들 요소 하나 느는 것이 뭐가 문제지? 흉터는 남는다고 들었는데, 멋있게 남겨 주면 보너스를 후하게 얹어 주도록 하지."

저주는 그의 몸과 목숨을 갉아먹었을지라도 헬리오스 솔라티네를 제국 사상 최고의 성황이라 칭송받게 만든 단단한 영혼은 건드리지 못했다.

"……황제는 아무나 되는 게 아니구나 싶긴 하네요."

뮤리엘은 신기한 무언가를 보듯 헬리오스를 물끄러미 바라보다가 어깨를 으쓱이며 하얀 로브의 소매를 걷었다.

"과연 얼마나 잘 버티시는지 보죠. 해주를 시작하면 고통으로 볼 꼴 못 볼 꼴 다 드러날 테니 공녀님과 공자님은 내보내요. 마음의 준비가 되면……."

"됐네."

헬리오스가 고개를 까닥였다.

"지금 바로 하지."

"……바로?"

"지체할 시간이 어디 있나. 그냥 하게."

시원한 바다 향기가 진동을 했다. 뭣 모르는 허세가 아니라, 헬리오스에게 고통은 두려움이 되지 않는다는 게 선명히 보였다.

"시간 절약은 전쟁에서 가장 중요한 요소야. 그대들은 지금부터 보고를 하도록 하고."

우리에게 손짓한 헬리오스는 저주의 문자로 뒤덮인 팔을 뮤리엘에게 내밀었다.

"팔부터 부탁하지."

"……좋아요."

눈을 반짝인 뮤리엘이 그의 팔에 손을 얹었다.

"원래 이런 사람을 꺾는 게 더 재밌거든요."

그녀가 소악마처럼 미소 지었다.

그 후, 헬리오스는 정말로 해주를 받으며 우리의 보고를 들었다. 온몸에 식은땀이 줄줄 흐르는데도 표정은 전혀 변함이 없었다. 은은히 미소 지은 얼굴만 떼어놓고 보면 초원에서 신선놀음하는 도인이 따로 없었다. 끔찍한 고통 속에서도 신음 하나 흘리지 않는 그에게선 뼈를 깎는 와중에 체스를 뒀다는 전설 속 명장의 기개가 겹쳐 보였다.

"뭐 이런 인간이 다 있어……."

여태껏 수많은 이를 해주해 왔을 뮤리엘조차 이런 경우는 처음 본 듯 허탈하게 중얼거렸다. 헬리오스가 비명을 지르길 기대했는지 재미없다는 표정이었다. 그녀가 해주로 고통스러워하는 이들을 보고 즐거워한다는 것이 더욱 분명해졌다.

"좀…… 패배한 느낌이군."

칼이 떨떠름하게 중얼거렸다. 멀쩡한 헬리오스에게 고통으로 몸부림쳤던 자신의 모습을 겹쳐 본 것 같았다.

"도련님 정도면 순한 편에 속해요. 해주를 받다가 미친 사람이 한둘이 아니라서. 괜찮은 정신병원을 소개시켜 주는 것은 기본적인 애프터서비스죠."

뮤리엘의 말이 그에게 위로가 될 것 같진 않았다.

우리의 보고를 전부 전해 들은 헬리오스는 낮게 한숨을 쉬었다. 한숨엔 많은 감정이 담겨 있었다.

"그렇게 된 일이었나."

그가 땀방울이 구슬처럼 맺힌 앞머리를 쓸어 넘겼다.

"저주에 당하고…… 그대들을 사절단으로 보낸 벌을 받았다고 생각했네."

"……."

"이유가 뭐고, 앞뒤 사정이 어찌 됐든지 간에, 전쟁의 승리를 위해 어린아이들을 이용했으니까 말이야. 교황은 이 일에 연루된 모두에게 신의 이름으로 저주를 퍼부을 기세고, 크리시스 공작은 금방이라도 반역을 일으킬 것 같고, 내 아들들은 날이 갈수록 말라 가고……. 사절단에 대한 최종적인 결정을 내린 건 나였으니, 나 때문에 모두가 불행해진 것 같았지."

헬리오스가 노쇠해진 것은 저주 때문만이 아니었다. 처음 보는 그의 지친 얼굴에 죄책감이 들 지경이었다.

"황제는 늘 최악을 가정하며 판을 움직여야 하네. 나는 연락이 두절된 사흘째부터 그대들이 죽었다고 생각하고 있었어. 안타깝지만 어쩔 수 없지. 그렇게 단념했다고, 스스로 생각했었는데……."

한층 깊어진 푸른 눈이 나와 칼을 바라보았다.

"사실 나는 그대들이 살아 있다고 믿고 있었고, 믿고 싶었나 봐. 믿음이 보답받은 기분이 드는 걸 보면."

헬리오스가 나직한 소리로 웃었다. 장난과 태평으로 조각된 평소의 웃음과는 다른 웃음이었다.

"살아 돌아와 줘서 고맙네."

"……."

"수고 많았어."

그의 치하는 담백하지만 확실했다. 칼도 희미하게 미소를 띠는 가운데, 나는 환하게 웃었다.

"맡겨 주신 임무, 수행하고 돌아왔습니다."

이 순간이 책이었다면 이쯤에서 한 챕터의 마침표가 찍혔을 것이다. 헬리오스의 말에 정말 무언가를 해내고 왔다는 확신이 들었으니까.

한 차례 해주를 마친 헬리오스는 처음보다 몇 배는 더 피곤해 보였다. 나는 그에게 궁으로 돌아가서 쉬라고 권유했지만, 그는 나와 단둘이 얘기를 나누고자 했다.

칼과 뮤리엘이 떠나고, 나는 헬리오스와 단둘이 응접실에 남았다. 나는 자세를 고쳐 앉았다.

"밀명입니까?"

"역시 그대는 감이 좋아."

헬리오스가 히죽 웃었다.

그림자처럼 위치한 시종들까지 물리고 알현실에서 상시 작동 중인 녹음기까지 손수 끈 것의 의미는 명확했다.

두 손을 깍지 껴 모은 그가 길게 숨을 뱉었다.

"고단한 여정을 마치고 온 지 얼마 지나지 않은 그대에게 이런 명을 내리게 된 것은 유감스럽네만."

나를 응시하는 푸른 눈이 음울하게 번뜩였다.

"북부로 납치된 티나 키프로스 황후를 구출해 주게."

상황은 새로운 국면을 맞이했다.

충직한 검이 되려 했는데 4

"솔직히 너무하긴 하십니다."

나는 헛웃음을 지으며 장난스럽게 말했다.

대륙 동쪽 끝 요정의 숲에서 동맹을 성사시키고 돌아오자마자 황후 티나를 구출하러 북쪽으로 떠나라니, 세계 일주도 머지않은 듯했다.

헬리오스가 내 시선을 피하며 저주가 뒤덮인 왼쪽 얼굴을 만지작거렸다. 늘 뻔뻔한 그지만 이번만큼은 면목이 없어 보였다.

"알고 있네. 사실 이건 누구에게도 알리지 않고 제안하는 거야. 디에고가 알았다면 나를 정원에 묻어 버렸을지도 모르네. 고생하고 돌아온 자네한테 또 힘든 일을 시킨다고 말이야. 카이사르 공작은 그 위에 비석을 세우겠지."

나는 신경질적으로 정원 땅을 파는 디에고와 장검을 조각칼처럼 들고 돌덩이에 묘비명을 새기는 카이사르를 상상하다가 피식 웃어 버렸다.

"황제치고는 초라한 최후가 되겠군요."

난 농담을 뱉으며 앞머리를 쓸어 넘겼다. 피로로 눈가가 떨렸다.

지금의 나는 다음 여정을 상상하기도 싫을 만큼 피곤했다. 게다가 이 시국에 북부에 가는 건 악마들이 춤추는 불구덩이에 제 발로 걸어 들어가는 것과 다름이 없었다.

"이 거대한 제국에 사람이 부족합니까?"

"사람은 많지. 그대 같은 인재가 없을 뿐."

골치가 아파져 괜스레 짜증을 부리니, 헬리오스가 두 손을 입가에 모으며 아양을 떨듯 눈을 찡긋거렸다.

"마수가 가득한 북부 숲을 횡단할 수 있을 것 같은 인물도, 적진 한복판에 잠입할 수 있을 것 같은 인물도, 키프로스의 견제를 받으면서도 멀쩡할 것 같은 인물도 자네뿐이네."

"……"

"미안해. 가 줄 수 있을까?"

그는 진심으로 미안해하는 것처럼 보였다. 그럼에도 불구하고 부탁하는 얼굴에서 티나를 향한 걱정이 보였다.

나는 깊게 한숨을 쉬었다.

기껏 진정시킨 카이사르가 다시 폭주할 것 같고, 칼에게 호구냐는 소리를 들을 게 분명하고, 그 외의 아직 연락도 못 한 친구들에게 질타를 당할 것 같지만……

"언제 출발하면 됩니까?"

별수 있겠는가. 내가 필요하다는데. 나는 두 손을 깍지 껴 모으며 고개를 기울였다.

헬리오스가 얼굴에 화색을 띠었다. 푸른 눈이 잠시 허공을 살피다가 내 눈치를 봤다.

"어……내일?"

"저도 같이 황궁 정원에 묻히게 되길 원하시나 보군요. 저는 아예 거꾸로 묻힐지도 모르겠습니다."

벌써 해가 질 무렵인데, 내일 출발하려면 짐 챙길 시간도 촉박했다. 그럼 친구들에게 인사도 못 하고 오자마자 떠나야 한다는 건데.

'당신은…… 어떻게 감옥에 있는 내게 말 한마디 없이 떠나 버릴 수가 있어요? 르웰린 데카르도는 카슈미르 크리시스에게 아무것도 아니던가요?'

'슈슈. 나 죽어 버리려고요. 슈슈에게 인사도 듣지 못하는 인생 따위 버리고 태양신의 품으로 돌아가는 게 좋겠어요. 교황 같은 직위가 무슨 소용이죠? 떠나는 슈슈 하나 막지 못하는데……'

'아, 타국에 있는 나는 안중에도 없다? 그래, 일개 아타라의 국왕 따위가 네게 안부를 들을 자격이 있겠냐. 진흙에 사약이나 타 먹어야겠다, 나는.'

그 후폭풍을 감당하느니 죽는 게 나았다.

"……이건 내가 생각해도 말도 안 되는군. 미안하네. 티나가 걱정되어 실언했어. 일주일 안에는 가능하겠는가? 키프로스에게 들키지 않고 다녀와야 하니 정말 신뢰할 수 있는 이들에게 출장 간다는 정도의 언질만 남기도록 하게."

헬리오스가 빠르게 제안을 철회했다. 자기가 생각해도 안 될 것 같았던 모양이었다.

"그럼 그렇게 해 보겠습니다."

머릿속으로 일주일 동안의 일정을 가늠해 본 나는 고개를 끄덕였다.

이후 헬리오스와 정확한 계획을 논의했다. 그는 이미 정보원을 통해 티나가 납치된 곳과 그곳의 구조를 알아낸 뒤였고, 구출해 낼 방법을 치밀하게 구상하고 있었다.

"작전을 들어 보니 한 명 더 함께 가는 편이 좋을 것 같습니다만."

"나도 그 생각을 했는데…… 떠오르는 인물이 있나?"

"물론입니다."

나는 씨익 웃었다. 이런 일에 적합한 인물은 이전에도, 지금도 한 사람뿐이었다. 내가 제안한 이름에 헬리오스는 고민조차 하지 않고 고개를 끄덕였다.

"그럼, 이번에도 잘 부탁하네."

헬리오스가 내게 손을 내밀었다. 그의 얼굴엔 나를 향한 죄책감과 신뢰가 동시에 일렁이고 있었다. 나는 그의 손을 단단히 붙잡고 흔들었다.

"맡겨 주십시오. 반드시 모시고 오겠습니다."

나는 내가 할 수 있는 모든 걸 하기로 했다.

-·§┅⟡┅§·-

이야기가 길어질 것 같아 카이사르와 칼은 먼저 돌아가라고 해 두었다. 카이사르는 한사코 나와 함께 돌아가고자 했지만, 움푹 팬 그의 눈을 볼 때마다 심장이 욱신거려서 테일러와 칼에게 당장 집으로 연행해 재우라고 일렀다.

그러니 헬리오스와 논의가 끝난 뒤엔 나 혼자 돌아가야 했다.

'디에고를 보고 가야겠어.'

응접실 문 앞에서 본 위태롭던 그의 얼굴이 자꾸만 떠올랐다. 디에고가 보고 싶었다.

나는 바로 집으로 돌아가는 대신 황태자궁으로 발걸음을 옮겼다.

"어! 카슈미르 크리시스 공녀님이십니까?"

황태자궁에 다다랐을 때, 정문을 지키고 있던 기사가 내게 말을 걸었다. 나는 그녀에게 가볍게 고개를 까닥였다.

"수고가 많군. 황태자 저하를 찾고 있는데."

"만나 뵙게 되어 영광입니다! 저하께선 정원에 계십니다."

그녀가 친절하게 정원 쪽을 가리켰다. 그녀는 어쩐지 두근두근해하는 표정이었다.

"미르 님, 아니, 공녀님을 이렇게 뵐 줄은 몰랐습니다. 이전부터 정말 뵙고 싶었거든요. 제 검술 스승님께서 영상구를 통해 미르 님의 검술을 많이 참고하셔서 저는 미르 님의 제자와 다름이 없습니다."

"그런가? 오히려 내게 영광이군."

나는 은은하게 미소 지으며 고개를 끄덕였다.

처음에는 이런 반응들이 부담스러웠지만 훈련관으로서 이런 반응들을 여러 번 겪으며 조금은 익숙해진 참이었다. 나는 그녀가 건네는 찬사들을 몇 마디 받아 주고 디에고에게로 향하려다 문득 떠오른 생각에 기사를 돌아보았다.

"그런데 이렇게 바로 저하께서 계신 곳을 알려 주어도 되나?"

황족을 만나는 절차는 복잡했다. 아무리 가까운 친구라고 해도 도장이 찍힌 초대장이 있어야 궁에 출입할 수 있었고, 갑작스럽게 찾아왔을 경우엔 황족의 의사를 먼저 확인한 뒤에야 안내를 받을 수 있었다.

'나야 일이 간편하면 좋지만, 이렇게 함부로 보내 줬다간 저 기사가 질책을 받

충직한 검이 되려 했는데 4

을 텐데.'

혹시 나를 향한 호의로 인해 실수를 한 게 아닌지 걱정스럽게 바라보자, 기사가 당차게 고개를 저었다.

"근무한 지 일주일밖에 안 됐지만 그런 실수를 할 만큼 바보 같진 않습니다! 걱정 마십시오!"

"그럼……."

"황태자궁의 호위로서 교육을 받으며 몇 번이고 언질 받은 것이 있습니다."

그녀가 눈을 찡긋거리며 환하게 웃었다.

"카슈미르 크리시스 공녀님에 한해, 황태자 저하의 의사를 묻는 절차를 건너뛰고 언제든 저하께서 계신 곳으로 안내해도 좋다고요. 저하께서 직접 내리신 명령이라고 했습니다."

그래서 그랬던 건가.

어쩐지 황태자궁의 사용인들은 유독 내게 융통성 있게 굴곤 했다. 다른 이들은 번호표를 뽑고 기다렸다 만나야 한다는 디에고를 나는 당일 약속으로도 바로 만날 수 있었다.

"저하께서 공녀님을 많이 아끼시는 게 분명합니다. 어서 가 보세요."

그녀가 나를 재촉했다. 그녀의 표정은 연애 소설에서 '복도에서 뛰어선 안 된다는 교칙을 어겨도 되는 건 사랑을 전하러 갈 때뿐이다.' 같은 대사를 치는 협력자 역할의 조연처럼 장엄한 표정이었다.

나는 얼떨결에 그녀에게 등 떠밀리듯 정원으로 향했다.

황태자궁의 정원은 겨울에도 여전히 아름다웠으나, 이전에 보던 것과는 많이 달랐다. 조금 이상했다.

나는 한 종류의 꽃으로 가득 차 있는 정원을 의아하게 바라보았다.

마법을 사용하면 계절에 맞지 않는 꽃을 피우게 하는 것쯤이야 어렵지 않았지만, 디에고는 굳이 계절을 거스르지 않고 자신의 정원을 제철 꽃으로 꾸미곤 했다. 봄에는 튤립, 여름에는 장미, 가을에는 코스모스, 겨울에는 포인세티아를 기르는 식이었다.

그래서 그의 정원을 보면 계절의 변화를 알 수 있었는데.

'왜 온통 델피니움밖에 없는 거지?'

고개를 오른쪽으로 돌려 봐도, 왼쪽으로 돌려 봐도 푸른색 델피니움뿐이었다.

뛰어난 정원사의 손에 의해 예술적으로 배치되어 있지만, 다른 들풀 하나 없이 파란 델피니움만 가득한 정원은 새파랗고 또 새파랗게만 느껴졌다. 아름다우면서도 묘한 광기가 느껴져 섬뜩했다.

'델피니움의 꽃말을 아나?'

디에고의 부드러운 목소리가 귓가를 울렸다.

'델피니움의 꽃말은, 내 마음을 알아주세요.'

어쩐지 마음이 급해져 발걸음을 재촉할 때였다.

저벅.

나는 오른쪽에서 가까워지는 인기척을 느끼고 빠르게 고개를 돌렸다. 반사적으로 검 손잡이를 쥐는 건 본능에 가까웠다.

"쉬이. 접니다, 스승님."

꾹.

검을 잡은 손 위에 큰 손이 덮였다. 시야를 가득 채운 익숙한 얼굴에 눈을 크게 떴다.

"……세레논?"

세레논 솔라티네. 제국의 2황자이자 티나의 아들이며 나의 제자인 그가 나를 향해 희뿌연 푸른빛 눈을 살짝 휘었다.

"네. 당신의 제자 세레논입니다."

빠르게 그를 훑어본 나는 침음했다.

"많이…… 달라지셨군요."

한 달 반 만에 본 그는 피로하고 앙상해 보이는 걸 차치하고서도 전체적인 분위기가 달라져 있었다.

우선 목덜미 절반쯤 내려오던 연보랏빛 뒷머리가 더 길어져서 꽁지머리로 묶여 있었다. 그것만으로도 분위기에 큰 변화를 주건만, 그간 수련에 매진했던 건지 기운이 한층 성숙해지기까지 했다. 겨우 한 달 반 만에 이루어진 것이라곤 믿기 어려운, 가파른 성장세였다.

외형은 크게 변하지 않았어도 마지막으로 봤을 때보다 몇 배는 더 어른스럽게 느껴졌다.

"그런가요? 저는 잘 모르겠습니다만…… 긍정적인 방향이라면 기쁘겠군요."

"칭찬입니다."

세레논이 피곤함이 겹겹이 쌓인 얼굴을 손으로 쓸어내렸다. 그는 피곤함을 티내고 싶지 않은지 발랄한 말투를 사용했지만, 목소리는 낮게 가라앉아 있었다. 3일 이상 잠을 자지 못했다고 해도 믿을 만한 상태였다.

"괜찮으십니까?"

나는 걱정스럽게 그를 바라보았다. 그는 아무렇지 않은 듯 밝게 웃어 보였다.

"누가 누구를 걱정하는 겁니까? 걱정할 사람은 저라고요. 제가 그동안 어떤 마음으로 살았는지 모르실 겁니다. 사절단 걱정으로 매일 뜬눈으로 밤을 세워서 제대로 자 본 게 언제인지 가물가물하네요."

퍽 장난스럽게 말했지만, 그 말은 진실임이 분명했다. 얼싸안고 눈물을 흘리지 않아도 알 수 있었다. 그가 얼마나 우리를 걱정했는지, 그리고 지금 이 순간 나를 얼마나 반가워하고 있는지 말이다.

"늦어서 미안합니다."

"스승님 탓도 아니잖습니까. 사정은 들었습니다."

세레논이 넉살 좋게 내 어깨를 두드렸다. 나를 보는 그의 두 눈은 어쩐지 애잔한 무언가를 보는 듯했다.

"스승님은 안 그래도 달래 줘야 할 미친놈들, 아니, 음, 친구분이 많잖습니까. 저라도 기쁘게 맞이해 드리기로 했습니다."

그 말에 애써 미뤄 두고 있던 얼굴들이 떠올라 두 눈을 질끈 감았다.

무려 한 달 반이다. 이 부재를 어떻게 수습해야 하는가.

벌써부터 벽에 머리를 박고 싶었지만, 애써 마음을 정리했다.

"……세레논은 그동안 어떻게 지냈습니까? 많이 성장한 것 같은데요."

"아, 티가 나나요? 기쁜데요. 저는……."

세레논의 목소리 끝이 갈라졌다. 큼, 그가 목을 가다듬었다. 색소 옅은 두 눈이 깊어졌다.

"……스승님과 아리아 공녀의 연락은 끊기고, 아버지는 쓰러지시고, 어머니는 납치되셨는데…… 할 수 있는 게 없다는 사실 때문에 괴로웠습니다."

내게나 황제와 황후지, 세레논에게는 아버지와 어머니였다. 부모님 두 분 다 위험한 상태에서 그가 느꼈을 절망은 이루 말할 수 없었을 것이다.

"하지만 절망에 빠져 있는 건 시간 낭비지 않습니까. 내가 할 수 있는 걸 하자는 마음으로 검술 훈련에 매진하고 있었습니다."

세레논은 치아가 보이도록 씨익 웃었다. 라임 향이 느껴질 만큼 상쾌한 웃음이었다.

살랑 불어오는 겨울바람을 타고 짧게 묶인 그의 연보라색 머리칼이 흔들렸다.

"저는 잘 지냈습니다. 그러니 스승님도 잘 지내셨길 바랍니다."

세레논은 부러울 만큼 강한 사람이었다.

"걱정할 필요도 없었군요."

나는 피식 웃었다. 잔뜩 칭찬해 주고 싶은 마음이었지만, 괜히 그의 시꺼먼 눈가를 가리켰다.

"당장 주무셔야 할 것 같긴 하지만요."

"으음. 그렇게 피곤해 보입니까?"

충직한 검이 되려 했는데 4

"무덤을 박차고 나온 과로사 시체 같습니다."

"……너무 신랄하신 거 아닙니까? 아리아 공녀가 그래도 이 얼굴 하나만은 봐 줄 만하다고 했는데……."

세레논이 조금 창백하긴 하지만 여전히 유리알처럼 깨끗하고 투명한 자신의 뺨을 만지작거리다가 멈칫했다.

"그…… 말이 나왔으니 하는 말입니다. 아리아 공녀가…… 함께 돌아오지 않고 요정 숲에 남았다고 들었는데……."

그가 복잡한 눈으로 나를 바라보았다.

"그녀가 저에게 남긴 말은 없습니까?"

그에게 아리아가 소중한 모양이다. 세레논은 간절해 보였다. 뭐라도, 한마디라도 듣고 싶은 표정이었다. 남긴 말이 하나도 없을까 봐, 자신이 아리아에게 아무것도 아닐까 봐 초조한 듯 그가 손가락 마디를 깨물었다.

하지만 걱정할 필요 없어 보였다.

"짐을 챙길 때 아리아가 말하더군요."

'아, 그리고 부탁 좀 해도 될까? 제국에 내 소식을 기다리는 사람들이 있을 것 같아서. 그 사람들은 둘 다 비슷해. 아무 말도 안 남기면 삽질이나 하겠지. 바보 같다니까.'

별거 아닌 듯 무심하게 말하면서도 희미하게 미소 짓던 그녀의 입술을 기억한다.

내가 좋은 사람들을 만나 왔듯 아리아도 좋은 인연을 맺은 모양이구나 하고 기뻐했던 순간이었다.

'세레논 솔라티네. 그 사람은 뭐, 알아서 잘하고 있겠지만, 만약 내 안부를 묻는다면…….'

"달은 달로서 할 수 있는 일이 있다고 당신이 말했지. 나는 이곳에서 내가 할 수 있는 일을 찾았으니 당신은 당신의 자리에서 할 수 있는 일을 해."

"……."

"덧붙여서 다시 만났을 때 게으름 피우지 않고 있었는지 확인하겠다고……
그렇게 전해 달랬습니다."

세레논의 표정이 기이하게 울렁거렸다. 아리아가 남긴 말이 에로스의 금화살
처럼 그의 심장에 박혀 들어갔다.

그가 멈추고 있던 숨을 길게 뱉었다.

"정말…… 아리아답네요."

그 순간 한껏 붉어진 얼굴로 웃던 세레논은 티나를 보던 헬리오스, 안테이아
를 보던 테세우스를 닮아 있었다.

사랑에 빠진 얼굴. 그렇게 설명할 수밖에 없었다.

'저런 얼굴을 자주 본 것 같은데.'

순간 여러 사람의 얼굴이 머릿속을 스쳐 지나갔다.

저게 사랑에 빠진 얼굴이라면, 그들은…….

"크흠. 스승님을 너무 오래 붙잡고 있었던 것 같습니다."

세레논이 좋아 죽겠다는 표정을 정리하고 헛기침을 뱉었다. 나는 깊어져 가던
생각에서 퍼뜩 빠져나왔다.

"형님이 기다리고 계십니다."

그가 손을 들어 멀지 않은 곳을 가리켰다.

노을빛으로 물든 꽃밭 한가운데에, 디에고가 찔레 가시에 찔려 영원히 잠든
공주처럼 곤히 잠들어 있었다.

"저하는 언제부터 잠들어 계셨던 겁니까?"

큰 소리로 말해도 디에고에겐 들리지 않을 거리였지만, 나도 모르게 목소리를
낮추었다. 새근새근 천사처럼 잠든 디에고를 실수로라도 깨우고 싶지 않았다.

"저는 30분 전에 왔습니다만, 그때도 잠들어 계셨습니다."

세레논도 덩달아 목소리를 낮추었다. 디에고를 바라보는 그의 두 눈에 깊은

애정과 근심이 서렸다.

"일반인의 몸으로 저보다 더 무리를 하고 계십니다. 오랜만에 잠드신 것 같아 도저히 깨울 수가 없더군요."

몇 시간 전, 알현실 앞에서 마주했던 디에고의 얼굴이 떠올랐다.

창백하게 질린 피부와 갈라진 입술. 어떻게든 감추려고 한 것 같지만, 오랫동안 그를 봐 온 나는 그가 과부하 상태라는 걸 바로 알아차릴 수 있었다.

'오늘은 그냥 돌아갈까?'

겨우 잠든 것 같은 디에고를 깨우는 건 죄악처럼 느껴졌다.

내 머뭇거림을 읽은 건지, 세레논이 호탕하게 웃으며 고개를 저었다.

"대체 뭘 고민하시는 겁니까? 형님은 꿈에서도 스승님을 보고 계실 텐데요."

그가 나를 디에고 쪽으로 주욱 떠밀었다.

"같이 가시죠. 스승님이 형님을 깨워 주세요. 형님도 그편을 좋아하실 테니까요."

결국 나는 등 떠밀리듯 디에고가 누워 있는 꽃밭으로 향했다.

뒤꿈치를 들고 살금살금 다가간 그곳엔 델피니움 향기가 진동했다. 디에고는 그 한가운데에 돗자리를 깔고 누워 곤히 잠들어 있었다. 석양이 눈꺼풀을 타고 길게 뻗은 금빛 속눈썹 사이로 새어 들어가는 것 같았다.

서류 작업을 하다가 잠이 든 건지, 그는 손에 복잡한 내용이 빼곡하게 적힌 종이를 꾹 쥐고 있었다. 그의 머리맡엔 두꺼운 서류 뭉치가 놓여 있었다.

"얼마 전 정원을 다 뒤집어 델피니움으로 도배를 하시더니…… 요 근래 계속 이곳에서 업무를 보시더군요. 이곳이 좋으신 모양입니다."

세레논이 나직하게 속삭였다. 나는 복잡한 마음에 입술을 꾹 깨물었다.

겨울에 핀 델피니움을 바라보는 디에고는 어떤 마음이었을까.

내 마음을 알아주세요.

푸른 꽃잎 하나하나에 그 간절한 애원이 맺혀 있는 것 같았다.

"황자 저하와 크리시스 경을 뵙습니다."

잠든 디에고에게서 시선을 떼지 못할 때였을까, 무뚝뚝한 목소리가 고막을 긁었다. 나는 고개를 들어 어느새 다가온 인영을 확인했다.

감자처럼 짧고 투박하게 잘린 진녹색 머리칼, 밑이 거무죽죽한 연갈색 눈동자, 뻣뻣하고 뚱한 얼굴조차 이제는 정감 갔다.

"페퍼 엘러바인 경. 잘 지냈나?"

디에고의 그림자 같은 호위기사, 페퍼 엘러바인이 우리에게 허리를 숙였다.

"잘 지낸 몰골처럼 보이십니까?"

"음…… 아니."

그는 누가 봐도 초췌한 자신의 얼굴을 가리키며 눈썹을 까닥였다. 페퍼는 여전했다. 빈말을 하는 법이 없고, 늘 거칠게 느껴질 만큼 직설적이었다.

"크리시스 경께서는 잘 지내신 것 같군요. 안색이 훤하십니다. 저희 황태자 저하께서는 한 달 반 동안 죽어 가셨는데요."

"늘 저하 옆에 있는 그대라면 요정 숲의 시차와 관련된 사항은 이미 들었을 텐데. 안타깝지만 나는 사흘 만에 돌아온 것과 다름없거든."

"흥."

페퍼의 말엔 가시가 삐죽삐죽 솟아 있었다. 동그랗게 뜬 눈과 까칠까칠하게 깎인 머리까지 합쳐져 아무리 봐도 고슴도치 같았다.

이제야 나타난 내가 마음에 들지 않는 듯 휙 고개를 돌리던 그는 눈알만 데구르르 굴려 나를 힐끗 보았다.

"……그래도 살아 돌아왔으니 다행이군요. 미르 같은 소드 마스터가 죽었다면 제국에 크나큰 손실이었을 테니까."

페퍼는 용병 미르를 동경했다.

경계심 많은 성격이라 아직까지 까칠하게 굴면서도, 이전부터 이어져 온 동경과 지금까지 내게 든 정으로 처음보다는 훨씬 유해진 모습을 보였다.

피식 웃은 나는 디에고에게 한 발짝 더 다가갔다.

"황태자 저하는 괜찮으신가? 깨워도 되겠나?"

"업무량이 살인적이라 일주일을 내리 잠 없이 버티셨습니다. 약물로 간신히 연명하셨죠. 지금은 주무시게 내버려 두는 게 나을 것 같습니다만……."

'일반인이 일주일을 안 자? 약물로 연명해?'

나는 경악했다. 디에고는 지나치게 무리하고 있었다.

'역시 그냥 가는 편이 낫겠다. 깨우고 싶지 않아.'

오늘은 발길을 돌리는 것으로 마음을 굳힐 때였다.

페퍼가 턱을 매만지며 고개를 기울였다.

"공녀님께서 키스로 깨우면 괜찮지 않겠습니까?"

그는 예고도 없이 냅다 폭탄을 던졌다.

드넓은 정원에 잠시 침묵이 맴돌았다.

"……자네 미쳤는가?"

나는 세기의 미친놈을 보는 눈으로 페퍼를 바라보았다.

"오오. 자네 천재인가? 그러네. 지금 딱 기사님의 키스를 기다리는 왕자님이 군."

그런 반면, 세레논은 고개를 끄덕이며 감탄했다. 나는 페퍼를 보던 눈빛 그대로 세레논을 돌아보았다.

"스승님, 해 버리죠."

페퍼나 세레논이나 다크서클이 턱까지 내려온 걸 보아 피곤해서 미쳐 버린 게 분명했다.

"세레논까지 왜 그러는 겁니까? 저는 황족 모독죄로 신고당하고 싶지 않습니다!"

나도 모르게 언성을 높였다가 빠르게 낮췄다. 혹시 디에고가 깼을까 빠르게 돌아보았지만, 다행히 그는 여전히 잠든 채였다. 내가 디에고를 깨울까 조마조마해하거나 말거나 세레논은 태평하게 어깨를 으쓱였다.

"모독죄로 신고요? 형님이 스승님과 관련해 할 신고가 혼인 신고 말고 뭐가 있 겠습니까?"

농담 따먹기 하는 건가 싶었지만, 세레논의 표정은 진지했다. 페퍼가 고개를 끄덕였다.

"원래 사람이 곤히 자다가 깨면 기분이 나쁘지 않습니까? 그러니 조금이라도 덜 기분 나쁘게 깨워 주는 거죠. 황태자 저하의 정신 건강엔 여기서 쪽잠 몇 분 더 자는 것보다 공녀님의 키스가 더 유익할 것 같군요."

그가 논리적인 이론을 설파하듯 차근하게 설명했다. 나는 페퍼의 말을 듣다가 큰 깨달음을 얻고 감탄했다.

'개소리도 자세하게 하면 제법 그럴듯해 보이는구나.'

둘 다 제정신이 아니다. 그렇게 결론을 내린 나는 고개를 휘휘 젓고 몸을 돌렸 다.

"둘 다 당장 들어가서 발 닦고 잠이나 자세요. 사람이 잠을 안 자니까 헛소리를 나불거리는 겁니다. 갑자기 키스를 받으면 저하는 자다가 무슨 봉변입니까? 깨 우지 말자고요."

"거참, 스승님이 깨워 주는 게 최고의 선물일 거라니까요."

세레논이 뭘 모른다는 표정으로 혀를 차고는 디에고를 내려다보았다.

"그리고 잠귀 밝은 형님이 이 정도 소란에 여태까지 깨지 않았을 리 없습니다. 아직도 눈을 감고 있는 걸 보아 기사님의 키스를 기다리고 있는 게 분명하다고 요."

"그게 무슨 소리……."

터무니없는 소리에 어이가 없어 미간을 좁힐 때였다.

부스럭.

옆으로 누워 있던 디에고의 몸이 정면을 향했다. 아이처럼 모아져 있던 팔은

충직한 검이 되려 했는데 4

이마에 닿았다.

금빛 속눈썹이 팔랑이고, 굳게 닫힌 눈꺼풀이 천천히 열렸다.

"눈치 빠른 녀석."

조금 전까지 명백하게 잠들어 있었던 디에고가 나른하게 눈을 뜬 채 웃고 있었다.

'진짜냐?'

나는 입이 절로 벌어졌다.

"아니, 언제부터 깨어 있었습니까?"

"음, 그대가 세레논과 만났을 때부터?"

"황태자 때려치우고 배우를 하지 그러십니까."

그럼 처음부터 깨어 있었다는 소린데, 고른 숨소리부터 자연스러운 표정까지 완벽해서 완전히 속아 넘어갔다. 깨우지 않기 위해 숨을 죽인 것이 우스워졌다.

내 표정이 웃겼는지, 디에고가 꾹 쥐고 있던 서류로 얼굴을 가린 채 키득키득 웃었다.

"속일 생각은 아니었네만, 너무 흥미로운 대화를 나누길래 자연스럽게 일어날 타이밍을 놓쳤네."

디에고가 얼굴을 가린 서류를 눈이 보이도록 내렸다. 저녁 바람이 황금빛 밀밭을 흔들 듯 그의 금빛 머리칼을 흐트러뜨려 놓았다. 사파이어처럼 반짝이는 푸른 눈이 나를 향해 휘었다.

"정말 키스로 깨워 주는 건가? 기사님."

장난기 가득한 목소리가 퍽 짓궂었다.

"오."

"이거지. 자네가 궁에 가서 무화과 쿠키 좀 가져오게."

"황자님이 직접 가져오십쇼. 저도 보고 있지 않습니까."

"맹랑한 기사 같으니. 황자의 명령이다."

"저는 황태자 저하의 기사입니다."

"요즘 기사들은 이렇게 다 싸가지가 없나? 카시아도 내 말을 안 듣던데."

순간 내 얼굴에 열이 올랐으나, 뒤에서 티격태격하는 소리에 단숨에 식어 버렸다. 다시 얼굴을 완전히 가린 디에고가 숨죽여 웃었다.

나를 둘러싼 세 남자의 다크서클을 하나하나 돌아본 나는 굳은 결심이 선 얼굴로 고개를 까딱였다.

"셋 다 당장 따라오세요."

이 어리둥절한 상황을 해결할 방법은 좀비가 된 저들을 침대에 쑤셔 넣는 것밖에 없었다.

⟶⟵

나는 진심이었다. 셋은 정말로 취침이 시급한 몰골이었으니까.

나는 가장 먼저 세레논을 그의 궁에 집어넣었다. 사용인들에게 그가 10시간 이상 취침하는지 확인하라고 일렀고, 자지 않겠다고 버티는 그에게 말을 듣지 않으면 사제의 연을 끊어 버리겠다고 으름장을 놓았다.

세레논은 한풀 꺾인 채로 시무룩하게 자신의 침실로 들어갔다.

'자네에겐 어차피 오늘 숙소에서 묵을 것을 명할 참이었네. 나를 따라 일주일 동안 한숨도 못 자지 않았나.'

'하. 저는 죽어도 황태자 저하 옆에서 죽을 겁니다.'

'그러다가 진짜 죽네. 죽는다고, 이 사람아. 사람은 잠을 안 자면 죽는다고. 자네가 한 달을 안 자도 살 수 있는 소드 마스터라도 되나?'

'아. 악. 머리 때리지, 악. 공녀님, 아, 그만, 악. 아, 아픕니다!'

가장 저항이 심한 건 페퍼였다. 판다 같은 얼굴로 자지 않고 디에고 옆에 붙어 있겠다는 그를 보며 속이 터진 나는 초록색 감자 같은 머리를 몇 번 매만져 주었다. 내 사랑 가득한 손길을 받은 페퍼는 고통스러워 보였지만.

결국 페퍼는 불만 가득한 얼굴로 자신의 숙소로 돌아갔다. 디에고의 말로는 한 달 만에 이루어지는 호위기사 교대라고 했다. 나는 디에고를 향한 페퍼의 집착에 혀를 내둘렀다.

마지막으로는 디에고였다. 디에고도 앞선 두 사람만큼은 아니지만 자러 들어가라는 말에 눈치를 보면서도 소심하게 저항했다.

"음. 슈슈. 보이기는 이래도 나는 멀쩡한 상태고…… 전혀……."

"저랑 싸워 보시겠다?"

"전혀…… 잠을 잘 걸세. 당장 가지."

어디선가 주워들은, '설레는 반존대'가 꽤 효과가 있었던 모양이다. 고개를 삐딱하게 기울인 나와 눈이 마주친 디에고는 앞장서서 자신의 궁으로 향했다.

나는 그를 배웅해 줄 생각으로 함께 발걸음을 옮겼다.

"그럼 이만……."

"하? 어딜 가려는 거지?"

궁 앞에 다다라서 작별 인사를 건넬 때, 디에고가 미간을 좁혔다. 나는 눈을 끔뻑였다.

"……집에요."

"공백은 그대가 직접 채우겠다며? 어쩌다 이리 늦은 건지 그대 입으로 설명해 주어야지."

사절단의 사정은 이미 들었을 텐데도 그는 굳건했다. 나 또한 내 입으로 이야기를 들려주고 싶었지만, 금방이라도 쓰러질 것 같은 그의 상태가 마음에 걸렸다.

"하지만, 황태자 저하는 당장 주무셔야 합니다."

그가 황금빛 머리칼을 가볍게 흐트러트리며 잠시 생각에 빠진 듯 하늘을 올려다보았다.

"그럼 누울 테니, 침대맡에서 얘기해 주면 안 되나?"

"네?"

"잠들기 전 동화를 읽어 주듯 말이야."

디에고가 부드럽게 미소를 지은 채로 내게 손을 뻗었다.

"내 침실로 가지."

너무 아무렇지 않게 얘기해서 '그럴까요?' 하고 손을 잡을 뻔했다. 나는 조금 어리바리했다.

"그렇지만, 제가 감히 저하의 침실에 들어갈 수는……."

황태자의 침실은 부모조차 함부로 들어가지 못한다. 하물며 외부인이 그곳에 들어가는 건 부부가 아닌 이상 불가능에 가까우며, 만약에 세간에 알려진다면 염문은 기본이고 결혼할 거라는 소문까지 퍼질 수 있었다.

"무슨 상관인가? 내가 허락한다는데."

"아니, 황태자님의 평판에 금이 갈 수 있으니……."

"상관없네. 어차피 황태자 궁 사용인들의 입은 가볍지 않아."

하기야. 디에고의 사람 보는 눈이 얼마나 까다로운데.

디에고는 모두에게 웃어 주지만 아무도 믿지 않는 사람이었다. 그런 그가 자신의 궁에 들인 사람이라면 믿을 만했다.

'정말 괜찮은 건가?'

그의 능란함에 휘말려 갈팡질팡할 때, 디에고가 눈을 가늘게 떴다.

"날 외롭게 만든 것에 책임을 지겠다며?"

결정적인 한 방이었다.

그는 나를 어떻게 다루어야 하는지 잘 알고 있었다. 단숨에 가라앉은 푸른 눈에, 아타라 원정을 돌아온 뒤 마주했던 위태로운 디에고가 떠올라 버렸다.

'슈슈. 나에게 왜 그리 잔인해?'

사실 걱정했다. 이번 한 달 반의 부재 동안 그가 또 위태롭게 변해 있을까 봐. 늘 강인하던 디에고가 그렇게 무너졌던 건 처음이었기에, 그 모습은 내 머릿속에

각인되어 있었다. 이번의 디에고는 다행스럽게도 그때만큼 위태롭지는 않았다. 공백을 한 번 견뎌 낸 만큼 그 또한 성장한 것 같았다.

디에고는 돌아온 나를 곧 울 것 같은 얼굴이 아니라 웃는 얼굴로 맞이해 주었다. 그것이 기쁘고 편안했다.

"잘 견디지 않았나. 그러니 오늘은 잠들 때까지만 곁에 있어 주게."

하지만 그리워 밤잠을 설쳤다는 깊은 눈빛만은 여전했다. 보고 싶었다고, 같이 있어 달라고 하는 무언의 목소리가 선명해서 뻗은 손을 외면할 수 없었다.

"……대신 빨리 주무셔야 합니다."

나도 디에고가 보고 싶었으니까.

나는 그의 손을 단단히 잡았다.

"이곳은 처음 와 보는군."

황태자 궁은 몇 번 와 봤지만, 침실에 들어서는 것은 처음이었다.

달칵.

방문을 열자마자 디에고의 체향이 진동했다. 익숙한 향인데도 왠지 낯선 기분이 들었다.

나는 조금 뻣뻣하게 방을 둘러보았다.

"내 방에 온 걸 환영하네."

디에고는 뭐가 그리 신나는지 싱글벙글 웃으며 나를 바라보고 있었다.

하얀색과 푸른색으로 꾸며져 있는 디에고의 방은 꼭 신비한 바닷가 마을 같았다. 갖출 것만 갖춰진 공간은 황태자의 방이라기엔 지나치게 검소했고, 이지적인 동시에 차갑게 느껴졌다.

"황태자로 책봉받고 나서 사용하기 시작해 지금까지 사용 중인 방이지."

칼라에 푸른 줄무늬가 있는 하얀 와이셔츠로 갈아입은 그는 세일러복을 입은 선원 같았다. 보고 있는 사람까지도 시원해지는 느낌이었다. 나는 그가 답답한 황태자 정복을 차려입을 때보다 저런 편한 복장을 할 때가 더 좋았다.

"마음에 드나? 그럼 여기서 살아도 되는데."

디에고가 침대에 걸터앉으며 장난스럽게 웃었다. 짙은 푸른색 캐노피가 물결치듯 흔들렸다. 나는 턱을 매만졌다.

"마음에 듭니다만……."

"그런데?"

"조금 창백하네요."

티 없는 흰색에 서늘한 한색들의 향연.

이곳은 아름답지만 생기가 부족했다. 나는 장식품 하나 놓이지 않은 거대한 책상을 물끄러미 바라보다가 디에고를 돌아보았다.

"책상에 화병을 하나 둬도 좋을 것 같습니다. 정원에 델피늄을 꺾어다가 꽂아 두는 건 어떨까요?"

생화라도 있으면 조금은 생기가 돌지 않을까 하는 생각에 던진 제안이었다.

디에고가 낮은 소리로 웃었다. 웃음이 어쩐지 힘없었다. 그가 손끝을 만지작거렸다.

"좋은 생각이야. 정말 그러고 싶군. 하지만…… 잘 모르겠어."

"어째서요?"

디에고가 시선을 들었다. 델피늄 꽃잎처럼 푸르른 두 눈이 느리게 일렁이다, 어쩔 수 없다는 기색을 담으며 휘어졌다.

"꺾어 두면 시든 다음에도 내 꽃인데, 나는 그 짓을 못 하겠더군."

사랑이란 내 행복이 아니라 그 존재의 행복이 우선시되는 것이라는 말을 들은 적이 있다.

디에고는 꽃을 사랑하는구나.

잠시 눈을 꾹 감았다가 뜬 나는 혀로 입술을 축였다.

"……그럼, 화분을 들이는 것이 어떻습니까?"

"화분?"

"네. 화분 안에 뿌리를 내린 식물은 방에 두어도 죽지 않을 테니까요. 저하가 잘 보살펴 주신다면 언제까지고 무럭무럭 자랄 겁니다."

"……."

"저는 식물을 기르는 데에 영 소질이 없어서 키우는 족족 시들지만…… 섬세한 황태자님이라면 잘 기를 수 있을 겁니다."

식비를 조금이라도 줄이기 위해서 마당 앞에 감자를 심었다가 싹 다 말아먹었던 적이 있다. 그때가 떠올라 고개를 절레절레 젓다가, 침대에 앉은 디에고에게로 허리를 굽혔다. 녹은 바닐라 아이스크림처럼 진득하고 달콤한 향기가 코를 간지럽혔다.

"제가 화분을 하나 선물하겠습니다. 예쁘게 키워 주실 수 있겠습니까?"

나는 디에고를 향해 살짝 눈을 휘었다. 꽃을 꺾지 못하는 그의 상냥함이 좋았고, 쓸쓸해 보이는 표정이 속상했다. 그의 곁에 죽지 않고 오래오래 남아 있을 여러해살이 식물을 선물해 주고 싶었다.

디에고가 멍하니 나를 바라보았다. 잠시 침묵이 이어졌다.

"……잠깐. 보지 말게."

"네?"

흐르지 않는 우물처럼 굳어 버린 채로 한참이고 하염없이 나를 바라보던 디에고가 어느 순간 황급히 두 손으로 얼굴을 감쌌다.

그의 예쁜 눈을 바라보던 나는 사라져 버린 얼굴에 눈을 끔뻑였다. 그가 앓는 소리를 내며 몸을 구기듯 동그랗게 말았다.

"너무, 바보 같은 표정을 하고 있을 것 같아."

황금빛 머리칼 사이로 조금 드러난 그의 귓불은 꽃물을 들인 듯 붉었다.

"내 눈에만 아름다워 보였다면 좋았을 텐데."

혼잣말처럼 중얼거린 디에고가 내게 손을 내밀었다. 그 의미를 알아듣지 못하고 바라만 보고 있으니, 그가 재촉하듯 손을 흔들었다.

"잡아 줘. 어서."

나는 작게 웃었다. 투정 부리듯 불퉁한 목소리는 어린아이 같았지만, 내게는 기꺼웠다.

'그대가 나를 유치해지게 만들어.'

나는 내 앞에서 유치해지는 디에고가 좋았다. 철혈의 황태자 그 너머를 볼 자격이 있다는 게 기뻤다.

나는 천천히 그의 손을 깍지 껴 잡았다.

"아름다운 꽃 말고 투박한 것으로 선물해 주게. 내 눈에만 예뻐 보이도록."

"네."

"찔레나무나 선인장도 좋아. 오래가지만 투박하고 날카로운 것으로 줘."

"그러겠습니다. 차라리 다양한 종류로 여러 개 드릴까요?"

"안 돼. 하나만 줘. 온전히 정성을 기울일 수 있게."

우리는 화분 하나로도 즐겁게 대화를 나누었고, 나는 침대맡에 의자를 끌어다 놓고 앉았다.

"이제 누우세요."

디에고는 티 나지 않게 호흡을 나눠 하품하며 필사적으로 피곤하지 않은 척을 했지만, 넘어가 줄 수는 없었다.

디에고는 자기 싫다는 얼굴을 하고서도 순순히 흰 이불 안으로 들어가 베개에 머리를 댔다. 베개 위로 황금빛 머리칼이 흩어졌다.

"이미 보고받으셨겠지만, 요정 숲엔 시차가 있었습니다."

나는 조곤조곤한 목소리로 여태까지 있었던 일을 전했다.

얇은 남색 커튼 너머 바깥은 어둑어둑했다. 불은 꺼진 가운데, 협탁 위 작은 등

불만이 방 안을 은은하게 밝히고 있었다.

어둠 속에 따스한 오렌지색을 띤 조명을 받은 디에고의 얼굴은 나른하게 풀려 있었다. 내 이야기를 들으면서 잠들기를 바랐건만, 그는 끝까지 눈을 감지 않았다. 푸르른 눈으로 나를 빤히 올려다볼 뿐이었다.

"……여기까지입니다."

"응."

"늦게 돌아온 걸 용서해 주시겠습니까?"

이야기를 끝까지 들은 디에고가 부스스 웃었다.

"용서하고 자시고 할 게 어디 있나. 그대가 잘못한 것도 없는데."

"외로웠다고 하지 않으셨습니까?"

"그랬지."

스르륵 내려온 눈꺼풀이 파란 눈을 반쯤 가렸다. 그가 맞잡은 손을 빤히 바라보았다.

"이러고 있으니 처음 만났을 때가 떠오르지 않나?"

디에고를 처음 만난 날. 내가 크리시스의 공녀도, 전장의 지휘관도 아니었을 때. 살수들에게 둘러싸인 그를 구했다. 처음 만난 사이였지만 위기에 처한 것을 내버려 둘 수 없었다. 그저 그뿐인, 얄팍하리만치 가벼운 이유였다.

'날 살려 준 이유가 뭐지? 뭘 원하나?'

지금의 디에고와 그때의 디에고는 다른 사람이라고 해도 과언이 아니었다. 자신의 침실에도 기꺼이 들여 주는 지금과 다르게, 그때는 구해 준 나를 병적이다 싶을 만큼 의심했다. 당시의 그는 이유 없는 호의를 받아 본 적 없는 어린아이였다. 결국 끝에는 나를 믿어 주었지만 말이다.

'손잡아 주지 않겠나? 무서워서 그래.'

그때 맞잡았던 손을 떠올린 걸까, 디에고가 잡은 손에 힘을 주었다.

"그때의 그대는 여유가 부족했고, 다듬어지지 않은 부분들이 보였지. 이제야 말하지만 길들지 않은 맹수 같았네."

"……놀리지 마시죠."

하기야 디에고는 말할 것도 없고, 그 시기엔 나 또한 어리고 거칠었다. 민망해 하는 나를 보며 디에고가 살짝 웃었다.

"칭찬하려고 꺼낸 말이야. 그대는 그때부터 지금까지 정말 많이 성장했다고. 그대는 하루가 다르게 나아지고 있어."

"……."

"나는 어제의 그대가 최고인 줄 알았는데, 그런 생각이 무색하게도 오늘의 그 대가 더 좋아. 내일은 또 내일의 그대에게 마음을 빼앗기겠지."

느른하게 뜨인 푸른 눈이 내 시선을 사로잡고 빨아들였다. 그가 몸을 뒤척여 엎드리며 두 팔로 안듯이 베개를 둘렀다.

"나는 그런 그대 앞에서 부끄럽지 않은 사람이 되고 싶어. 내가 아무리 함께 있 어 달라고, 나를 봐 달라고 애원해도 그대의 마음은 오로지 그대의 몫이잖아. 내 가 할 수 있는 일은 나를 가꾸는 것뿐이지."

치켜 올라간 눈매가 스르륵 휘었다.

"그래. 외로웠어. 그대가 잘못되었을까 봐 두려웠지. 하지만 적어도 나는 저번 보단 나은 모습을 보여주고 싶었네."

'우리가 안부는 물을 수 있는 사이인가?'

아타라에서 돌아왔을 때, 디에고는 우리 관계의 거리조차 가늠하지 못하고 갈 팡질팡했다. 그가 그렇게 위태로운 모습을 보인 건 처음이라 덩달아 나까지 당황 했을 정도였다. 하지만 지금의 디에고는 그때의 모습이 떠오르지 않을 만큼 여유 로웠다.

"어때? 칭찬해 줄 만하지 않나?"

디에고가 능청스럽게 내게로 몸을 기울였다.

내가 성장한 만큼 디에고 또한 나아지고 있었다.

"기특하네요."

피식 웃곤 그의 머리칼을 부드럽게 쓰다듬어 주었다. 디에고가 순하게 손길을 받아들였다. 그 모습이 가르랑거리는 고양이 같았다.

그가 다시 몸을 뒤척여 침대에 똑바로 눕고는 두 눈을 짓궂게 빛냈다.

"그럼 상으로 굿나잇 키스 정도는 해 줄 텐가?"

세레논과 페퍼는 키스로 깨우라더니, 디에고는 키스로 재워 달란다.

어이가 없어서 웃음이 절로 나왔으나, 나 또한 장난기가 발동해 장단에 맞춰 주기로 했다.

"그럴까요?"

덜컹.

나는 침대 한쪽을 짚은 채 누워 있는 디에고에게로 몸을 기울였다. 그가 졸음에 겨운 얼굴로 배시시 웃으며 검지로 자기 뺨을 쿡 찔렀다.

"후후. 그럼 뺨에……."

꾹.

디에고가 말을 다 잇기 전, 나는 그의 얼굴에 도장 찍듯 입술을 꾸욱 눌렀다.

내 윗입술이 그의 아랫입술과, 내 아랫입술이 그의 입술 아래 굴곡진 부분과 맞닿았다. 입술이 입술에 반쯤 걸친 입맞춤이었다. 생크림이 입술을 묻은 듯 보드라운 감촉이 일었다. 점점 감겨 가던 디에고의 두 눈이 크게 떠졌다.

나는 오래 지나지 않아 고개를 들었다. 떨어질 때 소리조차 나지 않는, 가벼운 접촉이었다.

"……슈슈."

흔들리는 그의 눈을 보고 조금은 유쾌했다고 하면 내 성격이 나쁜 걸까. 저렇게까지 당황한 디에고의 모습은 정말이지 드물었다.

"잘 자요, 왕자님."

나는 시원하게 웃음을 터트리며 그의 앞머리를 쓸어 넘겨 주었다.

그리고 몸을 일으켜 방을 나서려 했다.

휙.

큰 손이 나를 붙잡고 끌어당기지 않았다면 말이다.

탁.

나는 저항할 새도 없이 이끌려 갔다. 몸의 중심이 흔들렸지만, 황급히 침대를 짚은 덕분에 디에고 위에 무너지는 참사는 막을 수 있었다. 나는 놀란 눈으로 그를 바라보았다.

스르륵.

디에고가 내 목에 두 팔을 감았다. 저절로 얼굴이 가까워졌다.

코앞의 푸른 눈은 완전히 풀린 채 활짝 휘어져 있었다. 유려하게 호선을 그린 입술이 붉었다.

"……할 거면 제대로 해야지."

그가 내 목을 점점 더 깊이 끌어안았다. 점점 더 거리가 좁혀졌다.

몽롱하게 뜨인 벽안은 내 입술에 고정되어 있었다.

테세우스의 순수하고 맹목적인 사랑을 받던 안테이아는 어떤 기분일까. 테세우스와 안테이아의 과거를 보며 생각했다.

사랑은 가족들끼리도 충분하지만, 조금 궁금해졌던 것 같다. 따스하고 편안한 사랑이 아닌, 짙고 긴장되는 사랑이 말이다. 하지만 눈앞의 얼굴을 보니 어째서 궁금해했던 걸까, 스스로 의문이 들었다.

나는 이미 알고 있는데.

디에고가 천천히 고개를 틀며 몽환경처럼 아름다운 얼굴로 속삭였다.

"밀어내도 돼."

디에고가 한 팔을 내 목에 단단히 감고, 다른 손으로 뒷머리를 덮었다. 내 검은 머리카락이 그의 긴 손가락에 얽혔다.

밀어내도 된다고 했으면서, 밀어내지 말라는 듯 엉겨 온다. 나를 집요하게 응

충직한 검이 되려 했는데 4

시하는 푸른 눈이, 부드럽게 내 머리를 쓰다듬는 손이 나를 붙잡았다.

침대를 짚고 있던 손에 서서히 힘이 풀렸다.

잠시간의 간극.

"눈 감아, 슈슈."

그가 속삭이면서 내 머리를 꾹 눌렀다. 나는 저항하지 않았다.

겨울 밤공기에 노출된 그의 입술은 조금 차가웠다. 셔벗 같은 시원함이 기분
좋았다. 머금는 순간 축축하고 흐물흐물해졌지만, 그 감촉 또한 기분 좋았으니
아무래도 좋았다. 녹아내린 바닐라 아이스크림처럼 질척하고 달콤한 것이 입안
을 가득 메웠다.

나는 눈을 감지 않았다. 연회 후반부에 울려 퍼지는 왈츠처럼 느릿한 박자도,
무언가에 취한 것처럼 은은하게 달아오른 뺨도, 지그시 감긴 눈꺼풀 아래로 섬세
하게 뻗은 금빛 속눈썹도, 이따금 눌리는 곧은 콧대와 맞닿은 살갗 사이에서 뭉
근하게 움직이는 붉은 살덩이도 모두 눈에 담았다.

참을 수 없는 간질거림에 힘이 풀려서 침대 시트를 꽉 쥐었다. 입안에는 단맛
이 가득했다. 그 모습들을 담아내는 두 눈, 이불이 부스럭거리는 소리와 물기 어
린 소리를 듣는 두 귀로도 달콤함을 느낄 수 있었다. 시각과 청각으로 맛을 느낀
건 처음이었다. 디에고는 느리고 집요했다. 사탕을 녹여 먹는 아이 같았다. 단맛
이 나기 시작하면 조급해질 법도 한데, 깨물고 씹기는커녕 살살 녹이기만 했다.
그래서 안달이 났다.

서서히 열이 올랐다. 머리에 기름을 쏟고 무턱대고 불을 붙여 버리는 것이 아
니라, 손끝부터 시작해서 천천히 데워지는 느낌이었다.

"……으."

어느새 목뒤까지 솜털이 곤두섰다. 디에고의 몸 위로 엎어지지 않기 위해 침
대 시트를 쥔 손을 부들부들 떨며 버텼지만, 입안 가장 예민한 곳이 간지럽혀지
는 순간 온몸의 힘이 풀려 버렸다.

풀썩.

몸을 지탱하던 팔이 꺾이며 맞닿아 있던 입술 새에 치아와 치아가 꿍 하고 부딪쳤다. 세게 부딪친 건 아니라 아프진 않았지만, 순간 얼굴에 열이 확 올랐다.

"크흡."

디에고가 부딪친 부근을 더듬더니 붉게 번들거리는 입술을 꾹 깨물었다. 부들부들 떨리는 입꼬리를 보니 웃음을 참고 있는 것 같았다.

나는 그의 얼굴 옆 시트에 얼굴을 처박았다. 명색이 소드 마스터인데 힘이 풀려서 무너졌다는 게 너무 수치스러웠다.

"하하하!"

결국 디에고는 끝까지 참지 못하고 웃음을 터트렸다. 시원한 웃음소리가 내 뒤통수를 몽둥이처럼 때렸다. 그가 눈물이 맺힌 눈가를 손으로 쓸었다.

"힘이, 큽, 힘이 풀릴 정도로…… 흐…… 좋았……."

"크리시스 공작가가 제 아버지가 아닌 저 때문에 반역 가문이 되는 꼴을 보고 싶습니까?"

나는 이를 악물며 허리춤에 찬 검에 손을 올렸다. 손끝이 희미하게 떨리는 게 티가 나지 않길 바랐다.

두 손으로 얼굴을 가리고 끅끅거리던 디에고는 한참 뒤에야 두 손을 내렸다.

그의 새빨간 얼굴엔 장난기 서린 웃음꽃이 만개해 있었다.

"좋았나?"

"죽어 버리겠습니다."

꽉.

이곳을 뛰쳐나가려고 했건만, 디에고가 나를 끌어안았다. 의도치 않게 코를 박게 된 그의 긴 목에선 바닐라 향기가 진동했다. 황금빛 머리칼이 내 이마게를 간지럽혔다.

"나는 좋아."

"……."

"그대가 좋아."

그가 검지로 내 턱을 들어 올렸다. 마주한 디에고의 얼굴은 아름다웠지만, 숨이 막히는 이유는 따로 있었다.

사랑에 빠진 사람의 얼굴. 누구도 흉내 낼 수 없는 그 아득한 낯이 코앞에 있었다. 나는 뭐라고 말해야 할지 알 수 없게 되었다.

쪽.

디에고는 내 어리숙한 침묵조차 사랑한다는 듯 부드럽게 웃고는 내 뺨에 입 맞췄다.

"괜찮아. 어렵게 생각할 필요 없어."

나른한 얼굴의 디에고가 내 머리를 천천히 쓰다듬었다. 그의 눈이 스르륵 감겼다.

"잘 가, 기사님. 내 잠자리를 지켜 줘서 고마워."

그의 마지막 속삭임은 공주가 자신을 구해 준 기사에게 건네는 감사 인사처럼 애정으로 가득했다.

디에고는 마지막 말을 끝으로 잠들어 버렸다. 나는 그를 덮치듯 무너진 채, 어정쩡하게 안긴 자세 그대로 한참 동안 굳어 있었다. 이 상황이 정말 어처구니가 없지만, 일주일 동안 못 자다가 이제야 잠든 디에고를 깨울 수가 없었다.

나는 복잡하게 엉켜 가는 생각들을 풀어내려 하지도 않고 그대로 방치했다. 함부로 손대는 순간 더 엉망으로 엉켜 버릴 것이 분명했으니까.

'괜찮아. 어렵게 생각할 필요 없어.'

디에고는 괜찮은 걸까. 내 마음이 뭔지도 모르는 나 같은 사람으로도 말이다.

어려운 문제를 두고 어떻게 어렵지 않게 생각할 수 있을까. 눈앞에 사랑에 빠진 얼굴들이 아른거려 눈을 꾹 감았다.

나는 내게 다가오는 애정을 거부할 수 없다. 그래. 인정해야 했다. 그 표정이 어떤 의미인지 몰랐을 때부터 그 표정을 좋아했다. 맞닿는 살갗을 통해 전해지는 애정도, 좋아한다. 내게 다가온 이들 모두, 밀어내지 못한 게 아니라 밀어내지 않은 것이다. 애초에 소드 마스터인 내가 진심으로 거부한다면 강제할 수 있는 존재가 있겠는가. 테세우스와 안테이아의 이야기는 과거에 대한 궁금증을 해소한 것으로 그치지 않고, 내게 많은 것을 남겼다.

나는 타인의 사랑을 적나라하게 지켜본 것이 처음이었다. 비극을 두려워하지 않는 용기. 사람 하나를 완전히 변하게 만드는 강렬한 감정. 여태껏 누구도 가르쳐 주지 않았기에 뭐라고 이름 붙여야 하는지 몰랐는데, 이제는 알겠다.

나는 사랑받고 있었다. 그것도 여러 사람에게. 하지만 기이하게도, 조금 전 디에고를 포함해 그 누구도 나에게 대답을 요구하진 않았다.

사랑의 다른 이름은 독점욕이라고 하지 않던가. 유일해지고 싶고, 확인받고 싶은 것이 사랑이라고 들었는데, 그들은 그러지 않았다. 그들은 나를 사랑하는 것만으로도 만족스러운 것처럼, 내게 사랑을 강요하지 않았다. 대답을 요구하지도 않았다. 그냥 내가 이곳에 머무르며 자신들의 사랑을 거부하지 않는 것만으로도 충분하다는 듯 사랑을 퍼붓기만 했다. 모든 걸 보여 주고, 또 내주면서도 대가를 바라지 않는 건 어떤 마음일까. 물론 나 또한 그런 마음을 익히 잘 안다. 아리아에게, 칼에게, 카이사르에게 느끼고 있었다. 그러나 그들은 피 한 방울 이어지지 않은 타인이지 않은가. 나 또한 거짓 없이, 또 부끄러움 없이 그들을 사랑하고 있지만, 그렇게나 고귀한 마음들에 비할 수 있는 바인지 모르겠다.

나도 내 마음의 종류를, 깊이를 몰랐다.

'타인의 마음을 안다고 다가 아닌데……'

나는 복잡한 심정으로 디에고를 바라보았다.

그는 난제로 들어가는 신호탄을 쏜 장본인인 주제에 약 오를 정도로 편안한 얼굴이었다. 나를 꼭 끌어안고 곤히 잠든 모습이 천사 같아서 미워할 수도 없다.

충직한 검이 되려 했는데 4

"왜 나 같은 여자를 좋아하는 겁니까, 당신은?"

스윽.

정말 나 같은 사람으로 되는 걸까.

나는 옆으로 살짝 굴러 디에고와 마주 보고 누우며 황금빛 머리칼을 쓰다듬어 주었다. 그는 잠든 중에도 손길이 마음에 든 고양이처럼 머리를 비비적거렸다. 내 질문을 듣지도 못했을 텐데, 나는 이미 그의 대답을 알 것 같은 기분이었다.

'그대 같은 여자라서 좋은 거야. 그 서투름과 더딘 속도까지도 좋은데 어쩌겠나?'

나도 그렇다. 디에고가 디에고라서 좋았다. 사람을 믿지 않는 성정도, 무섭도록 날카로운 경계심도, 군주로서 불가항력인 국가 이기주의적 사상과 부도덕도, 제국과 나 중에 하나를 선택해야 한다면 눈물조차 흘리지 않고 제국을 선택할 매정함도 좋아한다. 그것조차 그의 일부니까. 사실 좋아한다는 표현보단 싫어할 수가 없다는 표현이 더 적절했다.

'하지만 그게 당신과 같은 무게인지는 모르겠어.'

머리를 쥐어뜯고 싶어졌다. 나는 한참 동안 시트에 얼굴을 처박고 있다가 천천히 고개를 들었다. 내 인생은 사랑이 전부가 아니다. 가족, 일, 친구, 사명, 신념 등등 다채로운 것들로 이루어져 있었다. 그리고 무엇보다 지금은 북부와 전쟁 중이었다. 냉정하게 말해서, 내겐 사랑보다 이 전쟁을 끝내는 게 더 중요했다. 사랑이고 연애고 모두 살아야 할 수 있는 거다. 당장 일주일 뒤만 해도 티나를 구하러 적진 한복판에 잠입해야 하는데, 이 문제에 사로잡혀 정신력을 소모할 순 없다.

'그러니까 정리는 나중에.'

그들과 미래를 생각하는 건 나중 일이다. 지금은 현재에 집중할 때였다.

나는 길게 숨을 내뱉으며 몸을 일으켰다. 잠시 깊게 잠든 디에고를 두 눈에 담다, 그의 머리칼을 정리해 주었다.

"잘 자요, 디디."

언젠가는 당신의 마음에 명확한 대답을 돌려줄 수 있기를 바란다. 나는 그 말을 속으로 삼킨 뒤 협탁 위 등불을 끄고 방에서 나왔다.

세상은 완전히 어둠에 잠겨 있었다. 낮에는 북적거리던 수도의 거리가 지금은 나뭇잎도 굴러다니지 않았다.

자정 가까이 되었으려나. 내 발소리만이 울려 퍼지는 적막을 즐기며 집으로 발걸음을 옮겼다.

저벅저벅.

탁탁.

……저벅저벅.

……탁탁.

내 발걸음에 화답하듯 같은 박자로 뒤따르는 발걸음 소리를 들으며 눈을 끔뻑였다. 세기의 악사도 울고 갈 환상적인 합주였다. 발걸음 소리만으로 내가 당신을 따라가고 있노라고 아주 광고를 하고 있었다.

"저기, 미안한데요."

나는 뒷머리를 긁적이며 몸을 돌렸다.

"혹시 그거, 미행이라고 하고 있는 겁니까?"

저걸 미행이라고 부르면 곤란해진다. 그럼 미행의 사전적 의미가 '대놓고 따라가다'로 변질되어 버리지 않나.

나는 어둠 속 남자를 바라보았다.

"친구로서 조언하는데, 혹시 암살자로 진출하고 싶은 마음이 조금이라도 있다면 순순히 접는 게 좋을 겁니다. 당신은 그쪽에 재능이 없습니다."

피식, 바람 빠지는 웃음이 들려왔다. 그가 천천히 가로등 불빛으로 걸어 나왔다.

"젠장. 이 망할 대신관 때려치우고 전직하려 했는데 글렀네요."

그가 달빛을 받아 순은처럼 빛나는 은빛 머리칼을 긁적였다.

그는 연보라색 눈동자를 감정 없이 휘었다.

"혹시 추천해 줄 만한 일자리 없어요? 공작가 마구간 관리인 자리가 하나 빈다거나."

빛 아래에 드러난 그의 얼굴은 상처투성이였다.

"유, 율리안?"

나는 경악했다.

그의 얼굴을 뒤덮은 상처 때문에 놀라기도 했지만, 그는 마지막으로 봤을 때와 너무 달라져 있었다. 내가 기운을 읽지 못하고 그냥 별생각 없이 길을 지나가다 만났다면 그인 줄도 모르고 지나쳤을 정도였다.

마지막으로 봤을 때 그의 앞머리는 눈가를 간지럽히는 길이로 내려와 단정하게 이마를 덮고 있었건만, 지금은 파격적이게도 왼쪽은 길게, 오른쪽은 짧게 사선으로 잘려 있었다. 오른쪽 옆머리는 귀 위에서 잘렸는데, 왼쪽 옆머리만 눈에 띄게 길게 내려오기도 했다. 율리안은 안에 든 건 소악마였지만, 생긴 것만큼은 천사 같았다. 애초에 신전의 용모 규제가 굉장히 엄격했기에 날라리같이 살아도 용모는 단정하게 챙겨야 했다. 생긴 거랑 정반대로 노는 모습이 참 기이했는데.

"아니, 대신관 때려치우고 우쿨렐레 연주가로 전향했습니까? 광장에서 연주하다가 시끄럽다고 누구한테 얻어맞기라도 한 겁니까?"

지금은 자신만의 예술 세계에 빠진 괴팍한 예술가 같았다. 성격과 용모가 그와 맞아떨어졌다. 객관적으로, 그의 스타일은 정말 거지 같았다. 하지만 처연하도록 아름다운 그의 얼굴이 모든 것을 소화하고 있었다. 근본 없이 삐뚤빼뚤한 머리 스타일조차도 불규칙 속에서의 조화인 것처럼, 불협화음의 아름다움처럼 느껴졌다. 상처로 가득한 얼굴까지 더해져 불량스럽지만 사연 많은 소설 속 주인공 같기까지 했다.

"아, 머리가 좀 이상하죠?"

자신의 머리에 고정된 내 시선을 느낀 건지, 율리안이 목덜미를 매만졌다. 원래라면 '새로운 스타일에 도전해 봤어요! 공녀님의 귀염둥이는 이런 것도 잘 어울리죠?' 같은 소리를 했을 텐데, 그답지 않게 가라앉아 있었다.

"혼자 머리를 자르다가 실패해서⋯⋯."

"⋯⋯머리를 내리막길 모양으로 자르고 싶었던 겁니까? 어떻게 실패했길래⋯⋯."

그가 민망한 듯 웃었다. 분명 웃고 있는데, 이전처럼 해맑지 않고 왠지 모르게 까끌까끌한 느낌이 났다.

"으음, 이틀 전인가 악몽을 꾸고 정신없이 일어났는데요, 식은땀 때문에 늘어진 머리카락이 거슬려서 잠결에 혼자 자르다가 이 꼴이 되어 버렸네요."

그는 아무렇지 않게 얘기했지만 웃으면서 할 말은 아니었다.

뭔가 이상했다. 분명 율리안인데, 낯설었다.

"⋯⋯얼굴의 상처는 그때 난 겁니까?"

그렇다기엔 누가 봐도 사람 손에 얻어터진 자국이지만.

율리안이 휙휙 고개를 젓곤 이마를 가늘게 가로지른 긴 상처를 쓸었다.

"이 상처는 그때 가위에 긁혀서 난 거지만 나머지는 아니에요."

연보랏빛 눈동자가 생기 없이 번들거렸다.

"나머지는⋯⋯ 위대하신 교황 성하랑 싸우다가 얻어터진 거거든요."

나는 놀라 입이 벌어졌다.

율리안이 입버릇처럼 뱉고 다니던 말이 떠올랐다.

'내가 죽기 전에 반드시 반역 저지른다⋯⋯.'

그러고 보니 율리안의 복장도 대신관 정복이 아니라 웬 검은 와이셔츠에 검은 바지 차림이었다. 그는 늘 하얀 신관복을 입고 다녔기에 상복 같은 지금의 차림이 놀랍도록 어색했다.

'설마, 설마⋯⋯!'

"결국 저질러 버린 겁니까? 반역을?"

율리안은 내가 여태껏 만나 온 사람들 중 가장 종잡을 수 없는 존재였다. 무작위로 발포하는 폭죽 같았다. 그라면 꼭 불가능하지도 않았다.

설마 지금 반역 저지르고 나오는 길인가?

미친 듯이 머리를 굴릴 때, 눈을 끔뻑인 율리안이 크게 웃었다. 그의 얼굴에서 먹구름이 조금은 가셨다.

"그랬다면 좋았겠지만, 그 반대예요. 교황 성하, 아니, 하…… 그 개미친 또라이 새끼한테 존칭을 붙여야 한다니……."

율리안이 이를 으득 갈았다. 분위기를 보아 엘과 정말 대판 싸운 듯했다.

두 사람은 가장 가까운 친구인 동시에 견원지간이었다. 자주 실랑이를 벌이긴 했지만, 이번엔 몸싸움으로까지 번진 모양이었다.

"그 상한 밀가루 반죽, 빨아놓은 물망초, 벼락 맞을 놈의 명령을 받아서 왔습니다."

잘그락.

율리안이 주머니에서 무언가를 꺼냈다. 쇠끼리 부딪치는 소리가 청량했다.

그가 든 물체의 정체를 확인한 나는 정말 어이가 없었다.

"그 미친 새끼가 공녀님을 납치해 오랍니다."

율리안이 들고 있는 건 다름 아닌 수갑이었다.

기나긴 침묵.

"그렇군요……."

나는 한참 뒤에야 천천히 고개를 끄덕였다. 납치하러 왔다는 말을 들은 사람 치곤 너무 싱거운 반응이라는 걸 알지만 이 이상은 어떻게 해야 할지 알 수 없었다 그야 날 진심으로 납치할 생각이라면 그 사실을 알리는 것 자체가 언어도단이니까. 기습을 해도 불가능할 텐데 저렇게 당당하게 선포한다는 건 그냥 안 하겠다는 것과 다름없었다.

애초에 율리안에게선 의욕이 눈곱만큼도 보이지 않았다. 이 상황에 대한 회의감만이 가득했다. 아니, 이 상황을 넘어 이 세상의 본질에 의문을 느끼고 있는 듯 해탈한 얼굴이었다.

"그러니까…… 그걸로…… 절 제압하겠다고요."

"네."

"소드 마스터를, 평범한 수갑으로요."

"그러랍디다, 그 새끼가."

"여태까지 한 번도 들어 본 적 없는 기발한 발상이군요. 절 놀라게 하다니 제법입니다."

"실패하면 죽여 버리겠대요. 늘 들어 온 말이지만 이번엔 진심 같더라고요."

율리안의 손에 들린 수갑이 달빛을 받아 반짝였다. 소품의 제작 목적과 어울리지 않는 청아함이었으나, 허탈해진 이유는 그 때문이 아니었다.

'장난하나?'

율리안이 내게 강제로 저 수갑을 채운다는 것부터가 말이 안 되지만, 백 번, 아니, 천 번 봐줘서 내가 전투 불능의 상태가 되었다고 치자. 그래도 저 수갑은 전혀 효용이 없다. 힘을 줄 것도 없이, 움직이다가 실수로도 부러뜨릴 수 있을 법한 장난감이었다. 나를 진심으로 납치하고 싶었다면 최정예 실수 부대에게 마나 억제기와 극독을 들려서 보내야 했다.

이 사실을 엘이 모를 리 없었다. 율리안도 이미 잘 알고 있는 얼굴이었다.

"그…… 미친 짓 같지만 조금만 어울려 주실 수 없을까요? 그 새끼 상태가 진짜 심각해서요."

율리안은 면목 없어 하는 낯으로 뺨을 긁적였다.

'엘. 참 예민하고 섬세한 사람이지. 유리로 빚은 인형 같아.'

충직한 검이 되려 했는데 4

나는 낮게 한숨을 쉬며 주머니에서 연락용 수정구를 꺼냈다.

[오늘은 외박하겠습니다.]

짧은 메시지를 카이사르에게 전송했다.

켤 때부터 불길하게 깜빡거리던 수정구는 한 달 반 동안 수많은 부재중 연락을 소화해 내며 수명이 다한 건지, 메시지를 보내자마자 픽 죽어 버렸다.

나는 수정구를 주머니에 쑤셔 넣고 율리안 앞에 섰다. 그리고 양 손목을 붙인 채로 두 손을 내밀었다.

"채우세요. 부수지 않도록 최대한 노력해 보겠습니다."

그러니까 이건, 납치니 뭐니 하지만 사실 그냥 내 발로 와 달라는 뜻이었다. 이렇게 심술궂게 굴어도 받아 달라는 투정이며, 세상에서 제일 유별나고 서툰 초대였다.

"하…… 공녀님처럼 선한 분이 어쩌다 그런 인간 말종이랑 엮여서……."

내 손목을 빤히 바라보던 율리안이 심란한 얼굴로 마른세수를 했다.

가까이에서 본 그의 얼굴은 엉망이었다. 피가 제대로 굳지도 않은 걸 보아 얼굴을 덮은 상처들은 넉넉잡아도 삼십여 분 전에 생긴 것 같았다.

"……진짜 반역 저지른 거 아니죠?"

아무리 봐도 성질을 못 이겨 교황이랑 싸우고 신전을 뛰쳐나온 꼴이었다.

걱정과 의심이 한데 섞인 눈으로 바라보자 율리안이 피식 웃었다.

"친구로서 싸운 거예요. 저도 몇 대 치긴 했지만 그 자식이 더 많이 쳤다고요. 공녀님은 그 자식이 몸싸움을 얼마나 잘하는지 모르시죠?"

"엘이 싸움을요? 말싸움 말고 몸싸움?"

엘이 말로 사람을 다져 버리는 건 많이 봤지만 몸싸움을 하는 엘이라니. 난생 처음이다.

그 천사 같은 얼굴로? 주먹을 날리고 발로 차고? 그의 성스러운 미소를 두고 본다면 상상하는 것만으로도 일견 신성모독 같았다.

내가 믿기지 않는다는 표정을 짓고 있었던 건지, 율리안이 질린다는 듯 고개를 저었다.

"어휴. 가증스러운 놈. 가식 하나는 인정해 줘야 한다니까. 걘 신성력도 살기처럼 쓴다고요. 신성력을 사람 목 틀어쥐는 데 남발하는 거 보면 마귀 새끼가 따로 없다니까요?"

'신성력은 사람을 치료하는 데 사용하는 살상력 없는 치유의 힘 아닌가?'

의아하게 눈을 깜빡이다가, 문득 그동안 잊고 있었던 〈요정의 밤〉 원작 소설 속 엘의 행보를 떠올렸다.

'엘은 거기서 고삐 풀린 미친놈이었고…… 신성력 운용이 극치에 다다른 교황으로서 신성력을 마나처럼 운용하며 별짓을 다 했지.'

사람들은 신성력을 인간을 치료하는 힘이라고만 알고 있지만, 사실 신성력은 치료는 기본이요, 다방면으로 이용 가능한 신의 선물이었다. 태양신 라는 자비의 신이지만 동시에 심판의 신이다. 신전의 성기사들이 마나만 사용하는 보통의 검사들보다 강력한 이유가 있는 법. 신성력은 마나처럼 형태를 만드는 것도 가능하고, 사람을 해치는 것도 가능했다. 신전의 무해함을 부각하기 위해 세간에는 비밀로 한 것뿐이라는 게 뒤늦게 기억났다.

율리안은 근 한 달 반 동안 약과 독 모두 될 수 있는 신성력을 독으로만 처먹은 듯 황폐한 얼굴이었다.

"공녀님이 실종되고 나서 그 자식이 얼마나 미쳐 날뛰었는지 모르시죠? 그런데도 교황이라고 기절시켜 놓을 수도 없고…… 발악하는 걸 약물로 잠재우는 것도 한계였다고요."

"아……."

"특히 오늘 아침은 아버님이 황궁에 쳐들어갔다는 소식을 듣고 자기도 동참하겠다고 날뛰었다니까요! 그거 막는 데 투입된 성기사 수만……."

"아버님?"

율리안의 한탄을 심각하게 듣다가 거슬리는 단어에 눈을 끔뻑였다.

'아버님? 어쩐지 사위가 장인어른을 부르는 것 같은 호칭인데?'

"아, 그…… 카이사르 크리시스 공작님이요."

'허?'

미간을 살짝 좁히니 그가 스르륵 시선을 피하며 빠르게 말을 돌렸다.

"……하여간, 이제는 어떻게든 공녀님을 모셔 오라더군요. 이 망할 쇠고랑을 쥐여 주면서요. 진정시키려고 몸싸움까지 했는데 결국 못 말렸어요."

율리안이 엉망으로 잘린 은발을 마구 흐트러트렸다.

"죄송해요."

"무슨 소리를 하는 겁니까? 율리안이 잘못한 게 뭐가 있다고."

그가 최선을 다했음은 초죽음이 된 얼굴이 알려 주고 있었다. 나는 진심으로 율리안이 안쓰러워 그의 어깨를 두드려 주었다.

"그런데 엘과 율리안이 싸우면 율리안이 지는 겁니까?"

참아야 했는데, 불쑥 솟아나는 궁금증에 무심코 질문을 뱉어 버렸다.

율리안이 눈을 번뜩이며 나를 째려보았다. 상당히 자존심 상한 얼굴이었다.

"하! 아니거든요. 그 자식은 신전의 얼굴이니까, 눈탱이 밤탱이 되면 곤란해서 제가 봐준 거거든요."

"음…… 그렇군요……."

"젠장! 진짜라고요!"

"괜찮습니다. 패배는 부끄러운 게 아닙니다."

"아, 봐준 거라니까!"

율리안이 원통한 듯 주먹으로 가슴을 쳤다. 두 사람의 몸싸움 전말이 궁금해졌지만, 말만 들어도 심각해 보이는 엘의 상태가 더 급했다.

나는 한 번 더 손목을 내밀며 재촉했다.

"자, 채우세요."

그냥 따라가도 되지만, 엘의 방식을 따라 주고 싶었다. 그게 어딘가 잘못되었더라도.

"……죄송합니다."

철컥.

율리안은 잠시 주저하다가 결국 내 손목에 수갑을 채웠다. 쇳소리와 함께 서늘함이 손목을 감쌌다.

"아, 율리안. 사람 기절시켜 본 적 있습니까?"

"네?"

이왕 납치당할 거라면 제대로 당해야 하지 않겠나. 나는 내 목뒤의 예민한 혈을 짚어 그에게 보여 주었다.

"여기를 세게 내리치면 뇌가 충격을 받아서 사람이 정신을 잃어요. 그런데 율리안의 힘이 제게 충격을 줄 수 있을지 모르겠……."

"저더러 공녀님을 기절시키라고요?"

율리안이 기겁하며 붕붕 소리가 날 정도로 세차게 고개를 저었다. 그 모습이 젖은 털 말리는 강아지 같았다.

"전 못 해요! 제가 공녀님을 어떻게 때려요! 게다가 그 미친놈이 공녀님 털끝하나라도 건드렸다간 신전 뒷산에 생매장할 거라고 엄포를 놨단 말이에요! 아니, 그런데 수갑까지 주고 납치해 오랬으면서 건드리지는 말라고 하는 건 대체 무슨심보지? 어쩌라는 거야, 미친놈아? 하나만 해야 할 거 아니야, 하나만!"

쾅! 쾅!

말이 이어질수록 그러데이션으로 분노한 율리안이 분을 못 이겨 주먹으로 벽을 쳤다. 나는 그 광경을 보며 은은하게 미소 지었다. 파워도 나쁘지 않고, 주먹을 뻗는 자세도 예사롭지 않다. 쌈박질 좀 해 본 폼이었다.

'어림도 없겠군.'

하지만 저 정도 힘으로는 절대 나를 기절시키지 못했다.

가장 예민한 혈을 정면으로 가격당해도 기절하긴커녕 효도 안마나 받은 셈이 될 터였다. 애초에 소드 마스터의 육체를 힘으로 기절시킬 수 있는 사람이 이 대륙에 얼마나 되겠느냐마는.

'어쩔 수 없네.'

"율리안."

"후…… 네?"

"저는 지금부터 기절을 할 겁니다."

"……느에?"

나는 엉겁결에 수갑을 부수지 않기 위해 조심조심 움직여 목뒤에서 오른손에 날을 세웠다.

"율리안은 절 납치해 가지 않으면 곤란한 거겠죠?"

"네…… 그 자식이 절 산 채로 잡아먹으려고 할 거예요…… 또 얼마나 지랄 염병을 떨고 개처럼 짖어 댈지…….."

"스스로 기절할 테니까, 절 신전으로 납치해 주세요. 뒷일은 제게 맡기시고요."

순순히 수갑을 찬 채 스스로를 기절시키는 걸 '납치'라고 부를 수 있을지는 모르겠지만 말이다.

나를 멍하니 바라보는 율리안의 연보랏빛 눈동자에 순식간에 물기가 차올랐다.

"라께서도 무심하시지……. 이런 좋은 분께 왜 미친놈들만 꼬이는 건지……."

율리안이 감격한 표정으로 눈가를 닦았다. 표정 변화가 참으로 드라마틱했다.

'이게 율리안이지.'

솔직하고, 활발하며, 조금은 얄밉지만 미워할 수 없는 사람. 그답지 않게 분위기가 가라앉아 있어서 조금 낯설었는데 이제야 원래의 율리안 같았다.

"그래도 귀엽지 않나요?"

"네? 누가요? 제가요? 물론 제가 천하제일 귀염둥이긴 한데."

"아니, 엘 말이에요."

"……?"

율리안의 두 눈이 공허해졌다. 곧이어 그가 검은 동공을 부풀렸다. 외계의 언어라도 들은 듯, 내 말의 뜻, 의미, 형태 구조 모두 이해하지 못했다는 얼굴이었다.

나는 머쓱하게 웃었다.

"그냥 와 달라고 해도 갈 텐데, 이런 말도 안 되는 짓까지 벌이며 심술부리는 게 조금 귀엽게 느껴져서요. 정상적인 방법을 모르는 게 안쓰럽기도 하고요."

"예?"

그는 이제 가늠할 수 없이 깊은 우주를 헤매는 미아의 얼굴이 되었다. '미친 건가?'라는 물음이 가득한 연보랏빛 두 눈이 부담스러워서 슬쩍 고개를 돌린 순간, 율리안이 혼잣말처럼 중얼거렸다.

"같이 미쳐 있어서 미친놈들이 꼬이는 걸지도……."

……뭔가 기분 나쁜데?

설핏 눈을 흘기자 빠르게 시치미를 뗀 그가 내게로 두 팔을 벌렸다.

"이쪽으로 쓰러지세요. 잡아 드릴게요."

나는 피식 웃음을 흘렸다. 납치 자작극이라니. 이게 뭐 하는 짓인가 싶으면서도 한 편의 희극을 연기하는 듯 유쾌했다.

목덜미를 매만지며 가격할 부근을 정확히 가늠했다. 한 번 더 쳐야 하는 기분 더러운 상황이 없도록 단번에 끝낼 생각이었다.

'아, 참.'

나는 대기 중인 율리안을 바라보았다.

"아리아가 당신에게 말을 전해 달라고 했습니다."

내 시선에 고개를 갸웃하던 그는 순식간에 표정이 굳어졌다. 형용할 수 없는 감정들이 그의 두 눈에서 너울거렸다. 그에게선 처음 보는 표정이었다.

'율리안. 율리안 달타냥. 내가 있든 없든 인생을 즐기면서 자기 멋대로 살고 있

겠지만, 내 안부 정도는 궁금해하겠지. 그 사람한테 전해 줘.'

"당신은 내 결핍이 마음에 든다고 했지만, 나는 결핍 있는 인간으로 남고 싶지 않아."

"……."

"나는 이곳에서 더 나은 사람이 되어 돌아갈 거야. 여전히 구멍투성이이겠지만, 전보다는 구멍이 적어져서 말이야."

그 말을 전할 때 한없이 반짝이던 아리아의 하늘색 눈동자가 떠올랐다. 아리아는 자신이 할 수 있는 일이 있다는 사실에 그 어느 때보다 기뻐하는 것 같았다. 그래서 지나가는 소리로도 말리지 못했다.

"그러니 당신도 그 자리에서 만족하지 마. 더 나은 사람이 돼."

"아……."

담백한 목소리로 아리아의 마음을 전했다.

나는 율리안이 자신의 감정을 수습하지 못해 어쩔 줄 몰라 하는 모습을 그때 처음 보았다. 율리안과 아리아 사이에 내가 모르는 서사가 잔뜩 있는 것 같았다.

"그리고 보고 싶어도 참으랍니다. 괜히 미친 짓 하지 말고."

조금 장난스럽게 내뱉은 말에야 그가 간신히 표정을 정리하고 헛웃음을 쳤다.

율리안이 침을 삼키고 마른세수했다.

"그 사람은 늘 어려운 것만 요구하네요. 그 비상한 머리라면 내가 해내지 못하리라는 걸 이미 알고 있을 텐데."

"글쎄요. 제가 아는 아리아는……."

나는 그를 향해 부드럽게 웃었다.

"불가능한 것은 요구하지 않습니다. 아리아는 뛰어난 사업가니까요."

아리아는 지는 게임엔 눈길조차 주지 않는다. 그녀가 돈이든, 기대든, 마음이든, 뭐라도 건 곳엔 반드시 열매가 있었다.

"자. 그럼 사담은 이쯤 하고, 저 이제 기절합니다."

표정을 보이지 않으려 필사적으로 고개를 숙인 사람 앞에서 얼쩡거리는 취미는 없다. 나는 곤혹스러워하는 율리안을 위해 빠르게 기절해 주기로 했다.

"운반 잘 부탁합니다, 친구."

나는 내 목덜미를 정확하게 가격했다.

파사삭.

빠악!

집중하느라 힘 조절에 실패해 수갑을 끊어 버렸지만, 그래도 목덜미는 제대로 강타했다. 내 눈앞에 별이 핑 도는 건 두 번 경험하고 싶지 않을 만큼 불쾌했다.

둔탁한 통증이 퍼지고, 나는 중심을 잃었다. 의식을 잃기 전 마지막으로 본 것은 무너지는 나를 받아 내는 율리안의 복잡한 빛이 어린 얼굴이었다.

은은한 가로등 불빛 하나만이 비추고 있는, 수도의 어두운 골목길.

율리안 달타냥이 정신을 잃은 카슈미르 크리시스를 안아 들었다. 사람의 무게가 가볍지는 않을 텐데, 살면서 들어 봤을 무거운 것이라곤 성서뿐일 태양신전의 고상한 대신관치고는 지나치게 가뿐해 보였다.

"곤란하네."

그가 중얼거렸다. 평소의 발랄하고 높은 미성은 온데간데없고, 성인 남성의 차분하고 낮은 중저음만이 그곳에 있었다. 율리안을 아는 이들이 그 목소리를 들었다면 그인 줄 모르고 지나쳤을 정도로 평소와 차이가 극심했다.

희미한 불빛을 받은 카슈미르의 얼굴을 꽤 오랫동안 내려다보던 율리안은 문득 골목길 한편의 물웅덩이로 시선을 돌렸다.

유리 같은 수면에 자신이 비쳤다. 엉망으로 잘린 은발이 가장 먼저 눈에 띄었다. 사선으로 잘린 앞머리 하며 길이가 다른 옆머리까지, 규칙적인 것이라고는 하나도 없었다. 카슈미르가 보자마자 경악한 것도 무리는 아니었다.

얼굴을 덮은 상처들을 가만히 살펴보던 율리안은 음울하게 빛나는 자신의 연보랏빛 눈동자에 시선을 고정했다. 보라색은 두 눈에 담기기 대단히 어려운 색깔이었다. 전 대륙을 통틀어 가장 희귀한 건 단연 크리시스의 피를 이은 이들에게만 전해진다는 붉은 계열의 눈동자이겠으나, 그다음으로 희귀하다고 주장하기엔 손색이 없었다.

보랏빛 눈동자를 가지고 태어나는 존재는 딱 세 종류다.

첫째, 아주, 아주 희귀한 돌연변이. 둘째, 추운 북부 극지방의 원주민 혈통 중 극소수. 셋째, 은빛 늑대족.

율리안은 대외적으로 첫 번째라고 알려져 있지만, 정확한 진실을 아는 사람은 율리안과 그의 부모를 제외하고 단둘뿐이었다.

그의 부친은 그에게 보랏빛 눈동자를 선물했다. 그것만으로도 범상한 핏줄은 아니건만, 율리안은 모계 쪽 핏줄마저도 평범하지 않았다.

신전에 들어가는 이들은 신 앞에서 모두가 평등함을 인정하며 성을 버린다. 하지만 비밀로 해야 한다는 규율이 있는 건 아니어서 드문드문이나마 알려져 있는 것이 보통이건만, 신전에서 뼈가 굵은 신관들조차 율리안의 성씨를 몰랐다.

율리안 달타냥. 그것이 그의 진짜 이름.

본거지가 아닌 솔라티네 제국에서마저 익히 알려진 이름이지만, 내세우지도, 밝히지도 않았다. 특별한 사연은 없다. 아니, 있긴 하지만 그것이 이유는 아니다. 이름의 본질은 다른 것과 구별하기 위한 말 아닌가? 그럼 하나면 충분하지 않나.

율리안. 그 정도로 충분하다. 성까지 붙이고 다니는 건 무겁게 느껴졌다.

그는 많은 것을 놓았고, 망각했다. 이 정도 무게, 이 정도 성격, 이런 사람이면 충분하다고 생각했다. 이대로 만족했다. 이루고 싶은 것도, 더 나아지고 싶은 생각도 없었다.

'그러니 당신도 그 자리에서 만족하지 마. 더 나은 사람이 돼.'

하지만 그 말이 머릿속에서 메아리치는 건 왜일까.

카슈미르와 아리아, 두 사람은 자꾸만 나아가려고 한다. 그리고 그에 그치지 않고, 주위 사람들도 이끌고 나아가려 했다. 고착되는 것이 죄인가? 그저 그런 사람으로 남으면 안 되는 걸까? 율리안은 성장할 수 없는 사람도 존재한다고 생각했다. 자신이나 엘리오르처럼 말이다.

그는 여기서 더 나아질 수 없다. 이곳이 그의 한계다. 그저 그뿐이었다.

하지만 아리아 크리시스는 자꾸만 그가 더 좋은 사람이 되고 싶게 만들었다.

그녀에게 더 좋은 사람이 되어 주고 싶었다.

"정말 곤란해……."

율리안이 천천히 고개를 젖혔다. 목덜미에 차가운 밤바람이 감겼다.

'대체 제 어느 부분이 흥미를 끈 거죠?'

처음 만난 그날, 첫눈에 반했다는 율리안에게 아리아는 물었다.

'결핍이요.'

첫눈에 반했다는 말은 거짓말이었지만, 그 대답만큼은 진심이었다.

구멍이 잔뜩 뚫려 성한 곳을 찾기가 더 어려운 두 눈으로 카슈미르만 바라보는 그녀에게 흥미가 동했다. 그리고 조금은 동질감을 느꼈다.

저러다가 언젠가는 완전히 무너져 버리겠지. 그 모습도 꽤 재미있을 거라고 생각했건만.

아리아 크리시스는 율리안의 예상을 짓밟고 점점 더 나아졌다. 카슈미르를 향한 집착을 건강한 사랑으로 서서히 바꾸어 나갔고, 새장에 남아 있지 않고 자신이 할 수 있는 일들을 찾기 시작했다. 정녕 결핍이 그의 마음을 사로잡은 것이라면, 그 구멍들이 메워지기 시작한 순간부터 그녀에게서 흥미가 떨어졌어야 옳다.

그러나 율리안은 그녀가 온전해질수록 더더욱 빠져 들어갔다.

헤어지더라도, 배신을 당해도, 불시에 사라져도 이윽고 '괜찮아.'라고 할 수 있는 정도가 좋은데…….

'그리고 보고 싶어도 참으랍니다. 괜히 미친 짓 하지 말고.'

……그 말을 지킬 자신이 없는 걸 보니 이미 늦은 것 같다.

"에이 씨. 늦었다고 욕 처먹겠네."

안 그래도 엉망인 머리칼을 더 엉망으로 흐트러트린 율리안은 카슈미르를 조심스럽게 고쳐 안으며 발걸음을 옮겼다.

밤이 깊어지는 만큼 수심도 깊어져 갔다.

"어우……."

나는 방망이로 두드려 맞은 듯 욱신거리는 목덜미를 부여잡았다.

젠장. 기절할 때 너무 세게 친 모양이었다.

스륵.

미지근하게 식은 손이 내 뺨을 쓸었다. 간지러운 감촉에 솔솔 잠이 왔지만 억지로 눈을 떴다. 코앞엔 낯선 얼굴이 있었다.

이게 누구지?

깜빡.

깜빡깜빡.

내가 뭘 잘못 봤나 싶어서 몇 번이고 눈을 깜빡였지만, 달라지는 건 없었다. 짧은 시간 동안 수많은 생각이 머릿속을 스치고 지나갔다.

뭐지? 율리안이 나를 신전으로 데려온 게 아닌가? 설마 새우잡이 배에 팔아 버린 건가? 눈을 뜨면 눈앞엔 엘……이 있을 거라고 생각했는…….

아니, 잠깐만.

"어?"

덥석.

나는 양손을 뻗어 그 얼굴을 감싸 쥐었다. 스스로를 기절시키다가 끊어 먹은 수갑의 쇠사슬이 달랑거렸지만 신경 쓸 겨를이 없었다.

"어, 어?"

언어를 모르는 짐승처럼 둔한 신음만 뱉으며 그의 얼굴을 마구 더듬었다.

남자는 표정 변화가 없었다. 감정을 읽을 수 없는 얼굴로 나를 내려다볼 뿐이었다. 소년은, 아니, 청년은 어두웠다. 짧게 깎인 머리칼도, 빛 한 점 들지 않는 두 눈도 칠흑빛인 가운데, 피부는 희게 질려 있었다. 비현실적인 아름다움과 겹쳐져 살아 있는 인간이기보다는 섬세하게 깎은 저주 인형 같았다.

나는 그를 모른다. 하지만 알고 있다. 정확히는 그의 과거를 알았고, 지금과는 아주 다른 미래를 알고 있었다. 과거의 음울한 소년과 눈앞의 청년이 겹쳐졌다.

"거, 검정아?"

엘리오르 라. 그 신성하고도 고귀한 교황의 이름이 생기기 전, 이름이 없던 그에게 붙여 주었던 투박한 별명이 저절로 튀어나왔다.

"아니, 어? 이러, 이렇게 생기면 안 되지 않나? 어?"

"······."

"머리, 머리가 왜? 분명 길었는데, 자른, 아니, 교황 머리 색은 하늘색······일 텐데? 이게······ 막 검게 변해도 되나? 눈도······ 눈을 염색할 수 있나? 아니······ 은색이었는데? 변했다가 돌아올 수도 있는 건가?"

더듬더듬더듬더듬.

눈으로 본 것을 뇌로 이해할 수가 없다. 실체인지 확인하기 위해 마구 더듬었다. 생각을 거치지 않은 행동이었다.

눈앞의 남자는 분명 엘이다. 내가 착각할 리 없었다. 느껴지는 기운과 후각을 잠식한 백합 향, 모두 엘의 일부였다.

"엘, 아니, 거, 검정······."

정신을 차리지 못하고 헤매고 있었을까, 아무런 반응 없이 내 손길을 받아 내

　　　　　　　　　　　　　　　　충직한 검이 되려 했는데 4

고 있던 그가 고개를 기울여 내 손에 뺨을 댔다. 앙상해진 탓에 도드라진 뼈가 그대로 느껴졌다.

"당신은 나를 동정했어요. 그렇죠?"

낮게 가라앉은 목소리가 방 안을 울렸다. 원래대로라면 기다란 하늘색 머리칼이 내 손을 넘어 손목까지 간지럽혔을 텐데, 지금은 투박한 검은색 머리칼이 손끝을 간신히 스칠 뿐이었다.

그가 천천히 고개를 들었다. 같은 사람인데 인상이 이렇게까지 달라질 수 있는 건지, 천사 같던 얼굴이 지금은 인간을 홀리는 악마 같았다. 음울한 흑안이 천천히 내리깔렸다. 속눈썹까지도 검게 변해서 그림자가 더욱 짙어 보였다.

"그때는 당신에게 동정받는 게 싫어서 미칠 것 같았는데……."

"……."

"생각이 달라졌어요."

그가 끊어진 수갑이 달랑거리는 내 손목을 잡았다. 그리고 아주 희미하게 난 붉은 자국 위에 입술을 붙였다가 뗐다.

"검정이라고 불러 주세요."

"……."

"불쌍히 여겨 주세요."

그의 입가엔 희미한 미소가 피어났지만, 눈은 웃지 않았다.

"동정은 사랑으로 착각하기 가장 좋은 감정이니까."

어디서부터 잘못된 건지 감도 오지 않았다. 뒷골이 송연해지고, 등에 식은땀이 솟아났다. 과거를 모른 척해 달라고 했던 엘이다. 그는 신전에서 따돌림당하다가 내게 도움을 받았던 그때를 견딜 수 없어 하는 것 같았다.

지금에서야 천천히 나아지고 있는 듯했는데. 그가 자기 손으로, 직접 그때의 모습을 취했다. 하지만 그것이 극복을 의미하진 않았다.

"내가 세상에서 가장 불쌍해지면 그때는 내 곁을 떠나지 않을 거죠? 교황 자리를 내려놓고 어디로든 떠나 볼까요? 어디가 좋아요? 암브로시오? 북부? 아니, 아예 이 대륙을 나갈까?"

"엘."

"검정이라고 불러 달라고 했잖아요."

그가 무미건조하게 속삭였다. 나는 목울대를 울렁이곤 그의 양 뺨을 더 강하게 감싸 쥐었다.

"늦어서 미안합니다. 한 달 반이나 걸렸던 건……"

"알아요. 말하지 마요."

끼익.

그가 내 머리 옆 침대를 짚었다. 침대가 살짝 기울었다. 그의 흰 손에 굵은 핏줄이 섰다.

"내가 이해해야겠죠? 그 지옥 같았던 한 달 반 동안, 당신이 죽었을지도 모른다는 생각에 광증을 앓던 하루하루를 잊고 잘 다녀왔다고 해 줘야겠죠? 당연히 그래야지, 인간 새끼라면. 당신은 큰일을 하고 왔고, 당신이 늦은 게 당신 잘못도 아니죠. 두려움도, 그리움도 멋대로 품어 버린 나의 몫. 그것은 당신에게 표출할 것이 아니고, 혼자서 처리해야 하는데……"

"엘리오르."

"싫어요……"

톡.

내 뺨 위로 눈물방울이 떨어졌다. 끓는 물에 닿은 듯 살갗이 달아올랐다.

"나는, 당신과의 이별에 익숙해지고 싶지 않아요."

"……"

"극복하고 싶지 않고, 할 자신도 없어요……"

눈물을 떨어뜨리는 검은 눈은 어린 날의 그보다 더 짙고 암울했다.

그는 그날로부터 전혀 자라지 않았다. 어쩌면 퇴화했는지도 모르겠다.

충직한 검이 되려 했는데 4

그가 한 손으로 내 두 손목을 묶듯 움켜쥐었다.

"그냥 영원히 이곳에 있으면 안 돼?"

"……."

"나가지 마. 내 곁에만 있어. 나아가지도, 성장하지도 말고 이곳에만 있자."

"……."

"제발……."

그가 무너지듯 내 품에 얼굴을 묻었다. 눈물로 젖어 가는 가슴팍엔 불길이 번졌다.

"나랑 영원히 이곳에 있어 줘……."

검정이라고 불러야 할지, 엘이라고 불러야 할지 모를 남자가 애원했다.

사면이 하얀 벽지로 도배되어 숨 막히도록 창백한 방 안. 이따금 엘, 아니, 검정이 가쁘게 숨을 들이쉬는 소리만 울려 퍼졌다. 나는 천천히 입을 열었다.

"……그래."

쓱쓱.

그의 머리를 가만히 쓰다듬어 주었다. 과거의 다듬어지지 않았던 매무새까지 재현한 건지, 짧은 뒷머리는 그의 손으로 직접 깎은 듯 투박했다.

"그러자."

그의 턱을 쥐고 들어 올렸다. 내 품에 얼굴을 묻고 있던 그는 움찔하며 처음엔 저항하는 듯싶더니 곧이어 버티는 힘을 풀고 내 손길을 따라 얼굴을 들었다. 하얀 얼굴엔 눈물이 가득 번져 있었다. 동공과 홍채를 구분하기 어려울 정도로 검은 눈은 공허했다. 그조차도 뛰어난 예술가가 고안한 메타포 같으니, 흑백만을 사용해 구현할 수 있는 아름다움 중 최고라고 불러도 과분하지 않았다.

처음에는 엘의 얼굴을 하고서 검정의 색깔을 취하고 있는 것이 부단히 어색하게 느껴졌는데, 이제는 알겠다. 애초에 하늘빛 머리칼도, 은색 눈동자도 모두 교황의 색깔일 뿐이었다는 걸. 이것이 그의 진짜 모습이다. 수정할 필요 없는 그의 색조였다.

"영원히 같이 있자."

나는 그의 귓가에 나직하게 속삭였다.

"……뭐?"

그의 몸이 딱딱하게 굳었다. 전혀 예상치 못한 대답을 들었다는 듯한 얼굴이었다.

그러거나 말거나, 나는 그의 뺨을 감싸 쥐고 얼굴을 살폈다.

"왜 다친 거야?"

처음엔 정신이 없어서 몰랐는데, 가까이에서 보니 그의 얼굴엔 드문드문 잔상처들이 나 있었다. 특히 턱에서부터 목덜미로 이어진 시퍼런 멍은 보기만 해도 아팠다. 신전 내에서 따돌림을 당하던 소년과 겹쳐 보였음은 말할 것도 없었다.

'율리안이 맞기만 하진 않았나 보군.'

아무래도 율리안과 싸우다가 난 상처들 같은데.

상태는 율리안이 더 심각했지만 엘도 멀쩡하진 않았다. 하기야, 율리안의 성격을 생각해 보면 절대 혼자 죽진 않았을 거다. 독기 가득한 기세로 발가락이라도 물어뜯었겠지.

저 멍은 율리안의 어퍼컷으로 인해 생긴 것이 분명했다.

그는 자신의 얼굴을 매만지는 나를 멍한 눈으로 바라보았다.

"신성력으로 치료하면 바로 사라지겠지만, 오랜만에 내가 치료해 줘도 될까?"

나는 침대를 짚으며 몸을 일으켰다.

"가, 가려고……?"

덥석.

상체를 일으켰을 뿐인데, 그는 내가 도망치기라도 하는 것처럼 황급히 나를 붙잡았다. 그의 손이 덜덜 떨리고 있었다. 불안하게 흔들리는 흑안을 보며 나는 낮게 웃었다.

충직한 검이 되려 했는데 4

"왜 이래? 알잖아. 내가 한 번 한 말은 지킨다는 거."

"……."

"불안하면 약속할까? 네가 허락하기 전까진 이 신전을 떠나지 않을게. 어기면 바늘 백 개 삼키기."

거짓말을 한다는 건 입으로 가시를 뱉는 것과 같아서, 약속을 지키지 않을 경우 뱉은 가시 대신 바늘을 삼켜야 한다. 어디선가 들은 그 말을 어린 그에게 들려준 적이 있었다.

그 이후 우리의 약속은 '지키지 않으면 바늘 백 개를 먹어야 한다'라는 순진한 잔악함이 뒷받침되었다. 그 조건을 전제로 한 약속은 한 번도 어긴 적 없었다.

"같이 있을게. 약속해."

나는 그의 손을 끌어와 새끼손가락을 마주 걸며 부드럽게 웃었다.

"그러고 보니 본격적으로 신전에서 묵는 건 처음이네."

"……."

"여긴 별관이지? 이 방은…… 내 취향은 아니네."

나는 굳어 버린 그를 뒤로한 채 태평하게 두리번거렸다.

가구들은 고급이었지만 병적으로 하얗고 깨끗해서 부담스럽게 느껴졌다.

서너 시간쯤 잠들었던 건지, 작게 난 창문 밖은 아직 어두웠다. 곧 동이 틀 것 같았지만.

"네 방 구경하고 싶어."

나는 자리에서 벌떡 일어나 그를 잡아끌었다.

"데려가 줘."

한참 넋을 놓고 있던 그가 입술을 짓씹었다. 서늘한 두 눈이 나를 노려보았다.

"난, 장난하는 거 아니야."

"당연히 그래야지. 이게 장난이라면 정말 화낼 테니까."

나는 그보다 더 진지하게 얼굴을 굳혔다.

이런 것으로 장난이라니, 너무 고약하다. 만약 이게 장난이라면 나는 한동안 그를 보지 않을지도 몰랐다.

"설마 이곳에만 있어야 하는 건 아니지? 신전 안에 있는 네 방 정도는 괜찮잖아."

"……."

"이전부터 한 번쯤은 가 보고 싶었거든."

나는 의자에 못 박힌 듯 앉아 있는 그를 재촉하듯 잡아당겼다.

"검정아, 어서."

그의 머리는 상황의 흐름을 따라잡지 못한 것 같지만, 그의 몸은 '검정'이라는 호칭에 곧바로 반응했다. 그가 반사적으로 보일 만큼 빠르게 몸을 일으켰다.

"옳지. 가자."

나는 환하게 웃으며 그를 이끌고 방을 나섰다.

—◦◦◦—

그는 별관을 나올 때까지 이성 없는 인형처럼 앞장서서 걷는 나를 졸졸 따라오기만 했다. 내가 별관을 나가는 출구를 몰라 헤맬 때도 조언 한마디 건네지 않고 하염없이 나를 바라볼 뿐이었다. 나는 몇 번 길을 잘못 든 끝에-아직 새벽이라 복도에 사람이 없던 게 천만다행이었다. 크리시스 공녀가 교황을 강아지 산책시키듯 끌고 다니는 모습은 대단히 기이할 테니,- 마침내 별관을 나왔다.

"여기서부터는 네가 인도해 줘."

나는 맞잡은 손으로 그의 손등을 툭툭 두드렸다.

그가 고개를 땅에 처박을 듯 푹 숙였다. 어두운 밤하늘을 배경으로, 칠흑 같은 그의 머리칼이 밤바람을 타고 비산했다.

"……무슨 생각이에요?"

"너랑 영원히 여기 있을 생각?"

"장난하지 마요!"

날카롭게 언성을 높인 그가 고개를 들었다. 붉게 무른 눈가가 아직 가라앉지도 않았는데 또 눈시울이 붉어졌다.

"그런 게…… 가능할 리가 없잖아요……."

그의 목소리는 혼란스러움으로 가득했다.

"네가 그러자고 했잖아."

"하지만……!"

"물론 현실적으로 어렵고, 여러 가지 애로 사항이 있지. 하지만 정말 바란다면 그 정도는 감수해야 하는 거잖아. 왜 그런 반응을 보이는 거야?"

나는 그와 똑바로 눈을 맞추었다. 검은 눈이 갈피를 잡지 못하고 흔들렸다. 그는 이빨을 드러낸 맹수보다 신중히, 유리로 만든 꽃보다 조심스럽게 다뤄야 했다.

"뭘 바라는 거야, 검정아?"

자신이 바라는 것이 뭔지, 자신의 마음이 어떤지 알지도 못하면서 내 손만큼은 놓지 않겠다는 듯 으스러져라 쥔 그의 악력이 안쓰럽고 사랑스러웠다.

산산이 깨진 유리 조각처럼 날카로운 광기도, 덩달아 흔들리게 만드는 위태로움도 싫어할 수가 없었다.

"나는……."

그가 유독 날카로운 송곳니로 자신의 입술을 괴롭혔다. 언젠가 맞대어 보았던 당시의 입술은 분명히 말랑하고 부드러웠건만, 지금은 거칠게 갈라져 있었다.

"……날이 춥다."

나는 가만히 그를 기다리다가 고개를 까닥였다.

재촉하고 싶지 않았다. 그가 내게 대답을 바라지 않았던 것처럼.

"우선 들어가자."

그는 그제야 느린 발걸음으로 앞장서 나아갔다.

"교, 교, 교, 교, 교황, 서, 서어, 서엉하?"

우리가 간혹 보초를 서던 성기사들을 마주칠 때마다, 그들은 엘의 얼굴을 보고 금방이라도 거품을 물 듯 기겁했다. 낫을 든 사신을 만나도 저렇게 격한 반응이 나오진 않을 것 같았다.

"수고들 하십니다."

"허억. 크, 크, 크리시잇스……."

그의 방으로 이동하는 잠시 동안 내 이름은 '크크리시히익'이 되기도 했고, '크흐어억끅'이 되기도 했다. 내 이름을 제대로 부른 사람은 아무도 없었다.

성기사들은 머리 색이 변한 엘과 그의 손을 잡고 뒤따르는 나를 보고 눈이 뒤집어졌다. 그들은 하나같이 죽음을 예감한 사람처럼 새파랗게 질린 얼굴로 눈을 질끈 감았다.

쌩.

하지만 엘은 그들에게 눈길조차 주지 않고 스쳐 지나갔다. 나는 그를 졸졸 따라가면서도 슬쩍 뒤를 돌아보았다.

"사, 살았…… 산, 건가? 어떻게 살았지? 이미 죽은 건가?"

그들은 엘을 마주쳤을 때보다 더 경악스러운 얼굴로 자신의 목을 더듬었다. 붙어 있는 게 믿기지 않는다는 듯이.

나는 엘의 옆구리를 쿡 찔렀다.

"너 성기사들 삥 뜯고 다니냐?"

"……."

엘은 짜증스럽게 성기사를 돌아보았다. 살려 줬더니 성가시게 한다는 눈빛이었다.

"흐아아악!"

펄쩍 뛰어오르듯 몸을 떤 성기사는 팔과 다리를 함께 뻗으며 눈 깜짝할 사이

충직한 검이 되려 했는데 4

에 사라져 버렸다.

'그래…… 맞고 다니지 않으니 됐다.'

나는 반쯤 체념했다.

"여기가 네 방이구나."

엘과 눈도 마주치지 못하고 벌벌 떠는 교황 직속 성기사들을 지나 드디어 엘의 방에 도착했다.

교황의 방답게 방문부터 범상치 않았다. 대리석 위에 조각된 태양신 라와 태양 만다라의 형상이 얼마나 섬세한지는 말할 것도 없고, 심지어 손잡이는 다이아몬드로 만들어져 있었다.

"……아무래도 안 될 것 같아요."

손잡이를 잡고 한참 동안 머뭇거리던 엘이 결국 고개를 저었다.

그는 오는 길에도 꼭 자신의 방으로 가야겠냐고 몇 번씩이나 물었다. 만사에 거침없는 그답지 않았다. 나는 고개를 기울였다.

"싫어? 음, 역시 개인적인 공간에 날 들여보내는 건 불편하려나."

"그럴 리가 없잖아요."

그는 단호하게 고개를 저으면서도 여전히 주저하고 있었다.

"그럼 왜 그러는 거야?"

나는 방문 앞을 기웃거렸다. 장소야 아무래도 상관없지만 그의 반응 때문에 괜히 더 궁금해졌다. 나를 힐끗 본 그는 한숨을 푹 쉬며 정말 어쩔 수 없다는 듯 느리게 손잡이를 돌렸다.

끼익.

방문이 부드럽게 열렸다. 복도의 빛이 어두운 방 안을 희미하게 비췄다. 방은 웬만한 귀족 가문 저택의 홀보다 더 컸다.

하지만 내가 경악한 건 그 때문이 아니었다.

"……이게 네 방이야?"

"……네."

그가 내 시선을 피했다.

방 안엔 조명이 꺼져 있었다. 비단 사람이 없기 때문만은 아니었다.

천장의 샹들리에가 폭탄이라도 맞은 것처럼 개박살이 나서, 방을 밝히고 싶어도 밝힐 수가 없었다.

"이게 방이라고?"

"……."

그의 고개가 점점 더 내려갔다. 나는 그의 체향보다 더 강하게 풍겨 오는 독한 와인 냄새에 코와 입을 막으며 내부를 둘러보았다.

이곳에서 검투사들이 혈전을 벌였다고 해도 믿을 수 있을 정도다. 아니, 그 정도 상황이 아니면 이 꼴을 설명할 수가 없었다.

방 안 기구 대부분이 형체를 알아볼 수 없을 만큼 박살 나 있었고, 여기저기에 술병과 종이들이 나뒹굴고 있었다.

"아니. 이건 방이 아니야."

"……."

"우린 이걸 방이라고 부르지 않아."

나는 엄숙한 표정으로 그를 돌아보았다.

"자, 따라 해 봐. 쓰레기장."

"……."

"쓰레기장."

"……쓰레기장."

"그렇지."

나는 단호하게 선언했다.

"이건 쓰레기장이야."

"……."

"당장 대걸레 좀 가져와, 검정아."

교황한테 대걸레 심부름을 시키는 건 영 그랬지만, 지금 나는 개판인 방 안 꼴을 해결하는 것이 가장 중요했다.

나는 엘의 방을 도저히 두고 볼 수 없었다.

우선 굳게 닫힌 커튼부터 열어젖혔다. 방 안으로 떠오르는 여명의 빛이 새어 들어왔다. 밝아질수록 엉망인 꼴이 더욱 선명하게 보일 뿐이었지만. 마음 같아선 청소부를 했던 경험을 살려 바닥을 직접 박박 닦고 싶었지만, 그렇게 하면 엘이 수치심을 이기지 못하고 자결할 기세였다.

나는 엘의 호출로 눈썹 휘날리게 달려온 청소를 맡기고 한발 물러나 있기로 했다.

"여태껏 교황의 방을 청소하지 않은 겁니까?"

신전에서 가장 중요하게 관리되어야 마땅한 곳이 이런 꼴이라는 게 도저히 믿기지 않았다.

쓰레기장이란 표현도 찬사다. 이건 그냥 폐허였다, 폐허.

"교황 성하께서 아무도 들어오지 말라고 하셔서……."

시종이 기어들어 가는 목소리로 대답했다. 그 짧은 대답을 하는 데 엘을 열 번쯤 힐끗거렸다. 그 시종뿐만 아니라 모두가 필사적으로 엘의 눈치를 봤다. 정작 엘은 눈앞에 누가 지나가든 아무런 관심 없는 얼굴로 등받이가 날아간 나무 의자에 앉아 있을 뿐인데 말이다.

"허, 허억!"

"이 멍청아! 눈 깔아, 눈!"

"바닥 더 세게 닦아! 다들 죽고 싶어?"

그들로 인해서 이상한 소문이 퍼지진 않을까 염려했지만, 시종들은 엘의 눈에 거슬리지 않기에 바빠서 엘과 내가 한 방에 있는 것은 눈에 보이지 않는 듯했다.

"그, 그럼 저희는 이만 가 보겠습니다!"

청소를 마치고 왔던 것만큼 빠르게 나갈 때의 시종들은 살아 있다는 사실에 감격하는 듯했다. 나중에 내 존재를 깨닫더라도 엘이 무서워서 입을 닫을 게 분명했다.

나는 청소를 마친 방 안을 둘러보았다.

"번쩍번쩍하긴 한데……."

바닥은 광택이 나지만, 박살 난 가구들을 당장 교체할 수는 없는 노릇이었다. 방 안은 허전할 만큼 텅 비어 있었다. 방이 넓어서 더더욱 그렇게 느껴졌다. 그나마 살아남은 건 침대와 책상, 책장 두어 개. 그마저도 멀쩡해 보이진 않았다.

"이야. 매트리스로 단검 던지는 연습 했어? 예술적인데."

"……."

나는 침대에 걸터앉다가 매트리스에서 칼로 푹푹 찌른 듯한 자국을 발견하고 일부러 감탄했다.

그가 두 손에 얼굴을 묻었다. 그의 귓불에는 붉은 기가 희미하게 돌았다.

"검정아. 여기 누워도 돼?"

"……마음대로."

풀썩.

끼기기기긱-

눕자마자 불길한 소리가 울려 퍼졌다. 침대 다리에 금 좀 갔다 싶더니.

그의 고개가 더 깊게 숙여질 때, 나는 피식 웃었다. 엘리오르 라와 그때의 소년이 같은 존재임을 인식하고 있음에도 자꾸만 분리해서 생각했다. 천사 같은 얼굴을 하고 능란하게 구는 교황과 외양도 마음도 검던 소년은 너무 달랐으니까.

'이제야 검정 같네.'

하지만 그의 인간적인 면모를 낱낱이 보게 된 지금, 그 둘이 다르지 않다는 걸 확인한 기분이었다.

"납치했어도 밥은 줄 거지? 오늘 아침은 뭐야?"

나는 그의 침대 위에서 가볍게 발을 굴렀다. 시트에서 올라온 백합 향이 코를 찔렀다. 그가 천천히 고개를 들었다.

"……정말?"

무엇을 묻는지는 분명하다. 이곳에 있어 줄 거냐는 뜻이겠지.

나는 씨익 웃었다.

"응. 정말."

나는 휴양지에서 해먹을 타고 흔들리는 사람처럼 여유롭게 두 손으로 머리 뒤를 받쳤다.

"인간은 믿고 싶은 걸 믿는다는데, 너는 어째서 믿지 않는 걸까?"

"……."

"이리 와."

시종이 가져다준 연고의 뚜껑을 열었다.

그가 느릿한 발걸음으로 다가와 내 옆에 앉았다. 나는 검지로 약을 덜어 그의 상처 하나하나에 조심스럽게 발라 주었다.

"옛날 생각나네."

검정은 하루가 멀다 하고 다른 신관들에게 얻어맞아서 얼굴이 성하지 못했다. 그의 상처를 치료해 주는 건 그의 여동생 앤과 나의 몫이었다.

내 손끝이 오른쪽 눈가에 짧게 난 상처에 닿을 때, 그가 눈을 감았다.

"……당신 손은 그때나 지금이나 따듯하네요."

"……."

"그땐 당신에게 상처를 내보이는 것이 비참하다고 생각했는데, 지금 생각하면 그때가 행복했던 것 같아요."

그래서 동정에라도 기대고 싶다고 생각한 걸까.

그가 스르륵 눈을 떴다.

"영원히 이곳에 있어 주겠다는 말, 어떻게 받아들여야 하는 거예요?"

"있는 그대로."

"……불가능하잖아요."

"이상하네."

나는 그를 똑바로 응시했다. 검은 동공엔 단호한 얼굴을 한 내가 비쳤다.

"네가 정말 원했다면, 불가능하고 자시고를 떠나서 되게 했을 거야. 내가 아는 너는 그런 사람이니까."

그래. 내가 영원히 이곳에만 있는 건 현실적으로 불가능하다.

하지만 내가 아는 그는 안 된다는 말이 무색한 사람이었다. 안 돼도 되게 하고, 아무리 터무니없어도 시도는 해 봤을 것이다. 그는 자신의 뜻을 어떻게든 관철시키는 사람이니까.

"하지만 너는 그걸 원하지 않는 거야. 그렇지?"

부들부들 떨리도록 꽉 쥔 손, 나를 핥듯 탐닉하고 갈망하는 두 눈은 아니라고 비명을 지르는데, 정작 그의 입은 움직이지 않았다.

꼭 행동과 생각, 마음이 제각각 다른 방향으로 뛰노는 것 같았다.

"내가 허락해도 너는 내 양손에 마나 제어구를 달지 않을 거야. 손을 자르는 건 어림도 없지. 이 방문조차 잠그지 않을 거고, 대륙의 패자들을 고용해 주위를 지키게 하지도 않겠지."

"……."

"하고 싶지만, 하지 않을 거야."

그의 손 위에 내 손을 얹고 속삭였다. 그가 내게 무너지듯 기댔다.

"그럼 당신은 행복하지 않을 테니까……."

흔들리는 그의 목소리는 차라리 흐느낌을 닮아 있었다.

그는 선한 사람이 아니다. 신보다 지엄하다고 불리는 그의 옥좌가 세워지기까지 얼마나 많은 사람이 희생되었는지 나 역시 모르지 않았다. 그는 나를 가지고 싶어 했다. 나를 자신의 손 위에 두고, 구속하고 싶어 했다. 자주 불안해했고, 확인받고자 했다. 나는 여태껏 사랑을 몰랐지만, 그렇게나 강렬한 소유욕과 독점욕을 읽어 내지 못할 리가 없다. 이전부터 알고 있었다.

그는 성장하길 원치 않는다. 영원히 나와 이곳에 있고 싶어 했다.

하지만 그러지 않을 것이다.

"내가 어떻게 너를 불행하게 만들어……."

나를 사랑하니까.

누군가의 행복을 자신의 행복보다 중요하게 여기는 것, 그것이 사랑이었다.

"맞아. 그런 너를 좋아해, 나는."

내가 그를 사랑하고 있는 건지는 모르겠다.

하지만 적어도 온 몸짓과 손짓, 눈짓으로 내가 이 세상보다, 그의 신보다, 심지어는 그 자신보다 더 소중하다고 비명을 지르는 그를 싫어할 수가 없었다.

"왜 과거의 동정심 같은 걸 원하는 거야? 나는 지금의 너를 좋아하고 있는데."

스르륵.

나는 그가 왼손 약지에 끼고 있던 반지를 천천히 벗겨 냈다. 그는 나를 으스러 져라 끌어안을 뿐 저항하지 않았다.

화아악-

마력이 그득하게 쌓인 반지가 벗겨짐과 동시에 환한 빛이 터져 나왔다.

사락.

목덜미 절반을 겨우 덮던 그의 머리칼이 길게 늘어졌다. 검은 도화지가 아침 하늘처럼 청명한 하늘빛으로 물들었다. 나는 그 끝자락을 매만졌다.

"이름이 어떻고, 외양이 어떻고, 지위가 어떻든, 내게 너는 너야. 예전의 너도, 지금의 너도……."

그가 고개를 들었다. 속을 읽을 수 없이 검던 눈동자가 새벽이슬의 은빛으로 반짝였다.

"제게는 모두 아름다운걸요."

검정이든, 엘이든. 그는 그일 뿐이다. 그의 과거와 현재 모두 좋았다.

"다시는 이렇게 긴 시간 동안 나를 혼자 두지 말아요."

"네. 적어도 연락은 하겠습니다."

"찌질하게 굴었다고 미워하지 마요⋯⋯."

"그런 당신을 좋아한다니까."

내 품에 안긴 엘이 투정 부렸다. 나는 그의 머리를 안온한 박자로 쓰다듬었다.

"늦는다는 말은 전해 두었습니다. 영원히 이곳에 있진 못해도 오늘은 하루 종일 함께 있어 볼까요?"

"⋯⋯네."

"하고 싶은 거 있습니까? 좋은 곳에라도 놀러 가 볼까요?"

"그냥⋯⋯ 여기 있어요."

웅얼거리는 목소리가 퍽 안쓰럽고도 사랑스러워서 피식 웃을 때였다.

"마들렌 있어요옹. 땅콩 팔아요옹."

쾅!

인기척과 함께 문이 노크도 없이 뜯어지듯 열렸다.

<u>드르르륵.</u>

문을 발로 차서 연 율리안이 태평하게 방 안으로 트롤리를 밀고 들어왔다. 트롤리 위엔 아침 식사로 적당한 가벼운 음식들이 잔뜩 쌓여 있었다.

"오우. 분위기 좋은데? 친구 팔아먹고 정인 얻으니까 좋더냐? 망할 놈 같으니."

율리안이 엘을 보더니 빈정거렸다. 상처투성이인 얼굴이 안쓰럽지 않을 만큼 약 오르는 웃음이 그의 입가에 만연했다.

나를 더 강하게 끌어안은 엘이 이를 으득 갈았다.

"율리안 달타냥⋯⋯."

"뭐⋯⋯. 네가 아침 식사 가져오라며?"

"시종들에게 가져오라고 했을 텐데."

"내가 직접 가져왔다. 처드시라고."

쾅!

율리안이 트롤리를 벽에 갖다 박았다. 오렌지 주스가 든 유리병이 크게 출렁이며 주황빛 액체가 사방으로 튀었다.

"좋은 아침입니다, 공녀님. 드디어 그 자식을 원래대로 돌려놓으셨군요. 외부 정세를 보러 나갈 때도 그 시꺼먼 꼴을 하고 나간다고 해서 열불 나 뒤질 뻔했습니다."

율리안이 이를 악문 채로 눈을 휘었다.

들어 보니 엘이 과거의 외양을 취했던 게 하루 이틀 일이 아닌 듯했다. 하늘색 머리카락은 교황을 대표하건만, 그걸 냅다 검은색으로 칠하고 돌아다녔으니 신전 내의 혼란스러움은 이루 말할 수 없을 터였다.

"놓고 꺼져."

"싫은데. 너만 행복하면 다냐? 어? 네 마음만 마음이야? 누군 아직도 봐야 할 사람을 못 봐서 매일 밤 악몽 꾸고 괴로워하는데?"

핏발 서도록 두 눈을 부릅뜬 율리안이 모서리가 날아간 마호가니 책상에 털썩 걸터앉았다. 기세만 보면 이곳의 지박령 같았다.

"나는 못 나간다. 나를 죽이고 시체를 끌어내라. 우리 함께 불행해지자."

얻어터진 얼굴로 독기 서린 광소를 터트리는 모습은 꿈에 볼까 두려울 지경이었다.

"……소원을 이루어 주도록 할까."

스윽.

엘이 서늘하게 얼굴을 굳히고 자리에서 일어났다. 빳빳하게 세운 오른손 검지와 중지 끝에선 은빛 신성력이 터져 나왔다. 늘 나를 치료해 주던 따스한 힘이지만, 지금 이 순간만큼은 율리안의 목을 베어 낼 살기가 될 것이라는 걸 본능적으로 알아차릴 수 있었다. 그에게선 처음 느껴 보는 위협적인 기세였다.

'아니, 잠깐. 저 정도 기세면 소드 익스퍼트 수준? 어쩌면…… 그 이상?'

나는 경악으로 벌어진 입을 다물지 못했다. 신성력은 공격의 용도로도 사용 가능하다는 건 알았지만 이렇게나 강력할 줄은 몰랐다. 엘이 신성력 운용의 극치에 다다랐다고 할 수 있는 교황이라고 해도 말이다.

하지만 나를 정말 놀라게 한 건 그의 강함이 아니었다.

'엘이 이렇게 강한 사람이라는 걸 이제야 알아차렸다니.'

내가 여태껏 엘과 만난 횟수는 손가락 발가락은 물론, 과장 많이 보태서 머리카락 개수까지 합쳐야 계산 가능했다.

그런데 그 긴 시간 동안 그의 강함을 조금도 알아차리지 못했다니. 범상치 않다는 건 늘 느껴 왔지만, 무력은 일반인 수준이라고 생각해 왔다. 감각만큼은 소드 마스터 중에서도 가장 예민하다고 자신하는 나로서는 놀랄 수밖에 없었다.

'여태껏 신성력의 비밀이 세간에 알려지지 않은 이유가 있었나?'

하기야 신성력을 통한 무위가 겉으로 느껴지는 정도라면 노아나 카이사르쯤 되는 실력자들은 곧바로 알아차렸을 것이다. 아무리 그들이 뛰어나다고 해도 역사상 그런 강자가 없었다는 건 어불성설이니 지금까지 비밀로 지켜져 왔을 리가 없었다.

'붙어 보자고 하면…… 안 되겠지?'

무인으로서 순수한 호기심에 저절로 검에 손이 갔지만, 곧 떼어 냈다. 한판 붙어 보자고 했을 때 그냥 자기를 죽이라고 두 팔을 벌리는 엘의 모습이 그림 그린 듯 훤하게 상상이 갔다.

"여태껏 내 참을성을 길러 주느라 고생이 많았다."

얼음장보다 더 시리게 눈을 내리깐 엘이 손끝에서 신성력을 길게 뽑아낼 때였다.

후욱!

'살기!'

충직한 검이 되려 했는데 4

스르릉!

그 순간, 창문 쪽에서 폭발적인 기세를 느낀 나는 잴 것도 없이 검집에서 검을 뽑았다. 저 기운은 적어도 준수한 소드 익스퍼트다. 게다가 나조차 목덜미가 섬찟할 정도로 살기가 느껴지는 걸 보아 살인이 목적인 것이 분명했다.

'암살자인가? 이 시국의 암살자라면 북부의 소행? 아니면 키프로스……'

와장창!

길게 고민할 새도 없이 창문이 개박살 났다. 몸을 둥그렇게 만 채 양팔로 얼굴만 가린 인영이 방에 침입했다. 나는 검 끝에 오러를 불어 넣다가 익숙한 기운에 한 번 멈칫하고, 곧이어 드러난 얼굴에 완전히 몸이 굳어 버렸다.

퍅퍅.

그가 검은 코트에 붙은 유리 조각들을 거칠게 털어 냈다. 살벌하게 벼려진 장검 날에선 형광 연둣빛 오러가 넘실거렸다.

"후……"

앞머리를 쓸어 넘기는 거친 손길을 따라 하얀색 머리칼이 나부꼈다.

오러의 색을 쏙 빼닮은, 치명적인 압생트빛의 두 눈이 초점을 잃고 번뜩였다.

"이런 상도덕 없는 새끼를 봤나……"

"……"

"슈슈 찾을 때까지 동맹하자며? 찾자마자 끌어안고 입 싹 닫는 게 너한텐 동맹이냐?"

아타라의 국왕 알렉산드로 아타라이자 내 친구 레오였다.

금방이라도 사람 하나 찢어 죽일 듯한 그의 눈은 엘에게 고정되어 있었다.

"와, 이거지! 믿고 있었다고! 세기의 영웅! 당장 이 쓰레기를 묻어 버리세요! 이게 바로 권선징악이다, 요놈!"

다가오는 엘을 보며 발발 떨고 있던 율리안이 레오를 보자마자 기가 확 살아서는 불끈 쥔 주먹을 흔들었다. 놀라운 태세 전환이었다.

엘은 자기 방 창문을 깨부수고 들어온 사람을 본 것치고는 지나치게 건조한 시선으로 레오를 곁눈질하더니 혀를 찼다.

"벌써 아타라까지 소식이 닿았나?"

"이 상황에서도 그 간악한 혀끝에선 사과 한마디가 안 나오는구나. 그래. 내가 오늘 비로소 네 머리를 레이샤의 무덤 앞에 바칠 거다."

레오가 실실 웃으며 엘에게 검을 세웠다. 흉포하게 터져 나오는 살기로 보아 완전히 이성을 잃은 듯했다. 나는 아직 발견하지 못한 것 같았다.

"그…… 저…… 뭐냐…… 나도 여기 있는데…….'"

나는 머쓱하게 머리를 긁적이며 손을 들었다. 금방이라도 엘에게 달려들 듯 으르렁거리던 레오가 순간 얼어붙었다.

시간이 느리게 흘러가듯 천천히 고개를 돌린 레오가 경악으로 부릅뜬 두 눈으로 나를 바라보았다. 시선이 교환되는 그 순간이 억겁처럼 느껴졌다.

"슈……!"

쾅!

재회의 시간을 가질 틈도 없이 엘의 방문이 개박살 났다. 손잡이가 다이아몬드로 만들어진 그 방문 말이다. 저 폭발 마법은 뛰어난 마법사의 솜씨임이 분명했다.

"외박이라니, 외박이라니! 말도 안 된다, 슈슈!"

뿌연 연기 사이로 등장한 것은 다름 아닌 나의 형제, 칼 크리시스였다.

"그 독사 같은 교황의 간계에 넘어가 버린 거겠지! 이제는 걱정 마라. 오늘로서 크리시스가 신전을 압도한다는 것을 보여……!"

이를 으득 갈며 뛰어 들어오던 칼이 방 안 꼴을 보곤 멈칫했다.

"……하아?"

그의 고개가 삐딱하게 기울어졌다.

칼을 들긴 들었지만 이러지도 저러지도 못하고 어정쩡하게 굳어 버린 나.

살기로 벼린 신성력을 율리안의 목에 갖다 대다 말고 레오의 검에 위협받고 있는 엘.

창문의 잔해 위에서 흉흉한 오러가 깃든 검을 세우고 있는 레오.

목에 닿은 위협 때문에 한껏 몸을 젖혔으면서도 레오를 향해 응원의 주먹을 불끈 쥐고 있는 율리안.

그리고 조금 전 문을 박살 내고 두 손에 공격 마법진을 전개한 채 뛰어 오던 칼.

"치, 침입자가 둘이나 쳐들어왔다!"

"당장 모든 성기사를 소집해라! 너희는 먼저 가서 교황 성하를 보호해!"

설상가상으로 창문 밖은 아닌 밤중 홍두깨에 놀란 신관들로 소란스러웠다.

개판이 된 교황의 침실에 무거운 침묵이 가라앉았다.

'이, 이게 이러면 안 되지 않나? 이래도 되는 건가?'

온몸에서 식은땀이 장대비처럼 쏟아졌다.

엘과 율리안이 함께 있다? 이건 문제가 되진 않는다. 서로 못 잡아먹어 안달을 부려도 친구는 친구니까. 레오와 칼이 만난다? 여기서부터…… 좀 심각해지는데……. 그래도 어떻게든 진정시킬 수 있을 거다. 그 과정에서 건물 두어 채 정도는 무너지겠지만. 하지만 엘과 율리안, 레오와 칼이 함께 만난다?

이건…… 이것은…….

도저히 인간의 언어로는 정의 내릴 수 없다. 지옥이라는 말로도, 아수라장이라는 말로도 한참 부족했다.

"이 새끼들은 뭐지, 슈슈?"

"뭐야, 저거 네 오빠 아니야? 그러니까…… 처남?"

"이런! 칼 크리시스 공자. 좋지 않은 모습을 보였네요. 미리 연락을 주었다면 최고로 대접했을 텐데."

"이야……. 악마들의 연회에 마귀의 등장이라……. 재밌어지는데?"

한마디씩 뱉는 꼴만 봐도 수명이 십 년쯤 잘려 나가는 기분이었다.

"흐어……."

나는 떨리는 숨을 뱉으며 쓰러지듯 침대에 걸터앉았다.

절대 만나선 안 되는 인간들이 한곳에 모여 버렸다.

"진정…… 진정하세요."

아무도 움직이지 않았지만 나는 우선 달래는 말부터 뱉고 보았다. 두 손은 사냥감을 보고 흥분한 사냥개를 말리는 주인처럼 쭉 뻗은 채였다.

"슈슈!"

와락!

그제야 이것이 한 달 반 만에 이루어지는 재회의 현장임을 깨달은 듯 레오가 성난 들소처럼 달려와 나를 끌어안았다.

털썩.

이 경악스러운 상황에 몸에 힘이 풀려 있던 나는 불가항력으로 침대에 넘어졌다.

"젠장. 이렇게 늦으면 어떡해……."

레오가 신음했다. 나를 끌어안은 두 팔이 파르르 떨리고 있었다.

나는 그의 추가복슬복슬한 흰 머리칼을 쓸어내렸다.

"미안해. 용서해 줘."

"내가 얼마나……."

서걱!

매서운 기세로 날아온 공격용 다트가 레오의 옆머리를 잘랐다. 침대에 반 이상 박힌 다트를 보고 섬뜩함을 느낀 나는, 엘에게 고개를 돌렸다.

"이런! 감동적인 재회 중에 미안해요. 나도 참……. 나이가 들었는지 이런 실수를 하네요."

엘이 모든 손가락 사이에 다트를 끼운 채 입을 가리며 수줍게 웃었다.

"……뒤통수에 꽂으려고 했는데."

아름다운 은빛 눈동자가 살기를 띤 채 휘어졌다.

"하. 이런 놈이 교황이라고? 그럼 나는 태양신이다. 내가 세인트 알렉산드로다, 이 자식아."

"태양신이 와도 구원 못 받을 치가 말은 잘하네요."

"이거 봐. 저 자식 입 터는 거 봤어? 저런 인성으로 네 앞에서만 가식 떠는 거라니까?"

레오가 소리치며 엘에게 마구 삿대질했다.

엘은 아무것도 모르겠다는 듯 맑고 천진하게 웃었다.

"지금 누구 동생을 앞에 두고……."

획!

차갑게 입꼬리를 비튼 칼이 빛의 속도로 유성 낙하 마법진을 전개했다.

"흐아악! 아, 안 됩니다, 칼!"

저게 떨어지면 신전이 쑥대밭이 되는 건 물론이고 수도 전역이 위험했다.

쿠당탕!

나는 재빨리 그에게 몸을 날려 그의 두 손을 바닥에 내리눌렀다.

레오가 조금 곤란한 얼굴로 뒷머리를 긁적였다.

"으음……. 처남께서 여긴 웬일이십니까?"

레오는 조금 전 엘과 드잡이를 벌이던 것과는 달리, 칼을 대하는 태도는 퍽 조심스러워 보였다. 나는 그가 자발적으로 존댓말을 사용하는 것 자체를 처음 보았다.

"……처남?"

칼의 오른쪽 눈이 획 돌았다.

"큰 아기씨. 바닥이 차요. 정원으로 안내할까요? 마침 암브로시오에서 온 좋은 차가 신전에 들어왔거든요."

엘이 위협적인 다트들을 냉큼 책상에 내려놓았다. 태양신 라도 한 수 접어줄 만큼 성스럽고 청명한 웃음을 만개한 채였다.

"큰…… 아기씨?"

칼의 왼쪽 눈이 휙 돌았다.

나는 불길함을 느끼고 그를 오러로 묶어서라도 제압하려 했지만, 때는 이미 늦어 버렸다.

"이 망할 놈들이 감히!"

짓눌린 한 손으로도 파이어 볼을 전개한 칼은 정말이지 뛰어난 마법사였다.

화악!

하지만 이렇게까지 뛰어날 필요는 없었다, 빌어먹을!

허공에 나타난 거대한 불덩어리가 그들의 얼굴을 짓이길 기세로 날아갔다. 엘과 레오, 율리안이 다급하게 사방으로 몸을 날렸다.

콰앙-!

불덩어리는 교황의 침실 한 면을 박살 내고 신전 정원에 떨어졌다.

화르륵!

"부, 불이다!"

"마법사들을 호출해라! 물! 물 가져와!"

아름다운 신전 정원에 화마가 옮겨붙었다. 신전에서 신관들이 쏟아져 나와 화재를 진압하기 위해 뻘뻘거렸다.

"키야, 잘한다! 싸워라! 싸워라!"

흡사 싸움판의 투기꾼이라도 된 듯 율리안이 신나게 주먹을 흔들었다.

'내가 뭘 그렇게 잘못해서 이 지옥을 감내해야 하는가?'

원래 사람이 극한의 곤경에 처하면 되레 맹호가 되는 법이다. 나는 이성이 뚝 끊기는 것을 느꼈다.

"앉아."

"어?"

"네?"

본능적으로 반격을 준비하던 레오와 엘이 눈을 끔뻑였다. 그들은 내 표정을 보더니 하나같이 움찔했다. 나는 천천히 자리에서 일어났다.

"안 앉아? 내가 일어나 볼까?"

"어…… 공녀님?"

율리안조차 뭔가를 느꼈는지 갑자기 소름이 끼친 듯 몸을 바르르 떨었다. 나는 감정을 담지 않고 웃었다.

"내가 죽어야겠다, 그치? 이게 다 내 부덕함 때문이다. 요정족한테서 동맹 따 오느라 개고생한 내가 확 죽어 버려야겠다."

"자, 잠깐, 슈슈. 진정…….”

"진정? 내가 진정하라고 했을 때 칼은 진정했습니까?"

아니, 내가 시간이 한 달 반이나 지날 줄 알았겠는가? 그리고 한 달 반이 지났기로서니 휴가 내고 놀러 갔다 온 것도 아니고 열심히 일하다 왔건만.

억울함이 치솟았다. 나는 다급하게 붙잡는 칼을 뒤로한 채 오러가 타오르는 검을 나를 향해 겨누었다.

"아, 놔 봐요. 혼자 기절도 해 봤는데 죽기야 못 하겠어? 이 꼴 보느니 죽어 버려야지, 그냥!"

"으악! 슈슈! 그거 내려놔!"

"잠깐만요, 슈슈. 우리 말로 해요. 말로…….”

"재밌게들 노십쇼. 전 먼저 갑니다!"

"흐아아아악! 공녀님! 안 돼! 공녀님 없으면 전 신전이 키운 개망나니를 감당할 자신이 없단 말이에요! 차라리 저를 죽이세요!"

내 검을 명치에 꽂아 버리려는 나와 막으려 달려드는 세 사람 사이에 난투가 벌어졌다.

평화로운 아침,

맑은 하늘엔 구름 한 점 없었다. 암수 한 쌍의 새들이 정답게 지저귀는 소리가
울려 퍼지는 신전의 정원은 평화롭기 짝이 없었다. 정원 곳곳의 그을린 자국과
좁은 티 테이블에 둘러앉은 네 남자의 표정은 조금도 평화롭지 않았지만.

"암브로시오에서 좋은 차가 들어왔다더니 정말이군요. 차향이 뛰어납니다."

"……."

"그러고 보니 암브로시오는 참 부유하고 볼거리도 많은 나라죠. 전쟁 중만 아
니었다면 한 번쯤 가 볼 만한데요."

나는 뜨거운 김이 모락모락 올라오는 찻잔에 가볍게 입김을 불어 차를 식히
며 빙긋 웃었다. 물론 웃는 건 나뿐이었다. 엘과 레오는 나란히 붙어 앉아 있었으
나 서로에게서 독 기운이라도 흘러나오는 것처럼 몸을 멀찍이 빼고 있었다. 엘은
웃고 있지만 차라리 찡그린 게 나을 것 같았고, 레오는 해적도 한 수 배우러 올 것
같은 험악한 얼굴이었다.

"이 자식들을 여기서 죽여야……."

내 옆에 앉은 칼이 정신 나간 사람처럼 무언가를 끊임없이 중얼거렸다. 활활
타오르는 붉은 눈은 금방이라도 뜨거운 화염을 뿜어낼 것 같았다.

엘과 레오조차 그와 눈이 마주칠 때면 알아서 눈을 깔았다. 무언가 찔리는 게
있는 모양새였다.

"어우. 암브로시오 얘기는 하지도 마세요. 저 거기 별로 안 좋아해요."

"음? 율리안, 암브로시오에 가 본 적 있습니까?"

"가 보다마다요. 뭐, 관광하기엔 나쁘지 않지만 영 구린 동네예요. 공녀님도 가
지 마세요."

오직 율리안만이 태평한 낯으로 내 말에 맞장구를 쳐 주었다.

그때마다 엘은 '혼자 속 편해서 좋냐?'라는 눈빛을 보냈지만, 율리안은 그에 지지 않고 '좋다, 이 새끼야.'라는 웃음을 만면에 띠며 티 테이블 아래로 가운뎃손 가락을 올렸다.

"날이 이렇게 좋으니 시라도 한 수 듣고 싶네요."

나는 은은하게 미소 지으며 칼과 엘, 레오 세 사람을 돌아보았다.

그들의 얼굴에 난감한 기색이 떠올랐다. 서로를 죽일 궁리를 하기도 바쁜데 어떻게 시 같은 걸 구상하느냐는 표정이었다.

"안 읊어?"

스스릉-

"내가! 내가 읊겠다, 슈슈!"

칼이 검 손잡이를 잡는 내 손을 다급하게 막았다. 다급하게 자리에서 일어나려던 엘과 레오가 영웅을 보는 듯한 눈으로 칼을 바라보았다.

"이야. 공자님이 시요? 대애박. 시는커녕 시x만 할 것 같은데. 외워 놨다가 아리아 공녀님 돌아오면 들려줘야지~"

율리안이 얼굴에 꽃받침을 하고서 애교스럽게 웃었다. 칼이 주먹 쥔 손을 부들부들 떨었다. 손에 돌만 쥐여 주면 지체 않고 율리안을 쳐 죽일 것만 같았다.

화내는 당사자보다 말리는 사람이 더 밉다고, 이 상황을 만든 나 자신보다 맞장구치는 율리안이 싫어서 견딜 수 없어 보였다.

"읊어 보세요. 시작."

나는 고개를 까닥였다. 짓궂다는 걸 알지만, 칼이 시를 읊는다니. 카이사르가 꽃꽂이를 배우러 학원에 다니기 시작한 격이었다. 대체 어떻게 대처할지 궁금해서 참을 수가 없었다.

순간, 그 어느 때보다 고뇌스러워 보이던 칼이 천천히 입을 열었다.

"……그래서, 나는 이 자식들을 죽여 버리기로 결심한 것이다."

"오……."

문학계 역사상 다시없을 혁명적인 첫 문장이었다.

칼은 시심에 불이 붙은 건지 청산유수로 입을 놀리기 시작했다.

"망할 놈들이 망종이 들어서 망아지처럼 날뛰는 걸 두 눈 뜨고 볼 수가 없다. 남의 집 여동생 귀한 줄도 모르고 귀접스러운 짓거리들을 일삼는구나. 아니, 그런데 이 새끼들은 정말 제정신인가? 야! 너 망할 교황 새끼! 너부터 이리 와 봐! 아버지가 직접 오셨으면 이 신전은 이미 불바다야, 알아? 그리고 어린놈의 국왕 새끼! 이 전쟁 통에 네 나라나 잘 다스릴 것이지 남의 나라에 기어들어 와서는……!"

"오우……."

쾅!

칼은 처음엔 제법 운율을 맞추는 듯싶더니 곧 격노해 자리를 박차고 일어났다. 그 누구에게도 기세를 꺾지 않을 것 같던 엘과 레오는 놀랍게도 칼의 분노 앞에서 눈을 깔았다.

나는 그들이 아리아를 만났을 때 어떤 일이 벌어질지 궁금해졌다.

"정말 멋진 시군요. 다들 박수."

짝…… 짝짝…….

나는 티 테이블을 그들의 얼굴에 던지려는 칼을 간신히 앉히고 박수를 쳤다. 시원찮은 박수 소리가 잇따랐다.

나는 아직도 흥분을 가라앉히지 못하고 씩씩거리는 칼을 돌아보았다.

"이 시는 제목이 뭡니까?"

"〈살생부〉다."

"멋지군……."

나는 고개를 끄덕였다. 나도 내가 적당히 즐기고 있는 건지, 아니면 모든 걸 포기해 버린 건지 알 수 없었다.

"다들 차를 반도 안 마셨네요. 그러지 말고 쭉쭉 들이켜시죠."

나는 차가 꽉꽉 찬 그들의 찻잔을 돌아보며 손짓했다. 오직 율리안만 잔을 시원하게 비운 뒤였다.

다들 내 말에 잔을 들긴 들었지만 물만 마셔도 체할 것 같다는 표정이었다.

"그거 다 마시기 전엔 여기서 못 나갑니다."

벌컥벌컥벌컥.

아직 따끈따끈하게 김이 나던 차들이 눈 깜짝할 새에 비었다.

'저거 괜찮나?'

입천장이 다 까지지 않았을까 싶었다.

동시에 티 테이블에 잔을 내려놓은 세 사람은 나를 향해 이제 가자는 눈짓을 보냈다. 내 몸은 하나인데 셋이서 가자고 하면 정말 어쩌라는 건가 싶었다.

"크흠. 어차피 모두에게 전할 말이 있었는데…… 이렇게 모인 김에 이곳에서 알리고자 합니다."

나는 헛기침으로 목을 가다듬었다. 내게는 맞아야 할 매가 있었고, 그걸 세 번씩이나 맞느니 한 번에 죽도록 얻어맞는 게 낫다 싶었다.

칼이 미간을 좁혔다.

"이 무도한 놈들과 같은 공간에서 1초도 더 있고 싶지 않으니 본론만 부탁하지."

"저 북부 갑니다."

슬쩍 별일 아닌 척 털어놓았지만, 통할 리가 없다.

"……뭐?"

싸아아아―

'북부'라는 단어가 나온 시점부터 꽝꽝 얼어붙은 공기는 드래곤의 브레스로도 녹일 수 없을 것 같았다.

'망했군.'

나는 사방에서 꽂히는 네 쌍의 눈동자 사이에서 부드럽게 미소 지었다.

"그게 무슨 소리야? 북부라니, 북부라니! 처음부터 차근차근 말해! 하나도 빠뜨리지 말고! 제대로 날 납득시키지 못하면 이곳을 터트려 버릴 거다!"

"방금 돌아와 놓고 무슨 소리를 하는 거야! 요정인지 요물인지 모를 놈들한테 동맹 신청하러 간다고 한 달 반 동안 실종되더니 이젠 뭐? 북부? 하…… 하! 그냥 나를 죽여라! 너 또 위험한 곳 가면 나 죽어 버릴 거야. 알겠어? 죽어 버릴 거라고!"

"누군데요? 헬리오스 솔라티네? 또 그 새끼예요? 그 새끼가 황후라도 구해 오래요? 제대로 쉬지도 못한 당신한테? 하. 그 늙은 여우 머리에 왕관을 씌우는 게 아니었는데……. 기다려요. 일주일…… 아니, 사흘만 줘요. 황궁 위에 신전이 있음을 증명해 보이겠어요."

세 사람은 언제 싸웠냐는 듯 합심해서 나를 몰아치기 시작했다.

"공녀님…… 제가 생각해도 이건 좀 너무한 듯……."

율리안은 혀를 차면서 내게 안쓰럽다는 눈빛을 보냈다.

나는 양쪽 무릎을 꽉 쥔 채 영혼 없이 웃었다.

세 대를 한 번에 맞으면 세 배 아프고 끝날 거라고 생각했는데, 예상치 못한 굉장한 시너지 효과가 일어났다. 통증이 열두 배로 늘어난 듯했다.

'그냥 세 대 맞을걸.'

이 네 사람 앞에서 북부행을 알린 건 올해 한 선택 중 단연 최악이었다.

'당장 아버지께 말씀드리겠다. 드디어 반역을 저지를 날이 온 것이다. 드디어!'

'망할 북부 새끼들. 왜 자꾸 너까지 나서야 할 상황을 만드냔 말이야! 이거 놔! 단신으로라도 북부에 쳐들어갈 거야!'

'후후. 헬리오스 솔라티네……. 그에게 왕관을 씌운 것은 전대 교황이 저지른 최악의 실수죠. 오늘로 황제를 바꿀 거예요. 디에고 솔라티네, 그치는 더 마음에 안 드니 세레논 솔라티네에게 왕관을 씌우도록 할까요?'

칼과 레오, 엘이 제각각 다른 방식으로 날뛰는 이곳은 말 그대로 아수라장이었다.

'잠깐. 잠까안! 제발!'

나는 오른손과 왼손, 그리고 오른 다리를 이용해 사방으로 튀어 나가려는 세 사람을 붙잡고 늘어졌다. 광견병 걸린 도베르만과 시베리안 허스키, 사모예드를 산책시키러 나왔다가 큰코다친 주인이 된 기분이었다.

'역시 세상에서 제일 재밌는 건 불구경이라니깐!'

그 와중에 율리안은 티 테이블 위에 책상다리로 앉은 채 태평하게 마들렌을 우물거렸다.

나는 그때 엘이 율리안만 연관되면 쉽게 이성을 잃어버리는 이유를 알았다. 정말이지, 실실 웃는 그 얼굴을 볼 때 주먹이 운다는 게 뭔지 제대로 경험했다.

'진짜, 진짜 나 죽는 꼴 보고 싶어?'

이전처럼 강하게 나가려 했지만, 지금은 상황이 달라졌다. '북부'라는 단어가 나온 순간부터 세 사람은 영원히 타오르는 지옥불을 손에 넣은 마귀가 되었다.

'너는 내가 미쳐서 혼자 말 타고 북부 쳐들어가는 꼴 보고 싶나 보다?'

나는 광기로 부릅뜬 레오의 눈과 마주치고 본능적으로 눈을 깔았다.

'말 잘했어요. 우리 함께 지옥까지 가 볼까요? 또 혼자 남느니 같이 죽는 편이 낫겠어요.'

어르고 달랜 끝에 겨우 나아진 엘의 광증은 다시 폭주하기 시작했다.

'……내가 실언했다. 제발, 제발 말할 기회를 줘요. 슈슈 소원!'

무릎 꿇고 손이 발이 되도록 싹싹 빌 때쯤 되어서야 세 사람은 자리에 앉았다. 그러고서도 계속해서 몸을 들썩이는 것이 금방이라도 로켓처럼 뛰쳐나갈 것 같아 간담이 서늘했다.

그리고 내가 모든 사정을 자세히 밝힌 다음이었다.

"그러니까."

"……."

"황후를 구할 사람은 너밖에 없다는 그 늙은 여우의 교활한 감언이설에 넘어가서……."

"크흠."

"가족과는 상의도 하지 않고……."

"크흐흠!"

"냉큼 북부행을 결정하셨다?"

"그으……렇게까지 말할 필요는 없지만…… 어찌 보면 그렇다고도 할 수 있겠죠……."

칼이 고개를 삐딱하게 기울이며 팔짱을 꼈다. '이걸 어떻게 삶아 먹지?'라는 뜻이 담긴 붉은 눈이 나를 향해 번뜩였다.

나는 한껏 몸을 웅크리고선 슬그머니 시선을 피했다.

"그 늙은 여우를 진작에 죽여 버렸어야 했는데."

엘이 초점 나간 눈으로 웃었다. 이 티 테이블에서 헬리오스의 이름은 '늙은 여우'로 고정된 지 오래였다. 누가 들을까 두려우면서도, '들어도 뭐…… 어쩔 거지?'라는 대담한 생각이 들었다. 크리시스 공작가의 첫째 공자와 제국의 교황, 그리고 아타라의 국왕 사이에 오가는 대화는 헬리오스도 지탄할 수 없었다.

나는 크게 헛기침을 했다.

"제안을 수락한 건 접니다. 저를……."

"가만히 안 있어요?"

굳이 표현하자면 티나 구출 작전은 헬리오스와 나의 합작이다. 헬리오스만 욕 얻어먹는 것이 양심에 찔려서 대화에 끼어들었으나, 엘의 날카로운 눈빛에 금방 기가 죽었다.

"당신을 욕할 순 없으니까 그 인간을 욕하는 거잖아요."

그가 거칠게 앞머리를 쓸어 넘겼다.

그 말은 '너를 욕할 수만 있었다면, 넌 이미 먼지가 되도록 까였다.'라는 뜻이

충직한 검이 되려 했는데 4

다. 나는 훌쩍였다. 아주 조금.

"너는…… 위기감이 없어? 아니면 거절할 줄을 모르는 거야?"

레오가 도대체 이해할 수 없다는 표정으로 티 테이블을 덥석 잡았다.

쩌적.

금이 가는 모습은 모르는 척하기로 했다.

"그렇지만…… 나는…… 내가 할 수 있는 일을 하려고……."

"하아. 네가 할 수 있는 일이라고 다 하냐? 그럼 황제가 아타라 국왕 놈 암살하라고 해도 하겠다? 아니, 마음 졸이면서 남아 있느니 차라리 암살당하는 게 낫겠네! 암살해 봐! 죽어 버리게!"

"어흑…… 내가 널 어떻게 죽이겠냐……. 진정, 진정해…… 응?"

나는 또다시 발광하는 레오를 간신히 눌러 앉혔다. 젠장. 차라리 셋이서 치고받는 게 훨씬 나았다. 광기로는 둘째가라면 서러운 셋이서 합공으로 몰아붙이니 정신이 아득해졌다. 나는 슬금슬금 눈치를 살피며 반론했다.

"하지만 황후 폐하를 계속 북부에 머물게 할 수는 없어요. 황제 폐하의 명령을 거역할 수도 없고……. 저 말고는 이 임무를 수행할 마땅한 인물도 없습니다. 뾰족한 수가 없잖습니까?"

"반역을 일으켜."

"……반역 빼고."

"황제를 죽여요."

"살인……도 빼고."

"북부를 터트려."

"그게 제일 말도 안 되잖아! 그게 가능하면 전쟁은 왜 일어났겠냐?"

"안 된다고? 너 그 말 책임질 수 있냐? 내가 터트리고 오면 어떡할래?"

"……내가 또 실언했다. 내 주둥아리가 문제다. 제발 검 좀 넣어 주라……."

정말이지 졸도해 버리고 싶었다. 나도 어디 가서 과격한 것으로 안 지는 사람인데, 이 셋은 도를 넘었다.

나는 북부와 전쟁할 때 이 셋을 선봉에 세우면 마수들도 질려서 도망갈 거라고 확신했다.

"이미 가기로 결정했습니다. 무를 수는 없습니다."

나는 혀로 마른 입술을 축이고 단호하게 눈을 빛냈다. 공기가 대번에 무거워졌다.

물론 내게는 이들이 중요하고, 이들의 마음이 중요했다. 이들에게 걱정 끼치고 싶지 않았다. 하지만 냉정하게 말해서, 그것보다 하루빨리 이 전쟁을 잠재우는 게 더 중요했다. 이들을 몇 번 더 울리는 한이 있더라도. 잔인하다고 해도 상관없다. 맞는 말이니까. 날 원망할지라도 물러설 생각은 없었다.

"미안합니다. 하지만 다녀와야겠습니다. 황후 폐하를 구출하는 것뿐만 아니라 북부의 동태도 파악해야 합니다."

아무리 주위 사람들이 소중하고, 그들이 내게 많은 영향을 준다 한들, 내가 가야 하는 길을 바꿀 수는 없는 거다. 내 선택은 오롯이 나의 몫이었다.

"……아버지는 네가 설득해라."

깊게 한숨을 쉰 칼이 고개를 돌려 버렸다. 말릴 수 있는 게 아니라는 걸 깨달은 듯했다.

"재회한 지 얼마 되지도 않아서 이별이라……."

엘이 이마를 짚었다. 그의 은빛 눈동자에는 광증이 넘실거렸다. 바로 조금 전 이곳에 영원히 있어 달라고 울던 그였기에, 어떤 반응을 보일지 긴장되었다.

"……이번에는 실종이 아니라 임무 후 복귀여야 할 거예요."

엘은 무언가를 꾹 누르듯 눈을 지그시 감더니, 나를 똑바로 바라보았다.

그는 늘 그랬다. 가장 아슬아슬하고 위태롭지만, 누구보다 더 강한 믿음을 보여 주었다.

"믿고 있어요. 다녀와요."

그의 믿음은 신뢰를 넘어선 신앙이었다. 그 무게에 어깨가 무거워질 때도 있지만 싫었던 적은 없었다. 나는 누군가의 믿음 앞에서 강해지는 사람이었다.

"젠장. 북부에 폭탄 터트리러 갈 사람 모으려고 했는데…… 이래서는 나 혼자 가야 할 판이네."

"야, 이 자식아."

레오가 짜증이 그득그득한 얼굴로 자기 머리를 마구 헝클어트려 놓았다. 철없는 농담을 꾸짖으려다가도 갈라진 목소리 끝에 시름이 느껴져서 입을 다물었다.

"솔직히 갈 거면 나를 밟든지 이기든지 하라고 하고 싶은데……."

"……."

"그럼 넌 정말 날 밟고 자비 없이 이겨 버릴 거잖아. 그렇지?"

형광 물질처럼 빛나는 연두색 눈동자가 초연하게 빛났다.

"좋아. 웃으면서 배웅할게. 대신……."

그가 주먹을 내밀었다.

"오늘이든 내일이든, 북부로 나서기 전에 나랑 어디 좀 가자."

알렉산드로 야타라.

많은 이가 그의 과격함에 시선을 빼앗겨 알아차리지 못하지만, 사실 그는 정신력이 누구보다 강인했다. 이름도 빛도 없던 9왕자가 왕위에 오르기까지 겪은 고난은 범인이 감당할 수 있는 것이 아니었다.

그는 내일의 일을 오늘 염려해 봐야 아무 소용 없다는 듯 시원하게 웃었다.

"……좋아. 얼마든지."

나는 장소를 묻지 않았다. 어디든 함께 가 줄 수 있으니까.

탁.

나는 망설임 없이 그가 내민 주먹에 내 주먹을 맞부딪쳤다.

"오늘은 나랑 있기로 했잖아요."

엘이 불퉁한 얼굴로 끼어들었다. 레오가 냉소를 지었다.

"일말의 양심이라도 남았다면 입 닫지그래. 동맹해 놓고 찾자마자 입 닦은 놈이 혀가 길어."

"솔직히 당신도 나와 같은 상황이었으면 똑같이 행동했을 거잖아요."

"그걸 말이라고 하냐? 당연하지."

"하여간 오늘은 안 돼요. 내일도 안 되고. 모레도 만나지 마요."

"허. 네 입만 입이고 내 입은 주둥이라냐? 네 마음은 마음님이고 내 마음은 헌신짝이야? 상도덕 좀 지켜라, 고자 집단의 샌님."

"깝치지 마, 애송이."

"슈슈, 들었지? 얘가 이런 놈이야. 저잣거리에서 교황을 두고 자비로운 천사의 현현 어쩌고 하던데, 개뿔이나……. 천사 잡아다가 날개구이나 해 먹지 않으면 다행인 놈이지."

"후후. 자꾸 사람 속 긁는 당신이 더 문제 아닐까요? 국왕이 이 꼴이니 아타라의 미래가 어둡네요."

'솔라티네와 아타라가 어찌 되려고…….'

나는 근심스런 얼굴로 하늘을 바라보았다.

둘 다 기운만 더럽게 세서는 기 싸움에 질식할 것 같건만, 대화 수준은 현저하게 낮았다. 둘이 손잡고 아카데미를 다시 다녀야 할 것 같았다.

애초에 둘 다 무학력이긴 하지만.

"……있잖아요."

가느다란 목소리에 위를 향하던 내 시선을 옆으로 돌렸다.

"저도…… 같이 갈까요? 북부요."

목소리의 주인공은 다름 아닌 율리안이었다.

그는 우리가 북부 침투 임무에 대해 여러 얘기를 나누는 동안 아무 말도 하지 않았다. 수다스러운 그의 성정을 생각하면 기이한 일이었다. 늘 라일락 꽃잎처럼 산뜻하고 가볍던 연보랏빛 두 눈이 깊게 가라앉아 있었다.

"율리안이요?"

나는 눈을 끔뻑였다. 예상치 못한 제안이었다.

아타라 원정 때엔 그도 동행하긴 했지만, 사실상 그때는 엘의 강압이었다. 아직도 성수의 샘 위에 대롱대롱 달려서 아타라에 갈 테니 봐 달라고 바락바락 소리를 지르던 율리안의 모습이 눈에 선했다. 모두에게 다정한 것은 사실 그 누구에게도 다정하지 않은 것이라는 말이 있지 않은가. 율리안은 호기심이 많아 보이지만, 사실 그 무엇에도 크게 관심을 두지 않는 사람이다. 나 또한 오랫동안 그를 지켜본 끝에 알게 되었다. 대의나 신념이 없는 것은 물론이요, 단순하게 하고 싶은 것도, 이루고 싶은 것도 없어 보였다. 그저 그 자리에 있을 뿐인 사람. 나는 지금껏 그에게서 의지를 본 적이 없었다.

"으음…… 네. 제가 짐이 될까요?"

하지만 지금 율리안은 내게 주저하면서도 북부에 갈 의사를 보이고 있었다.

"……네가 북부에 가겠다고?"

엘이 믿기지 않는다는 듯 되물었다. 고개를 떨군 율리안이 손끝을 만지작거렸다.

"나한텐 신성력이 있으니까…… 도움이 되지 않을까 싶어서."

"……괜찮겠나?"

본능적으로 알 수 있었다. 엘은 그저 북부가 위험하기 때문에 율리안을 걱정하는 게 아니었다. 그는 내가 알지 못하는 더 깊은 곳을 보고 있었다.

율리안은 앓는 소리를 뱉으며 목덜미를 벅벅 긁더니, 이내 평소처럼 웃었다.

"괜찮고 안 괜찮고 따질 게 뭐가 있냐? 그냥 가는 거지."

연보랏빛 눈동자가 희미하게 흔들리고 있었지만, 역설적이게도 의지는 그 어느 때보다 확고해 보였다.

"별수 없어. 약속해 버렸거든. 이곳에 남아 있지 않기로."

"……."

"공녀님만 허락하신다면 같이 갈래요. 다시 한번 공녀님의 반창고가 되어 드릴게요."

율리안이 히죽 웃었다. 그의 주위로 빛무리가 이는 착각이 들 정도로 반짝였다.

나는 침음했다.

인간은 움직인다. 그것이 성장이든, 퇴보든, 인간은 멈춰져 있는 존재로 만들어지지 않았다. 한곳에 남아 있으려 해도, 영혼의 바닥엔 바퀴가 달려 있어서 상황이 기울어지면 별수 없이 함께 움직일 수밖에 없었다.

"후회하지 않겠습니까?"

염려와 응원을 함께 담은 물음에 율리안은 당당하게 허리를 세웠다.

"재밌는 모험을 놓치면 더 후회하겠죠. 아, 물론 놀러 가는 건 아니지만!"

어쩌다 보니 북부 침투단이 세 명으로 늘어 버렸다.

그 후에도 소란은 계속되었다. 내 몸은 한 개이건만, 칼과 엘, 레오는 나를 세 조각으로 나눠 가질 기세였다.

솔로몬도 골치가 아파 이마를 탁 칠 만큼 미친 상황의 연속에 편두통을 느끼던 나는 마침내 상황을 정리했다.

"레오, 넌 내일 보자. 오늘은 일찍 집에 가야겠다. 엘은 내일모레 한 번 더 봅시다. 율리안. 북부 파견조 관련한 소식이 생기면 연락하겠습니다."

이래도 저래도 좋아 보이는 율리안을 제외하고 그 누구도 만족스럽지 않아 보였지만, 적어도 반발은 나오지 않았다.

나는 칼에게 들려지다시피 하여 집으로 향했다. 가는 길에도 두통은 끊이질 않았다. 곧 만나야 하는 카이사르 때문이었다.

'젠장. 어디 지하 감옥에 가둬지는 거 아니야?'

황궁에서 붉은 오러를 난사하던 카이사르를 떠올리면 터무니없지도 않았다.

다시 만난 카이사르는 그래도 피죽도 못 얻어먹은 꼴이던 전보다는 나아진 상태였다.

나는 빌빌 길 기세로 몸을 낮춘 채 조심스럽게 북부 파견 소식을 전했다.

"……."

보고를 마친 뒤에도 침묵이 길게 이어져 식은땀을 흘릴 때였다.

"조금의 강압도 없이 네가 원해서 결정한 것이냐?"

붉은 눈은 꼭 내 마음을 비추는 동경 같았다. 나는 망설임 없이 고개를 끄덕였다.

"네."

"그럼 가라."

끼이익.

그가 자리에서 일어나 몸을 돌렸다.

노기를 참기 어려워 급하게 자리를 파하는 기색은 아니었다. 그저 표정을 보이고 싶지 않은 것 같았다.

"내가 한 말은 잊지 마라."

"……."

"네가 죽는다면, 나는 이 대륙 전체를 네 묘지로 삼을 것이다."

그 말을 대체 어떻게 잊겠냐고요.

죽고 싶어도 못 죽을 지경이다. 나는 개헤엄을 쳐서라도 저승의 강을 빠져나오리라 결심하며 세차게 고개를 끄덕였다. 그 후 아리아에게 연락을 남기고, 르웰린 면회 신청 서신까지 보낸 뒤에야 한숨 돌릴 수 있었다.

"어후……. 전쟁을 치르고 와도 이것보나 힘들진 않겠네."

나는 쓰러지듯 침대에 누웠다. 머리끝까지 피로가 차올랐다.

똑똑.

"아가씨. 들어가도 되겠습니까?"

잠시 아무것도 하지 않고 베개에 얼굴만 박고 있었을까, 노크 소리와 함께 총괄집사 테일러의 목소리가 들려왔다.

나는 빠르게 옷매무새를 정리했다.

"들어오게."

달칵, 문이 열렸다. 테일러가 군더더기 없이 우아하게 허리 굽혀 인사했다. 나는 헛기침으로 목을 가다듬었다.

"무슨 일인가?"

"아가씨께서 요정 숲으로 떠나셨던 동안 익명의 소포가 하나 도착했습니다."

흰 장갑을 낀 그의 손엔 투박한 크라프트지로 포장된 소포가 들려 있었다.

"발신인이 지나치게…… 으음…… 모호하게 적혀 있어서 수상합니다만, 뛰어난 마법사까지 초청해 살펴보아도 위험 요소는 없어서 폐기하지 않고 내버려 두고 있었습니다."

"언제 왔지?"

"저번 해의 마지막 날 왔던 것 같습니다."

"……이리 주게. 내가 직접 살펴보지."

나는 테일러에게서 건네받은 소포를 이리저리 돌리며 살펴보았다. 확실히 위험한 기운은 느껴지지 않았다.

나는 표면에 적힌 글자를 담담히 읽어 내렸다.

[슈슈에게]

내 애칭을 이렇게나 우아하게 적을 수 있는 사람이 둘이나 되겠는가.

[개자식으로부터]

나는 헛웃음을 지었다.

"……내가 아는 사람에게서 온 거야. 맡아 두느라 수고했네. 이만 돌아가도 좋아."

테일러의 두 눈에 희미한 의문이 담겼으나 이내 사라졌다.

"도움이 되었다면 제게 영광입니다. 그럼, 좋은 저녁 보내십시오."

공작가의 유능하고도 충성스러운 집사는 눈이 있어도 보지 않고, 입이 있어도 묻지 않는다. 지금은 그런 태도가 고마웠다.

나는 문밖으로 나가는 테일러에게 눈짓으로 인사하고 소포로 시선을 돌렸다.

본능적으로 'Hide & Ceek'에게 겁박당하던 메르헨 데카르도를 구해 준 순간이 떠올랐다.

'대가를 요구하는 건 나중으로 미루어 두도록 하지. 얼마 뒤 요구할 게 있어서 말이다. 거창한 건 아니다만, 주제넘을 수도 있겠군. 그때 듣고, 곤란하다면 거절해도 좋다.'

메르헨을 순순히 놔주며, 이후를 구두로 기약하던 그 자식의 얼굴이 눈앞에 잔상처럼 일렁였다.

나는 입안 살을 지그시 깨물며 소포에만 시선을 고정한 채 천천히 포장지를 풀어 내렸다. 창문 쪽으로는 절대 고개를 돌리지 않았다. 방 안에는 나뿐이건만, 표정을 숨겨야 할 것 같았다. 나 자신에게 들키고 싶지 않았다.

부스럭.

내용물이 드러난 순간, 나는 질끈 눈을 감아 버렸다.

'지그문트에게 전해 주겠니? 네게도 반드시 봄이 올 거라고.'

카라쇼의 유언이 귓가를 울렸다.

그녀는 그가 자신이 가르친 신념을 거꾸로 거슬러 올라가 전쟁까지 벌일 놈이라는 걸 알았을까. 그녀는 끝까지 그 자식을 생각했는데.

스윽.

나는 떨리는 손으로 검집을 쓸었다. 그녀가 얼마나 검소한지 알려주듯, 가죽 검집은 해지고 또 해져 있었다.

이게 무엇인지 모를 수가 있는가.

"스승님……."

나의 스승 카라쇼, 그녀가 늘 허벅지에 차고 다니던 단검이었다.

나는 숨을 참으며 포장지를 헤쳐서 찾아낸 쪽지를 펼쳤다.

[나는 자격이 없으니 네가 가져라.]

그 문장까지는 여전히 우아한 필체로 적혀 있었으나,

[19번째 생일을 축하한다.]

살짝 흐트러진 필체로 꾹꾹 눌러 적힌 다음 문장은 내 정신을 아득하게 만들기에 충분했다.

쓰윽.

나는 포장지 사이에서 홀린 듯 또 하나의 물건을 집어 들었다. 붉은 리본으로 묶인 검은 장갑 한 쌍. 그 중심엔 자수정이 반짝이고 있었다. 요정 숲에서 한 달 반을 보내는 동안 생일이 지나가 버렸다.

케이크와 선물은커녕, 흔한 축하조차 받지 못했는데…….

지그문트 하이드는 기어코 20대로 넘어가기 직전, 가장 아슬아슬하고 위태로웠던 내 19살의 유일한 조문객이 되어 주었다.

'검을 넘기고 투항해라, 슈슈. 네 동생의 뇌가 터져서 죽는 걸 보고 싶지 않다면.'

"망할!"

쾅!

빈 쓰레기통에 장갑을 거칠게 내던졌다.

콰직!

쓰레기통 밑바닥과 오른손 장갑의 자수정이 맞부딪쳤다. 깨진 자수정 조각이 쓰레기통 바깥으로 튀어나왔다.

부들부들.

나는 쪽지를 쥔 손을 강하게 쥐었다. 연약한 종잇조각이 볼품없이 구겨졌다.

'내 모든 사명을 마친 뒤로 하자. 그때는 기꺼이 네 손에 죽어 주지.'

후련해 보이는 동시에 금방이라도 울 것 같던 그의 얼굴이 눈앞에서 지워지지 않았다.

충직한 검이 되려 했는데 4

그 자식은 선을 넘었다. 전쟁을 일으켰을 때부터 돌이킬 수는 없었지만, 그가 아리아를 건드린 순간 마지막의 마지막으로 그어 두었던 선까지 깔끔히 불태워 버렸다. 이제는 정말 적일 뿐이다. 우리 둘 중 하나가 죽지 않는 이상 이 전쟁은 끝나지 않는다.

분명 그런데…….

"빌어먹을…… 개자식…… 나쁜 새끼……."

나는 벌벌 떨리는 손으로 쓰레기통을 뒤져 다시 장갑을 꺼냈다. 깨진 자수정 파편이 내 손을 아프게 찔렀다.

나는 자욱해진 눈앞의 장갑을 내려다보며 울음 섞인 헛웃음을 지었다.

왜 사람의 마음은 마음대로 조정할 수도, 조율할 수도 없는가. 사랑하고자 결심했으면 사랑만 하고, 증오하고자 결심했으면 증오만 할 수 없는가.

왜 나는……. 이 지경에 와서도 왼손 장갑의 자수정은 깨지지 않아서 다행이라고 생각하고 있는가.

드르륵.

난 침대밑 서랍장 마지막 칸을 열어젖혔다.

휙, 휙, 휙. 쾅!

다시 폈지만 구겨진 자국이 선명한 쪽지와 장갑, 그리고 늘 주머니에 넣고 다니던 투박한 보라색 검 장식을 던지듯 넣고 부서져라 강하게 닫았다.

"왜 하필 전쟁이었어야 했어……."

나는 고개를 바닥에 박을 듯 숙인 채 카라쇼의 단검을 으스러져라 끌어안았다.

'스승님, 전 어떻게 해야 할까요?'

도저히 알 수 없다.

애증으로 물든 밤이었다.

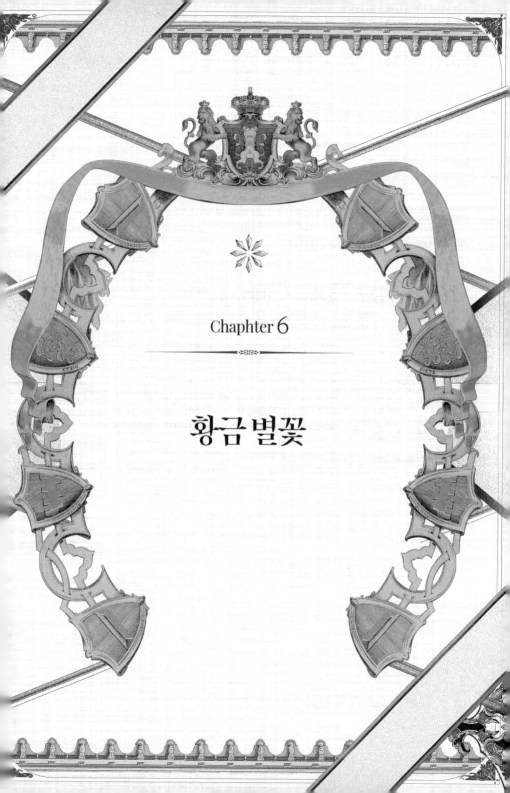

Chaphter 6

황금 별꽃

잠은 당연히 한숨도 자지 못했다. 시체처럼 힘없이 몇 가지 일을 처리하고, 잠들 시간이 되었을 때는 뜬눈으로 하릴없이 시간을 보냈을 뿐이다.

달칵.

시계가 새벽 3시를 가리켰을 때, 나는 로브를 깊게 뒤집어쓴 채 방을 나섰다.

헬리오스에게 르웰린을 면회하고 싶다는 서신을 보낸 지 한 시간도 채 되지 않아 답신이 왔었다. 면회를 원한다면 모습을 최대한 감추고 타인의 눈에 띄지 않을 새벽에 와야 한다는 내용이었다. 하기야 크리시스 공작가가 반역 혐의가 있는 데카르도와 접촉한다는 소문이 퍼졌을 때는 어마어마한 파문이 생길 게 분명했다. 최대한 조심해야 했다. 북부로 가기까지 시간이 얼마 남지 않은 만큼, 나는 오늘 새벽에 바로 르웰린을 만나기로 했다. 복잡한 생각을 밤바람 쐬며 정리하고 싶기도 했고, 무엇보다 그녀를 보고 싶었다.

"이쪽입니다."

나는 헬리오스가 미리 매수해 둔 것으로 보이는 병사를 따라 황궁의 외딴 궁으로 향했다.

탁.

다다른 궁은 황제나 황태자의 궁에 비하면 낙후되었다고까지 표현할 수 있을 만큼 초라했지만, 사람 살기엔 별문제 없어 보였다. 죄인이 머물기엔 썩 윤택해 보이는 장소였다.

생각해 보면 당연했다. 아무리 반역 혐의를 받고 있다고 해도, 후작 일가를 지하 감옥 같은 곳에 처넣을 수는 없는 노릇이다. 보통 귀족들은 죄를 지어도 자신의 자택에 감금되는 정도로 그치는 걸 감안하면 이 정도도 꽤 매서운 손속이었다.

'그래도 다행이다.'

르웰린이 좋지 않은 곳에 머물고 있진 않을까 걱정했는데, 이 정도면 안심이었다. 반역 혐의가 진실일 가능성은 현저히 낮다는 걸 아는 내 친구들이 그나마 나쁘지 않은 궁에 머무를 수 있도록 도와준 것 같았다.

"들어가시죠."

끼이익.

나는 안내해 준 병사에게 고개를 까닥이고 조심스럽게 뒷문을 열었다. 뒷문을 열자 긴 복도가 펼쳐졌다. 아치형으로 난 여러 개의 창문을 통해 달빛이 쏟아졌다. 화려하진 않지만 중후한 매력이 있는 궁이었다. 나는 그중 하나의 창문 앞에서, 흔들의자에 앉은 인영을 발견했다.

사라락.

열린 창문을 통해 들어온 밤바람이 붉게 타오르는 듯한 긴 머리칼을 흔들었다.

"……르웰린."

나는 목울대를 울렁였다. 턱을 괸 채 창밖을 바라보던 그녀가 내게로 고개를 돌렸다.

"용서하세요."

살랑살랑.

아무런 장식 없는 진녹색 구두를 신은 발이 나비처럼 가볍게 흔들렸다.

"상황이 상황인지라, 귀한 손님을 제대로 대접하지 못하네요."

검소해진 복장도, 조금 피폐해진 인상도, 유폐된 이 상황도 그녀의 숨 막히는 우아함을 저해할 순 없었다.

르웰린의 에메랄드 같은 눈이 활짝 휘었다.

"어…… 네……."

나는 떫게 말끝을 늘렸다. 그녀가 반갑지 않아서가 아니었다. 자꾸만 시선이 그녀의 발밑으로 갔다. 그녀의 구둣발이 딛고 있는 곳.

"끄윽…… 끄으으……."

그곳엔 르웰린의 오빠이자 이 모든 일의 원흉인 메르헨 데카르도가 르웰린의 발받침대 역할을 수행 중이었다.

"후후. 이것은 신경 쓰지 마세요."

콱!

"크악!"

"꿈틀거리지 마. 불쾌하니까."

우아하게 미소 지은 르웰린이 구두 굽으로 그의 목덜미를 내리찍었다. 뒈지게 얻어터진 얼굴로 제대로 눈도 뜨지 못한 메르헨은 휘청이다가도 다시 자세를 바로잡았다.

나는 침음했다.

'르웰린…… 진짜 빡쳤구나…….'

여느 때와 같은 여유로운 얼굴이라고 생각했는데, 다시 보니 그녀의 두 눈은 맹렬한 분노로 타오르고 있었다.

"끄윽……."

"신음 소리를 내?"

"……."

"눈을 떠?"

"아니……."

"숨을 쉬어?"

"……."

눈을 부릅뜬 르웰린이 메르헨을 무섭게 질타했다. 망나니 같던 메르헨도 자신 때문에 가문이 반역자로 몰린 이 상황에선 도저히 할 말이 없는지 숨까지 나누어서 쉬었다.

'어우…… . 얼굴의 저 상처는 평생 갈 것 같은데…… .'

물론 그렇다고 해서 도와줄 생각은 없었다. 메르헨 때문에 키프로스의 기세가 다시 살아난 걸 생각하면 내가 나서서 멍석말이를 해 버리고 싶을 정도였다.

"후…… . 슈슈에게 이런 추한 모습을 보이고 싶지는 않았는데…… ."

르웰린은 움찔거리는 메르헨을 향해 야차처럼 매서운 표정을 짓다가, 이내 한숨을 푹 쉬며 기세를 죽였다.

그의 등허리를 밟고 있던 두 발을 거둔 그녀가 고개를 까닥였다.

"아버지께 가 봐."

"……나 그냥 여기 있으면…… ."

"시체가 돼서 가고 싶은 게 아니라면 가 봐."

"지금 당장 가 보마."

메르헨은 르웰린의 발받침대가 되는 것보다 체슬러 데카르도 후작에게 가는 것이 더 꺼려지는 듯 주저했으나, 섬뜩한 표정으로 고개를 모로 기울이는 르웰린을 보고 황급히 일어났다.

'체슬러가 무섭긴 한가 보군.'

하기야 체슬러 데카르도는 얼핏 봐도 위엄 있고 엄격한 사람이었다. 여태껏 바빠서 자식들을 방치해 왔지만 이 궁에 갇히게 되어 시간이 넘쳐나는 지금, 그가 메르헨을 얼마나 엄하게 훈육하고 있을지 상상이 갔다.

'뿌린 대로 거두는 거지.'

불쌍하진 않았다. 응당 치러야 할 대가를 치르고 있는 것이니까.

이유가 뭐든 체슬러는 아버지로서의 의무를 수행하지 못했다. 그 때문에 고통받아 온 르웰린을 생각하면 머릿속이 차가워졌다.

그저 이번 일이 체슬러에게 가정을 돌아볼 기회가 되기를 바랄 뿐이었다.

"……가 보겠습니다."

메르헨이 슬쩍 몸을 돌려 고개를 까닥였다. 그의 얼굴은 불만으로 가득했으나, 그럼에도 나를 향한 인사는 잊지 않았다.

'평민에게서 난 사생아 계집애 주제에…….'

과거, 아타라 사절단 축하 연회에서 그가 했던 말을 떠올렸다.

지금의 내가 그때와 비교할 수 없을 정도로 달라진 만큼 메르헨도 많이 달라졌다. 우선 하늘을 뚫을 듯 치솟아 있던 객기부터가 꺾인 것이 눈에 보였다.

메르헨 데카르도와는 도저히 좋은 인연이라고 말할 수 없다. 나를 향한 그의 언동은 둘째 치고서라도 그가 르웰린에게 했던 짓들은 하늘이 두 쪽 나도 용서할 수 없다. 메르헨이 나아졌다고 해도, 그와 좋은 관계를 맺고 싶은 마음은 추호도 없었다.

'사람은 변한다.'

하지만 나를 곁눈질하는 검은 눈동자가 자신의 죄를 알아차린 죄인처럼 더없이 무겁고, 거기에 나를 향한 미미한 속죄를 담고 있어서, 나는 가볍게나마 고개를 까닥해 묵례했다. 다시 만나고 싶지 않은 사람이었다.

하지만 그가 나아질 수 있는 인간임을 인정한다. 그뿐이었다.

"……이리 와요."

메르헨이 완전히 사라지자, 흔들의자를 가볍게 흔든 르웰린이 내게 손짓했다. 나는 홀린 듯 다가가 그녀 앞에 섰다.

"안아 줘요."

"……."

"어서."

그녀는 늘 내 예상을 깨뜨리는 사람이었다.

내가 그녀에게 갖은 질책을 들을 거라고 예상했건만, 그녀는 문답무용이라는

충직한 검이 되려 했는데 4

듯 두 팔을 벌릴 뿐이었다.

와락.

나는 말없이 허리를 굽혀 르웰린을 강하게 끌어안았다.

"다친 곳은 없죠?"

"……네."

"그럼 됐어요."

그녀가 나를 위해 울어 주는 것도, 화내 주는 것도 고마웠지만, 이렇듯 은근히 걱정해 주면 정말이지 울고 싶어졌다. 눈을 질끈 감았다 뜬 나는 내 턱을 간지럽히는 붉은 머리칼에 잠시 얼굴을 묻었다.

"당신은 당신의 임무를 제대로 마치고 왔는데…… 나는 이런 모습밖에 못 보여 줘서 어쩌죠?"

"그런 말 하지 마세요."

"아뇨. 한심해요. 키프로스 치들의 간계에 넘어가 곤경에 빠지다니……."

녹음을 머금은 두 눈이 불붙은 숲처럼 아찔하게 타올랐다.

"보름. 보름 내로 이 누명을 벗어서 높아져 있을 그것들의 콧대를 짓이기겠어요."

'뜨, 뜨겁다…….'

분노를 장작 삼아 불타는 그녀의 열정에, 맞닿은 가슴이 화상을 입을 것 같았다. 하기야 이번 일은 르웰린의 드높은 프라이드에 타격을 주다 못해 난도질을 해 버렸다. 그녀는 내 앞에서 웃고 있지만 속은 말이 아닐 터였다.

"슈슈는 알고 있죠? 메르헨 데카르도, 그 자식이 뭣도 모르고 북부와 연관된 길드에서 돈을 빌렸을 뿐, 우리 데카르도는 반역을 저지르지 않았다는 걸요."

"당연하죠."

나는 르웰린, 그녀가 속한 데카르도를 더없이 신뢰했다. 그녀가 내 머리칼을 천천히 쓸어내렸다.

"당신이 북부에서 돌아왔을 땐 모든 일이 끝나 있을 거예요."

예상치 못했던 말에 나는 눈을 크게 떴다.

모든 일이 끝나 있을 거라는 말에 놀란 건 아니었다. 그녀의 능력으로는 불가능한 일도 아닐 테니까.

"제가 북부에 간다는 걸 어떻게 아셨습니까?"

내가 북부로 파견되는 걸 아는 사람은 겨우 열 손가락 안에 꼽힌다. 르웰린에게는 알려 줄 생각이었지만, 이미 알고 있었다니.

그녀가 입가에 검지를 세우며 요요히 웃었다.

"후후. 걱정 말아요. 밖으로 말이 샌 건 아니니까. 황태자가 언질을 주었어요."

디디.

그의 얼굴이 불쑥 머릿속에 떠올랐다.

"감금되어 있는 동안 디에고 솔라티네, 그가 많이 도와주었죠. 이렇게 괜찮은 궁에서 묵을 수 있는 것도 그가 손써 준 덕분이고요."

역시 디에고는 데카르도가 반역과 연관이 없다는 걸 알고 있었던 모양이다. 연금되는 것까진 막지 못해도 불편하지 않게 챙겨 준 것 같았다.

"황제파의 차기 수장인 그 사람이 신전파인 데카르도를 도왔다는 건 꽤 리스크를 감수한 일이고, 그런 만큼 더 고마워해야겠죠. 이곳에서 나가면 은혜는 꼭 갚을 거예요."

달빛 아래 느긋하게 고개를 젖힌 르웰린이 나를 흘끗 바라보았다.

"그리…… 순수한 마음으로 도와준 건 아닌 것 같지만."

묘한 시선을 받은 나는 눈을 끔뻑였다. 그녀는 물가에 애를 내놓은 사람처럼 걱정스러워하는 낯이었다.

"디에고 솔라티네도 나쁘진 않지만……."

르웰린이 턱을 쓸었다.

"굳이 하나를 골라잡아야 한다면 라이너 아인하르트 소후작이 낫지 않나요?

디에고 솔라티네는 속에 구렁이 수십 마리가 들어 있다고요. 그 마음만큼은 인정해도…… 약은 인간보단 차라리 바보같이 순진한 인간이 낫지 않나요?"

"네? 뭘요? 어…… 확실히 대련 상대로는 라이너가 나을 것 같습니다만……."

"……이해할 만한 사람한테 말을 해야지."

르웰린이 한숨을 푹 쉬었다. 갑자기 앞가림 못하는 어린애가 된 기분이었다.

나는 오뚝이처럼 고개를 이리저리 갸웃거렸다.

"됐어요. 차라리 평생 이랬으면 좋겠네. 내가 끼고 살게."

르웰린이 내 목에 두른 팔에 힘을 주어 나를 당겼다. 나는 저항 없이 그녀에게 이끌려 갔다.

"상인은 정보에 민감한 족속이죠. 대륙에 군림하는 데카르도 상단은 그 누구보다 정보에 빠르고요. 아무리 북부가 독립적인 민족이래도 모든 것을 혼자의 힘으로만 해결할 수는 없어요. 거래를 하다 보면 아무리 철통같이 지키던 정보라도 새어 나오죠."

비스듬히 고개를 기울인 르웰린이 내 귓가에 속삭였다.

"비상식적으로 많은 연금술 재료가 북부로 유통되고 있어요."

"……."

"무언가를 연구하고 있는 게 분명해요."

내 입매가 딱딱하게 굳어졌다.

이 전시에 무언가를 연구하고 있다니. 제국의 승전보를 축하하기 위한 꽃잎 날리기 기계를 만들진 않을 테니, 불길한 징조인 게 분명했다.

'티나를 구할 뿐만 아니라 뭘 꾸미고 있는지도 알아 와야겠군.'

어깨가 무거워졌다. 나와 눈을 맞춘 르웰린이 속삭였다.

"조심해야 해요, 슈슈. 이번에도 이렇게 늦으면 가만 안 둘 거예요."

투정을 닮은 말에 나는 가라앉던 기분도 잊고 희미하게 미소 지었다. 나는 자신 있게 고개를 끄덕였다.

"물론이죠. 금방 돌아오겠습니다."

달빛을 받은 녹색 눈동자가 반짝였다.

"있죠? 당신이 북부에서 돌아오고, 내가 이곳을 나가면……."

"……."

"그때는 데이트해 줘야 해요."

그녀의 붉은 입술에 퍼지는 미소가 잔망스러웠다. 나는 맑게 웃었다.

"그때 제 시간은 온전히 르웰린의 것일 겁니다."

까르륵 소리 내어 웃은 르웰린이 내 이마에 가볍게 입을 맞췄다.

친구와 달밤에 밀회를 가지는 것은 역시나 즐거웠다.

다음 날 아침이었다. 겨울은 깊어지는 가운데 유독 날이 따사로웠다.

"너……."

나는 제국 수도 광장에 서서 질린 채로 신음했다.

눈앞의 남자가 태평하게 어깨를 으쓱였다.

"왜?"

"아니……."

나는 그를 위에서 아래로 훑어보았다.

그의 반항심을 보여 주듯 늘 흐트러져 있던 백발은 오늘따라 곱게 정돈되어 있었다. 환한 햇빛을 받은 연둣빛 눈동자는 조명을 받은 압생트처럼 신비롭게 번뜩였다. 약간 불량스러울 만큼 가볍고 자유로운 복장은 그에게 퍽 어울렸다. 장신구라곤 헐렁하게 맨 카메오 보타이가 전부였건만, 잘난 얼굴 때문인지 과하게 화려해 보였다.

나는 역사에 길이 남을 장인이 피를 토하며 깎은 조각상 같은 그를 차갑게 식

충직한 검이 되려 했는데 4

은 눈으로 바라보았다.

수군수군수군.

우리를 둘러싸고 사방에서 수군거리는 사람들로 인해 귀가 따가울 지경이었다.

"뭐…… 정체 숨기는 건 때려치웠냐?"

아타라의 국왕, 알렉산드로 아타라. 당당하다 못해 뻔뻔한 내 친구 레오 앞에서 나는 머리 아픈 듯 이마를 짚었다.

태양의 제국 솔라티네와 달의 왕국 아타라.

아타라 왕가의 상징이 달빛을 머금은 듯 티 없이 흰 백색 머리칼이라는 것은 제국에서도 익히 알려진 사실이었다.

그래서 그가 어렸을 적 제국으로 도망쳐 왔을 때 흰 머리칼을 다른 색으로 감춘 것 아니겠는가. 돌연변이 중의 돌연변이라서 왕족이 아닌데도 백발이라고 변명한다 해도, 레오는 이미 신문에 여러 번 얼굴이 나온 인물이었다. 제국민들이 그의 얼굴을 어렴풋이나마 알고 있으리라는 건 명명백백했다.

"저 사람…… 아타라의 국왕 아니야?"

"그럴 리가 없다고 하기엔…… 너무 닮았구먼. 저번 달 신문 좀 가져와 보게. 거기에 아타라 국왕의 얼굴이 실리지 않았던가?"

"신문에서 본 얼굴처럼 헌앙한 것은 확실한 듯한데."

"그보다 그 앞에 있는 인물은 크리시스가의 공녀 아닌가? 그, 미르 말일세!"

레오는 머리카락 색을 바꾸지도, 로브를 눌러 쓰지도 않은 채 당당하게 자신의 얼굴을 드러내고 있었다. 금방이라도 한 줌의 재로 부스러질 듯 흰 머리칼은 인파 사이에서도 훤히 눈에 띄었다. 사람들의 시선이 몰리는 것도 당연지사였다.

"왜? 얼굴 드러내니까 싫어? 그럴 리가 없을 텐데. 너 내 얼굴 되게 좋아하잖아."

레오가 느리게 고개를 기울였다. 참을 수 없을 만큼 재수 없는데, 얼굴값으로 저 정도면 대단히 저렴하지 않나 싶은 생각이 은근슬쩍 머리를 든다. 도무지 꾸중의 말이 나오질 않았다. 그가 앞머리를 휙 쓸어 넘기며 호기롭게 웃었다.

"나도 광고 좀 해 보자고. 카슈미르 크리시스 경과 연분이 있다는 걸. 타국 사람이라고 따돌리는 건 아니지?"

그러고 보면 레오는 꽤 억울해했다. 타국의 왕이라 만남에 어려움이 있는 것 하며, 정체를 숨기고 나를 만나야 하는 것까지 말이다.

지금에 와서는 괜히 왕좌에 올랐다고 이를 가는 그를 달래는 게 일상이었다.

"오늘은 이러고 다닐 거야. 하루 정도는 괜찮잖아?"

성큼.

레오가 큰 보폭으로 나와 거리를 좁혔다. 나는 이마를 짚었다.

"믿는 구석이라도 있어? 위험하잖아."

염문이야 레오만 괜찮다면 나도 별 상관없고, 헬리오스에게 자유로운 출입을 허락받았다고 하니 외교상 문제도 없었다.

그럼에도 불구하고 그가 정체를 숨겨야 하는 건 안전 때문이었다.

레오는 평범한 방식이 아닌 패도로 왕좌에 오른 어린 왕이다. 공포로써 아타라를 장악한 그에게 정면으로 대드는 이는 없었으나, 뒤에서 그를 노리는 이들은 수를 셀 수 없이 많았다. 그가 호위도 없이 거리를 휘적휘적 돌아다니는 것이 목격되면 어떤 일이 벌어질지는 뻔했다.

"내가 믿을 게 너 말고 뭐가 있겠냐?"

그러나 내 걱정이 쓸데없다고 단정 짓듯 레오는 맑게도 웃었다. 하루가 멀다 하고 목숨을 위협받는 사람답지 않았다.

"네가 지켜 줄 거잖아. 안 그래?"

참으로 대책도, 거침도 없다.

기가 차서 숨이 턱 막히다가도 헛웃음이 나왔다.

"고민은 일이 터졌을 때 하고, 일단은 가 보자고."

충직한 검이 되려 했는데 4

쓰윽.

레오가 내게로 손을 내밀었다. 고귀한 달의 왕국 통치자답지 않게 험한 그 손은 곱지 않아도 더없이 단단했다.

"미치겠네…… 암살자 만나면 네가 다 처리해라."

탁.

나는 속에도 없는 말을 내뱉으며 그의 손을 잡았다.

누군가는 하루하루가 얼음장 같은 전시에 지나치게 태평스레 군다고 욕하겠으나, 이런 순간이 없다면 그 추위를 견딜 수 없는 법이다.

좋은 날, 좋아하는 사람과 함께하는 건 늘 즐거웠다.

그래서 수많은 사람의 시선을 받으며 레오와 함께 향한 곳이 어디냐 하면…….

"숲으로 가자."

"……숲?"

"응. 아타라 왕궁 뒤쪽 숲으로."

정말이지 뜬금없었다.

상가도, 공원도 아니고 숲이라니. 그것도 머나먼 아타라 왕궁의 숲으로 말이다. 하기야 아무리 레오가 내일 없이 살아간다고 해도 조금의 위장도 없이 버젓하게 시내를 돌아다닐 수는 없을 터였다. 위험한 건 둘째 치고서라도 쏟아지는 시선 때문에 피부가 뚫릴 게 분명했다. 그는 사람들의 시선에 연연하진 않았지만, 그렇다고 관심받기를 좋아하지도 않았다.

"이렇게 광장에서 만나는 모습을 보였으니 소문은 충분히 퍼지겠지. 그 고자 집단의 샌님도 배알 좀 꼴릴 거다."

턱.

레오가 실실 웃으며 내 어깨에 팔을 걸쳤다. 주위의 수군거림이 더욱 커졌다.

아주 자극적인 염문이 퍼지리라는 걸 예감한 나는 한숨을 삼켰다.

"아타라까지는 어떻게 가려고? 설마 달려가려는 건 아니겠지."

여기서부터 아타라까지는 전속력으로 달려도 며칠이 걸린다. 지금 출발했다가는 북부로 출정을 나가야 할 시기에 나 혼자 덩그러니 아타라에 있을지도 몰랐다.

"아타라가 어떤 곳이라고 생각하는 거야?"

레오가 오만하게 눈을 치켜떴다.

스윽.

그가 내 손에 주먹 반만 한 크기의 아티팩트를 쥐여 주었다.

"마도공학의 종결지, 위대한 아타라 왕국 아니겠어?"

나는 놀라서 살짝 입을 벌린 채로 매끄러운 표면을 매만졌다. 이 작은 아티팩트엔 어마어마한 마력이 응집되어 있었다.

"아타라 왕궁 기억하지? 그곳을 떠올려. 이 조그마한 것이 널 그곳으로 데려다 줄 테니까."

장거리 순간이동은 마법사 수십 명을 갈아야 하는 일이건만, 아타라의 기술력엔 경악을 금할 수 없었다. 제국의 뛰어난 마법사들조차 단번에 자르지 못했던 북부의 결계를 절단하는 마도구를 만들어 낸 나라다웠다.

나는 소리 없이 감탄하다가 문득 궁금해졌다.

"이거 얼마짜리냐?"

"음? 어…… 잠깐만. 생각 안 해 봤는데."

레오가 눈을 굴려 하늘을 바라보았다. 그의 두 손이 무언가를 셈하듯 빠르게 움직였다.

오래 지나지 않아 그가 해맑게 웃었다.

"가치로 따지면 주먹만 한 다이아? 내 것까지 해서 두 개니까 두 주먹이네. 그걸 으스러뜨린다고 생각해. 1회용이거든. 왕복이니까 네 주먹인가?"

'이 자식 여태껏 주먹만 한 다이아몬드를 으스러뜨리면서 제국에 온 건가?'

나는 두 눈을 감아 버렸다. 크리시스에 입적한 뒤로 돈지랄엔 익숙해졌다고 생각했는데, 이건 또 새로웠다. 아티팩트를 쥔 손이 희미하게 떨리기 시작했지만 티 내진 않았다. 만약 쓰기 아까워하면, 레오는 노발대발하며 보석 분쇄 쇼를 보여 줄 놈이니까.

파앗.

울렁이는 느낌과 함께 눈앞의 광경이 변했다. 손은 레오와 강하게 맞잡은 채였다. 아타라 파견 이후 처음으로 와 보는 왕궁은 그때와 다름없이 웅장했다. 그 지고한 위엄을 감상할 새도 없이, 레오가 들뜬 아이처럼 나를 이끌었다.

"얼른 가자!"

나는 하는 수 없이 웃으며 그를 뒤따랐다.

"흐억! 구, 구, 국왕 전하?"

"어, 수고해라. 졸지 말고."

왕궁의 대로를 가로지를 때, 레오를 본 경비병들은 하나같이 영혼을 토해 낼 듯 입을 벌렸다. 창을 쥔 손이 수전증 온 노인처럼 덜덜 떨렸고, 표정은 하늘을 찢고 나오는 촉수 괴물을 본 사람 같았다.

'솔라티네와 아타라 둘 다 망했군.'

짙은 기시감을 느꼈음은 말할 것도 없다.

나는 엘을 본 성기사들의 얼굴을 떠올리다가 체념했다. 뭐랄까, 두 사람은 정말 다른데 대단히 비슷했다. 그 역설이 놀랍게도 말이 됐다. 둘 다 신전과 왕궁에서 얼마나 망나니짓을 하고 다닐지 예상이 가지만 궁금하지 않았다.

"어때. 터가 좋지?"

탁.

숲에서 꽤 들어갔을 때, 나무가 없는 넓은 평지가 나타났다. 겨울이라 푸릇한 잔디는 없었지만 고즈넉한 매력이 있었다. 나는 숨을 크게 들이마셨다. 짙은 숲 내음이 비강을 뚫고 몸속을 청결케 하는 것 같았다.

"좋은데. 여기서 뭘 하려고?"

이곳은 사람 하나 없는 허허벌판이었다.

여기 앉아서 대화만 해도 재미있겠지만 그에겐 뭔가 계획이 있어 보였다. 내가 고개를 갸웃거릴 때, 레오는 짙게 미소 지었다.

그 순간.

스르릉!

범인의 눈엔 잡히지 않을 빠른 속도로 거리를 벌린 그가 삽시간에 발도했다. 첨예한 검날이 햇빛을 받아 섬뜩하게 빛났다.

챙―!

나는 재빨리 검을 뽑아 내 목을 향해 날아오는 검 끝을 막아 냈다. 나와 그의 검신이 웅웅거렸다. 그가 나를 해칠 거라고 생각하진 않았다. 내가 막아서지 않았어도 나를 찌르진 않았겠지만, 내 행동은 영혼에 새겨진 본능이었다.

놀란 눈으로 검 너머의 레오를 바라보았다. 그가 호기롭게 웃었다.

"역시 너답군. 반사 신경 참 예민하단 말이지."

타닥.

가볍게 물러난 레오는 앞머리를 휙 쓸어 넘겼다.

"한 번쯤은 너랑 꼭 붙어 보고 싶었다고. 드디어 그날이 온 거야."

휙!

그가 내 앞으로 검을 세웠다.

"싸우자!"

압생트를 머금은 두 눈이 뜨겁게 불타올랐다.

'이 자식, 옷 편하게 입고 오라는 게 이것 때문이었어?'

나는 헛웃음을 쳤다.

기껏 머리칼을 정리하고 기깔나게 차려입은 주제에―물론 그의 얼굴이 더없이 화려할 뿐 객관적으로 차림 자체는 퍽 가벼웠다― 싸움을 하다니.

이건 정말…….

충직한 검이 되려 했는데 4

정말이지…….

스르릉–

"그 용기 하나는 가상하다고 해 주지, 솜털도 안 빠진 애송아."

완전 마음에 들었다.

이 자식, 내 취향을 저격할 줄 알았다.

"난 걸어오는 싸움은 거절하지 않아."

나는 레오를 향해 검을 세우며 입꼬리를 찢어져라 끌어올렸다.

오랜만에 검사로서의 피가 들끓기 시작했다.

"내가 어렸을 때 얼마나 너한테 개기고 싶었는지 알아? 커서는 너보다 더 강해지고 싶어서 발악했다고."

그의 들뜬 목소리에선 패기와 승부욕이 흘러넘쳤다.

그러고 보면…….

'허억, 헉, 나한테, 큭, 이런, 천한 일을, 시키고도, 헉, 무사할 줄 알아!'

'넌 약해 빠져서 이렇게라도 운동해야 돼. 저기 또 약초 있네. 얼른 가서 캐.'

'이 미친놈이, 큭, 진짜! 그냥 네가 귀찮아서잖아! 윽, 내 등에서 내려오기라도 해!'

'체력 기르는 데 비료 포대 지고 다니는 것만큼 좋은 운동이 없어. 우리 집엔 비료 포대가 없으니 나라도 업어야지 어떡하냐. 다 널 위해서야.'

'너, 내가 반드시 죽여 버릴 거야!'

'내가 손가락만 휘둘러도 죽을 것 같은 네기? 체력 기르고 강해진 뒤에 그런 소리를 하면 무서워하는 척 정도는 해 주마.'

……레오는 내게 원한이 있을 만했다. 그가 제국으로 도망쳐 왔을 때, 나는 무위가 조금도 없던 그를 힘으로 찍어 눌러서 노예처럼 부려먹었으니까.

나를 죽일 듯 노려보던 어린 레오를 생각하면 지금껏 죽이겠다고 달려들지 않은 게 더 용했다.

'좀······ 죄책감 들 정돈데.'

새삼 떠올리니 저항하지 말고 맞아 주는 게 공평하지 않나 싶을 정도였다.

무의식적으로 검을 1cm쯤 떨구었을까, 눈을 부릅뜬 레오가 역정을 냈다.

"절대, 절대 봐주지 마! 알았어?"

"어어······."

"내가 얼마나 강해졌는지 보여 줄 거라고!"

내게 당당하게 싸움을 신청하고, 진심으로 덤비는 저 당돌함은 오직 그에게서만 볼 수 있었다.

레오는 나를 공격하기를 망설이지 않을 것이다. 내가 피할 수 있다고 믿으니까.

그것은 나를 해치기 두려워하는 마음과는 결이 다른데, 어쩌면 더 깊은 신뢰와 애정이었다. 심장 박동이 빨라지고 웃음이 새어 나왔다.

"그 말, 후회하지 마라."

소소한 대화와 오붓한 산책도 좋지만, 이런 검과 검의 소통이야말로 나를 미치도록 즐겁게 했다.

"지루하진 않을 거야. 기대하고······."

그렇게 반응할 줄 알았다는 듯 얼굴에 홍조를 띤 레오가 자신만만하게 고개를 쳐들었다.

쉬이익-

나는 그를 향해 검은 오러가 피어오른 검 끝을 겨눈 채 도발하듯 흔들었다.

"검 잡은 새끼가 왜 이렇게 혀가 길어?"

"하······."

"긴말하지 말고 덤벼."

콰앙-!

레오가 연둣빛 오러를 폭발적으로 터트리며 내게 달려들었다.

"허억…… 하…… 미친……."

털썩.

레오는 한 시간 만에 거지꼴이 되어 쓰러졌다.

그는 강했다. 정말로. 레오의 무위를 본 건 은빛 늑대족을 찾으러 갔다가 달려드는 늑대 수인들을 막으려 합공했을 때가 마지막인데, 그때보다 훨씬 더 강해진 것 같았다.

'불안정하던 오러도 안정을 되찾았고, 체력도 훨씬 좋아졌군. 자세가 곧아진 건 말할 것도 없고.'

일취월장이다. 레오의 뛰어난 성장세에 내가 다 기분이 좋아질 정도였다. 하지만 나는 칭찬을 하기보단, 땅에 널브러진 그를 내려다보며 재수 없게 입꼬리를 비틀었다.

"이게 끝? 얼마나 강해졌는지 보여 준다며?"

그의 두 눈에서 불이 뿜어져 나왔다.

"으아아아아악!"

레오가 기합을 내지르며 내게 달려들었다.

빠아악-!

나는 그의 하얀 정수리를 칼자루 끝으로 내리찍었다.

쿠당탕!

레오의 몸이 맥없이 무너졌다. 정수리를 잡고 구르던 그가 나를 매섭게 노려보았다.

"어쩜 사람이 그렇게 악독하냐! 사람을 이렇게 잘근잘근 밟아!"

눈물이 조금 맺힌 레오의 눈가를 보자니 없는 가학심도 생겨나는 기분이었다.

'역시 나는 용병이 천직이었나?'

나는 피가 화산처럼 들끓는 느낌에 두 팔을 벌리고 날카롭게 웃어젖혔다.

"크하하하! 겨우 그 정도냐! 더 해 봐라, 더! 다시 덤벼, 새끼야!"

레오가 미약하게 움찔했다. 그가 나를 멍하니 바라보았다.

"너…… 너무 신난 거 아니냐? 사람 패면서?"

번뜩 정신이 들었다.

'이렇게까지 신나게 팰 생각은 아니었는데…….'

제대로 싸워 본 것이 오랜만이라 흥분했다. 용병 때의 성격이 좀 나온 것 같았다. 물론 나도 멀쩡하진 않았다. 몸 이곳저곳에 잔 상처가 났고, 등은 땀으로 흠뻑 젖었다. 하지만 레오만큼은 아니었다. 내가 거지라면 그는 왕초였다.

"야…… 그…… 미안하다. 괜찮냐……?"

나는 머쓱하게 뒷머리를 긁적이며, 레오에게 잡고 일어나라는 의미로 손을 내밀었다.

대자로 누워서 숨을 고르던 그가 내 손을 빤히 바라보았다.

"허, 참……."

레오가 헛웃음을 치며 내 손을 잡았다.

화악!

그리고 나를 확 잡아당겼다.

탁!

순간, 중심을 잃은 나는 땅을 짚어 가까스로 버텼다. 우리의 몸이 겹쳐졌다.

"괜찮지 않다고 하면 책임져 주나?"

내 양팔 사이에 갇힌 레오가 요사스럽게 눈꼬리를 휘었다.

나는 눈을 끔뻑였다.

"이 자식, 멀쩡하구먼."

빠악!

"아악!"

　　　　　　　　　　　　　　충직한 검이 되려 했는데 4

칼자루에 콧대를 얻어맞은 레오가 얼굴을 감싸 쥐고 땅을 굴러다녔다.

"야! 어떻게 얼굴을 때리냐, 얼굴을? 너 꼬시는 데 이거만 한 게 없는데!"

"허튼소리 말고 일어나. 빨리 안 일어나?"

나는 벌떡 일어나서 목덜미를 득득 긁었다.

순간, 펄떡거린 목덜미의 맥은 모르는 척하기로 했다.

"내가 이러고 삽니다, 레이샤…… 진짜……."

끙차 하고 상체를 세운 레오가 사뭇 진지해진 낯으로 이마의 구슬땀을 닦아냈다.

"뭐, 됐어. 마음의 준비는 이걸로 충분히 된 것 같으니까."

그가 자리에서 일어났다. 형광 연둣빛 두 눈은 숲 어딘가에 고정되어 있었다.

그러고 보면 레오는 대련 중 몇 번 시선을 팔았다. 얼핏 눈에 복잡한 빛이 스쳐 지나가기도 했다. 그 모습은 마치 무언가를 위해 마음을 다잡는 것 같았다. 그러지 않았어도 내게 유효타를 대여섯 대쯤 더 먹일 수 있었을 것이다.

"……정말 가야 할 곳이 있어."

그가 내게로 고개를 돌렸다. 어느새 가라앉은 눈은 깊고 짙었다.

"가자."

부탁이 아니다. 그는 이미 내가 함께 가 줄 것을 확신하고 있었다.

"기꺼이."

나는 레오를 따라 숲을 가로질렀다.

···᠄᠊ᖇ᠊᠄···

우리는 공터에서 조금 더 깊은 곳에 다다랐다. 갈수록 나무들이 빽빽해져, 이른 오후인데도 주위가 그림자로 어둑어둑했다. 다행히도 위험한 들짐승이나 암살자가 튀어나오는 일은 없었다.

우리는 말없이 걸었다. 발소리와 나뭇잎에 바람 스치는 소리만이 넓은 숲을 울렸다.

탁.

오래 지나지 않아 앞장서서 걷던 레오의 발걸음이 멈췄다.

"여기야."

나는 천천히 그의 옆에 섰다. 본능적으로 직감했지만, 직접 보니 말문이 턱 막혔다. 간소하다 못해 초라한 무덤. 흔한 비석도 없고, 십자가조차 없다. 둥그렇게 솟아오른 모양만이 그것이 무덤임을 짐작케 했다.

거친 진토 위로 한 줄기 햇살이 비쳤다.

"그녀는 늘 숲을 그리워했어."

레오가 갈라진 목소리로 속삭였다. 나는 두 눈을 감았다.

레이샤. 위대한 은빛 늑대의 혼이 이곳에 묻혀 있었다.

나는 테세우스의 기억 속에서 보았던 레이샤를 떠올렸다.

달빛으로 반짝이는 은발. 콧대 위로 비스듬히 난 흉터. 엄격하고 강인한 포도색 눈동자. 아타라 왕궁 분수대엔 레이샤의 조각상이 세워져 있었다. 거대한 대리석 조각상은 장인 수십 명이 달라붙어 조각한 듯 섬세하고 아름다웠다.

처음 보았을 땐 그 섬세함에 감탄하며 아주 제대로 재현한 것일 거라고 지레짐작했다. 그녀를 직접 보고 나서야 조각상이 실제의 그녀를 조금도 담아내지 못했다는 걸 알 수 있었다.

레이샤는 헌앙했지만 숨이 막히도록 아름답진 않았다. 나는 그녀보다 아름다운 사람을 셀 수 없이 많이 봤다. 용병 생활을 하며 만났던 용병들을 생각하면 인상이 강렬한 편도 아니었다. 하지만 레이샤는 한 번 본 것만으로 내게 각인되었다. 안테이아를 마주하는 그녀의 단단한 낯이 머릿속에 선명하게 남아 있었다.

여러 사람을 만나 봤지만 이런 느낌은 처음이었다. 이런 인물이라면 아무리 기억을 잃었어도 본능 언저리에 웅크리고 있을 수밖에 없다.

충직한 검이 되려 했는데 4

'우리는 정말 전에 본 적이 있구나. 내 7살 이전의 기억을 지운 사람이 당신이 구나.'

기억 속에서 본 레이샤는 어린 나를 돌보는 것이 퍽 익숙해 보였다. 그럼 나와 만난 것이 적어도 두 번 이상이라는 뜻.

'레오의 은인이자 내 어머니의 친구이며…… 내 기억을 앗아간 사람.'

속이 미묘하게 울렁거렸다. 레이샤의 무덤은 내게 예상 이상의 감흥을 이끌어 냈다.

"시체는 수습하지 못했어. 내가 아타라에 돌아온 건 그녀가 죽고 몇 년이 지난 뒤였으니까."

레오가 무덤 앞에 쭈그려 앉았다. 그의 넓은 등이 오늘따라 좁아 보였다.

"뒤늦게나마 하늘 아래 가장 성대한 장례식을 치르고, 그녀의 손때 묻은 책이 라도 왕가의 묘지에 안치할까 싶었는데…… 레이샤는 그걸 원치 않을 것 같더라 고."

쓱쓱.

레오가 무덤 표면을 손바닥으로 쓸어 울퉁불퉁한 흙을 고르게 폈다.

"그녀는 늘 숲을 그리워했으니까."

내게 등을 보인 그의 표정은 볼 수가 없었다. 어쩌면 그걸 의도한 걸지도 모르 겠다.

"그때는 그녀가 매일 밤 발코니에서 이 숲을 애달프게 바라보는 이유를 몰랐 는데, 이제는 알겠어. 자신의 고향을 겹쳐 봤던 거야."

레오가 느리게 심호흡했다.

"레이샤는 내가 혼자 살아갈 수 있게 가르쳐 줬으면서도 믿을 수 있는 사람을 만들어 주위에 두라고 했지. 아무리 강해져도, 혼자라면 외로울 거라고."

스윽.

레오가 나를 돌아보았다. 상상했던 표정과는 완전히 달랐다.

그는 여느 때처럼 조금은 성격 나빠 보이게, 그리고 제법 아이같이 웃고 있었다. 그의 악명을 잊을 만큼 해맑은 얼굴이었다.

"내가 믿는 이름은 너뿐이니까, 널 꼭 레이샤에게 소개시켜 주고 싶었어."

문득 그런 생각이 들었다.

'레오는 레이샤가 13년 전 제국에 남겨 두고 갔다던 유품을 찾으려 한 적이 있지.'

그래서 레이샤가 마지막에 머물렀던 곳을 추적했고, 은빛 늑대족의 문양이 새겨진 주머니를 찾았다. 그 유품은 지그문트에게 빼앗겼지만…….

'중요한 건 유품이 발견된 장소가 예전에 나와 아리아, 그리고 안테이아가 살던 집이라는 것.'

그 안에 들어 있던 것은 요정 숲의 출입패였다. 분명 귀중한 물건이지만 레오에게 필요한 물건은 아니었다. 죽은 자는 말이 없으니 지금으로서는 레이샤가 어떤 생각을 했는지는 알 수 없지만.

'레이샤는 그걸 계기로 안테이아의 딸들과 레오가 만나기를 바랐는지도 몰라. 그렇게 레오에게 친구를 만들어 주고 싶었던 게 아닐까.'

안테이아와 레이샤가 각별한 친구였던 것처럼 말이다.

'그리고 레이샤가 어린 레오를 암살자들에게서 피신시킨 곳이 우리 집 앞 골목이었지.'

레이샤는 정원에 숨겨 둔 순간이동 마법진을 발동해 레오를 보냈다. 그건 이동할 장소를 이전부터 우리 집 주위로 설정해 두었다는 소리였다.

이전엔 공교로운 우연이라고 생각했지만, 이제는 이것까지도 그녀의 의도로 느껴졌다.

"……어쩌면 당신의 희망은 완벽하게 이루어졌는지도 모르겠네요."

그에게 친구가 생긴 것도, 그 친구가 안테이아의 딸인 나인 것도.

탁.

나는 무덤 앞에 한쪽 무릎을 굽혀 앉았다. 시체가 묻히지 않은 무덤. 초라하기까지 한 흙무더기에 의미 따위 있을 리 없다. 그럼에도 나는 그 앞에서 레오에게도 들리지 않을 만큼 속삭였다.

"당신은 왕을 만들었습니다. 내게만큼은 최고인 왕을요."

'반드시 강해지셔야 합니다. 그래서 복수해 주셔야 합니다! 전 한낱 왕자의 유모로 남고 싶지 않습니다! 왕이 돼 주십시오. 왕이 돼서, 제가 왕의 기틀을 닦은 신하로 남게 해 주십시오!'

전생의 기억은 원작을 포함해 대부분 잊은 가운데, 그 문장만큼은 선명하게 내 두 눈에 새겨져 있었다. 그만큼 강렬했다. 이전까지는 그녀가 대단한 야망가라서 그런 말을 했다고 생각했지만.

'레이샤는 레오가 그 말을 짐처럼 지고서라도 살아가길 바란 게 아닐까?'

나는 자신의 죽음을 생의 족쇄로 걸어 준 이의 얼굴을 떠올렸다.

'네 생명은 내가 살린 것이니 살아라. 형벌이라 생각될지라도 끈질기게 살아남아라. 절대 스스로 목숨을 끊지 마라. 버티고, 버티면…… 반드시 행복해질 거다.'

카라쇼를 원망한 때도 있었으나, 결국 그녀의 말이 옳았다. 나는 살아남은 덕에 행복을 알게 되었다.

'아, 지그문트에게 전해 주겠니? 네게도 반드시 봄이 올 거라고.'

틀린 말도 있지만.

"시간 더 필요해?"

"……아니."

툭툭.

나는 자리에서 일어나 무릎에 묻은 흙을 털었다. 그리고 나를 집요하게 좇듯 바라보는 그를 향해 손을 뻗었다.

"그럼 가자. 산 자는 산 자의 삶을 살아야지."

이 말이 한없이 야속하고 잔인하게 느껴진 적도 있다. 그날의 아픔도, 고통도 묻어 두고 등 돌리라는 말처럼 들렸다. 아무것도 모르는 이들의 무책임한 충고처럼 느껴졌다.

하지만 이제는 알겠다. 그곳에 남아 끝없이 침몰하는 게 아니라, 모든 걸 지고 나아가는 것이야말로 진정으로 사랑한 것에 대한 책임을 지는 것임을.

"……응."

탁.

레오도 내 말의 진의를 깨달은 건지, 내 손을 잡았다. 연둣빛 두 눈엔 여전히 질척한 후회와 숨길 수 없는 슬픔이 묻어 있었다. 그럼에도 그는 웅크리고 있던 몸을 일으켰다.

"가야지. 네게 보여 주고 싶은 게 너무 많아."

레오가 환하게 웃었다.

겨울이 한창인 숲에 봄이 찾아온 것 같았다.

레오와의 아타라 방문 이후, 나는 그 누구보다 더 바쁜 닷새를 보냈다. 세상 그 누구보다 바쁘게 살았다고 자신할 수 있었다.

그리고 북부로 떠나는 당일.

"진짜 이럴 겁니까?"

나는 짐을 들지 않은 손으로 이마를 짚으며 차갑게 식은 눈으로 방문 앞의 인영을 바라보았다.

"뭐?"

콸콸콸…….

드러누운 칼이 식도로 위스키를 들이부었다. 얼마나 독한 건지 냄새만 맡아도

충직한 검이 되려 했는데 4

머리가 어지러웠다.

"아니…… 다녀오라면서요?"

"그래. 가라."

"그런데 왜 이러고 있는 겁니까?"

신전에서는 별말 없이 보내 줄 것처럼 굴더니, 떠나는 당일에 이러는 건 무슨 심보인가. 칼이 붉은 눈을 무섭도록 부릅떴다.

"나를 밟고 가라! 가라고!"

그는 정말이지 호쾌하게 굴지만 실상은 구질구질한 사람이었다.

'빨리 가 봐야 하는데.'

약속 시간이 코앞이었다. 쩔쩔매며 그를 어르고 달래 보려 할 때였다.

콰악!

검은 구둣발이 칼의 명치를 부술 듯 짓밟고, 그를 저 멀리로 걷어찼다.

"크아아악! 아악! 고소하겠다! 고소할 거라고!"

벽에 처박혔던 칼이 발악하듯 바닥에 굴러다녔다. 그의 두 눈이 카이사르를 향해 불타올랐다. 카이사르가 무심한 낯으로 눈을 끔뻑였다.

"해 봐라. 내가 네 아비인데 잘도 들어주겠군."

"아버지면 다입니까? 가정 폭력이 그냥 폭력보다 더 형량 높은 거 몰라요?"

"가정 폭력이라니, 가당치도 않군. 자식을 향한 사랑의 매인 것을. 헛소리하는 것을 보니 구두를 먹고 싶은 건가. 집에 먹을 것도 많건만, 네 취향은 도무지 알 수가 없구나."

"이딴 게 아버지라니……."

칼이 쭈그려 앉은 채 침통하게 두 손에 얼굴을 묻었다.

그러거나 말거나 카이사르는 나를 돌아보았다.

"통신구는 챙겼겠지?"

이걸로 세 번째 물음이었다.

나는 성가심보다 죄스러움이 더 컸기에 순순히 통신구를 꺼내 그에게 보여 주었다.

"매일 밤 연락하겠습니다. 통신을 할 여력이 없으면 메시지라도 남겨 놓겠습니다."

어제저녁 식탁에서 카이사르가 내게 세뇌시킨 부분이었다.

고개를 끄덕인 그가 나를 똑바로 바라보았다.

"내가 가장 강조한 게 뭐였지?"

나는 혀로 입술을 축였다.

"……가장 중요한 건 황후 폐하도, 같이 가는 일행도 아닌 저 자신임을 명심하라고 하셨습니다."

솔직히 지킬 자신은 없지만, 거부할 수도 없었다.

"그래."

꾹.

카이사르가 한숨을 푹 쉬며 내 머리를 큰 손으로 눌렀다.

"위급 상황엔 혼자서라도 도망쳐라."

그는 내가 자신의 말을 들을 거라고 기대하지 않았다. 차라리 스스로에게 되뇌는 주문 같았다.

나는 내가 할 수 있는 한 가장 밝게 웃어 보였다.

"성공하고 오겠습니다. 믿어 주세요."

그의 말에 거짓으로라도 수긍할 수 없는 내가 내놓을 수 있는 대답은 이것뿐이었다.

카이사르가 흐릿하게 웃었다. 그는 더 이상 아무 말도 하지 않고 나를 현관문으로 인도했다.

"아악! 슈슈! 나도 데려가라! 나도! 나를 두고 갈 거면 밟고 가라고!"

……그렇다고 나가는 길이 조용하진 않았지만 말이다.

이번 임무는 극소수만 아는 비밀이었다. 아타라, 요정 숲으로 떠났을 때처럼 황궁에서 축복을 받으며 떠날 수는 없었다.

탁.

당사자들끼리만 모이기로 한 외진 장소에 도착한 나는 발걸음을 멈췄다.

"여어. 공녀님. 제일 늦으셨네요."

나무에 삐딱하게 기대어 있던 율리안이 히죽 웃으며 손을 흔들었다.

신관복 대신 사복을 입은 그는 파격적인 머리 스타일까지 더해져 한층 불량해 보였다. 건들거리며 다가오는 모습은 부귀한 귀족 가문의 한량 둘째 아들 같았다.

"율리안은 외관을 바꾸지 않을 생각입니까?"

"뭐, 저는 특별한 특징이 있는 것도 아니니까요."

율리안이 어깨를 으쓱하더니 허리를 굽혀 내 눈을 빤히 바라보았다. 연보랏빛 두 눈이 아이처럼 천진했다.

"그나저나 공녀님은 정말 새로운 느낌이네요. 다른 사람 같기도 하고."

나는 피식 웃으며 검지에 낀 반지를 만지작거렸다. 크리시스의 붉은 기운이 도는 내 눈은 너무 튀어서 암행에 적합하지 않았다. 그래서 마도구를 사용해 검은 눈으로 위장한 참이었다. 시력에 영향이 있을 리가 없는데도 괜히 평소보다 시야가 어두운 것 같았다.

"잘 어울리십니다. 어떤 모습이든."

낮고 담백한 목소리가 귓가를 울렸다.

우뚝 서 있던 인영이 내게로 다가왔다. 온풍이 불며 부드러운 갈색 머리칼이 가벼이 흔들렸다. 그의 두 눈은 황금빛이 아닐지라도 반짝였다. 검게 물든 상태에서도 또렷하고 올곧았다.

"……카르텔."

나도 모르게 중얼거렸다.

몸이 약해 시골로 요양을 온 소년의 이름.

그는 당시에 아인하르트의 자제임을 숨겨야 했기에 제국에선 아인하르트의 상징처럼 여겨지는 금빛 눈동자와 고귀한 은회색 머리칼을 모두 감췄었다.

그러니 내가 기억하는 카르텔이 자랐다면 딱 지금과 같으리라.

"네. 카르텔입니다."

한때는 카르텔이라고 불렸던 라이너가 웃었다. 그는 더 이상 부정하지 않았다. 내 시선이 빤했던 건지, 그가 머쓱한 듯 목덜미를 긁적였다.

"많이 어색하겠죠. 눈에 띄지 않기 위해선 어쩔 수 없었습니다."

대륙에서 제일 흔한 갈색 머리칼과 검은 눈. 수도 거리를 걷기만 해도 다섯쯤은 볼 수 있는 색 조합이다.

정말이지 특별할 게 없다만…….

"눈에 띄는데요…….""

나는 중얼거렸다. 옆에서 함께 라이너를 감상하던 율리안이 굳게 고개를 끄덕였다.

"기사단장님. 감자 포대라도 뒤집어쓰세요."

너무 눈에 띄었다.

얼굴이.

"아이참. 공녀님, 좀 더 꽉 묶으라니까요."

꽈아악.

나는 망토의 매듭을 더 강하게 묶었다. 라이너의 화려한 얼굴이 후드 아래에 반 이상 감춰졌다. 이 정도면 암행 중 눈에 띌 일은 없을 것 같았다.

"앞이…… 잘 안 보입니다만……."

살짝 보이는 라이너의 입술이 소심하게 달싹거렸다.

"에이, 소드 익스퍼트가 그것 때문에 징징거려요? 별거 아니네."

충직한 검이 되려 했는데 4

율리안이 실실 웃었다. 그는 대신관을 그만두게 된다면 '도발가' 같은 직업을 새로 창시해도 될 만큼 도발 실력이 뛰어났다.

"……버텨 보겠습니다."

부동심의 대가 같은 라이너조차 순간 약이 오른 듯 이를 악물었으니 말이다.

"헐. 그런데 저도 얼굴 가려야 하는 거 아닌가요?"

"예? 왜요?"

율리안이 꽃받침을 하고 한쪽 눈을 찡긋했다.

"신전 최고의 미남인 제가 얼굴 드러내고 다니다가 사람들이 몰려들면 어떡해요?"

나는 웃었다.

"훤하게 드러내고 다니세요. 이참에 그 비대칭 앞머리도 화끈하게 까 버리시죠."

"젠장!"

분해하는 율리안을 뒤로하고, 나는 주머니에서 아티팩트를 꺼내 들었다.

"한시가 급하니 바로 출발하죠. 다들 순간이동 아티팩트는 챙기셨겠죠?"

헬리오스에게 특별히 지급받은 물건이었다. 장거리를 이동할 수 있는 아티팩트는 평범한 방법으로 구할 수 없다. 마도공학의 종결지인 아타라 왕실에서만 소량 제작이 가능한 만큼, 금보다 더 희귀했다.

'제작 방법 유출을 방지하기 위해서 웬만하면 아타라 바깥으로 유통하지 않아 황실에서조차 구하기 힘든데, 이번엔 예외적으로 받을 수 있었다고 했지.'

나는 머쓱하게 웃던 헬리오스를 떠올렸다.

'허허. 사실 자네 이름을 좀 팔았다네. 그 어린 왕, 자네가 쓸 거라고 하니 냅다 보내 주더군. 돈도 안 받고.'

어이가 없지만 결과적으로는 잘 풀렸으니 깊게 생각하지 않기로 했다.

아무리 장거리 아티팩트라도 머나먼 북부의 중심부까지 한 번에 가는 것은 무리지만, 이걸로도 감지덕지였다. 뛰어서 가지 않는 것만으로도 어디인가.

'그런데 아타라까지 이동할 수 있는 것만 해도 주먹만 한 다이아몬드 가격이라고 했는데…….그것보다 더 먼 거리를 이동할 수 있는 이건…….'

나는 떫은 눈으로 손안의 아티팩트를 바라보았다.

우리 셋이서 왕복으로 여섯 개를 사용하고, 티나의 것까지 하나를 더 챙겼으니…….

'이번 암행으로 섬 하나쯤은 부서지는 건가?'

그렇게 생각하니 이루 말할 수 없이 착잡해졌다. 난 그쯤에서 생각을 그만두기로 했다.

"준비 끝났습니까?"

두 사람이 고개를 끄덕였다. 율리안은 집안 살림을 다 털어 온 건지 뿔룩한 짐 보따리를 들고 있었고, 라이너는 마실을 나가는 참이라고 해도 무리가 없을 만큼 짐이 간소하지만 뜬금없게도 빈 지게를 지고 있었다.

나는 두 사람의 딱 중간으로, 작지도, 크지도 않은 짐 가방 하나였다. 아공간 가방이라서 별의별 게 다 들어 있긴 하지만 말이다. 다른 이가 우리를 보면 피난을 가는 건지, 나무를 베러 가는 건지, 짧은 여행을 가는 건지 분간이 안 될 터였다.

'뭐, 오히려 좋지. 눈을 백번 씻고 봐도 황후를 구하러 가는 비밀 특사대로는 안 보일 테니까.'

만족스럽게 수긍한 나는 눈을 감았다.

"그럼 출발하죠."

파앗!

빛이 터져 나오고 이내 잦아든 순간 우리는 그곳에 없었다.

달리고 야영하길 반복한 지도 사흘째였다.

북부 중심부에 가까워질수록 길은 험해지고 날씨는 추워졌다. 출발할 때는 가벼운 옷차림이었지만 어느새 모두 두꺼운 털 망토를 입고 있었다.

"이제 슬슬 인가에서 쉬어야 할 것 같습니다만."

내 옆에서 빠른 속도로 달리던 라이너가 흘깃 뒤를 돌아보았다.

그가 출발할 때부터 등에 지고 있던 지게.

"저는 괜찮, 푸엣췽! 겔록겔록!"

그곳엔 담요에 돌돌 말린 율리안이 한껏 몸을 웅크리고 앉아 있었다.

율리안에게 우리 둘 같은 속도와 체력을 요구할 순 없었다. 하지만 황후를 구하러 가는 길을 천천히 주파할 수도 없는 노릇이었다.

'그냥…… 율리안을 들고 가죠?'

'좋은 생각입니다. 제가 지게를 준비하겠습니다.'

'……저기요? 제 의견은요? 제 인권은요?'

우리 세 사람은 논의-라고 하기도 민망한 짧은 통보- 끝에 율리안을 지게에 태우고 가기로 결정했다. 라이너가 로브까지 뒤집어쓴 탓에 인신매매범들 같았지만 이게 최선이었다.

"목소리가 좋지 않습니다. 따뜻한 물이라도 마셔요."

나는 속도를 늦추지 않으며 열로 발갛게 달아오른 율리안을 걱정스럽게 살폈다.

'안녕히 주무셨습니까?'

'네. 공녀님도…… 푸락췌에-!'

율리안은 숲에서 야영을 한 첫날부터 감기에 걸려 버렸다.

사실 어찌 보면 당연했다.

북부의 겨울은 눈곱만큼 드러난 손목까지도 동상에 걸리게 할 만큼 추위가 매서웠다. 오랜 용병 생활로 추위에는 이골이 난 나조차도 올해 겨울은 유독 춥게 느껴졌다. 율리안은 신성력을 빼면 일반인에 불과한데, 빠른 속도로 이동하면서 일어나는 칼바람까지 여과 없이 맞고 있었다.

멀쩡한 게 더 이상한 상황이었다.

"진짜…… 죄송해요. 도움이 되고 싶었는데."

몇 번 잔기침을 뱉던 율리안이 지게 위에서 몸을 늘어뜨렸다.

아파서일까, 그답지 않게 힘이 없었다. 그의 목소리는 평소의 명랑함은 온데간데없고 낯설 정도로 낮게 가라앉아 있었다.

'율리안 스스로 치료할 수는 없습니까?'

'신성력은 자가 치료가 불가능해요. 오직 타인을 돕기 위해 주어진 힘이니까요. 그렇게 안 쓰는 놈도 있지만……. 하여간 그게 신성력과 치유력의 차이점이죠.'

어젯밤, 내가 나서서 밤새도록 율리안의 몸을 마나로 데우고 간호해 보았음에도 차도는 없었다. 그를 최대한 빨리 인가에서 쉬게 만드는 것만이 답이었다.

"말도 안 되는 소리는 하지 마십시오. 당신은 제 몫 이상을 하고 있습니다."

지게의 끈을 단단히 붙잡은 라이너가 단호하게 고개를 저으며 말했다.

저건 시무룩해진 율리안을 달래기 위한 빈말이 아니라 객관적인 사실이었다.

애초에 율리안은 비상 시 구급상자이자, 부상을 입었을지도 모르는 티나를 치료하기 위해 추가된 인원이었다. 당연히 평상시엔 활약을 기대하기 어려웠다. 그는 두 보 전진을 위한 한 보 후퇴의 리스크였다.

하지만 율리안은 야영 중 뜻밖의 쓸모를 보여 주었다.

'라이너, 마수들의 습격입니다.'

첫째 날 밤, 야영지로 마수들이 몰려들었다. 북부의 숲에서 야영을 감행하는 이상 당연히 각오해야 하는 일이었다.

'수가 상당하군요.'

'키피라들은 제가 맡겠습니다. 라이너가 다른 놈들을 맡아 주세요.'

마수는 종류가 다양한 데다 한 달은 굶주린 것처럼 기세가 흉포했다. 꽤 오랜 난전이 될 것이라고 생각하며 검을 뽑을 때였다.

'흐아압. 이게 뭔 일이람.'

라이너와 같은 천막에서 묵던 율리안이 시끄러운 소리를 듣고 하품을 하며 걸어 나왔을 때.

'율리안! 위험하니까 나오지 말고 천막에서……!'

이변이 일어났다.

……캭!

끼잉…….

주춤.

내가 내뿜는 살기에도 가까운 거리에서 멈춰 서서 더 날카롭게 경계를 할 뿐이던 놈들이 율리안의 등장만으로 흠칫하며 물러서기 시작했다.

'이놈들이 왜 이러지? 지성이 있는 마수들도 아니고, 특히 성격 더러운 놈들인데…….'

'켈록. 흐음…… 제 신성력 때문 아닐까요?'

율리안이 대수롭잖게 툭 던진 말에 내 머릿속에서 전구가 켜진 것 같았다.

요정들은 흑마법의 천적이지만 마기엔 취약했다. 그래서 북부가 요정 숲에 마수들을 이끌고 쳐들어갔을 때 요정들이 제대로 된 저항을 하지 못한 것이다. 그 반대로, 신전은 흑마법엔 영 힘을 쓰지 못하지만 마기에는 깡패나 다름없었다.

아타라 때는 워낙에 순간순간이 위급하고 이끌어야 할 인원도 많아서 신관들 앞에서 마수들이 어떻게 반응하는지 확인할 겨를조차 없었지만, 이제는 알 수 있었다. 마수들은 신성력에 약하다. 그들은 율리안 앞에서 한없이 위축되었다.

'뭐, 악마가 성수를 본 듯한 기분 아니겠어요?'

율리안이 새가 둥지를 튼 듯 예술적으로 산발이 된 머리를 벅벅 긁었다.

그는 늘 별생각 없이 말하지만 무섭도록 정확할 때가 있었다. 확실히, 지금 마수들은 마치 구마당할 위기에 처한 놈들처럼 겁에 질려 있었으니까.

'율리안. 지금 거기서 한 발자국도 떼지 말고 가만히 서 있어요.'

'헹. 조금 전엔 들어가라더니.'

'이래서는 전투라기보다 처형 같군요.'

마수들은 나와 라이너가 오러를 뽑고 다가갈 때도 율리안의 눈치를 보며 달려들지 못했다. 제대로 저항하지 못하는 놈들을 처형하는 것으로 일단락되었다.

그 뒤로도 매일 밤 마수가 야영지로 쳐들어올 때마다 율리안은 존재만으로 그들을 반쯤 무력화시켰다. 그는 정말이지, 최고의 토템이었다.

'율리안과 엘을 주머니에 넣고 다니다가 마수랑 싸울 때마다 땅에 박아 두고 싶군.'

그런 생각까지 들었으니 더 말할 것도 없다. 평생을 마수와 싸워 온 나로서는 그들이 탐날 수밖에 없었다. 율리안은 이뿐만 아니라 마수와의 전투 후 상처 치료, 이동 중 신성력을 통한 온기 조달도 맡았다.

의외로 손이 야무져 요리까지—나는 스튜를 끓이다가 냄비를 태워 먹었고, 라이너는 치즈를 썰다가 천막을 시원하게 찢어 먹었다. 저도 모르게 식칼로 오러를 뽑았다더라. 율리안은 경악하며 엄포를 놓았고 우리 둘은 식재료 근처에 얼씬도 못 하게 되었다— 하고 있으니, 족히 다섯 사람 역할을 하고 있었다.

"저도 피곤합니다. 모두를 위해 인가에서 쉬려는 것이니 이상한 생각 하지 마세요."

나는 미세하게 죄책감이 어린 율리안의 얼굴을 보며 단언했다.

인가를 찾는 가장 큰 이유는 아픈 율리안 때문이지만, 그게 전부는 아니었다.

'라이너. 율리안을 지고 가는 거, 교대하는 게 어떻습니까?'

'괜찮습니다. 제가 하겠습니다.'

'그렇게 쉽게 말할 게 아니라……'

'괜한 고집을 부리는 게 아닙니다. 북부군과 돌발 전투라도 발생한다면 가장 힘을 써야 하는 건 카슈미르입니다. 저는 그때 기꺼이 당신에게 선두를 맡길 겁니다. 최대한 힘을 비축해 두세요. 평상시에는 제가 힘을 쓰겠습니다.'

'……알겠습니다.'

라이너는 벌써 사흘째, 성인 남성을 등에 진 채 잠자는 시간만 빼고 발목까지 푹푹 들어가는 설원을 전속력으로 달리고 있었다.

단거리라면 어려울 게 없지만 시간이 지날수록 별거 아닌 리스크 하나하나가 족쇄가 될 것이다. 티를 내지 않으려 해도 슬슬 지친 기색이 엿보였다.

'나도 북부 중심지에 다다르기 전에 한 번쯤은 제대로 쉬어야 하고.'

나는 이들 중 가장 상태가 좋지만, 절대적으로 보았을 땐 썩 좋은 편이 아니었다.

매일 밤 마수를 처리하고, 아침까지 보초를 서느라─두 사람에겐 말하지 않았지만─ 사흘간 한숨도 자지 못했다. 지금도 사방에 신경을 곤두세우느라 정신력이 빠르게 닳고 있었다.

'인가에 묵으면 그나마 상황이 좀 나을 텐데……'

율리안에게 약을 구해다 줄 수 있고, 숙소도 대충 세운 천막보다 훨씬 따뜻하며, 무엇보다 밤에 마수와 싸울 필요가 없을 것이다. 하지만 간절히 바라면서도 불가능할 것이라는 체념이 더 컸다. 사실 지금까지 거쳐 온 인가가 없었던 건 아니다. 오히려 굉장히 많았다. 하지만 우리는 그중 어떤 곳에서도 묵지 못했다.

'실례합니다만, 혹시 숙소를……'

'쯧. 외부인은 받지 않네. 나가 주게.'

'보수는 충분하게 드릴 수 있습니다.'

'받지 않는다니까! 당장 나가지 않는다면 사람을 부를 걸세!'

북부의 마을 사람들은 경계심이 극에 달해 있었다. 제국인들 같아서 거절하는 건가 싶어 북부 주변 부족의 복장으로 환복도 해 보았다. 하지만 결과는 매한가지였다.

'젊은이들이 안쓰럽구먼. 쯧쯧. 무슨 일로 북부를 횡단하고 있는 건지는 몰라도, 시기를 잘못 골랐어.'

'네?'

'암브로시오에서의 전쟁이 치열한 와중에 누가 외부인을 받겠는가. 어떤 마을로 가든 결과는 똑같을 걸세. 창이나 안 맞으면 다행이지.'

'아……'

'이 마을 사람들도 그렇게 마음이 나쁘지만은 않아. 그저 겁을 먹은 거지. 원한은 갖지 않았으면 좋겠군. 나도 나그네를 이리 매정하게 내몰고 싶지는 않네만……. 미안하네. 내게도 지켜야 할 가족이 있는지라.'

그중 한 마을에서 만난, 그나마 경계심 없는 노인이 이유를 알려 주었다. 예상했던 대로였다.

'괜찮습니다. 애초에 야영을 각오했는걸요.'

'쯧. 숲에서의 밤은 추울 걸세. 이거라도 가져가서 마시게. 몸을 데워 줄 테니.'

'정말 감사합니다.'

노인이 가죽 포대를 건넸다. 그곳엔 따뜻한 꿀물이 담겨 있었다. 오랜만에 마주한 인심에 마음이 찡해져 허리를 깊게 숙였을 때 노인이 말했다.

'그분께서 하루빨리 제국의 악적들을 토벌해 주셔야 할 터인데……. 그것이 모든 북부인의 유일한 소망이건만.'

'……'

'전쟁이 끝난 뒤에 다시 오게나. 그때는 내 정식으로 그대들을 대접하겠네. 빈손으로 와도 좋아.'

'……네.'

슬픔과 염원이 배어나는 주름 진 얼굴을 보며, 나는 아무 말도 할 수 없었다.

우리는 차마 그걸 마시지 못했다. 잠시 율리안의 손난로로 쓰다가 짐 사이에 고이 넣어 뒀을 뿐.

식어 가는 꿀물의 온도가 어쩐지 서글펐다.

"저기 마을이 보입니다."

탁.

라이너가 걸음을 멈췄다. 그리 높지 않은 절벽 아래로 작은 마을이 한눈에 보였다.

"여기도 안 받아 줄 것 같은데……."

율리안이 콧물을 훌쩍거렸다. 찬바람에 노출되어서인지 그의 상태는 갈수록 심각해졌다. 슬쩍 다가가 손등으로 열을 재어 본 나는 미간을 좁혔다. 이제는 고열이라고 해도 무리가 아니었다.

"시도는 해 봐야 합니다. 단숨에 가죠."

'이번 마을에선 반드시 묵어야 한다.'

파앗!

라이너에게 눈짓을 보내고 망설임 없이 절벽에서 뛰어내렸다. 고개를 끄덕인 라이너가 곧바로 뒤따랐다.

"우와아아악! 이런 짓 할 땐 둘이서만 눈빛 교환하지 말고 말을 하라고, 망할 소드 뭐시기들아! 구에에에엑!"

갑작스럽게 낙하하게 된 율리안의 비명 섞인 구역질 소리는 이제 배경음과 다름없었다.

탁.

가볍게 착지하고 얼마간 더 달린 우리는 마을 입구에 도착했다.

"우와. 이제는 정말 원시 부족 같네요."

율리안이 감탄했다.

북부 바깥쪽은 다른 국가들과 멀지 않아서인지 문화가 섞여 있었지만, 깊이

들어갈수록 토속적인 성향이 짙어졌다.

특히나 이 마을은 입구에서부터 북부 전통 토템인 하라바나의 가죽을 두른 거대한 늑대 목조 조각이 세워져 있었다.

'눈보라가 몰아닥칠 것이다.'

이제는 안다. 그들이 몇 번이고 목 놓아 부르짖던 말, 늑대의 목에 새겨진 저 문장의 의미를. 괜스레 목덜미가 섬찟해졌다.

"이 토템은 어떤 의미일까요?"

지게에서 훌쩍 내린 율리안이 조각된 늑대의 입에 손가락을 넣어 보며 물었다.

"북부인들은 그 토템이 마수의 침입을 막아 준다고 믿습니다. 실제로 조금은 효과가 있을 겁니다. 이지 없는 마수들이라도 하라바나의 가죽은 알아보고 두려워하니까요."

내 설명을 들은 라이너가 고개를 끄덕이며 말했다.

"율리안 신관을 박아 놓으면 효과가 좋겠군요."

나와 율리안이 동시에 그를 돌아보았다.

"어떻게 그런 발상을……."

경악하던 율리안이 고개를 갸웃거리는 라이너를 보곤 질린 듯 고개를 저었다. 라이너에게선 악의도, 장난기도 찾아볼 수 없었다. 그저 한없이 맑을 뿐이었다.

"이래서 천연이 무섭다니깐."

"천연이 뭡니까?"

"당신 같은 사람이요."

"싸움을 잘한다는 뜻이군요."

"아니…… 어휴. 됐다. 말을 말자."

'나도 똑같이 생각했는데.'

나는 티격태격하는 두 사람을 보며 가만히 입을 다물었다.

충직한 검이 되려 했는데 4

가끔씩 라이너와 나는 무서울 정도로 생각이 일치했다.

혹시 북부군과 관련된 기지는 아닌지 짧게 살핀 뒤 라이너와 함께 마을에 들어서려 할 때였다.

"이번엔 저도 같이 가요."

입구 주위를 하릴없이 배회하던 율리안이 결심한 듯 말했다.

나는 조금 놀랐다.

"괜찮겠습니까?"

율리안은 지금껏 단 한 번도 마을에 들어간 적이 없었다. 숙소를 찾을 땐 나와 라이너만 나섰고, 율리안은 마을 바깥에서 대기했다. 북부의 마을을 바라보는 그의 얼굴이 복잡하고 곤란해 보여서 그렇게 하도록 내버려 두었다.

숙소는 한 번도 구하지 못했으니 결과적으로 그가 들어가는 일도 없었다.

"네. 별것도 아니고."

함께 가자는 내 제안에 조금 주저하다가 거절하던 그가 처음으로 자진해서 나서고 있는 것이다.

율리안의 두 눈은 조금 우울했지만 흔들림이 없었다.

"괜찮아야죠, 이제는."

나는 율리안의 사연을 모른다. 그가 말해 주지 않는 한 물어보지 않을 것이다.

"……좋아요. 그럼 함께 갑시다. 또 모르죠. 마을에서 우리를 내쫓으려다가도 율리안의 잘난 얼굴을 보고 생각을 바꿀지도."

하지만 그가 어디로든 나아가고자 한다면, 나는 언제든 그의 뒤를 지킬 준비가 되어 있었다.

"제 말이 바로 그 말이에요."

나의 농담 섞인 말에 맞장구를 치고 씨익 웃은 율리안이 앞장서서 마을로 진입했다.

하얀 눈이 덮인 마을의 거리는 텅 비어 있었다. 미관에 조금도 신경 쓰지 않은 기능성 움막들은 엄숙하면서 거친 느낌을 주었다.

'사람은 있다.'

일견 죽어 버린 마을 같지만, 옹기종기 모인 움막들에서 인기척이 느껴졌다. 그들 또한 우리의 존재를 알았을 법한데 아무도 나오지 않았다.

"우선 아무 곳이나 두드려……."

벌써부터 치미는 막막함에 한숨을 참으며 어느 한 집을 잡아 문을 두드려 보려 할 때였다.

촤악!

물 엎질러지는 소리에 고개를 돌렸다.

"허억! 외, 외부인……! 습격……!"

우물에서 물을 길어 오던 것으로 추정되는 여성은 떨어뜨린 물통도 회수하지 않은 채 발작적으로 뒷걸음질하고 있었다.

"진정하세요. 저희는 위험한 사람이 아닙니다."

라이너가 조금 어색한 북부어로 여자를 달랬다.

이곳 사람들은 모두 표준 제국어가 아닌 북부어를 사용했다. 다행히 나는 용병 시절 북부와 연고가 있었기에 의사소통엔 문제가 없었다. 라이너는 교양으로 북부어를 배워서 유창하진 못해도 어렴풋이 구사가 가능한 것 같았다.

하지만 우리 중 가장 북부어를 잘하는 건 누가 뭐래도 율리안이었다.

"아이참. 제 얼굴을 보세요. 못된 짓…… 푸렉춰! 에라이, 콧물…… 킁. 못된 짓 할 것 같나요? 이 마을에서 하룻밤만 묵으려고 해요."

단숨에 여자에게 다가간 율리안이 애교스럽게 치댔다.

다른 대륙에 던져 놔도 그 대륙의 왕과 친구 먹고 당당히 돌아올 것 같은 능청 스러움은 둘째치고, 어색함이라고는 조금도 찾아볼 수 없는 자연스러운 북부어가 가장 도드라졌다.

"진짜라니까요? 아잉, 하룻밤 재워 주세요."

"흐억……."

강아지처럼 비비적거리는 율리안을 보며 여자는 반쯤 기겁한 얼굴이었다. 그러면서도 당장은 도망치지 않는 것이 놀라웠다.

'율리안을 데려오길 정말 잘했군.'

친근한 첫인상 같은 건 죽 쒀서 개 준 나와 라이너가 다가갔다면 진작에 기절했을지도 몰랐다.

어쩌면 이곳에서 쉴 수 있을지도 모른다는 희망을 가질 때였다.

"자, 잠깐, 당신……."

이 상황을 벗어나고 싶은 마음만 가득해 보이던 여자가 어느 순간 눈을 크게 떴다. 그녀가 조심성 없이 율리안의 얼굴을 꽉 붙잡았다. 율리안이 팔랑거리는 종잇장처럼 맥없이 끌려갔다.

"어억, 제가 아무리 잘생겨도, 켈록, 이렇게 격하게 좋아하시면……."

"보라색 눈……."

여자가 멍하니 중얼거렸다. 그녀의 시선은 율리안의 두 눈에 고정되어 있었다.

순간, 율리안의 표정이 굳었다.

"자안, 자안의 구주다. 자안의 구주가 오셨다!"

찢어지는 비명 같은 목소리가 마을 전체를 울렸다. 그녀가 땅에 엎드렸다.

"오오, 제발…… 북부를…… 북부를 구원하소서……. 우리를 위해 복수하소서!"

그녀의 말에 담긴 처절함과 광기가 벼락처럼 내리치는 것 같았다.

우르르.

"자안의 구주라니! 그분께서 오신 것인가?"

"무슨 소란이냐!"

"외지인들이 온 것 아니었나?"

그녀의 목소리를 들은 이들이 하나같이 움막에서 튀어나왔다.

무언가 이상하게 돌아가고 있었다.

"하……."

소란의 중심에서, 율리안이 터덜터덜 걸어왔다. 갑작스러운 상황에도 그는 당황한 기색이 아니었다. 그저 피곤해 보였다.

율리안은 목덜미를 긁적이더니 내 귓가에 속삭였다.

"교황의 샌드백이던 내가 이곳에선 자안의 구주?"

"당신은 좀……."

어이가 없어서 긴장이 탁 풀리는 건 또 오랜만이었다.

"과거에 사이비 교단을 창설하신 적이라도 있습니까?"

나를 뒤로 물린 라이너가 검 손잡이를 단단히 붙잡으며 율리안에게 물었다. 무슨 일이 생기면 기꺼이 내게 선두를 맡긴다던 그의 말은 새빨간 거짓말이었던 게 분명했다.

"미쳤어요? 난 이단으로 몰려서 화형당하고 싶지 않다고요."

율리안이 기겁하며 얼굴을 구겼다.

웅성웅성.

어느새 벌 떼처럼 몰려든 마을 사람들이 율리안을 보고 시끄럽게 웅성거렸다. 그들의 시선은 우상을 바라보는 사교도처럼 광적이며 집요했다.

"아이씨……."

율리안이 자신의 머리를 마구 헤집었다. 그는 불편해 보였지만 예상치도 못한 상황을 맞닥뜨린 사람 같지는 않았다. 오히려 기이할 만큼…….

'익숙하게 여기고 있어.'

위대한 태양신전의 대신관에게 사람들의 숭배와 섬김은 일상일 터였다.

하지만 그것만으로는 설명이 되지 않았다.

"오오…… 자안의 구주시여……."

충직한 검이 되려 했는데 4

북부를 몇 번 오가 본 나도 들어 본 적 없는 해괴한 호칭까지도, 그는 의문 없이 받아들이고 있었으니까. 고개를 돌린 율리안과 내 시선이 마주쳤다. 제비꽃에 조갯가루를 섞은 것 같은 그의 연보라색 눈이 희미하게 흔들렸다. 어색하게나마 미소를 걸치고 있지만, 그는 분명 어쩔 줄 몰라 하고 있었다.

그가 입술을 달싹거렸다.

"그…… 이건……."

"잘됐네요."

나는 더듬거리는 율리안을 뒤로하고 라이너를 부드럽게 제치며 앞서 나갔다. 두 쌍의 시선이 뒤통수에 꽂혔다.

"율리안 덕분에 숙소를 얻을 수 있겠습니다."

그거면 된 거다.

사박사박.

나는 멀찍한 곳에서 겁먹은 소동물처럼 무리 지어 있는 마을 사람들에게 다가갔다.

"너, 너는 누구냐! 누구인데 자안의 구주와……!"

그들이 겁먹은 얼굴로 주춤주춤 물러났다. 율리안은 경외하면서도 나와 라이너는 잔뜩 경계하고 있었다.

분위기가 날카로워지는 가운데……

쾅!

마을 중앙에 위치한 움막의 문이 거칠게 열렸다.

"무슨 소란이냐?"

거친 목소리가 맹호의 울음소리처럼 우렁차게 울려 퍼졌다.

장신의 중년 여성이 내 키보다 더 큰 창을 들고 이곳으로 성큼성큼 다가왔다. 안 그래도 큰 덩치에 두꺼운 모피까지 두르고 있어 불곰이 두 발로 걷는 것 같았다.

"란드그리드 님!"

마을 사람들이 하나같이 그녀 앞에서 허리를 숙였다. 그녀가 이곳의 수장임이 분명했다.

"……안녕하십니까?"

나는 찜찜함을 삼키며 허리 굽혀 인사했다. 오랜만에 구사하는 북부어가 좋지 않은 기름처럼 입안에서 껄끄럽게 맴돌았다.

란드그리드라고 불린 여자가 나를 향해 눈을 부라렸다. 기선 제압을 하려는 의도가 가득했기에 순순히 눈을 깔아 주었다. 도움을 받으려는 입장에서 뻗대 봐야 좋을 건 없었다. 그녀가 나와 라이너를 서늘하게 훑어보다가, 이윽고 율리안에게서 시선을 멈췄다. 그녀의 시선이 다른 이들과 같이 율리안의 두 눈에 고정되었다.

"당신은……."

암석처럼 단단하게 굳어 있던 란드그리드의 얼굴에 놀라움이 깃들었다가 이내 날카로워졌다.

잠시 침묵이 흘렀다.

성큼성큼.

그녀가 넓은 보폭으로 단숨에 율리안과 거리를 좁혔다. 나는 본능적으로 검 손잡이를 잡았다.

타악!

내 경계가 무색하게도, 그녀는 기사 직위를 받는 이처럼 율리안 앞에서 한쪽 무릎을 꿇고 엄숙하게 고개를 숙였다.

그리고 말했다.

"지그문트 님을 뵙습니다."

'아?'

나는 깜짝 놀라 입이 절로 벌어졌다.

율리안은 예기치 못한 프러포즈를 받은 사람처럼 수줍게 두 손으로 입을 막았다.

"헉…… 푸엣취! 킁! 제가요?"

상황은 정말 예상치도 못한 방향으로 흘러가고 있었다.

타닥타닥.

움막은 거칠어 보이던 겉모습과 달리 아늑했다. 모닥불은 고급 향나무를 장작 삼아 활활 타올랐다.

"드십시오. 지친 몸을 달래 줄 겁니다."

란드그리드가 우리에게 뜨거운 김이 피어오르는 나무 잔을 건넸다. 꿀을 섞은 산양 젖이었다.

나는 순순히 건네받았으나 차마 마시지 못한 채로 침을 꿀꺽 삼켰다.

'지그문트 님께서 감기에 걸리셨다! 당장 손님용 움막에 불을 올리고 감기약을 가져와라!'

'네, 네!'

'남자들은 식사를 준비해라! 각 가정에 귀한 식재료가 있다면 모두 아낌없이 내오도록! 절대 소홀히 해서는 안 된다!'

'알겠습니다!'

조금 전, 란드그리드의 쩌렁쩌렁한 지시로 상황은 눈 깜짝할 사이에 정리되었다. 마을 사람들은 언제 겁을 먹었냐는 듯 일사불란하게 움직이기 시작했다. 황폐했던 마을에 어느새 생기가 돌기 시작했다.

'이, 이걸 어떻게 하지? 어떻게 수습하지?'

나는 그 자리에서 굳어 버렸다.

지그문트가 북부 전역에 세기의 영웅, 어쩌면 그 이상으로 위상을 떨치고 있다는 건 알았다. 들르는 마을마다 길거리에서도 그의 이름과 찬사가 들려오니 모를 수가 없었다.

'다들 찬양은 하지만, 지그문트의 얼굴은 모르겠지.'

당연하다. 헬리오스 또한 제국에서 최고의 선왕이라며 칭송받아도 평민들이 그의 얼굴을 잘 알지는 못했다. 신문이나 행차에서 볼 수는 있겠지만, 신문은 실물을 보는 게 아니니 애매하고, 행차 때는 늘 사람이 몰려서 머리카락 한 가닥이라도 봤다면 운이 좋은 편에 속했다.

하물며 신문은 있을 턱이 없고, 사방이 척박한 설원인 데다 부족들이 도처에 흩어져 있어 행차 같은 행사가 마땅치 않은 북부는 어떻겠는가.

'정확한 얼굴은 모르고 특징만 알려진 건가?'

솔라티네 왕가가 금발로 익히 알려진 것처럼 지그문트의 자안이 그의 상징으로 북부에 알려진 것 같았다.

'그래서 보라색 눈을 가진…… 율리안을…… 지그문트로 오해한 거고.'

나는 쏟아지는 사람들의 찬사를 받아 내면서도 껄끄러움을 지우지 못하는 율리안을 보며 허탈하게 숨을 뱉었다.

'카슈미르. 이 일을 어떻게……'

북부와의 회담에서 지그문트를 본 적 있는 라이너 또한 상황이 어떻게 돌아가는지 파악한 건지 난감한 얼굴로 내게 물을 때였다.

'두 분도 움막으로 모시겠습니다.'

'아니, 마음은 감사합니다만, 잠시만…….'

'부디 편하게 머물러 주십시오. 여러분을 제대로 대접하지 못하면 제가 죽어서 위대한 전사들을 볼 면목이 없습니다.'

이 상황을 채 조율하기도 전에, 란드그리드의 재촉으로 인해 끌려가듯 손님용 움막으로 안내받았다.

"다들 산양 젖을 좋아하지 않습니까?"

그리해서 지금에 다다른 것이다. 란드그리드가 우리를 유심히 바라보고 있었다.

"아, 아닙니다. 좋아합니다. 감사합니다."

벌컥벌컥.

나는 산양 젖을 한 번에 다 마셨다.

「어떻게 합니까?」

마찬가지로 잔을 비운 라이너가 내게 진언을 보냈다. 안 그래도 복잡한 머릿속에 마나의 파동이 일었다. 나는 조용히 앓는 소리를 냈다.

'지그문트 님! 북부인들의 염원을 이루어 주실 거라고 믿습니다!'

'정말 감사합니다!'

마을 사람들 모두가 율리안을 지그문트라고 철석같이 믿고 있었다. 그 덕분에 따뜻한 숙소에 머물 수 있게 되었지만, 마음이 편할 수는 없었다.

'혹시라도 들킨다면?'

걷잡을 수 없게 될 것이다.

아무리 저들이 멋대로 착각한 것이라고 해도…….

"지그문트 님을 보는 것이 이 늙은이의 소원이었습니다……."

"네네……. 제가 지그문트입니다……."

'젠장! 맞장구쳐 주지 말라고! 내가 다 찔리니까!'

율리안은 이미 사람들의 말에 수긍해 주고 있었다. 반쯤 정신이 나가서 자기가 무슨 말을 하는지도 모르는 것 같지만 말이다.

"위대한 전사들께서 북부가 고통받는 것을 두고 보지만 않을 것이라고 굳게 믿고 있었습니다. 하지만 죽기 전에 두 눈으로 이 땅의 구원을 볼 수 있을 거라곤 기대도 하지 않았건만……."

백발이 성성한 노인이 주름진 손으로 율리안의 손을 꼬옥 잡았다. 빛바랜 두 눈에선 끊임없이 눈물이 흘러나왔다.

"부디 제 아버지의, 제 아들의 원수를 갚아 주십시오……. 제게는 미래가 없습니다. 삶이 윤택해지는 것도, 오래 사는 것도 원치 않습니다. 바라는 것은 오직 제국에게 복수하는 것뿐입니다. 살아남은 것이 치욕이 되어 버린 제게…… 제발…… 빛을 보여 주십시오…….”

관 틈새로 새어 나오는 목소리도 저것보다는 생기가 있을 것이다.

나는 아무 말도 할 수 없었다.

“……네.”

무릎 꿇은 노인을 형언할 수 없는 복잡한 얼굴로 내려다보던 율리안은 그저 고개를 끄덕였다. 보는 것만으로도 숨 막히는 책임감이 전가되어 오는 것 같았다.

‘그 자식은 여태껏 이런 책임감을 지고서 살아왔던 건가?’

문득 제 나이답지 않게 무겁던 그의 얼굴을 떠올렸다.

‘내겐 이루어야 할 사명과 끝마쳐야 할 의무가 있다. 그런 걸 생각할 여유는 없어.’

‘해묵은 핏자국과 덧없는 사명을 위해서.’

‘내 모든 사명을 마친 뒤로 하자. 그때는 기꺼이 네 손에 죽어 주지.’

사명, 사명, 사명…….

그는 끊임없이 사명을 논했다. 이전엔 그게 전쟁을 일으킨 것에 대한 변명과 합리화에 불과하다고 생각했는데.

‘넌 대체 어떻게 살아온 거지?’

이제는 정말 알 수가 없다.

“이제 모두 나가라. 귀빈들께서 쉬어야 할 것 아닌가.”

잠시 나갔다가 손에 정체불명의 액체가 든 그릇을 들고 돌아온 란드그리드가 움막에 우글우글 몰려든 마을 사람들에게 손을 휘저었다.

그들의 얼굴에서는 아쉬움이 뚝뚝 떨어졌지만, 그 누구도 불평하지 않았다.

“지그문트 님, 오늘 만찬에 꼭 나와 주십시오! 다른 분들도 마찬가지입니다!

저희 집에서 아껴 둔 하라바나 고기를 내놓을 예정입니다!"

"저희 집은 마도루스의 피를 준비했습니다! 얼마나 귀한 보약인지 아시지요? 전쟁에 출전하시기 전에 몸을 보신하셔야 합니다!"

사람들은 나가면서도 가감 없이 우리를 향한 호의를 표출했다. 헬쑥해진 율리안이 대강 손을 흔들어 주고, 라이너도 어색하게나마 고개를 까닥이는 가운데, 나는 아무런 반응도 보이지 못했다.

탁.

움막의 문이 닫혔다. 남은 건 우리 세 사람과 란드그리드뿐이었다.

"감기약입니다. 맛은 괴악하지만 효과는 확실합니다. 쭉 들이켜시지요."

그녀가 율리안에게 그릇을 건넸다. 율리안은 떫은 눈으로 보글거리는 보라색 액체를 내려다보았다.

"감기약보다는 독약 같은데…… 큼…… 사탕은 없나요?"

"아시다시피 북부에선 당분을 구하기 어렵습니다."

"……흐읍."

벌컥벌컥벌컥.

미간을 씰룩인 율리안이 코를 꽉 틀어막더니 단숨에 그릇을 비웠다.

"브엑, 우웨에에엑…… 뭔…… 생선 대가리에 감초 갈아 넣은 맛이 나지?"

오만상을 찌푸리고 믿을 수 없다는 듯 빈 그릇을 바라보는 그를 뒤로한 채 나는 란드그리드를 살폈다.

'다르다.'

사람들이 나간 뒤, 그녀의 분위기가 바뀌었다. 조금 전엔 민족의 영웅을 대하는 듯하더니 지금은 묘하게 서늘했다. 표정 변화가 크게 없어서 단순한 기분 탓일지도 모르지만, 내 감은 퍽 잘 맞는 편이었다.

'어쩌지?'

내가 입안 살을 짓씹으며 검집을 만지작거릴 때, 란드그리드가 침대에 털썩 걸터앉았다.

"할 말이 있는 표정이십니다만."

이번엔 확실히 기분 탓이 아니다. 그녀의 목소리가 냉랭했다.

나는 그녀의 지긋한 시선 아래에서 눈을 감았다. 벌레가 양심을 갉아먹는 느낌이었다.

"저, 사실……."

내가 참지 못하고 입을 열 때였다.

"아아. 뭔지 알겠군. 내가 맞혀 볼까?"

란드그리드가 느긋하게 침대 위에 몸을 눕혔다.

"저 남자는 사실 지그문트 님이 아닙니다. 우리는 지그문트 님의 호위가 아니고."

모두가 놀란 눈으로 그녀를 바라보았다.

"그 말이 하고 싶은 거겠지. 그렇지?"

그러면서 란드그리드는 태평하게 웃었다.

스르릉-

"물러서시죠."

나와 라이너가 동시에 검을 뽑았다. 내가 란드그리드를 경계할 때, 라이너는 뒷걸음질해 퇴로를 확보했다. 논의는 한마디도 오가지 않았으나 짠 것처럼 일사불란하게 움직였다.

"역시 뛰어난 실력의 검사들이군. 마을 사람 모두가 달려들어도 단숨에 제압당하겠어."

란드그리드는 코앞에 겨누어진 검을 보고서도 당당했다.

그녀는 우리가 지그문트 일행이 아님을 알고 있다. 하지만 우리를 지그문트 일행이라고 몰아간 것도 이 여자다.

이 상황을 어떻게 해석해야 하는가?

충직한 검이 되려 했는데 4

'함정인가? 앞뒤 보지 말고 도망쳐야 하나? 설마 우리에게 준 산양 젖에 독이 들어 있었나? 그런 기운은 느끼지 못했는데. 아니면 율리안의 약에?'

수많은 생각이 머릿속을 어지럽히는 가운데, 란드그리드가 나와 똑바로 눈을 맞추었다.

"나는 이전에 지그문트 님을 본 적이 있다. 저 남자가 지그문트 님이 아니라는 건 처음부터 알고 있었어."

"그럼 어째서……."

"마을 사람들에게 희망이 필요하기 때문이다."

란드그리드가 손짓했다.

"앉게. 모두 설명해 줄 테니."

"……."

"오늘 밤은 이전에 없었던 엄청난 눈보라가 칠 거야. 튼튼한 두 사람이면 몰라도, 이 가짜 자안의 구주는 견디지 못하겠지. 감기도 채 낫지 않은 상태로 야영하다간 정말 죽어 버릴 거다."

나는 라이너와 시선을 교환했다. 그녀의 말을 다 믿을 순 없지만, 지금 바깥에 불어오는 바람이 심상치 않다는 것만큼은 확실했다. 율리안이 오늘 인가에서 쉬지 않고서는 버티기 힘들다는 것도 말이다.

"크흥……. 저 지금 손가락 까닥할 힘도 없어요. 절대 못 나간다고요. 훌쩍. 그냥 이분 말대로 하죠? 달달한 우유도 주고 좋은 분 같은데."

'저 화상을 진짜……'

나는 불 쬐는 고양이처럼 담요를 꽁꽁 싸매고 벽난로 앞에서 훌쩍거리는 율리안을 흘겨보았다. 그는 이런 상황에서조차 위기감이 없어도 너무 없었다. 마음 같아선 한 대 쥐어박고 싶지만, 고열 때문에 발개진 얼굴을 보고 있자니 그냥 불쌍해졌다.

"……앉아요, 라이너."

나는 한숨을 쉬며 탁자 위에 걸터앉았다.

"후……."

라이너가 경계를 풀지 않은 얼굴로 근처 의자에 앉고 나서야 란드그리드는 입을 열었다.

"겨울을 버티는 방법은 봄을 떠올리는 것뿐이다."

"……."

"하지만 겨울이 너무도 길어지고 있지. 마을 사람들은 지쳐 버렸어. 아타라 전투에서 승전고를 울렸다면 나았겠지만, 암브로시오에서 고전하고 있다는 소식만 들려오니 패잔병들의 마을 같았다. 하루하루 생기를 잃어 갔지."

아타라 전투 얘기가 나오니 심장 한 곳이 뚫리는 느낌이었다. 율리안도 슬쩍 눈을 돌리는 게 보였다. 우리가 북부에 패배를 안겨 준 장본인들이었으니까.

그녀가 눈을 번뜩였다.

"그래서 나는 그대들을 이용하기로 했네. 마을 사람들은 보라색 눈만 봐도 지그문트 님인 줄 알 테니까."

"……저희는 지쳐 보였으니 피하지 않을 거라고 생각했군요."

"누이 좋고 매부 좋고 아닌가."

란드그리드는 곰같이 생겨서는 뱀처럼 간교했다. 나는 헛웃음을 쳤다.

'분명 손해 보는 일은 아니다.'

하룻밤만 묵을 수 있다면 뭐든 해야 하는 상황이니 말이다. 하지만 어쩐지 찜찜한 느낌에 미간을 좁힌 채 턱을 매만질 때였다.

"꼭 그것 때문만은 아니잖아요."

율리안이 타닥타닥 타오르는 불길에 두 손을 데우며 대수롭잖게 말했다.

"자네는……."

그를 바라보는 란드그리드의 눈빛이 오묘했다. 그녀가 느릿하게 고개를 끄덕였다.

"계산적인 이유가 컸지만, 그게 없었어도 자네들을 받아 줬을 거다."

"전시인데도 말입니까?"

"그래. 저 청년 때문에 말이야."

란드그리드의 투박한 손끝은 율리안을 가리키고 있었다.

"북부 사람들은 예로부터 자안의 아이를 신성하게 여겼지. 그들 중 하나가 기나긴 겨울을 끝내고 봄을 가져올 거라고 믿기에, 자안의 아이를 '자안의 구주'라고 불러 왔다. 정말 지그문트 님께서 나타나셨으니 미신은 아니었을지도 모르지."

그녀의 입가에 어울리지 않게 부드러운 미소가 번졌다. 내 마음은 더 무거워졌다.

"보랏빛 눈동자는 희귀한 돌연변이나 은빛 늑대족, 혹은 북부 원주민 중 극소수에게서 나타난다. 만약 자안의 손님을 만난다면 그것 또한 준엄한 인연. 그 손님을 대접하지 않는다면 저주를 받겠지."

란드그리드의 눈이 가늘어졌다.

"그런데 자네는 그걸 어떻게 안 거지?"

"글쎄요. 홀쩍……. 감으로?"

율리안이 어깨를 으쓱였다. 별거 아니라는 듯 느물거리는 태도에도 란드그리드의 눈빛은 누그러들 줄 몰랐다.

"북부어가 지나치게 유창하군."

"제가 원래 뭐든 잘해요."

"혹시 은빛 늑대족인가?"

"그럴 수도 있고."

창과 방패의 대결을 보는 기분이었다.

그녀는 율리안의 뻔뻔함에 눈썹을 꿈틀거렸다.

"자네……."

"하실 말씀이 끝나셨다면 이만 나가 보시는 게 좋겠습니다."

단호한 목소리가 란드그리드의 말을 뚝 끊었다.

"그쪽은 환자라서 말입니다. 환자에겐 절대 안정이 필요합니다."

라이너가 한참 동안 란드그리드를 응시했다. 옆에서 보는 것만으로도 압박이 느껴지는 시선이었다.

"……내 실례했군."

스르륵.

나직하게 탄식한 란드그리드가 자리에서 일어났다.

"곧 식사가 준비될 걸세. 온천도 안내해 줄 테고. 그 전까지는 쉬도록."

끼이익.

문을 열고 나가던 그녀가 스치듯 한마디를 남겼다.

"이유야 어찌 되었건 이곳에 머물게 된 이상 그대들은 우리의 손님이니 편히 묵게."

탁.

하늘에서 떨어지는 함박눈을 뒤로하고 문이 닫혔다.

'적에게 받는 호의라.'

나는 눈을 감았다.

흑과 백으로 명료하게 떨어지지 않는 모든 것이 나를 괴롭게 했다.

그 후 오래 지나지 않아 식사를 대접받았다. 식탁엔 척박한 북부에선 쉽게 찾아볼 수 없는 음식들로 가득했다. 아무리 열심히 먹어도 다 먹을 수 없었다.

'지그문트 님, 꼭……'

'복수를……'

솔직히 식욕은 없었다.

선망의 시선과 간원하는 목소리, 그 속에 섞인 처절한 광기. 그것들이 위장에 이물질처럼 얹혀 뭘 먹어도 먹는 것 같지 않았다. 하지만 그들의 성의 또한 무시할 수가 없어서 억지로 음식물을 쑤셔 넣어야 했다.

체한 것 같은 속으로 온천에서 몸을 씻고, 숙소에 돌아왔다. 숙소엔 침대가 하나뿐이라 환자인 율리안에게 양보하고 나와 라이너는 바닥에서 자기로 했다.

"……."

"……."

"……."

한 공간에 세 사람이 누운 가운데, 아무도 말이 없었다. 늘 촐싹거리던 율리안조차 식사 때부터 지금까지 한 번도 입을 열지 않았다. 생각에 형태가 있다면 지금은 연기와 같을 것이다. 우리 세 사람의 복잡한 생각들이 매캐한 연기로 몽실몽실 떠올라 이 공간을 답답하게 채웠다.

'제발. 그만 좀 생각나라.'

나는 머릿속에 떠오른 오랜 악우의 얼굴을 지우느라 필사적이었다.

오늘 우리가 겪었던 숨 막히는 부담감을 평생 겪어 왔을 그놈.

'자안의 구주, 그런 이름으로 불렸을까?'

듣기만 해도 귀에 기름이 끼는 것 같았다. 떠올리기도, 이해하기도 싫은데 나도 모르게 그의 입장을 생각하게 되었다. 아무리 그의 어린 시절이 불행했다고 한들 동정의 여지가 없는 전범인데 말이다.

정신이 나갈 것 같아 머리를 감싸 쥘 때였다.

"왜 아무것도 묻지 않으세요?"

위쪽에서 나직한 목소리가 들려왔다. 순간 누군지 헷갈렸을 만큼 평소보다 훨씬 낮은 목소리였다.

나는 머리를 감싼 쥔 두 손을 천천히 내렸다.

"음…… 딱히 궁금하지 않아서?"

"저돕니다. 솔직히 율리안 대신관의 사정은 그다지……."

"역시 라이너와 저는 잘 맞는군요."

짝.

나는 왼편에 누운 라이너와 경쾌하게 손뼉을 마주쳤다. 어둠 속에서 피식 하는 헛웃음이 들려왔다.

"장난치지 말고요. 궁금함을 넘어서 의심까지 되는 상황 아니에요?"

"확실히 율리안이 엘에게 보여 주던 반골 기질을 생각하면 반역 가능성이 있긴 하죠."

나는 키득키득 웃었다.

벌떡.

침대 위에서 상체 일으키는 소리가 났다.

"아니, 이상하잖아요! 수상할 정도로 북부어를 잘하는 대신관! 흔하지도 않은 보라색 눈을 가지고 있는 것부터가 이상한데 북부 마을에서 '자안의 구주'라는, 웬만한 사이비들도 혀를 찰 괴상한 호칭으로 숭배받는다는 게! 미치도록 이상하다고요, 저는!"

"당신은 원래 이상했습니다만……."

"크아아아악!"

덜컹덜컹덜컹.

율리안은 광분해 다람쥐 쳇바퀴 돌 듯 침대에서 굴러다니기 시작했다.

라이너의 악의 없는 진심에 돌아 버리는 율리안의 모습은 이번 여정을 통해 퍽 익숙해졌다.

"정신 사나우니까 가만히 좀 있어요."

나는 핀잔을 주며 목덜미를 득득 긁었다.

"뭐…… 말하고 싶습니까? 털어놓을 곳이 필요한 겁니까?"

나의 물음에 율리안의 움직임이 멈췄다.

잠시 침묵.

"잘 모르겠어요."

사람들은 살아가면서 명료한 답을 기대하지만, 사실 인생에서 확실한 것은 몇 개 되지 않는다. 불확실과 불신, 불완전의 안개 속에서 희미한 의지를 따라 걸을 뿐이었다. 나는 모르겠다는 율리안의 말을 이해했다. 자신의 마음조차 알 수 없는 그 복잡미묘한 상태를 말이다.

"그럼 알게 되었을 때 말해 주세요."

나는 잘 요량으로 옆으로 돌아누웠다.

"……그래도 돼요?"

신음처럼 가느다란 목소리가 흘러나왔다. 나는 피식 웃었다.

"네. 친구잖아요."

율리안은 더 이상 아무 말도 하지 않았다. 잠이 들었다기엔 그의 숨소리가 불규칙했다. 어떤 생각에 빠진 모양이었다. 나는 그의 생각이 너무 길게 이어지지 않기를 바랐다. 아플 때는 푹 자야 나으니까.

「카슈미르.」

눈은 감았으나 잠이 오지 않아 뒤척일 때, 머릿속에서 마나의 진언이 울려 퍼졌다. 나는 퍼뜩 눈을 떠 눈앞의 인물을 바라보았다.

어둠 속에서 검은 눈의 안광이 희미하게 반짝였다. 원래대로 금빛이었다면 훨씬 더 환했겠지만, 지금의 은은한 반짝임도 나쁘지 않다고 생각했다.

「잠이 안 오십니까?」

나는 느릿하게 고개를 끄덕였다.

「그럼 품을 내어 드려도 되겠습니까?」

나를 향해 돌아누운 라이너가 제 옆자리를 툭툭 두드렸다. 나는 소리 없이 웃었다.

「부디요.」

가끔 타인의 온기 없이는 잠들 수 없는 밤도 있다. 상념이 밤의 장막 그 너머까지 이어지는 날에는 누군가의 심장 소리로 끊어내야 했다.

포옥.

파고들어 간 라이너의 품은 아이의 피부처럼 따끈따끈했다.

두근두근.

그의 심장은 정상보다 조금 빠르지만 일정했다. 그 소리가 어머니나 유모의 자장가보다 나를 더 안정시켰다.

나는 눈을 감았다.

토닥토닥.

조심스럽게 내 어깨를 두드리는 손길에 이끌려 수마에 빠져들었다.

꿈에서 나는 지나간 봄날을 보았다. 카라쇼, 그리고 그놈과 함께 세상을 누비던 그 어느 날의 일상에서 나는 티 없이 맑게 웃고 있었다.

"왐마야. 결혼도 안 한 성인 남녀 둘이서 이래도 되는 건가아?"

부스스 잠에서 깨어났다. 흐릿한 시야에 장난기 그득한 율리안의 얼굴이 비쳤다.

'목소리가 괜찮은 거 보니 감기는 나았나 보군.'

잠결에도 안도하며 일어나기 위해 뒤척일 때였다. 밤새 라이너에게 안겨서 잔 건지, 나는 그의 팔을 베고 있었다.

"조금 더 주무시죠. 짐은 제가 정리하겠습니다."

스르륵.

부드러운 손길이 내 눈을 감겨 주었다. 단단한 팔이 나를 안았다.

충직한 검이 되려 했는데 4

"도와 드려야……."

"오는 내내 한숨도 못 주무셨지 않습니까."

"……아."

'모를 줄 알았는데.'

나직한 탄성을 뱉었다. 밤새 보초를 서면서 라이너와 율리안은 모를 거라고 생각했건만.

라이너는 눈치가 더럽게 없지만 감은 또 짐승 같았다.

둘은 같은 듯하면서도 미묘하게 달라서, 알아 줄 거라고 생각했던 건 모르고, 모를 거라고 생각했던 건 알고 있을 때가 많았다.

'특히 모르길 바라는 건 귀신같이 알아차리지.'

라이너의 굳은살 박인 거친 손이 붕 뜬 앞머리를 쓸어내려 주었다.

"아침 식사 때 깨워 드리겠습니다. 잠시만 더 눈을 붙여요."

그 말 한마디에 반쯤 깼던 정신이 다시 노곤해져 버렸다.

"그런데 공녀님은 왜 못 주무셨어요? 밤새 눈사람이라도 만드셨나?"

"율리안 대신관은 눈치가 없군요."

"……나 지금 라이너 아인하르트한테 눈치 지적받은 거야? 당신이 눈치를 논한다고요? 당신 같은…… 말하는 감자가?"

"기준은 절대적이어야 하는 법입니다. 제가 눈치 없다고 해서 율리안 대신관의 채신머리없는 태도가 옹호되진 않습니다."

"맞는 말이긴 한데 왜 이렇게 짜증이 나지?"

"사람이 그렇게 살면 안 됩니다."

"알겠다고."

두 사람의 목소리를 자장가 삼아, 나는 까무룩 잠이 들었다.

아침 식사는 어제 저녁만큼이나 성대했다. 가난한 마을에서 있는 거 없는 거 다 끌어모아 억지로 대접하려는 게 보여서 슬쩍 만류하기도 했지만 결과는 달라지지 않았다. 북부에서만 나는 귀한 약초, 제국에서도 구하기 힘든 보약, 입에 넣기만 해도 사르르 녹는 별미들을 먹었지만 전혀 즐겁지 않았다. 든든히 먹어야만 버틸 수 있다는 의무감에 꾸역꾸역 쑤셔 넣었을 뿐.

"암브로시오에서 꼭 승전고를 울려 주십시오!"

"자안의 구주시여! 우리의 기나긴 염원을 이루소서!"

마을 사람들은 떠나는 우리에게 온갖 축복을 퍼부었다.

사르륵.

한겨울에 붉은 야생화를 따다가 우리에게 뿌려 주기까지 했다. 눈길에 내려앉는 새빨간 꽃잎은 꼭 핏방울 같았다. 그들은 조금도 의심하지 않았다. 지그문트가 지금 이곳에 있을 이유가 없다는 걸 조금만 생각해도 알 수 있을 텐데 말이다. 아니, 어쩌면 생각할 여유도 없는 게 아닐까. 그들은 믿을 구석이라곤 자안의 구주, 그 기괴한 이름 하나뿐인 상처받은 짐승들 같았다.

'어떤 믿음은 고통이 되는구나.'

눈먼 광신도들의 맹종이 공기를 침식했다.

"나는 그대들을 믿지 않는다. 이용했을 뿐이야."

우리에게 다가온 란드그리드가 희미한 목소리로 속삭였다. 그녀의 눈이 시리게 빛났다. 당연하다. 어제 만난 우리를 진심으로 믿었다면 그거야말로 지도자 실격감이었다.

경고의 말을 뱉는 것이 그녀의 용건이겠거니 싶었는데, 그녀는 천천히 눈을 깜빡이다가 의외의 한마디를 덧붙였다.

"……하지만, 이 혹독한 겨울에 얼어 죽지는 않기를 바라지."

충직한 검이 되려 했는데 4

그 말을 끝으로 란드그리드는 망설임 없이 몸을 돌렸다.

'나는 전쟁에서 최전선의 선봉에 설 텐데.'

그녀는 이 순간을 후회하게 될 것이다. 내가 언젠가 지그문트를 살려 놓았던 것에 회의를 느꼈던 것처럼.

전쟁이 무서운 것은 바로 이 때문이다. 호의와 믿음은 미련한 짓이 되고, 나라와 민족이 다르다는 이유만으로 서로를 경계해야 한다.

그리고 종국엔 모든 것이 증오와 광기로 물들었다.

'……나는 너를 용서할 수 없어.'

나는 그 자식에게 동정을 느꼈고, 어쩌면 그에겐 이 전쟁이 불가피했을지도 모른다는 생각을 했다. 그럼에도 용서할 수 없었다. 전쟁은 인간이 저지를 수 있는 최악의 죄악. 옹호할 여지가 없었다.

우리는 마을을 벗어나 다시금 북부 중심부를 향해 걸음을 옮겼다.

"어우…… 더부룩해……."

율리안이 상한 굴을 먹은 사람처럼 불편한 얼굴로 제 배를 꾹꾹 눌렀다.

"이제 슬슬 탑승하시겠습니까?"

라이너가 등 뒤의 지게를 곁눈질했다. 꽃잎까지 맞으며 축복받고 있는 중에 주인공인 자안의 구주를 냅다 지게에 태울 수는 없는 노릇이다. 마을을 나올 때까지는 율리안도 걸어서 나온 참이었다.

"어으…… 좀 걷고 싶긴 한데…… 그냥 타고 가다가 토해 버리죠, 뭐. 무릎 굽혀 주세요."

어느 때와 같이 헛소리한 율리안이 지게에 슬슬 올라탈 때였다.

"잠깐."

나는 그를 붙잡고 제지했다.

"누가 옵니다."

사박, 사박, 사박.

새하얀 설원에 작은 발자국이 새겨졌다.

"헉…… 지그, 문트 님!"

내 키의 반만 한 어린아이가 동그란 뺨이 빨갛게 된 채 달려오고 있었다.

우리는 잠시 시선을 교환했다.

'무슨 일인지 모르지만…… 란드그리드 그 여자, 아이를 이용해서 함정을 팔 사람으로는 안 보였는데.'

우리는 경계를 완전히 풀지는 않으면서 아이를 향해 다가갔다. 짧은 다리로 토도독 뛰어온 아이는 우리 앞에서 새액새액 숨을 골랐다.

"아이궁. 무슨 일이에요?"

율리안이 쭈그려 앉아 아이와 눈을 맞추었다.

"드, 드리고 싶은 게 있어서……."

부끄러운 듯 머리를 긁적이던 아이가 등 뒤에 숨기고 있던 손을 슬그머니 우리 앞에 내밀었다.

"이건……."

내 입에서 신음 같은 소리가 새어 나왔다.

"아빠한테 배워서 어젯밤 내내 만들었거든요."

아이가 배시시 웃었다. 조그마한 손엔 여러 색의 털실을 꼬아 만든 팔찌 세 개가 놓여 있었다.

"와, 너무 예쁘다! 이거 우리 주는 건가요?"

율리안이 싱글벙글하며 고개를 갸웃거렸다. 그는 귀여운 것에 약해 보였다.

"이거 받고 제 부탁 들어주셨으면 해요."

칭찬에 뺨을 씰룩거리던 아이가 결연한 눈빛으로 우리를 바라보았다.

'귀엽다.'

나도 모르게 미소 지을 때였다.

"저희 할아버지가 매일 밤 울어요."

앙증맞고 애다운 부탁을 할 거라는 내 예상을 짓밟고, 아이는 상상도 못 한 방식으로 말문을 열었다.

율리안의 입꼬리가 스르륵 내려가고, 눈빛이 부드러웠던 라이너의 표정이 굳었다.

"제가 태어나기 전에 제국의 노예상이 할머니를 납치해 갔대요."

선황의 시대는 말 그대로 난장판이었다. 유능한 헬리오스조차 선황이 저지른 만행을 수습하는 것에 재위 기간의 대부분을 사용해야 했을 정도니까.

그중에서도 그가 가장 애를 먹은 건 북부와 관련한 행정이었을 것이다. 선황의 시대는 북부인들에게 생지옥이었다. 보호관찰이란 미명하에 행패를 부리는 제국군들과 제국의 노예상들이 판을 쳤고, 선황은 밥 먹듯이 조공을 요구했다.

이 아이의 조부모는 그 지옥을 직접 겪었고, 아버지는 자신의 부모와 주위 어른들의 고통을 봤으며, 이 아이는 그 여파를 간접적으로 경험했을 것이다.

"할아버지는 기억이 가물가물해져서 저도 못 알아보세요. 그런데도 할머니가 너무 보고 싶으시대요. 꼭 복수해야 한다고, 그 말만 자꾸 하세요."

"……."

"저는 복수가 뭔지는 잘 모르겠지만……"

아이가 동그란 눈을 반짝이며 우리를 올려다보았다.

"이제 할아버지가 그만 울었으면 좋겠어요. 제국에서 우리 할머니를 찾아 주실 수 있나요?"

나는 두 눈을 질끈 감아 버렸다. 현재 제국엔 노예가 없다. 헬리오스가 모두 뒤집어엎었기 때문이다. 그가 불법 노예들을 이 잡듯이 색출해 낼 때, 북부 출신 노예를 데리고 있다간 집안이 폭삭 망할 거라는 걸 느낀 제국의 귀족들은 가장 끔찍한 선택을 했다. 들키기 전에 노예들을 죽여서 처리해 버린 것이다. 머나먼 북부에서 끌려온 이들이 제국에 연고가 있을 리가 없다. 죽여도 찾는 이가 없고, 아무런 뒤탈이 없다는 소리였다. 그들은 개처럼 일하다가 불에 타거나 강에 던져져서 죽었다.

"할머니 이름은 아나예요."

이 아이의 할머니, 아나는 그때 휘말려서 죽었을 것이다. 만에 하나 살아 있다면 진작에 돌아왔을 테니까. 나는 할 말을 잃고 몸이 굳어 버렸다.

"아, 안 되나요?"

아이가 울먹거리기 시작했다.

아이를 달래 줘야 하는데, 도무지 입을 뗄 수가 없었다. 내뱉는 말마다 기만이되고 거짓말이 될 것이다. 어떻게 저걸 받을 수 있는가. 우리가 바로 그들을 괴롭힌 제국인인데. 이어지는 전쟁에서 어쩌면 내가 이 아이의 부모를 베어 버릴지도모르는데, 대체 어떻게…….

스르륵.

하지만 라이너는 아무것도 하지 못하는 나와 다르게 아이에게 한 발짝 다가가팔찌 뭉치를 받아 들었다.

"미안합니다. 할머니를 구해 주겠다는 장담은 못 합니다."

입술을 꾹 깨문 아이가 금방이라도 울 것처럼 부들부들 떨었다. 울음을 참는모습이 익숙해 보여서 더 안쓰러웠다.

"하지만 약속하겠습니다."

스윽.

라이너가 아이의 코앞으로 새끼손가락을 내밀었다.

"이제 더는 꼬마 친구의 할아버지가 울지 않게 만들어 줄게요."

"……정말요?"

"네. 그리고 꼬마 친구와 꼬마 친구의 친구, 부모와 삼촌, 이모들이 더는 그런일에 휘말리지 않게 할 겁니다."

지독한 기만이다. 병 주고 약 주는 것과 다를 게 뭐냐 말이다.

그러나 그 사실을 라이너가 모를 리 없었다. 나는 기만하고 싶지 않다는 이유로 입을 다물었지만, 라이너는 언젠가 지금 뱉은 말들이 자신을 옥죄일 것을 알면서도 아이를 달랬다. 그것이 라이너가 나보다 강한 이유였다.

찔끔 흐른 눈물을 손등으로 벅벅 닦은 아이가 라이너를 올려다보았다.

"아저씨는 이름이 뭐예요?"

아이의 머리를 부드럽게 쓰다듬어 주며 라이너는 웃었다.

"카르텔. 카르텔입니다."

자신이 가장 약했던 순간의 이름을 속삭이는 그의 두 눈은 황금빛으로 반짝이지 않음에도 눈이 부시도록 빛났다.

"카르텔 아저씨, 전쟁이 끝나면 또 우리 마을에 들러 주세요. 약속 지켜야 해요!"

아이가 씩씩하게 새끼손가락을 걸었다. 라이너가 고개를 끄덕였다.

"네. 그때 무엇이 돌아오든 달게 받겠습니다."

나는 그냥 용기가 없었던 거다. 기만하고 싶지 않았을 따름이라 스스로 위안해도, 실상은 저럴 자신이 없었던 것이다.

"그 팔찌, 끊어질 때까지 차고 있으면 소원이 이루어진대요."

약간의 코맹맹이 소리로 말해 준 아이가 활짝 웃었다.

"꼭 승리하세요!"

다다다다.

우리를 향해 깃발 흔들 듯 크게 손을 흔들어 준 아이가 마을을 향해 신나게 달려갔다.

"……."

아이의 작은 뒷모습이 완전히 사라진 뒤, 무거운 침묵이 설원에 내려앉았다.

"우욱."

낯빛이 창백하던 율리안이 구역질을 했다.

"우웩……."

황급히 수풀 쪽으로 달려간 그는 나무를 붙잡고 아침에 먹었던 것들을 게워 내기 시작했다. 그들의 호의를 말이다.

'참아야 하는데.'

"……욱."

나는 입을 틀어막았다. 속이 성난 파도처럼 들고일어나 내 식도를 때렸다.

이 참혹함을, 전쟁의 무게를, 거짓의 대가를 버텨야 하는데…….

"슈슈."

라이너가 내 팔을 잡았다. 그는 나와 눈을 마주치지도, 무언가 긴말을 하지도 않고 나를 나무 앞으로 이끌었다.

"괜찮습니다."

그의 그 말에 나는 모든 것을 고통스럽게 게워 냈다. 어제 저녁부터 오늘 아침까지 먹은 것이 모두 솟구치는 느낌이었다. 라이너는 아무것도 게워 내지 않았다. 평소와 비슷한 얼굴로 괴로워하는 나와 율리안의 등을 두드려 줄 뿐이었다. 도무지 흉내조차 낼 자신이 없는 그의 강인함. 오롯이 버티고 있는 그의 등은 나를 한없이 작아지게 했다.

"……."

마을을 떠나 출발한 이후, 우리 세 사람은 약속이라도 한 듯 아무도 말을 꺼내지 않았다. 이름 모를 아이가 주고 간 팔찌를 쥔 채 저마다의 생각에 빠져 있을 뿐이었다.

"……오늘은 여기서 야영하죠."

얼마 가지 않아 발걸음을 멈췄다.

아직 해도 지지 않았지만, 이제 코앞이 목적지였다. 오늘 바로 침투하기에는 시간이 애매한 데다 다들 정신이 피로해 보이는 만큼 쉬었다가 내일 본격적으로 움직이는 편이 나을 것 같았다.

'쉬고 싶어.'

사실 다른 사람들보다도 내 정신력을 회복하는 것이 가장 시급했다.

우리는 천막을 치고 불을 피운 뒤 마른 빵과 치즈로 식사를 때웠다. 영혼까지 게워 낸 탓에 뭘 먹을 상태는 아니었지만, 음식을 코로 먹는 것 같던 마을에서의 만찬보다는 훨씬 나았다.

"오늘은 제가 보초를 서겠습니다."

라이너가 단언했다. 나는 반박하려다 그와 눈이 마주친 뒤 입을 다물어 버렸다.

"오늘은 쉬십시오. 아무것도 생각하지 말고."

라이너는 나보다 나를 더 잘 알 때가 있었고, 그때가 지금이었다.

나는 말없이 고개를 끄덕였다. 내일 괜한 컨디션 난조로 피해를 끼치느니 지금 쉬는 게 나았다.

"그…… 공녀님. 잠깐 들어가도 될까요?"

"제 천막에요?"

"네."

물수건으로 대충 얼굴만 닦고 내 천막으로 들어가려는 순간, 율리안이 목덜미를 긁적이며 물었다. 내가 흔쾌히 고개를 끄덕이며 천막 문을 열 때였다.

"과년한 성인 남녀가…… 좁은 천막에 단둘이?"

파삭.

빵이 차가웠는지 불에 빵을 구워 먹으려다 바싹 태운 라이너가─그의 요리 감각은 끔찍하다. 그가 직업으로 요리사를 선택하지 않은 것은 신의 안배였다─ 새까만 빵을 한 손으로 부숴 버렸다. 그답지 않게 음산한 목소리였다.

"아니, 미쳤어요? 그냥 대화하러 가는 거라고요, 대화!"

율리안이 기겁했다. 나는 멀뚱히 눈을 끔뻑였다. 하기야 겉으로 보기엔 그림이 이상하긴 했다. 율리안과 라이너가 함께 쓰는 천막은 그나마 2인용이지만, 내건 1인용이라 둘이 들어가 앉으면 어깨든 발이든 부딪칠 만큼 좁았다.

'어떻게 이렇게 아무 생각이 안 들지.'

하지만 율리안과 좁은 공간에 단둘이 있으면 '좁다' 이상의 감상은 나오지 않으리라는 것은 자명했다.

"그냥 대화면 여기서 해도 되는 거 아닙니까?"

라이너가 두 눈을 부릅떴다. 만사에 그러려니 하는 그답지 않게 강한 반발을 보였다.

"말도 안 되는…… 으음…… 음?"

헛웃음을 짓던 율리안은 이내 골똘하게 생각하더니 납득한 표정을 지었다.

"그러네. 딱히 기사님이 들으면 안 되는 것도 아니고. 좋지 않은 과거사는 어둑한 곳에서 단둘이 있을 때 털어놓아야 한다는 강박이 있었네요."

"쓸데없는 선입견입니다. 안 그래도 좋지 않은 이야기를 왜 그런 우중충한 환경에서 합니까? 환한 곳에서 하시죠. 햇볕도 좀 받고."

라이너가 자신의 옆자리를 툭툭 쳤다. 율리안이 홀린 듯 오늘따라 볕이 좋은 자리에 쭈그려 앉고, 나도 종종걸음으로 그곳에 갔다.

내가 율리안의 옆자리에 앉으려 할 때 라이너가 막아서며 나를 자신의 옆에 앉힌 건 덤이었다.

"음……. 이걸 어떻게 시작해야 할지 모르겠는데요."

율리안이 은빛 머리칼을 긁적였다. 뒤죽박죽인 그의 머리 스타일만큼 그의 표정도 복잡해 보였다. 나는 그가 입을 열 때까지 얌전히 기다려 주었다.

"그러니까 저는 북부인이에요. 정확하게 말하면 혼혈이죠. 아버지가 북부인이거든요."

그가 만고의 고민 끝에 천기를 누설하듯 무겁게 입을 열었다. 나와 라이너는 선선히 고개를 끄덕였다. 율리안이 슬쩍 우리 눈치를 살폈다.

"……안 놀라시네요?"

"여태껏 티를 너무 많이 내지 않았습니까?"

"숭배를 아예 일상처럼 받아들이던데요. '이 자식 숭배 좀 받아 본 놈인가?' 싶을 정도였습니다."

라이너가 당연하다는 듯 어깨를 으쓱였고, 나는 태연하게 맞장구를 쳤다.

"그 정도였어요?"

율리안이 피식 웃었다. 위축되어 있던 그의 몸이 조금은 펴진 것 같았다.

"보셨다시피 북부인들은 자안을 숭상해요. 북부에서 나온 자안의 아이들 중 구원자가 있을 거라고 믿거든요. 저는 젖을 떼자마자 아버지의 고향으로 갔고, 그곳에서 숭배를 받았어요."

율리안은 덤덤한 목소리로 말을 이었다. 늘 신비롭던 그의 보랏빛 눈은 오늘따라 죽음의 색깔로 보였다.

"이번 대 북부의 지도자도 보라색 눈을 지녔다 하죠. 그 인간은 그 광적인 숭배를 버텨 냈기에 지금 그 자리에 있겠지만…… 저는 아니었어요. 어려서부터 나를 믿는 시선들이 부담스러웠고, 자유로워지고 싶었죠."

율리안은 길들일 수 없는 야생 송골매 같은 사람이었다. 나는 가끔 그가 신전을 떠나지 않고 붙어 있는 것도 신기했다. 그는 그만큼 자유로운 사람이었다.

"그래서 도망쳤어요."

율리안이 그윽히 눈을 빛냈다. 두 눈엔 회의도, 후회도 담겨 있지 않았다. 그냥 아무것도 없었다. 그는 과거에서 어떤 것도 들고 오지 않았다. 과거는 그저 과거로 남겨 두고 뒤돌았다. 한없이 가벼울 수 있는 것도 그 때문일 터였다.

나는 그런 그가 조금 부러워졌다.

"저는 제 어머니에게로 갔어요. 그쪽은 상황이 나을 줄 알았죠. 그런데 이게 웬걸, 거긴 더 복잡한 거 있죠."

율리안이 떠올리기만 해도 치가 떨리는 것처럼 몸을 부르르 떨었다.

"제 외가는 아주 전형적인 귀족 가문이에요. 크리시스 공작가는 대단히 혁명적인 케이스인 거 알죠? 사생아를 직계 혈통으로 인정해 주는 거, 정말 흔치 않잖아요. 보통은 조용히 쓱싹해 버리죠. 귀하신 분들께 사생아는 치부에 불과하니까요."

나는 무겁게 고개를 끄덕였다. 내가 아리아를 구하기 위한 수단 중 크리시스를 마지막 보루로 생각했던 건 이유가 있었다. 평민-사실 내 어머니도 귀족 출신이지만 신분을 버렸으니 논외로 하고- 출신인 나는 물론이고 크리시스와 피 한 방울 섞이지 않은 아리아까지 크리시스가 될 수 있었던 건 기적에 가까웠다.

"어렸던 데다 평생을 북부 산골짝에서 살았던 저는 당연히 그 사실을 몰랐죠. 그냥 내 어머니니까 나를 받아 줄 줄 알았어요. 하지만…… 뭐, 결과는 아시겠죠?"

"……"

"그래도 저는 꽤 괜찮은 경우였어요. 돈을 왕창 받고 쫓겨났거든요. 암살자도 안 붙었으니 얼마나 다행이에요?"

율리안은 해맑게 웃었지만, 나는 웃을 수 없었다. 그렇다고 울 수도 없었다. 어떤 상황에서는 감정을 드러내는 것만으로도 무례가 되었으니.

나는 표정 없이 고개를 끄덕였다.

"그 뒤에는요?"

"그 뒤에는…… 이곳저곳을 방랑하다 솔라티네 제국에 다다랐고, 이래저래 신성력을 각성했어요. 특별히 갈 곳도 없으니 신전에 갔는데 마침 어린 교황이 등극한 지 얼마 안 된 시점이었죠."

율리안이 그때를 떠올린 듯 질린 얼굴로 고개를 절레절레 저었다.

"어휴. 한참 그 새끼가 신전을 갈아엎을 때라 매일매일 피 냄새가 진동했어요. 신전 사람들은 망나니 같은 교황 새끼 때문에 공포에 떨다가 생각했죠. 인생 혼자 사는 저 독재자한테 친구를 던져 주면 어떨까? 그럼 좀 나아지지 않을까?"

"그래서……."

"네. 마침 교황 또래이던 제가 그들 눈에 띄고, 그 새끼 감정 쓰레기통으로 발탁! 그 시기에 하루하루를 어떻게 보냈는지 눈물 없인 말 못 해요!"

"저런."

"제가 그놈 첫사랑 상담해 주겠다고 공녀님 머리 두께만 한 연애지침서를 밤새워 가며 읽었다니까요? 그 책으로 시퍼런 머리통 내려치고 싶었던 게 한두 번이 아니에요."

율리안이 소매로 눈가를 닦았다. 물론 그의 눈은 사막처럼 건조하게 말라 있었다. 나는 예의상 그의 등을 토닥여 주려다가 라이너에게 제지를 받고, 대신 율리안의 등을 두드려 주는 라이너를 지켜보기만 했다.

"뭐, 이게 끝이에요. 털어놓고 나니 별거 없네요."

율리안이 산뜻하게 어깨를 으쓱였다. 이번 여정 내내 무거운 짐을 진 것처럼 무겁던 그의 얼굴이 한결 후련해 보였다.

"그 뒤에 율리안의 인생 2막으로 '낙하산으로 최연소 대신관이 되다'와 '사랑에 빠지다'가 있지만, 이건 회원만 청취 가능해요. 이용하고 싶으시다면 요금을 지불해 주세요."

"딱히…… 궁금하지 않습니다."

앙큼하게 눈을 찡긋거리는 율리안을 보며 떨떠름하게 고개를 저었다. 라이너가 동의하듯 고개를 끄덕이며 말했다.

"특히 '사랑에 빠지다' 부분은 실수로라도 털어놓지 말아 주셨으면 합니다. 저는 아침에 속을 게워 내지 않아서 여전히 더부룩합니다. 율리안의 얼굴에 구토를 하는 실례를 저지르고 싶지는 않습니다."

"……순수한 진심으로 사람 패는 것 좀 그만하면 안 돼요?"

"무슨 말씀이신지 모르겠습니다. 저는 늘 진실만을 말합니다."

"진실 좀 그만 말하라고. 짜증 나 죽겠다고."

라이너와 율리안이 또 티격태격했다.

그들은 짧은 여정 동안 많이 다툰 만큼 친해진 것 같았다. 율리안을 꼬박꼬박 '대신관님'이라고 부르던 라이너가 이름으로 부르기 시작한 것만 해도 큰 발전이었다.

'특히…… 만인지상 율리안의 호적수가 라이너라는 걸 알게 되었지.'

두 사람을 보고 있자면 나그네 이야기가 떠올랐다. 나그네의 겉옷을 벗기는 건 강한 바람이 아니라 따뜻한 햇살이라는 유명한 이야기 있잖는가. 폭풍 같은 엘조차 가끔 감당하기 어려워하는 율리안을 악의 없는 진심으로 조각내 버리는 라이너를 보고 있자면 과연 옛이야기 중 틀린 것 하나 없다는 생각이 들었다.

"이제 슬슬 들어가시죠. 내일은 새벽부터 움직여야 합니다."

나는 다투는 두 사람을 즐겁게 지켜보다가 해가 지는 것을 확인하고 자리에서 일어났다. 어쩐지 몸이 가벼웠다. 율리안의 이야기를 듣기 전엔 아무리 일찍 눈을 감아도 한숨도 못 잘 것 같았는데, 지금은 푹 잘 수 있을 것 같았다.

"끄응……. 천막 안에서도 이 인간 얼굴을 봐야 한다니……. 천막 하나 더 들고 올걸……."

몸에 묻은 눈을 탈탈 털어 낸 율리안이 라이너를 째려보았다. 라이너는 여전히 모난 곳 없는 감자처럼 순박한 얼굴로 고개를 갸웃거렸다.

나는 피식 웃다가 나직하게 덧붙였다.

"저는 오늘 밤 자안의 구주 같은 거창한 이름을 잊고, 내일 당신을 율리안으로 대할 겁니다."

율리안이 나를 돌아보았다. 나는 흔들림 없이 그를 마주했다. 율리안은 아무렇지 않은 듯 굴었지만, 나는 그가 마을에서 묵는 동안 얼마나 스트레스를 받았는지 알고 있었다. 그는 마을 사람들의 맹종을 퍽 익숙하게 받아들이면서도 두 눈엔 거부감과 책임감을 담고 있었다.

"그러니 당신도 잊으세요."

거부감이야 그렇다 쳐도 책임감은 안 될 말이다. 눈 색깔로 구원자를 구별한 다고? 그럼 붉은 눈인 크리시스는 마귀들인가? 정말이지 터무니없는 믿음이었 다.

나는 그를 똑바로 응시했다.

"솔직히 자안의 구주니 뭐니, 당신이랑 진짜 안 어울립니다."

"……."

"당신은 그냥 율리안입니다. 내 친구 율리안."

그거 말고 뭐가 더 필요한가.

입술을 꾹 깨물고 있던 율리안이 낮은 소리로 웃음을 뱉었다.

"어쩜……."

"……."

"자매가 똑같은 말을 하네요."

그의 얼굴에 번진 감정은 희미한 울음과도 닮아 있었다.

"이 말을 듣고 싶어서 자꾸 당신들한테 털어놓나 봐요."

나는 피식 웃었다.

"그 아이를 누가 가르쳤는데요."

우리 자매는 많은 부분에서 다르지만, 근본적으로는 같다. 율리안이 한 손에 얼굴을 묻은 채 고개를 푹 숙였다.

"……보고 싶어졌어요."

주어는 필요하지 않았다. 나도 똑같은 생각을 했으니까.

토닥토닥.

어느새 율리안에게 다가간 라이너가 그의 어깨를 두드려 주었다.

역시 둘은 많이 친해진 모양이었다.

"전에 황궁에서 절 보고 걸어 다니는 시체 같다고 조롱하셨지요? 카슈미르뿐 만 아니라 아리아 공녀님도 실종되었을 때인데 말입니다. 혼자 멀쩡한 것 같아

열받았는데 이런 기회가 오게 되어 유감스러우면서도 기쁩니다. 율리안은 밤새 그 수렁에서 괴로워하시길 바랍니다. 저는 바로 앞에 있는 카슈미르에게 밤 인사를 하고 오겠습니다."

"세상에…… 악마가 따로 있는 게 아니다……. 말하는 감자인 줄 알았는데 악령 들린 감자였네……."

……아닌 것 같다.

"드디어 도착했군요."

탁. 라이너가 한숨을 돌리며 언덕 아래를 바라보았다.

나는 이마에 맺힌 땀방울을 닦아냈다. 살을 에는 듯 차가운 삭풍이 한창인데도 땀으로 온몸이 젖어 있었다.

북부의 중심지이자 요충지, 실질적인 전력이 모두 모여 있는 이곳 '미스가브'는 험준한 설산으로 둘러싸여 금성철벽의 요새라는 말이 아깝지 않았다. 산을 뚫어 만든 길이 있긴 하지만, 그쪽은 경비병들과 그들이 번견처럼 다루는 마수들로 그득했다. 그걸 뚫겠다고 달려드는 건 자살 행위나 다름없었다.

"솔직히 가파른 산길이 나왔을 때 좀 쌤통이라고 생각했는데…… 이젠 진짜 미안하네요."

라이너가 진 지게에서 훌쩍 뛰어내린 율리안이 유감이 담긴 연보랏빛 눈으로 라이너를 곁눈질했다. 라이너는 대답하지 않았다. 기분이 나빠서라기보다 땀 닦느라 대답할 겨를이 없어 보였다. 우리는 병사들의 눈을 피해 거대한 설산을 올랐다. 그리고 어째서 이곳에 요새를 지었는지 뼈저리게 깨달을 수 있었다. 산세가 가파른 것은 기본이고, 주변엔 온갖 마수들이 어슬렁거렸다. 길도 제대로 나지 않아서 맨손으로 절벽을 기어오르기까지 했다. 보통 사람이었다면 요새에 침입하기는커녕 이 산의 반도 오르지 못하고 조난당해 죽었을 것이다.

'나야 맨몸이기라도 했지, 율리안을 지고 오른 라이너는……'

"괜찮습니까?"

"네……. 전혀…… 문제…… 후……."

탈탈탈.

라이너가 지게를 벗으며 땀으로 젖은 자신의 머리칼을 거칠게 털어 냈다. 날은 추운데 그의 몸은 열기로 후끈거렸다.

'강제 노역이나 다름없었겠지……'

쓰윽. 진심으로 안타까워진 나는 붉게 달아오른 라이너의 뺨에 차가운 내 손을 갖다 댔다.

"아, 거, 거두어 주십시오. 땀 때문에 끈적거려서……."

라이너가 화들짝 놀라며 빠르게 뒷걸음질했다.

"그게 중요합니까?"

꾸욱. 나는 미간을 좁히며 그의 양 뺨을 양손으로 덮었다. 얼굴의 열기는 식기는커녕 들불 일듯 더 타올랐다.

어쩔 줄 몰라 하던 라이너가 고개를 푹 숙여 버렸다.

'좀 쉬었다가 가야 하나?'

라이너의 상태를 보며 고민할 때였다.

퍽!

"윽!"

그의 이마에 무언가가 정통으로 날아와 박혔다.

'……눈?'

나는 본능적으로 검을 잡다가 뺨에 닿는 차가운 감촉에 벙하니 뒤를 돌아보았다.

"여기 눈이 있잖아. 어? 눈이 아주 지천으로 쌓였잖아! 열을 식히려면 눈밭에서 구르면 될 거 아니야!"

팍! 팍! 팍!

눈을 부릅뜬 율리안이 라이너를 향해 꽉꽉 뭉친 눈을 던졌다. 그의 악문 이가 당장에라도 깨질 것 같았다.

"내가 이런 사나운 꼴을 봐야 해? 어? 거, 등 좀 빌려 탔다고……?"

"율리안."

한 대 얻어맞은 것은 어디까지나 방심한 탓이었다는 듯, 마구잡이로 날아오는 눈덩이를 어렵잖게 손으로 막아 내던 라이너가 율리안을 안쓰럽게 바라보았다.

"추합니다. 홀아비의 히스테리 같습니다."

"크아아악!"

데굴데굴.

철퍼덕 널브러진 율리안이 골난 아이처럼 눈밭을 미친 듯이 굴러다녔다. 정말이지 볼 만한 꼴이었다.

'어휴…… 지랄맞은 말티즈 같네……'

나는 그에게 다가가 등을 토닥여 주었다.

"저희 다녀올 때까지 사고 치지 말고 있어야 합니다."

율리안은 본격적으로 요새를 침투하는 과정에서 빠지기로 했다. 신성력을 제외하고 아무런 힘이 없는 율리안이 적진 한복판에 잠입하는 임무를 수행하게 할 수는 없었다.

"아오. 이렇게 아무것도 못 하고 짐만 되다가 돌아가는 건 자존심 상하는데……."

"그런 생각 마십시오. 율리안은 짐이 되긴 했지만, 그래도 쓸모가 있는 짐이었습니다."

"장난해요? 하나도 위로 안 되거든요."

머리를 벅벅 긁던 율리안은 눈치 없는 소리를 하는 라이너에게 눈을 부라렸다.

"두고 보세요. 이번 임무에서 반드시 한몫할 테니까!"

이글이글.

그의 연보랏빛 눈동자가 뜨겁게 타올랐다. 시들어 가는 채소 같던 전보다야 열정 있는 게 낫지만, 솔직히 기쁘다기보단 사고 칠까 봐 걱정됐다.

"……누누이 말했지만 위급 상황엔 혼자서라도 도망쳐야 합니다."

"느에."

"제 눈 보고 똑바로 대답하십시오."

"네에에."

'이 인간 내 눈을 안 보고 있어.'

불안함이 두 배로 증식했다. 옆으로 돌아가는 율리안의 고개를 억지로 나를 향해 돌릴 때, 라이너는 목도리로 자신의 얼굴을 가렸다.

"이제 경비 교대 시간입니다. 서둘러야 합니다."

나는 빠르게 미스가브를 살폈다. 그의 말대로, 경비로 보이는 두 사람이 요새로 이동 중이었다. 나는 다급하게 얼굴을 감추며 율리안에게 삿대질했다.

"분명히 경고했습니다. 위급 상황에서 얼쩡거리다가 눈먼 칼에 맞아 죽으면 그 시체라도 벌할 겁니다."

"어휴, 거칠어라. 누가 용병 출신 아니랄까 봐. 뭐가 걱정이에요? 주머니에 순간이동 아티팩트가 있는데."

털썩.

율리안이 근처 바위에 걸터앉았다.

"무책임한 말이라는 건 알지만, 저는 솔직히 이 임무가 실패해도 상관없어요."

그의 두 눈이 진중하게 빛났다.

"제게 중요한 건 두 사람이에요. 살아 돌아오세요."

나는 피식 웃으며 요새를 향해 뛰어내렸다.

"당연한 소리를……."

픽!

"으, 읍……!"

비틀거리는 병사의 입을 강하게 틀어막았다. 목뒤를 얻어맞은 병사는 버둥거리다가 이내 비명 한번 제대로 지르지 못하고 픽 쓰러졌다.

라이너 쪽도 성공적이었다.

질질. 쓰러진 병사들을 은밀히 구석으로 끌고 간 우리는 그들의 옷을 벗겨 입고 병사로 위장했다. 모자까지 훔쳐 쓰고 나니 누가 누구인지 구분도 안 갔다.

"팔 벌리시죠."

칙칙.

라이너가 주머니에서 향수를 꺼내어 내 몸에 아낌없이 뿌려 주었다. 얼핏 물처럼 보이는 이 무색무취의 액체는 기척과 존재감을 죽여 주는 효과를 가진 잠입용 물약이었다. 기척을 죽이는 일에 이골이 날 정도로 익숙한 내게는 특별히 필요하지 않았지만, 뭐든지 조심하는 게 좋은 법. 한 손 거들어 주겠다는데 거절할 이유는 없었다. 우리는 최대한 자연스럽게 요새로 발걸음을 옮겼다. 헬리오스가 미리 요새의 지도를 얻어다 준 덕분에 헤매지 않고 입구를 찾을 수 있었다.

"손 들어. 시스투스."

"노송나무."

요새 앞 보초병이 우리에게 창을 겨누었다. 나는 순순히 두 손을 들고 암구호를 뱉었다. 암구호는 이미 입구 측 보초병들의 접선에서 엿들은 참이었다. 듣자마자 기분이 묘해졌던 암호였다.

"흠……."

보초병은 곧바로 비켜 주지 않고 나를 빤히 바라보았다.

그의 두 눈이 의심스러운 듯 가늘어졌다.

충직한 검이 되려 했는데 4

'뭔가 실수했나?'

나는 등에 식은땀을 흘렸다.

「지시하시는 즉시 공격하겠습니다.」

내 옆을 지키고 선 라이너가 진언을 보냈다. 나는 두껍고 긴 외투 속에 감춰 둔 검 쪽으로 손을 가까이했다.

"너, 발음이 왜 그러냐?"

"……네?"

긴장되는 순간, 보초병이 뱉은 질문은 정말 뜻밖이었다. 순간 대답할 말을 찾지 못하고 멍청하게 눈을 끔뻑일 때, 보초병이 옆에 선 보초병을 돌아보았다.

"얘 발음 좀 이상하지 않냐?"

"생각해 보니 좀 웃기긴 하네. '송' 발음에서 혀 짧은 소리가 났잖아."

"푸하! 맞아! 제국 놈들도 아니고."

보초병들은 자기들끼리 키득거리기 시작했다.

그래. 아무리 북부어를 익숙하게 구사한다 해도 평생 제국어를 해 온 내 발음은 원어민의 귀에 어색하게 들릴 수밖에 없다.

"외국에서 살다가 소집령 때문에 들어온 놈이냐? 너 얼굴 좀 까 봐라."

분위기는 가볍지만, 여기서 얼굴을 깠다가 자신들이 모르는 얼굴이라는 것을 깨닫는다면 상황은 순식간에 험악해질 것이다.

'자연스럽게 빠져나가야 한다.'

긴장으로 바짝 마른 입술을 침으로 한 번 축인 나는 이내 천천히 입을 열었다.

"그…… 제갸……."

"엉?"

"뵤쵸 셔댜갸 샬짝 졸아셔 혀갸 얼었습니댜."

"……뭐?"

"재셩합니댜."

나는 혀가 돌아간 사람처럼 발음을 굴리며 고개를 숙였다.

"크흡…… 크흠!"

웃음을 참지 못한 라이너가 다급히 헛기침을 했다.

"보여 드려야 하는데…… 입가가 다 얼고 부르터서…… 좀…… 부끄럽습니다……. 흘린 침이 얼어붙어 가지구……."

나는 부끄러워서 죽고 싶은 것을 참고 코와 입을 가린 복면을 붙잡으며 망설이는 듯한 연기를 했다.

"푸하하! 어떻게 잤길래 혀가 그 모양이냐? 제국 놈으로 착각할 뻔했네!"

"어우, 더러워…… 보기도 싫다. 그냥 보내라."

한 명은 빵 터진 듯 웃어젖히고, 다른 한 명은 침 흘렸다는 소리에 질린 듯 손을 휘저었다.

"흐읍…… 후우……."

'라이너 아인하르트……. 오늘의 치욕은 잊지 않겠다.'

나는 덩달아 웃음을 참고 있는 라이너를 사납게 흘겨보며 분을 삭였다.

"크하! 오랜만에 웃었네! 알겠으니까 들어가라."

한참 웃은 보초병이 들어가라는 듯 안쪽으로 손짓했다. 나는 속으로 안도의 한숨을 쉬며 발걸음을 옮겼다.

"너, 이번 한 번은 봐주지만, 앞으로는 조심해라."

다른 보초병이 조금 식은 눈으로 나를 돌아보았다.

"상황이 어떤 상황인데 보초를 서면서 조는 거냐?"

"……죄송합니다."

"지금은 전시고, 더군다나 우리가 지키는 이 요새 안엔 제국의 황후가 있음을 잊지 마라."

나는 공손히 고개를 끄덕였다. 영 마음에 들지 않는다는 듯 나를 흘겨본 보초병이 홱 몸을 돌렸다.

'맞게 오긴 했나 보군.'

혹시라도 우리가 오는 동안 티나의 처소가 다른 곳으로 옮겨지진 않았을까 걱정했는데 헛걸음은 아닌 모양이었다.

"……라이너."

조금 더 걸어 아무도 없는 복도에 다다랐을 때, 나는 멈춰 서서 이를 악물었다.

"계속 그렇게 이상한 소리 낼 거면 차라리 그냥 웃으십시오."

"크윽…… 으읍…… 허억……."

벽을 짚은 라이너는 금방이라도 숨이 넘어갈 듯한 이상한 신음을 흘리고 있었다. 부들부들 떨리는 그의 안면 근육은 안쓰러울 정도였다.

"전혀…… 웃기지 않습니다. 임무를 성공적으로 마치지 않기 위한 카슈미르의 노력을 보고 어떻게 웃을 수…… 흐읍."

쾅. 쾅. 쾅. 그가 진지하게 말하다가 말고 벽에 머리를 박기 시작했다.

나를 민망하게 만들고 싶지 않은데 도저히 웃음도 참을 수 없다는 태도가 뻔히 보여서, 나는 울고 싶어졌다.

"가만두지 않을 겁니다……."

라이너와 대화만 했다 하면 미쳐 날뛰는 율리안을 이해해 버렸다. 놀리는 것보다 저 진심 어린 태도가 더 나빴다, 정말.

❧

요새의 외부 구조는 외워 두었지만 내부 지도는 헬리오스조차 구하지 못했다.

우리는 발품을 팔며 이 건물을 쥐 잡듯이 뒤져야 했다.

'그나마 예측할 수 있는 건 티나가 가장 안전하고 보안이 삼엄한 곳에 있을 거라는 것.'

약 한 시간 동안 요새 안을 들쑤시고 다녔다. 수상해 보이지 않기 위한 눈물 나는 첩보 작전은 덤이었다. 의심을 받을 뻔한 아찔한 순간들도 있었지만, 모두 임기응변으로 아슬아슬하게 벗어날 수 있었다.

"이제 가 보지 않은 길은 저쪽뿐입니다."

라이너가 오른쪽 복도를 가리켰다. 대놓고 수상하지도, 그렇다고 화려하지도 않아서 가장 마지막으로 남겨 둔 곳인데 그게 정답일 줄은 몰랐다.

꿀꺽꿀꺽.

구석으로 숨어든 우리는 눈빛을 교환한 뒤 각자 주머니에서 물약을 꺼내 단숨에 비웠다.

스르륵-

몸이 일렁이는 듯한 이상한 감각과 함께 전신이 투명해졌다. 시험 삼아 몸을 몇 번 흔들어 보았지만 형체가 생기는 일은 없었다.

'헬리오스……. 확실한 걸로 구해다 준다고 장담하더니, 정말 좋은 물건이네.'

나는 만족스럽게 고개를 끄덕였다. 조금 전 마신 것은 몸이 투명해지는 투명화 물약이었다. 어마어마한 고가인 데에 비해 지속 시간은 짧고, 아무리 뛰어난 실력자라도 옷까지 투명하게 만드는 물약은 만들기 어렵다. 게다가 시중에 파는 투명화 물약은 대부분 움직이기 시작하면 잔상이 보이는 반푼이였다.

이론상으로는 유용해 보이지만, 실전에서 사용하기는 어려웠다.

'하지만 이 정도면 쓸 만하네.'

지속 시간 30분에 잔상도 보이지 않는다. 기척을 죽이는 향수도 뿌린 뒤이니 나뭇가지를 밟는 등의 허접한 실수만 하지 않는다면 절대 들키지 않을 터였다.

"가죠."

나와 라이너는 마지막 길을 향해 소리 없이 나아가기 시작했다.

정말 이 길이 정답이었는지, 들어갈수록 경비가 삼엄해졌다. 길이 좁아질 때면 경비병과 닿지 않고 이동하기 위해 온몸을 뒤틀어야 했다.

「왼쪽으로 갑니까, 오른쪽으로 갑니까?」

「우선 왼쪽으로…….」

갈림길에서 진언으로나마 잠시 의논할 때였다.

"대체 우리가 언제까지 기다려야겠습니까!"

오른쪽 통로 맨 끝방에서 노호가 터져 나왔다.

'심상치 않은 분위기다.'

티나를 구하는 것이 가장 중요하지만, 위험천만하게 잠입한 김에 정보를 얻어

가면 더할 나위 없이 좋다.

「오른쪽으로 가서 무슨 상황인지 확인해 보죠.」

「알겠습니다.」

우리는 살금살금 발걸음을 옮겼다. 다행히 이 통로엔 경비병이 없었다. 나는

살짝 열린 문 틈새로 방 안을 확인했다. 회의실 같은 분위기의 내부에는 복장을

통일한 병사들과 달리 사복을 입은 지도자급의 인물들이 모여 앉아 있었다.

"하루빨리 이 북부에 구원을 주셔야지요! 어째서……!"

"언성을 낮추시죠."

처음 보는 노인이 역정을 낼 때, 익숙한 목소리가 치고 들어왔다.

"저자가 카슈미르를 그렇게 만든……."

꽈악.

문설주를 잡은 라이너의 손에 힘이 들어갔다.

"당신이 누구 앞에 있다고 생각하는 겁니까?"

조나단 에이머리, 아니, 조나단 하이드가 테이블 끝 최상석의 오른편에 서서

노인을 향해 으르렁거렸다.

스윽.

"됐다."

익숙한 손이 조나단을 저지했다.

나는 숨을 멈추었다. 자안의 구주. 그 이름이 결코 과하지 않다는 걸 인정할 수

밖에 없었다. 그 칭호의 무게와 고독함, 그리고 광기가 지독하게 잘 어울리는 이. 최상석에 앉은 지그문트 하이드가 아름답게 부패한 자안을 느리게 치켜떴다.

"그걸 사용한다는 게 어떤 의미인지 아나?"

와르르.

쏘아붙이듯 질문을 던진 지그문트가 페퍼민트 차가 담긴 찻잔에 제비꽃설탕절임을 한 주먹 쏟아부었다. 뜨거운 액체가 사방으로 튀고, 찻물 표면이 금방이라도 넘칠 듯 넘실거렸다.

'저 자식은 단것도 안 좋아하면서 왜 저 난리일까?'

저걸 빼앗아 먹어 보았다가 토할 뻔했던 기억이 떠올라 저절로 눈살이 찌푸려졌다. 언제 보아도 기괴한 입맛이었다.

"압니다. 우리의 선조들을 모독하는 짓이 되겠지요! 하지만 선조들께서 무엇보다 원하는 것은 제국을 향한 복수일 게 분명하지 않습니까!"

"그걸 어떻게 아나? 그대가 죽어서 그분들을 만나 본 것도 아닌데."

호록.

그가 연보랏빛으로 물든 액체를 입에 가벼이 머금었다.

"언제는 요르하에 가지 못한 그분들을 위해 복수해야 한다고 하더니, 이제는 그분들의 영혼을 모독하려 하는군. 그대에게 선조는 아무렇게나 가져다 써도 되는 헌신짝인 모양이야."

피로로 누그러져 있던 그의 눈매가 서늘한 사선을 그렸다.

북부인들은 어째서 저 눈을 보고 구주라고 칭한 걸까?

"그분들께 보내 주랴?"

악마라는 이름에 더 걸맞건만.

목에 핏대를 세우고 빽빽거리던 노인이 크게 움찔했다.

"지, 지그문트 님을 원망하려는 의도는 없었습니다. 그저 답답한 마음에……."

"지금 여기에 답답하지 않은 이가 어딨단 말입니까?"

충직한 검이 되려 했는데 4

노인의 맞은편에 앉은 중년의 여성이 날카롭게 쏘아붙였다. 한순간에 기세를 잃은 노인이 고개를 수그렸다.

여자가 입가를 가린 긴 소매를 내리며 지그문트를 돌아보았다.

"지그문트 님께서 다 생각이 있으실 것입니다."

"……."

"그렇지요?"

그녀의 목소리는 광신에 사로잡혀 있었다. 조금 전 분을 터트리던 노인이 귀여워 보일 정도였다.

지그문트는 그것이 퍽 익숙한 듯 조용히 눈을 감았다.

"그래."

짤막한 수긍은 돌산처럼 무거운 동시에 한숨처럼 덧없었다.

"연구는 끝났다. 하지만 부작용이 없을 순 없어. 사용하는 순간 주술사들의 영혼은 돌이킬 수 없게 될 것이다."

"그 정도는 모두가 각오했습니다."

스윽.

맨 끝자리, 낡은 로브를 깊게 뒤집어쓴 채 죽은 듯 고개를 푹 숙이고 있던 남자가 고개를 들었다.

쉬이익—

순식간에 사방으로 퍼지는 사특한 기운은 볼 것도 없이 흑마법의 잔흔이었다. 남자는 내가 순간 위협을 느낄 정도로 뛰어난 흑마법사였다. 대체 흑마법을 얼마나 사용해 온 건지 영혼이 부패해 가는 악취가 진동했다.

"이 두 눈으로 제국의 멸망을 볼 수 있다면…… 우리 주술사들은 영혼이 지하에 처박히는 것도 기꺼이 감수할 것입니다."

남자는 현악기처럼 날카롭게 찢어지는 목소리로 속삭였다.

그것은 비명 같았고, 동시에 울음 같았다.

"……이번 암브로시오 전엔 나 또한 참전한다. 이번에도 패배한다면 그땐 악령을 사용할 것이다."

이마를 짚은 채 제비꽃설탕절임을 으적으적 씹던 지그문트가 마침내 대답했다.

'악령?'

나는 문설주를 잡은 손에 힘을 주었다. 그게 무엇인지는 알 수 없지만, 무언가 결정적인 것을 엿들었다는 확신이 들었다.

"이만들 물러가라."

지그문트가 권태롭게 손을 휘저었다.

탁자에 둘러앉아 있던 대여섯 명의 사람들이 자리에서 일어나 그를 향해 깊게 허리를 숙였다.

"구주께 영광을."

그 엄숙한 인사말을 끝으로, 그들은 열을 맞춰 밖으로 나왔다.

「라이너, 벽으로 붙어요!」

덥석.

나는 문 근처에서 얼쩡거리는 라이너의 인기척을 더듬어 그의 옷자락을 붙잡고-나나 그나 투명했기에 정확히 어디를 붙잡았는지는 알 수 없지만- 벽 쪽으로 훅 끌어당겼다. 그와 나의 어깨가 맞닿았다.

멈칫. 마지막으로 나오던 흑마법사가 우리 옆을 지나다 말고 멈칫했다.

"왜 그러지? 문제라도 있나?"

회의 중 역정을 내던 노인이 그를 돌아보았다.

스르륵.

대답하지 않은 흑마법사는 천천히 우리를 향해 고개를 돌렸다.

'젠장. 뭔가 느낀 건가?'

분명 우리 몸은 투명하고 기척은 지워졌건만, 그는 정확히 우리가 있는 곳을 보고 있었다.

충직한 검이 되려 했는데 4

"이상한…… 느낌이…….'

흑마법사의 핏발 선 눈이 우리가 붙어 있는 벽 위를 도르륵 굴렀다.

저절로 넘어가는 침까지 붙든 채 필사적으로 기척을 죽일 때였다.

"주술사님! 데베라 중 하나의 조종이 풀렸습니다! 지금 폭주 중입니다!"

복도를 뛰어온 병사가 다급하게 흑마법사를 불렀다.

"많이 예민해졌나 보군……."

빗자루처럼 푸석거리는 앞머리를 쓸어 넘긴 그가 몸을 돌렸다.

"앞장서라."

"네!"

흑마법사가 병사와 함께 빠른 걸음으로 사라졌다.

"……허억."

복도가 완전히 비었을 때에야 나와 라이너는 다급하게 숨을 골랐다. 천운이었다고밖에 할 수 없는 아찔한 순간이었다.

「그럼 이제 정말 황후 폐하를 찾으러…….」

"망할 놈들 같으니!"

쾅!

이제 진짜 가려고 했는데, 그러기엔 방 안에서 너무 흥미로운 소리가 들렸다. 나는 가려던 발걸음을 나도 모르게 멈추고 문틈으로 방 안을 바라보았다.

"복수해 달래서 전쟁 벌여 줬더니 빨리 해 달라, 더 해 달라……!"

조나단이 이를 악물고 부들부들 떨었다. 연기를 위해 늘 차가운 가면을 덧씌운 그만 봐 왔던 나로서는 그의 일그러진 표정이 퍽 낯설게 느껴졌다.

"저도 전쟁에서 승리하고 싶습니다. 제 동생에게 하루라도 더 빨리 무기 대신 책을 쥐여 주고 싶습니다! 하지만 현실적으로 다가가야 할 거 아닙니까! 하나같이 형님께 징징거리는 것만 늘어서는……!"

"조나단."

지그문트가 열을 내는 조나단을 저지했다.

"그들은 나를 탓할 수 있지만 나는 그들을 탓해선 안 된다."

지그문트는 여전히, 여느 때와 같은 얼굴이었다.

"함께 죄를 지었어도 단두대에 올라가는 것은 나여야 하며, 전쟁은 북부가 벌였지만 전범은 나 혼자다."

"……."

"그들이 전쟁을 청했을지언정, 기어코 전쟁을 벌인 것은 나란 말이다."

그는 담담해 보이건만, 그의 어깨를 짓누르는 책임감에 내가 숨이 막혔다. 본능적으로 그를 동정하는 나 자신에게 구역질이 났다.

"그것이 내가 지도자로서 모두에게 존중받아 온 이유다."

조나단이 고개를 숙였다.

"……하지만 형님이 원했던 자리도 아니잖습니까."

"……."

"제국에서 돌아오고 싶지 않아 하셨으면서……."

"나가라."

조나단의 말허리를 뚝 끊은 지그문트가 검은 장갑으로 덮인 손끝으로 문을 가리켰다.

"그 이상은 월권으로 간주하지."

뇌까리는 그의 목소리는 서릿발 같았다.

입술을 꾹 깨문 조나단이 허리를 굽혔다.

"……구주께 영광을."

성큼성큼 방을 나오는 조나단을 보며 우리는 또다시 급하게 벽에 달라붙었다.

"후……."

그는 방문 앞에서 거친 들숨을 뱉다가 잠시 주위를 두리번거렸으나 마음이 복잡한지 길게 생각하지 않고 성큼성큼 사라져 버렸다.

"⋯⋯같다."

오래 지나지 않아 방 안에서 숨소리에 가까운 희미한 목소리가 새어 나왔다.

'뭐지? 지그문트 혼자 남았을 텐데.'

나는 방 안을 확인했다가, 곧바로 그 행동을 후회했다.

어둠이 드리운 방 안. 그는 최상석에 홀로 앉아, 깍지 낀 손에 힘없이 이마를 기대고 있었다. 조금 전 여유로운 모습이 기억나지 않을 만큼 어깨가 초라했다.

"나는 벼락에도 부서지지 않는 허공과 같다. 나는 벼락에도 부서지지 않는 허공과 같다. 나는 벼락에도 부서지지 않는 허공과 같다. 나는 벼락에도 부서지지 않는 허공과 같다. 나는 벼락에도 부서지지 않는 허공과 같다."

그는 스스로에게 주문을 걸듯 끊임없이 그 말만을 외우고 있었다.

「⋯⋯가요.」

나는 필사적으로 등을 돌렸다. 하지만 동작은 느렸고, 시선은 차마 떨어지지 않았다. 그리고 그 순간⋯⋯ 딱, 나는 지그문트와 눈이 마주쳤다.

그 자리에서 얼어붙었다. 그의 핏발 선 눈은 허공 어딘가를 보다가 우연히 시선이 닿았다고는 도저히 생각할 수 없을 정도로 정확히 내 눈을 보고 있었다.

「카슈미르? 문제 있습니까?」

라이너가 진언을 보내왔다. 그 순간까지도 옴짝달싹 못 하던 나는 지그문트의 중얼거림에 경악했다.

"냄새⋯⋯."

'이 미친놈.'

이 거리에서 체향만으로 정확히 내 위치를 파악하다니. 누가 개자식 아니랄까 봐 후각 하나는 기가 막혔다.

「⋯⋯라이너.」

「네?」

탁.

나는 허공에서 그의 옷자락을 낚아챘다.

「들켰습니다. 달려요!」

"……모든 경비병은 황후의 방으로 향하라. 당장!"

내가 자리를 박찰 때, 통신구를 꺼내 든 지그문트가 날카롭게 외쳤다.

탁, 탁, 탁! 우리는 오른쪽 복도를 나와 왼쪽 복도를 통해 전속력으로 달리기 시작했다. 뒤쪽에서 병사들이 우르르 몰려오고 있었다.

퍽!

"으윽!"

병사들 틈새를 들키지 않게 파고들며 갈 시간이 없었기에, 앞길을 가로막는 병사마다 머리를 후려치며 지나갔다.

픽픽 쓰러지는 병사들 사이에서 다른 병사들은 창끝을 겨눌 곳조차 정하지 못하고 우왕좌왕했다. 그들은 투명한 우리의 경로를 파악하지 못했다.

「여깁니다!」

병사 셋을 한꺼번에 걸어차 버린 나는 복도의 유일한 방문 앞에서 멈춰 섰다.

'망할 놈. 더럽게 튼튼하네.'

황후를 가둔 곳답게 방문에 중첩된 보안 마법은 상상 이상이었다. 지그문트 놈이 직접 손을 댄 것 같았다.

스르릉–

「라이너. 제가 문을 박살 내는 동안 병사들을 막아 주십시오!」

「네!」

나는 망설임 없이 검을 뽑았다. 라이너가 우리의 위치를 파악하지 못하고 두리번거리는 병사들을 혼자 휩쓸어 버릴 때, 나는 마나를 힘껏 끌어모았다.

후욱–

아무리 뛰어난 투명화 물약도 오러를 투명화할 수는 없었다. 새까만 오러만큼은 허공에서 착실하게 넘실거리고 있었다. 나는 문을 향해 있는 힘껏 검을 휘둘렀다. 지그문트가 손을 써 놓았다 한들 소용없었다.

콰콰콰콰쾅-!

파괴력은 내가 그를 뛰어넘으니까.

"화, 황후를 감금한 방이 무너졌다!"

"지그문트 님을 호출해라!"

탁! 나는 소란스러운 복도를 뒤로하고 산산조각 난 방문 안으로 진입했다. 황후가 묵기엔 지나치게 수수하지만, 그렇다고 부족할 것도 없는 적당한 크기의 방.

"누구지? 제국의 구원군인가?"

침대에 앉은 티나는 이런 상황에서도 고아함을 잃지 않은 채 차분히 물었다.

"황후 폐하!"

"……카슈미, 꺄악!"

들썩. 나는 재빨리 그녀를 안아 들었다. 투명 인간에 의해 공중 부양을 하게 된 티나가 눈을 동그랗게 떴다.

"무례를 용서하시죠. 설명할 시간이 없습니다. 지금 당장 도주해야 합니다!"

"……알겠네!"

역시 일국의 황후는 아무나 되는 것이 아니었다. 그녀는 곧바로 상황을 파악한 듯 시간을 빼앗지 않고 고개를 끄덕였다.

"라이너! 빨리 이쪽으로 와요!"

나는 복도를 향해 소리치며 티나에게 순간이동 아티팩트를 쥐여 주었다.

"……지금 내 손에 무언가 쥐여 준 건가? 감촉은 느껴지는데 보이지가 않는군."

이 뛰어난 효능의 투명화 물약은 물약을 마실 당시 대상에게 닿아 있던 물건조차 투명하게 만들었다. 그 때문에 아티팩트도 투명한 상태였으나, 사용하는 데엔 문제가 없었다.

"슈슈!"

탁!

라이너가 방 안으로 뛰어들어 왔다. 나는 내 아티팩트를 손에 쥐었다. 율리안이야 안전한 장소에 있으니 이동한 뒤에 따라오라고 연락해 줘도 충분했다.

"장소를 연상할 필요도 없습니다. 발동시킨다는 생각만 하십시오! 지금 당장……!"

지체하지 않고 바로 아티팩트를 발동하려 할 때였다.

푸욱-!

"꺄악!"

날카로운 단도가 내 어깨를 뚫었다. 허공에 피가 튀며 자신의 몸이 흔들리자 티나가 비명을 질렀다.

"……윽."

아찔한 고통으로 손에 힘이 풀렸지만, 나는 간신히 중심을 잡고 아티팩트를 더 꽉 잡았다.

터벅터벅.

"오랜만에 만난 친구에게 인사도 없이 가 버려서야 쓰나. 어차피 이 건물 안에서는 아티팩트가 발동도 안 될 텐데."

다가오는 발소리와 함께 나른한 목소리가 얼음 비수처럼 고막을 후벼 팠다.

"……작별 인사 없이 사라지는 건 네 특기 아니었나?"

푸슉.

나는 어깨에 박힌 단도를 거칠게 뽑아내며 이를 악물고 웃었다.

저 너머 거울에 서서히 형체를 되찾기 시작한 내 얼굴과 아득바득 끌어올린 입꼬리가 비치고 있었다. 약효가 풀리고 있는 듯했다.

탁.

마침내 그가 문 너머에서 모습을 드러냈다.

"지그문트 하이드."

나는 짓씹듯 내뱉었다. 내게 있어서 이 두 어절만큼 많은 감정을 담는 문장이 없었다.

"내가 얼마나 보고 싶었으면 우리 집에까지 쳐들어온 거지?"

그가 두 눈을 곱게 휘었다. 그와 나 사이에서 치열한 시선이 오갔다.

'이곳에선 아티팩트가 발동되지 않는다고?'

나는 어깨에서 피를 뚝뚝 흘리는 와중에도 으스러져라 쥔 아티팩트를 발동시켜 보았다. 지잉- 그 말대로 발동될 듯 진동하다가 이내 마나가 흩어져 버렸다.

이 요새 전체에 마법 발동을 방해하는 기운이 흐르고 있는 것이 분명했다.

'망할.'

황궁도 이렇게까지 보안이 철저하진 않다. 북부의 치밀함은 징그러울 지경이었다.

"이제 좀 싸울 마음이 드나?"

스르릉- 지그문트가 검을 뽑아 들었다. 우르르 몰려온 병사들이 그의 뒤에서 우리를 경계하고 있었다. 덩달아 빠르게 발도한 나와 라이너 사이에 시선이 오갔다.

'아티팩트를 발동시키려면 반드시 밖으로 나가야 한다. 하지만 이곳엔 창문도 없고, 정문까지 도망치기엔 거리가 너무 멀다.'

등 뒤엔 벽, 바로 앞엔 지그문트와 수십 명이 넘는 병사들. 맨몸이었다면 억지로라도 정면으로 밀고 나갔겠지만, 나는 지금 티나를 안고 있었다. 일반인인 그녀는 눈먼 칼 하나라도 맞으면 목숨이 위험했다. 말 그대로 진퇴양난이었다.

"악역으로서의 미덕은 다한 것 같은데. 이제 공격해도 되겠지?"

곧바로 공격하지 않고 생각할 시간을 주던 지그문트가 검을 세웠다. 유들유들 웃는 얼굴이 재수 없기 짝이 없었다.

"……그래. 고마워 뒈져 버리겠군."

으르렁거리듯 답한 내가 티나를 안아 든 팔에 힘을 줄 때였다.

"카슈미르 공녀."

호접지몽에서 본 나비의 푸르른 날개처럼 사뿐한 목소리가 내 귓가를 간지럽혔다. 옥좌에서만 지켜지는 품위는 진정한 품위가 아니다. 설령 진흙탕에 누워 있대도 타인을 고개 숙이게 해야 품위라고 할 수 있는 것이다.

"나를 버리게."

그 점에서, 이 난장판 가운데 자신을 버릴 것을 종용하면서도 꼿꼿한 티나의 풍채야말로 정녕 품위라 부를 법했다.

"……황후 폐하."

"두 사람쯤 되는 강자라면 이곳을 어떻게든 빠져나갈 수 있겠지. 나는 좋은 상품이니 저들도 나를 죽이려 들지는 않을 거야. 죽이려 했다면 진작에 죽였겠지."

그녀가 내 어깨를 부드럽게 밀어냈다. 바다에 구름을 탄 듯 희뿌연 파란색의 눈동자가 진중하게 빛났다.

"자네들도 알고 있겠지? 키프로스는 북부와 결탁했다는 걸."

"……."

"나는 내 발로 왔어. 그러니 그 이후의 일은 내가 책임을 져야 하네."

키프로스가 세레논을 두고 협박했으리라는 건 불 보듯이 뻔하건만, 그걸 티나의 의지라고 볼 수 있을까.

"지금 당장 날 두고 도망치게. 기사로서 자존심이 도무지 용납하지 않는다면 황후가 내린 후퇴 명령을 따른 것으로 해도 좋아."

티나의 눈은 색깔부터 내려간 각도까지 모두 세레논과 닮았다. 지금까지는 생김새만 닮았다고 생각했는데, 이 중요한 순간 성품까지 닮았음을 확인하게 될 줄은 몰랐다.

"티나."

나는 피식 웃었다.

"있죠. 제가 당신을 여기 버리고 갈 수 있었다면……."

"……."

"삶이 그렇게 고단하지 않았을 겁니다."

나는 고개를 젖혀 나의 오랜 사형을 바라보았다.

'우린 그녀에게 이렇게 배웠잖아. 안 그래?'

그는 더 이상 웃지 않았다.

「라이너. 잘 들어요.」

「……네. 하명하십시오.」

「당신은 지금부터…….」

휙!

"까악! 뭐, 뭐 하는 건가!"

나는 라이너에게로 티나를 던졌다. 라이너는 눈을 동그랗게 뜨면서도 착실하게 그녀를 받아 들었다. 나는 지그문트와 정면으로 마주했다.

"오래 기다려 줘서 고맙지만 사실 진심으로 고맙지는 않아."

"……."

"너와는 내가 놀아 주지."

쉬이익-!

검은 오러가 휘감긴 검날이 흉흉하게 빛났다.

「내가 시간을 끄는 동안 벽을 부숴요.」

길이 없으면 만들라는 말, 진부하지만 꽤 좋아하는 편이다. 그리고 이번엔 문이 막혔으니 벽을 부술 예정이었다.

"자, 잠깐! 카슈미……!"

콰앙! 라이너의 다급한 부름을 뒤로하고 지그문트와 검을 맞부딪쳤다. 검과 검이 무섭게 마찰했다.

"……역시 강하군."

끼기긱-

밀려나는 자신의 검을 보며 지그문트가 입꼬리를 비틀었다.

"하지만 알지? 전투에서 비겁함을 논하는 건 멍청한 짓이고……."

"알아."

파앗! 내 왼쪽 어깨를 노리고 들어오는 화살을 피해 허리를 훅 굽혔다.

쉭! 쉭! 쉭!

그 동작을 지그문트의 다리를 베는 공격으로 연계할 때도 화살은 쏟아지고 있었다. 나는 그 하나하나를 피하고 마나로 튕겨내며 두 눈을 번뜩였다.

"전투에서 비겁함 따위는 없고, 너는 결코 수단과 방법을 가리지 않는다는 걸."

"미르! 미르를 공격하라!"

우르르-

방 안으로 병사들이 쏟아져 들어왔다. 지그문트는 정정당당한 1대1 같은 것을 고집하는 인물이 아니었다. 그는 승리를 위해 무엇이든지 할 수 있었다. 그 부분을 욕할 생각은 없다. 죽고 죽이는 전투에서 정정당당함을 따지는 것부터가 어불성설이었다. 비겁함 또한 실력이고, 재능이다.

"나 또한 내 최선을 보여 주지."

이길 가능성은 없지만, 라이너가 퇴로를 만들 때까지 사력을 다해 버틸 것이다.

쉬이익-

나는 달려드는 병사들을 막으며, 광활한 마나가 요동치는 단전에서 얇은 실을 뽑기 시작했다. 수천수만 가닥의 검은 실이 허공에서 나풀거렸다. 이전에 시딘강에서 파천새를 속박하기 위해 사용하기도 했던 그 기술.

'전보다 더 세심해진 굴레를.'

촤아악-!

"으, 으악!"

"크윽!"

더 가늘어지고 많아진 마나의 실들이 병사들을 옭아맸다. 마지막으로 날아오던 화살 하나를 베어 낸 나는 곧바로 지그문트를 향해 오러를 휘둘렀다.

콰앙!

그가 단숨에 정밀하게 짜인 보호막을 펼쳐 내 공격을 막아 냈다. 이 대륙에서 마법 시전 속도로는 그를 따라갈 이가 없었다.

슈우욱-

지그문트가 오러를 끌어 올렸다. 볼 때마다 기분이 묘해지는 그 오러였다.

챙!

검은 절망과 검고 붉은 미지수가 치열하게 부딪쳤다. 범인은 보지도 못할 속도로 서로에게 치명상을 새길 공격을 하고 막기를 반복했다.

'……토할 것 같군.'

굴레를 유지하면서 오러까지 뽑아내느라 시곗바늘이 한 번 움직일 때마다 몸속의 마나가 한 움큼씩 후드득 떨어져 나가는 느낌이었다. 나는 슬슬 비릿한 맛이 느껴지는 타액을 삼켰다.

"지그문트 님께서 나서셨다!"

"미르의 목을 베어 주실 거야!"

내 굴레에 묶여 발버둥 치던 병사들이 무언가에 사로잡힌 듯 고양된 목소리로 소리쳤다. 그들은 이전에 들렀던 마을에서처럼 지그문트를 소문으로만 들어 왔을 이들도 아니었다. 지그문트와 생과 사를 함께하며 싸우고 있는 병사들조차, 그를 지휘관으로서의 신뢰가 아니라 구원자로서의 광신으로 대했다.

'아.'

필사적으로 잡념을 지우고 공격에만 집중하던 나는 그들의 외침에 순간 지그문트를 바라보았다. 그 찰나. 그의 완벽하던 포커페이스가 무너져 내렸다.

"그렇게 보지 마!"

콰앙!

폭발적으로 터져 나온 지그문트의 오러에 몸이 밀려났다.

챙!

나는 내 목을 꿰뚫을 기세로 비집고 들어오는 검을 이 악물고 막아 냈다.

"너는 그러면 안 돼."

그때, 나는 대체 어떤 표정을 지었던 걸까.

"너만큼은, 나를 동정할 여지 없는 개자식으로 봐야지!"

어떤 표정이었기에 얼어붙어 있던 자안이 불타오르고, 창백한 뺨이 수치로 달아올랐을까.

"네게만은 동정 당하지 않을 거다."

지그문트가 나를 노려보았다.

"똑바로 봐! 네 앞에 있는 내가 누구인지!"

우레 같은 외침은 나를 가르치던 카라쇼와 닮아 있었다. 순간, 정신이 번쩍 들었다. 북부에 온 이래 복잡하게 엉켜 있던 생각들이 고르디우스의 매듭처럼 깨끗하게 잘려 나갔다.

"……그래. 잠시 헷갈렸다."

평생을 부담감에 짓눌려 살았을 그를 향한 동정과, 그에게는 전쟁을 일으킬 만한 이유가 있었을지도 모른다는 착각이 검로를 흐트러뜨렸다.

'목표를 명확히 하지 않은 검은 무고한 피를 부른다. 검 끝이 향하는 곳이 어디인지 확실히 응시해라.'

그녀의 가르침을 잊고 말았다. 그래. 그의 과거가 순탄하지 못했음은 안타까운 일이다. 하지만 그게 어쨌단 말인가. 전쟁을 일으킬 만한 상황이라고 하여 모두가 전쟁을 일으키는 것은 아니다. 그는 다른 길을 선택할 수 있었음에도 자신의 발로 이 길을 걸은 것이다. 그의 사정을 머리로 이해하고 가슴으로 공감해 버렸을지언정, 그게 옳다, 그럴 수 있다 하고 용납해서는 안 되는 거다. 그럼 이 세상엔 전쟁이 끊이지 않고, 죽어 마땅한 사람들만 가득할 테니까.

"너는 지그문트 하이드. 내 인생 최고의 개자식."

"……."

"한때 내 사형이자 친우였으나, 스승님의 신념을 배반했고, 내 형제를 해쳤지. 그리고 내가 사랑하는 이 땅에 재앙을 불러왔어."

모든 게 명료해지고 나니 웃음이 나왔으나, 기쁘진 않았다.

"너는 멸절해야 마땅한 나의 적이다."

나는 몇 번이고 망설이던 말을 마침내 뱉을 수 있었다.

쉬익!

흑염이 흘러나오는 검을 지그문트의 목을 향해 휘둘렀다. 아슬아슬하게 검을 피하는 그의 두 눈은 아주 오랜만에 빛나고 있었다.

"그래. 응당 그래야지."

파앗!

눈에 잡히지 않을 만큼 빠른 그의 손놀림 아래 수십 개의 마법진이 떠올랐다.

내가 마음을 잡은 이상 더는 봐주지 않겠다는 듯, 본격적인 전투태세였다.

"네 밤에 새로운 악몽을 선물하마."

지지직-!

지그문트가 달콤한 미소를 짓는 동시에 검은 낙뢰가 폭우처럼 쏟아졌다.

쾅! 콰쾅!

나는 미친 듯이 몸을 굴렸으나 모두 피할 수는 없었다.

치지직!

"……윽."

이따금 몸을 스치는 낙뢰는 아찔한 감전을 선사했다. 소드 마스터의 신체가 아니었다면 즉시 감전사했을 만큼 강한 전류였다.

쉬익! 쉬익!

낙뢰를 피한다고 끝이 아니었다. 지그문트의 검은 나를 향해 쉴 새 없이 달려

들었다.

'미치겠네, 진짜!'

감전으로 찌릿한 몸에 굴레로 마나는 뭉텅뭉텅 빠져나가는데, 소드 익스퍼트 실력자의 검까지 피하고 있으려니 정신이 혼미했다. 데굴데굴. 나는 유격 훈련을 하듯 미친 듯이 몸을 굴리다가 안간힘을 다해 거리를 벌렸다.

"쿨럭! 두더지 잡기에 소질 있네. 지휘관 때려치우고 그쪽으로 진출하지 그래?"

퉤. 간신히 몸을 일으키며 솟구친 피가래를 아무렇게나 뱉었다. 지그문트가 이걸 밟고 넘어지면 죽어도 여한이 없을 것 같았다.

"그러기엔 지휘관으로서의 재능이 더 뛰어나서 말이지."

피식 웃은 그가 내게로 다가왔다. 나는 흔들림 없이 검을 세우면서도 직감했다.

'슬슬 한계다.'

병사 수십 명을 붙잡아 두느라 마나 소모가 너무 컸다. 마법사라면 결계라도 만들었을 텐데. 마법사가 아니라는 게 이렇게까지 원통한 적이 없었다.

'저 자식 얼굴에 침 한번 뱉고 동귀어진할까?'

검은 구둣발이 한 발자국 가까워질 때마다 수십 개의 생각이 떠오르던 순간…….

콰앙!

찬란한 금빛 광휘가 지그문트와 나 사이를 갈랐다.

"뭐……."

지그문트가 다급하게 뒷걸음질하고, 환한 빛에 나조차도 질끈 눈을 감을 때였다.

와락!

단단한 팔이 날 끌어안았다. 로즈우드 향이 후각을 날카롭게 찔렀다.

"카슈미르!"

큰 손이 내 입가에 흐른 선혈을 닦아 냈다.

"성공, 성공했습니다!"

라이너가 땀을 뻘뻘 흘리며 벽을 가리켰다.

쉬이익······. 연기가 피어오르는 벽은 숫제 거인이 쥐어뜯은 듯 흉한 형태로 박살 나 있었다. 그 너머는 바로 바깥 설원과 이어져 있었다.

"원래 검 쓰는 이들은 이렇게 다 과격한가······? 우리 아들도 언젠가······."

티나의 중얼거림이 듣고 싶지 않아도 저절로 들려왔다.

'아니······ 아무리 내가 벽을 부수는 걸 맡겼다지만 후반엔 도와줘야 할 줄 알았는데.'

나는 침을 꿀꺽 삼켰다. 벽의 보안은 방문보다 배로 튼튼했다. 문이야 뚫려도 병사들이 있는 복도이지만, 벽은 뚫으면 바로 바깥이니 당연했다. 그럼에도 라이너는 수백 개의 보호 마법이 중첩된 벽을 기어코 뚫어 냈다.

"도망쳐요!"

그러나 감탄하고 있을 시간이 없었다.

화악!

"자, 잡아라!"

굴레를 푼 나는 냅다 티나를 들고 튀기 시작했다.

우리는 설원을 가로지르며 미친 듯이 달렸다.

"저쪽이다!"

크르릉······ 컹!

사방에서 병사들과 마수들이 쏟아져 나와 우리를 쫓기 시작했다.

독 안에 든 쥐라는 것이 바로 이런 걸 두고 하는 말이었다.

"순순히 투항해라. 카슈미르 크리시스, 너만이라도 투항한다면 다른 이들은 보내 주지."

슉! 슉!

지그문트가 우리 뒤를 바짝 따라붙었다. 단거리 순간이동을 연속적으로 하며 우리를 쫓는 그는 원한 가득한 영혼 같았다.

"이거나 먹고 꺼져! 이왕이면 요르하로!"

쉬익! 나는 몸을 뒤틀며 그를 향해 마구잡이로 오러를 날렸다.

"그냥 죽으라는 거 아닌가……."

내 어깨를 꼭 붙잡은 티나의 중얼거림은 못 들은 척하기로 했다.

'이제 아티팩트가 발동할 거야.'

외부로 나오자 마도구의 발동을 방해하던 기운이 사라졌다. 나는 빠르게 아티 팩트를 꺼내며 소리쳤다.

"다들 아티팩트 꺼……!"

"지그문트 님! 여기 수상한 자를 붙잡았습니다."

우르르— 우측에서 병사들이 쏟아져 나왔다. 순간, 고개를 돌린 나는 익숙한 이 와 눈이 마주치고 입을 떡 벌렸다.

"절벽에서 기웃거리고 있는 것을 붙잡았습니다! 순간이동 아티팩트를 사용하 려 하길래 그 또한 빼앗았습니다!"

"아…… 이걸 들키네……."

거지꼴이 된 율리안이 포박된 채 병사들에게 끌려오고 있었다.

'미치겠네! 무자비한 놈들!'

수갑이 채워진 그의 손은 피 칠갑이 되어 있었다. 아티팩트를 사용하려다가 손을 공격받은 것 같았다.

"흐음. 요르하로 꺼지라고 했지? 저 남자를 동료 삼아 가면 되는 건가?"

다급하게 걸음을 멈춰 선 나를 보고 지그문트가 미소 지었다. 승기를 붙잡았 음을 확신한 얼굴이었다.

"왜, 왜 이러지? 우리 천사 같은 지그문트가 왜 이럴까?"

나는 입을 험하게 놀리던 내 과거를 회개했다.

"죽으라며?"

"무슨 소린지 모르겠네. 만수유강 유병장수해야지."

시든 채소처럼 축 처진 채로 피투성이가 된 손을 덜덜 떨고 있는 율리안을 보고 있자니 정신이 아찔해졌다. 신성력은 자가 치료가 불가능하니 천상 수작업으로 지혈해 줘야 하지만, 지금은 그럴 수 있는 상황이 아니었다.

'율리안, 괜찮을까?'

인질이 잡혀 돌파구가 막힌 이 곤란한 상황보다 그가 버텨줄 수 있을까, 혹시라도 자책하고 있진 않을까 걱정되었다.

"썩을……. 달려서라도 튀었어야 했는데……. 평소에 달리기 연습 좀 해 둘걸……."

……걱정 안 해도 될 것 같다.

「슈슈.」

묘한 대치 상황이 이어지려는 찰나, 라이너가 내게 진언으로 말을 걸었다. 나는 무의식적으로 그를 돌아보았다.

「제 아티팩트를 율리안에게 주고, 셋이서 빠져 나가십시오.」

검게 먹칠되어 있으나 빛은 잃지 않은 라이너의 두 눈이 진중하게 빛났다.

은밀하게 아티팩트를 건네주려는 손길에 어처구니가 없어질 때였다.

"카슈미르 공녀. 나를 버리고 내 아티팩트를 저 신관에게……."

"공녀님. 빨리 가세요! 이러나저러나 죽을 목숨……!"

"다 닥쳐요! 이제부터 입 열면 다 죽이고 나도 죽어 버릴 겁니다!"

여기저기서 어지럽게 쏟아지는 희생 의지에 나는 악을 썼다. 모두가 헙 하고 입을 다물었다.

"누구 한 명 두고 가면 그게 무슨 동료입니까! 다시는 그런 소리 하지 마십시오!"

분위기가 숙연해진 가운데, 나는 한숨을 쉬며 거칠게 앞머리를 쓸어 넘겼다. 그리고 어디까지 하나 보자는 표정으로 우리를 지켜보는 지그문트를 슬쩍 돌아

보며 속삭였다.

"……야. 나만 투항하면 나머지는 보내 준다고?"

"카슈미르!"

"이보게, 공녀!"

"저기요!"

모두가 나를 어처구니없다는 듯 바라보았다. 눈빛으로 찢어 죽일 기세였다.

몰래 투항하려 했는데 역시 안 되나 보다. 나는 조금 시무룩해졌다.

"그대들의 의리는 잘 알겠다. 아주 눈물겹군."

헛웃음을 친 지그문트가 느긋하게 중심으로 걸어 나왔다.

검을 잡은 손이 떨려 왔지만, 병사의 창에 목을 위협당하고 있는 율리안을 보자니 손발이 움직이지 않았다.

"으악! 놔! 이거 놔라!"

'율리안…… 제발 가만히 있어요……. 부끄러우니까…….'

율리안은 자신 때문에 우리가 곤란해진 것이 분했는지 갓 잡아 올린 생선처럼 미친 듯이 팔딱거렸다. 그 모습이 안쓰럽지만 못내 하찮았다.

"얌전히 투항해라. 저……."

율리안을 한번 본 지그문트는 그 모습을 어떻게 형용해야 할지 감이 안 온 듯 말을 잇지 못했다.

물에 빠져도 입은 동동 뜰 놈이 저렇게 말문이 막히는 일은 흔하지 않았다.

"……저 발발거리는 하룻강아지가 죽는 꼴을 보고 싶지 않다면."

그가 간신히 말을 맺었다. 율리안의 두 눈이 활활 타올랐다.

"뭐야? 하룻강아지? 하룻강아지이이? 너 싸움 잘하냐? 네가 그렇게 싸움을 잘해?"

'왜 율리안만 나오면 모든 상황이 희극으로 변해 버릴까?'

나는 우리 모두가 죽게 생긴 이 절체절명의 상황을 웃음 참기 대회로 만들어 버린 율리안의 재능에 감탄을 금할 수 없었다.

"……그냥 죽여라."

"야! 잠깐만!"

대답할 가치도 없다는 표정을 한 지그문트가 율리안의 목에 창을 겨눈 병사에게 고개를 까닥였다. 다급해진 내가 그를 향해 달려들려 할 때였다.

"저, 그, 그런데, 지그문트 님……."

병사가 더듬거렸다.

덜덜덜.

창을 쥔 그의 손이 떨리고 있었다.

"이분…… 자안을 가지고 계십니다……."

율리안의 선명한 연보랏빛 눈동자를 내려다보는 병사의 얼굴엔 주저함이 가득했다. 순간 머릿속에 한 문장이 스쳤다.

'북부 사람들은 자안을 신성히 여겨 자안의 아이 중 구원자가 있을 거라고 광신하며, 타지인일지라도 극진히 대접하지 않는다면 저주를 받는다고 여긴다.'

그런 그들이 자안의 율리안을 함부로 죽일 수 있을 리 없었다.

율리안의 두 눈을 확인한 지그문트의 얼굴에서 놀라움과 난감함이 스칠 때, 시선을 교환한 율리안과 나는 거의 동시에 외쳤다.

"네, 맞아요! 제가 바로 자안의 구주예요! 다들 정신 차리세요! 저 지그문트인지 지그재그인지 모를 놈은 가짜라고요! 제가 진짜예요!"

"저 화상을 죽이면 모두 저주받습니다! 다들 요르하 못 가고 나락에 떨어지고 싶습니까? 당장 물러나세요!"

예쁜 쓰레기를 비싼 값 주고 파는 사기꾼과 진배없는 목소리였으나, 광신의 폐해는 바로 이런 곳에서 나타났다.

"나, 나는 못 죽여……."

"으으……."

주춤.

율리안을 위협하던 병사들이 하나둘씩 움츠러들기 시작한 것이다.

지그문트의 명령이라면 불구덩이에라도 기꺼이 들어갈 것 같던 이들이 자안이라는 이유 하나만으로 처음 본 율리안을 죽이기 꺼려 하고 있었다. 나는 잘못된 믿음이 인간을 얼마나 멍청하게 만드는지 다시 한 번 깨달았다.

"후……."

눈을 질끈 감았다 뜬 지그문트가 앞머리를 훅 쓸어 넘겼다.

그는 이런 상황에서도 북부군들을 재촉하거나 욕하지 않았다. 이조차 자신이 품어야 하는 운명이라는 듯. 그가 어떻게 저리 젊은 나이에 지휘관으로서 바로 설 수 있었는지 엿본 느낌이었다. 알고 싶지는 않았건만.

"이 시대의 구주는 나다. 헷갈리지 마라."

지그문트는 흔들림 없는 목소리로 내뱉었다.

시리게 불어온 삭풍이 검은 그의 머리칼과 망토를 흔들었다. 율리안보다 훨씬 짙고 깊은 자안이 고요하게 번뜩였다.

그는 그 호칭을 싫어하는 게 분명했지만, 조금의 감정도 내비치지 않았다.

'그래. 너는 그랬지.'

지그문트 하이드는 위업을 위해 자신의 감정과 호불호쯤은 말살할 수 있는 사람이었다. 병사들이 경외를 담은 눈으로 지그문트를 바라보았다. 정말 재수 없지만 그가 사람을 붙잡는 힘이 있다는 건 부정할 수 없었다.

"우와, 그걸 자기 입으로 말했어……. 나는 평생 어디 가서 내가 자안의 구주라고 부끄러워서 말 못 했는데……."

"……."

"그것도 아내한테 바람피우지 말라는 듯한 말투로 했어……. 이게 바로 진짜 자안의 구주의 두꺼운 낯짝?"

율리안은…… 사람을 튕겨 내는 힘이 있어서 병사들이 조금도 영향을 받지 않

충직한 검이 되려 했는데 4

은 것 같았다. 같은 북부 출신에 매우 희귀한 자안인데 저렇게까지 다를 수 있나, 나는 잠시 고민했다.

"……내 사랑스러운 병사들은 저자를 죽이기에 힘이 들 것 같으니, 내 친히 손을 더럽히도록 하지."

쉬이익!

은은하게 미소 지은 지그문트가 검 끝에 오러를 들이부었다. 더 이상 장난이 아닌 것은 분명했다.

"라이너!"

"네!"

하지만 그가 벌어 준 시간은 이것으로 충분했다.

「계획대로 가죠!」

나라고 해서 이 급박한 대치에서 놀고 있지만은 않았다. 우리는 마나를 쏟아 가며 진언으로 계획을 교환했고, 지금이야말로 시작할 때였다.

'나의 오랜 궁극기.'

파아앗-!

지그문트에게 들키지 않도록 필사적으로 기운을 죽이며 등 뒤에서 만들어 낸 거대한 마나의 구를 허공으로 떠올렸다.

'이 기술에 이름을 붙인다면, 아마 흑풍이라고 하겠지.'

일견 절망의 집합체처럼 보이는 아득하게 검은 덩어리.

"뭐, 뭘 하려는 건가?"

내게 안긴 티나가 애써 침착한 낯으로 물었다. 두려운데도 우리에게 방해가 되지 않으려는 티가 나 안쓰러웠다.

"황후 폐하."

핑그르르!

나는 힘주어 돌린 팽이처럼 열렬하게 돌아가기 시작한 검은 구 앞에서 그녀에게 미소 지었다.

"부디, 무례를 용서하시지요. 다른 이들이 곧 따라갈 겁니다."

"무, 무슨……?"

꽈악.

나는 아티팩트를 쥐고 있는 그녀의 손 위에 내 손을 겹치며, 그 아티팩트에 마나를 불어넣었다. 내가 뭘 하려는 건지 눈치챈 티나가 하얗게 질렸다.

"잠깐! 이 아티팩트는 저 대신관에게……!"

"황후 폐하는 저희의 목적입니다. 폐하 없이는 이번 임무가 어떻게 끝나든 실패한 것에 불과합니다."

"……."

화악!

아티팩트는 억지로 주입된 내 마나로 인해 오발동되듯 불안정하게 발동됐으나, 그럼에도 착실히 티나를 이동시켰다. 서서히 투명해지는 티나의 인영 앞에서, 나는 밝게 웃었다.

"기다리느라 수고 많으셨습니다. 이제 집으로 돌아갈 때입니다."

팟! 곧 울 것 같은 티나의 얼굴을 마지막으로, 왼쪽 팔의 무게감이 완전히 사라졌다.

"갑니다!"

서격! 그와 동시에, 나는 한발 늦게 상황을 파악하고, 나를 향해 검을 세운 지그문트를 향해 검은 구를 쪼갰다.

콰콰콰쾅! 천지가 울리는 굉음과 함께 오러를 극도로 응축시킨 손바닥만 한 덩어리가 검은 폭풍이 되어 사방을 뒤집었다.

"크윽!"

지그문트가 속절없이 바람에 밀려났다. 설원의 눈이 바람을 타고 마구 날았다. 귀가 웅웅거릴 정도로 세찬 바람 소리 때문에 병사들의 비명조차 들리지 않았다.

크아아앙!

인간은 폭풍 앞에서 눈을 감지만, 생존 본능조차 빼앗긴 마수들은 달랐다. 그들은 조종사들의 명령을 따라 바람에 온몸의 가죽이 해지면서도 착실히 우리를 향해 기어 나오고 있었다.

"헹! 이 순간을 기다렸다, 악! 눈에 먼지 들어갔어!"

난장판 가운데에서 병사들의 창에 몇 번 찔리고 베이면서도 기어코 빠져나온 율리안이 자신만만하게 웃다 말고 눈을 벅벅 비볐다. 그의 머리는 바람으로 산발이었고, 눈시울은 붉었다. 그럼에도 두 눈만큼은 선명하게 반짝이고 있었다.

"이렇게 활약할 기회가 올 거라고 믿고 있었다고! 마수들은 제게 맡겨 주세요!"

쉬익! 그의 손끝에서 신성력이 폭발적으로 뿜어져 나왔다.

"성령의 맛을 보여 주마, 이 망할 놈들아!"

콰앙! 마수들의 머리 위로 찬란한 낙뢰가 쏟아졌다.

엘은 신성력을 살기로 벼리었지만, 율리안은 세상을 증오하는 마음이 없어서인지 아니면 그냥 생각이 없어서인지 신성력을 공격 용도로는 제대로 사용하지 못했다. 그렇기에 저 공격은 다른 이들에겐 타격보다는 축복으로 다가갔을 터.

키에에엑!

하지만 신성력이 천적인 마수들만은 달랐다. 율리안의 신성력을 맞은 마수들은 성수를 맞은 악마들처럼 비명을 지르며 나자빠졌다.

'성령이 언제부터 매운맛이었지?'

나는 쓸데없이 생각하며 율리안을 향해 달려갔다.

"헤헤, 공녀님! 제 실력, 으읍!"

콰악!

나는 발동하기 시작한 내 아티팩트를 율리안의 입에 쑤셔 넣었다. 영문을 몰라 눈을 땡그랗게 뜨던 율리안은 이내 상황을 깨달은 듯 버림받은 강아지 표정을 지었다.

"당신은 당신의 몫 그 이상, 그 너머, 그 초과를 했습니다."

"으읍! 으우욱!"

"그러니 평안히 가세요."

나는 몸이 투명해지면서도 아티팩트를 뱉으려고 안간힘을 쓰는 율리안을 가볍게 억눌러 제압해 주며 엄지를 치켜세웠다.

"아리아에게는 당신이 세상에서 제일 용맹했다고 말해 주겠습니다."

"……읍?"

그 순간, 속절없이 사라지는 율리안의 표정은 세상 그 어느 누구보다 행복해 보였다.

파앗.

'우선 1차 목적은 달성했다.'

율리안까지도 사라지고, 가쁜 숨을 아주 잠시 돌릴 때였다.

서걱. 나는 본능적으로 허리를 숙였다. 내 목을 향해 날아오던 검고 붉은 오러가 휘날리는 내 머리칼을 베어 내고 지나갔다.

'이 새끼, 또 내 머리카락을 잘라?'

저번 사절단 때는 허벅지까지 내려오던 긴 머리칼을 허리 중간까지 잘라 버리더니, 이번에는 끝자락을 혁명적인 각도로 베어 버렸다. 내 전용 이발사가 아닌가 싶을 정도였다.

"……카슈미르 크리시스. 꽤 약아졌구나."

"너만 하겠냐?"

지그문트가 이를 으득 갈며 웃었다. 기계 같은 그의 감정 동요는 내게 더없는 쾌감으로 다가왔다. 부정적인 동요라 더더욱 그랬다. 나 또한 그를 향해 마주 웃었다.

"이제 인간들은 퇴장했으니 괴물들끼리 승부를 보자고."

척.

라이너가 당연한 듯 말없이 내 등 뒤를 지키고 섰다.

우리를 빤히 응시하던 지그문트가 차갑게 웃었다.

"괴물은……."

"……."

"정녕 혼자 남았을 때 완성된다는 걸 보여 줘야겠구나."

보랏빛 눈동자가 시리게 타올랐다.

"미완성된 괴물, 나의 카슈미르."

지키는 이 없이 텅 빈 지그문트의 등 뒤가 사무치도록 공허해 보였다.

검정, 검정, 마젠타, 황금.

쾅!

세 개의 오러, 네 개의 색이 부딪치는 것은 생에 한 번 더 볼 일이 있을까 싶을 만큼 기이하고 경이로운 광경이었다. 두 개의 색을 품은 지그문트의 오러는 얼핏 보면 두 사람이 뿜어내는 것 같지만, 그는 혼자였다.

"……윽."

검과 검의 대결에선 나조차 이기지 못하는 그가 라이너와 나의 합공을 버텨 낼 리 만무했다.

"이렇게 비겁해질 줄 알았다면 비겁해지는 법은 알려 주지 말 걸 그랬군."

"청출어람 질투는 추해."

오러의 출력에서 밀린 지그문트가 빠르게 뒷걸음질했다. 나는 여유로운 척 비죽 입꼬리를 올리면서도 초조하게 주위를 살폈다.

"지그문트 님을 지켜라!"

지그문트 혼자는 나와 라이너가 제압할 수 있지만, 수십 명의 병사들까지 끼어들면 탈출할 가망이 없다.

'병사들이 끼어들기 전에 지그문트를 제압하고, 율리안의 아티팩트를 빼앗은 병사에게서 그걸 되찾은 뒤 도망친다.'

이 플랜 A에서 가장 중요한 건 속도였다.

「빠르게 갑니다!」

「네!」

라이너에게서 방어하는 법을 배우며 몇 번 합을 맞추어 본 적이 있지만, 그걸 감안하지 않더라도 우리는 놀라울 만큼 손발이 잘 맞았다.

콰앙! 쾅!

나와 라이너는 순식간에 지그문트를 몰아붙였다. 병사들이 끼어들 수 없도록 극단적이리만치 속도를 높였다. 지그문트는 강했다. 밀리긴 했지만 방어하는 것에만 급급하지 않고 마법과 검술을 번갈아 사용하며 반격까지 하는 모습은 경이로울 지경이었다. 하지만 그것은 어디까지나 선전했다는 뜻이지, 이길 가능성이 있다는 소리가 아니었다.

"크윽!"

촤악!

지그문트의 왼쪽 어깨가 내 검 끝에 크게 베였다.

나는 검에 묻은 피를 거칠게 털어 냈다.

"복수다, 개자식아."

그의 단검에 뚫렸던 내 왼쪽 어깨는 아직 지혈도 못 한 상태였다.

지그문트가 헛웃음을 쳤다.

"감명 깊군. 쏴라!"

쉬이익! 어느새 흑풍의 여운에서 벗어난 병사들이 우리를 향해 화살을 쏘기 시작했다. 우리와 근접한 상태에서 화살을 쏘게 하면 자신도 맞을 위험이 있다는 걸 알 텐데, 대단한 자신감이었다.

기기긱. 지그문트는 내 검을 간신히 막아 낸 채 다른 손으로 수인을 맺었다.

"그러고 보면 친애하는 네게 직접 흑마법을 시전할 기회는 없었던 것 같군."

흑마법. 영혼을 대가로 얻은 부패한 힘. 그는 전투 마법사인 동시에 흑마법사건만, 실제로 그가 전투 중 흑마법을 펼치는 걸 제대로 본 적 없다는 자각이 머릿속에서 느리게 스쳐 지나갔다.

스륵. 순간 비정상적인 불쾌함이 발끝을 타고 기어오르며 몸이 굳었다.

"슈슈!"

라이너가 다급하게 나를 뒤로 끌어당겼다.

찰나의 아찔한 간격, 그 뒤로 내가 조금 전까지 서 있던 땅에 거대한 마법진이 생겨났다.

콰앙!

그리고 폭발하듯 흑염을 토해 냈다.

"……와우."

치이익.

나는 마법진의 범위에 걸쳐졌던 내 망토 자락이 가루도 남기지 않고 증발해 버린 것을 보고 심심한 감탄을 내뱉었다.

"못 피했으면 뼈도 안 남았겠네. 망할 놈."

"재라도 모아서 장례를 치러 줄 생각이었는데 아쉽군."

나는 흑마법을 난사하기 시작한 지그문트를 향해 오러를 날리며 가운뎃손가락을 치켜올렸다. 태평하게 굴었지만, 사실 등에 식은땀이 흘렀다. 흑마법을 발동한 순간부터 그의 분위기가 완전히 달라졌다. 번뜩이는 보랏빛 눈은 극독 같았다. 강해진 것은 둘째 치고, 노골적으로 내뿜는 기운에 조금만 가까워져도 속이 역했다.

'하지만 흑마법을 사용하기 시작했다는 것 자체가 궁지에 몰렸다는 거다.'

흑마법은 적은 양의 에너지로 강대한 힘을 낼 수 있는 대신 영혼을 갉아먹는다. 그 부작용은 누구보다도 본인이 잘 알 터.

'더 빠르게 밀어붙이면…….'

쏟아지는 화살을 몸을 뒤틀어 피하며 다시금 지그문트와 거리를 좁힐 때였다.

파앗!

환한 빛과 함께 지그문트의 옆 허공에서 인영이 나타났다. 지그문트의 공격을 막고 있던 때라 피할 틈도 없었다. 쉬익. 마수처럼 뻗쳐 나온 큰 손이 내 목덜미를 틀어쥐었다.

"내가 새기는 모든 활자가 치명적이기를."

화악.

감미롭고 사악한 주문과 동시에, 저주받은 보랏빛 언어가 내 목덜미에 새겨지기 시작했다.

"윽!"

목을 자르고 그 환부를 불로 지지는 듯한 끔찍한 고통이 퍼져 나갔다.

촤악!

라이너가 빠르게 내 목덜미를 붙잡은 손목을 벴다. 나는 혀를 깨물어 비명을 참다가, 혀가 잘릴 수도 있다는 생각에 억지로 입을 벌렸다. 그 정도로 고통스러웠다.

"슈슈! 괜찮습니까!"

새파랗게 질린 라이너가 나를 안듯이 감쌌다. 나는 숨을 몰아쉬느라 대답하지 못했다.

'칼도, 헬리오스도 맨정신으로 이런 걸 견뎌 낸 걸까? 이것보다 더 고통스럽다는 해주까지?'

두 사람의 정신력은 대단하다는 말로도 부족했다. 나조차도 정신이 아찔했으니까. 내 오른쪽 목덜미에서 벌레처럼 꿈틀거리는 활자들을 살핀 라이너가 얼굴이 굳었다.

"저주술……."

그의 검은 눈이 흉흉하게 빛났다. 라이너에게서 그런 눈빛은 처음 보았다.

"조나단 에이머리-!"

라이너의 거친 호명에 호응하듯 희미하던 인영이 서서히 분명해졌다.

"조나단 하이드라고 불러 주시죠."

탁.

허공에서 나타난 그가 가볍게 착지했다. 검고 검어 얼핏 새하얀 설원의 티처럼 보이는 남자. 이제 보니 묘하게 지그문트와 닮은 것 같았다.

"지휘관님, 그리고 제2기사단장. 다시 뵈어 영광입니다."

고아하게 인사를 건네는 조나단의 얼굴엔 생기 없는 미소가 걸려 있었다.

"카슈미르. 슈슈…… 제발…… 괜찮습니까?"

쉬익. 라이너가 덜덜 떨리는 손을 저주가 새겨진 부위에 얹은 채 필사적으로 자신의 마나를 주입했다.

"윽……!"

"아, 죄송, 죄송합니다……!"

정결한 마나는 상처의 악화를 더디게 하는 데 도움이 되기도 했지만, 지금만큼은 역효과였다. 내가 더해진 고통에 신음하자 라이너는 황급히 손을 떼며 몇 번이고 사과했다.

'망할. 정신 차려야 해.'

나는 몸을 간신히 가누며 눈을 부릅떴다.

땀구멍이 완전히 열린 듯 온몸에서 식은땀이 쏟아졌다.

"황제에게 걸었던 저주처럼 생명력을 빼앗는 종류는 아닙니다. 그건 제게도 페널티가 커서요. 단순히 지속적인 고통을 주는 종류이니 괘념치 마십시오."

"닥쳐!"

태평한 조나단의 태도에 열받은 라이너가 이를 드러냈다.

조나단은 만족스러운 듯 눈을 휘었다.

"너무 원통해하지도 마십시오. 우리는 함께 고통받을 테니까."

그가 뒷머리를 들춰 자신의 왼쪽 목덜미를 보여 주었다.

스스슥.

내게 저주를 새긴 곳과 똑같은 위치에 알 수 없는 문자가 돋아나고 있었다.

'저주술이 금지된 이유는 비단 악독하기 때문만은 아니에요. 어쩌면 영혼을 좀먹는 흑마법보다 더 부작용이 끔찍하거든요.'

'저주술에도 부작용이 있나?'

'당연하죠! 그럼 무적이게요? 저주를 하면 저주술사 본인에게도 흔적이 남아요. 그 흔적들은 켜켜이 쌓이다가 어느 순간 일제히 폭주하죠. 평생 타인에게 준 고통을 한순간에 몇 배로 돌려받는 거예요. 그 순간엔 편하게 죽게 해 줄 독약마저 통하지 않죠.'

'아······.'

'그래서 저주술사들 중엔 혀 깨물고 자살한 이가 압도적으로 많아요. 차라리 죽는 게 더 나은 고통인 거겠죠.'

얼마 전 뮤리엘과 나눈 대화를 떠올렸다. 그녀는 자신의 온몸에 새겨진 그 흔적이라는 것을 보여 주었다. 조나단의 목에 새겨진 것과 똑같은 글자를 말이다. 뮤리엘은 그 글자의 뜻이 '업'이라고 했다.

'그릇이 큰 저주술사일수록 버틸 수 있는 기간이 길긴 하지만, 이러나저러나 언젠가 터질 시한폭탄이라는 것은 달라지지 않아요. 뭐, 나는 너어무 훌륭한 저주술사라 호호 할머니쯤은 돼야 터지겠지마안?'

'그때가 두렵지 않나?'

그녀는 웃었다. 꼭 눈앞의 조나단 같은 얼굴로.

'타인을 저주할 땐, 나 또한 저주받을 각오를 해야 해요.'

그 각오가 된 자들은 글자를 보는 것만으로도 두려워지는 눈을 하곤 했다.

"라이너."

"······말하지 마십시오."

나는 고통스러운 듯 얼굴을 일그러뜨리는 그를 향해 씨익 웃었다.

"도망가요."

이 말이 많은 이에게 상처를 주었음을 안다. 그러나 우리는, 누군가는 이 말을 뱉어야 하는 시대를 살고 있었다. 도망칠 수 있는 아티팩트는 한 개. 우리는 둘.

압도적인 수적 열세인 데다, 병사들이 모두 하나로 뭉쳐 버린 탓에 율리안의 아티팩트를 빼앗아 간 병사는 누구인지도 알 수 없다.

그렇다면 비교적 부상을 많이 입은 내가 버림패가 되는 것이 옳았다.

"……조나단."

조나단의 등장은 합의되지 않았던 부분인지, 지그문트의 얼굴에 미미한 동요가 번져 있었다. 놀란 건지 화가 난 건지 분간이 되지 않았다.

"칭찬은 이후에 해 주셔도 됩니다, 형님."

조나단은 겸양을 떨듯 어깨를 으쓱였다.

"……."

두 사람 사이의 분위기가 어쩐지 미묘했다.

"잠깐. 거기. 윽. 화살 좀, 화살 좀 그만 쏘라고 해 봐! 내가 진짜 눈이 휘둥그레질 제안을 하나 할 테니까! 어차피 다 잡은 먹잇감인데 잠깐 들어 볼 수는 있잖아!"

서걱! 서걱!

나는 쏟아지는 화살들을 베어 내며 두 망할 놈에게로 나아갔다. 몸을 움직일 때마다 목덜미와 연결된 근육들이 걸레 물 짜듯 고통스럽게 뒤틀렸다.

"……잠깐 멈춰라."

쓱. 잠시 나를 응시한 지그문트가 손을 들었다. 그와 동시에 궁수들이 일제히 멈췄다. 그러나 활시위엔 여전히 화살이 걸려 있고, 지그문트 또한 오러를 집어넣지 않은 채였다.

"정말 괜찮은 제안이어야 할 겁니다."

미간을 꿈틀거린 조나단의 흑안이 차가웠다.

나는 잇새로 새어 나오는 신음을 참으며 신중하게 눈빛을 가라앉혔다.

"나는 크리시스 공작가의 장녀, 카슈미르 크리시스다."

"……?"

"크리시스 공작가는 제국 최고의 세력가지. 우리 가문의 금고엔 금과 보석이 마르질 않는다."

나는 두 놈을 번갈아 보았다.

"무슨 뜻인지 알겠나?"

잠시 침묵.

"……자랑입니까?"

"그래…… 멋지군."

뭐 어쩌라는 거지 그들이 눈으로 말했다. 누가 같은 하이드 아니랄까 봐 표정이 똑같았다. 얼핏 보면 친형제 같을 지경이었다.

"바보 같은 놈들. 아직도 눈치채지 못했군."

절레절레. 나는 단호하게 고개를 젓고, 덜덜 떨리는 손으로 그들을 삿대질했다.

"나를 인질로 잡으면 너희는 죽여주는 졸부가 된다는 뜻이다."

그리고 천기누설하듯 진지하게 말했다.

지그문트와 조나단이 동시에 입을 벌렸으나, 나오는 목소리는 없었다.

"……."

북부군 사이에서 죽음 같은 침묵이 일었다.

"여기서 나를 죽이는 건 황금알 낳는 거위의 배를 가르는 것에 지나지 않는다. 그렇다고 고문하고 괴롭히는 것도 옳지 않다."

"……."

"내 아버지가 가만히 있을 것 같나? 내 아버지는 카이사르 크리시스, 소드 마스터이며, 당신의 자식이 다치면 단신으로 이곳에 쳐들어 와 깽판을 벌일 미친, 아니, 음, 가족애가 깊은 분이다."

"……카이사르 크리시스가 가족애?"

충직한 검이 되려 했는데 4

지그문트도 카이사르의 소문을 들은 적이 있는지 믿기지 않는다는 듯 중얼거렸으나, 나는 목덜미를 꾹꾹 누르며 무시했다.

"어차피 고문해도 정보는 결코 털어놓지 않을 거다. 그러니까 감금만 해 두고 삼시 세끼 잘 챙겨 주며 크리시스 측에 몸값이나 요구하도록."

"······."

"참고로 나는 느끼한 걸 싫어하고 고기를 좋아한다. 맛없는 걸 내놓으면 편식하도록 하겠다."

어이를 강탈당한 눈빛들이 피부에 꽂혔다. 독 안에 든 쥐에게서 감 놔라 배 놔라 하는 명령을 들은 듯한 얼굴이었다.

'터무니없다는 건 아는데, 그나마 강하게 나갈 방법이 이것밖에 없다.'

나는 내게 이런 방식을 가르쳐 준 내 주위 사람들을 떠올리며-특히 율리안과 칼의 얼굴이 선명했다- 잠시 회의를 느꼈다.

"······크리시스 공녀가 원래 저런 사람이었습니까? 지휘관으로 봤을 때 과격하긴 했어도 양심이 없지는 않았는데······."

"원래 정신 나간 녀석이긴 했다. 스승님 돌아가신 뒤에 철든 줄 알았지만 역시 사람은 쉽게 변하지 않는군."

조나단과 지그문트의 속닥거림은 못 들은 척하기로 했다.

"······그래. 무슨 말을······ 하고 싶은지는 알겠다."

말괄량이 막내 여동생을 보듯 심란한 눈으로 나를 바라보던 지그문트가 고개를 끄덕였다.

"그러니까 네 뒤의 기사는 순순히 보내 주고, 널 잘 대우해 주면 반항하지 않을 테니 몸값이나 받아먹어라, 그건가?"

"정확하다. 말귀는 알아듣는군."

나는 고개를 끄덕이며 슬쩍 뒤쪽을 살폈다. 이렇게 뻔뻔스럽게 나온 것은 다름 아닌 라이너 때문이었다. 나를 혼자 두고 도망쳐야 할 그가 안심하기를 바랐다.

「라이너. 얼른 가라니까요?」

하지만 라이너는 미동도 하지 않았다. 굳은 그의 얼굴은 무서울 지경이었다. 지그문트가 고민에 빠진 듯 미간을 좁힐 때였다.

"터무니없는 소리."

조나단이 차갑게 실소했다.

"우리는 전쟁 중입니다. 한낱 돈을 얻는 것보다 소드 마스터 하나를 죽이는 게 더 이득일 거라는 건 셈을 해 보지 않아도 분명하지 않습니까."

나는 그를 물끄러미 바라보았다. 나를 배신하고, 한동안 내 악몽의 소재가 되었던 내 인생의 악인. 사람을 믿는 것은 미련하다는 사실을 깨닫게 한 그와의 좋은 기억 따위는 없었다. 그는 나와 악연임이 분명했다.

그럼에도 나는 조나단 하이드가 증오스럽지 않았다. 좋은 건 아니지만 싫지도 않았다. 그것은 어쩌면 사람을 쉽게 싫어하지 않는 내 성향 때문일 테고, 어쩌면…….

'당신이 싫어서 배신한 건 아닙니다. 그냥, 저는 둘째 동생에게만큼은 이 삶을 물려주지 않아야 할 의무가 있을 뿐입니다.'

그를 동정하는 걸지도 모르겠다. 그의 얼굴을 볼 때마다 그가 설원에서 했던 말이 떠오르는 것을 보면.

"어차피 미르는 도망칠 수 없다. 즉결 처분을 하기보다는 우선 잡아 두고 회의를……."

"아뇨. 지금 죽여야 합니다."

지그문트가 내 처분을 보류하는 방향으로 결정을 내리려 할 때, 조나단이 단호하게 막아섰다.

'저건 월권행위 아닌가?'

나는 두 사람을 번갈아 보았다. 북부군의 분위기는 정확히 모르지만, 수장의 말에 정면으로 반하는 조나단의 태도는 위험해 보였다.

"조나단 하이드."

지그문트도 그게 거슬렀는지 눈을 치켜떴으나, 조나단은 완강했다.

새까만 그의 눈동자가 지그문트를, 그 너머를 담았다.

"잡아 두면 언제든지 죽일 수 있다고요? 아뇨. 지금이 아니면 못 죽입니다. 지금, 서로에게 검을 겨누고 있을 때 해야 합니다."

"……."

"아니면 형님은 반드시 실수할 겁니다."

순간 지그문트의 눈이 흔들렸다.

끼긱.

검을 쥔 그의 손에 힘이 턱 풀리다가, 이내 손잡이에서 불안한 소리가 날 만큼 강하게 들어갔다.

'아. 지그문트 성격, 저거 아닌데.'

그걸 지켜보던 나는 고개를 저었다.

조나단은 지그문트가 나를 생포해 두면 정이 들어서 못 죽일 것 같다는 생각을 하고 있는 듯한데, 나의 해석과는 정반대였다. 내 머릿속 지그문트는 기회만 생기면 신나게 내 목을 자르고 내 갈비뼈를 뽑아다가 이쑤시개로 쓸 놈이니까.

'저놈은 천금과 나 사이에 고민하고 있는 거겠지.'

하지만 조나단의 강경한 기세를 보아 아무래도 나를 죽이는 쪽으로 마음이 기울 것 같다. 아우 이기는 형은 없으니까. 내가 늘 아리아에게 지는 것처럼 말이다.

'결론은 망했다는 거군.'

저쪽에서 나를 죽이려고 달려들면 답이 없었다. 저주에서 터져 나오는 고통으로 식은땀을 장마철 장대비처럼 흘리고 있는 상태라면 더더욱 말이다.

나는 홱 뒤를 돌아보았다.

"라이너. 정말 가야 합니다."

앞에서 내 목숨을 두고 떠드는 둘보다 떠나지 않는 뒤쪽의 라이너가 나를 초조하게 만들었다.

"반드시 도망칠 테니 먼저 가 주세요, 네?"

반쯤 애원하는 목소리가 나왔다. 나는 진심으로, 그가 함께 남는다는 선택 같은 건 하지 않기를 바랐다.

한참 굳어 있던 라이너가 마침내 입을 열었다.

"저를 진정으로 비참하게 만드는 건……."

"……."

"도망쳐야 한다는 사실이 아니라 혼자 남는 것이 익숙한 당신이라는 걸 아실까요."

스르륵. 그가 외관을 변형해 주던 반지를 벗었다. 갈색 머리카락에 달빛이 물들고, 어둡던 두 눈은 일등성의 황금빛으로 반짝였다.

라이너의 의중을 알아차린 나는 무섭게 얼굴이 굳었다.

"라이너!"

"당신의 오러는 절망을 담았다고 했죠? 고통은 사람을 성장시키지만, 그렇게 성장하느니 성장하지 않는 편이 더 나을지도 모른다고 하셨습니다."

우웅-

그의 검날에서 황금빛이 너울거렸다.

명백한 전투 의지. 도망치지 않겠다는 의사 표현.

"저도 그렇게 생각합니다. 당신이 더 이상 강해지지 않아도 좋으니, 더 이상 혼자 남는 절망을 느끼지 않았으면 합니다."

나는 정신이 아찔해졌다.

"왜 이렇게 미련하게 구는 겁니까! 한 사람이라도 더 도망치는 편이 나은 걸 알면서……!"

"어불성설, 언행불일치입니다."

쏙.

라이너가 내 머리를 부드러이 쓰다듬어 주었다. 어제 속을 게워 내던 나의 등을 두드려 준 그 손이었다.

"그걸 아시는 분이 왜 어린 날 저를 구해 주셨습니까? 저는 그때 당신이 보여 준 작은 등 때문에 평생을 미련하게 살아왔는데."

그가 태양처럼 타오르는 검을 세웠다.

"선함과 정의를 따른 제 삶은 당신을 향한 고백이었다는 걸, 이제는 알아 주셨으면 합니다."

내 말문을 턱 막히게 만든 라이너는 볼우물을 만들며 사랑스럽게 웃고 있었다.

"이번엔 당신이 제 뒤에 서십시오."

탁. 라이너는 내 앞을 지키고 섰다.

전장에서 누군가의 등을 보는 것이 아득할 만큼 오랜만이었다. 아니, 카라쇼 이후로 아예 처음인가? 저주로 인한 고통보다 울렁이는 속이 더 강렬했다.

쩌적, 강박에 찌든 하나의 세계가 깨지는 소리가 났다.

"……망설이니 적이 늘어 버렸지 않습니까."

나와 라이너를 확인한 조나단이 차가운 표정으로 지그문트를 돌아보았다.

"형님이 행복하시길 바랍니다. 언젠가는 인간답게 살기를 바랍니다. 하지만 지금은, 저 여자는 아닙니다."

"……."

"형님께서 마지막 남은 그 줄을 도저히 놓지 못하시겠다면, 제가 대신 해 드리겠습니다."

지그문트는 답하지 않았다. 아니, 못한 것일지도 모르겠다. 그는 생전 처음 보는 표정으로 얼어붙어 있었으니까. 그러나 알 수 있었다.

'수장'이라는 두 글자에 양어깨가 짓눌린 그는 저 말에 반론할 수 없고, 그의 침묵은 긍정이라는 것을.

"전군, 지그문트 님의 명령이다."

그 한마디에 떨어진 거리에서 대기하고 있던 병사들이 일제히 무기를 다잡았다. 조나단이 나를 향해 죽은 눈을 휘었다.

"침입자들을 죽여라."

참으로 많은 것을 놓고 버린 얼굴이었다.

"가자! 쳐라!"

와아아!

두 눈에 두려움이 없는 북부군들이 밀려오고, 사방에서 화살이 쏟아졌다.

"……망할. 병사들을 맡아요!"

"네!"

이 상황에서 라이너를 보낼 수 없다는 것을 깨달은 나는 결국 그와 합공하며 검은 오러로 설원을 갈랐다. 들뜬 강아지의 높은 울음소리처럼 신이 난 목소리가 약 올랐다.

"네 모가지는 빈 수레 받침대냐? 어? 기어코 황금알 낳는 거위의 배를 갈라?"

"……아."

촤악! 나는 지그문트를 향해 한달음에 달려가며 오러를 난사했다. 멍하니 서 있던 그는 그제야 움직이기 시작했다.

'이 통증만 없어도 훨씬 나을 텐데.'

나는 검을 쥔 손을 쉴 틈 없이 놀리면서도 저주가 새겨진 살갗을 피가 맺히도록 득득 긁었다. 고통을 참는 것엔 누구보다 자신 있었건만, 저주는 내게 통증의 신세계를 경험케 해 주었다.

'지그문트를 붙잡을 수 있다면……!'

백날 천날 개미 같은 수의 병사들을 베어 봐야 가망이 없다. 위험천만할지언정 머리를 잡고 흔들어야 했다. 그 어떤 군대도 지휘관이 인질로 잡힌 상황에서 검을 뻗진 않으니까.

"……너도 참 지독하군. 그 격통 가운데서도 검을 휘두르다니."

허, 지그문트가 바람 같은 헛웃음을 쳤다. 나는 입꼬리를 뒤틀며 아득해지는 정신을 아득바득 붙잡았다.

"네 동생이 새겨 준 곰팡이? 아아, 간지럽기만 하다."

원래 팔다리가 떨어진 상황에서도 입으로는 너 따위쯤이야 몸통박치기로 부숴 버릴 수 있다고 허세를 부려야 하는 법이었다.

"형님!"

잠시 라이너를 상대하던 조나단이 나와 지그문트의 접전에 합세하려는 듯 자리를 박찼다.

"끼어들지 마라!"

지그문트가 이를 악물고 일갈했다. 조나단이 주춤 물러섰다.

"그래. 죽여야지. 반드시 죽여야지……."

뚝, 뚝. 나직하게 중얼거리는 그의 검날로 두 개의 색이 뒤엉킨 오러가 독극물처럼 진득하게 흘러내렸다. 흑마법과 섞이며 변질된 기운은 색뿐만 아니라 성질조차 평범한 것과 달랐다.

"내가, 내 손으로 죽일 것이다. 그러니 방해하지 마라."

그의 자안이 고요하게 나를 응시했다.

'왜 네 오러는 나의 색들을 담고 있을까.'

검은색과 옅은 붉은색이 섞인 그의 오러를 바라보며, 문득 억지로 잊고 살던 의문을 떠올렸다.

쾅!

검과 검이 부딪쳤다. 만방에서 마법진이 번쩍이고, 냄새만 맡아도 토악질이 나는 끔찍한 마법이 퍼부어졌다. 나는 그것들을 막아 내고, 때로는 맞기도 하면서 생각했다.

'검로가 난잡해.'

마법이야 내가 그리 잘 아는 부분이 아니니 흠잡을 수 없지만, 검은 부딪치는 순간 알 수 있다. 눈앞의 인물이 마음을 정리한 상태인지, 나를 죽일 각오로 이 전투에 임하고 있는지. 지금 지그문트는 아무것도 정리되지 않았다. 그게 무엇이든.

"네 앞에 있는 나는 누구지?"

챙! 몸통으로 날아오는 그의 검을 막아 내며 물었다.

나는 조금 전 이 질문의 답을 내렸다. 멸절해야 마땅한 나의 적이라고.

하지만 정작 그의 대답은 알지 못했다. 나와 눈을 마주치지 않던 지그문트가 한 손으로 마법진을 펼치다 말고 멈칫했다. 모호한 눈빛이 감돌다가 사라졌다.

"알고 싶나?"

모르는 게 낫다. 하지만 궁금하다. 내 표정을 읽었는지, 그가 피식 웃었다.

"가까이 와라."

전투 중에 걸맞지 않은 요청이다. 적이라면 더더욱 말이다.

훅.

하지만 나는 본능을 참지 못하고, 그의 검을 강하게 쳐 내는 동시에 그의 한 치 앞으로 거리를 좁혔다.

콱.

그 순간, 지그문트가 내 복부 부근의 옷자락을 찢을 듯 그러쥐었다.

'역시. 함정인가.'

솔직히 대답해 줄 거라 기대도 하지 않았다.

내가 그의 목을 향해 검을 휘두를 때였다.

화악!

그의 손에서 자색 빛이 터져 나왔다. 순간 헛구역질이 날 만큼 역겨운 기운이 대기를 잠식했다.

사사사삭!

육안이 따라가지 못할 속도로, 내 복부와 그의 복부 양쪽에 매우 복잡한 마법진이 새겨지기 시작했다. 그는 자신의 목을 단숨에 벨 기세인 나의 검을 피하지 않고 오직 마법진을 완성하는 것에만 집중했다.

'잠깐, 이건……!'

그 순간, 나는 그 마법진의 정체를 알아보았다.

"윽……!"

공격을 멈추고 다급히 몸을 뒤틀었으나, 지그문트의 손가락이 달군 쇠처럼 옷은 물론이고 살갗까지 녹이고 내 옆구리에 파고들었다. 갈고리에 꿰인 생선처럼 빠져나갈 수가 없었다. 그때 그가 짓고 있었던 건 분명 광소였다.

"너는 나의……."

복잡한 감정의 정의와 마법진의 완성이 함께 이루어지려는 순간이었다.

콰앙!

"크윽!"

"아!"

섬광처럼 내게 달려든 인영이 지그문트와 나 사이를 갈라놓았다.

쿠당탕! 데구르르-

나는 단단한 품에 안겨 설원을 굴렀다.

"허억, 라, 라이너……."

나는 구명줄을 붙잡듯 그의 옷자락을 그러쥐었다. 그의 체향이 폭주하던 온몸의 혈관을 빠르게 진정시켰다.

탁!

라이너가 구르는 우리의 몸을 억지로 멈춰 세우고 내 몸에 올라탄 자세로 다급하게 나를 살폈다. 병사들을 억지로 뚫고 온 건지 그의 몸은 피투성이였다.

"슈슈! 젠장, 괜찮습니까? 저자가 시전하는 마법이 심상치 않아서 우선 몸을 날렸는데……!"

그와 나는 동시에 내 복부를 내려다보았다.

복부에서부터 옆구리까지 온 상체를 덮은 거대한 마법진. 옷을 뚫고 살갗에 새겨진 것이었다. 중심부 손가락 마디만큼이 덜 그려졌지만, 어떤 마법진인지 알아보기엔 충분했다. 나는 살 타는 냄새도, 통증도 잊고 지그문트를 돌아보았다.

"아쉽군."

지그문트가 라이너와의 충돌로 다친 손목을 빙글 돌렸다. 그의 복부엔 나와 똑같은 마법진이 새겨져 있었다. 저 마법진은 북부를 상대하기 위해 흑마법을 연구하며 본 적이 있다.

아무리 마법진의 형태를 외우고 공식을 이해해도 흑마법으로 인한 영혼의 부패가 극에 다다르지 않은 이상 발동할 수 없다는 주문.

술자와 대상의 죽음을 한데 묶는 운명 공동 속박술이었다.

"미친, 미친 새끼……."

나는 내 복부에 새겨진 마법진에 손을 얹은 채 헐떡거렸다.

"이것으로 대답이 됐나?"

자신의 복부에 새겨진 문양을 느리게 더듬어 본 지그문트가 두 눈을 곱게 휘었다. 저 새끼는 방금 나와 함께 죽으려 했다.

"하…… 하!"

어처구니가 없어서 말도 안 나왔다. 복부에서 피가 쏟아지는 가운데, 고통도 잊고 헛웃음만 터트렸다.

파앗.

지그문트가 흑마법의 불길에 탄 자신의 옷 위를 가볍게 쓸었다. 빛이 번쩍이는 것과 함께 옷은 언제 찢어졌냐는 듯 멀쩡해졌다. 하지만 나는 본능적으로 깨달았다. 나와 지그문트의 복부에 동시에 남은 이 공멸의 마법진은 절대 지울 수 없으리라는 걸. 신성력도 치유력도 이것을 치료할 수는 없을 것이다.

해주를 해도 흔적이 남는 조나단의 저주처럼 지독하고 저주스러웠다.

충직한 검이 되려 했는데 4

"이럴 각오가 되지 않았다면 앞으로는 묻지 않는 것을 추천하지."

탁. 라이너와 부딪친 손목이 제대로 삔 건지, 지그문트는 오른손으로 잡고 있던 검을 왼손으로 바꿔 잡았다. 그야 양손 모두 능숙하게 사용하니 전력의 차이가 없겠지만, 왼손 검사를 상대해야 하는 우리가 골치 아파졌다.

"너…… 그렇게까지 해서 나를 죽이고 싶다는 거야?"

그는 그 무엇보다 자신의 사명이 중요해 보였건만, 나를 죽이기 위해선 그렇게까지 할 수 있단 말인가.

"그게 아니지. 중점을 잘못 잡았어, 슈슈."

눈을 내리깐 지그문트가 고개를 저었다.

"알잖아, 우리는 공존할 수 없다는 걸. 너나 나나 하나는 죽어야 하는 운명이지."

"……."

"하지만 나는 운명이라는 단어를 좋아하지 않아. 왕이 될 운명, 구주가 될 운명…… 모두 개연성 없는 이 세계를 무마하기 위한 허울 좋은 말들일 뿐."

나를 바라보는 그의 홍채는 먼지가 자욱하게 낀 창문처럼 아무것도 비치지 않았다. 그가 웃었다.

"도무지 이 안티노미를 극복할 수 없으니, 차라리 공멸하는 것이 좋겠다고 생각했어."

미친 새끼. 그 말 말고는 다른 말이 나오지 않았다.

"슈슈…… 왜 당신의 곁에는 늘 저런……."

지그문트를 경계와 경멸이 섞인 눈으로 바라보던 라이너가 입술을 달싹이다가 한숨을 쉬었다. 심란한 낯이었다.

'나는 정말 광인이 꼬이는 체질인 걸까?'

눈을 질끈 감으며 이마를 짚었다. 뒷말을 듣지 않았는데도 이미 알 것 같은 기분이었다.

"……꺼져라. 죽을 거면 너나 죽어. 나는 살 거다."

꽈악. 나는 이상하게 울렁거리는 기분을 뒤로하고 망토를 주욱 찢어 복부를 동여맸다.

덜덜덜.

손이 떨려 여러 번 헛손질해야 했지만 말이다. 허세는 부렸지만, 내 몸 상태는 내 편이 아니었다. 지그문트 제압은 고사하고 주변 병사들의 압박조차 버틸 수 있을까 염려될 정도였다.

"그래. 누가 죽는지 이 자리에서 확인해 보자고."

좌악! 지그문트가 검날에는 오러를, 다친 오른손엔 흉흉한 맹염을 둘렀다. 그는 나를 봐줄 생각이 전혀 없어 보였다.

'망할……. 일어나야 해.'

이대로 쓰러져 있을 수는 없다. 또다시 지긋지긋한 혈전을 벌이기 위해 억지로 다리에 힘을 주는 순간이었다.

콰앙!

눈부신 빛이 다시금 나와 지그문트 사이를 갈라놓았다.

"너는…… 라이너 아인하르트라고 했나?"

팔로 눈을 가렸던 지그문트가 무기질을 보듯 건조한 눈으로 라이너를 훑었다. 원래부터 함께 있었건만, 이제 처음 봤다는 듯 무관심한 태도였다.

척.

고개를 굳게 끄덕인 라이너가 내 앞을 막아섰다.

"귀하께서 우리 시딘강의 기적과 무슨 관계인지는 모르겠습니다만."

적국의 수장 앞에서도 라이너의 말투는 공손했으나, 그의 목소리엔 날이 서 있었다.

'저거 노렸다.'

'시딘강의 푸른 기적'은 내가 아타라전에서 북부군을 처부수고 얻은 이름.

라이너의 말을 해석하자면 '네 나라 군대 무너뜨린 우리 나라 영웅한테 볼일이 있냐?'쯤 될 것이다.

'라이너가 사교계식 돌려 까기 비슷한 걸 시전하다니.'

나는 놀라움에 입이 벌어져 그의 동그란 뒤통수를 바라보았다.

'자알한다'는 비아냥거림을 진짜 잘한다는 칭찬으로 알아듣고 고마워하던 라이너를 생각하면 장족의 발전이었다.

"이 이상 카슈미르의 손을 더럽히는 것은 곤란합니다."

"……."

"뱀 잡는 데 드래곤 슬레이어가 나설 수도 없는 노릇 아닙니까."

지그문트와 정면으로 마주한 라이너가 시선 한번 피하지 않고 똑똑히 내뱉었다. 명백한 도발이었다.

"하."

지그문트가 헛웃음을 쳤다. 그 말에 애처럼 발끈하진 않았지만 눈썹은 희미하게 꿈틀거렸다.

싸아아— 금방이라도 터질 듯 아찔한 기류가 주위를 감쌌다.

쓱. 그 가운데, 라이너는 뜬금없이 내게 주먹 쥔 자기 손을 내밀었다.

"슈슈. 손잡아 주십시오."

"예?"

"어서요."

강아지한테 앞발을 받듯 여상스러운 말투. 절체절명의 상황에서 퍽 어울리지 않는 지시였다.

탁.

가물가물해지는 시야를 억지로 붙잡은 나는, 그의 온기에 이끌려 나도 모르게 그의 손등 위에 손을 얹었다. 이변은 그때 일어났다.

화악!

라이너의 손 아래로 빛이 터져 나왔다.

'어?'

놀란 나는 손을 빼려 했으나, 그가 손을 확 뒤집어 내 손을 강하게 맞잡았다.

꾹. 맞잡은 손 아래로 느껴지는 단단한 질감의 정체는 분명 순간이동 아티팩트였다.

"잠깐, 라이너! 젠장!"

억지로 힘을 써 손을 잡아 뺐을 때는 이미 늦은 뒤였다. 아티팩트는 발동되었다.

화아악.

내 몸은 서서히 투명해져 가고 있었다.

이럴 수는 없었다. 어떻게 혼자 도망친단 말인가.

"라이너 아인하르트-! 당신……!"

어떻게든 아티팩트의 효과에 저항하기 위해 마나를 최대치로 끌어올리며 분에 차 노성을 지를 때.

스륵.

떨쳐진 손을 담담하게 쥐었다 편 라이너가 나를 돌아보았다. 그의 금안은 전장 한가운데에서도 온유하게 빛났다.

"슈슈."

나는 홀연히 깨달았다.

"당신이 어둠이라면 저는 별이 되고 싶었습니다."

라이너는 애초에 이럴 생각이었다는 것을. 처음부터, 남은 단 하나의 탈출구를 내게 쥐어 줄 생각이었다. 그는 아름다운 공멸 따위 선택하지 않았다. 속임수를 쓰고 내게 원망을 듣는 한이 있어도 나를 살릴 생각뿐이었다.

"당신이 사랑하는 것들을 빛내기 위해 스스로를 어둡게, 또 어둡게 만들었다면, 저는 그런 당신을 빛내고 싶었습니다."

그것은 경이로운 광경이었다.

사르륵.

라이너의 사방이 금빛으로 너울거렸다. 요정이 뿌려 놓은 별 가루 같고, 가장 추운 순간에만 피어나는 다이아몬드 더스트 같았다.

우리를 경계하던 병사들도, 조나단도, 심지어 지그문트까지 그 광경을 멍하니 바라보았다. 본능적으로 느낄 수 있었다. 움츠리고 있던 봉오리에서 무언가가 개화하는 순간이라는 것을.

"처음으로 오러를 발현한 순간 알 수 있었습니다."

"……"

"나는 당신을 빛내기 위해 태어났다는 것을."

라이너가 아주 부드럽게, 유성의 꼬리와 같은 각도로 눈을 휘었다.

"그러니 부디, 제가 감히 당신의 밤하늘에 길을 만드는 것을 허락해 주세요."

절망에 잠식되어 있던 나의 어둠에 아주 기다랗게 빛을 발하는 유성우 하나가 떨어지는 소리가 들렸다.

나는 필사적으로 입술을 달싹였다. 하지만 입이 사라져 말을 뱉지 못했다.

'그 길을, 당신을 불태우면서까지 낼 필요는 없잖아.'

그의 두 눈을 보며 나의 길을 알려 주는 북극성이라고 생각해 왔으나, 이렇게 확인을 받고 싶지는 않았다. 내가 물기 어린 두 눈으로 마지막으로 본 것은 금빛 오러를 휘날리며 북부군을 향해 달려가는 라이너의 등이었다.

5권에서 계속

Special

카슈미르와 아리아의
몸이 바뀐다면?

쾅쾅쾅!

"으음……."

나는 앓는 소리를 내며 뒤척거렸다. 부드러운 실크 이불이 맨다리에 감겼다.

왜일까. 늘 날 서 있던 신경이 한층 누그러져 있었다. 오늘따라 몸이 노곤해서 큰 소리를 들었음에도 일어나고 싶지 않았다.

"슈슈 언니!"

나를 언니라고 부를 사람은 아리아밖에 없는데, 목소리는 아리아가 아니었다.

아리아의 목소리는 은쟁반 위를 구르는 아침 이슬처럼 청아하고 간지럽건만, 지금 이 목소리는 그렇지 않았다. 좀 더 무게감 있고, 조금은 낮고, 밤이슬 머금은 상록수처럼 낯설면서도 익숙한…….

……익숙한?

콰직! 비몽사몽간에 목소리의 주인을 헤아려 보기도 전, 무언가 개박살 나는 굉음이 울렸다. 반쯤 뜨여 있던 눈이 번쩍 떠졌다.

놀란 나는 다급하게 침대에서 몸을 일으켰다. 하얀 원피스 자락이 펄럭거렸다.

나는 들어온 사람이 누구인지 확인하기도 전에 본능적으로 손을 뻗었다. 협탁에 기대어 둔 내 검을 잡기 위해서였다.

더듬. 더듬더듬더듬.

"……어?"

없다.

내 검이 없다.

분명 오늘 잠들기 직전까지도 있는 것을 확인했건만, 일어나 보니 없었다.

이건 있을 수 없는 일이다. 나는 처음으로 검을 잡은 10살 때부터 지금까지 단 한 번도 검을 내 몸에서 멀리 떼어 놓은 적이 없었다.

크리시스 공작가에서의 삶이 익숙해지고, 내게 안전한 집이 있음을 체감하면서 부터 단도를 베개 밑에 숨겨 두는 습관은 고쳤지만, 아버지가 선물로 준 장검만은 늘 내 곁에 있어야 했다. 잘 때 옆에 두는 것은 물론이요, 씻을 때도 가지고 들어가 건만…… 이게 대체 무슨 상황이란 말인가. 닭 쫓던 개 지붕 쳐다보듯 텅 빈, 침대 와 협탁 사이만 멍하니 바라고 있었을까. 문득 방 안의 풍경이 눈에 들어왔다.

내 방은 크리시스 공작가 후계자의 방으로 상징성이 짙은 '흑장미의 방'이다.

내 취향이 반영되면서 이제는 조금 아늑해졌지만, 워낙에 대흑마법사가 사는 곳처럼 음험하고 칙칙했기에 여전히 엄숙하다는 느낌이 강했다.

하지만 이 방은 달랐다.

사방이 책장으로 둘러싸여 지성적인 현자의 방 같으면서도 큰 창문들이 있어 서 음침하진 않았다. 하얀 대리석과 은은한 톤의 원목 가구들은 모던했다.

내 방과는 상당히 다른 분위기였지만, 내겐 무척 익숙한 공간이었다.

"내가…… 왜 아리아 방에……."

이곳은 내 동생, 아리아 크리시스의 방이었으니까.

나도 모르는 사이 몽유병이 도졌던가. 설마 잠결에 아리아를 내쫓고 아리아의 침대에서 자는 미친 짓거리를 저지른 걸까.

푹신한 아리아의 침대에 책상다리로 앉아 심각하게 입가를 만지고 있었을까.

"언니……."

또다시 낯설면서도 익숙한 목소리가 나를 불렀다. 나는 그제야 고개를 돌렸다.

방문은 아주 개박살이 나 있었다. 안 열어 주니까 부수고 들어온 모양새였다.

그 잔해 위에 우두커니 서 있는 인영.

170cm 언저리쯤 될 법한 키에 하얀 와이셔츠와 검은 바지를 입은 몸은 얼핏 봐도 단단했다. 두어 개쯤 단추가 풀린 와이셔츠 섶 새로 보이는 가슴팍엔 온갖 흉터가 징그럽게 새겨져 있었다.

구불거리며 내려오는 길고 검은 머리, 창백한 피부……

……나 거울을 보고 있나?

그 여자와 눈이 딱 마주쳤다. 어두운 방 안에서도 형광 물질처럼 번들거리는 진분홍색 눈동자는 아무리 보아도 인간의 것 같진 않았다. 맹수 혹은 그보다 더 강한 사람 밖의 것 같았다. 섬뜩한 위압감에 저절로 경계 태세가 취해지면서 이상한 느낌이었다. 도플갱어를 만나면 죽는다고 하지 않았나? 그리고 내게 위압감을 느끼게 하는 존재가 어떤 소란도 없이 크리시스 공작가에 쳐들어올 수 있었다고?

문을 부수고 들어오긴 했지만 그녀의 뒤로 어떤 병사도 따라붙지 않은 상태였다. 누구에게도 들키지 않고 침입했다는 건데, 그건 나도 불가능했다. 크리시스 저택은 황궁보다 더 경비가 삼엄했으니까.

말이 되지 않는다. 이 상황 자체가 터무니없었다.

"언니……, 맞지?"

멀뚱히 선 그 여자는 긴가민가한 기색이었다. 나는 어처구니가 없었다.

네가 누군데 나보고 언니래? 내게 동생은 아리아뿐인…….

"……아리아?"

그 순간 직감이 번뜩였다. 정말 말도 안 되는 걸 알면서도, 나는 내 몸을 내려다보았다.

흉터 없이 곱고 작은 손. 하얀 원피스 치맛자락 아래로 뻗은 다리 또한 흉터가 없기는 마찬가지였다. 이건 절대 내 몸이 아니었다.

나는 천천히 고개를 들었다. 내 시야 가장자리를 사르륵 스친 긴 옆머리는 검은색이 아닌 분홍색. 가장 말도 안 되는 가정이 점점 더 사실로 분명해졌다.

"우리…… 몸이 바뀐 거야?"

내 입에서 흘러나온 건 필시 아리아의 목소리였다.

혼란스러운 표정으로 나를, 아니, 정확히는 내가 들어와 있는 자신의 몸을 훑어본 아리아가 내게로 성큼성큼 다가왔다. 나 자신에게로 다가오는 나 자신. 살면서 다시 없을 기이한 경험이었다.

혼란스러운 표정의 아리아가 덥석 내 손을 잡아 위로 들었다.

"이게 대체 어떻게……."

"흐읙……!"

우드득-

뼈 부러지는 소리가 방안을 울렸다. 손을 으스러뜨리는 듯한 강한 악력에 참을 새도 없이 비명을 흘렸다. 눈앞이 핑 도는 고통이 엄습했다. 무심코 고개를 젖힌 내 눈에 아리아가 박살 낸 나무 문이 들어왔다.

나는 곧바로 깨달았다.

'아리아는…… 소드 마스터의 힘을 제어하는 방법을 모르는구나.'

나도 소드 마스터가 된 후 신체 능력을 자유자재로 조절하기까지 긴 시간이 필요했다. 갑작스럽게 내 몸에 들어가게 된 아리아가 조절할 수 있을 리 없었다.

"헉! 어, 어떡해! 미안해!"

아리아는 자신이 으스러뜨린 내 손을-정확히는 아리아 자신의 손이지만- 내려다보며 경악했다.

그녀가 덜덜 떨며 내 손을 만지작거렸다. 어떻게든 해 주고 싶은 마음에 무심코 한 행동이었겠지만, 내게는 또다시 고통의 시간이었다.

"크윽!"

"미안! 진짜 미안해!"

"아, 아리아. 우선 놔. 내 손, 아니, 네 손 놔!"

그 후에도 아리아는 의사를 불러오겠다며 침대를 잡고 내 몸을 일으키다가 침대 프레임을 무너뜨렸고, 그 바람에 비틀거리다가 잡은 시트까지 찢어 버렸다. 넘어지며 바닥까지 부서져 방 안은 삽시간에 난장판이 되었다.

"바닥, 바닥을 짚으려는데 자꾸 부서져……!"

"힘을 빼! 허공에 떠다니는 솜털을 잡듯 조심스럽게 해야 해!"

"그게 뭔데! 그거 어떻게 하는 건데!"

우드득, 와드득– 아리아의 손이 닿는 곳마다 쑥대밭이 됐다.

집 안 물건을 다 부술 기세로 소란을 피우고 있었을까.

쾅!

"무슨 일이냐!"

카이사르가 아리아로 인해 부서져 있던 문짝을 아예 뜯어 버리며 방 안으로 뛰어 들어왔다. 위급한 상황이라고 생각한 건지 그는 붉은 오러가 활활 타오르는 검을 들고 있었다.

우리는 놀라서 굳은 채로 그를 바라보았다. 카이사르의 시선이 아리아의 몸을 입은 내게 머물다가, 이내 내 몸을 입은 아리아에게 머물렀다.

잠시 정적이 흘렀다.

"……너는 왜 거기 있고, 너는 또 왜 거기 있는 거지?"

소드 마스터이자 우리의 아버지인 카이사르는 단번에 우리의 몸이 뒤바뀌었음을 알아차렸다.

화아악–

"치유력을 쓴다는 게 이런 느낌이었구나."

나는 아직 났던 손이 치료되는 광경을 보며 감탄했다. 요정들만 쓸 수 있는 치유력을 내가 내 손에 쓰고 있다니.

'심장 근처를 배회하는 작은 빛들이 있지? 그걸 혈관을 통해 손으로 방출한다고 생각해 봐.'

내 얼굴을 한 아리아를 통해 치유력을 사용하는 방법을 배웠다. 다행히 오러를 뽑는 방식과 비슷했기에 오래 걸리지 않아 해낼 수 있었다.

문제는 아리아가 소드 마스터의 힘에 익숙해지는 것이었다. 아직 원인도, 해결 방법도 모르는 만큼 이 사태가 얼마나 이어질지 알 수 없다. 기약할 수 없는 그 기간 동안 아리아가 힘을 조절하지 못하는 채로 내버려 둘 수는 없었다. 그랬다간 박살 난 저택을 버리고 다른 곳으로 이사해야 할 테니까.

그렇다고 아리아를 가둬 놓을 수도 없는 노릇. 결국 우리 세 사람은 반파된 아리아의 방에 둘러앉아 아닌 밤중에 힘 조절 수업을 진행했다.

'어때요? 힘이 좀 빠졌어요?'

'……보통 사람의 손이었다면 이미 형체를 알아볼 수 없게 되었을 거다.'

'그게 아니야. 사람을 잡을 땐 작은 병아리를 손에 올려놓고 다치지 않게 감싼다는 느낌으로 잡아야 한다니까?'

'너는 병아리인가? 나는 아기 토끼라고 생각해 왔는데.'

'음. 같은 소드 마스터도 기준이 다른가 보군요. 나중에 노아 아인하르트 후작님께도 여쭈어 보고 싶네요.'

'저기. 이상한 데서 소드 마스터끼리 공감대 형성하지 말고 나 좀 도와 달라고요.'

실험 대상은 카이사르의 손이었다. 소드 마스터의 악력으로 뭔가를 붙잡았을 때 부서지지 않는 것은 같은 소드 마스터뿐이니 당연했다.

아리아는 처음엔 헤맸지만, 똑똑한 그녀답게 한 시간이 채 지나지 않아 그런대로 힘 조절을 하는 것에 성공했다.

"몸이 바뀔 만한 계기…… 언니도 떠오르는 게 없는 거지?"

"없어. 하나도."

"우선 대외비로 하지. 내가 마탑과 신전, 현자들을 통해 다방면으로 알아보마."

이 일이 해결되기 전까지, 나와 아리아의 몸이 뒤바뀌었다는 건 비밀로 하기로 했다. 괜히 소란을 일으킬 필요는 없으니까.

나는 여전히 어색한 아리아의 몸을 이리저리 움직여 보다 한숨을 쉬었다.

"당장 내일만 해도 세레논 저하와 검술 수업이 있는데 어쩌면 좋지?"

"……걱정 마. 내가 어떻게든 임기응변으로 무마해 볼게. 나는 오늘 오전엔 기부를 위해서 신전에 가고 오후에는 후원 파티에 가야 해. 갈 수 있겠어?"

"으음……. 해 볼게. 들키지 않을지는…… 모르겠지만."

나와 아리아는 서로의 스케줄을 공유했다. 우리 둘의 성격이 정반대인 만큼 하루 일과도 정반대였다. 잘 해낼 수 있을지 벌써부터 걱정이었다.

"그런데 아버지."

"그래."

"언제까지…… 이러실 겁니까?"

주물주물주물. 카이사르의 큰 손이 내 뺨을, 아니, 아리아의 뺨을 아프지 않게 주물렀다. 어린아이가 촉감 놀이를 하듯이 만지작거리면서도 얼굴은 굳건한 무표정인 것이 어이가 없었다.

"그래. 신나 보여서 좀 참아 주고 있었는데, 언제까지 그럴 거예요? 기분 정말 이상하다고."

아리아가 짜증스러운 얼굴로 팔짱을 꼈다. 나는 그때 짜증이 난 내 얼굴을 처음 보았다. 보통 짜증 났을 때 거울을 보진 않으니까.

'나 좀 무섭게 생겼구나.'

쓸데없는 감상에 빠져 있는 그때 카이사르가 당당하게 대답했다.

"하지만 원래의 너라면 이런 걸 받아 줄 리가 없잖으냐."

"하?"

"이 기회에 조금만 더 해 보고 싶군."

주물럭주물럭. 뺨이 반죽처럼 뭉그러졌다.

확실히 아리아의 뺨은 하얗고 말랑해서 나도 가끔 주무르곤 했다. 카이사르로서는 여태껏 꿈도 못 꿀 일이었겠지만. 아리아가 험악하게 얼굴을 일그러뜨렸다. 내 얼굴로 그러니 정말 깡패 같았다.

"나도 소드 마스터의 힘을 얻은 김에 당신 한 대 쳐 봐야겠네."

"둘 다 그만."

이 지경이 되어서도 두 사람을 말리는 건 나였다.

"칼은 정신과 관련한 마법에 뛰어나니 무언가 알지도 모른다. 내일 칼이 오면 이 사태에 대해 아는 것이 있는지 물어보도록 하지."

카이사르는 동이 틀 때쯤이 되어서야 자리에서 일어났다.

칼은 어제 마탑에서 묵은 탓에 집에 없었다.

아리아도 한숨을 쉬며 일어났다. 원래의 내 방은 힘 조절에 실패한 아리아로 인해 폐허에 가까운 꼴이 되어 버렸다. 아리아는 방이 수리되기 전까지 손님방을 사용하기로 했다.

"하…… . 벌써부터 피곤하네. 칼 그 자식까지 오면 얼마나 난리가 날…… ."

검은 머리칼을 마구 헤집던 아리아가 무슨 좋은 수가 떠오른 듯 눈을 번뜩였다.

"아니, 잠깐. 그 자식한테 우리 몸 바뀌었다는 거 말하지 말아 봐요."

그녀의 얼굴에 소악마 같은 미소가 떠올랐다.

"이번 기회에 절망이 뭔지 제대로 알려 줘야지."

나는 내 얼굴이 상당히 사악해질 수 있다는 걸 그때 알았다.

아리아와 나는 당연히 잠도 제대로 자지 못했다. 충성스러운 공작가의 하인들은 박살 난 아리아와 내 방을 보고도 아무런 내색을 하지 않았지만 난 혼자 찔려서 식은땀을 흘려야 했다. 그래도 다행히 아침 식사 때까지 아무에게도 들키지 않았다.

쾅!

"슈슈. 나 왔다."

아침 식사가 중반에 이르렀을 때, 드디어 칼이 도착했다. 그는 카이사르와 아리아를 뻔히 보았을 텐데도 그들을 깡그리 무시한 채 내게만 인사를 건넸다.

"두 눈 새파랗게 뜨고 있는 네 아비는 보이지도 않는 모양이군."

"아, 계셨습니까? 죄송합니다. 그런데 아버지의 경우는 새파랗게가 아니라 새빨갛게 아닙니까?"

"그 패륜적인 태도는 어렸을 때의 나를 닮았군."

"취소하십시오. 불쾌합니다."

"싫은데."

가장 먼저 인사를 받아야 마땅한 카이사르는 무덤덤한 낯으로 와인 잔이나 기울였다. 지적을 하긴 했지만 고치길 바라는 기색은 아니었다. 왼쪽 입꼬리가 희미하게 비틀린 것을 보아 그냥 칼을 먹이고 싶은 것 같았다.

나는 부자 관계를 망각한 듯한 혁명적인 대화를 익숙하게 넘기며 고개를 들어 칼을 마주했다.

"칼. 잘 왔……."

잘 왔습니다. 그렇게 말하고 싶었으나, 내 양 뺨에 꽂히는 시선에 멈칫했다.

어제 우리는 칼에게 나와 아리아의 몸이 바뀌었음을 숨기기로 합의를 보았다. 아리아가 강력하게 주장했고, 카이사르는 재미있을 것 같다며 고개를 끄덕였다. 나는 그에게 숨길 자신이 없었으나, 두 사람에게 등 떠밀려 동의할 수밖에 없었다.

'아리아가 칼에게…… 잘 왔다고 한 적이 있나?'

있을 수 없는 일이다. 아리아가 미치지 않은 이상. 나는 아리아의 따가운 눈총과 칼의 의아한 시선을 받으며 다급하게 방향을 돌렸다.

"……냐? 왜 잘 왔냐? 오다 코나 꺼져 버리지. 내가 이 좋은 아침부터 네 얼굴을 봐야겠어?"

아리아가 식탁 밑으로 엄지를 치켜올려 보였다. 그녀는 아주 만족스러운 얼굴이었다. 아리아가 자신을 부른 것에 놀란 듯 눈을 끔뻑이던 칼은 코웃음을 치며 비소를 머금었다.

"아리아 크리시스. 너도 어젯밤 잠든 김에 영원히 자지 그랬나."

이래야 칼과 아리아다. 나는 쩝 하고 입맛을 다셨다. 이게 뭐 하는 짓인지는 알 수 없었지만 장단을 맞춰 주기로 했으니 별수 없었다. 흰 와이셔츠에 검은 베스트 차림인 칼은 차림만큼 가벼운 발걸음으로 홀을 가로질렀다. 여느 때처럼 지정석에 앉으려던 그는 자신의 맞은편에 앉아 있는 나를 보고 멈칫했다.

"……그런데 왜 네가 여기 앉아 있는 거지?"

크리시스가의 자리 배치는 상석엔 카이사르, 그의 오른쪽엔 나, 그의 왼쪽엔 칼, 내 옆에 아리아로 고정되어 있었다. 하지만 지금은 아리아와 나의 자리가 뒤바뀌어 있었다. 영혼은 그대로인데, 몸은 반대인 채로.

'헉. 습관적으로……!'

나는 아리아와 빠르게 시선을 교환했다. 그녀는 강렬한 눈빛으로 내게 임기응변을 요구하고 있었다.

나는 어색함을 애써 감추며 분홍빛 머리칼을 귀 뒤로 넘겼다.

"그……러면 안 되냐? 내가 내 집 식탁에 앉는데 네 허락까지 받아야 해?"

자연스러웠다. 함께 살아온 세월이 헛되진 않았는지 아리아의 말투는 내 머릿속에 새겨져 있었다. 아리아가 식탁 아래로 양손의 엄지를 치켜올려 보였다.

칼은 아리아의 변덕이겠거니 싶은 마음 반, 긴가민가한 마음 반의 미묘한 얼굴로 내 맞은편에 앉았다. 무언가 느낀 건지 조금은 의심스럽다는 기색이었다.

"식사할 때 내 얼굴 보면 먹은 거 그대로 게워 낼 것 같다며?"

"……크흠. 여전히 그러니까 오늘만 눈 깔고 먹어."

칼에게 험한 말을 하려니 영 익숙하지 않아 목소리가 뻣뻣했다.

"네가 그럴 사람이 아닌데……."

칼은 뭔가 찜찜하다는 낯으로 제 턱을 매만졌다.

"아, 뭘 쪼잔하게 캐묻고 그러십니까? 밥이나 처먹지."

그때 아리아가 말했다.

푸웁. 칼의 눈이 등잔만 하게 커지고, 카이사르가 황급히 고개를 돌려 입에 머금고 있던 탄산수를 바닥에 뱉었다. 내 얼굴을 한 아리아는 검은 머리칼을 배배 꼬며 불량한 비소를 짓고 있었다.

"……정말 적응 안 되는군."

카이사르가 손수건으로 입가를 닦으며 중얼거렸다. 그의 심정이 이해가 됐다. 나도 내 얼굴로 아리아가 저러는 게 어색한데 다른 사람들은 오죽하겠는가.

"슈슈, 너, 네가, 어떻게, 나한테……."

칼의 동공이 흔들렸다. 내 얼굴을 한 아리아가 비열한 미소를 띠며 말했다.

"왜 내가 당신한테 특별 대우라도 해 줘야 합니까?"

"뭐, 뭐……."

"솔직히 당신이 내 오빠인 게 처음부터 마음에 안 들었습니다."

칼의 붉은 눈이 상처로 물드는 동시에 숨길 수 없는 의심이 짙게 피어올랐다.

이럴 생각이었구나.

아리아의 계획을 깨달은 나는 해탈한 얼굴로 빵에 버터나 발랐다.

"당신 같은 또라이 말고, 아리아만이 진정한 내 혈육이란 말입니다."

아리아는 정말 나답지 않은 말을 하면서 말투와 어조는 또 철저히 나를 모방하고 있었다.

"어떻게, 그런 말을……."

칼이 덜덜 떨리는 손으로 자신의 입을 틀어막았다. 상처로 얼룩진 그의 표정은 극 중 연인에게 이별을 통보받은 비극의 주인공 같았다.

곧 눈물이 흐를 것 같은 눈으로 아리아를 뚫어지게 응시하던 칼은 이내 무언가 깨달은 듯 붉은 눈을 번뜩였다.

화악.

그가 아리아의 멱살을 잡아 올렸다.

"하. 뭐 하는 짓입니까?"

비죽이는 아리아를 가증스럽다는 듯 본 칼이 카이사르를 돌아보았다.

"당장 신관을 불러와야 합니다."

"왜 그러지?"

"슈슈가 악마에 쓰인 게 분명하잖아요!"

칼은 확신에 차 있었다. 그 순간 나는 자신의 접시에 빵을 덜던 카이사르가 웃음을 참는 것을 보았다.

저 인간은 저러려고 동의했군.

"현실 부정이라니 꼴사납네. 이제는 인정하지, 칼 크리시스? 카슈미르 크리시스에게 너는 아무것도 아니라는 걸."

코웃음을 친 아리아가 보는 내가 다 약 오를 만큼 빈정거리며 어깨를 으쓱였다. 부들부들 떨던 칼이 크게 쿵 하고 코를 훌쩍이더니 두 눈을 질끈 감았다.

"그렇지 않아. 나의 슈슈는……."

번쩍 뜨인 붉은 눈에서 눈물이 펑 터졌다.

"나의 슈슈는 이렇지 않아!"

'당연히 그렇겠지……. 당신 슈슈는 여기 있으니까…….'

나는 눈물을 줄줄 흘리는 칼을 멍하니 바라보다가 카이사르를 돌아보았다. 이 상황을 해결해 보라는 의미였다. 나와 눈이 마주친 그가 알아들었다는 듯 고개를 끄덕였다.

"밥상머리에서 소리 지르지 마라."

당신은 대체 뭘 알아들은 건데요.

카이사르의 마지막 말을 신호탄으로 칼은 대성통곡을 하기 시작했다. 총체적

난국이 따로 없었다.

⸻ ❦ ⸻

결국 우리는 칼에게 나와 아리아의 몸이 바뀌었음을 밝혔다. 이대로 두면 그는 탈수 증상이 올 때까지 울다가 신전의 신관들을 모조리 불러와 내 몸을 쓰고 있는 아리아에게 퇴마 의식을 집행할 태세였기 때문이었다.

"뭔가 이상하다고 생각했다. 큼. 네가 그럴 아이가 아닌데……."

모든 사실을 듣게 된 칼은 눈물을 그치고 내게 매달려 있었다. 영혼은 나지만 몸은 아리아건만 그건 별 상관없는 듯했다.

나는 피식 웃으며 그의 얼굴에 흐른 눈물을 소매로 닦아 주었다.

"제가 칼에게 그럴 리 없잖습니까."

아리아의 목소리로 이런 말을 하는 것이 나조차 퍽 어색한데, 칼은 거부감 없이 받아들였다. 그가 순하게 눈을 감았다. 눈 주위가 붉게 달아올랐기 때문인지 안쓰럽고 처연해 보였다. 당장 사지가 분리당해도 울지 않을 것 같았던 칼이라서 더욱 그랬다.

"역시 아리아 크리시스가 훨씬 작군."

아리아의 몸을 쓰고 있는 나를 가볍게 끌어안아 본 칼이 피식 웃었다. 내 몸은 키 170cm가 살짝 넘었기에 칼보다 작긴 해도 서로 비교했을 때 왜소하진 않았지만, 아리아의 몸은 그보다 확연히 작았다.

"어이. 그 당사자 지금 여기 있다."

응접실 소파 맞은편에 앉아 있던 아리아가 짜증스럽게 페이퍼 나이프를 던졌다.

푹.

뭉툭한 페이퍼 나이프가 딱딱한 나무 벽에 깊이 박혔다. 실온에서 적당히 녹은 버터를 버터나이프로 가르듯 매끄러웠다. 아리아가 만족스럽게 웃었다. 그녀는 소드 마스터의 힘을 꽤 즐기고 있는 것 같았다.

"살벌하군. 저러다가 사람 대가리를 으깰 것 같은데."

"그 처음이 네가 되고 싶나 봐?"

칼의 빈정거림에 아리아가 으르렁거렸다.

여느 때처럼 받아치려는 듯 헛웃음을 장착하던 칼은 아리아의 얼굴을 보더니 멈칫했다. 쑥쑥 상승하던 그의 전투력이 삽시간에 바닥을 쳤다.

"……빨리 해결 방법을 찾아야겠군."

칼이 순해진 얼굴로 중얼거렸다. 그는 내 얼굴을 한 아리아와 본격적으로 싸울 자신이 없어 보였다. 아리아가 승리의 미소를 지었다.

"힘 조절하는 방법은 충분히 알려 줬습니다. 잘할 수 있을 겁니다."

나는 이 상황에서도 견원지간 같은 두 사람을 보고 한숨을 참으며 자리에서 일어났다.

"이제 슬슬 검술 수업하러 갈 시간인데……."

태평해 보이는 아리아를 힐끗 곁눈질했다.

"잘…… 할 수 있겠어?"

똑똑한 아리아라면 잘해 낼 거라고 생각했는데, 조금 전 칼과의 대치를 보니 걱정이 되기 시작했다. 떫은 표정의 나를 앞에 두고 아리아는 호쾌하게 웃었다.

"당연하지! 맡겨 줘! 그 황자가 다시는 언니한테 기어오를 수 없도록 만들어 줄 테니까!"

전혀 안심이 되지 않았다.

"언니가 여기서 수업을 한단 말이지."

꽉. 아리아 크리시스는 황궁 야외 수련장에 서서 목검으로 땅을 짚었다. 원래의 자신이었다면 들기 버거웠을 검이지만, 지금만큼은 디저트 포크처럼 가볍게만 느껴졌다. 카슈미르와 몸이 바뀌다니. 기이하다 못해 누군가의 음모가 아닌지 의심스러운 상황이었다. 하지만 그 사실을 깨달은 순간 가장 앞섰던 감정은 걱정도, 두려움도 아닌 즐거움임을 그녀는 부정할 수 없었다. 그야 다들 한 번쯤은 꿈꾸지 않던가. 하루만이라도 동경하고 사랑하는 그 사람이 되어 보고 싶다고. 이 몸으로 특별히 뭔가를 할 계획이 있지도 않았지만, 아리아는 카슈미르가 되었다는 사실만으로 굉장히 들떠 있었다.

조금만 늦게 돌아가길 바란다면…… 애 같으려나.

탁.

거친 손을 매만지며 희미한 미소를 짓고 있는 그때, 아리아 뒤쪽에서 인기척이 났다. 아리아는 빠르게 고개를 돌렸다. 원래라면 알아차리지도 못했을 텐데, 이 몸의 감각은 작은 소리도 천둥처럼 들을 만큼 예민했다.

"스승님. 일찍 오셨군요."

세레논 솔라티네가 태양을 등진 채 환하게 웃었다. 라일락 내음이 풍길 것 같은 연보라색 머리칼이 햇빛을 받아 반짝였다.

왜 그렇게 웃는 거지? 내 언니랑 뭘 하고 싶은 거지?

"그래. 왔다."

반질반질한 그 얼굴이 마음에 들지 않았다. 아리아는 고개를 삐딱하게 비틀며 그를 차갑게 응시했다.

"……네?"

세레논의 채도 낮은 푸른색 눈동자가 크게 떠졌다. 그는 자신의 눈과 귀를 동시에 의심했다.

카슈미르가 자신에게 저런 표정을 지었던 적이 있던가? 자신에게 말을 놓은 적은?

기이한 이질감이 파도처럼 그를 덮쳤다.

"왜⋯⋯."

"검 들고 준비하시죠."

채 묻기도 전, 카슈미르의 탈을 쓴 아리아가 목검을 어깨에 걸치며 시건방지게 손가락을 까닥였다. 공녀는 무슨, 뒷골목 왈패 같았다.

스승님이⋯⋯ 원래 저러셨나? 오늘 컨디션이 안 좋으신가? 내가 피곤해서 헛것을 보는 중인가?

세레논이 혼란스러워 눈을 끔뻑였다.

"오늘은⋯⋯ 체력 단련하는 날 아니었습니까?"

"그랬죠. 하지만 갑자기 검술 수련이 하고 싶어졌습니다. 불만 있습니까?"

보통 사람이라면 여기서 당황했겠지만, 아리아 크리시스는 보통 사람이 아니었다. 아파서 대부분의 시간을 집에서 보내긴 했어도 십여 년을 뒷골목에서 살아온 데다 그 카슈미르의 동생이었다. 그런 그녀의 배포는 비할 데가 없었다.

"아니⋯⋯ 없습니다."

세레논은 기이함을 느끼면서도 얌전히 수긍했다. 오늘의 스승님에게 개기면 곤죽이 될 것 같다는 예감이 들어서였다.

"그럼, 뭐 긴말할 거 있습니까."

아리아가 카슈미르의 얼굴로 사악하게 웃었다.

카슈미르는 무디고 선하고 순해서 제자의 기강을 잡는 일 같은 건 하지 못할 것이다. 그러니 이 기회에 아리아가 손을 봐 줄 작정이었다.

이 맹랑한 황자가 언니의 그림자도 밟지 못하도록.

물론 카슈미르는 필요할 땐 기강을 잡다 못해 오금이 저리게 만드는 스승이었지만, 아리아의 머릿속에서 카슈미르는 험한 말 한마디 못하는 순진한 천사였다. 카슈미르의 머릿속에서 아리아가 늘 아이인 것처럼 말이다.

"덤벼요."

평소의 카슈미르답지 않게 악의로 번들거리는 분홍빛 눈동자를 보며 세레논
은 생각했다.

내가…… 대체 뭘 잘못한 거지?

아리아의 예상대로 그녀는 검술의 문외한인 데다 오러를 뽑을 수 없었음에
도-오러는 검사의 영혼에 속하기에 소드 마스터의 몸을 입었다고 무작정 사용할
수 있는 게 아니었다- 세레논을 이길 수 있었다. 압도적으로 우위인 신체 능력으
로 몰아붙인다. 무식하지만 확실한 방법이었다. 상대가 소드 익스퍼트쯤 되었다
면 통하지 않았겠지만, 아직 소드 익스퍼트가 되지 않은 세레논이기에 통한 전술
이었다.

"헉…… 헉……."

걸레짝이 된 세레논은 땀에 절여지다시피 한 앞머리를 쓸어 넘겼다.

그가 카슈미르를 이길 수 없음은 당연하다. 강자에게 패배하는 것은 부끄러운
일이 아니니 자존심이 상하지도 않았다.

하지만 기이한 이질감이 자꾸만 머리를 들었다.

"어때. 스승에 대한 존경이 좀 샘솟습니까?"

"스승님. 왜……."

세레논은 소악마처럼 웃는 카슈미르를 보며 미간을 좁혔다.

저런 표정의 카슈미르라니. 놀랍도록 초면이다. 오히려 다른 이의 얼굴이 떠
올랐다.

간혹 사교계에서 마주쳤던, 간교하고, 또 사랑스러운…….

"왜…… 오늘따라…… 검술이 허접하십니까?"

세레논은 복잡한 마음에 저도 모르게 걸러지지 않은 말을 툭 내뱉었다.

오늘의 카슈미르는 이상했다. 원래라면 그녀는 접전 중에도 그의 자세를 교정
해 주었을 텐데, 오늘은 그저 그를 찍어 누르는 데에 목적이 있는 사람처럼 무작
정 밟아 버렸다.

스승님이…… 이럴 사람이 아닌데?

"하아?"

아리아가 크게 눈썹을 꿈틀거렸다. 표정 변화가 많지 않은 카슈미르에게서는 보기 힘든 반응이었다.

역시 이상한데. 세레논이 고개를 갸웃거리던 찰나.

빠악!

"크윽!"

검집으로 무릎을 얻어맞은 세레논이 무릎 꿇듯 주저앉았다. 아리아가 그를 내려다보았다.

"그럼 허접에게 진 황자님은 뭡니까? 부스러기? 찌꺼기?"

"……."

"허접도 못 이기는 주제에 개기지 말란 말입니다."

세레논이 멍하니 그녀를 올려다보았다. 아리아는 속으로 만족스러워했다.

'언니. 내가 언니 제자를 잘근잘근 밟아 놨어. 다시는 기어오르지 못할 거야. 이제 언니의 스승 생활이 한결 편해지겠지? 이 자식이 언니에게 거리감을 느껴서 더는 언니를 오래 붙잡고 있지 않겠지?'

아리아의 속내는 제법 사악했다.

한참이나 그녀를 바라보던 세레논은 비틀거리면서도 다급하게 자리에서 일어났다.

"오늘 햇볕이 너무 강해서 일사병이 온 게 분명합니다."

탁.

그는 심각한 얼굴로 아리아의 어깨를 잡았다.

"의사를 불러오겠습니다. 잠시만 그늘에서 쉬고 계시죠."

'우리 스승님이 미쳤다.'

세레논은 확신했다.

'생긴 건 나보다 더 순한 요정처럼 생겨서 눈치는 더럽게 빠르군.'

아리아는 속으로 혀를 차면서 의사는 됐다고 차갑게 거절하려 할 때였다.

"두 사람 다 오늘도 수고가 많네."

느긋하고 따사로운 목소리가 세레논과 아리아 사이를 갈랐다. 두 사람은 동시에 고개를 돌렸다.

"괜찮다면, 내 궁에서 차게 우린 차 한 잔씩 마시고 가지 않겠나?"

황태자 디에고 솔라티네가 수련장을 질러오며 화사하게 웃었다.

"형님!"

카슈미르의 상태가 이상하다는 것도 잊고, 세레논은 반색하며 디에고에게 달려갔다. 우애 좋은 형제다웠다.

"하."

우득.

디에고를 보자마자 눈을 부릅뜬 아리아가 들고 있던 목검의 손잡이를 박살 냈다. 화기애애한 분위기에 어울리지 않는 살벌한 파열음이 울려 퍼졌다.

'디에고 솔라티네……. 감히 데뷔탕트에서 언니에게 춤을 신청한 자식.'

데뷔탕트에서 카슈미르와 함께 춤을 춘 이름 모를 흰 가면의 남자, 그리고 춤을 신청했던 라이너 아인하르트와 디에고 솔라티네. 그 셋은 아리아의 살생부 상단에 위치한 이들이었다.

'뻔뻔하게도 티타임 신청을 하는군. 잘난 얼굴로 순진한 내 언니를 홀려 왔나 보지?'

아리아는 몇 번이고 헛웃음을 치며 한 손으로 목검을 휘었다. 세레논과 가볍게 담소를 나눈 디에고가 그녀를 돌아보았다.

"슈슈. 바쁘지 않다면 함께 가겠나?"

살짝 처진 디에고의 눈꼬리가 달콤하게 휘어들었다.

콰직.

분노 어린 악력으로 인해 목검은 산산이 조각났다.

"뭐 하는 건가! 그대, 손 괜찮……."

"내가?"

튀어 오른 날카로운 나무 파편에 놀란 디에고가 아리아에게 다가가려 하자, 아리아가 삐딱하게 고개를 틀었다. 평소 카슈미르에게선 결코 볼 수 없는 험악한 낯이었다.

"태자 저하랑, 차를 마십니까?"

낮게 으르렁거리는 목소리에 디에고가 멈칫했다.

"왜?"

아리아의 입꼬리가 비틀어졌다. 무거운 침묵이 흘렀다. 디에고는 그 자리에 굳었고, 세레논은 헛숨을 들이쉬며 입을 떡 벌렸다.

스승님이 자신에게 날카롭게 구는 것은 이해할 수 있었다. 그는 한낱 제자일 뿐이고, 오히려 지금까지의 카슈미르가 과분할 정도로 친절했던 것뿐이니까.

하지만 형님에게 저렇게 구는 스승님이라니! 믿을 수가 없었다. 두 사람은 서로를 친구라고 하지만, 그게 친구면 세레논에게는 친구가 없었다. 자꾸 친구의 정의를 바꾸려 드는 두 사람을 보며 쿠키나 뜯던 것이 하루 이틀이 아니었다. 그런데 카슈미르가 저렇게나 차가운 눈으로 디에고를 깔보다니.

상상도 해 본 적 없는 장면을 두 눈으로 본 세레논은 반쯤 패닉에 빠졌다.

디에고는 카슈미르의 거죽을 쓴 아리아를 물끄러미 바라보았다. 순간 정말 당황해서 내가 싫어졌냐는 유치한 소리를 지껄일 뻔했지만, 오래 지나지 않아 이성을 찾았다. 청아한 사파이어 같은 푸른 눈이 가늘어졌다.

"……슈슈?"

"네."

누구 마음대로 슈슈라고 불러.

아리아는 뱉고 싶은 말을 꾹 참고 껄렁하게 답했다.

황태자에게 이런 태도를 보인다면 당장 경을 쳐도 할 말이 없지만, 이 정도 버릇없는 행동으로 크리시스 가문의 자제를 벌할 수 없다는 것과 저 황태자가 자신의 언니를 건드릴 수 없다는 것쯤은 파악하고 있었다. 카슈미르의 이미지가 나빠질 수 있지만, 오히려 좋다. 아리아는 카슈미르가 저 망할 황태자에게 악마로 각인되어서, 그가 카슈미르의 그림자만 봐도 도망치기를 바라고 있었다.

자신을 꼬나보는 진분홍빛 눈과 마주한 디에고가 작은 소리로 웃었다.

"오늘따라 자극적이군."

이 백주 대낮에 저런 음험한 소리를 지껄이는 남자가 좋은 남자일 리 없다. 아리아의 마음속에 세워진 척화비는 두꺼워져만 갔다.

"괴언은 그만두시고, 피곤하면 발 닦고 주무시죠, 황태자 저하."

아리아가 오른 손목을 빙글 돌렸다. 눈을 반짝이며 그 행동을 유심히 지켜보던 디에고가 호쾌하게 웃었다.

그가 성큼 아리아에게로 다가갔다.

"'황태자 저하'라. 그대가 나를 그렇게 불렀던가?"

"이게 아니면 뭐가 있습니까?"

내 앞에 얼굴을 들이밀어?

더욱더 아니꼬워진 아리아는 한 발자국도 물러서지 않은 채 고개를 비틀었다. 여유로운 낯의 디에고와 깡패 같은 낯의 아리아가 기 싸움을 이어 갔다. 둘 다 사교계에서 기세가 밀리지 않는 것으로 유명한 이들이었다. 키스 직전인지 싸움 직전인지 모를 아찔한 상황에 초조한 것은 지켜보는 세레논뿐이었다.

"그거 말고. 좀 더 다정하게 불러 주어야지."

싱긋 미소 지은 디에고가 허리를 굽혔다. 눈이 서로 가까워졌다.

"그대가 나를 부르는 이름이 있지 않나?"

그가 아리아의 입가 앞에 두 손가락을 세웠다.

"두 글자야."

"……."

"앞으로 읽으나 뒤로 읽으나 똑같지. 모르겠나?"

디디. 혀끝으로 앞니 뒤를 톡톡 건드리는 귀여운 애칭을 카슈미르라면 알 것이다. 하지만 아리아는 알 턱이 없었다.

눈치 빠른 새끼. 아리아가 속으로 이를 갈았다. 형제가 쌍으로 눈치가 좋은데, 형 쪽은 아예 귀신같았다. 사교계에서 평생을 굴러먹은 능구렁이는 무시할 수 없었다. 그녀는 부글부글 끓어오르는 속을 감추며 시리게 웃었다.

"글쎄요, 삐삐?"

너를 향한 내 마음은 폭력성으로 인한 검열 삭제다, 망할 놈아.

"하하하!"

디에고가 호탕하게 웃음을 터트렸다. 그녀를 바라보는 푸른 눈은 꼭 귀여운 생물체를 보는 듯했다.

아리아는 주먹을 불끈 쥐었다. 한 대 치고 싶지만, 이 몸으로 쳤다가는 황태자 상해죄를 넘어 살인죄까지 갈 수 있다는 걸 알았다.

"마음에 드네."

디에고가 아리아를 향해 손을 뻗었다. 에스코트를 하겠다는 의미였다.

"아무쪼록 그대의 삐삐와 차 한잔하실까요? 아리아 양."

10년 뒤라면 몰라도, 아직은 아리아가 사교계 최고의 승부사라고 불리는 디에고를 이기기엔 역부족이었다. 자신에게 내밀어진 손을 이글거리는 눈으로 내려다보던 아리아가 크게 숨을 들이쉬었다.

'언니가 연관되면 돌아 버리는 이 성질 좀 고쳐야 하는데.'

하지만 사람이 문제점을 안다고 다 고칠 수는 없는 노릇이다.

'미안, 언니. 들켰어.'

속으로나마 싱거운 사과를 건네며, 그녀는 그의 손을 꽉 붙잡았다.

"내가 여태껏 들어본 티타임 초대 멘트 중 최악이군요."

"다음을 허락한다면 기꺼이 더 아름다운 문장을 준비해 오도록 하지."

카슈미르는 사람을 잡을 땐 병아리 잡듯 해야 한다고 했지만, 그때만큼은 늪에서 흐느적거리는 미꾸라지를 잡듯 했음은 아리아만의 비밀이었다.

'으음……. 역시 긴장되는군.'

나는 보타이를 세 번째로 고쳐 맸다. 프릴 블라우스에 올리브색 장치라니. 평소의 내 스타일과 사뭇 달랐기에 복장부터 어색했다.

'내가 아리아를 연기할 수 있을까?'

평생을 함께한 만큼 모방 정도는 할 수 있겠지만, 그녀의 영혼에 밴 품위는 내게 허락되지 않은 것이었다.

아리아의 이미지를 망치면 안 될 텐데. 섣부른 걱정에 머리를 득득 긁으며 다리 가터에 채운 단검을 만지작거렸다. 원래의 아리아는 검을 지니지 않으니 대놓고 장검을 달고 다닐 수는 없다. 하지만 나는 집 앞에 과자를 사러 나갈 때도 무조건 검을 지니고 있어야 했기에 치마 아래에 단검이라도 숨긴 참이었다.

탁.

"도착했습니다, 아리아 아가씨."

마차가 멈춰 서고, 마부가 내게 에스코트의 손길을 내밀었다. 여느 때처럼 마차 위에서 펄쩍 뛰어내리려던 나는 다급하게 그의 손길을 받아들였다. 벌써부터 삐걱거리는 것이 느껴졌다.

"정말 호위는 필요 없으신지……."

"됐……어."

하마터면 내 평소 말투대로 '됐네.'라고 답할 뻔했다.

원래의 아리아라면 호위를 한 명쯤은 데리고 나왔을 것이다. 하지만 나는 위낙 혼자인 것이 익숙하기도 하고, 소드 마스터의 몸이 아닐지라도 검을 휘두르는 감각과 오르는 영혼이 기억하고 있기에 웬만한 위험엔 대처할 자신이 있었다.

나는 수고한 마부에게 목례하고 웅장한 신전으로 들어섰다.

'원래라면 바로 엘에게 갔을 텐데.'

나는 교황의 처소로 향하는 길을 힐끗 돌아보았다.

내가 신전에 오는 건 대부분 엘을 만나기 위해서다. 하지만 이번은 단순한 기부 건에 사인을 하기 위해서 온 것이니 엘까지 만날 일은 없을 터였다.

"와 주셔서 감사합니다, 공녀님. 이쪽으로 모시겠습니다."

버선발로 뛰어나온 신관들의 안내를 받으며 발걸음을 옮기려 할 때였다.

"어? 아리아 공녀님?"

풀밭에서 구르다 온 강아지처럼 머리카락부터 복장까지 엉망인 율리안이 기다란 예배당 의자에서 뽁 솟아났다. 신성한 예배당에서 누워 있는 방만한 행위가 참으로 그다웠다.

"율리안…… 대……신관……님?"

아리아가 율리안을 뭐라고 부르지? 나는 빠르게 머리를 굴렸다. 율리안은 아리아와 데뷔탕트에서 함께 춤을 추었다. 그 전부터 인연이 있었던 것 같진 않지만, 그 뒤에 인연이 어떻게 발전되었는지는…….

'신전은 미친 인간들 천지야. 거기 짱 먹은 교황부터 세기의 또라이니까. 나도 거기에 아는 미친놈이 하나 있기는 해. 걘 정말 머리 풀어헤친 미친놈이지.'

음…….

'……율리안이 언니 친구라고? 그 양반, 대신관이면서 사교계에 자주 나오거든. 만나면 만나는 대로 말을 걸어서…… 친분이 있는지 없는지 양자택일로 물으면, 있다는 쪽일걸.'

둘이 어떤 사이지?

가끔 아리아가 율리안에 대해 말하긴 했지만, 그녀의 발언들을 떠올릴수록 더욱더 알 수 없게 되었다. 모르는 사이는 확실히 아니고, 아리아는 율리안을 꽤 깊이 파악한 눈치인데 친하냐고 하면 그것도 아닌 것 같고.

"혜에. 오랜만에 뵙네요. 제가 그리우셨죠?"

율리안의 능청스러운 태도는 아리아에게까지 적용되는 듯하다. 히죽 웃는 율리안의 얼굴을 아리송하게 바라보던 나는 일단 기본적인 예의를 갖춘 말투를 장착했다.

"오랜만에 뵙는군요. 반가워요, 대신관님."

멈칫.

휘적휘적 다가오던 율리안이 멈칫했다. 연보랏빛 눈동자가 크게 뜨였다.

"뭐야……?"

"네?"

"뭐…… 왜 그러세요?"

율리안이 그답지 않게 더듬거렸다. 내가 실수한 거라도 있나? 아니, 그러기엔 너무 평범한 인사말이었는데? 덩달아 당황한 내가 애써 기색을 숨겼을까. 외계 생명체 보듯 나를 응시하던 율리안이 강아지처럼 고개를 갸웃했다.

"왜…… 제 인사를 받아 주세요?"

"에."

"그것도 그렇게 친절하게?"

자신의 인사를 받아 준 것 자체에 놀라워하고 있는 율리안을 보며, 나는 생각했다.

아리아…… 친분 있다며…….

"……크흠. 오늘따라 기분이 좋아서 받아 준 것뿐이니까 착각하지 마세요."

나는 나를 의아하게 바라보는 율리안의 시선을 피하며 헛기침했다. 너무 차갑게 말한 거 아닌가 걱정이 되었지만, 그게 쓸데없는 일임을 알려 주듯 율리안은 곧바로 안심한 얼굴이 되었다.

충직한 검이 되려 했는데 4

"휴! 공녀님이 저한테 보증이라도 세우려고 그러는 줄 알았어요."

"내가 돈이 궁해 보이나요?"

"이제야 진짜 공녀님 같네요."

아리아는 사교계에선 철저하게 인맥 관리를 하면서도 개인적으로 다가오는 이들에겐 냉랭했다. 그걸 생각하며 최대한 날을 세운 것이 정답이었다.

율리안이 구김살 없이 방긋 웃으며 하얀 면장갑으로 덮인 손을 내밀었다.

"귀한 걸음 해 주셨으니 공녀님의 귀염둥이인 제가 손을 맡아 드려야죠."

명백한 에스코트 신청이었다.

잡는 게…… 맞나? 아리아라면 잡았을까?

나는 그의 손을 내려다보며 갈팡질팡했다. 내가 고민하는 사이, 율리안은 나를 안내하던 신관들에게 시시껄렁하게 손짓했다.

"여어. 기부 관련 건이지? 서류 내놔."

"네, 네!"

"이 일은 내가 알아서 처리할 테니까 가 봐. 교황 성하한테 공녀님 왔다고 전하고."

대신관의 위엄이라곤 조금도 보이지 않았지만, 그가 이 신전의 주축 중 하나라는 것은 잘 알 수 있었다. 그의 가벼운 태도에도 신관들은 쩔쩔매며 고개를 숙였으니까. 서류를 받아 낸 율리안이 나를 향해 싱긋 눈을 휘었다.

"자, 가실까요?"

그가 재촉하듯 날 향해 뻗은 손을 까닥였다. 나는 목덜미를 긁적거리다가 될 대로 되라는 마음으로 그의 손을 잡았다.

"흐음."

율리안의 눈이 가늘어지고, 그의 입가에 웃음기가 사라졌다. 늘 명랑한 율리안만 봐 왔기에 미세하게 굳은 그의 얼굴이 낯설었다.

'……잡으면 안 됐나 보군.'

젠장. 율리안과 아리아 사이의 거리감을 내가 알 턱이 없다. 실수를 했다는 생각에 머리가 아파 왔다. 율리안은 오래 지나지 않아 다시 웃는 낯으로 돌아왔지만, 긴장감은 걷히지 않았다. 그는 아무것도 묻지 않고 부드러운 악력으로 내 손을 쥐었다.

"처음으로 주신 기회이니 헛되이 사용하지 않을게요."

고양이처럼 새초롬한 눈꼬리가 사르르 휘었다. 어딘지 싸하게 느껴지는 눈웃음이었다.

율리안의 에스코트는 에스코트라고 할 수 없을 정도로 격식이 없었다. 어린아이가 친구를 이끌듯, 가볍고 들뜬 발걸음으로 앞장서서 나를 질질 끌고 갔다. 보폭을 맞춰 주는 배려는 없었지만 간간이 돌아보며 잘 따라오나 확인하는 것이 퍽 그다웠다.

그에게 이끌려 가며, 나는 고민했다.

'아리아. 대체 어떻게 살아온 걸까……'

손 좀 잡았다고 의심받을 지경이라니. 아리아의 인간관계가 걱정되기 시작했다.

"사인할 서류 좀……"

"일만 처리하고 가시려고요? 에이, 정 없다. 저 섭섭해요. 차라도 한잔하셔야죠."

입을 열수록 이상한 티를 낼 것 같아 서류만 처리하고 빠르게 떠나려 했건만. 율리안은 나를 붙잡고 늘어졌다.

아리아라면 뺨을 치고 가 버리려나? 그럴싸해.

나는 슬쩍 손을 들어 보았지만 차마 율리안을 칠 엄두가 나지 않아 그만두었다. 율리안의 징징거림에 질린 나는 결국 티타임을 승낙했다.

쪼르륵.

"동부 지방에서 나는 특별한 허브티예요. 마셔 보세요."

율리안이 콧노래를 흥얼거리며 내 찻잔에 차를 따랐다. 나는 티 나지 않게 침을 삼키곤 집게손가락으로 찻잔 손잡이를 집었다. 찰나, 율리안의 두 눈이 번뜩였다. 나는 느릿하게 찻잔을 기울였다. 입 안 가득 알싸한 향이 퍼졌다.

"……어때요?"

"뭐, 그럭저럭."

"저번엔 최악이라더니."

콜록.

찻물이 기도를 막아 작게 기침했다. 율리안은 꽃받침을 한 채 나를 향해 싱글벙글 웃고 있었다. 여태껏 율리안의 생각을 읽을 수 없다고 느낀 적이 단 한 번도 없었건만, 오늘의 그는 숨 막히도록 오리무중이었다. 내가 숨겨야 하는 게 있으니 더욱 그렇게 느껴지는 걸지도 모르고.

"……사람 입맛이라는 게 바뀌기 마련이고, 이 자리에서 그런 말을 하기도 면구스러워서요."

입맛이 뚝 떨어진 나는 찻잔을 내려놓았다. 그리고 최대한 부드러이, 아리아를 모방한 미소를 지었다.

"최악이라고 해서 다 거부할 수 있다면 제가 대신관님과 이 자리에 있지도 않겠죠?"

내 천사 같은 아리아가 이런 말을 할까 싶다가도 사교계에서 혀에 칼을 꽂고 있는 그녀의 모습을 떠올리면 이 정도는 기본일 것 같았다.

눈을 끔뻑인 율리안이 아이처럼 까르르 웃음을 터트렸다.

"우와. 이번 건 진짜 아리아 공녀님 같았어요!"

그렇지? 이번엔 내가 생각해도 진짜 아리아…….

……뭐?

획. 율리안이 우리 사이에 가로놓여 있던 낮은 테이블을 단숨에 뛰어넘었다. 단검을 찬 내가 본능적으로 무릎을 꽉 짚을 때, 그가 흰 면장갑을 낀 손으로 소파의 등받이를 짚었다.

그의 얼굴이 훅 가까워졌다. 코앞에서 연보라색 눈동자가 시리게 번뜩였다.

"당신, 아리아 크리시스 아니죠?"

목덜미에 소름이 돋았다.

보통은 상대가 평소와 다르게 행동한다고 해서 그 사람이 아니라고까지 생각하진 않는다. 이를 알아차리는 건 눈치를 넘어선 짐승적인 감의 영역이었다.

나는 속으로 헛웃음을 지었다. 좀 짓궂긴 해도 순박한 사람이라고 생각해 왔었는데. 어쩌면 내가 여태껏 율리안을 잘못 알고 있었는지도 모르겠다.

"왜 그렇게 생각하셨을까요?"

"누군가를 관심 있게 지켜보다 보면 그 사람의 행동 하나하나가 눈에 걸리는 법이죠."

율리안이 한 손을 뻗어 탁자에 놓인 찻잔 손잡이를 집게손가락으로 집었다.

"아리아 공녀님께선 찻잔을 이렇게 잡지 않아요."

그가 손가락을 움직여 중지까지 동원해 손잡이를 잡았다. 약지와 새끼손가락은 우아하게 허공을 향했다.

"이렇게 잡죠."

넘쳐 나는 게 힘인 나와 악력이 그리 강하지 않은 아리아는 찻잔을 잡는 방식이 달랐다.

나는 방심했고, 그의 지적은 예리했다.

'변명해 봐야 우기기밖에 안 되겠군.'

가끔은 빠른 포기가 답이었다. 나는 흥미로워하는 눈으로 율리안을 올려다보았다.

"대신관이 아니라 점쟁이를 하셔야겠는데요."

"그런 소리 많이 듣죠."

겁박할 생각은 없었는지, 내가 인정하는 태도를 보이자 율리안은 어깨를 으쓱이곤 순순히 자신의 자리로 돌아갔다.

삐딱하게 앉은 그가 나를 위아래로 훑어보았다.

"위장이라기엔 너무 닮았는데. 공작가의 인장은 있나요?"

"여기."

나는 순순히 품 안에서 도장을 꺼내 던졌다. 계약서에 서명하고 도장을 찍어야 하니 당연히 가지고 왔다.

도장을 낚아채 살펴본 율리안이 턱을 매만졌다.

"복제 방지 주문까지 확실히 걸려 있네요. 공작가에서 보낸 사람은 맞는 것 같은데."

율리안은 내가 아리아의 몸에 들어와 있다는 사실까지는 눈치채지 못한 듯했다. 상식적으로 말이 안 되니 그쪽으로 생각이 흘러가지 않는 게 당연했다.

"좀, 불쾌하네요. 공녀님도 아닌 것이 그 얼굴을 하고 있는 게."

나를 향한 그의 두 눈은 건조했다.

율리안은 이방인을 그렇게 보는 걸까. 새삼스럽게 내가 그의 울타리 안에 들어가 있다는 사실을 깨달았다.

"어떻게 공녀님의 몸을……."

율리안이 미간을 찡그릴 때.

똑똑. 뜬금없게도 노크 소리가 울렸다.

달칵.

우리가 대답하기도 전에 문이 벌컥 열렸다.

"들어가도 될까요?"

누가 그런 말을 문을 열고 나서 하는데요.

나는 어이없는 마음을 누르며 초대하지 않은 손님을 바라보았다. 아리아의 몸을 입고 있어서 그런지, 원래 길쭉하던 그의 몸이 더 커 보였다. 길게 늘어뜨린 하늘색 머리칼이 베일처럼 흔들리는 가운데, 신비로운 은빛 눈동자가 선명하게 반짝였다. 엘리오르 라. 나의 친구이자 제국의 교황. 그가 문가에 몸을 기댄 채 방긋 웃고 있었다.

"슈슈의 동생이 왔다고 들었어요. 그런 귀빈은 내가 직접 대접해야죠."

그가 웃기만 해도 온갖 빛 무리가 날아드는 것 같았다.

나는 눈을 끔뻑이며 율리안을 힐끗했다. 합석을 허락할 자격이 있는 건 내가 아니라 율리안이었으니까. 율리안은 짜증스러운 표정으로 손을 휘휘 저었다.

"야. 나 지금 바빠."

"내가 너한테 물어봤던가?"

율리안과 엘은 서로를 보지도 않았다. 그냥 서로의 존재가 성가셔 보였다.

저게 진짜 친구인 건가.

두 사람의 시선을 함께 받고 있는 나만 부담스러울 뿐이었다.

"들어가도 될까요, 아기씨?"

'아기씨'라니. 어린 귀족 아가씨를 애정을 담아 높여 부를 때나 쓰는 간지러운 호칭이었다. 내가 알기로 아리아와 엘이 사석에서 만난 적은 이번이 처음이건만, 엘은 퍽 능청스러웠다.

'이 정도는…… 허락해도 되겠지?'

나는 눈을 데굴데굴 굴리다가 목덜미를 득득 긁었다.

"으음. 저는 상관없습니다, 엘."

"……응?"

"……리오르 라 성하. 엘리오르 라 성하. 엘리오르 라 성하."

습관처럼 그를 애칭으로 부르자 두 쌍의 눈이 커졌다. 다급하게 덧붙였지만 때는 늦은 뒤였다. 두 사람의 날카로운 눈빛을 받으며 나는 완전히 망했음을 깨달았다.

성큼성큼. 단숨에 내 앞으로 다가온 엘이 내 턱을 거칠게 잡아 올렸다. 그 손길이 익숙하지 않았다. 속수무책으로 고개를 젖힌 나는 반강제로 그와 마주했다. 은빛 눈동자는 내 중심을 꿰뚫어 보는 거울처럼 투명했다. 천사 같은 웃음을 거둔 그의 낯은 신벌 집행자의 현현처럼 오금이 저리도록 싸늘했다. 그의 눈이 가늘어지고, 나는 마른침을 삼켰다.

"이런."

오래 지나지 않아 엘은 무언가를 깨달은 듯 탄식했다. 그가 장난감을 발견한 아이처럼 두 눈을 빛내기 시작했다.

은회색 속눈썹을 팔랑거린 그는 내 허리춤을 한 번 살피더니 이내 올리브색 치맛자락에 시선을 고정했다.

"그 사람은 어디를 가든 검을 가지고 다니죠."

정확히는 무릎과 종아리 중반, 치맛자락이 살짝 튀어나온 곳을 말이다.

"그래서 내가 특별히 허락했어요. 성기사들을 제외하고 이 신전에서 무기를 지닐 수 있는 건 그 사람이 유일해요."

엘의 얼굴에 짓궂은 장난기가 그득히 묻어 있었다.

"아기씨도 예외가 될 순 없어요. 예외는 한 사람뿐이니까."

"……."

"내가 감히 아기씨 몸에 실례를 범할 수는 없으니 직접 꺼내겠어요?"

엘도 가만 보면 꽤 고약한 면이 있었다. 이미 모든 걸 눈치챈 주제에 사람을 약 올렸다.

툭. 나는 한숨을 쉬며 치맛자락 안으로 손을 넣었다. 그리고 다리에 묶어 둔 단검을 풀어 신경질적으로 탁자 위로 던졌다.

"호오. 아리아 공녀님은 마법을 애용하셔서 단검은 필요 없으실 텐데."

단검을 유심히 살펴본 율리안이 피식 웃었다. 그도 눈치챈 것 같았다.

"아, 이제 보니 지니고 있어도 상관없을 것 같기도 하고."

고아하게 손으로 입을 가린 채 웃은 엘이 서늘함이 걷히고 다정함만이 서린 눈으로 나를 응시했다.

"얼굴은 아기씨지만 영혼은 그대니까."

젠장. 이번에는 정말 억울했다. 나 딱 한 마디 했다고. 저는 상관없습니다, 엘. 딱 한 마디 했단 말이야.

신전 인간들은 하나같이 짐승 같은 육감을 가진 모양이었다.

"이건 또 어떤 이벤트죠, 슈슈?"

특히 엘은 누가 태양신의 사자 아니랄까 봐 짐승을 넘어 신이 들린 게 분명했다.

꽃이 만발한 황태자 궁 정원의 테라스. 화사한 주변과 어울리지 않게 아리아는 도살장에 끌려온 어린양처럼 죽상을 하고 앉아 있었다. 그러거나 말거나 디에고는 태평했다.

"아리아 양, 그대는 레몬 머랭 파이를 좋아하지? 음료는 진한 커피를 주로 마시고."

"……어떻게 알았죠?"

"그대는 그대의 언니가 그대의 이야기를 얼마나 많이 하고 다니는지 모르는 모양이군."

디에고 솔라티네는 달콤하게 웃으며 그 웃음만큼이나 달달한 디저트들을 그녀 앞으로 내밀었다. 그는 아리아를 자신의 황궁에 놀러 온, 배고픈 강아지쯤으로 여기고 있는 것 같았다.

"부디 그만 쳐다보시죠."

그녀를 뚫어져라 응시하는 푸른 눈은 짜증 날 정도로 따사로웠다. 마주하기만 해도 두드러기가 올라온 듯 간지러워서 참기 힘들었다.

"아, 부담스러웠다면 사과하지. 그냥 슈슈가 사랑하는 것은 나도 좋아할 수밖에 없겠구나 싶어서 자꾸 쳐다보게 되었어."

아리아는 그 말을 듣고 다섯 번째로 찻잔을 깨뜨렸다.

언니, 이런 고단수랑 친하게 지내면 안 돼. 언니를 가지고 놀 거라고.

"……몸속에 든 영혼이 언니가 아니라는 건 어떻게든 알았다고 쳐도, 그게 나라는 건 어떻게 안 거죠?"

디에고와는 말도 붙이고 싶지 않았지만, 이것만큼은 궁금해서 참을 수 없었다. 디에고가 피식 웃었다.

"그대는 내게 발 닦고 잠이나 자라고 하면서 오른 손목을 돌렸지."

'괴언은 그만두시고, 피곤하면 발 닦고 주무시죠, 황태자 저하.'

그 말을 하면서 분명 돌리긴 했다. 하지만 그게 무슨 상관이란 말인가. 이해할 수 없다는 표정을 짓는 아리아에게 그는 검지를 흔들었다.

"카슈미르가 이전에 말한 적이 있거든. 아리아는 마음에 들지 않는 것이 있을 때 오른 손목을 빙글 돌린다고, 귀엽지 않으냐고."

"허……."

"태도를 보고 이상하다 싶긴 했다만 그대가 손목을 돌리는 걸 보자마자 그 말이 떠올라서, 말도 안 되는 건 알면서도 카슈미르의 몸을 입은 아리아 크리시스가 아닐까 했네. 사실 마지막까지 확신은 없었는데 '아리아 양'이라고 불러도 부정하지 않는 걸 보고 확신했지."

쓸데없이 머리가 좋다. 이번은 확실히 아리아의 패배였다. 디에고의 반질반질한 얼굴을 본 순간부터 정체를 숨기는 건 포기하다시피 했지만 말이다.

"아리아 양과는 이전부터 가까워지고 싶었지. 이번이 기회인 것 같군."

"하……."

앞으로는 나를 삐삐라고 불러 주는 건가?

몇 시간 동안 이어진 티타임 내내, 아리아는 디에고 솔라티네에게 영혼이 빨리는 느낌이었다. 빌어먹도록 수완이 좋은 그는 능숙하게 그녀에게서 정보를 캐가고, 고양이가 실뭉치 굴리듯 그녀를 굴려 댔다. 디에고는 아리아를 잔뜩 귀여워했을 뿐이지만, 아리아에겐 괴롭힘처럼 느껴졌다.

"……제가 함부로 말을 얹을 수 없는 부분이지만, 부디 앞으로는 언니와 사적으로 만나는 것을 자제해 달라고 말씀드리고 싶어요."

"으음. 사교계에 도는 염문 때문에 그런가?"

"네. 모르지 않으실 텐데요. 언니와 황태자 저하 모두에게 좋지 않은……."

"그게 염문이 아니라 진실이라면 어떻겠는가?"

"뭐요?"

"본래 염문이 문제가 되는 이유는 거짓이기에 그런 것 아닌가. 문제가 되지 않도록 내가 진실로 만들어 보이지."

"……허, 허!"

페이스에 말리는 게 짜증 나 승부수를 둬도 디에고의 초강수에 밀려났다. 아리아는 디에고의 얼굴에 주먹을 갈기고 제 발로 감옥에 들어가고 싶은 충동을 누르느라 여념이 없었다.

한편 그녀를 피곤하게 만든 것은 디에고뿐만이 아니었다.

"……정말 신기하군."

티타임에 함께한 세레논은 디에고 옆자리에 앉아 색채가 옅은 벽안을 둥그렇게 뜨고 아리아를 기웃거렸다. 입술을 꾹 모은 얼굴은 꼭 친칠라 같았다.

아리아는 그가 거슬렸다.

"할 말이 있으신가요?"

"으음……. 사교 모임에선 자주 봤는데 이렇게 사석에서 보는 건 처음인 것 같아서."

희뿌연 빛을 띤 연보라색 뒷머리를 긁적인 세레논이 배시시 웃었다.

"평범하진 않은 상황이지만, 그래도 이렇게나마 그대를 보니 기쁘다고 말하고 싶었네."

세레논 솔라티네 또한 정글 같은 황궁에서 살아남은 사람인 만큼 순수하다고 할 수는 없겠지만, 옹성에 가까운 그의 형에 비하면 때 묻지 않은 맑음이 아직 남아 있었다. 따사로운 푸른 눈이 아리아를 담아냈다. 분명 디에고와 다를 게 없건만, 채도가 좀 더 낮아서인지 아니면 디에고와는 조금 다른 감정이 담겨 있어서인지, 아리아는 디에고보다 세레논과 마주할 때 더욱더 온몸이 간지러웠다.

"……저는 그닥."

아리아는 퉁명스럽게 고개를 돌렸다.

그녀는 원래 이런 사람이 아니다. 아니, 좀 더 정확히 말하자면 원래 이런 사람이지만, 이런 태도를 겉으로 내보이는 사람이 아니었다. 여태껏 이런 애 같은 태도를 보여 왔다면 사교계의 정점을 찍을 수 있었을 리가 없다. 아리아는 숨기고 꾸미는 것에 뛰어난 사람이었다.

고슴도치처럼 잔뜩 날 선 마음을 보드라운 양털로 감싸고, 쓰고 짭짤한 속내 위에 아이싱을 잔뜩 뿌렸다. 그래서 온갖 위선이 가득한 사교계를 점령할 수 있었다. 아리아는 가면을 쓴 이들에겐 누구보다 강했으나, 솔직한 이들에겐 약했다. 그래서 자신의 언니에게 한없이 약해지고, 미치광이 대신관이나 이 황자에게 자꾸 날것 그대로의 모습을 보여 주는 것일 테다. 그녀는 여느 때처럼 입에 발린 형식적인 동의 대신 애 같은 태도를 보이는 스스로에게 짜증이 났다.

"그런가……."

세레논이 시무룩한 얼굴로 고개를 푹 숙였다. 꼭 비 맞은 강아지 같았다.

아리아가 불편한 마음을 삼킬 때, 웃음을 참는 듯 입술을 말아 문 디에고가 세레논의 어깨를 토닥였다.

"기운 내라, 세레논."

"형님……."

"물론 나는 슈슈에게 한 번도 저런 말을 들어 본 적 없지만."

"……제 인생에서 이렇게까지 형님을 한 대 치고 싶었던 적이 없습니다."

으득 이를 가는 세레논을 보며 디에고는 호탕하게 웃었다. 호흡을 가다듬은 디에고는 웃음기 서린 눈을 아리아를 향해 살포시 휘었다.

"가능성이 없어 보이지도 않으니 말이다."

아리아는 고도로 발달한 소드 마스터의 청각으로 형제의 속닥거림을 모두 주워들었다. 그러나 왜 그런 대화가 오가는지 이해하지는 못했다. 그녀는 그런 생각이나 했다.

'나도 디에고 솔라티네 한 대 치고 싶은데.'

그런 방향으로 썩 눈치가 좋지 않은 것은 아리아도 마찬가지였다.

"이제 정말 가 봐야 해요."

계속 떠날 기회를 놓치던 아리아는 해가 산등성 너머로 기웃거릴 무렵이 되어서야 떠날 기회를 잡았다.

퍽 아쉬운 표정을 짓던 디에고는 아리아의 손등에 부드럽게 입을 맞추었다.

"이 손에 입을 맞춰 본 적은 셀 수 없지만, 이번엔 아리아 양의 손에 입 맞춘 것으로 치자고."

싫어. 누구 마음대로. 언니 손에 입 맞춰 본 적이 셀 수 없다고? 재수 없는 자식.

아니꼬운 마음이 넘실거렸지만 티타임 작별 인사로 손등에 입맞춤하는 것은 흠잡을 데 없이 예의 바른 행동이었기에 그저 못마땅하게 지켜볼 수밖에 없었다.

"부디 다음에도 삐삐와 놀아 주게, 아리아 양."

저 아름다운 얼굴 하나만은 인정할 수밖에 없다. 아리아는 그렇게 생각하며 자리에서 일어났다. 사실 그녀는 그의 완벽한 품위와 사람을 무심코 떨리게 만드는 달콤한 성정도 내심 인정하고 있었다. 인정하기 싫을 뿐.

"기회가 된다면요."

되겠냐? 그 기회는 결코 오지 않을 것이다. 세상이 멸망하지 않는 한.

디에고와 세레논을 향해 인사를 한 아리아가 뒤도 돌아보지 않고 나가려 할 때였다.

"아, 그래도 내 궁을 찾아 준 손님인데 혼자 돌아가게 할 수는 없지."

느긋하게 의자에 앉아 팔걸이를 톡톡 두드린 디에고가 조금은 짓궂게 웃었다.

"마차까지 세레논이 데려다 줄 걸세. 함께 가게."

"……아. 그럴까요?"

아리아의 뒷모습을 물끄러미 바라보던 세레논이 퍼뜩 일어났다. 그는 디에고와 아리아를 번갈아 보았다. 황태자의 지시는 절대적이지만, 혹여 아리아가 꺼려 할까 걱정하는 모양새였다. 아리아는 그의 말간 푸른 눈을 보고 있자면 괜스레 마음이 답답해졌다. 소리 없이 혀를 찬 그녀가 휙 몸을 돌렸다.

"뜻하신 대로."

아리아가 거절하면 두 번 청할 것 같지 않았음에도, 그녀는 거절하지 않았다. 아리아는 굳이 그 이유를 찾아내지 않기로 했다.

아리아는 세레논의 에스코트를 받으며 마차로 향했다. 세레논의 손은 희미하게 경직되어 있었지만 따뜻했다. 그의 손은 검을 잡는 사람답게 거칠었지만, 카슈미르의 손은 더더욱 거칠고 굳은살로 뒤덮여 있다시피 했기에 까칠하다는 느낌은 특별히 없었다. 아리아는 문득 생각했다.

'원래의 내 손으로 잡았다면 뭔가 달랐을까?'

"형님도 나도 스승님과 그대의 문제를 해결할 방법을 찾아볼 테니 너무 염려하지 말게. 금방 나아질 걸세."

그때 세레논이 입을 열어 아리아의 상념을 방해했다.

"하긴. 황자님께서도 원래의 스승님을 되찾고 싶으시겠군요."

세레논이 카슈미르를 얼마나 잘 따르는지는 카슈미르 본인을 통해서도, 사교계 소문을 통해서도 충분히 들어 왔다. 그는 카슈미르의 탈을 쓴 자신이 아니라 몸과 영혼 모두 카슈미르인 스승이 필요할 터.

별생각 없이 흘린 말에 세레논이 고개를 저었다.

"그것도 있지만, 무엇보다⋯⋯."

아리아를 돌아본 그가 낮게 웃었다.

"몸도 마음도 아리아 크리시스인 존재와 단둘이 티타임을 가져 보고 싶어서."

"⋯⋯."

"평범한 상황에서도 그대를 보고 싶다고 하면 허락하겠나?"

아리아는 늘 자신이 태양인 카슈미르의 빛을 받아야만 빛날 수 있는 달이라고 생각해 왔다. 어쩌면 달도 과분할지 모른다. 이름도 빛도 없는 작은 위성 정도가 적당할 것이다. 그래서 자신을 원하는 이들은 늘 낯설고 생소하게 느껴졌다. 사교계에 널린 이들처럼 자신의 명성이나 크리시스의 재산이 아닌, 순수하게 아리아 자체를 원하는 이들 말이다.

아리아는 잠시 망설였다. 원래라면 부드럽게 돌려 거절하거나 기약 없는 애매한 수락의 말을 뱉었을 텐데.

"저하의 형님보다는 나은 초대 멘트네요."

사실 알고 있었다.

"정식으로 초대장을 보내세요. 초대장에 향수는 뿌리지 말고요."

중요한 것은 초대하는 방식이 아니라 초대하는 사람이고, 그녀는 세레논이라서 수락했다는 걸.

"여부가 있겠나."

어느새 다다른 도착지에서 웃은 세레논이 아리아의 손가락에 살포시 입을 맞추었다. 깃털로 간지럽힌 듯, 닿은 곳이 간지러웠다.

"만나서 즐거웠어, 아리아. 또 봐."

저물어 가고 있는 해를 등진 세레논의 웃음이 너무 환해서 아리아는 그 얼굴을 오래 보지 못하고 휙 몸을 돌려 마차에 타 버렸다.

"내 몸에는 언제쯤 돌아갈 수 있으려나."

마차를 길에 세우고 마부를 먼저 돌려보낸 아리아는 발걸음을 터벅터벅 옮겼다. 생각을 환기할 겸 산책을 할 생각이었다.

발 닿는 대로 발걸음을 옮기다가 어느새 구석진 골목을 거닐고 있었을까.

"이야. 우연도 이 정도면 운명이지?"

처음 듣는 남자의 목소리가 아리아의 뒤통수를 때렸다. 그녀는 무심코 뒤를 돌아보았다. 짧은 백색 곱슬머리가 바람을 타고 자유분방하게 나부꼈다. 지독한 압생트의 녹색을 띤 눈동자는 아리아에게 고정된 채 설탕 코팅처럼 번들거렸다. 날카로운 눈매가 누그러지듯 휘었다.

"역시 우린 운명인 모양이지? 슈슈."

아리아가 눈을 동그랗게 떴다. 그녀는 그를 본 적 있었다. 다름 아닌 신문을 통해서.

'알렉산드로 레안드로 레오네 드 아타라. 형제들을 몰살하고 왕위에 오른 아타라의 어린 국왕.'

온 대륙을 통틀어 손에 꼽을 만큼 강력하고 위험한 존재다. 그가 카슈미르와 아는 사이란 말인가? 태도를 보니 꽤 친해 보이는데, 어째서? 언니에게 해를 가하려는 걸까? 수많은 생각이 아리아의 머릿속을 섬광처럼 꿰뚫고 지나갔다.

"……뭐야."

그 순간 그녀는 어떤 표정을 지었던 걸까. 아리아를 향해 웃고 있던 알렉산드로의 얼굴이 순식간에 굳어졌다. 차갑게 식는 두 눈이 섬뜩했다.

아리아가 일말의 반응을 보이기도 전.

콱! 꽤 떨어진 거리를 순식간에 좁힌 알렉산드로가 거침없이 아리아의 목덜미를 붙잡았다.

"컥!"

생리적인 기침이 터져 나왔다. 신음을 뱉고 싶은데 목이 졸려 아무 소리도 나오지 않았다. 숨이 막힌다. 초인적인 악력으로 붙잡힌 목이 아팠다. 카슈미르의 몸이라서 버텼지, 만약 원래의 몸이었다면 진작에 목뼈가 부러졌을 것 같았다.

영문도 모르고 공격을 당한 아리아가 헐떡이며 눈을 부라릴 때, 알렉산드로가 느리게 고개를 기울였다. 아리아를 내려다보는 연둣빛 눈동자는 무가치한 무언가를 보듯 무감정했다.

"너 누구야?"

검은 장갑으로 덮인 손에 더욱 악력이 들어갔다. 아리아는 메말라 가는 목울대를 움직여 마른침을 삼켰다.

늘 포식자의 입장에 있던 그녀건만, 오랜만에 사냥당하는 공포를 온몸으로 실감했다.

"감히 누구를 모방하고 있는 거야, 지금."

날것 그대로의 맹수 새끼. 그것이 아리아가 느낀 레오의 첫인상이었다.

··────·§◆§·────··

나는 율리안과 엘, 두 사람에게 꼼짝없이 정체를 발각당한 뒤 모든 것을 솔직히 털어놓았다. 하루아침에 나와 아리아의 몸ⓒ이 바뀌어 이렇게 서로의 행세를 하고 있다고 말이다.

"몸이 바뀌는 현상이라……. 그런 건 나도 들어 본 적이 없어요."

엘이 골똘한 표정으로 제 턱을 만지작거렸고, 율리안은 강아지처럼 고개를 갸웃거렸다.

"뭔가 잘못 먹은 거 아니에요? 로브의 모자를 깊이 눌러쓴 음침한 할머니가 준 약을 먹었다든지."

충직한 검이 되려 했는데 4

"저는 그런 적 없습니다. 아리아의 경우는 모르겠지만, 아리아의 성격상 그런 걸 먹을 것 같진 않군요."

"하기야 작은 공녀님이라면 가운뎃손가락이나 치켜세우고 자리를 떠나셨겠죠."

"우리 아리아는 그럴 애가 아닙니다."

그런 애인 거 알고 있다. 하지만 순간 울컥해 반사적으로 반박했다.

눈을 끔뻑인 율리안이 이내 히죽 웃었다.

"자매라고 감싸 주시는 건가요? 물론 아리아 공녀님께서는 깜찍하시지 만……."

"왜 아리아를 깜찍하다고 하는 거죠?"

"뭐 어쩌라는 거야."

아리아 욕도 기분 나쁘지만 율리안 입에서 나오는 아리아 칭찬도 왜인지 내 신경을 건드렸다. 율리안이 어이가 가출한 표정을 지었을까. 엘이 율리안의 뒤통 수를 후려쳤다.

빠악!

"아악!"

"대신관께서는 왜 이리 눈치가 없으실까. 닥치라는 소리잖아."

분명 사람 뒤통수를 쳤는데 수박 깨지는 소리가 났다.

율리안은 자신의 머리를 싸잡고 끙끙 앓았다. 분명 겉으로는 여리여리해 보이 는데, 엘은 보기보다 힘이 센 모양이었다.

티격태격하는 두 사람을 지켜보던 나는 한숨을 내쉬었다.

"결국 두 사람도 해결 방법을 모르는 거군요. 당장 오늘 저녁만 해도 아리아의 몸으로 후원 파티를 가야 하는데……."

"너무 염려하지 말아요. 신전의 정보력으로 찾지 못할 건 없으니까."

엘이 손을 뻗어 내 머리를 토닥였다. 폭신한 분홍색 머리칼이 북실북실 요동했다. 엘이 낮게 웃었다.

"아기씨도 역시 사랑스러워요. 슈슈를 닮아서."

낯간지러운 소리에 민망해진 나는 목덜미를 긁적거렸다. 허공에 헛구역질 시늉을 하던 율리안은 엘에게 한 대를 더 맞았다.

"파티까지 에스코트해 줄 영식은 있나요?"

"아뇨. 아리아에게 물어봤는데 없다더군요."

엘이 짧게 한숨을 쉬었다.

"내가 해 주고 싶은데…… 무슨 말들이 나올지 뻔해서 곤란하네요."

평범한 후원 파티에 등장할 급이 아닌 그가 아리아를 에스코트하며 등장했을 때 생길 파문은 가히 감당 불가다. 아마 신문에도 나올 것이다.

"남들이 뭐라고 떠들든 관심 없지만, 슈슈 앞에 서는 게 부끄럽게 되는 건 원치 않거든요."

엘이 아쉬운 표정으로 내 어깨에 머리를 기대려다 멈칫했다. 길게 내려온 분홍색 머리칼을 잠시 바라보던 그가 곤란한 듯 웃었다.

"이러니까 바람피우는 기분이네요. 얼른 원래대로 돌아와요. 아기씨는 너무 어려서 머리 쓰다듬는 것조차 죄책감이 들어요."

엘은 아리아를 성애적인 측면으론 조금도 보지 않는 것 같았다.

당신, 원작에선 아리아한테 미쳐 있었는데…….

나는 묘한 기분으로 고개를 끄덕였다.

"어. 그럼 제가 에스코트해 드리면 안 될까요?"

율리안이 불쑥 얼굴을 들이밀었다. 연보랏빛 눈동자가 초롱초롱하게 반짝였다.

"저는 원래 사교 모임에 자주 나가는 편이니 어색할 것도 없잖아요. 제가 이런 기회 아니면 언제 아리아 공녀님을 에스코트해 보겠어요?"

그의 등 뒤에서 있지도 않은 꼬리가 휙휙 흔들리는 듯한 착각이 일었다.

나는 턱을 매만졌다. 확실히 율리안은 방파제 역할을 해 줄 것이다. 대신관에게 먼저 말을 거는 것은 쉽지 않으니까. 괜히 대화를 나누다가 의심을 살 수 있으니, 사람들이 말을 걸지 못하게 율리안을 방패막이로 세우는 것도 좋은 방법이라 느껴졌다. 하지만 분명 염문이 돌 텐데. 내가 아리아의 몸으로 멋대로 이런 걸 선택해도 되는 건가.

까다로운 문제였다.

"아니. 안 돼."

내가 손익을 따지며 대답을 보류하고 있을 때, 나 대신 엘이 대답했다. 분명 두 눈을 곱게 휘고 있음에도 그에게선 서늘한 기색이 느껴졌다.

율리안이 눈을 부릅뜨며 벌떡 일어났다.

"왜? 뭐가 문젠데!"

"누구 좋으라고 너를 보내."

"나 좋으라고!"

"내가 너 좋은 일을 허락해 줄 것 같아?"

은빛 눈동자에서 희미한 광기가 느껴졌다. 희고 긴 손이 탁자를 짚었다.

"내가 못 가면 너도 못 가."

내가 행복해질 수 없다면 다 같이 불행해지자. 그렇게 들렸다.

"야! 이 마귀야!"

"감자밭에 한 번 더 묻히고 싶나?"

"네가 뭔데 나를 막아? 누구 마음대로!"

"교황의 권한으로."

"으아아아악!"

율리안이 분한 얼굴로 울부짖는 가운데, 턱을 괸 엘이 고아하게 미소 지었다.

"꼬우면 네가 교황 해."

옆에서 듣는 나까지 약이 오르는 말투였다.

율리안이 살의가 담긴 눈을 희뜩하게 떴다.

"내가 생전에 반역 저지른다…… 반드시……!"

두 사람의 다툼을 보다 못한 나는 체념한 얼굴로 자리에서 일어났다.

"그냥 저 혼자 가겠습니다. 둘 다 배웅도 나오지 마세요."

두 사람의 혁명적인 우정은 사람을 피곤하게 하는 구석이 있었다.

⊶ ⦂🙰⦂ ⊷

나는 공작저에 돌아가자마자 시녀들에게 이리저리 돌려지며 단장을 받았다. 후원 파티 참석을 위해서였다.

'으, 으음. 클래식하지만 모던한 스타일로 부탁해. 화려하지만 심플하게. 알아서 잘해 봐.'

나는 패션엔 문외한이었기에 모든 것을 시녀들에게 맡겼다.

시녀들은 나를 의아하게 바라보다가도 그냥 자기들 마음대로 꾸미기 시작했다. 원래의 아리아라면 이런 부분은 철저히 지시했을 테니, 자기들 마음대로 아리아를 꾸밀 수 있다는 사실에 신이 난 것 같았다. 나는 묘하게 들뜬 손길들을 얌전히 받아 냈다. 코르셋 없이 하늘하늘하게 내려오는 하늘색 드레스에 은빛 바디 체인을 찬 거울 속 아리아는 아름다웠다. 역시 얼굴이 옷의 날개였다. 높게 틀어 올린 분홍색 머리칼을 한 번, 진주 귀고리를 단 귓불을 한 번 만져 본 나는 심호흡 한 후에 집을 나섰다.

달그락달그락. 난 흔들리는 마차에 앉아 창문 너머를 바라보았다. 화려한 수도의 거리엔 어느새 해가 지고 있었다.

카이사르는 어젯밤 말한 대로 이 사태를 해결하기 위해 이곳저곳 수소문 중인지 내가 출타할 시각까지 집에 돌아오지 않았다. 칼은 이미 이 사태를 해결할 방법을 찾기 전까지 집에 돌아오지 않겠다고 선포했고.

그러나 빨리 돌아와서 들키지 않도록 조심해야 할 아리아까지 귀가가 늦어지고 있었다. 아리아가 집에 돌아오면 내게 연락을 취해 달라고 공작가의 하인들에게 일러두었건만, 수정구는 울릴 기미가 없었다.

'무슨 일이 있는 건가?'

사실 아리아의 일신이 걱정되진 않았다. 오러를 쓸 수는 없다 해도 소드 마스터의 신체를 가지고 있는 상태다. 노아 아인하르트 후작이 달려든다거나 지그문트 하이드가 기습을 하지 않는 이상 위험하진 않을 터. 다만 내가 걱정되는 건…….

'밤새도록 오리걸음으로 황궁을 도는 겁니다.'

'스승님……. 미치셨습니까?'

세레논…… 괜찮겠지?

아리아가 집을 나서기 전의 기세만 보면 세레논에게 얼차려를 주고도 남았다. 나는 이마를 짚었다.

'깡패와 마주친 김에 뒷골목을 평정하고 있진 않겠지?'

가능성이 있어서 눈물 날 것 같았다.

아리아는 천사 같은 한편, 심장에 다이너마이트 뭉치를 묶고 있는 듯 언제 터질지 모를 아찔함이 있었다. 누군가 들으면 다이너마이트가 나온 순간부터 천사가 아니지 않냐고 하겠지만, 당신이 뭘 아는데? 우리 아리아는 천사다. 신의 심판을 돕는 살육의 천사도 천사인 법이다.

"아가씨. 도착했습니다."

마부의 부름에 한숨을 참으며 마차에서 내렸다. 눈앞의 화려한 저택이 지옥을 향한 입구로만 보였다.

'들키지 않을 수 있다. 나는 할 수 있다.'

몇 번이고 속으로 되뇐 나는 에너지를 끌어 올리며 힘차게 연회장으로 들어섰다. 그리고 연회장에서 겨우 다섯 걸음을 뗀 시점에 거대한 난관을 맞이했다.

"이게 누구야. 사랑스러운 아리아 공녀님."

코와 입을 가린 검은 부채 위로 녹색 눈동자가 에메랄드처럼 반짝였다. 고양이처럼 도도하게 눈꼬리가 치켜 올라간 눈이 흐드러지게 휘었다. 퍽 악녀 같은 인사말을 건네면서도 그녀의 두 눈엔 악의가 없다. 약간의 호승심, 흥미, 그리고 미운 정과도 닮은 짭짤한 맛의 호의가 있을 뿐.

"이리 보는군요."

나는 대지를 집어삼킨 화마처럼 화려하게 일렁이는 붉은 머리칼을 넋을 놓고 바라보다가 침음했다.

저기. 던전 들어서자마자 보스가 나오는 건 좀 아니지 않나요?

르웰린 데카르도. 그녀가 숨 막히도록 우아한 발걸음으로 내게 다가왔다.

"흑……, 컥……."

한편, 아리아는 정말로 숨이 막힌 상태였다.

소드 마스터의 힘으로 마구 발버둥을 쳐도 목덜미를 붙잡은 손에서 벗어날 수 없었다. 아리아가 힘을 제대로 쓰는 방법을 터득하지 못했다는 것과 목이 졸려 정신이 없는 상태임을 감안해도 경악스러울 만큼 강한 악력이었다.

"……기분 더럽네."

끅끅거리는 아리아를 응시하던 알렉산드로가 어느 순간 얼굴을 구겼다.

어디서 굴러먹다 왔는지 모를 놈이 카슈미르의 모습을 하고 당당히 돌아다니는 모습에 열이 뻗쳐 당장 죽여 버리고 싶었지만, 카슈미르의 얼굴로 괴로워하는 모습을 지켜보기 힘들었다. 진짜 카슈미르가 아니라는 걸 알면서도 자신을 죽일 듯 노려보는 진분홍빛 눈동자를 보면 숨이 턱턱 막혔다.

어둠 속에서 더 형형하게 빛나는 신비로운 두 눈. 자연의 어떤 것에도 비할 수 없는 저 색채. 형광 물질을 묻힌 인공적인 색깔 같다가도 위대한 화가조차 만들어 낼 수 없는 신비한 색깔 같다. 누구도 흉내 낼 수 없는 신의 수작이 저 동그란 눈알에 묻어 있었다.

"젠장."

"허억!"

알렉산드로는 이를 으득 갈면서도 결국 손에서 힘을 풀었다.

카슈미르의 껍데기를 쓰고 있는 한, 그는 죽일 수 없다. 설령 그녀를 흉내 낼 뿐인 쓰레기라도. 무너지듯 주저앉은 아리아가 가쁘게 숨을 골랐다. 고통스럽게 기침하는 아리아를 보며 얼굴을 구기던 알렉산드로는 허리춤에서 검을 뽑았다.

그래. 당장 죽이는 것보다 위험해서 정보를 알아내는 편이 이로울 것이다. 카슈미르를 해하려는 음모를 꾸미고 있는 놈일지도 모르니까.

"정체를 불어."

스르릉.

알렉산드로가 아리아의 목에 검 끝을 겨눴다. 목소리는 서릿발보다 더 차가웠다. 간신히 원래의 호흡으로 돌아온 아리아는 독기 어린 삼백안으로 그를 올려다보았다.

'미친놈. 하지만 언니 보디가드로 쓰기는 좋겠군.'

첫 만남부터 목이 졸렸는데 보통 사람이라면 첫인상을 좋게 느낄 리 없다. 하지만 아리아는 보통 사람이 아니었다. 아리아는 감히 자신의 목을 조른 알렉산드로를 경계하고 경멸하면서도 그의 강력함과 카슈미르를 향한 맹목을 통찰했다.

저 자식은 누군가가 카슈미르를 모방했다는 사실을 견딜 수 없는 거다. 하지만 동시에 카슈미르의 겉껍데기조차 작정하고 해치지 못했다.

놀랍게도 아리아는 알렉산드로의 그러한 행동에 공감했다. 사실 두 사람은 꽤 통하는 부분이 많았다. 지랄맞은 성격도, 누군가를 향한 맹목도, 앞뒤 가리지 않는 폭발적인 추진력까지 말이다.

'예쁜 목줄 하나 달아서 언니한테 끌고 다니라고 할까?'

아리아가 가장 먼저 한 생각은 그것이었다.

"냄새는 분명 슈슈인데."

알렉산드로가 허리를 굽혀 카슈미르의 모습을 한 아리아에게 얼굴을 가까이 했다. 그가 그녀의 목덜미에 코를 박았다가 얼굴을 구겼다.

알렉산드로는 후각의 예민함만큼은 카슈미르를 넘어섰다. 살면서 개 같다는 말을 수없이 들은 개자식답게 코도 개코였다. 아무리 마법으로 외관을 완벽하게 베낄지언정 냄새만큼은 바꿀 수 없건만. 상쾌한 숲 향기. 조금 텁텁한 무화과 내음. 이건 분명 카슈미르의 체향이었다. 알렉산드로가 착각할 리 없었다.

"검 치워."

짜증스럽게 알렉산드로의 머리를 밀어 낸 아리아가 오만하게 고개를 젖혔다. 목에 칼이 들어온 상황에서도 그녀는 당당했다.

죽음을 앞두었을지언정 두려워 고개 숙이지 않는 것이 아리아의 성격이기도 했고, 약간의 객기, 그리고 지당한 확신이 함께했다.ㄷ

'이 남자는 나를 위협할지언정 죽이지 못한다.'

"싫어."

알렉산드로는 삐딱하게 고개를 기울였다. 그의 녹안엔 지나치게 맹랑한 아리아를 향한 불만족스러움이 일렁였다.

"후회하지 않을 기회를 주는 거야. 지금 내리면 이번 일은 묵인할게."

"그래. 묵인하게 되겠지. 죽은 자는 말이 없으니까. 뒈지기 5초 전인데 왜 이렇게 당당하지? 너 혹시 뭐 돼?"

알렉산드로가 미간을 좁혔다. 어떤 놈인데 이렇게 당당한 거지? 신분이 높나? 거물이라도 되나? 제국의 황태자? 아니면 신전의 교황?

만약 그렇다면 그로서는 굴러 들어온 호박이나 다름없었다. 그 망할 놈들, 제국으로 보내는 선물에 독이라도 타서 독살해 버리고 싶었던 참이니까. 그들 중 하나라면 알렉산드로는 모르는 척 지금 당장 참수형을 집행할 작정이었다. 그리고 나중에 추궁당하면 몰랐다고 하면서 스스로 머리나 한 번 쥐어박으면 될 터였다.

"뭐, 믿거나 말거나지만……."

아리아가 눈을 굴렸다.

디에고와 세레논에겐 어쩔 수 없이 들켰다 쳐도, 오늘 처음 만난 놈에게 직접 해명하게 될 줄은 몰랐다. 알렉산드로는 지금 당장 하늘이 무너진대도 해명을 듣기 전까지 검을 물리지 않을 기세였으니 어쩔 수 없지만서도.

사실 캐묻고 싶은 게 많은 건 오히려 아리아 쪽이었다.

아타라의 피의 군주가 왜 우리 언니와 안면이 있는 거지? 너는 뭐야?

차오르는 궁금증을 우선은 삼켜 두고 그와 똑바로 눈을 맞추었다.

"나는 카슈미르의 동생, 아리아 크리시스야. 알 수 없는 이유로 언니랑 몸이 바뀌었어."

잠시 침묵이 이어졌다.

'이게 무슨 개소리지?' 하는 표정으로 하얀 속눈썹을 팔랑이던 알렉산드로는 비죽 입꼬리를 비틀었다.

"이거 나쁜 놈인가 싶었는데 그냥 미친놈이네."

"하?"

"너같이 성격 나빠 보이는 애가 슈슈 동생이라고? 네가 슈슈 동생이면 나는 슈슈 남편이다. 아, 이건 내 희망 사항."

"뭐야?"

이거 국왕이 아니라 깡패 새끼 아니야? 아리아는 경이롭도록 불량스럽고 약오르는 알렉산드로의 말투에 피가 거꾸로 치솟는 감각을 느꼈다.

"하…… 하!"

몇 번이나 헛웃음을 치던 그녀는 눈을 부릅떴다.

"너, 카슈미르 크리시스 좋아하지?"

"미쳤냐? 사랑해."

검을 거두지 않은 알렉산드로가 태평하게 답했다.

이 자식, 언니를 모방한 놈을 당장이라도 죽이려 든 건 공감도 가고 꽤 마음에 들어서 한 번은 봐주려고 했더니!

사람이 말을 하는데 들어 먹을 생각도 없고, 결국 이 자식도 황태자랑 다를 바가 없는 속내 시꺼먼 들짐승이었다.

"응. 근데 결혼은 절대 못 할 거야."

아리아는 한 손으로 목뒤를 잡은 채 다른 손으로 알렉산드로를 향해 삿대질했다. 그러는 중에도 환히 웃는 그녀의 얼굴에서 광기가 일었다.

"우리 언니는 내가 하지 말라는 건 안 해, 상놈아."

그 순간 알렉산드로는 온몸에 소름이 돋는 것을 느꼈다. 뭔가 아주, 아주 터무니없는 실수를 저질렀다는 생각이 머릿속을 잠식했다.

지난 기일 알렉산드로가 무덤에 부어 준 10L 가량의 녹인 금이―아타라는 금을 물처럼 녹여 무덤가에 붓는 독특한 장례 문화가 있었지만, 미친놈이 아닌 이상 10L씩 붓지는 않았다. 그리고 알렉산드로 아타라는 미친놈이었다― 마음에 들었던, 하늘에 있는 레이샤가 그를 위해 보내 준 1급 위기 사태 경고 신호였다.

"자, 잠깐. 잠깐만. 타임."

쨍그랑.

손에 힘이 풀려 검을 놓쳐 버린 알렉산드로가 그답지 않게 더듬거렸다.

흉한 손자국이 나고 욱신거리는 것도 모자라 검 끝에 찔려 피까지 난 목을 매만져 본 아리아는 알렉산드로를 앙칼지게 노려보곤 자리에서 벌떡 일어났다. 이젠 그에 대해 궁금하지도 않았다.

알렉산드로는 식은땀을 흘리며, 뒤도 돌아보지 않고 떠나려 하는 아리아의 다리를 덥석 끌어안고 바닥에 주저앉았다. 아타라 왕궁 수석 디자이너가 한 땀 한 땀 정성스럽게 만든 검은 코트가 흙으로 더러워졌지만 그런 건 그에게 보이지도 않았다. 아리아가 그를 미친놈 대하듯 내려다보며 붙잡힌 다리를 마구 흔들었다.

"이거 안 놔?"

"잠깐만이라고 했잖아. 아니, 혹시 슈슈를 해치려는 세력의 농간일지도 모르니까…… . 좀 거칠게 나간 것뿐이야. 죽일 생각은 없었어!"

"네 뇌에는 주름이 없어? 앞뒤도 안 살피냐? 너 때문에 언니 몸에 상처 났잖아. 이건 어떻게 책임질 건데?"

어. 그렇네. 만약 얘가 한 말이 사실이면 나는 지금 슈슈의 육체를 해친 건가? 목을 조르고…… 칼로 찌르고.

알렉산드로는 아리아의 발버둥에 마구 흔들리면서 패닉에 빠졌다. 그의 얼굴이 서서히 창백해졌다.

그가 넋을 놓고 중얼거렸다.

"죽음으로 책임져야지…… . 할복하는 거 보여 줄까?"

"보기 싫어, 미친놈아!"

왜 언니한테 붙는 놈들은 죄다 뭐 하나가 맛이 갔을까?

아리아는 합리적인 의심에 빠졌다. 사람 다섯 명이 모이면 한 명은 이상하다는데, 카슈미르를 기준으로 보면 카슈미르 한 명만 정상적이고 나머지 네 명은 다 맛이 가 있었다.

"후…… . 우선, 우선 대화를 해 보자."

흙먼지로 뒤엉킨 흰색 머리칼을 쓸어 넘긴 알렉산드로는 간신히 이성을 붙잡았다. 그의 심장은 이미 눈앞의 존재를 카슈미르의 몸을 쓴 아리아로 받아들이고 있었지만, 확실히 하기 위해서 간단한 확인 정도는 해야 했다.

"우리 집 대화랑 안면으로 인사해 볼래?"

화가 풀리지 않은 아리아는 주먹을 불끈 쥐었다. 그녀는 오늘부터 자신의 오른 주먹을 '대화'라고 부르기로 결심했다.

한편 알렉산드로는 제정신을 차리기 위해 노력해야 했다. 나를 경멸스러운 눈으로 내려다보는 카슈미르라니……. 정말 끔찍하고 가슴이 아리면서도 묘하게……. 심장 한편에서 올라오는 오묘한 기분을 억누른 알렉산드로가 눈을 감았다.

"좋아. 한 대 쳐야 대화할 기분이 들 것 같다면 쳐."

"네가 치라고 했다."

이 기회를 놓치지 않고 그의 얼굴을 함몰시키려 주먹을 들어 올리던 아리아는 멈칫했다.

그녀의 다리에 매달린 남자는 인정하기 싫어도 그녀의 내면에 도사린 폭력성을 조금이나마 누그러뜨릴 만큼 아름다웠다. 눈꼬리가 느른하게 올라간 눈매, 눈가로 짙은 그림자가 지게 만드는 긴 속눈썹, 붉은 입술과 완벽한 얼굴선 하나하나가 마음을 울렸다.

이 얼굴을 때린다는 건 아타라의 국보를 해치는 일 아닌가? 찝찝한 기분이 든 아리아는 결국 방향을 틀어 그의 명치에 있는 힘껏 주먹을 꽂아 넣었다.

빠악!

"쿨럭."

알렉산드로가 기침을 내뱉었다.

역시 소드 마스터의 힘인가.

소드 익스퍼트인 그조차 헛구역질할 뻔했다. 그는 명치를 싸쥐고 신음하다가 아리아의 다리를 더 단단히 붙잡았다.

"이제, 콜록. 말해 봐. 슈슈의 왼쪽 어깨엔 무슨 흉터가 있지?"

"화상 흉터. 물감이 튄 모양."

"슈슈가 가장 좋아하는 과일은?"

"드래곤 후르츠."

"……슈슈 가슴에 위치한 점의 정확한 위치는?"

"네가 그걸 어떻게 알아! 이 미친 새끼가."

아리아는 담담히 대답하다 말고 눈이 돌아가 알렉산드로의 멱살을 잡아 올렸다. 키 차이 때문에 올렸다기보단 당기는 것에 가까웠지만.

두 손을 들어 올린 그는 다급하게 해명했다.

"어렸을 때 상처 치료하다가 본 거야! 상처 치료하다가!"

"눈을 가리고 했어야 할 거 아니야! 파렴치한 놈!"

"내가 궁극의 명의냐? 그리고 눈을 가리고 촉감으로 느끼면서 치료하는 게 더 이상해!"

둘은 막상막하, 도긴개긴, 유유상종이었다. 급하게 발진하는 성격부터 더러운 성질까지 거울에 비추듯 닮아 있었다. 식식거리던 아리아가 마지못해 답했다.

"……한가운데에서 약간 왼쪽으로 치우친 곳. 가슴골 직전."

알렉산드로의 입이 천천히 벌어졌다. 이것까지 아는 존재가 슈슈의 적일 리 없을뿐더러—물론 세상에 단 한 사람 있긴 하다. 'Hide & Ceek' 정보 길드 길드 장— 그의 직감이 진실이라고 말해 주고 있었다.

"아리아…… 크리시스……."

알렉산드로가 익히 잘 알고 있는 이름이었다. 그는 멍하니 중얼거렸다.

크리시스 공작과 피가 이어지지 않은 둘째 양녀. 하지만 그에 버금가는 카리스마로 제국의 사교계를 휘어잡은 인물. 그 명성은 산 건너 물 건너 아타라에 있는 그의 귀에도 닿았다.

하지만 알렉산드로가 죽어 버리고 싶은 이유는 따로 있었다.

정말 인정하기 싫지만, 진짜 질투 나지만……. 카슈미르 크리시스가 세상에서 가장 사랑하는 인물은 아리아 크리시스다. 지금 그는 카슈미르의 역린을 건드리다 못해 곱게 빻아 버린 상태였다. 나 지금…… 혼삿길 막힌 거지? 내 인생 망한 거지? 아타라 왕국 터 좋은 곳에서 죽으면 되는 거지?

알렉산드로가 온갖 거지 같은 감정을 끌어안은 채 또다시 넋을 놓고 있었을까. 아리아가 붙잡힌 다리를 거칠게 떼어 냈다.

"다 들었으면 꺼져."

안 돼. 안 돼!

벌떡 자리에서 일어난 알렉산드로는 황급히 아리아의 앞을 막아섰다.

"잠깐!"

"왜? 또 나 조롱하게? 이번엔 뭐라고 할 거야? 내가 언니 동생이면 너는 드래곤 배변 관리사라고?"

"보여, 보여 주고 싶은 게 있어."

아리아가 동그랗게 뜬 눈을 끔뻑였다. 그는 이전에 저런 눈을 본 적 있었다. 사냥하기 직전 고양이의 확장된 눈이었다.

침을 꿀꺽 삼킨 알렉산드로가 양손을 들어 보였다.

"내가, 왕위에 오르는 날, 왕관을 쓰는 그 순간에도 무릎을 꿇지 않았거든. 여태껏 네 언니 앞 빼고는 꿇어 본 적이 없어, 내가."

"그런데?"

털썩.

"자. 꿇었어."

알렉산드로가 망설임 없이 흙바닥 위에 무릎을 꿇었다. 두 팔까지 번쩍 든 것이 꼭 벌서는 자세 같기도 했다. 무미건조한 얼굴의 아리아가 팔짱을 꼈다.

"어쩌라는 거지?"

알렉산드로가 절하듯 고개를 조아렸다.

"내가 잘못했어, 처제. 제발 슈슈한테 오늘 일 말하지 마, 제발!"

"누가 네 처제야!"

"아타라 줄까? 아타라 가질래? 악! 통치, 통치 한번 해 볼래? 윽, 거긴 밟지 마!"

아타라를 피로 제패한 어린 폭군이 제국 뒷골목에서 얼굴을 제외한 온몸을 얻어맞고 있는 건 꽤 볼만한 광경이었다.

"르으……웰린 데카르도……."

나도 부채 하나 챙겨올걸.

르웰린이 들고 있는 검은 레이스 부채를 힐끗 내려다보곤 뒤늦은 후회를 했다.

부채가 있으면 부들부들 떨리는 입꼬리를 가릴 수 있었을 텐데. 내 끔찍한 연기 실력을 간과했다. 나는 안면에 경련이 온 사람처럼 얼굴 근육들을 부들부들 떨어 댔다.

'눈치가 빠른 르웰린이라면 금방 알아차려 버릴 거야.'

"……어디 아픈가요?"

이거 봐. 뭘 해 보지도 않았는데 벌써부터 의아한 시선을 받고 있었다.

고개를 갸웃하는 르웰린을 보고 침을 삼킨 나는 슬쩍 주위를 둘러보았다. 르웰린과 아리아. 사교계의 정상을 두고 다투는 두 사람의 대치는 황제와 교황의 몸싸움만큼 흥미진진할 것이다. 어느새 연회장 내 모두의 시선이 우리에게 쏠려 있었다. 나는 그중 한 무리를 발견하고 난감해졌다.

저들은 아리아를 추종하는 귀족 영애들이었다. 아리아에게 몇 번 들었던 이름의 주인들이 내게 열렬한 시선을 보내며 다가오려 하고 있었다.

든든한 아리아의 편이 되어 주는 모양이지만, 그들 중 아리아가 진심으로 믿고 아끼는 사람은 없는 것 같았다. 오히려 자신에게 얻어 가려는 것만 많은 종족들이라고 한탄하면 했지. 그럼에도 이런 상황에서 아리아다운 행동은 르웰린에게 톡 쏘아붙이고 저들에게 가는 것이리라. 아리아는 르웰린과 사이가 좋지 않았고, 사교계에서의 권력을 잡기 위해 허울뿐인 관계를 좋게 유지하려 할 테니까.

하지만 나는 아리아가 아니고, 지금 상황은 특수했다. 나는 저 영애 무리 사이에서 비밀을 지킬 자신이 없었다. 불편해서 더더욱 이상한 행동을 할 게 분명했다. 나는 빠르게 결단을 내렸다.

"네. 초대를 거절할 수 없어 오긴 했지만 상태가 좋지 않군요. 나를 응접실로 데려다줄 수 있을까요? 데카르도 영애."

들키더라도 차라리 르웰린에게 들키는 게 낫다. 내가 사랑하고 신뢰하는 친구에게. 아마 아리아도 위급 상황에선 저 영애들보다 르웰린에게 의지했을 것이다. 그녀는 르웰린을 싫어할지언정 인정했으니까.

녹빛 눈동자가 커졌다. 라운드 컷으로 세공된 에메랄드 같았다. 오래 지나지 않아 날카로워진 그녀의 눈이 빠르게 굴렀다.

"……그래야겠군요. 따라와요."

그녀는 이것이 특수한 상황이며, 내가 그녀의 도움을 필요로 하고 있음을 알아차린 것 같았다.

사근사근 웃는 건 못 하지만 아무 일 없는 척하는 것은 자신 있다. 나는 아무런 문제 없는 낯을 고수한 채 르웰린 옆에 따라붙었다.

수군거리는 소리가 커졌다. 하기야 사이가 좋지 않기로 유명한 르웰린과 아리아가 다투지도 않고 함께 자리를 나서다니. 귓가로 둘이 드디어 몸싸움으로라도 결판을 내러 발코니로 가는 거 아니냐는 소리가 들려왔을 땐 웃음을 참았다.

나를 돌아보지도 않은 채 사뿐하게 걸음을 옮기던 르웰린이 숨죽여 물었다.

"무슨 일이죠? 정말 어디가 아픈 건가요? 그래도 말이 안 되는데. 당신이 나한테 약한 모습을 보일 리가 없잖아요."

여전히 부채로 하관을 가린 채라 다른 이들은 그녀의 입 모양을 볼 수 없을 터. 나는 낮게 한숨을 쉬었다.

"사람들의 시선이 없는 곳에서 말해 드리겠습니다."

르웰린이 느리게 눈을 깜빡였다.

"당신 언니의 말투를 구사하는군요."

내 주위엔 지금 당장 점집 차려야 하는 인물이 왜 이렇게 많을까?

나는 살면서 눈치 없다는 말을 자주 들어 왔지만, 솔직히 조금 억울했다.

내 주위의 평균치가 너무 높은 거라니까. 점쟁이들 사이에서 평범한 게 죄는 아니잖아. 내 눈치는 평범한 편이라고, 나는 굳게 믿고 있었다.

"혹시 카슈미르 문제인가요? 그녀한테 문제가 있는 건 아니겠죠?"

충직한 검이 되려 했는데 4

르웰린은 골똘한 얼굴로 부채 끝을 만지작거리다가 이내 무언가 떠오른 듯 헛숨을 들이쉬었다. 그녀의 눈동자가 희미하게 흔들리고 있었다.

"그 여자는 정말, 말하지 않는다고요. 만날 때마다 가장 소중한 친구니, 나의 검이 되어 줄 거라니 잔뜩 달콤한 말들을 늘어놓지만 중요한 걸 공유할 생각은 안 해요. 혼자 해결하려고만 하고 삭혀 둔단 말이에요. 정말, 바보 같은 여자……."

살짝 펄럭인 부채 틈새로 르웰린이 붉은 입술을 짓씹고 있는 게 보였다. 무척 속상해하는 얼굴이었다.

코앞에서 원망을 들은 나는 잠시 놀라 입을 벌렸다가 헛기침을 뱉었다.

"으흠. 아마 언니도 사정이……."

"그 사정 좀 털어놓고 다니라고 말해 주세요. 입에 바위를 물고 다니나. 왜 그렇게 말을 안 하냔 말이에요. 당신도 카슈미르의 그 부분은 마음에 안 들죠? 후, 정말. 만나면 이 부분에 대해서 따끔하게 말해야겠어요."

평소 말이 많지 않은 르웰린은 어째서인지 나를 화제론 봇물 터트리듯 빠르게 재잘거렸다. 쌓인 게 많아 보였다.

'이거…… 말하면 안 되겠는데.'

나는 어깨를 움찔하며 계획의 방향을 틀었다. 지금의 르웰린에게 내가 카슈미르임을 밝히면 응접실에서 무릎 꿇은 채 두 손 들고 있어야 할 것 같았다.

"불편을 드려 죄송합니다. 언니 버르장머리는…… 제가 빠른 시일 내로 고쳐놓겠습니다."

내 말에 르웰린이 나를 휙 돌아보았다. 그녀의 미간이 살짝 좁아졌다.

"아리아 크리시스라면 여기서 우리 언니가 왜 당신한테 시시콜콜한 사정을 나누어야 하느냐, 당신이 언니에게 뭐라도 되는 줄 아느냐라고 말했을 텐데요."

나는 진심으로 아리아의 평판이 염려되기 시작했다.

'너, 언니 친구한테도 그렇게 말하고 다니니?'

물론 르웰린과 아리아의 라이벌 관계를 생각하면 독설 정도야 일상이겠지만.

무심코 이마를 짚던 나는 더듬거렸다.

"그러, 니까…… 나도 언니의 그 부분이 마음에 들지 않습니다. 그래서 고치고 싶은 것뿐이에요."

이제 슬슬 내 말투와 아리아의 말투가 혼동되기 시작했다. 르웰린의 두 눈에 의심이 깊어질 때였다.

"헉. 저건 아인하르트 소후작 아닌가요?"

"후원을 위해 이번 파티에는 참석한다는 소문은 들었는데…… 정말이군요."

주위가 소란스러워졌다. 나는 무심코 고개를 돌렸다가 두 눈을 크게 떴다.

평소처럼 기사단 정복이 아니라 연미복을 차려입은 라이너가 파티장으로 걸어 들어오고 있었다. 그는 웬만해서는 이런 자리에 등장하지 않았다. 그의 성격상 이런 곳에 나올 바엔 훈련장에서 훈련을 한 번 더 하는 걸 선택했기 때문이다.

하지만 아인하르트가는 구제 사업을 아주 중히 여기는 기사도의 가문. 가난한 예술가들을 후원하는 재단이 개최한 후원 파티에 사람이 오지 않을 리 없었다.

라이너는 이곳도, 사람들의 시선도 모두 불편하다는 얼굴을 하고서도 연회장에 있었다.

"아인하르트 소후작도 후원 파티엔 오는군요. 사교 모임에 나올 때마다 멀미하는 얼굴을 하는 게 어찌나 우스운지."

라이너를 힐끗 본 르웰린이 피식 웃었다. 별다른 뜻 없이 정말 우스운 듯했다.

기사단 제복이 아닌 다른 옷을 차려입은 것이 퍽 낯설어 그를 한참 바라보고 있을 때, 라이너와 눈이 마주쳤다. 금빛 눈동자를 한 그의 눈이 느리게 끔뻑였다.

잠시간의 시선 교환 끝에 주위를 둘러본 라이너는 자기 곁에 몰려든 이들에게 무어라 말을 하곤 그 자리에서 빠져나왔다.

소드 마스터의 청력이었으면 무슨 대화를 나눈 건지 들렸을 텐데, 지금은 턱도 없었다. 어이가 없어 보이는 사람들의 표정에서 라이너가 무언가 터무니없는 소리를 했음을 짐작할 수 있을 뿐이었다.

탁.

"크리시스 공녀님."

그가 내 앞으로 걸어왔다.

라이너가 아리아에게 말을 걸 이유가 있던가?

나는 빠르게 머리를 굴렸다. 그러고 보니 언젠가 아리아에게 라이너를 어떻게 생각하냐고 물어본 적이 있었다.

'라이너? 그 아인하르트 소후작? 아주 가끔 후원 파티에 출석하긴 하지만 제대로 대화를 나눠 본 적은 없어. 워낙 두문불출하잖아. 그 사람 좀 이상해. 나랑 친분도 없으면서 인사는 꼭 하러 오고, 가끔 냅다 핑거스낵을 건넨다고. 강아지 먹이 주듯이. 그러곤 특별히 무슨 말을 하지도 않고 가 버려. 검만 휘두르다가 실성한 거 아냐?'

……대체로 악평이었다. 그녀를 통해 들은 라이너의 행동이 기이하기도 했지만 말이다.

어찌 되었건 그 말대로라면 라이너는 아리아에게 인사하러 온 것일 터. 나는 어색하게 치맛자락을 들어 인사했다.

"반갑군요, 아인하르트 소후작."

까마득하게 올려다본 라이너는 신이 공을 들여 아름답게 빚었으나 생명을 불어넣는 것을 깜빡한 듯 무감각했다.

나와 눈이 마주칠 때마다 희미하게 피어나던 미소가 없으니 내가 기억하던 인상과는 딴판이었다. 서 있는 자세가 너무 곧은 나머지 나무토막처럼 느껴지기도 했다.

"이거."

그가 작은 접시를 건넸다. 그곳엔 연어 카나페가 수북하게 쌓여 있었다. 이 정도면 핑거푸드가 아니라 한 끼니 같았다.

"맛있습니다."

어쩌라는 거지?

나는 살짝 입을 벌린 채 그가 내밀고 있는 접시를 한 번, 여전히 무뚝뚝한 표정의 라이너를 한 번 번갈아 보았다.

"먹으, 먹으라고요?"

"네."

아리아가 그렇게 평가할 만했군.

웬만하면 라이너를 감싸 주고 싶지만 이 상황은 나조차 당황스러웠다.

웃으면서 권해도 황당할 텐데, 망치로 내리치면 다치는 게 아니라 깨질 듯한 조각상 같은 얼굴로 그런 말을 하니, 이게 협박인지 뭔지 분간이 안 갔다.

"아인하르트 소후작. 미안하지만 아리아 영애에겐 선객이 있어서요."

나와 라이너의 묘한 대치 속에 르웰린이 끼어들었다.

〈요정의 밤〉 원작을 기준으로 생각하면 여주인공과 남주인공, 그리고 악녀가 만난 절체절명의 순간이었지만 우리 사이엔 떨떠름한 정적뿐이었다.

"아리아 영애를 응접실로 안내하는 중이니 비켜 주시겠어요?"

길이 막힌 것 때문인지 기분이 좋지 않아 보이는 르웰린이 눈썹을 까닥였다.

"……그렇습니까?"

라이너가 고개를 떨구었다. 돌덩이 같던 그의 얼굴에 시무룩함이 희미하게 감돌았다. 그의 머리에 솟아난 가상의 강아지 귀가 축 처진 듯한 환각이 일었다.

"그럼…… 저는 구석으로 가서 혼자 이걸 다 먹도록 하겠습니다."

"당신, 사람 마음 불편하게 하는 데 뭐 있군요."

돌려 까는 게 아닌 순수하기 짝이 없는 말투라 더 안쓰러워 보였다. 르웰린은 어처구니없다는 표정이었다.

"아니, 음, 저랑, 저랑 같이 드시죠. 이렇게 된 김에 라이너가 저를 응접실로 안내해 주는 걸로 합시다."

나는 퍼뜩 라이너를 붙잡았다. 이대로 르웰린과 함께 가서 벌을 서는 것보다 라이너와 함께 가는 게 나을 것 같았다. 그 또한 이 사태를 알려도 문제없을, 내가 신뢰하는 인물 중 하나였으니까.

소매가 붙잡힌 라이너가 금안을 순진하게 끔뻑였다.

"이름으로…… 불러 주시는 겁니까?"

아, 젠장. 또 이런 실수를.

나는 황급히 답했다.

"언니의 친구와 친하게 지내는 것이 좋으니까요."

그 말에 라이너가 웃었다. 오늘은 처음 보는 그의 웃음이었다. 부드럽게 말려 올라간 입꼬리가 조금은 수줍어하는 것처럼 보였다.

"……네. 좋습니다. 저도…… 크리시스 공녀님의 언니가 좋습니다."

내 말은 그런 뜻에서 한 게 아니었는데.

하지만 중요한 건 그게 아니다. 지금 내게 라이너는 위기 탈출 구명선이었다.

"하아? 언제는 내게 도와 달라더니, 겨우 남자 때문에 나를 버리는 건가요?"

르웰린이 심기가 불편한 얼굴로 부채를 펄럭거렸다. 나는 라이너를 끌어당기며 어색하게 미소 지었다.

"다음에 봅시다, 르웰린."

앞으로 연락 잘할게요.

차마 그 말은 꺼내지 못한 채 다급하게 몸을 돌렸다. 라이너는 내게 소매가 붙잡힌 게 불편할 텐데도 떨쳐 내지 않았다. 순한 얼굴로 얌전히 쫄쫄 이끌려 오는 모습이 강아지 같기도 했다. 모두의 시선이 아리아와 르웰린, 그리고 라이너의 대치라는 진귀한 광경에 쏠린 만큼 어서 이곳을 탈출하고 싶었다.

"응접실로 가는 길이 어디죠?"

"저쪽 문으로 나가면 복도에……."

"저거 봐. 아리아 크리시스도 결국 잘생긴 남자라면 사족을 못 쓰잖아."

라이너의 설명에 귀를 기울이려 할 때, 멀지 않은 곳에서 들려 온 수군거림이 내 귀에 화살처럼 박혔다. 영식 무리가 나와 라이너를 보고 키득거리고 있었다.

"자기가 먼저 급하게 이끌고 가는 걸 보면 몸이 달았나 보지?"

"사교계의 황제라느니 교황이라느니 해도 별거 없군. 저럴 줄 알았으면 나도 한 번은 건드려 볼 걸 그랬어."

그 순간 머릿속이 텅 비었다. 주위에 모든 것이 사라지고 저열한 목소리들과 나만 남았다.

"……듣지 마시죠. 제가 처리하겠습니다."

라이너가 두 손으로 내 귀를 막으며 날 돌려 놓았다.

소드 익스퍼트의 청각으로 저 소리를 듣지 못할 리 없을 터. 그의 얼굴은 섬뜩하게 굳어 있었다. 샹들리에 빛을 받은 금빛 눈동자가 사냥을 앞둔 맹수의 것처럼 사납게 빛났다.

안 들린다고 생각하는 건지 무리 중 한 명이 다시 입을 열었다.

"저 도도한 얼굴도 침대 위에선 망가지려나?"

저열함에 구역질이 치밀어 오른다.

하지만 그보다 더 강하게, 열렬하게 치밀어 오르는 것은 오랜만에 느껴 보는 원색 그대로의 격노.

"저 개자식들이……."

라이너가 이를 악물고 검 손잡이에 손을 올렸다. 늘 바르고 곧은 그에게서 처음 들어 보는 욕설이었다. 소드 익스퍼트의 섬찟한 살기가 미세하게 공기를 타고 흐르기 시작했다. 하지만 그가 아무리 분노했다 하더라도 나만큼은 아닐 터였다.

탁.

"……공녀님?"

나는 검을 뽑으려는 그의 팔을 붙잡았다.

자신을 붙잡는 내가 이해되지 않는다는 표정으로 나를 돌아보던 라이너는, 나

충직한 검이 되려 했는데 4

와 눈이 마주치더니 살짝 입을 벌렸다.

나는 영식 무리에게만 시선을 고정시킨 채 라이너가 차고 있던 검집을 움켜잡았다.

"빌리겠습니다."

"······예?"

나는 눈을 부릅뜨고 영식 무리에게 시선을 고정한 채 웃었다. 그들은 드디어 자신들의 저질스러운 발언들이 우리 귀에 들어왔다는 것을 깨달은 듯 경악한 표정을 지었다.

"혀를 못으로 박아서 죽을 때까지 벽에 매달아 놔 주지."

용병 시절의 거친 성정이 새삼스레 깨어나는 기분이었다.

"자, 잠깐, 공녀님. 잠시만 기다리십시오!"

라이너는 허리에 차고 있던 검집이 내 손에 잡히자 당황한 기색이 역력한 얼굴로 몸을 돌려 날 막아섰다. 차마 날 잡을 수는 없었는지 어정쩡하게 들어 올린 왼손이 허공에서 움찔거리고 있었다.

"비키세요."

"공녀님, 부디, 부디 제가 해결할 수 있게 해 주십시오. 부디 조금만······."

"비키라고 했습니다, 라이너."

분노가 이성을 모두 갉아먹었다. 나는 나를 막아서는 라이너를 노려보며 뇌까렸다.

"검, 빌려 달라고 하지 않습니까, 내가."

개판 5초 전이었다.

"크, 크리시스 공녀?"

"입은 재앙을 여는 문, 혀는 자신을 베는 칼이라는 말을 들어 본 적 없나? 그 불그죽죽한 혀 때문에 죽게 된 소감이 어떻지?"

영식 무리가 내 기세에 흠칫하며 주춤주춤 물러섰다.

나는 그들에게 시선을 고정한 채 자꾸만 내 앞을 막아서는 라이너를 아예 몸으로 밀면서 나아갔다. 그는 버틸 수 있을 텐데도 식은땀을 뻘뻘 흘리며 어정쩡하게 내게 밀려났다. 나는 이를 악물었다.

"당신이 검을 빌려 주지 않으면 맨몸으로라도 싸울 겁니다."

"공녀님. 검, 검을 사용 못 하시지 않습니까?"

"누가 검을 못 써요!"

평생을 검의 궤적을 다듬는 데 썼는데 말이다.

발끈해서 고개를 홱 젖히고 매서운 눈으로 라이너를 올려다보았다.

놀란 듯 눈을 크게 뜬 라이너가 서서히 눈을 가늘게 떴다. 황금빛 눈동자가 날카롭게 빛났다. 그가 자신의 검을 뽑으려 안간힘을 쓰는 내 손을 잠시 내려다보더니, 이내 천천히 입을 열었다.

"……세상에서 가장 가공이 어려운 강철은?"

"뭔, 이런 상황에서 그런 걸 묻습니까? 당연히 고드릭 강철이지! 비키라니까요!"

검에 미쳐 있는 라이너라지만 지나치게 뜬금없는 질문이었다. 나는 황당한 얼굴로 답하곤 이제는 밀려나 주지도 않는 그를 밀어내려 안간힘을 썼다. 천천히 눈을 깜빡인 라이너가 허리를 굽히더니 씩씩거리는 내 귓가에 속삭였다.

"카슈미르. 왜 여기 있는 겁니까?"

분노로 달아올랐던 머릿속에 순간 찬물이 부어졌다. 물론 직접 밝힐 생각이었으나, 그 전에 이렇게 들켜 버릴 줄은 몰랐다. 하기야 고드릭 강철은 워낙 희귀해 아리아조차 존재를 몰랐을 것이다. 나나 라이너 같은 검 마니아들이나 알지.

"말투도 분위기도 자꾸 당신을 닮아 가서 기이했는데, 이제 알겠습니다. 그냥 당신이었군요."

"아니, 나는……."

"무엇보다 검을 잡는 손. 각도와 모양 모두 당신입니다. 아무리 아리아 공녀가 당신에게 검을 배웠다고 해도 이렇게 비슷할 수는 없습니다."

"……."

"아시잖습니까. 제가 당신을 얼마나 선망하고 또 지켜봤는지. 저는 모를 수 없습니다."

잠시 반박하려 입을 달싹이다가 다물어 버렸다. 라이너는 이미 내가 카슈미르임을 확신하고 있었다. 변명이 통할 분위기가 아니었다.

라이너가 내 어깨를 살짝 잡았다.

"어쩌다가 이렇게 된 건지는 모르겠지만, 진정하세요. 여기서 오러를 꺼내면 다 들킬 겁니다. 카슈미르가 원래의 몸을 가지고 있다면 말리지 않겠지만, 둘째 공녀의 몸으로 다수와 전투를 치르는 것은 위험합니다. 무심코 오러라도 사용했다간 그녀의 몸이 견디지 못할 겁니다."

그가 숨소리처럼 작은 목소리로 빠르게 속삭였다. 구구절절 옳은 소리였다. 나는 분노로 가쁜 숨을 힘겹게 골랐다. 이성은 서서히 돌아오고 있었으나, 그렇다고 분노가 잦아드는 것은 아니었다.

"그럼 어떡하란 말입니까? 저 새끼들 시체를 보기 전까진 잠들지 못할 것 같은데."

나는 라이너 어깨 너머의 망할 영식 무리를 죽일 듯 노려보았다. 그들은 이 상황에서도 자기들끼리 수군거렸다. 아리아 크리시스가 들어 버려서 골치 아프게 되었다는 투덜거림이었다. 무릎 꿇고 빌어도 그 머리 위로 석고 반죽을 퍼부어서 무릎 꿇은 자세 그대로 평생 굳어 버리게 만들고 싶을 지경이다. 반성하지 않는 태도는 잠시 들어왔던 내 이성이 다시 문 부수고 나가게 하기에 충분했다.

"저 상놈 자식들, 이 지경에 와서도 아가리를 나불대는 걸 보면 하라바나 아가리에 상체가 씹혀 봐야 정신을 차릴 놈들입니다. 제 스승님께서 인간은 타고나길 선하니 누구든 귀애해 주어야 한다고 하셨지만 여기까지인 것 같습니다. 죄송합니다, 스승님. 다시는 사람을 죽이지 않겠다고 결심했는데…… 저 새끼들 죽이고 지옥 가장 밑바닥에서 영원히 고통받도록 하겠습니다. 당장 비켜요, 라이너. 비켜! 안 비켜?"

"제발! 검, 검 잡고 몸부림치지 마십시오! 다친단 말입니다!"

"이런 상황에서 어떻게 가만히 있습니까!"

당황한 라이너가 다시 광분하기 시작한 나를 달랑 들어 올렸다. 나는 허공에서 마구 몸부림치다가 라이너를 노려보았다.

"제 다른 친구들이었다면 이러지 않았을 겁니다!"

라이너를 향한 비정상적인 원망이 울컥 치밀어 올랐다. 그의 잘못도 아닌데 말이다. 그래서 평소라면 절대 하지 않았을 말까지 툭 내뱉었다.

라이너가 그 자리에서 뻣뻣하게 굳었다. 하나같이 과격하고 미쳐 있는 내 친구들 사이에서 라이너는 바른 사람이었다. 그들이 직진밖에 없는 아우토반이라면 라이너는 평평한 에움길이었다.

누군가는 그를 미련할 정도로 원칙주의적이고 정의롭다고 했다. 나는 그런 라이너를 좋아했지만, 이성이 완전히 휘발된 지금 나를 막아서는 그에게 눈시울이 붉어질 만큼 서운했다. 내 동생 아리아가 치욕을 당했는데, 라이너에겐 그게 아무것도 아니란 말인가.

"……네. 슈슈의 다른 친구들이라면 이러진 않았겠죠."

라이너가 천천히 나를 내려놓았다. 찰나, 그의 얼굴에 상처받은 기색이 스쳤다.

나는 아차 했다. 아리아가 관계된 일이면 감정적으로 변하는 습관을 고쳐야 하는데, 앞뒤 안 가리고 날뛰다 못해 그에게 상처까지 줘 버렸다. 정말 최악이었다.

"아시잖습니까. 저는 슈슈의 다른 친구들처럼 대단한 직위를 가지고 있지도 않고, 지금 당장 저 치들을 찢어 죽여 드릴 수도 없습니다. 답답한 사람입니다, 저는."

내가 용서를 구하기도 전에 라이너가 입을 열었다. 그의 표정은 무서울 정도로 덤덤했다. 라이너는 이런 상황에서도 차분했다.

"하지만 저는 제게 어울리지 않는 모습을 모방하고 싶지 않습니다."

그게 괜찮아서가 아니라는 걸 그의 눈빛을 보고 깨달았다.

"부디 제 방식으로 이 일을 해결할 수 있도록 허락해 주시지 않겠습니까?"

라이너는 분노하고 있었다. 하지만 감정에 휩쓸리지 않았다. 금빛 눈동자는 황가의 황금빛만큼 번쩍이지 않았으나, 그보다 더 고귀해 보였다.

"아시죠? 당신이 할 수 없어서 제가 나서는 게 아니라, 그저 제가 당신을 돕고 싶은 것뿐이라는 걸."

라이너 아인하르트는 그런 사람이었다.

항해사의 북극성, 모험가의 나침반.

그는 늘 올바른 길을 갔다. 화려하지 않고 속이 뻥 뚫리는 시원함도 없었지만, 목적지에 다다랐을 때 가장 마음을 평안하게 했다.

나는 심호흡으로 천천히 마음을 진정시키며 마른세수를 했다.

"……다른 친구들과, 다르기 때문에……."

"……."

"내가 당신을 가장 신뢰한다는 걸 잊고 있었습니다. 미안합니다. 조금 전은 완전히 실언입니다."

그래. 애초에 마구잡이로 날뛰는 건 나답지 않았다. 아리아의 몸으로 싸움을 하는 것도 위험하고, 본능적으로 오러라도 사용했다간 아리아의 몸 내부가 과부하 되어 붕괴할지도 몰랐다. 나는 라이너를 똑바로 바라보았다.

"부탁드리겠습니다. 용서하지 않되, 당신의 방식으로 저들을 벌해 주셨으면 좋겠습니다."

나는 이번엔 라이너에게 맡기기로 했다. 내가 나설 수 없는 상황이기도 했지만, 무엇보다 그를 믿기 때문이었다. 그러면 이 상황을 가장 현명하게 처리해 줄 터였다. 라이너가 그제야 웃었다.

"맡겨 주십시오."

스르릉. 그가 오른손으로 검을 뽑아 들며 왼손에 끼고 있던 검은 장갑을 입으로 물어 벗었다.

빠악!

"크윽!"

그리고 장갑을 영식 무리 중 한 명의 얼굴에 꽂았다. 분명 가죽 재질의 장갑인데 두개골 깨지는 소리가 났다.

그가 그들에게 다가갔다.

"금수가 아닌 이상 내뱉은 말에는 책임을 져야 하지 않겠습니까?"

그 순간 내게는 라이너의 뒷모습밖에 보이지 않았지만, 영식들이 사색이 되었다는 점과 그에게서 터져 나오는 흉포한 살기를 보아 그의 표정을 짐작할 수 있었다.

"오늘, 인간으로 만들어 드리겠습니다."

정식 결투 신청. 참으로 그다운 방법이었다.

그 이후 정원에선 연신 비명이 울려 퍼졌고, 영식 무리 중 황궁 기사단 소속이었던 둘은 파면당했으며, 한동안 수도에선 '인간으로 만들어 주겠다.'가 결투 신청 멘트로 유행했다.

라이너 아인하르트와 아리아 크리시스가 3년째 연애 중이며, 결혼은 올해 가을에 예정되어 있고, 신혼여행은 아타라의 관광지로 갈 예정이라는 근거 없는 헛소문은 덤이었다. 그리고 나는 조용히 영식 무리에게 경제적, 사회적 측면에서 응징하다가 아리아에게 들켜서, 그 썩을 놈들이 뭐라 떠들었든 관심도 없고 죽든 말든 상관도 없는데 그 망할 기사 놈이랑은 대체 뭘 해서 염문이 난 거냐는 추궁을 받아야 했다.

아리아와 몸이 바뀐 지 일주일이 지났다.

놀랍게도 우리는 아직도 원래대로 돌아오지 못했다. 공작가와 마탑, 신전과 황궁의 정보력까지 동원했는데도 말이다. 아직 세간에 밝혀지지는 않았지만, 눈치 빠른 공작가의 하인들과 그 외 가까운 인물들에겐 들켜 버렸다. 다들 입이 무거워서 다행이었다.

대난장판이었던 첫날 이후 나와 아리아는 자진해서 집에 틀어박혀 있었다.

'후후……. 역시 언니는 고양이 귀 같은 것도 잘 어울리잖아.'

'이 상태 한 달만 더 지속되면 안 되나? 아직 못 입혀 본 게 많은데…….'

'다음은 이 집사복이다.'

'아리아, 제발…… 그 머리띠 좀 벗어 줘……. 토할 것 같아…….'

잔뜩 신경이 곤두서 있는 나와 달리 아리아는 이 상황을 만끽하고 있었다.

내 몸으로 원래의 나라면 절대 입지 않을 옷들을 입어 보고, 별의별 헤어스타일을 시도했다. 칼과 카이사르까지 합세해 패션쇼를 즐기고 있었다.

웬만하면 참으려 했지만 갈래머리를 했을 때와 고양이 귀처럼 생긴 머리띠를 하고 잔뜩 앙큼한 표정을 지었을 땐 화분에 토할 뻔했다. 깜찍한 나 자신을 보는 것은 내게 끔찍한 고역이었다. 버티다 못한 나는 결국 이 사태를 해결할 방법을 찾기 위해 발 벗고 나섰다. 사실 나선다고 해도 내가 공작가와 마탑, 신전과 황궁도 찾지 못한 것을 찾아낼 수 있을 리 만무했지만, 떠오르는 이름이 딱 하나 있었다. 재수 없지만 실력만큼은 확실한 놈. 이런 상황에선 가장 먼저 떠오르는 사람이었다. 그리고 지금 나는 그와 마주 앉아 있었다.

'이곳을 내 발로 다시 올 줄은 몰랐는데.'

나는 한숨을 참으며 방 안을 천천히 둘러보았다.

병적일 정도로 깨끗한 이곳은 실제 사람이 사는 곳이라기보단 인공적으로 꾸며 놓은 공간 같았다. 무채색과 원목으로 이루어진 인테리어는 고급스럽지만 생기가 없었다. 처음 보았던 그때와 똑같았다. 창문 앞 거치대에 놓인 검까지 말이다.

[네 17번째 생일을 축하하며, 내 작은 승리와 수호에게.]

태그에 적힌 문장이 가슴을 답답하게 했다. 목울대를 울렁인 나는 눈앞의 인물에게 시선을 돌렸다. 그는 턱을 괸 채 생각에 빠진 듯 깊은 눈으로 바닥을 바라보고 있다가 내 시선을 느꼈는지 싱긋 웃었다.

"누추한 곳에 귀한 분이 오셨군요."

지그문트 하이드. 최고의 정보 길드 'Hide & Ceek'의 길드장이자 한때 카라쇼의 승리와 수호였으며, 내 친구이기도 했던 이가 그곳에 앉아 있었다.

그의 존댓말을 듣는 것은 더럽게 어색했다. 그와 나는 이 새끼 저 새끼 하던 사이였으니 말이다. 하지만 지금은 아리아의 신분으로 온 만큼 나도 존댓말을 사용할 수밖에 없었다.

"……왜 나를 직접 보고자 했죠?"

나는 떫은 기색을 애써 숨기며 고고하게 고개를 치켜들었다.

이틀 전, 나는 익명으로 'Hide & Ceek'에 몸이 바뀐 상황의 해결을 의뢰했다. 의뢰를 하면서도 반쯤 마음을 비우고 있었다.

'의뢰하신 사태에 대한 해결 방법을 찾아냈습니다. 빠른 시일 내로 길드에 방문해 주시길 바랍니다.'

하지만 놀랍게도 결과는 긍정적이었다.

나는 서면을 통해 전달받고자 했지만, 'Hide & Ceek'에선 직접 방문해야만 정보를 찾아갈 수 있다는 답변이 돌아왔다. 원래 서면으로 주는 게 보통인데, 뭔가 찜찜했다. 하지만 내 몸으로 무희복을 입고 춤을 추는 아리아를 본 뒤라서 앞뒤 가릴 거 없이 직접 길드로 나온 참이었다.

나는 온몸을 로브로 꽁꽁 싸매고 가면까지 착용했다. 아리아 크리시스가 정보 길드에 출입한다는 소문이 돌아 봐야 좋을 게 없었다. 길드에 들어선 나를 직원이 길드장실로 안내할 때까지만 해도 아무에게 들키지 않을 것이라 생각했다.

'답답하실 테니 가면과 로브는 벗으시죠, 아리아 크리시스 공녀님.'

나를 기다리고 있던 지그문트는 가면 너머의 내 눈을 보자마자 검은 의안을 휘며 우아하게 허리를 굽혔다. 그는 이미 다 알고 있었다, 젠장.

"고귀한 공녀님께서 몸이 바뀌는 사태에 대해 알아보려 하는 이유가 궁금해서 말입니다."

지그문트가 상체를 굽혔다. 얼굴이 조금 더 가까워졌다. 짧게 다듬어진 검은 머리카락이 살랑이며 드러난 목덜미에서 차가운 겨울의 향취가 만개했다. 나는 그와 눈을 마주치기도 싫어 그의 오른쪽 눈가에 박힌 눈물점에 시선을 고정했다.

"원래 의뢰인에게 그런 사적인 질문까지 하나요?"

"그럴 리가요. 특이한 케이스죠."

나와 대화를 할 땐 늘 재수 없어 보였는데, 비즈니스 마스크를 쓴 지그문트는 능수능란한 호스트 같았다. 박제되어 버린 입가의 미소를 보고 있자면 새삼 그의 얼굴이 얼마나 미형인지 생생하게 느껴졌다. 분명 평소보다 훨씬 상냥해 보이는데, 낯설고 불편하기만 하다. 뜨거운 우유에 생겨난 막처럼 불쾌한 질감의 무언가가 있었다. 지금의 지그문트는 다른 사람으로 위장한 것 같았다.

'……차라리 반말 찍찍 하고 툭하면 시비 거는 평소가 더 낫겠네.'

나는 무심코 그렇게 생각하고 말았다.

"사실 공녀님의 언니와 제가 긴밀한 사이라서 말입니다."

"……하?"

지그문트의 헛소리에 싱숭생숭하던 기분이 막을 내렸다.

나는 미간을 꿈틀거렸다. 나와 그의 관계에 어째서 '서로의 관계가 매우 가까워 빈틈이 없다'라는 뜻의 단어를 갖다 쓴단 말인가.

"무슨 사이인데요?"

어이가 없었지만 어디까지 하나 보자는 심정으로 고개를 삐딱하게 기울였다.

지그문트가 탁자에 간식으로 놓인 제비꽃 설탕절임을 한 주먹 입안에 털어 넣고 천천히 눈을 굴렸다.

꿀꺽.

봄 내음이 진동했을 죽은 꽃이 그의 목을 타고 넘어가고, 검은빛 눈이 섬광처럼 반짝였다. 그의 얼굴에 사악한 미소가 떠올랐다.

"한때 연모했던 사이죠."

이런 미친놈. 만약 진짜 아리아에게 저 말을 했다면 어떤 일이 벌어질지 상상조차 끔찍했다.

"너 대가리에 칼 맞았냐? 미쳤어?"

나는 아리아를 모방하며 고아하게 유지하고 있던 표정과 자세를 무너뜨리며 그를 향해 가운뎃손가락을 올렸다.

"하하하!"

지그문트가 크게 웃음을 터트렸다. 나는 도끼눈으로 그를 노려보았다. 저 자식은 몇 년을 봤는데도 두뇌 구조를 알 수가 없다.

"나야 늘 약간 미쳐 있지."

그가 웃음 섞인 한숨을 내뱉으며 나와 눈을 맞추었다.

"너도 잘 알지 않나? 카슈미르 크리시스."

나는 헛웃음을 쳤다. 이번엔 놀라지 않았다.

사실, 길드장실에 들어서 지그문트와 눈이 마주쳤을 때부터 알았다. 나는 결국 그에게 들키리라는 것을.

당연하다. 나 또한 지그문트가 다른 거죽을 쓰고 있을지라도 단번에 알아봤을 테니까. 우리 사이엔 서로에게서만 느낄 수 있는 무언가가 있었다. '분위기'라고 하기엔 강렬하다. 차라리 '표식'에 걸맞았다. 오직 그만이 내게 보일 수 있는 눈빛이 있었다. 나 또한 그에게만 보이는 어떤 것이 있을 것이다.

"네가 미친놈인 걸 나만큼 잘 아는 사람이 어디 있겠냐. 닥치고 정보나 내놔."

나는 웃기지도 않던 촌극을 때려치우고 원래의 나답게 약간 다리를 벌리며 편하게 앉아 고개를 까닥였다.

"아리아 크리시스와 몸이 바뀐 건가? 즐겁겠어, 죽고 못 살던 여동생이 되어 보았으니."

"그게 또 그렇지만은 않아. 골치 아픈 사정이 한둘이 아니라서. 당장 돌아가고 싶은 마음뿐이야."

지그문트도 곧바로 가면을 벗어 던졌다. 역시 저 재수 없는 태도가 훨씬 더 편했다.

"정보는 확실한 거겠지?"

"나는 확실하지 않은 건 취급하지 않아."

거만한 놈. 나는 혀를 차며 두꺼운 서류 뭉치를 건네받았다. 그리고 글씨로 빼곡하게 찬 첫 페이지를 읽어 보았다.

[예로부터 마나는 자연을 움직이는 거대한 힘으로서 모든 생명체와 함께했다. 이 세계가 하나의 거대한 장치라면 마나는 전력, 이른바 생명력이라고도 할 수 있겠지만…… 그런 점에서 마나는 어쩌면 신이라고도……]

"요약해."

나는 두꺼운 뭉치를 탁자 위에 던져 버렸다. 지그문트가 그럴 줄 알았다는 듯 피식 웃었다.

"내 고향에 전해 내려오는 고대 서적에서 발췌한 글이다. 의뢰 내용을 보자마자 떠올랐다. 넌 상당히 마나 친화력이 높은 편이야. 그건 알고 있겠지?"

"뭐, 소드 마스터니까."

소드 마스터는 마나와 극도로 친밀한 존재다. 오러 또한 마나로 만드는 것이었다.

지그문트가 팔짱을 꼈다.

"마나 친화력이 과도할 때 일어날 수 있는 현상이다. 인간의 신체가 감당할 수 없을 정도로 과도하게 마나의 사랑을 받을 때, 충격을 받은 영혼은 일시적으로 유체 이탈을 경험한다고 한다."

"뭔……. 그런 게 있어?"

처음 듣는 현상이었다.

생소한 내용에 눈을 끔뻑이자 지그문트가 어깨를 으쓱였다.

"모를 만도 하지. 100년에 한 번 일어날까 말까 한 희귀한 현상이다. 다른 곳에도 이 현상에 관한 기록이 있나 조사해 봤는데 아예 없더군. 내 고향의 고서에만 기록된 현상이다."

"네 고향은 대체 어디길래? 너 용병 시절에 번 돈 다 보내던 그곳?"

그 물음에 지그문트가 입을 턱 다물었다. 찰나, 그의 얼굴에서 난감함이 스쳐 지나갔다. 흔치 않은 모습이었다.

내가 눈을 가늘게 뜨자 지그문트는 빠르게 말을 돌렸다.

"……하여간 육체에서 나온 영혼은 기준을 충족하는 누군가에게 들어간다고 한다. 그러면서 영혼이 뒤바뀌는 거지."

궁금하지만 대답하기 싫어하는 걸 캐묻고 싶진 않았다. 지금 중요한 건 그게 아니었다.

"그 기준이 뭔데?"

고개를 갸웃하자 지그문트가 미소 지었다.

"가장 아끼고 신뢰하는 사람."

카슈미르 크리시스가 가장 아끼고 신뢰하는 사람은 아리아 크리시스다. 이 사실은 태초부터 정해진 운명 같아서 새삼 놀랄 것도, 흠잡을 것도 없었다. 그럼에도 괜히 가슴께가 간지러워졌다. 많은 이를 만나고 가까워지고 멀어졌지만, 아리아를 향한 마음은 여전했다.

소중한 사람들 사이에 차등을 두는 것은 아니다. 모두를 1순위로 여기지만, 내 첫 번째 1순위는 영원히 아리아일 수밖에 없었다.

"기분 나쁘게 웃는군. 아리아 크리시스 공녀의 얼굴을 버리지 마라. 너보다 훨씬 통상적 미형이지 않나?"

"이 자식이……."

충직한 검이 되려 했는데 4

나도 모르게 웃고 있었던 걸까, 지그문트가 핀잔을 줬다.

나는 그를 흘겨보다가 한숨을 쉬었다. 그래도 누군가의 악의에 찬 음모는 아니라서 다행이었다.

"원인은 알았고. 해결책은?"

"그냥 둬도 네 몸이 과도한 마나의 사랑에 적응할 때가 되면 원래대로 돌아갈 거다. 통상적으로 2주에서 한 달쯤 소요된다더군."

"망할……."

"하지만 급하다면 사용할 수 있는 약물이 있다."

내 몸으로 패션쇼를 하는 꼴을 더 봐야 하는 건가 싶어 하얗게 질릴 뻔했으나, 이어진 말에 마음의 평안을 얻었다. 나는 허리를 굽혀 그에게 몸을 가까이 했다.

"준비했으니까 그렇게 당당하게 말하는 거겠지? 당장 내놔."

"성질 급하기는. 그게 부탁하는 사람의 태도인가?"

"나는 부탁하는 처지가 아니라 의뢰인이야. 내가 갑, 네가 을. 돈 주는 사람한테 깝치지 마라."

나는 거만하게 손가락을 까닥거렸다. 지그문트가 실소했다.

"내가 돈이 부족해서 머나먼 내 고향까지 가 꼬박 하룻밤 동안 고서관을 뒤졌겠나."

혼잣말처럼 중얼거리는 그의 얼굴은 평소보다 부드럽게 풀려 있었다. 원래가 한겨울이라면 잠깐은 늦가을 같았다고 할까.

"원인은 꼭꼭 숨겨진 데에 반해 해답은 어이가 없을 정도로 간단하더군."

곧 평소의 낯빛을 회복한 그가 품속에서 무언가를 꺼냈다.

"마나 회로 안정제다. 너 혼자만 마시면 된다."

"허……. 진짜 어이가 없긴 하군. 나는 이걸 사려고 몇백 골드를 내는 건가?"

나는 푸른빛 액체가 담긴 작은 병을 허탈하게 바라보았다.

마나 회로 안정제는 시중에서도 쉽게 구할 수 있는 흔한 약물이었다. 아마 시장에서 샀다면 의뢰비의 10분의 1도 들지 않았을 것이다. 그에게 줘야 하는 돈이 아까웠지만, 돈은 어차피 많기도 하고. 어찌 되었든 방법은 찾았으니 그걸로 위안을 찾기로 했다.

"보수는 오늘 내로 공작가 심부름꾼이 와서 지불할 거야. 난 간다."

방법을 찾았으니 더 이상 이곳에 있을 이유는 없다. 나는 자리를 털고 일어났다. 아직은 지그문트와 함께 있는 것이 불편했다.

아니, 불편하다는 표현은 적절치 않을지도 모른다. 그는 누구보다 나를 잘 알고, 나 또한 그렇다. 그와 함께 있으면 가장 원색적인 나를 드러내게 된다. 지그문트는 누구보다 편한 사람이었다. 그래서 거부감이 들었다.

마음은 그에 대한 원망이 남아 있는데, 몸은 멋대로 긴장을 풀어 버렸다. 그 거리감이 물과 기름처럼 섞이지 않고 층으로 남아 있었다.

우리 사이에 벽처럼 쌓인 해묵은 애증은 하루아침에 풀 수 있는 게 아니었다.

복잡한 생각을 지워 내며 방을 나서려 할 때였다.

"있잖아."

자장가처럼 나직한 지그문트의 목소리가 내 등 뒤로 날아왔다. 지그문트를 돌아보았으나, 그는 나를 보고 있지 않았다.

그는 창문을 통해 들어오는 햇살을 받아 반짝이는 창가의 검을 바라보고 있었다. 카라쇼가 그의 17번째 생일에 선물한 그 검을.

"나는 아끼는 사람도, 신뢰하는 사람도 모두 공동묘지에 묻었거든."

붉은 입술이 느릿하게 움직였다. 햇빛이 방 안을 비추는 가운데, 그늘에 앉아 있는 지그문트는 잊힌 신전의 버려진 조각상 같았다.

어느 지점에서 멈춰 버린 채로 영영 그곳에 남아 있는 것 같았다.

"만약 내게도 그런 현상이 일어났다면 말이다."

지그문트가 나를 돌아보았다. 그림자 진 검은빛 눈동자는 암울한 동시에 안온했다. 오른쪽 눈 아래 눈물점이 유독 눈에 걸렸다. 그리 크지도 않은데, 검고 또 검게 찍힌 작은 동그라미가 그를 태어나면서부터 어둠이라고 지정해 둔 것 같았다.

그가 웃었다.

"나는 너와 몸이 바뀌었을 거다."

심장이 물속에서 천천히 가라앉는 것 같았다.

아긴다. 신뢰한다. 그런 말이 우리에게 어울리는가. 그러기에는 너무 멀리 와 버렸는데. 아니, 이건 내 생각일 뿐인가. 6년 동안 오지 않은 건 지그문트지만, 떠난 건 나인지도 몰랐다. 지그문트는 여전히 6년 전, 카라쇼를 잃고 그를 원망하며 울분을 터트리던 나를 안아 준 그때에 남아 있는 것 같았다.

"내겐 이제 너밖에 남지 않았다."

"……."

"내겐 너뿐이다."

그 순간, 왜 그날처럼 울고 싶었는지 모르겠다.

"가라."

지그문트가 고개를 돌렸다. 더는 나를 보고 싶지 않은 것 같기도 하고, 표정을 숨긴 것 같기도 했다.

축객령을 듣고도 나는 한동안 그곳에 우두커니 서 있었다. 몇 분, 어쩌면 몇십 분을. 지그문트는 두 번 재촉하지 않았다. 우리는 아무 말도 하지 않았다. 나는 그저 같은 공간에서 그와는 다른 방식으로 멈춰 있다가 인사 없이 떠났다.

집으로 돌아와 약을 마셨다. 몸은 금세 원래대로 돌아왔다. 사건 사고가 많았던 것에 비해 싱거운 끝이었다. 그리고 그날 밤, 심부름꾼이 'Hide & Ceek'에 보수를 지불하러 갔더니 그곳의 길드장이 보수를 거절했다는 소식을 전해 들었다.

참으로 많은 것을 남기고 끝난 사건이었다.

〈Special. 카슈미르와 아리아의 몸이 바뀐다면?〉 마침